TOM HILLENBRAND
MONTECRYPTO

TOM HILLENBRAND
MONTECRYPTO

Thriller

Kiepenheuer & Witsch

Aus Verantwortung für die Umwelt hat sich der
Verlag Kiepenheuer & Witsch zu einer nachhaltigen
Buchproduktion verpflichtet. Der bewusste Umgang mit
unseren Ressourcen, der Schutz unseres Klimas und der Natur
gehören zu unseren obersten Unternehmenszielen.

Gemeinsam mit unseren Partnern und Lieferanten setzen
wir uns für eine klimaneutrale Buchproduktion ein,
die den Erwerb von Klimazertifikaten zur Kompensation
des CO_2-Ausstoßes einschließt.

Weitere Informationen finden Sie unter:
www.klimaneutralerverlag.de

Verlag Kiepenheuer & Witsch, FSC® N001512

1. Auflage 2021

© 2021, Verlag Kiepenheuer & Witsch, Köln
Alle Rechte vorbehalten
Covergestaltung und -illustration: Barbara Thoben, Köln
Gesetzt aus der Quadraat
Satz: Buch-Werkstatt GmbH, Bad Aibling
Druck und Bindung: CPI books GmbH, Leck
ISBN 978-3-462-00157-0

Für Taro

»Cyberspace ist,
wo die Bank dein Geld aufbewahrt.«
WILLIAM GIBSON

KRÜMELMONSTER

Wenn diese Stadt nur nicht so stinken würde. Im Sommer liegt der Geruch von Abgasen in der Luft, im Winter riecht es nach Rauch. Dante steigt aus seinem betagten Acura, rümpft die Nase. Wie nach einem Osterfeuer – nicht, dass es in Kalifornien welche gäbe. Dafür gibt es Abermillionen verdorrter Bäume. Und jeder einzelne davon kann es kaum erwarten, endlich in Flammen aufzugehen.

Dante geht um den Wagen herum, auf ein größeres Anwesen zu. Dessen Einfahrt liegt etwas zurückgesetzt und wird von einem doppelflügeligen schmiedeeisernen Tor versperrt. Er kann das dahinterliegende Haus erkennen. Es wirkt modern, klare Linien, große Fenster. Der Eigentümer hat Geschmack – oder genug Geld, sich welchen zu kaufen. Den protzigen Autos in der Auffahrt nach zu urteilen, trifft vermutlich eher Letzteres zu.

Dante klingelt, starrt in die Fischaugenkamera. Auf dem LED-Display wird ein Mann in schmal geschnittenem Anzug zu sehen sein. Auf seinem Kopf sitzt einer jener schmalkrempigen Hüte, die man in England als Trilby bezeichnet. Die Leute vermuten mitunter, die Kopfbedeckung sei eine Reminiszenz an Ska-Bands der Achtziger oder der Versuch, britische Coolness rüberzubringen, Carnaby-Street-Vibes, was auch immer. Die Wahrheit ist, dass Dante schon früh die Haare ausgefallen sind. Verglichen mit ihm ist Prince William ein Lockenkopf. Der Trilby soll schlichtweg verhindern, dass die gleißende kalifornische Sonne ihm die polierte Platte verbrennt.

»Ja, bitte?«, tönt es aus der Gegensprechanlage neben der Klingel.

»Guten Morgen. Ed Dante. Ich habe einen Termin.«

Die Pforte öffnet sich. Dante läuft die Einfahrt hoch, vorbei an einem sehr großen Cadillac-Geländewagen und einem sehr flachen Lamborghini. Vor der Haustür wartet ein muskulöser Schwarzer. Er trägt einen jener zwei Nummern zu großen Anzüge, auf die Amerikaner seltsamerweise stehen. Der Mann bedeutet ihm, einzutreten. Dante findet sich in einem Vorraum wieder.

»Kann ich Ihnen etwas abnehmen, Sir?«

Dante schüttelt den Kopf. Er hat keinen Mantel dabei. Seine Laptoptasche behält er lieber, obwohl der Butler, Bodyguard, was auch immer, bestimmt gerne hineinschauen würde. Überhaupt mustert ihn der Mann, als suche er etwas. Als Dante dämmert, was, schüttelt er erneut den Kopf.

»Sir?«, sagt der Mann.

Dante hält sein Jackett auf. »Ich komme ungegürtet, Meister«, erwidert er, »kein Toaster am Mann.«

»Aber ein Telefon haben Sie schon?«

»Äh, klar.«

»Könnte ich das wohl kurz haben, Sir?«

Dante zeigt die Zähne.

»Darauf befinden sich vertrauliche Informationen. Ich werde Ihnen mein Handy nicht ...«

Der Mann im Anzug lächelt, macht eine beschwichtigende Geste. Aus der Innentasche seines Jacketts holt er etwas hervor. Es handelt sich um einen Bogen voller kleiner schwarzer Aufkleber.

»Sie können Ihr Handy behalten. Aber ich muss Sie bitten, die Kameras abzukleben. Eine Sicherheitsmaßnahme.«

»Glauben Sie, dass ich Fotos mache und sie dann an TMZ oder Variety verkaufe? Sie ist meine ...«

»Sie sicher nicht, Sir. Aber vielleicht jemand anders.«

Dante greift nach den Aufklebern. Nachdem er zwei davon abgeknibbelt und auf die Linsen seines iPhones geklebt hat, deutet der Bodybutlerguard auf eine Doppeltür, öffnet einen der Flügel.

»Mrs Martel erwartet Sie.«

Dante betritt ein Wohnzimmer wie aus dem »Architectural Digest«. Jacqueline Martel fläzt sich auf einem italienischen Ledersofa, teurer als ein Kleinwagen. Sie trägt einen Onesie mit Kapuze, kreischblaues Fellimitat, dazu eine pinke Kappe von Supreme. Wenn das Krümelmonster zu viele Haschkekse fräße, sähe es vermutlich so aus.

Überrascht ist er von ihrem Outfit nicht. Natürlich hat er sie gegoogelt, das Netz ist voller Fotos von ihr. Jacqueline Martel alias Ada Swordfire, einunddreißig Jahre, Künstlerin. Was genau sie künstelt, hat Dante nicht ganz verstanden. Sie scheint keine Musikerin oder Schauspielerin zu sein, zumindest nicht im herkömmlichen Sinne. Martels Spezialität sind Kostümierungen, sie verkleidet sich als Comic- oder Computerspielfigur. Dante wusste, dass Menschen so etwas tun. Dass sich damit Geld verdienen lässt, war ihm neu. Bei seiner kurzen Webrecherche hat er gelernt, dass Martel an die zwei Millionen Follower hat, auf YouTube, Instagram, Twitch, was auch immer.

Vor ihrem gestrigen Anruf und der Googlerei hatte er noch nie von Ada Swordfire, Nerdgirl extraordinaire, gehört. Bereits bekannt war ihm hingegen Martels Bruder. Gregory Hollister, Friede seiner extrem wertvollen Asche, ist der eigentliche Grund für Dantes Besuch.

Krümelmonster nickt ihm vom Sofa aus zu. Dante geht auf Mrs Martel, Mrs Swordfire, wen auch immer, zu und schüttelt ihr die Hand.

»Guten Morgen, Ma'am.«

»Morgen, Mister Dante. Nennen Sie mich bitte Jackie.«

»Ed.«

Er setzt sich zu ihr aufs Sofa. Das ist problemlos möglich, ohne dass es aufdringlich wirkt. Das Möbelstück ist nicht nur teurer als ein Auto, sondern auch fast doppelt so lang.

»Kaffee, Tee, Red Bull?«

Dante nimmt Tee, Martel Dirty Lemon, was auch immer das sein mag. Der neben der Tür wartende Bedienstete, den seine Klientin in spe Marcus nennt, geht und kümmert sich. Zwischen den Zeitschriftenstapeln auf dem Couchtisch (Wired, Tattoo, Popular Mechanics) fischt Martel einen Vaporizer hervor. Schweigend nimmt sie einige Züge. Ananasgeruch erfüllt den Raum.

Die Getränke treffen ein. Dante nippt an seinem Tee, mustert Martel. Sie sieht ihrem Bruder nicht ähnlich. Vielleicht liegt es daran, dass sie nur seine Halbschwester ist, unterschiedliche Väter. Ihm fällt auf, dass die mintfarbenen Haare, die unter Martels Cap hervorschauen, farblich gut zu den Vorhängen passen.

»Zunächst einmal mein Beileid«, sagt er.

»Danke, Ed. Geht schon irgendwie.«

Nach dem wenigen, das er auf die Schnelle recherchieren konnte, waren Martel und Hollister ziemlich eng. Beide waren Singles, beide lebten allein. Oder vielleicht auch nicht: Dies ist zwar Hollisters Villa, doch seine Schwester scheint sich wie zu Hause zu fühlen.

Wenn die beiden so dicke waren, wie die Klatschpresse behauptet, und vielleicht sogar gemeinsam dieses Haus in Bel-Air bewohnten, müsste Martel eigentlich völlig aufgelöst sein. Schließlich ist es erst drei Tage her. Sie wirkt jedoch gefasst.

»Das Flugzeug war so gut wie neu. Und Greg ein ordentlicher Pilot«, sagt sie.

Hollister hatte sich auf dem Weg zu einer Konferenz in Veracruz befunden. Der Start-up-Unternehmer besaß seinen eigenen Jet, eine Cessna Citation X, die er selbst zu steuern pflegte. Über dem Golf von Mexiko verlor die Maschine aus noch ungeklärten Gründen rasch an Höhe, stürzte ins Meer. Hollister war vermutlich sofort tot. Von der Cessna fand man nur Bruchstücke, von ihrem Piloten nicht einmal die. Fremdeinwirkung, vulgo Mord, halten die Behörden für unwahrscheinlich.

»Sie wissen, was für eine Art Privatdetektiv ich bin, Jackie?«

»Ich denke schon.«

»Dann geht es also nicht so sehr um die Todesumstände, richtig?«

Sie blinzelt, vermutlich um eine Träne wegzudrücken. Sicher ist Dante sich da allerdings nicht, denn Martel hat ihren Ananasvernebler wieder angeworfen. Dichte Schwaden verbergen ihr Gesicht.

»Sie wollen wissen, ob ich glaube, dass ihn wer umgebracht hat.«

»Falls Sie das glauben und jemanden suchen, der dieser Hypothese nachgeht, wäre ich vermutlich nicht der Richtige«, erwidert Dante.

Sie nimmt ihre Kappe ab, fährt sich durch die Haare.

»Nein, nein, glaube ich nicht. Das war ein Unfall, keine Frage. Worum es mir geht, das sind seine Finanzen. Das ist doch Ihr Spezialgebiet, oder?«

Auf Dantes Visitenkarte steht »Financial Forensics«. Das ist etwas dick aufgetragen, aber mit Understatement kommt man in Los Angeles nicht weit. Üblicherweise beschränkt sich die Forensik darauf, Kreditkartenauszüge oder Rechnungskopien zu durchforsten, um den Bösewichten, in der Regel irgendwelchen Hollywood-Arschlöchern, nachzuweisen, dass sie Dantes Klienten, meist andere Hollywood-Arschlöcher, übervorteilt oder betrogen haben.

»Wenn Sie wollen, dass ich seine Bücher durchgehe, bin ich schon eher Ihr Mann. Wann ist denn die Testamentseröffnung? Darf ich fragen, ob Sie seinen letzten Willen kennen?«

»Keine Ahnung, ob er so was hatte. Ist aber auch egal. Testament, Steuererklärungen und so weiter, das können Sie bestimmt alles kriegen, aber die sind ...«

»Egal?«

»Ja.«

»Verstehe ich nicht ganz. Nach meinen Informationen betrug Mister Hollisters Privatvermögen über hundert Millionen Dollar.«

»Ich glaube, dass es mehr ist. Viel mehr. So wie die Kurse in den letzten Monaten durch die Decke gegangen sind.«

Dante runzelt die Stirn. »Aber der Dow ist zuletzt ...«

»Nein, Ed. Keine Aktien. Krypto. Ich rede von Kryptowährungen. Bitcoins und so was.«

Dante nickt. Hollister ist mit einer Bezahlapp namens Juno reich geworden, die so ziemlich alle Millennials zu benutzen scheinen. Martels Halbbruder galt als Pionier in Sachen Digitalwährungen. Insofern scheint es nicht unplausibel, dass er größere Mengen Bitcoins, Litecoins, Hotcoins, was auch immer, besaß.

»Von wie viel reden wir?«

»Ich weiß nicht genau. Ein, zwei Milliarden vielleicht?«

Dante versucht, ein unbeteiligtes Gesicht zu machen.

»Kennen Sie sich aus mit Krypto, Ed?«

»Ein wenig«, lügt er.

Sie lächelt.

»Ich weiß auch nicht viel drüber. Das war eher Gregs Ding, nicht meins. Kryptogeld ist digital, aber gleichzeitig wie Cash. Wer die Codes hat, hat die Bitcoins.«

Dante überlegt einen Moment.

»Die Vermögenswerte, von denen wir reden, liegen also nicht in einem Bankdepot?«

»Nein. Auch digitale Banken kann man schließlich hacken. Greg war da ein bisschen paranoid. Hatte ständig Schiss, dass ihm jemand seine Coins klaut. Deshalb«, sie bläst eine Dampfwolke aus, »hat er das Zeug versteckt.«

»Online?«, fragt Dante, nur um sich gleichzeitig im Stillen zu fragen, ob man digitales Geld überhaupt offline verstecken kann.

»Keine Ahnung. Sicher ist nur: Irgendwo liegt ein riesiger Schatz, der nicht in Gregs Büchern auftaucht. Ich will, dass Sie den für mich finden, Ed.«

Nachdenklich streicht sich Dante übers Kinn. In einem früheren Leben hat er an der Wall Street gearbeitet, schaut immer noch ab und zu in die Finanzpresse, obzwar er nicht eine einzige Aktie sein Eigen nennt. Folglich kennt er zumindest die Grundzüge des Kryptogeld-Phänomens. Vor zehn Jahren hat ein Kerl aus Japan eine digitale Währung namens Bitcoin erschaffen, die ohne Zentralbank auskommt und angeblich unfälschbar ist. Anfangs interessierte das kein Schwein. Aber inzwischen ist ein einzelner Bitcoin mehrere tausend Dollar wert.

Das Prinzip wurde mehrfach kopiert, es gibt inzwischen etliche Digitalwährungen. Ein paar Leute haben investiert, als die Coins noch Bruchteile eines Cents wert waren. Viele Profis hielten diese frühen Investoren seinerzeit für Volltrottel. Vielleicht waren sie es, aber dann sind sie nun reiche Volltrottel.

»Was überlegen Sie, Ed?«

»Warum Sie mich gefragt haben, zum Beispiel. Ich bin jenseits der vierzig, Jackie. Ich kenne mich ein bisschen mit Computern aus. Aber kryptografische Verfahren, mutmaßlich massiv verschlüsselte Daten – brauchen Sie da nicht eher einen Hacker?«

Martel schraubt ihre Schmauchstange auseinander, holt ein Etui hervor. Darin befinden sich mattschwarze Hülsen. Sie sind mit Gummibändern fixiert wie Schrotpatronen an einer Jagdweste. Martel wählt eine aus. Kurz darauf wabert wieder Dampf durch das Wohnzimmer. Diesmal riecht er nach Pfirsich.

»Sie haben das Sondberg-Vermögen gefunden, oder?«

»Das stimmt«, antwortet Dante.

»Niemand wusste, wo der alte Sack das alles gebunkert hatte – dass er überhaupt was gebunkert hatte. Richtig?«

Dante zuckt mit den Achseln.

»In seiner Stiftung fehlten Barmittel, über Jahre. War nicht schwer, das rauszufinden, wenn man Bilanzen lesen kann. Aber das war was anderes.«

»Wieso?«, fragt Martel.

»Weil Sondberg über achtzig war. Das modernste Gerät auf seinem Schreibtisch war eine Casio-Rechenmaschine. Alle Hinweise, die es zu finden gab, waren analog. Kontobücher, Schlüssel, Schließfächer, handschriftliche Notizen.«

Sie lächelt.

»Sie empfehlen sich gerade noch mehr für den Job, Mister. Wobei mir ohnehin nicht klar ist, warum Sie so reserviert sind. Wir haben noch gar nicht übers Geld gesprochen.«

Dante könnte ihr darlegen, dass er im Grunde seines Herzens eine ehrliche Haut ist; dass er Aufträge nur annimmt, wenn er eine reelle

Chance sieht, sie erfolgreich zum Abschluss zu bringen; dass sein Zaudern keineswegs der Versuch ist, mehr Geld rauszuschinden.

Aber wer würde das schon glauben?

»Wieso«, fragt er, »empfehle ich mich für den Job?«

»Sondbergs Geld zu finden war letztlich eine analoge Schnitzeljagd, oder? Eine Schatzsuche.«

Dante nickt und nippt wider besseres Wissen erneut an seinem Tee. Während die Amerikaner beim Kaffee gewisse zivilisatorische Fortschritte gemacht haben, ist ihr Tee immer noch beschissen.

»Ich habe«, fährt sie fort, »wenig Ahnung von Kryptogeld – Bitcoin, Blockchain und so weiter. Aber Greg hat den Kram ja quasi miterfunden. Wissen Sie, wie manche in der Szene ihn früher genannt haben?«

»Wie?«

»His Hollyness. Weil er in ihren Augen der Krypto-Messias war.«

Dante beschließt, dazu lieber keinen Kommentar abzugeben.

»Vielleicht gibt es irgendeinen Punkt während dieser ... dieser Schatzsuche, bei dem man einen Hacker braucht. Den können Sie dann gerne auf meine Kosten anheuern. Aber wichtiger ist mir erst mal, jemanden zu haben, der Schätze finden kann. Und ich glaube, dass vieles, was es zu Gregs Kryptovermögen rauszukriegen gibt, nicht auf Computern zu finden sein wird.«

»Warum das?«

»Greg hat sein erstes Computerspiel mit elf programmiert. Mit dreizehn hat er einen Roboter gebaut und dafür den NASA-Nachwuchspreis bekommen. Er war ein Bastler und Hacker. Und ein Paranoiker, wie schon gesagt. Vermutlich geht das eine ohne das andere gar nicht. Er wusste genau, dass man Bitcoins viel einfacher klauen kann, als den meisten Leuten bewusst ist. Deshalb denke ich, dass er den Schatz offline versteckt hat.«

Martel erhebt sich. Eine Pfirsichwolke hinter sich herziehend, geht sie zu einer Kommode und holt einen kleinen schwarzen Gegenstand heraus. Zunächst glaubt Dante, es handele sich um einen weiteren Vaporizer. Doch dafür ist das Ding zu klein. Martel kehrt zurück, legt den Gegenstand vor ihn auf den Tisch. Er ist in etwa so groß wie ein Zippo-Feuerzeug, hat jedoch ein kleines Monochrom-Display.

»Das ist eine Secure Wallet, ein spezielles Portemonnaie für Krypto.«

Dante nimmt das Ding in die Hand. Auf der Vorderseite sind zwei in das eloxierte Metall eingelassene Knöpfe erkennbar. Er drückt einen davon. Das Display erwacht zum Leben.

»Kontostand: 5,48 BTC.«

»Wie gesagt, das Zeug ist wie Cash«, sagt Martel, »wer die kryptografischen Schlüssel besitzt, kann es ausgeben, deshalb diese speziellen USB-Sticks. Man braucht ein Passwort für die Wallet, sonst kommt man nicht ran.«

Dante hört nur mit halbem Ohr zu, da er gleichzeitig rechnet. Das BTC auf dem Display steht vermutlich für Bitcoin. Er weiß nicht, wo exakt dessen Kurs steht, aber wohl irgendwo bei neuntausend. Auf dem Stick befinden sich folglich rund fünfzigtausend Dollar.

»Ed, worauf ich hinauswill: Um Gregs Vermögen zu finden, ist Detektivarbeit nötig. Leute befragen, Akten durchgehen, rumreisen. Und deshalb glaube ich, dass Sie der Richtige sind.«

Der Stick kommt ihm auf einmal sehr schwer vor. Dante legt ihn zurück auf den Tisch.

»Ich habe einige Fragen.«

»Also machen Sie's?«

»Erst möchte ich die Modalitäten klären. Ich soll das Vermögen Ihres verstorbenen Bruders finden. Aus Ihren Ausführungen schließe ich, dass sich diese digitalen Reichtümer nicht in seiner offiziellen Vermögensaufstellung befinden.«

Er schaut ihr in die Augen. »Wir reden also von Schwarzgeld.«

»Und? Ist das ein Problem für Sie?«

»Für mich nicht, aber vielleicht für Sie. Nehmen wir an, ich finde das Geld und auch die Passwörter, die man vermutlich braucht, um dranzukommen. Was, wenn sich das Zeug auf den Bahamas befindet oder sonst wo?«

»Sie meinen, Sie wollen es nicht für mich in die Vereinigten Staaten schmuggeln.«

»So ist es. Für so etwas geht man sehr lange ins Gefängnis.«

»Dann sagen Sie mir halt einfach, wo es ist. Der Rest muss Sie nicht interessieren.«

»Okay, Jackie. Noch etwas. Wieso nennen Sie es eigentlich ›Schatz‹? Weil das besser klingt?«

»Besser als was?«

»Besser als Steuerhinterziehung, Bilanzbetrug, Geldwäsche.«

Sie rümpft die Nase.

»Weil Greg es so genannt hat. Er hat mir keine Details erzählt. Aber wenn er bekifft war, sprach er manchmal davon.« Sie beugt sich vornüber, reißt die Augen auf, verschränkt die Arme auf ungelenke Art und Weise, dann ruft sie mit kehliger Stimme: »Meiiiin Schatzzzzz!«

»Er hat diesen Gollum nachgemacht? Aus dem ...«

»Herrn der Ringe, ja«, sagt Martel.

»Vermutlich aber nicht so gut wie Sie.«

»Reizend, danke. Das Kompliment des Tages.«

Dante meint es durchaus ernst. Jackie Martel besitzt schauspielerisches Talent, ein Umstand, zu dem er sich eine mentale Notiz macht.

»Also gut«, sagt Dante, »einverstanden. Ich suche Ihren digitalen Goldhaufen. Sollen wir dann mal übers Honorar reden?«

»Sie könnten einen Anteil bekommen, sagen wir zwei Prozent der Gesamtsumme.«

Dante schüttelt den Kopf.

»Sorry, Jackie. Bargeld lacht.«

»Krypto ist Bargeld.«

»Bargeld mit stark schwankendem Wert und in diesem Fall außerdem Schwarzgeld, das womöglich im Ausland liegt – und das ich vielleicht niemals finde. Zahlen Sie mir einfach meinen normalen Satz.«

»Wie viel wäre das?«

»Siebenhundertfünfzig pro Tag«, sagt Dante, »Erfolgshonorar bei Abschluss: Fünfundzwanzig. Dazu Spesen.«

»Okay. Aber das Erfolgshonorar erst, wenn ich den Schatz in den Händen halte.«

»Ist recht.«

Sie erheben sich. Martel geht erneut zur Kommode, kommt mit einem Sicherheitsschlüssel zurück.

»Der ist für sein Arbeitszimmer. Ich denke nicht, dass Sie da viel finden werden. Aber Sie wollen es bestimmt sehen.«

Dante nickt. Jackie Martel läuft vor ihm her, einen Gang entlang, eine Treppe hoch. Vor einer Tür bleibt sie stehen, steckt den Schlüssel ins Schloss.

»Ich habe mir erlaubt«, sagt sie, »ein paar Sachen bereitzulegen.«

Dante betritt Gregory Hollisters Büro. Es sieht nicht so aus, als habe der Kerl viel Zeit darin verbracht. Schreibtisch, Ledersessel und Regale wirken wie aus dem Katalog, alle Flächen sind blitzblank. Nirgendwo liegt Papier herum, auch Aktenordner sind Mangelware. An einer Wand hängt ein Schwarz-Weiß-Foto. Es zeigt einen etwas jüngeren Hollister, der vor einem brutalistischen Betongebäude steht. Im Hintergrund hängt ein Banner mit der Aufschrift »Pyongyang International Film Festival«.

Auf einem Beistelltisch liegen zwei Ausdrucke und ein Speicherstick. Auf den Papieren sind Namen und Adressen notiert. Dante macht eine fragende Geste.

»Einige Kontakte, die ich für Sie zusammengestellt habe. Royce Thurstow, Gregs Anwalt. Außerdem jemand bei Juno, seiner ehemaligen Firma.«

»Wie sieht es mit einer persönlichen Assistentin aus?«

»Hatte er nicht. Greg hat immer gesagt, Sekretärinnen seien für Saftärsche.«

»Aha. Und auf dem Speicherstick?«

»Seine letzten drei Steuererklärungen. Es gibt auch noch ältere«, sie zeigt auf einen der Schränke, »falls Sie die brauchen.«

»Die letzten drei sollten erst mal genügen, danke«, erwidert er.

»Und dann wären da noch Schlüssel für sein Strandhaus, drüben in Zuma.«

»War er da oft?«

Sie nickt stumm, schaut währenddessen eine Wand an.

»War das so eine Art Wochenendrefugium oder …«

»Mancave«, erwidert sie.

Mancave, Männerhöhle – eine frauenbefreite Zone, wo Mann noch ganz Mann sein darf. Vor seinem geistigen Auge sieht Dante unaufgeräumte Zimmer voller Pin-up-Poster. Star-Wars-Raumschiffe baumeln von der Decke, halb gerauchte Joints und leere Pizzakartons liegen herum.

Sie hält ihm einen Schlüsselbund hin. Er greift danach und steckt ihn ein.

»Okay«, sagt sie, »ich muss jetzt los. Ich habe heute Abend einen Auftritt in San Diego. Schauen Sie sich in Ruhe um, auch unten, wenn Sie wollen. Marcus steht Ihnen zur Verfügung, falls Sie was brauchen.«

Dante bedankt sich. Sie gibt ihm die Hand, verabschiedet sich. Martel ist schon halb aus dem Zimmer, als sie sich noch einmal umdreht. In ihrer Rechten hält sie die Bitcoin-Wallet aus dem Wohnzimmer. Bevor er etwas sagen kann, wirft sie ihm den Stick zu. Dante fängt ihn.

»Ich dachte, wir hätten uns auf harte Dollars geeinigt«, sagt er.

»Klar, aber zur Sicherheit. Wenn man mit Krypto zu tun hat, sollte man welches haben, finden sie nicht?«

»Aber das sind … fünfzigtausend Dollar. Das ist Irrsinn.«

»Passt schon«, erwidert Martel.

»Ich sollte Ihnen zumindest eine Quittung ausstellen.«

»Brauch ich nicht. Das Passwort lautet übrigens Pussypower666. Und, Ed?«

»Ja?«

»Nicht alles auf einmal ausgeben«, sagt Martel. Dann ist sie weg.

ARMENIAN BREAKFAST

Zwei Stunden später sitzt Dante in seinem Café. Natürlich ist es nicht wirklich seines, gewisse Ansprüche kann er jedoch geltend machen. Schließlich kommt er fast jeden Tag her. In alten Filmen haben Privatdetektive wie Sam Spade stets Büros, in denen sie rauchend darauf warten, dass mysteriöse Blondinen hereinstöckeln und mit rauchiger Stimme um Hilfe bitten. Dante hat kein Büro. Und Sam Spade hätte auch keines besessen, wären iPad und Wi-Fi bereits erfunden gewesen.

Das Café heißt »Ararat« und befindet sich auf jenem Teil des Sunset Boulevard, der durch Little Armenia verläuft. Außer zur Mittagszeit ist der Laden meist leer, was Dante entgegenkommt. Mit dem Besitzer hat er gewisse Absprachen getroffen. Dante darf das nicht öffentliche Wi-Fi verwenden und bekommt Yorkshire Tea, der eigens für ihn vorgehalten wird.

Auf dem iPad sortiert er seine Notizen. Die Durchsuchung von Hollisters Büro war erfolglos. Er hatte nichts anderes erwartet. Niemand bewahrt Geheimnisse in seinem offiziellen Arbeitszimmer auf. Zwar hat er die CDs mit den Finanzunterlagen, ahnt aber bereits, dass sich auch diese als wertlos erweisen werden. Hoffentlich fördern die anstehenden Interviews mehr zutage. Hollisters Anwalt Royce Thurstow hat er bereits angeschrieben. Und dann wäre da noch Hollisters Exfirma Juno. Letztere ist ein ziemlich dicker Fisch. Wie dick? Laut Google Finance hat Juno einen Börsenwert von zweihundertfünfzig Milliarden Dollar, bei rund fünfzehn Milliarden Jahresumsatz – ein adipöser Walfisch also. Greg Hollister war Junos Gründer, Technikchef, Vorstandschef. Im Jahr 2017 legte er alle Ämter nieder und schied aus dem

Unternehmen aus. Nicht einmal einen Sitz im Aufsichtsrat hatte er danach mehr inne.

Dante bestellt sich noch einen Yorkshire. Während er auf den Tee wartet, schaut er sich Junos Gesellschafterstruktur an. Eigentlich wäre zu erwarten, dass Hollister als Gründer noch immer einen erklecklichen Batzen Aktien hält, so wie Zuckerberg bei Facebook oder Gates bei Microsoft. Aber in der Investoren-Datenbank ist er nicht verzeichnet. Dante findet eine kurze Reuters-Meldung vom Juni 2017, laut der Hollister damals alles auf einen Schlag verkauft hat.

Er schüttelt den Kopf. Hollister gehörte, nach allem, was er inzwischen weiß, zu jenen Freaks, die sehr früh in Bitcoin investierten und dadurch Millionäre wurden. Bei Juno scheint sein Timing hingegen katastrophal gewesen zu sein. Erst nach Hollisters Abgang hob die Aktie nämlich so richtig ab. Hätte der Kerl seine Papiere behalten, wäre er noch viel reicher geworden.

Dante legt das iPad weg, schaut hinaus auf den Boulevard. Er sieht aus wie fast alle Boulevards in Los Angeles. Angenommen, man zerlegte diese Stadt über Nacht in ihre Einzelteile und puzzelte sie neu zusammen, sodass sich all die Hauptstraßen und Highwayrampen, all die Filialen von Starbucks, 7-Eleven und In-N-Out am nächsten Tag an anderen Stellen befänden – würde das jemandem auffallen? Vermutlich nicht.

Als er die Beine übereinanderschlägt, zwickt ihn etwas im Schritt. Es ist der Fünfzigtausend-Dollar-Stick in seiner Hosentasche. Niemand sollte derart viel Geld mit sich herumtragen, auch nicht, wenn es in einer digitalen Mickymauswährung denominiert ist. Martel hat ihm versichert, diese sogenannte Secure Wallet sei bombensicher, weil passwortgeschützt und verschlüsselt.

Aber solche Schutzmechanismen sind letztlich wertlos. Als er noch bei der Bank arbeitete, erklärte ihm der IT-Verantwortliche einmal, gegen die Fünf-Dollar-Entschlüsselung sei niemand gefeit: Du kidnappst den Typen mit dem Passwort und kaufst im nächsten Baumarkt für fünf Piepen einen Schraubenschlüssel. Damit drischst du so lange auf den Kerl ein, bis er die Codes rausrückt – effizient, billig, keine Programmierkenntnisse notwendig.

Dante beschließt, sich genauer über Kryptowährungen zu informieren. Er nimmt das iPad wieder in die Hand, ruft eine Übersicht auf: Bitcoin, Bitcoin Cash, Litecoin, Ether, Tether, Feather, Cosmos, Tezos, aber kein Bezos. Seite um Seite geht es weiter, mit Funcoin, Porncoin und Piratecoin, den tolkienesken Zahlungsmitteln Hobbitcoin und The One Coin, ferner dem Ultimate Coin und dem Final Coin.

Er schließt die Seite, ruft Fotos von Gregory Hollister auf. Mit seinen schulterlangen Haaren und dem Wollbeanie wirkt er wie ein gealterter Grunge-Rocker. Hollister ist ein südländischer Typ, viel Bartschatten, dunkler Teint. Dante meint gelesen zu haben, dass ein Teil seiner Vorfahren aus Süditalien stammt. Martels Halbbruder ist hager, beinahe anämisch. Dante fragt sich, welcher der vielen bescheuerten Diäten, denen sich die halbe Westküste unterwirft, Hollister wohl anhing – Vegan, Keto, Warrior? Die gewünschte lebensverlängernde Wirkung blieb auf jeden Fall aus.

Dante kippt viel Milch und wenig Zucker in seinen Tee, nippt an dem ambrosischen Gebräu. Mit der Fünf-Dollar-Methode wird niemand an Hollisters Schatz kommen. Es ist nämlich keiner da, dem man den Schraubenschlüssel auf die Finger hauen könnte. Folglich muss man die Codes oder Passwörter finden, was wiederum voraussetzt, dass diese irgendwo hinterlegt sind. Was aber, wenn Hollister diese lediglich im Kopf gespeichert hatte?

Apropos Kopf: Dante muss zunächst mehr über den Typen in Erfahrung bringen, herausfinden, wie er getickt hat, was er zuletzt tat. Das wird nicht einfach. Nicht nur, weil das Beobachtungsobjekt seit drei Tagen Fischfutter ist, sondern auch, weil er für eine Rekonstruktion von Hollisters finalen Stunden Zugriff auf die Ermittlungsergebnisse der Polizei braucht. Manche Privatdetektive haben gute Kontakte zu LAPD und FBI. Dante ist keiner von ihnen. Als ehemaliger Wall-Street-Heini besitzt er bestenfalls Kontakte zur Börsenaufsicht.

Dante hat sich bereits ein kleines Hollister-Dossier zusammengestellt: Presseartikel, Blogposts, YouTube-Videos. Doch statt sich diese vorzunehmen, geht er auf Google und gibt »Ada Swordfire San Diego« ein. Warum er das tut, weiß er nicht. Vielleicht, um zu checken, ob sie ihm vorhin die Wahrheit gesagt hat.

Hat sie. In einem Einkaufszentrum gibt es eine Autogrammstunde mit ihr. Außerdem wird sie an einer Podiumsdiskussion über weibliches Empowerment in Mangacomics teilnehmen. Dante versteht nicht so richtig, was das bedeuten soll, aber die Bilder neben Martels Eintrag sind ohnehin interessanter. Sie wurden auf einer Messe aufgenommen. Im Hintergrund erkennt er eine Halle voller Stände, bevölkert von meist weißen, meist männlichen Nerds in Marvel- und Star-Trek-Shirts. Im Vordergrund steht Martel. Sie trägt eine Art Space-Marine-Rüstung, sehr martialisch, aber gleichzeitig sehr sexy, was keinen Sinn ergibt. Sexy Rüstung ist gleichbedeutend mit löchriger Rüstung.

Dante schließt die Seite und wendet sich nun endlich seinem Dossier zu.

Gregory Patrick Hollister, geboren 1981, aufgewachsen in Seattle. Mit elf programmierte er sein erstes Computerspiel. Mit neunzehn brach er das College ab, um mit ein paar Freunden SandWizard.com zu gründen, einen Onlinedienst für Sandwiches. Hollister wollte die belegten Brote automatisch zubereiten lassen, von eigens dafür entwickelten Maschinen. Dante fragt sich, wie so ein Robo-Deli funktionieren soll. Dem Rest der Welt ging es wohl ähnlich. SandWizard.com musste Konkurs anmelden. Bevor dem Sandwich-Start-up jedoch die Mayonnaise ausging, hatten Hollister und seine Kumpels es bereits an einen Investor verkauft und wurden sehr reich.

In den Folgejahren beschäftigte sich der frischgebackene Millionär vor allem mit Kryptowährungen. Der in der Hackerszene als Sir Holly bekannte Hollister stand politisch den Libertären nahe, jener sehr amerikanischen Strömung, die den Staat für ein nimmersattes Monster, Steuern für Diebstahl, Schulen für Umerziehungslager und Waffen für ein Menschenrecht hält. Er träumte von einer digitalen Währung, die nicht von einer Notenbank ausgegeben, sondern dezentral im Internet verwaltet wurde.

Dante muss schmunzeln. Auch er ist in seiner Jugend ein Revoluzzer gewesen, wenn auch in anderer Weise als Hollister. Mit siebzehn hat er in Islington den »Socialist Worker« verteilt, eine leninistische Postille. Vielleicht war es auch eine trotzkistische, so genau weiß er das nicht mehr. Auf jeden Fall brannte Dante für die Revolution. Hätte ihm damals jemand prophezeit, er werde eines Tages bei einer US-Investmentbank arbeiten, hätte »Red Ed« ihn für verrückt erklärt.

Aber so war das nun einmal. Bei Hollister schien die Sache ähnlich verlaufen zu sein. Der Idealismus war ihm allmählich abhandengekommen. Immerhin hatte er etwas länger durchgehalten als Dante. 2012 rief Hollister eine eigene digitale Währung namens Turtlecoin ins Leben. Dieser Bitcoin 2.0 sollte die endgültige Antwort in Sachen Krypto sein. Aber niemand interessierte sich für Hollisters Schildkröten-Złoty, die Sache floppte.

Nach dieser Enttäuschung gründete Sir Holly eine neue Firma: Juno. Deren gleichnamige Bezahlapp wird inzwischen, soweit Dante informiert ist, von mehreren hundert Millionen Menschen verwendet.

Eine Gruppe Männer in schlecht geschnittenen Anzügen betritt das Ararat. Sie sind die Vorhut. In einer halben Stunde wird es zu voll sein, um noch vernünftig arbeiten zu können. Dante klappt das iPad zu, nimmt noch zwei Schlucke lauwarmen Tee. Er gibt der Kellnerin ein Zeichen.

Warum ist Juno so erfolgreich? Vielleicht gibt es einen Grund dafür, vielleicht auch nicht. Es kann sein, dass Hollisters Bezahlapp einfach zum richtigen Zeitpunkt kam. Oder das Marketing war clever. Auf jeden Fall wurde Juno ein großes Ding.

Die Rechnung kommt. Dante steht auf, geht nach vorne, zur Kasse. Er fragt sich, ob es Hollisters digitale Schatzkammer überhaupt gibt. Martel glaubt fest daran, aber sie wäre beileibe nicht die Erste, die das Vermögen eines Erbonkels, oder in diesem Fall Erbbruders, maßlos überschätzt. Mit Juno hat Hollister schließlich gar nicht so viel verdient, weil er zu früh raus ist. Und seine Bitcoin-Gewinne könnte er einfach ausgegeben haben.

Dante zückt eine seiner Kreditkarten, hält sie gegen das Lesegerät, bis es piept. Währenddessen fällt sein Blick auf einen Sticker unterhalb der Kasse, auf dem die Bezahlmöglichkeiten aufgelistet sind. Er sieht die üblichen Verdächtigen, Visa, Amex, Mastercard, außerdem ApplePay, Alipay, Freshpay. Auch das Juno-Logo ist erkennbar, das stilisierte Profil eines Frauenkopfes, weiße Linien auf schwarzem Grund. Das Konterfei wirkt klassisch, wie auf einer antiken Vase. Vermutlich bezieht sich der Name Juno auf die römische Göttin, die Gattin von Mars, Jupiter, wem auch immer.

Dante tritt hinaus auf den Boulevard. Augenblicklich hüllt ihn die Mittagshitze ein, der Brandgeruch steigt ihm in die Nase. Er geht zu seinem Acura, den er in einer Seitenstraße geparkt hat. Während Dante läuft, liest er mit zusammengekniffenen Augen seine Mails. Es ist fast nur Müll, kein richtiger Spam, aber Zeug, mit dem er sich nicht beschäftigen will, darunter eine Nachricht seines Cousins Alan aus Cardiff, zwei Rechnungen, ein lästiger Exklient. Hollisters Advokat hat sich bislang nicht gemeldet und die Leute von Juno auch nicht.

Er erreicht sein von der Sonne aufgeheiztes Fahrzeug, steigt ein. Gerade will Dante sich in den Verkehr einfädeln, als sein Handy klingelt.

»Dante Investigations, Ed Dante am Apparat.«

»Guten Morgen, Mister Dante. Mein Name ist Sheryl Kowalski. Ich rufe Sie im Auftrag von Mrs Yang an.«

Dante braucht eine Sekunde, um den Namen zu verorten. Alice Yang ist die Vorstandschefin von Juno. Er hatte weder erwartet, dass seine Mail so schnell beantwortet würde, noch dass sich jemand von ganz oben zurückmeldet.

»Ah, danke für den schnellen Rückruf.«

»Ich bin die persönliche Assistentin von Mrs Yang. In Ihrer Mail hieß es, Sie ermittelten im Auftrag von Greg Hollisters Schwester?«

»Jacqueline Martel, korrekt.«

»Wir sind hier alle sehr betrübt über Mister Hollisters Tod.«

Dante fällt keine Floskel ein, die als Erwiderung auf diese Binse taugt. Deshalb sagt er:

»Ich untersuche die Umstände von Mister Hollisters Ableben. Es wäre sehr hilfreich, wenn ich mit seinen Exkollegen sprechen könnte.«

»Ich verstehe. Gibt es etwas Spezielles, das Sie wissen möchten?«

»Nun, es geht mir zunächst darum, seine letzten Tage zu rekonstruieren ...«

»Sie wissen«, unterbricht ihn Kowalski, »dass er schon länger nicht mehr hier arbeitete?«

»Natürlich. Aber da Mrs Yang ihn gut kannte, hoffe ich, dass sie oder andere Weggefährten mir möglicherweise Anhaltspunkte liefern können.«

»Anhaltspunkte wofür, Mister Dante?«

»Für sein ... sein Verhalten in den vergangenen Wochen.«

»War das ungewöhnlich?«

»Sieht so aus.«

Dante saugt sich all das aus den Fingern. Er kann so etwas nicht besonders gut. Seine Exfrau würde behaupten, einer Buchhalterseele wie ihm fehle die Fantasie, fürs Lügen und auch für andere Sachen. Die Wahrheit ist allerdings eher, dass Dante nicht gerne lügt. Aber er kann dieser Vorzimmertrulla ja schlecht auf die Nase binden, dass er nach ein paar Milliarden Dollar sucht, die der Juno-Gründer irgendwo verbuddelt hat.

»Es gibt Hinweise auf gewisse finanzielle Unregelmäßigkeiten.«

»In Mister Hollisters Privatvermögen? Oder meinen Sie, dass das etwas mit unserem Unternehmen zu tun hat?«

»Ich kann zum jetzigen Zeitpunkt nichts ausschließen. Meine Ermittlungen befinden sich in einem sehr frühen Stadium. Aber ehrlich gesagt ist das etwas, das ich ungern am Telefon erörtern würde.«

»Ich verstehe. Hören Sie, Mister Dante, ich muss dazu intern rückkoppeln und würde mich dann zeitnah wieder bei Ihnen melden, okay?«

»Das ist sehr freundlich, Mrs Kowalski. Vielen Dank.«

Sie verabschiedet sich und legt auf. Dante dreht die Klimaanlage hoch und entledigt sich seines Jacketts. Er fädelt sich auf den Santa Monica Boulevard ein, Richtung Westen. Um zu seiner Wohnung zu gelangen, müsste er in die andere Richtung fahren. Aber da will er nicht hin. Wohin dann? Er weiß es nicht genau, fährt einfach. Als Dante noch etwa zehn Blocks vom Strand entfernt ist, fällt es ihm ein. Das naheliegendste Ziel, geografisch wie ermittlungstechnisch, ist Hollisters Mancave. Sie befindet sich am Strand von Zuma, jenseits von Malibu. Dante fährt weiter, biegt auf den Pacific Coast Highway ab. Abgesehen von dem Brandgeruch, dem mordsmäßigen Verkehr, dem Ziepen in seinem Rücken und der Ebbe auf seinem Konto ist es ein herrlicher Tag. Das Meer glitzert in der Sonne, Pazifikporno vom Feinsten.

Er überlegt, ob er schon jemals bis Zuma Beach gefahren ist – vermutlich nicht. Der Strand liegt weit im Westen, ein ordentliches Stück hinter jener Ansammlung aus überteuerten Boutiquen und Fischbuden namens Malibu.

Dante braucht fast eine Stunde. Am öffentlichen Parkplatz von Zuma Beach fährt er ab, kauft sich am Strandkiosk eine Cola. Damit setzt er sich auf eine kleine Mauer, schaut hinaus aufs Meer. Nach ein paar Minuten holt er Martels Zettel hervor und gibt die Mancave-Adresse bei Google Maps ein.

Da Martel das Domizil ihres Bruders als Strandhaus bezeichnete, hat Dante etwas erwartet, das den direkt ans Wasser grenzenden Promihütten nahe Malibu ähnelt. Aber wie die Karte ihm nun offenbart, ist Hollisters Refugium viel exklusiver. Links des Strands von Zuma erhebt sich eine Anhöhe, die in den Pazifik hinausragt, Point Dume. Sie ist voller sattgrüner Vegetation und Villen. Die Häuser thronen gut dreißig Meter über dem Meer, der Blick muss fantastisch sein.

Dante trinkt aus, setzt sich wieder ins Auto. Ein paar Minuten später schlängelt er sich eine Serpentine hinauf. Oben erwartet ihn ein Gewirr kleiner Sträßchen. An einer davon liegt Hollisters Mancave, das mittlere von insgesamt drei Häuschen auf dieser Seite der Straße. Er hält an, schaut hinüber. Eine Gartenmauer mit dicht stehenden Zypressen versperrt ihm den Blick auf das Innere. Hollisters Villa besitzt ein doppelflügeliges Tor aus dunklem Holz.

Dante kramt den Schlüsselbund hervor, den Martel ihm ausgehändigt hat. Gebäude dieses Kalibers haben normalerweise einen elektronischen Toröffner, doch an dem Schlüsselbund hängt keiner.

Er fährt ein Stück weiter, bis zur nächsten Querstraße, parkt dort. Dann läuft er zurück zu dem Tor, die Schlüssel in der Hand.

MANCAVE

Gleich der erste Schlüssel passt. Dante betritt den Innenhof, schließt das Tor hinter sich. Nach seiner Einschätzung dürfte das Strandhaus, die Mancave, was auch immer, aus den Dreißigern stammen. Weiße Wände, ockerfarbene Tonschindeln, ein Hauch von spanischer Kolonialarchitektur – stilistisch ist es das, was man an der Westküste als Mission Revival bezeichnet. Im Innenhof gibt es einen Haufen exotischer Pflanzen in Töpfen. Die Gewächse stehen gut im Saft, vermutlich kümmern sich irgendwelche dienstbaren Geister um sie.

Außerdem befinden sich im Innenhof zwei Garagen. Dante probiert an ihren heruntergelassenen Toren herum. Sie sind verschlossen, lassen sich jedoch mit einem der Schlüssel öffnen. In der linken Garage findet Dante einen älteren Porsche 911, luftgekühlt, froschgrüne Sonderlackierung. Auf dem Nummernschild steht MALIBUM. Die rechte Garage fungiert offenbar als Werkstatt. Martel sagte, ihr Bruder sei nicht nur Programmierer, sondern auch Tüftler und Bastler gewesen. Dennoch ist Dante erstaunt über das Ausmaß seines Hobbys. In der Garage befinden sich mehrere Werkbänke sowie genug Werkzeug, um den alten Porsche von nebenan zu warten, oder Fahrräder, Boote und Modellflugzeuge. Für Dante sieht es so aus, als hätte Hollister all dies tatsächlich getan. Überall finden sich Hinweise auf halb fertige Projekte: in Einzelteile zerlegte Drohnen, Fernsteuerungen, Motherboards sowie ein Haufen anderen Zeugs, deren Funktionen er nicht einmal erahnen kann.

Er verlässt die Garage und geht zur Haustür. Dante bemerkt eine Fischaugenlinse über dem Türsturz, vermutlich nicht die einzige.

Ihm ist bewusst, dass einige seiner Kollegen in solchen Fällen vorsichtiger vorgehen würden, um unerkannt zu bleiben. Er hingegen hat in der Nähe geparkt, Nachbarn könnten sein Kennzeichen notieren. Die Kamera hat ihn vielleicht auch schon verewigt, ganz zu schweigen von den Fingerabdrücken, die er gerade am Türknopf hinterlässt. Aber dies ist schließlich keine Mordermittlung. Dante sucht kein Motiv. Er sucht Kontoauszüge.

Der Schlüssel dreht sich, die Tür geht auf. Dante findet sich in einem Flur wieder. Dieser ist weiß getüncht, es gibt eine Anrichte und ein paar leere Kleiderhaken, ferner einen mannshohen Spiegel. Er betrachtet sich darin. Dante hat eindeutig keltische Vorfahren, hat diese fast milchfarbene Haut. Durch seine Klamotten wird diese Fahlheit noch verstärkt. Jackett und Hose sind schwarz, dazu trägt Dante ein weißes T-Shirt. Alles in allem ist er ein ziemlich monochromer Typ.

Vom Flur gehen zwei Türen ab. Hinter einer verbirgt sich ein Fitnessraum mit Rudermaschine, Kettlebells und Langhantelbank. Dante nimmt lieber die andere und findet sich in einem mindestens siebzig Quadratmeter großen Wohnzimmer wieder, dessen Südseite verglast ist. Statt des Pazifiks sind allerdings nur heruntergelassene Rollläden zu sehen. Einen Moment lang befürchtet Dante, ein Supertechie wie Hollister habe bestimmt ein Smart Home besessen, das sich nur über eine Handy-App steuern lasse. Dann aber findet er neben dem Türrahmen einen schnöden Kippschalter, und die Rollos fahren hoch. Der Blick aufs Meer ist atemberaubend. Weil die Küste etwas weiter östlich einen kleinen Knick macht, sieht man zudem rein gar nichts von Los Angeles. Dieser Umstand gefällt Dante fast noch besser als der knallblaue Pazifik.

Er sieht eine großzügige Sofaecke, einen Projektor mit Leinwand, eine Cocktailbar sowie ein Auto, das mitten im Raum steht. Es handelt sich um einen DMC DeLorean. Die charakteristischen Flügeltüren sind geöffnet.

Dante tritt näher heran. Er fragt sich, wie sie die Karre durch den Flur bekommen haben. Die Antwort lautet natürlich: mit Geld. Er geht um den Wagen herum. Es handelt sich nicht um einen gewöhnlichen DeLorean, sondern um die Filmversion aus »Zurück in die Zukunft«. Plutoniumreaktor, Flux-Kompensator, Zeitreise-Navi, alles ist vorhanden.

Dante streicht mit der Hand über die unlackierte Karosserie. Vor Jahren ist er einmal DeLorean gefahren, einer seiner New Yorker Bankerkollegen besaß einen. Es war eine große Enttäuschung. Die Filme vermitteln die Vorstellung eines schnittigen Sportwagens, doch das ist Hollywood-Kokolores. Der DeLorean besitzt zwar ein ansprechendes Äußeres, in seinem Inneren befindet sich jedoch ein schmalbrüstiger Renault-Motor und eine antiquierte Zweigangautomatik. Es gibt Aufsitzmäher, die besser abgehen. Den DeLorean als Einrichtungsgegenstand zu verwenden, ist insofern folgerichtig.

Dante schaut sich weiter um. Hollister besaß offensichtlich ein Faible für solchen Retrokram. Dante sieht einen alten Plattenspieler nebst Vinylsammlung. In einer Vitrine ist Star-Wars-Spielzeug aus den Achtzigern ausgestellt, in einer anderen stehen bemalte Fantasy-Zinnfiguren – Orks, Goblins, Zauberer. In einem weiteren Glaskasten liegen Münzen. War Hollister zu allem Überfluss etwa auch noch Numismatiker? Einige der Münzen sind sehr alt. Er erkennt spanische peso de ocho, deutsche Taler, englische Farthings. Andere Exponate scheinen hingegen recht neu zu sein. Auf einer Münze prangt das doppelt durchgestrichene Bitcoin-B. Einige wirken nicht wie etwas, das tatsächlich je als Zahlungsmittel verwendet wurde, sondern eher wie die Art von Gedenkmünzen, die einem zu später Stunde im Kabelfernsehen angeboten wird.

Eine zeigt eine Frau mit Spartaner-Helm. Die Münze wurde auf einem kleinen Samtkissen platziert, woraus Dante schließt, dass sie Hollister besonders wichtig war. Zunächst vermutet er, bei der Frau handele es sich um die Göttin Juno und die Münze sei irgendein Promogag von Hollisters Exfirma. Dann aber entdeckt er die

Inschrift am Rand. »Republic of Minerva« steht da und darunter: »South Pacific Ocean«. Es gibt keine Denomination, aber Koordinaten und ein Jahr: 1973.

Dante vermag sich keinen Reim darauf zu machen. Als Nächstes untersucht er das Bücherregal. Es ist voller Comics, darunter viele Mangas. Etliche sind pornografisch. Nachdem er in einem Heftchen mit dem Titel »Bondage Faeries« geblättert hat, das eine Mischung aus »Tinkerbells Abenteuer« und »Fifty Shades of Grey« zu sein scheint, nimmt er zwei Büsten im Regal in Augenschein. Die eine zeigt einen kahlköpfigen, streng dreinblickenden Mann mit Zwicker, die andere einen mit vollem Haupthaar und tiefenentspannten Gesichtszügen. Mahler und Beethoven? Turing und Gates? Tango and Cash? Auf den Sockeln steht leider nichts.

Er geht weiter. An der hinteren Wand hängt das vergrößerte und gerahmte Cover eines Buchs: »Atlas wirft die Welt ab« von Ayn Rand, vermutlich die Erstausgabe. Dante verzieht das Gesicht. Zwar hat er »Atlas« nie gelesen, weiß jedoch, dass konservative Intellektuelle darauf stehen. Rand propagiert in ihrer Schwarte eine Welt, in der sämtliche Regeln von der Wirtschaft gemacht werden und der Staat nichts zu sagen hat.

Offenbar war Greg Hollister ebenfalls Rand-Fan. Verwunderlich ist das nicht. Dantes Erfahrung nach finden sich vor allem sehr wohlhabende und erfolgreiche Menschen in Rands Geschwurbel wieder. Die Autorin propagiert nicht nur Laissez-Faire-Kapitalismus, sondern überhöht den Unternehmer zudem zu einer Art Herrenmensch, ohne den die Zivilisation umgehend zusammenbräche. So etwas kommt bei selbst ernannten Masters of the Universe natürlich gut an.

Während Rand bei einem Erzkapitalisten so wenig überrascht wie de Sade bei einem SM-Fetischisten, bringt der Bilderrahmen daneben Dante ins Grübeln. Es handelt sich um eine Tuschezeichnung. Sie zeigt einen Mann, der mit ausgebreiteten Armen dasteht. Dante fühlt sich an da Vincis vitruvianischen Mann erinnert.

Allerdings fehlt diesem Herrn hier der Kopf. In den Händen hält er einen Dolch und ein flammendes Herz, auf Höhe seiner Scham befindet sich ein Totenschädel.

Dante kratzt sich am Kinn, wendet sich handfesteren Dingen zu. Er öffnet alle Schubladen, findet ein paar Drogen – Gras und irgendwelche Pillen, Opioide vermutlich. Er geht zur Cocktailbar. Sie enthält wahrscheinlich keinerlei sachdienliche Hinweise, interessiert ihn aber persönlich. Dante ist ein großer Cocktailfan. Manche würden sagen: ein zu großer. Hollisters Barausstattung würde einen Profibarkeeper zufriedenstellen. Fast ist Dante versucht, sich ein Getränk zu mixen. Es müsste etwas Leichtes sein, ein Arbeitsdrink, vielleicht ein Cape Codder oder eine Mimosa. In seinem Hinterkopf hört er seine Exfrau über Leute meckern, die bereits vor dem Mittagessen mit dem Saufen anfangen. Eigentlich sollten ihm Rachels Tiraden zehn Jahre nach ihrer Scheidung gleichgültig sein. Aber irgendwie ist ihm die Lust vergangen. Um vor dem Schatten seiner Ex nicht völlig einzuknicken, holt er sich wenigstens ein Ginger Ale aus dem Kühlschrank, irgendeine exotische Marke, die er noch nie probiert hat. Mit einem Tumbler voller Eis und Ingwerbier schlendert Dante weiter durch die Mancave.

Am Treppenaufgang und im Obergeschoss hängen noch mehr gerahmte Bilder. Gott sei Dank sind es keine weiteren Ayn-Rand-Cover, sondern Urlaubsfotos. Zumindest vermutet Dante, dass es welche sind. Hollister und seine Kumpels tragen auf den Bildern Klamotten, die aussehen, als habe ein mexikanischer Karnevalsdesigner Kostüme für das Remake von Mad Max entworfen – bunte Federn, Chrom, Leder, noch mehr Federn.

Hinter den Cyberpunk-Azteken erstreckt sich eine Salzwüste. Dante erkennt seltsame Fahrzeuge, Avantgarde-Skulpturen, leicht bekleidete Mädchen mit Dreadlocks und eine riesige Statue aus Holz. Nun ahnt er, wo die Fotos aufgenommen wurden: auf dem Burning-Man-Festival, einem alljährlichen Woodstock der Techbranche in der Black Rock Desert. Die Statue im Hintergrund, der namensgebende Brennende Mann, wird am Ende des mehrtägigen Bacchanals abgefackelt.

Dante vergleicht die Fotos, sucht nach wiederkehrenden Gesichtern. Ein Kerl mit Bubiblick und Indianerzöpfen taucht öfter auf, ebenso ein älterer Mann, der in dem Indiopriester-aus-dem-Weltall-Outfit besonders seltsam aussieht. Mit seinem Handy knipst Dante alles.

Im Obergeschoss landet er als Erstes in einem Raum, den er zunächst für eine weitere Werkstatt hält. Atelier wäre jedoch die bessere Bezeichnung; an einem Arbeitstisch stehen Dutzende kleine Töpfchen mit Acrylfarben sowie ein Gestell mit Uhrmacherlupe. Halb bemalte Zinnfiguren stehen herum – Skelette, Hobbits, Drachen. In der Mitte des Raums befindet sich eine auf Böcken stehende, große Platte. Sie erinnert an ein Modelleisenbahn-Diorama, minus Gleise und Züge. Es gibt Gras, Hügel, einen Fluss. Auf beiden Seiten sind Armeen aufgestellt, links die Horden der Finsternis – Trolle, Orks, Dämonen. Rechts warten die Mächte des Lichts – Elfen, Engel, Menschen. Dante schaut in einige Kisten in den Regalen. Sie enthalten noch mehr Zinnfiguren, Modelle mittelalterlicher Burgen und Steinschleudern.

Er geht weiter, kommt in ein Zimmer mit Schreibtisch und Lesesessel, das Hollisters Arbeitszimmer gewesen sein muss. In einem der Regale liegt ein Laptop, ein Macbook. Dante überlegt kurz, ob er es anschalten soll. Aber ohne Passwort kann er sich das wohl schenken.

Seufzend stellt Dante sein Glas ab und geht auf die Knie. Er beginnt, über den Steinboden zu kriechen. Seiner Erfahrung nach schreiben viele Leute ihre Computerpasswörter auf Merkzettel. Besonders fantasielose Zeitgenossen verwenden Post-its und kleben diese unter den Schreibtisch. Eigentlich glaubt Dante nicht, dass Hollister so einer war, aber man kann ja nie wissen. Er schaut unter den Tisch, den Stuhl, tastet die Unterseiten der Schubladen ab.

Als Dante fertig ist, hat er außer staubigen Fingern nichts vorzuweisen. Ächzend kommt er hoch. Er geht ins Schlafzimmer, wiederholt die Prozedur. Als er unter dem Bett fündig wird, ist er fast ein wenig verdutzt. Ein gefalteter Zettel lugt zwischen Lattenrost und Matratze hervor. Dante zieht ihn heraus, entfaltet ihn. Auf dem Zettel befindet sich ein zwölfstelliges alphanumerisches Passwort, inklusive Sonderzeichen und Großbuchstaben, wie die Götter der IT es vorschreiben.

Im Arbeitszimmer fährt er den Rechner hoch, gibt im Anmeldefenster das Passwort ein. Der Matratzencode funktioniert. Klaglos gibt der Rechner den Blick auf den Desktop frei, dessen Hintergrundbild einen namenlosen Strand zeigt. Bevor sich Dante jedoch ein wenig in den Verzeichnissen umschauen kann, öffnet sich ein schmuckloses Fenster. Text erscheint.

```
Last login: Nov 3 11 : 57 : 42 on console
Greg-Hollisters-Macbook-Air-Deux:~ hollynew$
```

Dante bleibt gerade genug Zeit, den Text zu lesen, bevor er verschwindet und durch einen Haufen Computergrütze ersetzt wird, die in rascher Abfolge durch das Fenster läuft. Er ist ratlos. Handelt es sich um irgendeine Sicherheitsmaßnahme? Wird die Festplatte gelöscht? Oder ist dies nur ein Systemupdate? Dante versucht, das Fenster wegzuklicken, doch da hat der Buchstabenregen bereits aufgehört. In der letzten Zeile steht: »Complete«.

Dante klickt in das Terminalfenster, kopiert die gesamte Codegrütze in die Zwischenablage. Danach fügt er sie in ein Word-Dokument ein und speichert es. Vielleicht kann ihm später jemand mit mehr IT-Kenntnissen erklären, was Hollisters Macbook da gemacht hat. Dante holt einen USB-Stick hervor und kopiert alles, was ihm interessant erscheint – vor allem die Excel-Dateien.

Was auffällt: Hollisters Rechner besitzt zwar ein E-Mail-Programm. Es ist aber nicht eingerichtet, keine Mitteilungen in der Inbox. Vermutlich ist das keine Nachlässigkeit, sondern kalkulierte Geheimniskrämerei. Er wird den Rechner mitnehmen, aber eine Sache will er dennoch sofort nachschauen, weil sie ihm bereits oft weitergeholfen hat. Er öffnet den Webbrowser und klickt oben in die leere Adressleiste, woraufhin von Hollister häufig besuchte Seiten angezeigt werden. Darunter sind die üblichen Verdächtigen: L. A. Times, Twitter, YouTube, Pornhub, aber auch einige Adressen, die auf eine Kryptomanie hindeuten, zum Beispiel Coinmarket, eine Plattform, auf der man digitale Währungen handeln kann. Ferner gibt es einen Eintrag namens »Tales from the Crypto«. Das Wortspiel ist ziemlich bescheuert, dennoch muss Dante schmunzeln. Er klickt darauf. Die Seite entpuppt sich als eine Art Finanzblog, in dem es ausschließlich um Dinge wie Bitcoin und Blockchain geht.

Hollister interessierte sich aber wohl auch für die gute alte Börse. Eine weitere oft aufgerufene Seite ist eToro, eine Handelsplattform für Aktien, Anleihen und Währungen. Kurz überkommt Dante die Hoffnung, dass Hollister vielleicht noch eingeloggt ist und er einen Blick in das Wertpapierdepot des Mannes werfen kann. Aber natürlich landet er vor einem Log-in-Fenster.

Dante schaltet den Laptop ab und steckt ihn in seinen Rucksack. Kurz darauf ist er wieder im Wohnzimmer, lässt sich in den Beifahrersitz des DeLorean sinken.

»Fuck«, entfährt es ihm. Dante steht zwar noch ganz am Anfang seiner Ermittlungen, hat aber bereits Hollisters Laptop nebst Passwort erbeutet. Eigentlich sollte ihn das zufrieden stimmen. Stattdessen fühlt er sich niedergeschlagen. Der Typ war schlauer, als dieser ganze infantile Zierrat nahelegt. Vermutlich sind seine wirklich interessanten Daten gar nicht auf dem Laptop. Auch setzt Dante nicht allzu viel Hoffnung in die anstehenden Zeugenbefragungen, insbesondere was den Anwalt und die Juno-Chefin angeht. Die einzige Berufsgruppe, die mehr aalglatte Schleimscheißer enthält als die Jurisprudenz, ist das Topmanagement großer Konzerne. Es ist unwahrscheinlich, dass er aus diesen Leuten viel herausholen wird. Dante schaut durch die Windschutzscheibe, schilt sich für seinen Defätismus. Was er braucht, ist ein bisschen Optimismus. Was er braucht, ist ...

Sein Blick fällt auf die Bar.

Ein paar Minuten später sitzt er in einem Designersessel neben dem Beamer, ein Glas voller flüssigem Optimismus in der Hand. Er nimmt einen Schluck. Sein Sidecar enthält einen Hauch zu viel Cointreau, doch es gibt niemanden, den er dafür verantwortlich machen könnte. Er nippt erneut, schaut auf die leere silbrig-weiße Leinwand vor sich. Welchen Film oder welche Serie hat Hollister wohl zuletzt geschaut? Vermutlich »Game of Thrones« oder die Extended Version des »Herrn der Ringe«. Er wendet sich nach rechts, sucht nach dem Netzschalter des Beamers. Nun erst fällt ihm auf, dass dieser seltsam aussieht. Er wirkt altmodisch und er ...

Das ist kein Beamer. Es ist ein Diaprojektor. Dante kommt hoch, blitzschnell, so als habe der Sidecar statt Brandy Raketentreibstoff enthalten. Er fingert an dem Projektor herum. Auf dessen Rückseite befinden sich eine Öffnung und ein ausklappbarer Schlitten, in den man ein Magazin voller Dias einführen könnte.

Ein Bild formt sich in seinem Kopf. Er sieht einen dieser Vergnügungspiers mit Eiscafé und Spielhallen. Es handelt sich jedoch nicht um den Santa-Monica-Pier, was naheliegend wäre, sondern um einen an der englischen Nordseeküste. Er kennt diese Badeorte aus seiner Kindheit. Kieseliger Strand, arschkaltes Wasser, zerkochtes Essen. Warum muss er gerade jetzt daran denken?

Nach einem weiteren Schluck fällt es ihm ein. Vermutlich liegt es daran, dass die letzten Dias, die er gesehen hat, einen solchen Strandurlaub zeigten, den er mit seinen Eltern durchlitten hat, irgendwann in den Achtzigern – in Eastbourne, dem südenglischen Geriatrieparadies. Warum haben Eskimos kein Wort für »Eastbourne«? Weil sie ihre alten Leute lieber im Schneegestöber aussetzen.

Vermutlich hat er die Dias sogar noch. Ja, sie sind in irgendeiner Schublade. Dante wischt den Gedanken weg und beginnt, Hollisters Wohnzimmer systematisch auseinanderzunehmen. Wenn man weiß, wonach man sucht, ist es immer einfacher.

Er fahndet nach circa dreißig Zentimeter langen, zehn Zentimeter breiten Plastikboxen. Er findet tatsächlich eine, unter der aufklappbaren Platte des Couchtischs. Beim vorherigen Durchsehen hat er die Box für eine Videokassette gehalten. In der Kiste wäre Platz für zwei Magazine, doch nur eines befindet sich darin. Vorsichtig zieht Dante es heraus. Es enthält an die dreißig Dias.

Er schiebt das Magazin in den Projektor, greift sich eine kleine Fernbedienung. Man erkennt nicht alle Details, dafür müsste er zunächst die Rollos herunterlassen. Doch so viel Geduld besitzt Dante nicht.

Mit einem Klack wird das erste Dia eingezogen. Es zeigt einen Mann auf der Skipiste.

Dante flucht.

»Niemand interessieren deine bepissten Skiferien.«

Er klickt weiter. Snowboarding, vermutlich in Colorado. Die Bilder wirken relativ neu, was seltsam ist, weil kein Mensch mehr Dias macht. Hollister stand augenscheinlich auf Retro-Technologien.

Weitere Dias folgen, noch mehr Schnee. Seine Intuition hat ihn offensichtlich getäuscht oder vielleicht war es auch der Sidecar. Die Bilder sind belanglos, trotzdem will Dante sie zumindest einmal durchklicken. Der Projektor treibt ihn allerdings zur Weißglut. Klick, klick, klick – er möchte im Schweinsgalopp durch die Dias, aber analoge Technik ist behäbig.

Rackatschack wird ein Dia eingezogen. Rackatschick wird es zurück ins Magazin befördert, das sich auf dem Schlitten nun einen Zentimeter vorwärtsbewegt. Dann kommt das nächste.

Halfpipe. Après-Ski. Knackärsche in Latzhosen. Ein Blatt, auf dem »FEUER« steht.

Dante hält inne. Auf dem Foto ist ein Blatt liniertes Papier zu sehen, in jenem giftigen Gelbton, den amerikanische Collegeblöcke haben. Jemand hat es quergelegt, das Wort mit einem Filzer daraufgeschrieben und davon ein Foto gemacht. Außer dem Blatt und einem bisschen Tischplatte ist nichts weiter zu sehen.

Dante drückt auf den Knopf. Rackatschack. Rackatschick. Rackatschack.

SKORPION

So geht es weiter.

WASSER
UNTER
BERG
MIT
WALNUSS
SHRIMP
LUXUS
HAAR
MARMOR
ERBE

Als er erneut drückt, wird die Leinwand weiß. Das Blatt, auf dem »ERBE« stand, war das letzte. Dante bleibt einen Moment lang regungslos sitzen. Dann hebt er sein Glas und trinkt es in einem Zug leer. Er lässt die Dias ein weiteres Mal durchlaufen, bevor er sich erhebt und das Magazin aus dem Projektor nimmt. Vorsichtig entfernt er die Dias mit den Wörtern, darauf achtend, dass ihre Reihenfolge erhalten bleibt. Vielleicht ist sie wichtig. Aus seinem Rucksack holt er zwei Gummibänder hervor und fixiert damit den Stapel.

Er packt die Dias in den Rucksack, wäscht die benutzten Gläser aus und vergewissert sich, dass auch sonst alles aussieht wie zuvor. Danach verlässt Dante das Haus, geht zum Tor. Gerade will er es öffnen, als sein Handy klingelt.

»Dante Investigations?«

»Hallo, Mister Dante. Noch mal Kowalski von Juno.«

Das ging schnell. Sehr schnell. Interessant.

»Mister Dante, ich weiß nicht, wie Ihr Kalender aussieht. Aber hätten Sie vielleicht schon morgen Zeit?«

»Im Prinzip ja. Wo?«

»In unserer Firmenzentrale, wenn das möglich ist.«
Juno sitzt in San Francisco, wo sonst?
»Kriege ich hin. Wie viel Uhr?«
»Elf dreißig?«
»Gut, ich werde da sein.«
Während er mit Kowalski telefoniert, hört Dante das Knirschen von Reifen, die über sandigen Boden rollen. Ein Auto nähert sich, es muss sich direkt jenseits der Mauer befinden.
»Kommt außer Mrs Yang noch jemand dazu? Der Finanzchef vielleicht?«, fragt er die Juno-Sekretärin, während er nach einem Schlitz in der Pforte oder Mauer sucht.
»Das wäre auch Mrs Yang, da Hugh Blakely, unser Finanzchef, das Unternehmen kürzlich verlassen und sie seinen Job kommissarisch übernommen hat. Aber unser Kommunikationschef kommt auf jeden Fall. Und vielleicht noch jemand.«
Mit »jemand« meint Kowalski vermutlich einen Anwalt. Es würde ihn schwer wundern, wenn die Juno-Chefin mit ihm spräche, ohne einen dabeizuhaben.
Durch den schmalen Schlitz zwischen den Torflügeln meint Dante eine Bewegung zu erkennen.
»Gut, Mrs Kowalski. Dann bin ich morgen rechtzeitig bei Ihnen.«
Sie verabschieden sich, Dante legt auf. Er lugt erneut durch den Schlitz, kann aber nichts erkennen. Zwar hat er wenig Lust, irgendwem in die Arme zu laufen, aber überwintern will er hier drin auch nicht. Und wenn er morgen früh ausgeschlafen bei Juno antanzen möchte, muss er heute noch einen Flieger nehmen.
Er atmet tief durch und öffnet die Pforte.
Auf der gegenüberliegenden Straßenseite lehnt eine Frau mit verschränkten Armen an einem Prius. Dante hatte eher Leute in FBI-Jacken erwartet. Aber die Frau arbeitet vermutlich weder für die Bullen noch fürs Fernsehen. Sie ist Mitte dreißig, trägt ein graues Arbeiterhemd und schwarze Jeans, dazu rote Vans. Ihre schwarzen Haare sind kurz und strubbelig, die Seiten ausrasiert.

Eine Ray-Ban verdeckt ihre Augen. Unter den kurzen Ärmeln ihres Hemds kriechen Tattoos hervor.

Dante ignoriert sie, wendet sich ab und verschließt das Tor. Als er sich wieder umdreht und Richtung Hauptstraße läuft, schaut sie ihm nach. Er marschiert weiter, geht in seinem Kopf verschiedene Optionen durch. Ausscheiden dürften, neben Polizistin und Reporterin, wohl auch Anwältin, neugierige Nachbarin ... was käme sonst noch infrage? Falls jemand Schläger angeheuert hat, um seine Ermittlungen zu behindern, wären diese erstens im Rudel aufgetaucht und zweitens männlich. Vielleicht eine Exfreundin von Hollister?

Dante hört, wie eine Autotür zuklappt. Ohne groß darüber nachzudenken, macht er auf dem Absatz kehrt und geht auf den Prius zu. Weil die Sonne auf die Windschutzscheibe knallt, kann er die Reaktion der Frau nicht erkennen, aber zumindest rast sie nicht mit Vollgas davon. Er geht zur Beifahrertür, macht sie auf, steigt ein. Skatergirl schaut ihn an. Sie versteckt sich noch immer hinter der Ray-Ban und wirkt verwundert, aber nicht verängstigt.

»Guten Tag«, sagt Dante.

»Hi«, erwidert sie.

Die Stereoanlage ist an. Er kennt diesen Gitarrenlauf. Es ist ein alter Punksong, »Sonic Reducer« von den Dead Boys. Das zumindest glaubt Dante, bis er zu seiner Enttäuschung feststellt, dass es sich um einen Rapsong handelt, dessen Komponisten einfach die »Reducer«-Riffs geklaut haben.

Anscheinend steht ihm sein Missfallen ins Gesicht geschrieben.

»Irgendwas nicht in Ordnung, Mister?«

»Der Song. Nichts gegen die ... sind das die Beastie Boys?«

Sie nickt.

»Das Original gefällt mir besser.«

Zu seinem Erstaunen nickt sie erneut. Wer kennt heute noch die Dead Boys?

»Sind Sie dafür nicht zu alt, Mister?«

»Für Punkrock?«

Dante mag Punkrock, mochte ihn schon immer. Er hat nie aufgehört, das Zeug zu hören, nicht einmal als Investmentbanker. Mit Derivaten und Subprime-Hypotheken die Welt zu ruinieren und dabei »Kill the Poor« von den Dead Kennedys zu hören, ist ein gewisser Widerspruch, aber vermutlich nicht der größte in seinem Leben.

»Zu alt für den Text. Trotzig. Infantil. Was für Jungs, nicht für Männer. Aber Sie sind jetzt nicht ungefragt in mein Auto gestiegen, um über Punksongs zu quatschen, oder?«

Dante kann sehen, dass sie die linke Hand in ihrer Hosentasche vergraben hat. Vermutlich umklammert sie eine Dose K.-o.-Spray. Er hofft es. Bei den bekloppten Amerikanern mit ihrem Waffenfetisch muss man stets auf das Schlimmste gefasst sein.

Langsam schüttelt er den Kopf.

»Sie haben mir so interessiert nachgeschaut. Und da dachte ich, Sie sind vielleicht«, er korrigiert sich rasch, bevor das ganz falsch rüberkommt, zeigt auf das Anwesen, »wegen Hollister hier.«

»Greg Hollister ist tot.«

»Zweifelsohne«, erwidert Dante. »Trotzdem mein Ratschlag: Lassen Sie's.«

»Was meinen Sie, Mister?«

»Sie haben überlegt, wie risikoreich es wäre, mal einen Blick reinzuwerfen. Ist schließlich keine Menschenseele auf der Straße. Und über die Mauer kommt man rüber. Aber drinnen gibt es einen Haufen Kameras. Deshalb würde ich es lieber lassen.«

»Und wer sind Sie?«

»Ed Dante. Privatdetektiv.«

»Wer hat Sie beauftragt? Woher haben Sie die Schlüssel?«

»Vertraulich. Sagen Sie mir auch Ihren Namen, Lady?«

»Mercy Mondego.«

Wenn man in Großbritannien solch einen Namen hört, hält man ihn für ausgedacht. Aber in Kalifornien kann es durchaus hinhauen. Der spanische Nachname passt auch zu ihrem Teint.

»Und Ihr Job, verraten Sie mir den auch?«

»Journalistin.«

Bestimmt nicht beim »Wall Street Journal«, denkt Dante. Sie zieht eine Visitenkarte hervor, reicht sie ihm. »Mercy C. Mondego, Chefredakteurin«, steht darauf. Und darunter: »Tales From The Crypto«.

»Ah, dieses Blog«, sagt Dante und steckt die Karte ein, »habe ich schon mal gehört, glaube ich.«

Mondego hat tiefschwarze Augenbrauen, die einander in der Mitte fast berühren und die nun, da sie die Stirn runzelt, noch deutlicher hervortreten.

»Sie interessieren sich für Krypto?«

»Wäre das ungewöhnlich?«

»Sie sehen eigentlich wie ein Nocoiner aus.«

»Wie was?«

»Wie jemand, der nicht in Krypto investiert.«

Was sie wohl meint, ist, dass Dante zu arriviert aussieht, um diesen neuen groovy-funky Bitcoin-Scheiß noch zu checken.

Sie nimmt die Sonnenbrille ab. Große, dunkle Augen schauen ihn an.

»Können wir uns unterhalten, ich meine über Hollister? Alles vertraulich, natürlich.«

»Ich denke mal drüber nach. Aber jetzt«, Dante öffnet die Tür, »muss ich los. Ich habe noch einen Termin.«

»Wollen Sie mir vielleicht vorher noch Ihre Karte geben, Mister Dante?«

»Sie können mich googeln.«

»Ihre Handynummer vermutlich nicht«, erwidert sie.

»Die Anrufe werden weitergeleitet. Verstehen Sie mich nicht falsch, aber ich möchte nicht, dass das LAPD meine Karte bei Ihnen findet, wenn Sie«, er deutet auf den Rücksitz, »festgenommen werden.«

Sie weiß natürlich, was in ihrem Fond liegt, kann es jedoch trotzdem nicht unterlassen, hinzuschauen. Auf der Sitzbank liegen eine schwarze Wollmaske, Handschuhe und eine Brechstange. Daneben sieht man eine zusammengeknüllte Wolldecke, die vor wenigen Minuten vermutlich noch über das Einbrecherwerkzeug gebreitet war.

»Glauben Sie mir. Es lohnt sich nicht.«

Sie schaut ihn an, mit einer Mischung aus Trotz und Spott.

»Vielleicht lohnt es sich sogar ganz ungemein«, sagt Mondego.

»Nur, wenn man nicht gesehen wird. Und wenn noch was Interessantes da ist.«

Dante nickt Mondego ein letztes Mal zu, steigt aus. Ohne sich noch einmal umzudrehen, läuft er zu seinem Auto. Er legt den Rucksack auf den Beifahrersitz und steckt sein Handy in die Navi-Halterung.

»Siri, spiel ›Sonic Reducer‹ von den Dead Boys.«

Wieder ertönt dieser Gitarrenlauf. Aber diesmal folgt kein Gehippe oder Gehoppe. Stattdessen rotzt eine Männerstimme:

I don't need anyone
Don't need no mom and dad
Don't need no pretty face
Don't need no human race
I got some news for you
Don't even need you too

Dante lässt den Wagen an. Mondego hat recht, wirklich reichlich infantil, dieser Text. Er dreht das Radio auf und gibt Gas.

KLICK UND BING

Als Dante am nächsten Morgen vor der Juno-Zentrale aus dem Taxi steigt, sieht er aus wie der Banker von einst. Normalerweise meidet er Schlips und Slipper, aber wenn man sich mit der Vorstandschefin eines großen Finanzdienstleisters trifft, ist volles Ornat angesagt. Aus kompensatorischen Gründen hat er auf der Fahrt vom Flughafen zum Finanzdistrikt von San Francisco die ganze Zeit Rage Against the Machine gehört. Nun nimmt er die Stöpsel aus den Ohren und geht auf die Drehtür zu.

Junos Büros befinden sich in einem eher unscheinbaren Klotz unweit der Transamerica Pyramide. Die Lobby ist in hellem Holz und dunklem Granit gehalten. Hinter dem Empfangstresen ist ein Bildschirm von der Größe eines Motelpools angebracht. Sein Display ist schwarz, bis auf ein marmorweißes Juno-Logo in der Mitte und periodisch an verschiedenen Stellen des Bildschirms aufblitzende Wechselkursnotierungen: USD/EUR 1,1115; GBP/CHF 1,2568; MON/CHF 0,9678.

Der Name Juno, das hat Dante sich während des Flugs angelesen, geht tatsächlich auf die gleichnamige römische Göttin zurück, speziell auf eine ihrer Inkarnationen namens Juno Moneta. Im alten Rom war sie fürs wahre Bare verantwortlich, die staatliche Münze des Imperiums war ihr geweiht.

Dante geht zum Tresen und meldet sich an. Er ist früh dran, weswegen die Sekretärin ihn bittet, noch in einer Sitzgruppe Platz zu nehmen. Dante tut wie ihm geheißen, schaut sich um. Juno mag ein Finanzinstitut sein, aber nach Bank sieht es hier nicht aus – zu wenig Pomp, keine Schalter, keine Fondsbroschüren. Die Leute, die den Fahrstühlen zuströmen, sehen ebenfalls nicht wie Bankangestellte aus, genau genommen nicht einmal wie Menschen auf dem Weg zur Arbeit. Gerade schlappt ein Typ in Shorts und Fleecejacke an ihm vorbei. Dante holt sein iPad hervor, liest die Mails. Der Anwalt hat sich endlich gemeldet und ist bereit, mit ihm zu sprechen. Dante schickt einen Terminvorschlag, überprüft dann die Google Alerts, die er sich für den Fall Hollister eingerichtet hat. Der Juno-Gründer taucht in ein paar neuen Nachrichtenartikeln auf, jedoch stets in Nebensätzen wie »auch der kürzlich bei einem tragischen Unfall ums Leben gekommene Bitcoin-Pionier«.

Was Dante umtreibt, ist die Frage, wie lange die Sache mit dem mutmaßlichen Kryptoschatz noch geheim bleibt. Martel schien davon auszugehen, dass ihr Bruder lediglich ihr von der Sache erzählt habe. Dante glaubt das nicht. Genauer gesagt glaubt er nicht, dass sich die Existenz einer derart großen Summe lange geheim halten lässt. Irgendwem wird irgendetwas auffallen. Martel hat keine zeitlichen Vorgaben gemacht, dennoch spürt er, dass Eile geboten ist. Dante ist nicht entgangen, dass diese tätowierte Bloggerin gestern eine, haha, kryptische Andeutung gemacht hat. Ein Einbruch bei Hollister könne sich lohnen. Das war möglicherweise eine Anspielung auf den Schatz.

Dante schaut auf die Uhr. Er ist wirklich zu früh, mehr als zwanzig Minuten, hat also genug Zeit für einen Tee. Auf der anderen Seite der Lobby befindet sich ein kleiner Coffeeshop. Dante erhebt sich, geht hinüber und bestellt einen English Breakfast. Zunächst will er dem Verkäufer einen Fünfer aushändigen, besinnt sich dann jedoch eines Besseren. Gestern Abend hat er sich die Juno-App aufs Handy geladen und einige Dollars in die sogenannte Wallet übertragen, das digitale Portemonnaie der Software. Er scrollt durch das ihm noch recht unbekannte Juno-Menü.

Der Barista bemerkt sein Zögern. »Wir nehmen auch Moneta«, sagt er.

Dante ist bereits gestern aufgefallen, dass neben Dollar in der Wallet auch Moneta angezeigt werden, Junos Hauswährung. Diese hat ein eigenes Symbol, ein M, durch das zwei horizontale Striche verlaufen. Dante fragt sich, ob Moneta eine reine Verrechnungseinheit ist oder eine richtige Kryptowährung. Auf jeden Fall besaß er das letzte Mal, als er nachschaute, null Moneta. Nun sind es 0,0000000001. Eine lächerlich kleine Menge, aber wo ist sie hergekommen?

Dante wendet sich wieder dem Barista zu. Er kennt den Dollar-Moneta-Wechselkurs nicht, vermutet aber, dass er für null Komma null irgendwas Moneta keinen Venti English Breakfast bekommt.

»Dollar auch okay?«, fragt er und hält dem Mann sein Telefon hin. Der zeigt auf einen auf der Theke klebenden Juno-Kopf. Dante hält sein Handy dagegen, woraufhin es fiept und er das Gesicht zur Autorisation vor die Kamera seines iPhones halten muss.

Mit dem Tee in der einen und dem Handy in der anderen Hand geht er zurück zur Sitzecke. Mit Juno lässt sich bargeldlos bezahlen, was ja aber nicht gerade revolutionär ist. Er wischt durch die App. Anscheinend gibt es zudem die Möglichkeit, Geld zu versenden. Außerdem werden ihm irgendwelche Coupons angezeigt. Ihm fällt auf, dass sein Konto nun 0,0000000002 Moneta enthält. Hat das mit dem Kauf des Getränks zu tun?

»Mister Dante?«, sagt eine Baritonstimme.

Dante dreht sich um und blickt in das Gesicht eines Enddreißigers. Er trägt Jeans und Button-down-Hemd, dazu eine lindgrüne Patagonia-Weste. Dante nickt. Der Westenträger streckt seine Rechte aus.

»Keith Lofgren, sehr erfreut. Ich bin der Kommunikationschef von Juno.«

Dante lässt sein Handy verschwinden, schüttelt Lofgrens Hand.

»Guten Morgen, Keith. Vielen Dank, dass Sie mich so rasch empfangen.«

»Gar kein Problem«, sagt Lofgren in einem Tonfall, der andeutet, dass es sehr wohl eines ist. Er bedeutet Dante, ihm zu folgen. Sie gehen zu den Aufzügen. Dort steht eine Staffelei, auf der ein postergroßes, gerahmtes Foto mit Trauerflor aufgestellt ist. Es zeigt Greg Hollister. Das Bild muss schon vor ein paar Jahren aufgenommen worden sein. Hollister wirkt jünger und nicht so hager. Lofgren nickt in Richtung der Staffelei, setzt einen ernsten Gesichtsausdruck auf.

»Wir sind alle sehr betroffen von Gregs Tod. Zwar hatte er sich aus dem Unternehmen zurückgezogen, aber als unser Gründer bleibt er natürlich für immer mit uns verbunden. Viele Mitarbeiter kannten ihn noch persönlich.«

»Mrs Yang auch, korrekt?«

»Ja, natürlich. Ich glaube, Greg hat sie seinerzeit selbst bei Merrill Lynch abgeworben.«

Der Lift kommt. Zusammen mit zwei Mitarbeiterinnen steigen sie ein. Lofgren hält sein Handy gegen eine Kontaktfläche, wählt das neununddreißigste Stockwerk.

»Wie ich eben gesehen habe«, bemerkt er, »nutzen auch Sie Juno.«

Dante hebt seinen Becher. »Das war mein erster Einkauf. Was ich nicht ganz verstanden habe: Ich habe Bruchteile dieser Moneta in der Wallet.«

Aus dem Augenwinkel bemerkt er, dass die beiden Frauen zugehört haben und ihn mustern, als sei er von einem anderen Stern. Lofgren hingegen lässt sich nichts anmerken.

»Moneta sind eine Kryptowährung, ein wichtiger Bestandteil des Juno-Ökosystems. Wenn Sie etwas bezahlen, einen Kaffee oder eine Taxifahrt, ganz egal was, dann wird zusätzlich ein winziger Bruchteil eines Moneta mitüberwiesen.«

»Sind das so was wie Bonuspunkte?«

»Nein, das dient der Sicherheit. Es ist zwar nur ein Zehn-Milliardstel-Moneta, aber dadurch sind die Transaktionen nicht umsonst, verstehen Sie?«

Dante vollführt eine Geste des Bedauerns. »Ehrlich gesagt ...«

»Hacker können unser System deshalb nicht so einfach manipulieren. Jede Transaktion würde Sie nämlich etwas kosten, anders als bei, sagen wir, E-Mail-Spam. Auch deshalb ist Juno so sicher, eine geniale Idee von Greg Hollister seinerzeit. Deshalb nennen wir diese winzigen Inkremente auch Hollys.«

»Und das passiert sofort?«

»Binnen Millisekunden«, antwortet Lofgren.

»Und diese Moneta sind wie Bitcoins?«

»Nicht ganz. Wenn Sie es genau wissen wollen, maile ich Ihnen einen Backgrounder zu dem Thema. Vereinfacht gesagt sind Moneta an den Dollar gekoppelt, eins zu eins, jederzeit umtauschbar. Sie können damit bezahlen. Und Sie können anderen Leuten Geld überweisen. Damit meine ich keine Überweisungen im herkömmlichen Sinne. Stellen Sie es sich wie WhatsApp für Geld vor. Klick und Bing, schon hat Ihre Frau die Moneta in der Wallet.«

Dante nickt und dankt dem lieben Gott still dafür, dass es während seiner Ehe noch kein WhatsApp und kein Juno gab. Ansonsten hätte Rachel die Kohle mit Lichtgeschwindigkeit aus ihm herausgesaugt und er wäre noch ärmer, als er es ohnehin schon ist.

Die Lifttüren gleiten auf, beide Frauen steigen aus. Als sie fort sind, sagt Lofgren: »Was genau möchte Mrs Martel denn herausfinden über Greg?«

Lofgren macht einen aufgeweckten Eindruck. Bestimmt hat er vorab jene Dinge recherchiert, die mithilfe von Google und LinkedIn leicht herauszufinden sind: dass Dante eine Detektei betreibt, die auf Vermögensfragen spezialisiert ist; dass er früher bei Gerard Brothers gearbeitet hat, bis zur Finanzkrise eine der größten Wall-Street-Banken. Wenn Lofgren richtig findig ist, weiß er zudem, dass Dante nach dem Kollaps von Gerard nie wieder bei einem Finanzinstitut gearbeitet hat.

Der Lift hält erneut, sie steigen aus. Sie passieren ein paar Einzelbüros, dann einen Open Space, in dem Menschen an Laptops vor sich hin arbeiten. Der Blick von hier oben ist großartig. Man schaut über das Embarcadero hinaus auf die Bucht. Dante sieht die Bay Bridge und links davon Treasure Island. Dort zumindest liegen Hollisters versteckte Reichtümer bestimmt nicht.

Lofgren führt ihn zu einem Meetingraum, in dem bereits zwei Personen warten. Alice Yang ist eine alterslose Frau mit der aufrechten Haltung einer Tänzerin. Sie könnte als Mitte vierzig durchgehen, aber aus ihrem Wikipedia-Profil weiß Dante, dass sie fast sechzig ist. Früher war sie Chefin des Asiengeschäfts bei Merrill. Wie Gerard Brothers ist das eine Bank, die es nicht mehr gibt.

Sie schütteln einander die Hände. Yang stellt ihm die zweite Frau als Emma Ogonkow vor, nennt ihre Funktionsbezeichnung, Vice President of irgendwas. Dante vermutet, dass Ogonkow die unvermeidliche Anwältin im Raum ist. Sie nehmen an dem Konferenztisch Platz. Lofgren verteilt Getränke, Dante verflucht sich für die Wahl seiner Garderobe. Alle tragen Jeans, sogar Yang. In seinem Anzug wirkt er wie ein Versicherungsvertreter, der hier ist, um Juno eine beschissene Brandschutzpolice zu verkaufen.

»Danke, dass Sie sich die Zeit nehmen, Mrs Yang.«

»Alice, bitte. Wir waren einfach neugierig, worum es hier geht.«

»Greg Hollisters Schwester ist in Sorge«, sagt er geradeheraus, »wegen des Geldes.«

Yang schnaubt. »Wenn ich das richtig sehe, muss sie sich da ja wohl keine Sorgen machen. Oder hat er alles jemand anderem vermacht?«

Dante übergeht die Frage, denn selbst wenn er wollte, könnte er sie nicht beantworten. Dazu muss er zunächst mit Hollisters Anwalt sprechen.

»Es geht eher darum, dass es ... gewisse Anhaltspunkte dafür gibt, dass Hollisters Vermögensaufstellung nicht vollständig ist.«

Yang und Lofgren werfen sich Blicke zu.

»Können Sie«, sagt Lofgren, »das ein wenig konkretisieren?«

»Gerne. Wobei ich gleich vorausschicke, dass es das kleine Problem gibt, dass noch nicht alles offenliegt, weil Mister Hollister«, er schaut die mutmaßliche Anwältin an, »genau genommen noch nicht ganz tot ist.«

»Das ist ja nun etwas pietätlos«, erwidert Lofgren, doch Ogonkow nickt.

»Noch kein Totenschein, also auch keine Testamentseröffnung«, sagt sie. »Aber gibt es denn irgendwelche Zweifel?«

»Daran, dass er tot ist?« Dante schüttelt den Kopf. »Nein. Und Fremdeinwirkung kann man wohl ausschließen. Ich ermittle aber auch nur wegen der Finanzen. Nach dem, was ich bisher recherchiert habe, müsste Hollister an die hundert Millionen schwer gewesen sein. Vor allem wegen seiner Juno-Anteile.«

»Er besaß keine mehr«, erwidert Yang, »nicht eine Aktie, soweit wir wissen.«

»Korrekt. Als er das Unternehmen verließ, hatte er aber noch rund fünfzehn Prozent der ausstehenden Aktien. Er musste Verkäufe nicht mehr bei der Börsenaufsicht anmelden, weil er ja kein Juno-Manager mehr war. Aber unter Zugrundelegung des damaligen Aktienkurses und der üblichen Durchschnittswerte müsste er für eine Aktie etwa neunzig bis hundert erlöst haben.«

Dante lächelt. »Schlechtes Timing, wenn man sich anschaut, was Sie aus der Firma gemacht haben. Wissen Sie«, er mustert Yang, »warum er damals verkauft hat?«

Die Unternehmenschefin wirft Lofgren einen kurzen Blick zu, bevor sie antwortet.

»Als Greg fortging, war ich noch Finanzchefin. Ich glaube, er wollte einfach Zeit für sich. Viele Gründer merken nach einer Weile, dass Vorstandschef sein nicht das ist, was sie sich vorgestellt hatten. Nur Managementkram, endlose Meetings, Sie wissen, was ich meine.

Und danach wollte er, soweit ich weiß, ein neues Start-up gründen – vermutlich auch Fintech, also digitale Finanzdienstleistungen. Das sagte er zumindest. Wegen möglicher Interessenskonflikte hat er sein Aufsichtsratsmandat bei Juno deshalb niedergelegt.«

Was Yang ihm erzählt, entspricht fast eins zu eins dem Inhalt der Pressemitteilung, die Juno seinerzeit zu Hollisters Ausscheiden herausgegeben hat.

»Aber er hätte dennoch Großaktionär bleiben können.«

»Das hätte er. Mit dem Verkauf hat er, wie Sie schon sagten, ein schlechtes Geschäft gemacht. Hätte er sein Aktienpaket behalten, wäre es«, Dante kann den Stolz in Yangs Stimme hören, »nun siebzehnmal so viel wert wie damals.«

Yang schlägt die Beine übereinander und mustert ihn.

»Mir ist allerdings immer noch nicht klar, was wir mit Hollisters Finanzen zu tun haben, Mister Dante. Wir waren ja seit Jahren geschiedene Leute.«

»Das ist mir bewusst. Aber Hollisters Privatvermögen soll größer gewesen sein als die Summe, die er mit Juno-Aktien erlöst hat und durch den Verkauf von SandWizard seinerzeit. Viel größer.«

»Ach so«, sagt Yang, »natürlich.« Dante nickt. Lofgren und Ogonkow schauen fragend.

»Sie vermuten«, fährt die Vorstandschefin fort, »er hatte Geld in Kryptowährungen angelegt?«

»Das ist Mrs Martels Vermutung, ja. Sie sagten vorhin etwas von einer neuen Firma, die Hollister gründen wollte. Haben Sie davon noch mal was gehört?«

»Nein. Vor einigen Monaten waren wir mal essen, am Rande einer Konferenz in New York. Da habe ich ihn gefragt, ob er was Neues aufzieht. Aber Greg hat mir versichert, er habe derzeit keine Pläne dafür.«

»Das widerspricht allerdings Hollisters ursprünglicher Begründung, warum er sein Mandat niedergelegt hat.«

Lofgren schaltet sich ein.

»Menschen ändern eben ihre Meinung. Vielleicht gefiel ihm sein neues Leben so gut, dass er noch eine Weile Privatier bleiben wollte.«

»Ich glaube an die Kryptowährungstheorie«, sagt Yang. »Vielleicht hat er Geld in Bitcoin oder so was angelegt. Er hatte eine Schwäche für dieses Zeug.«

Ihr Gesichtsausdruck deutet an, dass sie diesen ganzen Kryptozirkus für Unsinn hält. Das wäre nicht ungewöhnlich für eine Exbankerin von der Wall Street. Dante geht es ähnlich. Wenn man sein Leben lang mit grünen Scheinen, Gold und Aktien wirtschaftet, wenn man sieht, welchen Einfluss Notenbanken und große Fonds auf die Märkte haben, kann man leicht zu dem Schluss gelangen, dass diese neumodischen Kryptowährungen sehr unausgereift sind – und die Leute, die sie propagieren, noch unseriöser als der durchschnittliche Vermögensberater. Und das will was heißen.

Aber Yang ist keine Bankerin mehr, sondern Chefin eines Unternehmens, das sogar eine eigene Kryptowährung besitzt: Moneta. Folglich müsste sie etwas enthusiastischer sein. Dante sagt etwas in diese Richtung.

»Ed, Sie müssen zwei Dinge trennen: Funktionalität und Ideologie. Eine digitale Währung, bei der alle getätigten Transaktionen fälschungssicher dokumentiert werden, und zwar so, dass sie jeder Teilnehmer des Systems nachprüfen kann – das ist eine gute Idee. Diesen Teil hat Juno von Kryptowährungen wie Bitcoin übernommen. Aber nicht die Ideologie. Das war«, sie überlegt einen Moment, »ja, ich glaube, das war Gregs eigentlicher Geniestreich.«

»Wenn Sie von Ideologie reden, dann meinen Sie diese anarchokapitalistischen Ideen mancher Bitcoinfans?«

»Richtig. Die wollen Geld, das unabhängig vom Staat ist und vollständig anonym. Und natürlich soll es komplett dezentral im Internet gespeichert werden, damit niemand es kontrolliert.«

»Und Juno will das nicht.«

»Sie haben doch gesehen, wohin diese fröhliche Anarchie geführt hat. Leute haben Bitcoin verwendet, um im Darkweb Drogen und Waffen zu verkaufen, Terrorismus zu finanzieren, Schwarzgeld zu waschen. Wir aber haben es geschafft, die Bitcoin-Idee zu domestizieren.

Junos Moneta ist fälschungssicher und digital, aber nicht dezentral. Die Währung wird von uns kontrolliert. Alle Transaktionen werden dokumentiert. Und sie sind eben gerade nicht anonym. Alles andere«, sie lächelt, »wäre angesichts der strengen Finanzgesetze heutzutage auch gar nicht machbar.«

Dante nickt.

»Aber jetzt halte ich Ihnen einen Vortrag. Und Sie wollten nur wissen, ob es sein kann, dass Greg sein Geld in irgendwelchen obskuren Kryptowährungen angelegt hat.«

»Sie sagten, er habe ein Faible dafür gehabt. Aber Sie sagten auch, Hollister habe Bitcoin quasi domestiziert. Das widerspricht sich, oder?«

»Nein, eigentlich nicht. Sie können ja auch Elektroautos produzieren und trotzdem ein Faible für Oldtimer haben.«

»Aber würden Sie all Ihr Geld in Oldtimern anlegen?«

»Keine Ahnung. Und ich bin mir auch nach wie vor nicht sicher, was das alles mit uns zu tun hat.«

Yang lehnt sich zurück. Lofgren übernimmt wieder.

»Ich muss Alice beipflichten, Ed. Für mich sieht, was Sie uns bisher gesagt haben, nach einer rein privaten finanziellen Angelegenheit der Erbengemeinschaft Hollister aus.«

Lofgren kann Pokerface, das ist Dante bereits vorhin im Lift aufgefallen. Aber seine Hände verraten ihn. Er drückt manchmal Daumen und Zeigefinger aufeinander. Nun tut er das nicht, was darauf hindeutet, dass er nicht angespannt ist, sondern locker, vielleicht auch: erleichtert.

»Bisher sieht es wohl ganz so aus«, erwidert Dante. »Nur eine Frage noch.«

»Bitte«, sagt Lofgren.

»Hollisters Juno-Konto – er hatte doch sicher eines. Wissen Sie, ob da signifikante Beträge drauf waren?«

»Alle Kundenkonten, auch das von Greg Hollister, sind natürlich verschlüsselt. Um sie einsehen zu können, muss eine Anfrage des Kunden oder einer anderen berechtigten Person vorliegen – Erben, Ermittlungsbehörden, Fiskus. Dafür gibt es ein festgelegtes Verfahren. Wir dürfen Ihnen das nicht mitteilen«, sagt Lofgren.

»Ich verstehe. Dann zunächst vielen Dank für Ihre Hilfe.«

Dante erhebt sich, die anderen tun es ihm nach. Er wirft einen letzten Blick aus dem Fenster, hinaus auf die Bay, über der sich Regen zusammenzubrauen scheint.

BLACK RUSSIAN

Es ist bereits nach neun, als Dante parkt und in Zeitlupe seitwärts aus dem Wagen steigt. Er bewegt sich wie ein Taschenkrebs, auf den jemand draufgestiegen ist. In San Francisco am Flughafen gab es Probleme mit den Typen von der Flugsicherheit, erhöhte Terrorgefahr, Seuchengefahr, Arschlochgefahr, was auch immer. Dreimal haben sie ihn gefilzt. Dass die TSA-Beamten keine Koloskopie machen wollten, war auch alles. Danach stand seine Maschine zwei Stunden auf dem Rollfeld. Zu Hause dann wie üblich totaler Verkehrskollaps, vom LAX bis nach East Hollywood hat er fast zwei Stunden gebraucht.

Nun ist sein Rücken hinüber. Das Einzige, was ihn noch halbwegs aufrecht hält, ist die Aussicht auf einen Cocktail und eine halbe Fentanyl. Diese Tabletten geben sie einem in Großbritannien erst, wenn man mit unerträglichen Schmerzen auf der Palliativstation liegt – vermutlich nicht einmal dann. Hier hingegen bekommt man das Zeug hinterhergeworfen.

Dante geht auf sein Haus zu. Es liegt in einer Seitenstraße des Hollywood Boulevard. Das klingt nach was. Die meisten assoziieren damit Chinese Theatre, Walk of Fame, Schnorrer in Superhelden-Kostümen. Die Wahrheit jedoch ist, dass es sich beim Hollywood Boulevard um ein verdammt langes Elend handelt. Je weiter man ihn nach Osten fährt, umso mehr verblasst sein Charme. Vor allem jenseits des Freeway gibt es ein paar Blocks, wo die Gentrifizierung zwar angeklopft hat, aber mit blutiger Nase wieder abgezogen ist. Statt Restaurants mit kaltgepresstem Grünkohlsaft und Zwölf-Dollar-Frühstückstacos dominieren hier schäbige Strip Malls und Klamottenläden des Roten Kreuzes. An vielen Ecken haben Obdachlose ihre Zelte aufgeschlagen.

Mitten in dieser pittoresken Gegend liegt Dantes Wohnstatt. Sie besteht aus drei hintereinanderliegenden Einheiten und ist das vermutlich schäbigste Gebäude weit und breit. Trotzdem kann er sich die Miete kaum leisten.

Dennoch will er sich nicht beklagen, in seiner Heimatstadt London sind die Mieten noch höher. Wäre Dante nach seinem schmachvollen Abgang bei Gerard zurückgegangen, säße er nun in irgendeinem Hasenstall in Hounslow oder Bromley.

Ächzend öffnet er das Tor, geht bis zur letzten Haustür, schließt auf. Im Bad holt er sich die Tablette, schluckt sie mit etwas Wasser. Normalerweise nimmt er das Zeug nicht, aber heute muss es sein.

Weil man Tabletten nie auf nüchternen Magen nehmen soll, holt er sich aus der Küche eine Tüte Käsewürfel. Laut Etikett handelt es sich um Cheddar, was jedoch Unsinn ist. Echter Cheddar schmeckt anders. Außerdem leuchtet er nicht im Dunkeln.

Dante isst die Würfel trotzdem. Nach ein paar Minuten tut das Wundermittel seine Wirkung. Seine Rückenschmerzen verpuffen wie der Morgennebel über den San Gabriel Mountains. Dante wartet, bis der letzte Rest von Steifheit verschwunden ist. Ein Hochgefühl erfasst ihn, er fühlt sich geradezu geschmeidig. Dante wackelt mit den Hüften, pogotanzt zu nicht vorhandener Punkmusik durchs Wohnzimmer, in Richtung der Salatbar.

Sein Blick wandert über den dreistöckigen Rollwagen und die darauf säuberlich aufgereihten Flaschen. Er bleibt an dem Kahlúa hängen. Die meisten Leute denken bei dem Likör an White Russian, einen Cocktail, der völlig in Vergessenheit geraten war, bis er in dem Film »Der große Lebowski« auftauchte. Dante verabscheut Milch in seinen Drinks, das ist etwas für die Piña-Colada-Fraktion, zu der er definitiv nicht gehört. Er bevorzugt den Black Russian, Kahlúa und Wodka, oder dessen Ableitung, die Dirty Mother. Heute Abend ist Letztere dran. Dante gießt den Kahlúa und Brandy in einen Tumbler voller Eiswürfel, rührt um, geht vor die Tür. Dort steht ein abgewetztes Sofa, auf das er sich fallen lässt.

Dante bewegt mit seiner Rechten den Tumbler hin und her, damit die Eiswürfel klackern. Kurz denkt er darüber nach, erneut die Hollister-Steuerunterlagen auf den CDs durchzuschauen, beschließt dann aber, dass er eine Pause braucht. Morgen um elf trifft er den Anwalt des Verstorbenen. Heute Abend will er nichts mehr tun, außer vielleicht eine weitere Dirty Mother trinken oder einen anderen Brandy-Cocktail, zum Beispiel einen Metropolitan. Und vielleicht könnte er währenddessen einen Bildband durchblättern, etwas mit Architektur vielleicht. Dante hat ein Faible für Bildbände.

Als er für Cocktail Nummer zwei und den Bildband zurück ins Haus geht, schließt er Hollisters Macbook ans Netz an. Er will es über Nacht aufladen und morgen noch kurz in die Daten schauen, damit er vorbereitet ist. Danach mixt er sich den Metropolitan und geht, ein Buch über Art déco in Florida unter dem Arm, zurück vors Haus.

Kaum sitzt er wieder, summt sein Handy. Dante sieht, dass er zwei verpasste Anrufe von dieser Bloggerin hat, Mondego. Sie hat anscheinend seine Büronummer angerufen, von wo die Anrufe auf sein Handy weitergeleitet werden. Sein Daumen schwebt über dem Display. Art déco oder Skatergirl?

Keines von beiden. Er klickt auf die Juno-App. In seiner Umsatzübersicht sieht Dante die Einkäufe, die er bisher getätigt hat: den Tee am Morgen, später ein Sandwich bei Subway, Oreos, Wasser, eine Zeitschrift am Flughafen.

Er wischt durch die App. Es gibt eine Rubrik mit Kontakten. Sie ist leer, aber die Software bietet ihm an, in seinem Adressbuch nach Leuten zu suchen, die ebenfalls bei Juno sind. Dante zögert kurz, bevor er auf »Genehmigen« klickt. Die Juno-Freundesliste füllt sich. Sie ist etliche Bildschirme lang. Darunter befinden sich viele Menschen, mit denen er seit Jahren nicht gesprochen hat: ehemalige Kollegen von Gerard, Ex-Kommilitonen von der Warwick Business School, Neffen und Verwandte. Ebenfalls darunter ist sein Cousin Alan, der ihm immer noch Drohbriefe schreibt. Darin steht meist, er werde Dante seine beschissene Bankerfresse polieren, wenn dieser sich jemals wieder auf der Insel blicken lasse, etwas in der Art. Er weiß nicht genau, was der Rest der Familie von Alans Drohungen hält, vermutet aber, dass grimmige Zustimmung überwiegt.

Dante schließt die App, wendet sich wieder seinem Drink zu. Er erinnert sich, wie Alan ihn fast wöchentlich um Anlagetipps anging und stets verärgert war, wenn Dante ihm mit Microsoft oder General Electric kam, »toten Pferden«, wie sein Cousin es ausdrückte. Ob es nicht etwas mit mehr Rendite gebe, mit der Chance auf tausend Prozent oder besser zehntausend. Hätte es damals schon Bitcoin gegeben, denkt er zwischen zwei Schlucken, hätte ich dem Idioten die empfehlen können.

Er spürt einen Stich, diesmal nicht im Rücken, sondern in der Brust. Gar nichts hätte Dante seinem Cousin empfehlen dürfen, das weiß er. Aber irgendwann hatten Alan und der Rest der Familie ihn weichgeklopft. Er war schließlich der Goldjunge, wurde an der Wall Street von Tag zu Tag reicher. War es fair, sein eigen Fleisch und Blut nicht an der Sause teilhaben zu lassen? Sogar seine ansonsten eher zurückhaltende Mutter hatte ihm deswegen an Weihnachten einmal eine Standpredigt gehalten.

Dante ist derart in Gedanken, dass er den Typ zunächst nicht bemerkt. Jenseits des rostigen Metallzauns steht jemand auf dem Bürgersteig, winkt ihm zu. Dante stellt den Drink weg. Er mustert den Kerl zunächst aus der Ferne – Ende vierzig, Tweedjackett, Chinos. Mit einer gewissen Erleichterung registriert er, dass der Mann weiß ist, und verflucht sich im selben Moment für seinen routinierten Rassismus. Wäre der Kerl schwarz und trüge er einen Kapuzenpulli, stünde Dante dann ebenfalls auf und ginge zum Zaun? Oder würde er stattdessen ins Haus flüchten?

»Guten Abend«, sagt der Mann, »ich habe mich gefragt, ob Sie mir vielleicht eine Auskunft geben können.«

Der Besucher scheint zu Fuß unterwegs zu sein. Zumindest sieht Dante nirgendwo einen Wagen. Sein Akzent deutet an, dass er nicht von hier ist – Dante tippt auf Chicago oder Milwaukee. Mit seinem Hahnentritt-Jackett sieht er aus wie ein Uni-Dozent.

»Abend, Mister. Was ist das Problem?«

»Ich will nach Downtown. Laufe hier schon eine Weile rum und finde kein Taxi. Und mein Handy ist leer.«

Dante nickt – klassischer Touristenfehler. Sich in Los Angeles ein Taxi heranzuwinken, ist aussichtslos. Er erinnert sich, wie er in seiner ersten Woche zwanzig Minuten am Pershing Square stand, in dem festen Glauben, früher oder später werde ein Wagen vorbeikommen.

»Tja, da können Sie hier draußen lange warten. Ich kann Ihnen eines rufen, wenn Sie wollen.«

»Das wäre ... ich wäre Ihnen sehr verbunden.«

Dante holt sein Handy hervor, wählt die Nummer von Checker. Er bestellt einen Wagen. Der Taxizentrale zufolge wird es fünfzehn Minuten dauern, bis dieser eintrifft. Wenn Dante supernett wäre, würde er den Typ so lange auf seine Veranda bitten. Ist er aber nicht. Also sagt er Doktor Chicago lediglich, wann das Checker Cab in etwa kommt.

»Das ist wirklich sehr nett von Ihnen. Es ist mein erstes Mal in L. A., wissen Sie.«

Während Chicago diese ebenso offensichtliche wie verzichtbare Information preisgibt, scheint er durch Dante hindurchzuschauen, vielleicht auch an ihm vorbei. Vermutlich hat der Mann seinen geeisten Drink gesehen.

»Alles klar«, sagt Dante. »Ich muss jetzt wieder. Gute Fahrt.«

Der Mann will noch etwas anfügen, aber Dante hat sich bereits halb weggedreht. Zeitgleich schellt sein Handy, was ihm einen guten Vorwand verschafft, Chicago stehen zu lassen.

»Ed Dante?«

Er hat gar nicht nachgeschaut, wer es ist, erkennt die Stimme aber augenblicklich. Es ist diese Bloggerin, Mondego.

»Bei Ihnen bricht gerade jemand ein.«

»Wa-was?«

»In Ihr Haus, Hintertür. Er ist schon drin.«

Dante rennt los. Er hört, dass Mondego noch etwas sagt, versteht sie aber nicht. Erstens, weil er läuft, zweitens, weil Doktor Chicago ihm etwas nachruft. Er brüllt förmlich. Dante erreicht seine kleine Veranda, überlegt, was er tun soll. Einbrecher zu konfrontieren, ist selten eine gute Idee. In Kalifornien hat jeder Hühnerdieb mehr Artillerie dabei als in England eine ganze Polizeistreife.

Doch irgendwie beschleicht ihn die Ahnung, dass der Einbrecher nicht hier ist, um seine Sammlung exquisiter Scotches oder seinen Fernseher zu klauen, sondern wegen der Hollister-Geschichte. Anhaltspunkte für diese These hat er keine. Außer vielleicht, dass Doktor Chicago immer noch brüllt.

»Hey! Moment! Warten Sie doch!«

Dante ist sich inzwischen sicher, dass die Nummer mit dem Taxi ein Ablenkungsmanöver war. Schon ist er durch die Haustür. Als er das Wohnzimmer betritt, läuft er beinahe in den Typen hinein. Es handelt sich um einen drahtigen Kerl, sein Gesicht ist unter einer Skimaske verborgen. In der behandschuhten Rechten hält er einen Laptop, Hollisters Macbook.

Der Einbrecher rennt los. Dante verfolgt ihn. Schon ist der Mann durch die Hintertür. Sie führt zu einem kleinen eingezäunten Garten. Genauer gesagt könnte man hier einen Garten anlegen, aber Dante hat sich nie darum gekümmert. Deshalb gibt es nur bräunliches Gras und Unkraut. Der Dieb ist schneller als er. Als Dante halb über den Rasen ist, klettert der Mann bereits über den Zaun.

An der Rückseite des Grundstücks führt eine schmale Straße entlang. Es ist dunkel, doch Dante fallen zwei Dinge auf. Auf der anderen Seite parkt ein Prius. Etwas rechts davon kann er eine Gestalt erkennen. Es ist Mondego.

Der Einbrecher wirft den Laptop über den Zaun, so als handele es sich um einen Holzscheit und nicht um ein sensibles elektronisches Gerät. Mit einem dumpfen Geräusch landet der Computer auf dem Boden. Der Mann springt hinterher. Dante bekommt einen seiner Füße zu fassen, aber nur kurz. Dann trifft ihn die Hacke eines Springerstiefels ins Gesicht.

Als Dante zu sich kommt, ist der Einbrecher schon wieder auf den Beinen, hat den Laptop unter den Arm geklemmt. Eine Frauenstimme ruft etwas. Dante, der sich immer noch auf der falschen Seite des Zauns befindet und zum Zuschauen verdammt ist, hört die Frau »Bleiben Sie stehen!« rufen.

Der Kerl rennt weiter die Straße hinunter. Dante ist gerade dabei, über den Maschendrahtzaun zu klettern, als er das Röhren eines Achtzylinders vernimmt. Ein schwarzer Cadillac Escalade schießt an ihm und Mondego vorbei, hält mit quietschenden Reifen auf Höhe des Diebs. Eine Tür öffnet sich, Hände ziehen den Mann in den Wagen. Und schon ist er fort.

Dante sitzt rittlings auf dem Zaun und schaut hinüber zu Mondego. Sie trägt Shorts und ein schwarzes T-Shirt mit einem Totenschädel darauf, schaut den Rücklichtern des Escalade nach. Dante schwingt das zweite Bein über den Zaun und springt. Als er wieder festen Boden unter den Füßen hat, bemerkt er, dass er am ganzen Körper zittert. Schwer atmend lehnt er sich gegen den Maschendraht. Mondego kommt zu ihm herüber.

»Geht es Ihnen gut?«, fragt sie.

»Was zum Teufel machen Sie hier«, erwidert er, »mich beschatten?«

»Sie haben meine Anrufe und Mails ignoriert. Deshalb wollte ich ... ich wollte sehen, ob ich Sie zu Hause erwische.«

»Hat geklappt.«

»Er hat Ihren Laptop geklaut«, sagt Mondego.

Dante schüttelt den Kopf. Das Adrenalin lässt nach, seine Gliedmaßen fühlen sich bleiern an.

»Das war Hollisters«, erwidert er.

»Fuck.«

»Könnte man sagen.«

»Sie haben hoffentlich eine Kopie der Festplatte gemacht? Ich bin Programmiererin und kann ...«

Dante will Mondego sagen, dass sie sich um ihren eigenen Scheiß kümmern und sich vor allem verpissen soll. Er hat nicht um ihre Hilfe gebeten. Und dass sie hinter seinem Haus herumlungert, ist auch nicht gerade vertrauenerweckend.

Er tut nichts dergleichen. Teils, weil er für solch einen Auftritt zu müde ist, teils, weil er jemanden braucht, der seinen USB-Stick mit den Dateien aus Hollisters Macbook anschaut. Dante hat drüben in Glendale einen Typen, dem er manchmal Computerzeugs gibt, das ihm selbst zu hoch ist. Aber er befürchtet, dass sein Mann nicht versiert genug für diesen Job ist – das hier ist Hackerzeug.

»Ich brauche was zu trinken«, sagt er und schaut ihr in die Augen. Automatisch wandert sein Blick nach unten, wofür er sich kurz verflucht. Was ihn magisch anzieht, sind allerdings nicht Mondegos Möpse. Es ist das Totenschädel-Motiv. Bei genauerem Hinsehen erkennt er, dass die Skelettfigur auf dem Shirt eine Scheitelfrisur hat, einen Anzug trägt und vage an John F. Kennedy erinnert. Blut spritzt rechts aus ihrem Kopf. Darunter steht: »Ride Johnny Ride«.

»Schickes Shirt«, sagt Dante.

Mondego deutet einen Knicks an.

»Sie könnten bestimmt auch einen vertragen«, fügt er hinzu.

»Vermutlich«, erwidert Mondego leise. Zwei Minuten später stehen sie in seinem verwüsteten Wohnzimmer. Dante macht sich an der Salatbar zu schaffen, die erfreulicherweise nichts abbekommen hat.

»Was trinken Sie?«

Mondego tritt einen Schritt näher. Ihr Blick streift Pimm's und Don Julio Tequila, bleibt an dem Kahlúa hängen.

»Seit dem Film trinken alle White Russian«, sagt sie, »aber ich mag lieber Black.«

Spätestens jetzt ist sie Dante verdammt sympathisch. Er versucht, es sich nicht anmerken zu lassen. Reporterinnen bedeuten nichts als Ärger, mit Bloggerinnen verhält es sich vermutlich kaum anders. Alles, was er sagt oder tut, wird später gegen ihn verwendet werden, auf YouTube, Twitter, wo auch immer. Deshalb hält er die Klappe und mixt zwei Black Russians. In jeden tut er zum Schluss eine kandierte Kirsche. Imponiergehabe, aber er kann nicht anders.

Sie setzen sich auf die Veranda.

»War Hollisters Rechner passwortgeschützt?«

»Ja. Aber ich habe das Passwort.«

»Und?«

Dante dreht sich zu Mondego, die in ziemlichem Abstand neben ihm auf dem Sofa sitzt. Er grinst.

»Was?«, fragt sie.

»Alles, was ich Ihnen erzähle, steht morgen in Ihrem Käseblog, oder?«

»Das«, sie deutet mit ihrem Tumbler auf Sofa und Hinterhof, »ist ja keine Interviewsituation.«

»Warum waren Sie überhaupt hier?«, fragt er.

»Hab ich doch schon gesagt. Sie sind nicht ans Telefon gegangen.«

»Und da dachten Sie, jetzt werde ich mal richtig aufdringlich.«

»Genau.«

Er nimmt einen Schluck.

»Ich kann Ihnen nichts zu meinen Ermittlungen sagen, Mondego. Vertraulichkeit gegenüber dem Klienten.«

»Hollister«, erwidert sie, »hatte irgendwas vor. Und ich will wissen, was.«

»Ja? Ich würde sagen, er hat gar nichts mehr vor.«

Anstatt zu antworten, zieht Mondego ein Handy aus der Tasche. Sie wischt darauf herum, hält es ihm hin. Zu sehen ist der Screenshot einer Internetseite.

»Das ist aus Fiat Lucre, einem Forum für Entwickler, die sich mit Kryptowährungen beschäftigen.«

Der Screenshot zeigt einen Kommentar aus besagtem Forum, gepostet von einem User namens Darth Chomsky. Statt eines Porträtfotos prangt über dem Nutzernamen das Bild einer aufgeringelten, fauchenden Klapperschlange, ein bei Libertären beliebtes Symbol. Darunter steht: »Don't tread on me«, tritt nicht auf mich.

Der Post stammt von heute Morgen, vier Uhr achtunddreißig. Er besteht aus einem einzigen Satz: »Jedem Ende wohnt ein Zauber inne.«

Dante schaut sich den Foreneintrag genau an. Aber außer dem schwülstigen Satz und einer Menge weißem Hintergrund ist da nichts.

»Okay, und?«, sagt er. »Klingt wie einer dieser Sprüche von der Stange, den minderbemittelte Zeitgenossen zusammen mit Sonnenaufgangsbildern bei Facebook teilen.«

Sie lacht. Steht ihr.

»Eigentlich heißt es ›Jedem Anfang‹. Das ist ein Zitat von Hermann Hesse, ich hab's nachgeschlagen. Aber das ist nicht der Punkt.«

»Sondern?«, fragt Dante.

»Bevor Hollister Juno gegründet hat und respektabel wurde, war er ein richtiger Cypherpunk. Er hat an den ersten digitalen Währungen mitgearbeitet.«

»Zusammen mit diesem Japaner?«

»Satoshi Nakamoto, ja. Wobei niemand weiß, ob der wirklich Japaner ist. Ob es überhaupt eine Person ist oder vielleicht mehrere. Und dass Hollister ihn kannte, besagen zwar die Gerüchte, aber so genau weiß das keiner. Aber dieses Forum gibt es schon lange, und da müssen die beiden sich eigentlich mal begegnet sein. Die frühen Diskussionen über digitales Geld fanden hier statt. Die Gerüchte besagen auch, dass Darth Chomsky«, sie zeigt auf den Screenshot, »der Account von Gregory Hollister war.«

Mondego redet nun sehr schnell. Sie erinnert ihn an einen übertakteten Prozessor. Dante versteht noch nicht ganz, worauf sie hinauswill.

»Und Sie fragen sich jetzt, warum ein Toter Hesse-Aphorismen postet?«

»Genau. Zumal Darth Chomsky vorher lange nichts gepostet hat, seit ... Moment ... 2013.«

»Dafür gibt es viele Erklärungen. Die einfachste ist, dass jemand seinen Log-in geklaut hat. Eine andere, dass hinter diesem Account bei ... äh ... Fiat Lucre gar nicht Hollister stand. Was bedeutet das eigentlich? Ich verstehe das mit der Schlange, und Chomsky sagt mir auch was. Noam Chomsky, amerikanischer Kapitalismuskritiker. Den als Darth Vader zu bezeichnen bedeutet vermutlich, dass Hollister ihn nicht mochte. Aber das lateinische Zeug? Ein Wortwitz über Zentralbankgeld?«

Sie nickt. An ihrer Körpersprache erkennt er, dass sie ein wenig ausholen wird. Bevor sie sich wieder so übertaktet, hält er die Hand hoch, deutet auf ihr fast leeres Glas.

»Man sollte nie nüchtern über Geldpolitik sprechen.«

Mondego schüttelt den Kopf.

»Danke, aber ich muss gleich noch fahren.« Dante nickt verständnisvoll, ist in Wahrheit aber ein wenig enttäuscht. Falls er sich nun noch einen mixt, sieht er wie ein Suffkopp aus. Also bleibt er sitzen und bedeutet Mondego fortzufahren.

»›Fiat lucre et facta est lucre‹, eine Verballhornung des Bibelzitats ›fiat lux‹. ›Es werde Geld, und es ward Geld.‹ Cypherpunks, also libertäre und anarchisch veranlagte Hacker, mögen kein staatliches Geld.«

Dante nickt. Geldpolitik ist etwas, womit er sich selbst zu Bankerzeiten kaum beschäftigt hat, aber die grundlegende Argumentation ist ihm geläufig. Früher, zu Urgroßvaters Zeiten, gaben Notenbanken nur gedecktes Geld aus. Jedem Dollarschein und jeder Pfundnote stand eine bestimmte Menge Gold gegenüber, die irgendwo gebunkert wurde. Die Bürger hätten im Prinzip jederzeit zur Notenbank spazieren und ihre labbrigen Papierfetzen gegen hartes Edelmetall tauschen können.

Irgendwann schaffte man den Goldstandard ab. Auf einmal war Bargeld in Wahrheit nichts mehr wert. Druckte eine Notenbank fortan Scheine und rief: »Es werde Geld«, so war dies in gewisser Weise ein Taschenspielertrick. Was entstand, war Fiat-Geld, und dessen angeblicher Wert beruhte auf einer Gruppenhalluzination.

Leute, die diese Sichtweise ernsthaft vertreten, sind meist Verschwörungstheoretiker, Erzlibertäre oder Goldhändler.

»Jaja, das windige Fiat-Geld, das sich bald in Wohlgefallen auflöst, wegen des bösen Staats, der uns alle bescheißt. Echt jetzt?«, sagt er.

Mondego schaut ihn schräg an.

»Wusste ich doch, dass Sie ein eisenharter Nocoiner sind. Aber der Punkt ist aus Sicht der Cypherpunks nicht so sehr die fehlende Goldreserve hinter dem Staatsgeld.«

»Sondern?«

»Die fehlende Verschlüsselung. Diese Leute sind der Meinung, dass alles verschlüsselt gehört, damit der Staat keinen Zugriff darauf hat – nicht nur Chats oder Telefonate, sondern auch Zahlungsströme, ja Geld an sich. Wenn alles verschlüsselt ist, wird der Bürger unsichtbar, und der Staat hat keine Macht mehr über uns.«

»Und deshalb wollte der junge Hollister digitales Geld erschaffen?«

»Vermutlich war das mit zwanzig einer seiner Beweggründe. Später natürlich nicht mehr. Da wollte er dann einfach Geld verdienen.«

Ihre Mundwinkel verziehen sich, als sie dies sagt.

»Okay. Und Sie meinen, wenn jetzt dazu irgendwer was unter Hollisters Namen postet, genauer gesagt unter seinem Vielleicht-Pseudonym, das wäre ... wichtig? Breaking News, sozusagen?«

»Für meine Zielgruppe schon. Sir Holly war nicht sehr beliebt, müssen Sie wissen, weil er nach Meinung vieler die Ziele der Kryptobewegung verraten hat.«

»Verraten an wen?«

Sie zuckt mit den Achseln. »Das Silicon Valley. Die Wall Street. Die Fed. Den Mann. Und dass jemand jetzt mit seinem Account postet, kurz nach seinem Tod, das ist interessant.«

Dante kippt das Glas, lässt die letzten Tropfen seine Kehle hinabrinnen. Sie schmecken wässrig. Eigentlich würde ihm Wasser ganz guttun. Drei Cocktails, das ist eine ordentliche Dosis. Und es könnte einer der Gründe dafür sein, dass er nicht mehr ganz mitkommt.

Mondego sieht es ihm an.

»Hollister kannte sich mit Krypto aus, Dante. Natürlich kann man prinzipiell jeden hacken, aber seine Sachen waren vermutlich gut gesichert. Vernünftige Passwörter, verschlüsselte Datenübertragung, verschleierte IP-Adressen. Wenn jemand Darth Chomsky gekapert hat, muss dieser jemand Ahnung haben. Vielleicht hat er auch andere Hollister-Konten unter Kontrolle.

»Welche Konten?«

»Das weiß ich nicht. Seine Wallets, zum Beispiel.«

Während sie dies sagt, schaut sie ihn durchdringend an. Mondego weiß von dem Schatz oder vermutet zumindest, dass Hollister irgendwo Bitcoins bunkerte. Darauf zu kommen ist, wenn man sich ein wenig mit dem Typ beschäftigt, nur logisch. Seltsam wäre eher, wenn Hollister kein digitales Geld versteckt hätte.

Gerne möchte Dante die Gelegenheit nutzen, noch ein wenig in diese reizenden schwarzen Augen zu schauen. Gleichzeitig möchte er möglichst wenig preisgeben. Also schlägt er die Lider nieder.

»Könnten die Typen, die Fiat Lucre gehackt haben, dieselben sein, die den Laptop geklaut haben?«, fragt er.

»Ich habe keine Ahnung. Wie haben die Sie überhaupt gefunden?«

»Ich bin nicht so schwer zu finden. Ist Ihnen ja auch gelungen. Oder vielleicht haben sie die Mancave observiert.«

»Sie meinen Hollisters Haus am Strand?«

»Ja. Natürlich wäre es auch möglich, dass ... Scheiße.«

»Was?«

Dante lehnt sich zurück, schließt die Augen. Er muss abwägen, muss die Frage klären, die er vorhin bereits in seinem beschickerten Kopf hin und her bewegt hat. Lässt sich aus den Laptopdaten, die er von Hollisters nun verschwundenem Macbook gezogen hat, noch etwas herauslesen? Vermutlich nur, wenn man sich wirklich gut mit Computern auskennt, wenn man wie Hollister denkt, wie ein Hacker. Dante kennt keine Hacker, sieht man von dieser Dame auf seiner Couch ab. Eine weitere offene Frage lautet, was passiert ist, als er Hollisters Macbook in dessen Mancave angeschaltet hat. Der Rechner ließ irgendein Skript laufen. Wäre es möglich, dass der posthume Post im Forum damit in Zusammenhang steht?

Er öffnet die Augen wieder. Mercy Mondego wischt durch ihr Handy. Er richtet sich auf und sagt:

»Der Laptop. Hollisters. Als ich ihn das erste Mal angeschaltet habe, ist irgendein Skript gelaufen.«

Sie legt das Handy weg.

»Was für ein Skript?«

»Keine Ahnung. Buchstabensalat. Können Sie damit was anfangen?«

»Vielleicht. Aber der Rechner ist doch weg.«

Dante erlaubt sich ein triumphierendes Lächeln.

»Ich habe zuvor Daten runtergezogen. Hören Sie, der Deal geht so: Ich zeige Ihnen die Daten. Sie untersuchen sie. Wir beraten gemeinsam, was sie bedeuten, wenn sie denn etwas bedeuten. Aber verwenden dürfen Sie die erst, wenn ich mein Okay gebe.«

»Und wann wird das sein?«

»Vielleicht in einigen Tagen. Vielleicht nach Abschluss der Ermittlungen. Vielleicht nie.«

»Nie klingt inakzeptabel.«

»Dann meinetwegen maximal sechs Monate Sperrfrist. So lange wird es aber kaum dauern, bis dahin wird alles gelaufen sein. Und es ist ja nicht zu erwarten, dass jemand anders die Daten ebenfalls hat.«

Mondego runzelt die Stirn.

»Sie vergessen den Einbrecher. Der hat den Laptop.«

»Aber kein Passwort.«

»Mag sein, aber das waren Profis«, erwidert sie, »möglicherweise verfügen sie über die technische Raffinesse, auch an verschlüsselte Daten zu gelangen. Wie sind Sie überhaupt an das Passwort gekommen?«

Dante lächelt. »Betriebsgeheimnis.«

Er erhebt sich und bedeutet Mondego, ihm ins Haus zu folgen. Dort geht er zu der Schublade, in der er seinen eigenen Laptop aufbewahrt, und holt ihn heraus, ebenso wie den USB-Stick. Mondego beäugt inzwischen seine Wohnung.

»Für einen Junggesellen gar nicht so verwahrlost.«

»Ich war schon mal verheiratet. Das kriegt man nie wieder ganz raus.«

Dante stellt den Rechner auf den Tisch, schaltet ihn ein.

»Wouwouwou, was tun Sie da?«

»Wonach sieht es denn aus, Mondego?«

»Sie wollen den nicht einfach da reinstecken?«

»Eigentlich schon.«

»Mister, das würde ich nicht tun.«

»Sie meinen, es sind vielleicht Viren drauf?«

»Möglich. Der Computer, wo die Daten her sind, gehörte einem versierten Hacker.«

»Was schlagen Sie stattdessen vor?«, fragt Dante.

»Wir machen das an meinem Rechner. Und in meinem Netzwerk. Also bei mir zu Hause.«

»Wenn Sie glauben, dass ich Ihnen die einzige Kopie der Daten aushändige, sind Sie schiefgewickelt.«

»Kommen Sie halt mit.«

Dante möchte nirgendwo mehr hin. Es war ein langer Tag. Sein Rücken will ein heißes Bad, seine Kehle einen weiteren Black Russian. Und sein Kopf möchte, dass endlich jemand den Ausschalter betätigt.

Er seufzt resigniert. »Wo wäre das?«

PIXIE-PIZZA

Mondegos Domizil liegt in den Woodland Hills, nördlich der Stadt. Man kann die Berge sehen und den Freeway hören. Ihr Haus befindet sich in einer Sackgasse und ist wie seine Nachbargebäude in einer Art Faux-Fachwerkstil gebaut, cremefarbener Verputz und aufgeklebte kackbraune Holzbohlen. Vermutlich hat der Erbauer dieser kleinen Kolonie zu oft Urlaub in Heidelberg gemacht. Von der Fassade einmal abgesehen, sieht das Haus ganz heimelig aus. Dante fragt sich allerdings, womit Bloggergirl, Hackergirl, was auch immer, die Bude bezahlt hat. Sie wirkt nicht wie jemand, der die notwendige Dreiviertelmillion übrig hat.

Mondego schließt die Tür auf.

»Hübsche Hütte. Haben Sie die mit Bitcoins bezahlt?«

Dante meint es als Scherz, aber sie antwortet:

»Nein. Mit Pixiecoins.«

»Was ist das?«, fragt er.

»Ein Shitcoin.«

Sie finden sich in einem Wohnzimmer mit offener Küche wieder, amerikanischer Standardgrundriss. Die Einrichtung ist nicht nullachtfünfzehn, aber auch nicht unbedingt, was Dante erwartet hat. An den Wänden hängen keine Bad-Religion-Poster und keine Skateboards, sondern Tuschzeichnungen und Aquarelle – nicht teuer, aber geschmackvoll. Die Möbel sind aus hellem Holz. Mondego deutet auf ein Sofa. Es sieht sehr bequem aus. Ist es aber nicht.

»Shitcoin«, sagt sie, während sie Getränke aus dem Kühlschrank holt, »nennt man eine wertlose Kryptowährung. Es gibt Dutzende davon.«

Dante nickt. Im Vergleich zur Kryptoszene ist die Judäische Volksfront eine homogene Veranstaltung.

»Ich habe die Pixies eher aus Spaß gekauft, als sie rauskamen, fünfhunderttausend Coins für fünfhundert Dollar.«

»Also war jeder einen Zehntelcent wert?«

»Genau. Irgendwann gingen die Dinger durch die Decke. Fragen Sie nicht, warum. Auf jeden Fall waren sie plötzlich so viel wert, dass ich davon das Haus kaufen konnte. Ich habe mich damals etwas geärgert.«

»Weil sie weiter gestiegen sind, nachdem Sie verkauft hatten?«

»Nein, nicht deswegen.«

Mondego reicht ihm einen Becher mit etwas, das wie Coke aussieht. Da Dante sie weder mit Rum noch mit Whiskey hat hantieren sehen, befürchtet er, dass es tatsächlich eine ist. Sieht er dermaßen zerknittert aus? Ein weiterer Cocktail wäre ihm lieber. Aber irgendwie traut er sich nicht zu fragen.

»Ich war sauer, weil ich nur noch die Hälfte der Pixies besaß, als sie durch die Decke gingen. Den Rest hatte ich sechs Monate zuvor schon ausgegeben.«

»Für?«

»Eine Barbecue-Pizza.«

Dante nippt an seinem Getränk. Er hatte mit Cola gerechnet, aber es ist viel schlimmer. Es handelt sich um Dr. Pepper.

»Eine Pizza?«

Sie nickt. »Bei dem damals ersten Lieferdienst in L. A., der Krypto als Bezahlung akzeptierte. Musste ich natürlich gleich ausprobieren.«

»Zweihundertfünfzigtausend Ihrer Coins haben für eine Pizza gereicht – und ein halbes Jahr später konnte man davon ein Haus kaufen?«

»Yup. Und acht Wochen nach dem Hauskauf waren die Pixies wieder um achtundneunzig Prozent gefallen. Haben sich seitdem nie wieder erholt – Shitcoins. Willkommen in der Welt der Kryptowährungen.«

Mondego sagt, sie müsse ihre Ausrüstung holen, und verschwindet ins Obergeschoss. Sobald sie fort ist, steht Dante auf und kippt die Plörre in den Ausguss. Er gießt etwas Wasser nach und schaut sich ein wenig um. Zunächst inspiziert er die Bücherregale. Sie enthalten wenig Literatur, aber reichlich Computerfachbücher – Python statt Pinter, Basic statt Beckett. Auf einem Sims stehen gerahmte Fotos, vermutlich Familienmitglieder. Etwas davon entfernt steht das Schwarz-Weiß-Porträt eines Mannes mit Vierkantschädel und ernstem Blick. Mit Lackstift hat jemand »Narbengewebe ist stärker als normales Gewebe« auf das Bild geschrieben. Das soll wohl bedeuten, dass Verletzungen einen stärker und härter machen, nicht schwächer und anfälliger.

»Schwachsinn«, murmelt er.

Dante vernimmt Schritte, wendet sich von den Bildern ab. Mondego kommt die Treppe herab, zwei Laptops und Schreibzeug unter dem Arm. Sie arrangiert alles auf dem Küchentisch. Dante gesellt sich zu ihr. Er holt den USB-Stick aus der Tasche, legt ihn auf den Tisch.

»Danke«, murmelt Mondego abwesend, während sie an dem Computer herumwerkelt.

»Wenn Sie noch was trinken wollen, bedienen Sie sich.«

Dante geht zum Kühlschrank. Darin befinden sich keine harten Sachen, nur Limo und Coors Light. Hinter einer Tüte voller Tomaten entdeckt er jedoch etwas, das sein Herz erfreut.

»Ist es okay, wenn ich das Guinness nehme?«

Sie macht ein Geräusch, das zumindest nicht nach emphatischer Ablehnung klingt. Kurz darauf steht Dante wieder neben Mondego und trinkt kaltes Stout aus einem Plastikbecher.

»Ist der Stick sauber?«, fragt sie.

»Ich habe ihn vor ein paar Monaten bei Staples gekauft, seitdem war das Ding bestimmt in einem Dutzend Computern drin, inklusive meinem.«

Dante findet, dass der Satz irgendwie anzüglich klingt. Aber Mondego nickt lediglich, so als sei die digitale Promiskuität seines

USB-Sticks nichts Schockierendes, sondern die natürlichste Sache der Welt. Sie greift nach dem Speicherstab und steckt ihn in die Buchse des linken Computers, aktiviert eine Analysesoftware.

»Was passiert?«, fragt er.

»Das ist ein Rechner ohne Internet – ich habe den WLAN-Chip rausgerupft. So, mal schauen. Viel ist das ja nicht.«

»Das waren alle Office-Dateien, die er auf dem Rechner hatte.«

»Sie meinen, alle, die Sie über den Finder, den Dateimanager, gefunden haben?«

»Ja.«

»E-Mails?«

»Mailprogramm war nicht eingerichtet. Browser-Historie bestand aus dem Üblichen.«

»Also Nachrichten, Shopping, Pornos.«

»Shopping weniger. Ihr Blog war übrigens auch darunter.«

Dante erwartet, dass ihr dieser Umstand einen Anflug von Stolz ins Gesicht zaubert. Medienfuzzis sind seiner Erfahrung nach schrecklich eitel, aber Fehlanzeige. Wenn da etwas aufblitzt, dann eher Arroganz – in dem Sinne, dass ja wohl jeder Krypto-Aficionado ihr Blog liest.

»Haben Sie den Inhalt der Dateien überprüft?«, fragt sie.

»Habe ich. Aber für mich sieht es nach sehr gewöhnlichem Zeug aus. Brief an seinen Kabelprovider, Widerspruch zu einem Mahnschreiben, solches Zeug. Die Excel-Dateien sind einfache Finanzaufstellungen, die meisten mehrere Jahre alt. Vermutlich wertlos.«

»War auf dem Rechner sonst noch etwas drauf? Programme?«

Dante hat Hollisters Programmordner nicht untersucht. Dass dies sinnvoll sein könnte, darauf ist er gar nicht gekommen.

»In der Startleiste war nur das übliche Zeug.«

»Deutet für mich alles darauf hin, dass dies nicht sein Hauptrechner war«, sagt sie.

Mondego schaut sich jene Textdatei an, die er aus dem Fenster kopiert hat, in dem das Skript lief. Zwischendurch macht sie sich Notizen, tippt etwas in den zweiten Rechner, der anscheinend mit dem Internet verbunden ist. Die Sache dauert eine Weile. Als sie sich Dante wieder zuwendet, ist das Guinness beinahe alle.

»Und?«, fragt er.

»Das Skript hat eine Domain gepingt, das heißt aufgerufen.«

»Welche?«

Sie zeigt auf den Bildschirm, markiert einen der Textfitzel. Dort steht 22dceFyHXfWKYoZu5yrCmeBfoMrPLMXEov.com.

»Und bevor Sie fragen: Die Domain existiert.«

»Und wem gehört sie? Gibt es für so was ein Verzeichnis?«

»Ja. Sie gehört«, Mondego schaut auf ihren Block, »einer Fondation Bataille. Adresse in Zug, Schweiz. Was auffällig ist.«

»Inwiefern?«

»Ziemlich viele Firmen, die mit Krypto zu tun haben, sitzen da.«

Dante nickt. Zug ist ihm aus seiner Bankerzeit ein Begriff – eine Handvoll Chalets, zwei Dutzend Kühe und der niedrigste Steuersatz weit und breit. Zug ist vermutlich keine schlechte Wahl, wenn man zwielichtige digitale Finanzgeschäfte tätigen möchte.

»Hollisters Computer hat also nachgeschaut, ob es diese sehr unattraktive und lange Internetadresse gibt?«

Mondego nickt. »So etwas ist nicht unüblich. Man kann diese Methode verwenden, um unauffällig mit einer Software oder einer Person zu kommunizieren. Der Domainname ist derart abstrus, dass normalerweise niemand auf die Idee käme, ihn zu registrieren. Eignet sich nicht unbedingt für einen Onlineshop. Also ist er noch frei. Man kauft die Domain, macht sie erreichbar. Ein Computer, der sie pingt, bekommt die Nachricht, dass die Seite online ist.«

»Aber welchen Sinn soll das haben?«

»Das ist, wie wenn wir vereinbaren würden, dass ich unter bestimmten Umständen eine Laterne ins Fenster stelle. Das sagt niemandem was, außer dem, der auf das Signal wartet.«

»Okay. Hollisters Macbook wird also hochgefahren, von mir. Der Rechner schaut nach, ob diese Seite da ist. Ist sie.«

»Und danach fängt er an, weitere IP-Adressen zu pingen.«

»Im Klartext: Der Mac hat noch mehr Internetseiten überprüft.«
»Vielleicht. Kann auch was anderes sein. Jedes Gerät, das im Netz hängt, besitzt eine IP-Adresse – Computer, Drucker, smarte Kühlschränke. Was genau dahintersteckt, ist schwer zu sagen.«
»Auf die Schnelle nicht oder gar nicht?«
»Auf jeden Fall nicht schnell, vielleicht auch gar nicht, je nachdem, wie gut Hollister es versteckt hat.«
Dante muss ein Gähnen unterdrücken. Mondego lächelt.
»Ja, jetzt reicht's langsam, hm? Ich mache morgen weiter und sage Ihnen Bescheid, wenn ich noch was finde, Mister.«
»Ed. Nenn mich Ed.«
»Mercy.«
Sie gibt ihm den USB-Stick zurück.
»Soll ich dich noch heimfahren?«
Dante ist versucht, das Angebot anzunehmen. Ihre Gesellschaft ist ihm nicht unangenehm, trotz gewisser Vorbehalte, was ihren Beruf angeht.
»Nicht nötig«, hört er sich sagen, »ich rufe mir ein Taxi. Man hat mir gesagt, ich dürfe ordentlich Spesen machen. Wird Zeit, dass ich das ein bisschen ausnutze.«
Zehn Minuten später sitzt Dante in einem Uber und winkt der im Türrahmen stehenden Mercy Mondego aus dem Fond zu. Der Chauffeur will über den Ventura Freeway fahren, doch Dante überredet ihn, stattdessen den Mulholland Drive zu nehmen. Das dauert länger, und es kann sein, dass sein Rücken ihm die Wahl übel nehmen wird. Aber er muss nachdenken.
Während der Wagen die kurvenreiche, schlecht beleuchtete Straße entlangfährt, versucht Dante, etwas Sinn und Struktur in das zu bringen, was er bislang herausgefunden hat. Kryptopionier Gregory Hollister landet nach einigen Flops ein großes Ding. Er programmiert eine Bezahlapp namens Juno, die inzwischen von Millionen Menschen benutzt wird. Die dazugehörige Juno-Währung Moneta hat nicht mehr allzu viel mit der Idealvorstellung einer Kryptowährung zu tun, aber sie funktioniert. Irgendwann

steigt Hollister bei Juno aus und verkauft seine Anteile. Er genießt fortan das Leben – Sportwagen, Strandhaus, Jet. Immer mal wieder spricht Sir Holly davon, etwas Neues aufziehen zu wollen, aber besonders eilig scheint er es damit nicht zu haben. Und wer könnte es ihm verübeln?

Dann der tragische Unfall, Hollisters Jet stürzt über dem Golf von Mexiko ab. Seine Schwester glaubt, ihr Bruder habe einen geheimen Schatz besessen, in Form von Kryptogeld. Sie beauftragt einen Exbuchhalter, der zu viel Cocktails trinkt, der Sache nachzugehen.

Ob es den Schatz tatsächlich gibt oder ob Hollister seine Bitcoins, Litecoins, was auch immer, vielleicht einfach verprasst hat, ist unklar. Was er auf jeden Fall hinterlassen hat, sind ein rätselhafter Diavortrag und ein ziemlich leerer Laptop.

Kurz darauf tauchen Leute auf und klauen den Rechner. Außerdem erwacht Hollisters seit Jahren ungenutzter Forumsaccount zu neuem Leben und spuckt ein halb gares Hesse-Zitat aus. Wer hat es gepostet? Einer von Hollisters alten Kumpels? Die Laptop-Diebe? Oder hat das Computerskript mit seinen Pings einem anderen automatisierten Programm den Befehl erteilt, das Zitat zu veröffentlichen?

Sie sind inzwischen in den Hollywood Hills, links und rechts kann er zwischen den Häusern immer wieder das Lichtermeer der unter ihnen liegenden Stadt erkennen. Er bittet seinen Chauffeur, beim nächsten Aussichtspunkt anzuhalten, wovon dieser nur mäßig begeistert ist. Aber er tut es trotzdem. Der Uber hält am Straßenrand. Dante steigt aus und läuft zu dem zwanzig Meter entfernten Aussichtspunkt, vorbei an einem Schild, das davor warnt, sich dort nach neun Uhr abends aufzuhalten. Er schaut gen Norden, über Universal City hinweg, Richtung San Fernando Valley.

Falls Hollisters Laptop den Forumspost ausgelöst hat, was haben dann die anderen von dem Skript ausgesandten Pings getan? Vielleicht findet Mercy Mondego es heraus. Während der Fahrt hat er sie gegoogelt. Laut dem kurzen Lebenslauf in ihrem Blog ist Mercy sechsunddreißig und hat Informatik studiert. Bei Wikipedia steht auch etwas über sie. Demnach betreibt sie Tales from the Crypto seit über vier Jahren und ist außerdem Bassistin in einer All-Girl-Post-Punk-Band namens »Alderaan Warmongers«. Dante hat auf Spotify reingehört: eine Sängerin mit Laryngitis, drei Akkorde, eine Menge Wut. Gefiel ihm eigentlich ganz gut.

Diese biografischen Informationen beantworten allerdings nicht die wichtigste Frage: Kann er Mondego trauen? Er würde es gerne tun, aber wenn er ehrlich zu sich selbst ist, gibt es dafür keinen Anlass. Vielleicht wird sie ihn für eine Schlagzeile bescheißen oder wegen des Schatzes, falls es ihn denn gibt. Wie üblich geht Dante erst einmal davon aus, dass er es mit einem moralischen Vakuum zu tun hat. Das verhindert spätere zwischenmenschliche Enttäuschungen.

Dann wäre da noch diese Stiftung in Zug. Falls Hollister seine Finger im Spiel hatte, könnte dessen Anwalt Royce Thurstow etwas darüber wissen. Vielleicht kennt der auch den Inhalt von Hollisters Testament.

Während Dante vor sich hin grübelt, starrt er in die flimmernden, verwaschenen Lichter im Talkessel. Er registriert einen hellen Schein am Rande seines Blickfelds. Dante sucht den Horizont ab. Auf der anderen Seite des San Fernando Valley erheben sich Berge. Einer davon brennt. Nicht im übertragenen Sinne – er scheint lichterloh in Flammen zu stehen. Wenn man den Brandherd aus dieser Entfernung sehen kann, muss er scheißgroß sein. Eine riesige Feuerzunge scheint über den Bergkamm zu lecken. Dante weiß nicht, wie der Gipfel da drüben heißt, aber in diesem Moment sieht er aus wie der Schicksalsberg aus »Herr der Ringe«. Nun bemerkt er auch wieder den beißenden Rauchgeruch, der natürlich die ganze Zeit über da war, den er aber nicht wahrgenommen hatte. Er muss an diesen Rocksong denken: »The roof, the roof, the roof is on fire«.

Dante reißt sich von dem Anblick los, geht zurück zum Wagen.

Er ist nicht viel schlauer als vorher, hat nun aber einen Ohrwurm, der ihn bis nach Hause verfolgen wird.

The roof is on fire.
We don't need no water,
let the motherfucker burn.
Burn motherfucker, burn.

NON CALCULAT

Royce Thurstows Kanzlei liegt an der Ecke Brighton Way und Camden Drive, schlimmstmögliches Beverly Hills, der Rodeo Drive ist nur wenige Schritte entfernt. Die Büros befinden sich in einem Gebäude, das vorgibt, aus dem achtzehnten Jahrhundert zu stammen – gusseiserne Balkone, viel Stuck, in die Fassade eingelassene Fantasiewappen. Das Erdgeschoss beherbergt einen notorischen Nobelitaliener, bei dem Samuel L. Jackson angeblich gern Pizza Hawaii isst.

Die Räumlichkeiten der Kanzlei können als repräsentativ durchgehen, sogar in Beverly Hills. Allein der Krimskrams in Thurstows Wartezimmer ist mehr wert als Dantes gesamte Einrichtung plus Spareinlagen, wobei Letztere aber auch wirklich mitleiderregend sind.

Während Dante, mehr liegend als sitzend, in einem dänischen Designerstuhl auf den Anwalt wartet, der laut Sekretärin noch irgendwo im Stau steht, schaut er sich Excel-Dateien an, die auf den CDs mit Hollisters Steuererklärungen waren.

Der Juno-Gründer hat allmonatlich Summen durch den Kamin geblasen, die jedem Normalbürger Schnappatmung verursachen würden – fünfzig-, manchmal auch hunderttausend Dollar. Das klingt nach viel, Dante weiß jedoch, dass so etwas letztlich eine Frage der Perspektive ist. Er hat bei seinen Ermittlungen in den vergangenen Jahren das eine oder andere Haushaltsbuch gesehen, und nach den Maßstäben eines kalifornischen Superreichen war Sir Holly geradezu sparsam. Während ihm die Mancave gehört, ist die Villa gemietet, Caddy und Bugatti waren geleast. Das meiste gab Hollister dafür aus, um die Welt zu jetten, entweder im eigenen Jet oder per Erste-Klasse-Linienflug. Anscheinend war er regelmäßig Gast auf Konferenzen zum Thema Krypto – Geschäftsausgaben also, keine Lustreisen.

Wo die immensen Beträge sein sollen, die Hollister in Form von Coins hortete, hat Dante bisher nicht herausgefunden. Bei der Steuer hatte er sie auf jeden Fall nicht angegeben. Aufgrund des enormen Wertzuwachses mancher Kryptowährungen – er muss an Mondegos Heidelberghäuschen denken – ist es durchaus möglich, dass der mutmaßliche Schatz ursprünglich wenig wert war und dann außerhalb der regulären Buchhaltung immer weiter gewachsen ist.

Was in den Steuerübersichten ebenfalls nicht auftaucht, ist die Fondation Bataille. Möglicherweise sind Briefkastenfirmen zwischengeschaltet. Er hält Ausschau nach den üblichen geografischen Schlüsselwörtern: Caymans, Singapur, Guernsey – aber Fehlanzeige.

Dante gähnt herzhaft. Bis drei Uhr morgens hat er die Decke angestarrt. Die Glastür geht auf, rasch hält er sich die Hand vor den Mund. Es ist Thurstows Sekretärin. Sie ist eine Erscheinung – enger Wildlederrock und High Heels, kunstfertig appliziertes Make-up und Ohrringe, an denen man Turnübungen veranstalten könnte. Dante steht eigentlich nicht auf solche Beverly-Hills-Uschis, er mag es etwas punkiger und muss schon wieder an Mondego denken. Aber der Inhalt ist in diesem Fall so umwerfend, dass einem die Verpackung egal sein muss, insofern man auch nur ein bisschen Puls hat.

Die Dame erklärt ihm, Royce Thurstow sei inzwischen eingetroffen. Dante folgt ihr und fragt sich, ob der Anwalt wohl Klienten hat, die seine überhöhten Gebühren nur deshalb zahlen, damit sie einmal pro Woche dreißig Sekunden hinter dieser Frau herlaufen dürfen. Bestimmt gibt es ein paar alte Geldsäcke, denen es das wert wäre.

Vielleicht ist diese Einschätzung unfair, aber Dante ist an diesem müden Morgen voller Vorurteile. Auch was Thurstow angeht, hat er sich bereits einige zurechtgelegt. Dante hat bislang noch nicht einmal ein Foto des Mannes gesehen, ihn jedoch bereits klar vor Augen: Viertausend-Dollar-Anzug, überkronte Zähne zum Strahlegrinsen und Delikatessenzermalmen, genug Haupthaar für drei Herren seines Alters und dazu dieses leicht Ölige, das man aus Typen wie diesen nicht einmal mit einem industriellen Dampfstrahler herausbekommen könnte.

Als die Assistentin die Tür zu Thurstows Büro öffnet, ist Dante folglich überrascht. Der Anwalt ist jünger als erwartet, Ende dreißig. Statt eines Maßanzugs trägt er T-Shirt und Sportjackett. Thurstow kommt aus seinem Ledersessel hoch und begrüßt Dante so, wie normale Menschen es tun, ohne Zähneblecken, ohne Unterarmgetatsche, ohne Dieses-Gespräch-ist-mir-wahnsinnig-wichtig-Blick.

Außerdem ist Thurstow ziemlich klein, höchstens 1,60 Meter. Der Anwalt bietet Dante einen Platz an und sagt: »Harte Nacht gehabt?«

Das ist eine ziemlich freche Eröffnung. Aber Dante lässt es ihm durchgehen, für Widerstand ist er zu müde.

»Der Fall. Entwickelt sich anders als erwartet.«

»Oh, wow. Müssen Sie mir erzählen.«

Thurstow setzt sich, schlägt die Beine übereinander. Die Aphrodite unter den Assistentinnen steht neben der Tür, wartet auf Anweisungen.

»Oolong für mich, und Sie? Auch Tee oder haben Sie das schon abgelegt?«

»Schwarzer Tee mit Milch, bitte«, sagt Dante und nutzt die Gelegenheit, nochmals einen Blick auf die Sekretärin zu werfen.

»Was«, fragt Dante, der an diesem Morgen wirklich etwas langsam ist, »meinen Sie mit ›auch abgelegt‹, Mister Thurstow?«

»Sie sind Brite, oder? Wobei, wenn man nicht genau hinhört, könnte man fast meinen, Sie hätten Ihren englischen Akzent bei der Einreise abgegeben.«

Dante nickt nur. Der amerikanische Akzent ist eine infektiöse Krankheit, die früher oder später jeden befällt, der Englisch spricht, ob Muttersprachler oder Ausländer. Und wenn man schon so lange hier drüben weilt wie er, dann ...

»Und Sie sind also von Jacky engagiert worden, wegen der angeblich verschwundenen Millionen«, sagt Thurstow.

»Korrekt. Ihrem Tonfall entnehme ich, dass Sie nicht an ein verschollenes Vermögen glauben?«

»Zunächst muss ich sagen, dass so etwas nicht mein Spezialgebiet ist, iudex non calculat und so weiter. Ich weiß natürlich, dass Greg durch den Verkauf seiner Firmenanteile einen hübschen Batzen gemacht hat.«

»Aber?«

»Aber das heißt ja nicht zwingend, dass er es in einem geheimen digitalen Depot, ich meine, ist das die korrekte Beschreibung? Also, dass er es dort versteckt hat. Es gäbe ja auch andere Erklärungen.«

»Wie beispielsweise?«

»Futsch. Verprasst, falsch investiert.«

»Ich habe mir seine Unterlagen angeschaut, die Steuerbuchhaltung«, sagt Dante, »und soweit ich es nachvollziehen kann, hat Mister Hollister recht vernünftig gewirtschaftet. Dass irgendwo auf den Caymans auch noch was liegt, ist möglich, aber unwahrscheinlich. Und wenn dem so wäre, wüssten Sie es ja, oder?«

»Ich?«

»Sie sind seit Jahren sein Anwalt. Und wenn man große Summen verstecken möchte, braucht man Tarnfirmen, muss GmbHs und Stiftungen gründen, Sie wissen schon, was ich meine.«

»Nur auf einer sehr theoretischen Ebene, Ed.«

Dante macht eine beschwichtigende Handbewegung, fährt fort.

»Hat Greg Hollister denn Ihres Wissens in irgendwelche Krypto-Start-ups investiert, haben Sie mal entsprechende Verträge geprüft?«

Thurstow legt den Kopf schief.

»Haben Sie also nicht?«

»Ich bin in einer etwas schwierigen Lage.«

»Inwiefern, Royce?«

»Ein Klient ist verstorben. Der Totenschein wird demnächst ausgestellt, danach wird die Testamentseröffnung anberaumt. Bis dahin darf ich nicht über diese vertrauliche Klientenbeziehung reden – na, danach eigentlich auch nicht.«

»Aber seine Schwester hat mich geschickt.«

»Ich weiß. Ich war ja aber«, Thurstow blickt zur offenen Tür, durch die seine Assistentin gerade mit einem Tablett hereinstöckelt, »nicht der Anwalt der Geschwister Hollister, sondern lediglich Gregs. Was ich Ihnen aber sagen kann, ist Folgendes: Die Polizei hat mich natürlich bereits kontaktiert, um abzuklopfen, ob es irgendein Anzeichen geben könnte, dass bei dem Absturz jemand nachgeholfen hat.«

»Und?«

»Aus meiner Sicht keinen. Ich denke ohnehin nicht, dass er irgendetwas Illegales getan hat. Auch diese Einschätzung habe ich der Polizei mitgeteilt.«

»Sie sagten, Sie seien nicht Mrs Martels Anwalt. Waren die beiden Ihrer Meinung nach denn eng miteinander?«

»Ich denke schon. Ihre Eltern sind früh gestorben, also die von Greg Hollister. Martels leiblicher Vater lebt in Australien. Aber geschäftlich hatten sie nichts miteinander zu tun, denke ich. Da hatte jeder sein Ding, Greg seine Kryptogeschichten, Jacky ihre Cosplay-Karriere.«

»Ich hatte den Eindruck, dass Mrs Martel wegen ihrer zukünftigen finanziellen Situation in Sorge ist.«

»Sie wird nicht leer ausgehen, mehr kann ich dazu nicht sagen. Ist aber natürlich immer auch eine Frage des Anspruchs.«

»Sie meinen, falls Mrs Martel einen extravaganten Lebensstil pflegt, könnte es eng werden?«, fragt Dante.

»Das Wort extravagant ist relativ, Ed.«

Er verzichtet darauf, weiter nachzubohren, und wendet sich stattdessen einer Frage zu, die ihn bereits seit Tagen umtreibt.

»Okay. Was anderes. Was hat Hollister eigentlich gemacht?«

»Gemacht? Ich verstehe nicht ganz.«

Während Dante die Frage stellte, hat er Thurstow genau beobachtet. Die Reaktion des Anwalts sagt ihm, dass dieser sehr wohl versteht, was gemeint ist. Trotzdem tut er dem Mann den Gefallen.

»Ein hochintelligenter Mann, Programmierer, Tüftler, Kryptopionier, Gründer eines der erfolgreichsten Fintech-Start-ups. Irgendwann macht er Kasse, gönnt sich eine Auszeit, gibt etwas von seinem Geld aus. Schicke Zweitwohnung in Point Dume, übermotorisierte Autos, eigener Flieger, das Übliche. Er reist viel, besucht Tech-Konferenzen von New York bis Tokio. Schön für ihn. Aber was hat er gemacht? War er ein Business Angel, der in junge Firmen investiert hat? Wollte er in die Politik?«

Thurstow zuckt mit den Achseln.

»Ich weiß nicht, Ed. Vielleicht wollte er einfach seine, wie sagt man, seine Sinekuren genießen?«

Dante schüttelt energisch den Kopf. Thurstow setzt ein betroffenes Gesicht auf.

»Ich verstehe nicht, warum Ihnen das so gegen den Strich geht. L. A. ist randvoll von geschäftig wirkenden Menschen, die bei genauer Betrachtung rein gar nichts tun. Sie haben ständig irgendwelche Sachen am Laufen, die angeblich kurz vor dem Abschluss stehen – Filmoptionen, Immobiliendeals, Plattenverträge. Aber in Wahrheit leben sie von ihrem Trust Fund oder ...«

»Bullshit, Thurstow.«

Der Anwalt wirkt eher amüsiert als beleidigt. Er verschränkt seine kurzen Ärmchen.

»Na, dann klären Sie mich doch mal auf.«

Dante nippt an dem Tee, den er bisher nicht angerührt hat. Ein Jammer, wie sich herausstellt, war dies doch wirklich hervorragender Assam, der aber inzwischen erkaltet ist. Er legt eine Kunstpause ein, bevor er antwortet.

»Ich kenne Greg Hollister nur aus Zeitungsausschnitten und YouTube-Clips – aber so war er nicht.«

»Wie war er denn, glauben Sie?«

»Mister Thurstow, Royce, ich hatte mal einen Typen von Goldman Sachs in meinem Bekanntenkreis. War einer ihrer Topleute. Rainmaker. Hat mit Firmenübernahmen an die hundert Millionen Dollar verdient. Er machte dann zwei Jahre Pause, umsegelte die Welt, lehrte ein bisschen an der Uni. Und dann sagte er eines Tages: ›Und jetzt mache ich meine nächsten hundert Millionen.‹ Ich habe dann gesagt: ›Was soll das, Paul? Du hast doch schon hundert Millionen.‹«

»Guter Einwand. Und, was hat er entgegnet?«

»Er hat gesagt: ›Siehst du, Ed? Und darum machst du keine hundert Millionen.‹«

»Hübsche Geschichte. Aber Sie irren sich, was Greg Hollister angeht. Er war nicht gierig.«

»Das war mein Freund bei Goldman auch nicht, Royce.«

»Nein?«

»Er war getrieben. Es geht nicht ums Geld. Es geht darum, zu gewinnen, immer noch eins draufzusetzen, die Welt zu verändern. Hollister hat mit Juno in gewisser Weise die Welt verändert, oder? Diese App wird inzwischen von fast einer Milliarde Menschen benutzt.«

Thurstow lächelt. »Worauf wollen Sie hinaus?«

»Ich will darauf hinaus, dass jemand, der einmal auf diese Weise die Welt verändert, es wieder tun will. Deshalb meine Frage, was er gemacht hat. Oder genauer gesagt, was er machen wollte.«

Thurstow schaut, als interessiere ihn all das nicht sonderlich. Dann aber steht er auf und geht zu einem Aktenschrank, schaut etwas nach, tippt auf seinem Laptop herum.

»Hm. Sie meinen, dass Greg vielleicht ein großes Projekt hatte, von dem wir alle nichts wussten? Und dass er da die ganze Kohle aus seinen frühen Bitcoin-Investments reingesteckt hat, die Jacky nun gerne hätte?«

»Das ist in etwa meine Hypothese, ja. Weil ich nicht glaube, dass er das Zeug einfach auf einem USB-Stick gespeichert und unterm Wohnzimmerparkett versteckt hat.«

Ein Drucker in einer Ecke beginnt zu summen. Thurstow greift sich den Ausdruck, reicht ihn Dante.

»Er hat mich mal gefragt, ob es schwierig sei, in der Schweiz eine Stiftung zu gründen. Schauen Sie nicht so. Sie denken schon wieder an Steuerhinterziehung. Darum ging es nicht. Er hatte wohl auf einem Kongress mit Halverton Price darüber gesprochen. Der sitzt in diversen Stiftungsbeiräten, kennt sich also ein bisschen aus.«

»Price?«

Thurstow schaut ihn tadelnd an.

»Wenn Sie sich mit Kryptowährungen beschäftigen, sollte Ihnen der Name was sagen. Sogar ich weiß, wer das ist. Price hat sehr früh Bitcoins gekauft. Jetzt ist er stinkreich.«

Thurstow grinst süffisant.

»Price gilt als das gute Gewissen der Szene, der Spiritus Rector der Krypto-Community.«

Dante ist sich nicht sicher, was es da zu grinsen gibt. Er befürchtet jedoch, dass er es früher oder später herausfinden wird.

»Und was für eine Stiftung sollte das sein?«

»Hat Greg nicht gesagt. Er hielt sich bei so etwas gerne bedeckt, glaubte, andere würden ihm sonst seine Idee klauen. Ich habe es so verstanden, dass es eine Art Think Tank werden sollte, der die Ideen von Satoshi Nakamoto weiterentwickelt. Theoretisches Fundament, Grundlagenforschung, eine RAND Corporation der Kryptowährungen quasi.«

Dante kommt wieder die Fondation Bataille in den Sinn, aber er behält den Namen vorerst für sich.

»Okay. Und wurde diese Stiftung auch gegründet?«, fragt er.

»Ich habe Greg nur ein paar allgemeine Informationen besorgt und ihm einen Ansprechpartner in Zürich vermittelt, einen Notar, der auf solche Dinge spezialisiert ist. Er heißt Armand Wenger. Aber Greg hat die Sache anscheinend nicht weiterverfolgt, oder zumindest haben wir danach nicht mehr drüber gesprochen. Und bevor Sie fragen: Klar könnte ich Sie bei Armand avisieren, aber der wird Ihnen überhaupt nichts sagen – nicht einmal, dass Hollister keine Stiftung ins Leben gerufen hat. Schweigen ist das Geschäftsmodell dieser Leute.«

Dante schaut sich den Ausdruck an. Es handelt sich um das Impressum der Kanzlei Wenger. Er stellt noch ein paar Detailfragen, aber eigentlich hat er bekommen, was er wollte. Zumindest hofft er das. Er verabschiedet sich von Thurstow. Dieser bittet ihn, anzurufen, falls irgendwelche Vermögenswerte auftauchen. Dante verspricht es, wohl wissend, dass er nichts dergleichen tun wird. Dann bringt die Assistentin ihn zur Tür. Man soll ja nicht pessimistisch sein, schließlich ist es noch nicht einmal Mittag – Dante vermutet dennoch, dass die paar Sekunden, die er hinter ihr hergeht, der Höhepunkt des Tages sein werden.

Draußen läuft er die Straße hoch, Richtung Bedford Drive, wo er sein Auto auf einem Parkdeck abgestellt hat. Es ist kurz nach elf. Dante überlegt, ob er ein Heißgetränk kaufen soll. Bevor er sich zu dieser Frage eine abschließende Meinung bilden kann, fiept sein iPhone. Es handelt sich um eine Push-Benachrichtung von Juno. Dante tritt in den Schatten unter der Markise eines Deli, wischt über die Mitteilung. Die App öffnet sich. Er landet auf einem Bildschirm, über dem »Juno Rewards« steht.

Die Seite zeigt eine Liste von Produkten, ganz oben einen Becher neben dem »Tee (groß), $ 5,75 (– 25 %)« steht. Der nächste Eintrag lautet »Muffin (Apfel-Zimt), $ 3,40 (– 20 %)«. So geht es weiter. Die meisten Angebote scheinen sich auf Snacks zu beziehen, aber unten kommt auch eines für einen Haarschnitt. Er klickt auf den Becher, woraufhin sich eine Info zum Produkt öffnet, nebst einer kleinen Karte, auf der ein Geschäft namens »Rosarito Deli« markiert ist.

Dante lässt das Handy sinken und wendet sich nach links. Er steht direkt vor dem Laden, durch die getönte Scheibe kann er ins Innere blicken. Er denkt nach. Im Kern ist Juno eine digitale Geldbörse, die es Menschen ermöglicht, Beträge so einfach zu versenden wie WhatsApp-Mitteilungen. Aber die App hat offenbar noch andere Funktionen. Eine davon ist anscheinend ein ausgefeiltes Rabattsystem, Coupons auf Steroiden. Dante hat davon gehört, bisher allerdings keinen weiteren Gedanken daran verschwendet, bis jetzt.

Juno speichert natürlich alle Zahlungen, die er per App tätigt. In seinem Fall waren es noch nicht sehr viele, ein Dutzend vielleicht, alles Kleinbeträge – hier ein Tee, da ein Donut. Die Software des Unternehmens hat analysiert, was er wann, wo und zu welchem Preis kauft, und macht ihm nun Vorschläge – ein bisschen wie Amazon, aber genauer. Offenbar reichen die wenigen Transaktionen bereits, um ihn als jemanden zu identifizieren, der gegen viertel nach elf Uhr gerne einen Muffin isst und mit Tee hinunterspült.

Während Dante die Straße entlanglief, bot der große Juno-Computer diese Info Geschäften in der Nähe an, in Echtzeit – Achtung, durstiger Kunde im Anmarsch. Das Rosarito Deli biss an und hat einen kleinen Betrag bezahlt, damit Juno ihm einen Rabattcoupon unterjubelt.

Dante betritt das Rosarito, reiht sich in die Schlange vor der Kasse ein. Der Laden wirkt ganz gemütlich, alte oder genauer gesagt auf alt gemachte Sofas, Tische mit Fake-Patina, dezente Rockmusik. Er war noch nie hier, was vermutlich der Grund ist, dass ihm Rosarito den Rabatt anbietet.

Er kommt an die Reihe. Eine junge Frau mit feuerroten Korkenzieherlocken strahlt ihn an. »Guten Tag, Sir. Was darf ich heute für Sie tun?«

»Großer English Breakfast Tea, bitte. Und dann noch«, er betrachtet die Auslage mit den Backwaren, in der große, saftig aussehende Muffins liegen, »einen Amerikaner dazu.«

Eigentlich würde Dante lieber den Muffin nehmen, aber es widerstrebt ihm, sich dem algorithmischen Vorschlag der Juno-App vollends unterzuordnen.

»Das macht acht Dollar, fünfzig Cent, Sir«, sagt der Lockenkopf. Dante legt sein Handy auf ein Juno-Logo auf dem Tresen. Während er an der Abholstation auf seinen Tee wartet, schaut er sich die Transaktion auf dem Handy an. Acht Dollar fünfzig waren der volle Preis. Den scheint er auch entrichtet zu haben. Was ist aus dem Rabatt geworden? Es dauert einen Augenblick, bis er versteht, was passiert ist.

Er hat zwar den vollen Preis in Dollar entrichtet, gleichzeitig wurde ihm jedoch ein Rabatt in Höhe von etwa anderthalb Dollar gutgeschrieben – allerdings in Moneta, Junos Kryptowährung.

Ein Barista stellt ihm den Tee hin. Ohne vom Handy aufzusehen, greift Dante danach und verbrennt sich prompt die Pfoten. Er steckt das iPhone weg, macht einen Pappring um den Becher. Kurz darauf sitzt er auf einem der Sofas des Cafés. Es ist saubequem, allerdings ist Dante sich nicht ganz sicher, ob er jemals wieder daraus hochkommen wird. Er beißt in die schokoladige Hälfte seines Amerikaners, schaut sich um. An einer Wand sind zwei Bildschirme befestigt. Auf einem läuft ein örtlicher Nachrichtenkanal, auf dem anderen Bloomberg TV. Er sieht einen Börsenkommentator, von einer Leiste mit Schlagzeilen und drei oder vier Laufbändern mit Kursnotierungen in die obere linke Ecke relegiert. Dante schaut sich die Kurse an. Die europäischen Märkte sind wegen einer kryptischen Äußerung der EZB-Präsidentin in die Knie gegangen. Wall Street hat davon gänzlich unbeeindruckt höher eröffnet, unter anderem wegen guter Arbeitslosenzahlen. Dante will sich schon abwenden, als auf einem der Laufbänder »JNO Q2 rev yoy +48% / EBITDA in line« vorbeitickert.

JNO ist das Börsenkürzel der Juno-Aktie. Das restliche Kauderwelsch bedeutet, dass die Finanzfirma im zweiten Quartal im Vergleich zum Vorjahr ihren Umsatz um fast fünfzig Prozent gesteigert hat und der erzielte Vorsteuergewinn im Rahmen der Analystenerwartungen lag. Dante sieht vor seinem geistigen Auge eine zufrieden lächelnde Alice Yang.

Er lehnt sich zurück, lässt sich tiefer in das Knautschsofa sinken. Dante googelt den Namen des Mannes, mit dem Gregory Hollister mutmaßlich eine Stiftung gründen wollte, Halverton Price. Der Wikipedia-Eintrag des Kerls ist so lang wie eine Methodistenpredigt. Dante überfliegt die ersten Absätze – Amerikaner, neununddreißig, College abgebrochen, früher Bitcoin-Investor. Bei seiner Lektüre wird Dante immer wieder von dem Foto neben dem Eintrag abgelenkt. Price hat ein Bubigesicht und schaut schläfrig. Zum Frühstück ein Joint und der Tag ist dein Freund, so guckt der Typ. Auf dem Foto, das auf irgendeinem Kryptokongress aufgenommen wurde, trägt Price allen Ernstes einen mexikanischen Poncho, dazu eine Basecap mit Yin-Yang darauf. Zwei geflochtene Zöpfe hängen über seine Schultern, die dünnen Ärmchen sind voll tätowiert. Außerdem ist Price mit Silberschmuck behängt, jener Art von Zeug, das man in Navajo-Reservaten am Straßenrand kaufen kann.

In einem früheren Leben war Price anscheinend Kunststudent, zwei Semester Theaterwissenschaft an der Notre Dame University. Dort kam er erstmals mit Kryptowährungen in Berührung. Von Computern hatte er keine Ahnung, aber dafür kannte er sich mit psychoaktiven Substanzen aus. Ein späterer Kompagnon Gregory Hollisters, der Programmierer Ernest Schneider, kaufte von Price damals angeblich mehrfach Gras und LSD und bezahlte den Zweitsemester dafür mit damals noch ziemlich wertlosen Bitcoins.

Kurz darauf brach Price sein Studium ab und zog nach Belize, um sich indianischer Mystik und psychoaktiven Drogen zu widmen. Einen richtigen Job besaß er nicht, aber der war auch nicht nötig. Dank seiner Bitcoins wurde Price von Tag zu Tag reicher. Sein aktuelles Vermögen wird auf zweihundert Millionen Dollar geschätzt.

Dante überlegt einen Moment, öffnet auf dem Handy sein Fotoalbum. Auf einem der Burning-Man-Bilder, die er in der Mancave abfotografiert hat, ist ein Mann zu sehen, der Price sein könnte. Ganz sicher ist er sich allerdings nicht, weil die fragliche Person einen aztekischen Kopfputz und verspiegelte Oakleys trägt.

Dante schlingt das letzte Stück Amerikaner hinunter, spült mit zuckrigem Tee nach. Haben die beiden vielleicht gemeinsam eine Stiftung in der Schweiz gegründet, um dort ihre Kryptomillionen vor dem Fiskus zu verstecken? Handelt es sich dabei um die Fondation Bataille?

Er erhebt sich. Nachdem Dante den Pappbecher in einen Mülleimer geworfen hat, wendet er sich dem Ausgang zu. Es ist an der Zeit, sich noch einmal über Hollisters Steuerunterlagen zu beugen. Außerdem muss er diesen Halverton Price erreichen. Wikipedia zufolge hat der Mann keinen festen Wohnsitz, sondern ist ein »digitaler Nomade«, was auch immer das bedeutet.

Dantes Blick streift den Fernseher. Ein Foto in der oberen linken Ecke lässt ihn innehalten. Es zeigt Greg Hollister. Dante macht ein paar Schritte auf den Bildschirm zu. Anstelle von Hollister ist inzwischen das Meer zu sehen. Die Szene wurde von einem Helikopter aus aufgenommen. Wrackteile schwimmen auf dem Wasser.

Ein Nachrichtensprecher erscheint, ein weiteres Bild von Hollister wird eingeblendet. Auf der Banderole darunter steht: »Bitcoin-Pionier: Vermächtnis aus dem Grab«.

»Was zum Teufel?«, entfährt es Dante.

Auf dem Bildschirm erscheint der Forumseintrag mit dem Hesse-Zitat. Fieberhaft sieht Dante sich um, sucht nach einer Fernbedienung, um den Ton hochzudrehen.

Zu dem Barista gewandt sagt er: »Sorry, aber können Sie das kurz lauter machen?«

»Was denn?«, fragt der Mann, ohne vom Milchschäumen aufzuschauen.

»Den Fernseher.«

»KABC?«

»Bloomberg.«

»Amber?«, ruft der Barista in Richtung der Kassiererin, »weißt du, wo die Fernbedienung ist?«

Der Forumseintrag ist inzwischen verschwunden, stattdessen sieht man den Moderator sowie zwei zugeschaltete Gäste. Bei dem einen handelt es sich um einen professoral aussehenden Asiaten, unter dem »Boston« steht. Unter der zweiten Person steht »Los Angeles«. Es ist Mercy Mondego. Im Hintergrund erkennt Dante ihr

Wohnzimmer. Das Mädchen hat ihn aufs Kreuz gelegt wie einen Frischling.

»Miese kleine Schlange«, entfährt es ihm.

Der Barista hält ihm eine Fernbedienung hin.

»Hier, Buddy, aber nicht so laut, bitte, wegen der anderen Gäste.«

Dante beachtet den Mann nicht. Er ist bereits auf dem Weg zur Tür.

VIVA LOS CRYPTOS

Dante erreicht Mondegos Haus. So wie es aussieht, kommt er gerade noch rechtzeitig. Die Bloggerin steht in der Einfahrt und verstaut gerade eine Tasche im Kofferraum ihres Prius. Sie geht zur Fahrertür. Dante gibt ein wenig Gas und stellt sich quer vor die Einfahrt, um Mondegos Wagen zu blockieren. Erschrocken dreht sie sich um.

Dante steigt aus, geht schnurstracks auf sie zu, den Zeigefinger ausgestreckt.

»Hi, Ed. Was ...«

»Was war das denn für eine Scheiße, Mercy?«

Sie tut allen Ernstes, als sei sie erstaunt. Unglaublich, diese Unverfrorenheit – Dante ist kurz davor, komplett auszurasten.

»Ich weiß nicht, was du meinst«, sagt sie.

»Bloomberg vorhin. Hollisters Vermächtnis und dieser ganze Mist. Wir hatten eine Abmachung, oder?«

Sie verschränkt die Arme.

»Ja. Und ich habe mich dran gehalten.«

Dante nimmt seinen Trilby ab, rauft sich die nicht existenten Haare, schüttelt ungläubig den Kopf.

»Mercy, ich war vor nicht mal zwölf Stunden hier. Und du gehst mit den Infos, die ich dir gegeben habe, schnurstracks zum Fernsehen?«

»Langsam, Ed. Die haben mich angerufen.«

Der Tonfall ihrer Stimme lässt Dante ahnen, dass er etwas in den falschen Hals bekommen hat. Vielleicht lässt er sich aber auch erneut foppen, und Mondego ist eine bessere Schauspielerin als angenommen. Er blickt sie herausfordernd an.

»Ich habe denen nichts von dem Laptop erzählt – oder von dir. Sondern nur was über Hollister im Allgemeinen. Und davon mal abgesehen, ist deine Geheimhaltung ja jetzt wohl sowieso hinüber.«

»Wie bitte?«

Sie rollt mit den Augen. »Herrgott, Ed. Jeder, der das Video sieht und eins und eins zusammenzählen kann, der ...«

»Moment, Moment, Moment. Video? Was für ein ...?«

Mondegos Mund steht einen Moment lang offen. Dann fängt sie schallend an zu lachen. Tränen schießen aus ihren Augen. Womit die Frage, ob sie schauspielert oder Dante etwas in den falschen Hals bekommen hat, dann wohl geklärt wäre. Er würde am liebsten in seinen Hut beißen.

Als sie sich wieder etwas eingekriegt hat, holt Mondego ihr Handy hervor. Gemeinsam betrachten sie den kleinen Bildschirm. Er zeigt Gregory Hollister. Dieser sitzt auf einer in Blautönen bemalten Treppe aus Beton, die sich draußen zu befinden scheint. Im Hintergrund erkennt man, dass die Stufen zu einer kleinen Plattform hinaufführen, von der aus zwei weitere Treppen an einer hohen Mauer entlanglaufen. Letztere schmückt ein opulentes Wandgemälde, das ein geflügeltes Auge zeigt. Sir Holly sitzt vor dem Graffiti, der Effekt ist ziemlich dramatisch. Es scheint, als schwebe das Auge über dem Juno-Gründer, wache über ihn.

Hollister lächelt in die Kamera. Er trägt ein T-Shirt, das einen brennenden Geldschein zeigt, sowie eine blaue Basecap mit kaum leserlicher Aufschrift – irgendwelche Zahlen?

»Hi. Mein Name ist Greg Hollister. Wenn dieses Video online geht, bedeutet das, dass ich nicht mehr am Leben bin.

Einige von euch kennen mich vielleicht als Entwickler von Kryptowährungen und als Gründer von Juno. Mit einigen Projekten war ich erfolgreich. Mit anderen nicht. Auf einiges, das ich gemacht habe, bin ich ziemlich stolz. Auf anderes«, Hollister schaut zu Boden, »nicht so sehr.«

Dante schüttelt ungläubig den Kopf.
»Was zur Hölle redet der da?«
Mondego legt einen Finger an die Lippen, zeigt auf den Bildschirm.
»Also, das hier ist vielleicht so eine Art Vermächtnis. Kein Testament, das nicht. Ich habe eines gemacht, meine Familie soll sich keine Sorgen machen müssen. Aber ich möchte darüber hinaus denen etwas zurückgeben, die mir immer wichtig waren, den Mitgliedern der Krypto-Community.«
An dieser Stelle schnaubt Mondego verächtlich.
Hollister fährt fort. »Ich habe ein Geschenk für euch. Ich weiß, dass unser Verhältnis in den vergangenen Jahren nicht ganz einfach war, und trotzdem – also eigentlich gerade deswegen möchte ich euch etwas geben. Aber nicht nur euch – der ganzen Welt.«
Hollisters Blick ist während der letzten Sätze hin und her geirrt, statt in die Kamera zu schauen. Das fliegende Auge an der Wand hingegen scheint den Zuschauer unerbittlich anzustarren. Hollister wendet sich wieder den Zuschauern zu.
»Worum es dabei geht, werde ich euch in weiteren Videobotschaften erläutern, die demnächst veröffentlicht werden. Das klingt jetzt sehr mysteriös – ist es vielleicht auch, muss es sein. Es gibt da draußen nämlich eine Menge Leute, die versuchen würden, die Dinge zu stoppen, die nun in Gang kommen. Also haltet die Augen offen. Stay woke, bleibt wachsam. Und bis bald.«
Hollister erhebt sich, steigt die Treppen hinauf. Kurz nachdem er aus dem Bild verschwunden ist, endet das Video.
Dante entfährt ein sehr englischer Fluch. Mercy Mondego grinst.
»Tut mir leid wegen meines idiotischen Auftritts«, murmelt er.
»Schon okay. Und jetzt?«
Dante seufzt. »Jetzt drehen alle durch, oder? Wo wurde das gepostet?«
»Auf Reddit, aber inzwischen ist es überall. Twitter, Facebook. Das ist auch der Grund, warum ich losmuss.«
Dante versteht nicht, was sie meint. Und so guckt er wohl auch.

»Weißt du nicht, dass morgen in Vegas die CryptoWorld beginnt? Die größte Bitcoin-Konferenz Nordamerikas?«

Dante hat noch nie von dieser Veranstaltung gehört.

»Und da fährst du jetzt hin, um ein paar Leute zu fragen, was sie von Hollisters Vermächtnis-Video halten?«

»Ja. Ich war mir lange nicht sicher, ob ich hinfahre, aber jetzt ist es ein Muss. Das Netz ist bereits voll von Theorien, was Hollisters Geschenk anbetrifft.«

Während sie das sagt, mustert sie Dante herausfordernd. Er versucht einen Moment lang, so zu tun, als bemerke er es nicht, überlegt es sich dann aber anders.

»Was ist, Mercy?«

»Wir haben nie direkt drüber gesprochen. Aber du suchst Hollisters geheimes Vermögen, oder? Seine Coins.«

»Was veranlasst dich zu dieser Vermutung?«, fragt er.

»Ich kenne diese Kryptoboys. Es sind fast immer Boys, hm? Blütenweiße Boys, meist noch nicht ganz trocken hinter den Ohren. Und dank ihrer Coins plötzlich stinkreich, echte Player, Speerspitze der Kryptorevolution.

Und alle haben sie Schiss, dass ihnen jemand ihre Coins klaut und sie plötzlich wieder arme weiße Nerdboys sind. Oder schlimmer noch: dass sie jemand kidnappt und ihnen ihre Passwörter entreißt.«

»Fünf-Dollar-Hack«, bemerkt Dante.

»Exakt. Und deshalb verstecken sie ihre Coins auf USB-Sticks oder Festplatten, die sie Gott weiß wo bunkern. Folglich würde ich wetten, dass Hollister ebenfalls einen Haufen Krypto besaß, er war schließlich von Anfang an mit dabei. Und dass er das Zeug irgendwo versteckt hat. Und ich würde ebenfalls wetten, dass seine Schwester dich engagiert hat, um den Schatz zu finden.«

Dante antwortet nicht.

»Kommt ja öfter vor, so was«, fährt sie fort. »Letztes Jahr ist drüben in Santa Barbara ein Autohändler gestorben. Er war in der Szene bekannt, der Einzige an der Westküste, der Krypto akzeptiert hat. Die ganzen Bitcoin-Millionäre haben dort ihre Ferraris und Lambos gekauft.«

Das mit dem Ferrari kann Dante noch halbwegs nachvollziehen – warum sich jemand jenseits der fünfundzwanzig für die Ludenschleudern von Lamborghini begeistert, ist ihm hingegen schleierhaft. Andererseits sind viele dieser Bitcoin-Millionäre wohl tatsächlich jünger als fünfundzwanzig.

»Als der Typ starb, besaß er geschätzte fünf Millionen Dollar in Krypto. Aber niemand kam ran. Bankkonten kann ein Nachlassverwalter pfänden lassen, aber an eine Wallet kommt nur der ran ...«

» ... der den Code besitzt, klar. Und der war nicht auffindbar.«

»Nein. Das Geld ist für immer futsch. So ähnlich ist es auch mit Hollister, oder? Wie viel hatte der versteckt?«

Dante zuckt mit den Achseln.

»Wenn er was versteckt hat, weiß keiner, wie viel.«

»Könnte aber viel sein, oder?«

»Mercy, gib es auf. Du wirst dazu von mir nichts hören. Ich habe keine Lust, morgen die Schlagzeile zu lesen: ›Kryptolegende bunkerte mehrere Milliarden, sagt Privatschnüffler‹, oder irgendwas in der Art.«

»Ehrlich gesagt glaube ich, dass du die so oder so lesen wirst, Ed. Bestimmt haben sich schon so einige Leute gefragt, wo Gregs Wallet ist ...«

Dante streicht sich übers Gesicht. Er hätte gerne etwas zu trinken. Mondego fragt er lieber nicht, sonst verabreicht sie ihm wieder Dr. Pepper.

»Okay«, sagt sie, »ich muss jetzt los. Ich habe gegen siebzehn Uhr einen Termin mit Hal Price, ich will ihn zu dieser Sache interviewen. Und das wird eh schon knapp.«

Halverton Price – der Kerl, mit dem Hollister über eine Stiftung gesprochen haben soll. Dante überlegt einen Moment, beäugt Mondegos altersschwachen Prius.

»Wenn du damit fährst, schon. Wenn ich dich hinkutschiere, sparst du Zeit.«

Zweifelnd beäugt sie seinen Acura.

»Ich trete richtig aufs Gas und zahle die Strafzettel. Du kannst währenddessen arbeiten.«

»Du meinst, ich soll endlich mit den Laptop-Pings aus dem Quark kommen.«

»Was du willst, Mercy.«

»Aber wieso? Erst dieser Auftritt und jetzt ... ach so. Die Konferenz. Du willst dich dranhängen.«

»Stimmt. Vor allem Price interessiert mich. Ich möchte ebenfalls mit ihm reden.«

»Oh nein. Das ist mein Interview.«

»Ich muss ja nicht mit. Vermittele mir einfach einen Kontakt. Außerdem könnten wir uns dann auf der Fahrt nach Vegas ein wenig unterhalten.«

»Über Greg Hollisters Schatz?«

»Darüber, was Price und Hollister gemeinsam vorhatten.«

An ihrem Blick sieht Dante, dass er sie am Haken hat. Mondego tut dennoch einige Sekunden so, als überlege sie, bevor sie Zustimmung signalisiert. Dante gibt daraufhin den Galan, trägt ihre beiden Taschen zu seinem Wagen und verstaut sie im Kofferraum, während Mondego auf dem Beifahrersitz Platz nimmt.

Als sie abfahrbereit im Wagen sitzen, fragt er sie nach der Adresse ihres Hotels.

»La Quinta Inn. Der Kongress findet aber im Cosmo Star statt, direkt am Strip.«

»Wo liegt das Quinta?«

»Bisschen außerhalb, in der Nähe des Flughafens«, sagt sie.

»Stornier's und buch zwei Zimmer im Cosmo.«

Mondego stößt einen leisen Pfiff aus.

»Krösus, Ed? Sieht man dir sonst nicht an. Willst du mich beeindrucken?«

»Keins von beiden. Aber wie gesagt, meine ... mein Auftraggeber hat gesagt, Spesen seien kein Problem.«

Sie fahren los, fädeln sich auf den Freeway ein. Mondego klappt ihren Laptop auf und beginnt zu arbeiten. Dante hat nicht einmal eine Zahnbürste dabei, aber auch die wird er auf Martels Spesenrechnung setzen. Während der Fahrt versucht er zweimal, seine Klientin telefonisch zu erreichen. Er wüsste gern, ob sie das Video bereits gesehen hat. Doch sie geht nicht ran.

Dante streicht mit der Linken über sein Jackett. In der Innentasche befindet sich noch immer der USB-Stick, den Martel ihm ausgehändigt hat. Die Frage ist allerdings, wie er die darauf befindlichen Bitcoins flüssig macht. Kein seriöses Geschäft akzeptiert so etwas. Und selbst wenn: Wie bekommt man die Dinger von dem Stick aufs Girokonto, aufs Handy, was auch immer?

»Kann man bei deinem Kongress mit Krypto bezahlen?«

»Machst du Witze? Natürlich. Wenn du dort mit Fiat-Geld auftauchst, kriegst du einen blöden Spruch.«

»Ich habe nämlich einige Bitcoins bei mir. Aber ich weiß nicht, wie ich rankomme.«

»Moment. Einige Bitcoins? In einer Wallet, aber ohne Passwort?«

»Passwort habe ich. Aber keine Ahnung.«

Wegen des dichten Verkehrs muss Dante auf die Straße schauen. Dennoch kann er aus dem Augenwinkel sehen, dass Mondego lächelt.

»Nocoiner, echt. Und wo ist das Geld jetzt?«

Dante zieht den Stick aus der Tasche, reicht ihn ihr.

»Ein HyperVault, sehr professionell. Hast du den von Hollisters Schwester?«

»Netter Versuch, Mercy. Wie transferiere ich es oder tausche es um?«

»Ist nicht schwierig. Erkläre ich dir.«

»Kann ich die Bitcoins vielleicht einfach in meine Juno-App übertragen?«

»Nein«, erwidert sie. Ihre Stimme klingt kühl.

»Was ist eigentlich euer Problem mit Juno oder genauer gesagt mit Hollister? Ich habe vorhin beobachtet, wie du während des Videos reagiert hast, als er sagte, die Krypto-Community liege ihm am Herzen.«

»Juno funktioniert nur mit Fiat-Geld – Dollar, Euro, Pfund. Und mit Junos Moneta. Richtige Kryptowährungen sind ausgeschlossen.«

»Ist das der Grund, warum Gregory Hollister in der Kryptoszene so unbeliebt ist?«

»Unbeliebt? Er ist der Antichrist.«

Greg Hollister war, so erklärt Mondego, einst einer der Helden der Kryptobewegung. Ohne seine Pionierarbeit gäbe es digitale Währungen in ihrer jetzigen Form vielleicht gar nicht. Doch irgendwann mutierte Sir Holly, der Erlös-Erlöser, zum Leibhaftigen, zumindest aus Sicht jener Anarchokapitalisten und Libertären, die den Kern der Krypto-Community bildeten.

»Was diese Leute wollen, ist eine Welt ohne Fiat-Geld«, sagt Mondego, »keine Staatsknete mehr, die von irgendeiner Notenbank kommt und leicht manipulierbar ist; keine Politiker, die das Geld entwerten können, wann immer es ihnen passt. Stattdessen unfälschbares, anonymes Kryptogeld, dessen Wert vom freien Markt bestimmt wird, nicht von Federal Reserve oder Europäischer Zentralbank.

Stell dir das vor, Ed: eine Welt, in der jeder das gleiche Geld benutzt, egal ob in den Staaten oder im Sudan. Jeder hat ein Schweizer Bankkonto in der Hosentasche. Jeder kann in Sekundenbruchteilen Geld überweisen, ohne dass ihm der Staat dabei über die Schulter schaut.«

Dante blickt zu Mondego herüber. Sie hat einen Glanz in den Augen, während sie von dieser angeblich so wunderbaren Zukunft erzählt. Zwar bezeichnet sie die Krypto-Apologeten als »diese Leute«. Aber es ist offensichtlich, dass sie Sympathien für deren Ideen hegt.

»Und Hollister«, hakt er nach, »hat diese Idee verraten?«

»Und wie.«

Laut Mondego verwendete Hollister für Juno und Moneta die guten Ideen, die Bitcoin hervorgebracht hatte: Fälschungssicherheit und Transparenz. Genauer gesagt benutzte er die Software, mit der sich diese Konzepte umsetzen ließen. Die philosophischen Ideen, die mit dem Kryptogeld einhergingen, die ganzen libertären Träume, warf er hingegen über Bord.

»Weil Hollister wusste, dass die Regierungen eine wirklich unabhängige Kryptowährung niemals akzeptieren würden, erfand er Moneta. Moneta ist in vieler Hinsicht die Antithese dessen, was die Väter der Kryptowährungen wollten.«

»Inwiefern?«

»Jede Transaktion bei Juno ist öffentlich.«

»Ist sie das bei Bitcoin nicht auch? Ich dachte, da wird alles in einer öffentlichen Datenbank gespeichert.«

»In der Blockchain, ja. Da ist vermerkt, dass ein Coin von Nutzer A zu Nutzer B transferiert wurde. Aber nicht, wer A und B sind. Bei Moneta weiß die Öffentlichkeit nichts, sie hat keinen Zugriff auf die Datenbank. Juno selbst kennt hingegen alle Kontobewegungen und die Klarnamen sämtlicher Nutzer. Und die Daten verkauft Juno zu Marketingzwecken an interessierte Firmen. Das ist aber nicht das Schlimmste. Auch die Behörden lesen immer mit – FBI, NSA, Fiskus.«

Dante muss an seinen rabattierten Tee denken. Dass alle Transaktionen vermerkt werden, findet er nicht besonders skandalös. Das ist bei herkömmlichen Banken ebenfalls so. Jede Überweisung wird gespeichert, auf immerdar, und das ist seiner Meinung nach auch gut so. Anonyme Transaktionen nutzen vor allem Terroristen und der Mafia.

»Moneta«, sagt Mondego, »sind Fake-Bitcoins.«

»Aber eine Kryptowährung ist es schon«, erwidert Dante.

»Technisch gesehen vielleicht. Aber die Idee von Bitcoin war ja, Fiat-Geld zu ersetzen. Moneta hingegen ist de facto dasselbe wie Dollar. Wenn du für zehn Dollar Moneta kaufst, werden deiner Juno-Wallet exakt zehn Moneta-Coins gutgeschrieben.«

»Und die eingezahlten Dollar?«

»Wandern in irgendeinen Fonds, glaube ich – als Sicherheit, damit Junos Kunden ihre Moneta jederzeit zurücktauschen können. Man spricht deshalb«, ihr Gesicht verzieht sich, »von Stable Coins.«

Die umlaufenden Moneta, erklärt sie ihm, seien vollständig durch Dollars gedeckt. Gerne würde Dante wissen, wie viel von dem Zeug in Umlauf ist. Er fragt Mondego danach.

»Keine Ahnung. Ist aber bestimmt ein dreistelliger Milliardenbetrag oder noch mehr. Der Laden ist inzwischen riesengroß. Hollister hat ein Monster erschaffen. Und zwar eines, das den Status quo zementiert.«

»Aber ist es nicht ganz gut, dass diese Moneta durch reale Werte abgesichert sind? Eure geliebten Bitcoins sind doch letztlich nur Nullen, Einsen und eine Menge heißer Luft. Sie sind nur das wert, was die Leute glauben, dass sie wert sind«, sagt Dante.

»Und bei Dollar oder Euro ist das anders? Da stehen auch keine Goldreserven dahinter, keine Immobilien oder sonst was. Ist nur bunt bedrucktes Papier, dem Menschen irrationalerweise einen Wert beimessen.«

Sie hat nicht ganz unrecht. Alle großen Währungskrisen, von der Weimarer Hyperinflation bis zur Argentinien-Pleite, lassen sich letztlich immer zum gleichen Punkt zurückverfolgen. Reichsmark oder Peso waren das gedruckte Versprechen, dass man für die Papierfetzen einen Gegenwert bekam – Zigaretten, Kaffee, pinkfarbene Lederbustiers. Sobald die Leute nicht mehr daran glaubten, dass man für die Scheinchen auch am nächsten Tag noch ein Brot bekommen würde, war es aus.

»Es gibt einen großen Unterschied zwischen Krypto und Dollar«, erwidert Dante. »Hinter Bitcoin steht niemand. Keine Institution, kein Staat, kein Unternehmen. Hinter dem Greenback oder dem Euro hingegen steht ein ganzer Apparat, eine Organisation mit tiefen Taschen, die bei Bedarf eingreifen kann.«

»Das funktioniert ganz hervorragend«, ätzt sie. »Sieht man ja. Wie viele Finanzkrisen hatten wir in den vergangenen zwanzig Jahren? Drei? Vier? Fünf?«

»Ich habe nicht mitgezählt, Mercy. Aber wir kommen vom

Thema ab. Juno hat also diese, wie hast du es genannt, Stable Coins, durch Dollars gedecktes Kryptogeld. Nebenbei ist der Laden ein Datenschutzalbtraum.«

»Ja. In der Szene nennt man Moneta deshalb auch Orwell-Dollar.«

Dante kann in gewisser Weise nachvollziehen, dass Hollisters Tun diesen Kryptofreaks gegen den Strich geht. Eine von einem Großkonzern kontrollierte Parallelwährung, die durch Notenbankgeld gedeckt ist und bei der das Kassenbuch jederzeit von Marketingheinis und Strafverfolgern eingesehen werden kann – das war nicht, was sich diese Möchtegern-Revoluzzer erträumt hatten. Aber mal ehrlich: Wer bekommt schon, was er sich wünscht?

Mondego sieht Dante an, dass ihre Empörung bei ihm nicht verfängt.

»Dich lässt das total kalt, oder? Ist dir scheißegal.«

»Scheißegal würde ich nicht sagen. Ich glaube ja auch nicht, dass unser Finanzsystem perfekt ist. Vermutlich ist es sogar ziemlich mangelhaft. Aber es funktioniert halbwegs. Und dass jemand eine abseitige Freak-Technologie massenmarktfähig macht und ein paar fette Konzerne dadurch noch fetter werden ... tja, normal, oder?«

»Die meisten denken so.«

Er schaut ihr in die Augen.

»Aber du nicht, Mercy?«

Mondego verzieht das Gesicht.

»Wenn du mehr als achtzig Meilen fährst, solltest du dich auf die Straße konzentrieren, Ed.«

Er schaut wieder nach vorne, überholt einen Truck. Eine Zeit lang schweigen sie. Dann sagt Mondego:

»Die Idee war gut. Die mit dem Kryptogeld, meine ich. Sehr gut sogar. Vor allem der technische Teil, als Programmiererin weiß ich zu schätzen, wie elegant das alles umgesetzt ist. Aber was die dann daraus gemacht haben ...«

»Redest du jetzt wieder von Hollister?«

»Ich meine eher die Kryptoszene. Das ist ... wenn du diesen Kongress siehst, verstehst du vielleicht besser, was ich meine.«

Dante beschließt, an dieser Stelle nicht weiterzubohren. Stattdessen hakt er nochmals in Sachen Juno nach.

»Warum genau glaubst du, ist der Laden so groß geworden?«

»Es gibt keinen einzelnen Grund. Die waren halt am Start, als die Zeit für so was reif war. Das mit diesen Coupons, die den Usern überall automatisch Rabatt verschaffen, ist clever. Aber anfangs haben sie vor allem mit Remissionen Umsatz gemacht, habe ich gehört.«

»Was meinst du mit Remissionen?«

»Heimatüberweisungen. Die peruanische Putzfrau, der Bauarbeiter aus Sri Lanka. Diese Leute schicken alljährlich mehrere hundert Milliarden Dollar nach Hause. Früher hat es zwei Wochen gedauert, bis das Geld bei ihrer Familie war. Und die Bank hat ihnen sechs, sieben Prozent abgenommen. Gebühren.«

»Und bei Juno geht das in Sekunden«, sagt Dante.

»Ja. Das mit den Remissionen war, glaube ich, auch einer der Hauptgründe für Moneta.«

Dante versteht, was sie meint. Wenn der Bauarbeiter aus Sri Lanka früher harte Dollars an seine Frau kabelte, bekam diese den Gegenwert von der örtlichen Wechselstube in windelweichen Rupien ausgezahlt. Da sie kein Bankkonto besaß, musste sie das Geld unter ihr Kopfkissen legen. Dank Juno kann sie es nun auf ihrem Handy speichern – und zwar in Moneta, die durch den allmächtigen Dollar abgesichert sind. Wenn man es so betrachtet, denkt Dante, hat Hollister den Menschen in weniger entwickelten Ländern einen großen Dienst erwiesen. Er hat den Ärmsten der Armen Bankkonten verschafft, sie von Wuchergebühren und Inflation befreit. Und das macht ihn zu einem Bösewicht?

Sie sind inzwischen an Barstow und Baker vorbei. Mondego hat über ihren Laptop zwei Zimmer im Cosmo gebucht und beschäftigt sich gerade mit Jacqueline Martels Spezial-Spesen-Stick.

Dante gibt Mondego das Passwort, er drängt es ihr förmlich auf, obwohl sie ihm zweimal davon abrät.

»Woher weißt du, dass du mir trauen kannst?«

»Wenn du mich übers Ohr haust, dann nicht, indem du mir Bitcoins klaust.«

»Sondern?«

»Indem du mich und meine Klienten an die Presse verfütterst.«

»Ich dachte, das hätten wir vorhin geklärt, Ed.«

Anstatt zu antworten, überholt er sehr zügig einen altersschwachen Dodge Pick-up. Sekunden später zischt auf der anderen Spur etwas vorbei. Dante erschrickt, muss den Wagen stabilisieren. Er wird sich nie daran gewöhnen, dass man auf US-Highways auf jeder Spur überholen darf. Angesichts der Tatsache, dass die meisten Amerikaner ihren Führerschein aus dem Dollar Store haben, ist es ein verdammtes Wunder, dass nicht viel mehr Unfälle passieren.

Dante schaut dem sich rasch entfernenden Raser nach. Es handelt sich um einen Sportwagen, azurblaue Sonderlackierung. Falls er sich nicht täuscht, ist es ein Ferrari 812 Superfast, achthundert PS, eine halbe Million Dollar auf Rädern. Auf der hinteren Stoßstange steht: »Bitcoin, bitches!«

»Willkommen in der CryptoWorld«, sagt Mondego.

EXTROPIE

Die Kryptofreaks haben das gesamte Cosmo Star in Beschlag genommen. In der Lobby steht ein sechs Meter hohes, dreidimensionales Konferenzlogo, ein aus neonblauen Polygonen bestehender Berggipfel, über dem ein pyramidenförmiger Kristall schwebt. Letzterer erinnert Dante ein wenig an jenen Tetraeder, der auf Dollarscheinen abgebildet ist. Er schaut zu dem rötlich schimmernden Kristall hinauf. Er besteht aus Plexiglas und Leuchtdioden, hängt an einer Nylonschnur von der Decke.

Das Cosmo ist ein typisches Vegas-Konferenzhotel neuerer Bauart – viel helles Holz, höhere Decken als manche Kathedrale und genug Ambient-LEDs, um ein Flugfeld zu illuminieren.

Vor der Rezeption steht eine längere Schlange. Dante vermutet, dass es sich größtenteils um Gäste der CryptoWorld handelt, nicht um die Mehrstufenmarketingexperten oder Bezirksstaatsanwälte, die sonst hier tagen. Dafür sind die Schlangesteher zu jung und zu schlecht angezogen.

Mondego ist nicht mehr bei ihm. Dante hat sie weiter oben am Strip abgesetzt, im Fabulous Flamingo, wo ihr Interview mit Halverton Price stattfindet. Sie hat versprochen, ein gutes Wort für den alten Dante einzulegen. Dem Programm zufolge ist Price einer der Hauptredner bei der Konferenz, und er hofft, den Mann direkt nach seinem morgigen Vortrag befragen zu können.

Vor Dante stehen zwei junge Männer, beide Mitte zwanzig, beide weiß, beide in schwarzen T-Shirts mit Logos irgendwelcher Kryptowährungen. Sie unterhalten sich angeregt. Anscheinend reden sie über das Hollister-Video.

»Aber der Typ ist ein Riesenarschloch. Er hat Satoshis Ideen geklaut und dann damit voll den Reibach gemacht«, sagt der eine, ein schlaksiger Kerl in Turnschuhen und Basketball-Shorts der L. A. Lakers.

»War ein Arschloch. Ich meine, das ist doch megastrange, oder? Wo kommt dieses Video jetzt her?«, erwidert sein pummeliger Kumpel, auf dessen Baseballkappe eine 8-Bit-Version von Luigi, einem der Mario Brothers, abgebildet ist.

Lakers zuckt mit den Achseln. »Vermutlich dead man's switch. Er hat ein kleines Programm laufen lassen, und wenn das nicht alle paar Tage einen Ping bekommt, wird das Video gepostet. Oder vielleicht hat er's per smart contract gemacht.«

»Die Frage ist«, sagt Luigi, »was es bedeutet. Ich habe vorhin mit ein paar Jungs von CoinBazaar gesprochen ...«

» ... die gibt's noch?«

»Ja, Mann. Die machen demnächst sogar ein Initial Coin Offering, ich überlege, da fett einzusteigen. Auf jeden Fall haben die gesagt, Hollister hätte an einem neuen Blockchain-Protokoll gearbeitet, Bitcoin 2.0, total revolutionäres Ding.«

Lakers runzelt die Stirn. »Bestimmt wieder zusammen mit irgendwelchen Wall-Street-Wichsern. Hab ich noch nie was von gehört. Ich glaube ja eher, was Peter gesagt hat. Von den Bitcoin Buccaneers, weißt du? Die auch auf der Crypto Basel in Miami waren, letztes Jahr.«

»Ach so, der.«

»Ja. Und Peter meint, es handelt sich um eine Art Schatzsuche. Dass Hollister sein Vermögen unters Volk bringen will.«

»War der so reich?«

»Alter, Sir Holly hat Bitcoins gekauft, als die bei, was weiß ich, fünf Cent standen. Und natürlich hat er auch haufenweise geschürft.«

Aus seinen Recherchen weiß Dante, dass man mithilfe eines leistungsstarken Rechners irgendwie neue Bitcoins erzeugen kann, indem man komplexe Berechnungen durchführt. Wie genau dieses Schürfen, dieses Bitcoin-Mining, funktioniert, weiß er allerdings nicht.

»Und warum sollte er die ganze Kohle an die Krypto-Community verschenken, nachdem er sie«, Lakers senkt seine Stimme, »zuvor jahrelang in den Arsch gefickt hat? Das mit diesem Schatz und der Schatzsuche klingt für mich eher wie was, das sich ein Experte für virales Marketing ausgedacht hat.«

Luigi nickt enthusiastisch.

»Interessante Theorie, Alter. Ziemlich gut. Vielleicht steckt ja Juno dahinter. Und als Nächstes kommt dann ein Video, dass die Coins per Airdrop an alle verteilt werden, die ein Juno-Konto haben oder so'n Scheiß.«

Als die Krypto-Bros den Tresen erreichen, hören sie auf, Hollister-Hypothesen von sich zu geben. Gerade wird eine weitere Rezeptionistin frei. Dante will nun ebenfalls einchecken, aber sein Telefon klingelt. Es ist Martel. Er gibt seinen Platz in der Schlange auf und nimmt ab.

»Dante.«

»Sie haben es schon gesehen, oder?«, sagt sie, ohne sich mit einer Begrüßung aufzuhalten.

»Ja, mehrmals. Was halten Sie davon, Jackie?«

Sie produziert Schnieflaute. Dass es Martel nahegeht, ihr Bruderherz quasi aus dem Grab sprechen zu hören, ist verständlich. Trotzdem hält Dante das Geheule für Show – und sich selbst deswegen für ein bisschen herzlos.

»Ich wusste nichts von dem Video. Aber für mich klang es so, als ob es ... als ob es um den Schatz geht. Wenn es denn echt ist.«

»Haben Sie Anhaltspunkte dafür, dass es sich um eine Fälschung handeln könnte, Jackie?«

»Nein, nein. Ich meine nur. Ist ja heutzutage möglich, Deepfake Videos und so. Von Greg gibt es reichlich Videomaterial, man könnte also ...«

Erst denkt er, sie lege eine kleine Denkpause ein, aber offenbar versagt ihr die Stimme. Vielleicht ist Martel emotional doch angeschlagener, als er ihr zugesteht.

»Wir prüfen die Echtheit gerade«, lügt er, »und auch die Frage, wo das Video herkam. Vermutlich erfolgen die Veröffentlichungen automatisiert.«

»Die Veröffentlichungen? Sie meinen, es gibt mehrere?«

Dante würde seine Klientin gerne fragen, ob sie den gleichen Clip gesehen hat wie er. Schließlich kündigt Hollister in seiner Treppenansprache ja an, es werde weitere Enthüllungen geben. Da liegt der Schluss nahe, dass auch diese via Video erfolgen werden.

»Hören Sie, Jackie, ich habe wichtige Fragen bezüglich der weiteren Ermittlungen. Und ich muss mit Ihnen über die Dynamik reden.«

»Dy-Dynamik?«

»Ich würde Ihnen raten, einige Tage unterzutauchen. Es könnte sein, dass diese Sache einen ziemlichen Medienhype auslöst. Die Botschaft des Videos ist kryptisch, aber ich habe bereits mit mehreren Leuten gesprochen, die die richtigen Schlüsse gezogen haben und vermuten, dass es ...«

Dante steht inzwischen in einer abgelegenen Ecke der Lobby, vergewissert sich aber trotzdem, dass ihn niemand hören kann,» ... dass es einen Schatz gibt. Ich fürchte, dass bald selbst ernannte Schatzsucher auftauchen werden.«

»Fuck. Entschuldigung.«

»Kein Problem. Sehe ich genauso. Also ist es wichtig, dass ich meine Ermittlungen beschleunige.«

»Heißt das, Sie brauchen mehr Geld?«

»Nein, aber vielleicht mehr Leute. Wenn Ihnen das recht ist, verwende ich bei Bedarf welche von den ... den Spesen auf dem Stick.«

Mondego hat die fünf Komma irgendwas Bitcoins von dem HyperVault-Stick auf ein anderes Konto transferiert, in Dollar getauscht und an Dantes Juno-App geschickt. Er hat nun fünfzig Riesen auf dem Handy. Irgendwie kommt ihm sein iPhone seitdem schwerer vor.

»Ja, okay, Ed. Tun Sie das.«

»Okay, dann jetzt meine Fragen. Kennen Sie einen Halverton Price?«

»Ist das auch so ein Kryptotyp?«

»Ja. Ich kann Ihnen ein Foto schicken.«

»Nein, jetzt, wo ich drüber nachdenke, meine ich den Namen schon mal gehört zu haben. Trägt gerne Indianerschmuck?«

»Genau der.«

»Wir waren mal auf irgendeiner Privatparty, auf Hawaii. Ich meine, dort hätte ich mal zwei Minuten mit diesem Price geredet, Small Talk. Aber ich denke, Greg hatte Kontakt zu ihm. Sie waren beide Burner, glaube ich.«

»Burner, Jackie?«

»Burning Man.«

»Ah, ja, natürlich. Es gibt in der Mancave ein Bild, auf dem die beiden zu sehen sind. Und da, das wäre meine zweite Frage, ist noch wer drauf. Darf ich Ihnen das Foto mal schicken? Vielleicht können Sie den dritten Mann identifizieren.«

»Ja, ja natürlich.«

»Danke, Jackie, das hilft mir weiter. Außerdem wollte ich fragen, ob Sie schon einmal von einer Fondation Bataille gehört haben.«

»Nein, ich glaube nicht. Eine Stiftung? Bataille wie Krieg? In Frankreich? Hat Greg dort das Geld versteckt?«

»Das weiß ich noch nicht. Die Stiftung befindet sich in der Schweiz. Wissen Sie, ob Ihr Bruder in der letzten Zeit dort war?«

»Er flog bestimmt zweimal im Jahr rüber in die Schweiz, meistens nach Zug, glaube ich. Da sitzen einige von diesen Kryptofirmen.«

Auch die Fondation Bataille saß vermutlich dort. Dante fragt sich, ob er vielleicht einmal in Zug vorbeischauen sollte.

»Okay. Danke, Jackie. Ich schicke Ihnen das Foto und informiere Sie, sobald ich weitere Neuigkeiten habe.«

Sie verabschieden sich, legen auf. Dante schickt Martel das Burning-Man-Foto mit Hollister, Price und dem noch unbekannten Dritten, bevor er wieder zur Rezeption geht. Die Schlange ist inzwischen glücklicherweise fast verschwunden. Ein paar Minuten später ist er bereits auf dem Weg in ein unter dem Hotel liegendes Einkaufszentrum, um sich Unterhose und Zahnbürste zu besorgen.

Auf dem Weg zur Rolltreppe macht er an dem Durchgang zu einem der Konferenzsäle halt. Er blickt in einen großen Raum, in dem zahlreiche Stände aufgebaut sind. Die Schilder darüber bewerben Firmen, in deren Namen fast immer die Worte Coin oder Crypto vorkommen, manchmal beide gleichzeitig. Die Konferenz ist wesentlich größer, als er erwartet hat. Dante holt einen Programmflyer hervor, den ihm die Rezeptionistin ausgehändigt hat. Bei den meisten Vorträgen versteht er nicht einmal den Titel: »Token-Management in der dezentralisierten Blockchain« oder »PoW oder PoS?«. Die aus seiner Sicht wichtigste Veranstaltung ist die Eröffnungsrede von Halverton Price, der, wie Dante inzwischen erfahren hat, Vorstandschef einer Firma namens Cerro Nuevo ist. Laut Website ist sie im Bitcoin-Mining aktiv. Das ist jener Schürfvorgang, den Dante bisher nicht versteht, mit dem man aber offenbar sehr reich werden kann. Darauf zumindest deutet der Umstand hin, dass der knallorangefarbene Cerro-Nuevo-Stand der größte in der gesamten Halle ist. Zur Deko gehören nicht weniger als sechs Supersportwagen, alle in demselben Orange lackiert.

Dante wendet sich ab, fährt hinunter in das Einkaufszentrum. Als er eine Dreiviertelstunde später mit zwei Tüten voller Hygieneartikel und Klamotten wieder die Lobby betritt, fiept sein Handy. Die Nachricht kommt von Martel.

»Immo Patel. Der Kryo-Typ.«

»Sie meinen Krypto«, schreibt er zurück.

»Nein. Kryo. Kälteschlaf. Greg und ich haben ihn mal getroffen und einen Vertrag gemacht.«

Dante speichert diese seltsame Info für später, tippt:

»Aber Sie kannten einander auch privat?«

»Greg & Immo waren beide Azztec Warriors.«

Dante muss an die bescheuerten Kostüme auf den Fotos denken.

»Ist das so ein Burning-Man-Ding?«, schreibt er.

»Ja, ein Camp«, kommt zurück.

Er steckt sein Telefon weg und fragt sich, ob er schon so alt ist oder ob alle anderen den Verstand verloren haben – Azztec Warriors, am Arsch. Er geht zu einer Bar am Rand der Lobby, stellt seine Tüten ab. Der Barkeeper lächelt ihm zu.

»Was kann ich für Sie tun?«

»Ich brauche dringend einen Brandy Old Fashioned. Groß. Kann ich den auch mitnehmen?«

»Selbstverständlich«, antwortet der Barkeeper. Er mixt den Cocktail und seiht ihn in einen wiederverwendbaren, in den Hotelfarben gehaltenen Becher ab, verschließt das Behältnis mit einem Deckel. Wenn Dante es nicht besser wüsste, würde er vermuten, dass es sich um einen Frappuccino to go handelt. Niemand wird mitbekommen, dass er sich bereits am frühen Nachmittag einen reinschädelt. Diese Stadt ist zwar kreischlaut, kann aber gleichzeitig sehr diskret sein. Viva Las Vegas.

Am Strohhalm seines Cocktailcups nuckelnd fährt Dante hinauf in den vierunddreißigsten Stock, wo sich sein Zimmer befindet. Er ignoriert den Blick, der sich ihm bietet – den Strip, das Riesenrad, das ganze Geblinke – und zieht sich aus. Splitternackt geht er ins Bad, stellt sich unter die Dusche. Den Old Fashioned nimmt er mit. Gut zehn Minuten steht er in der Kabine, starrt vor sich hin, saugt am Strohhalm. Dampfschwaden umwabern ihn. Das heiße Wasser und der eiskalte Cocktail sind genau das, was er nach der langen Fahrt brauchte.

Ein schlurchendes Geräusch ist zu hören, der Becher ist leer. Dante verlässt die Dusche, hüllt sich in einen Superflausch-Bademantel, der auf dem Bett liegt. In der Hotelbar sucht er nach Zutaten für einen weiteren Drink, nimmt dann aber doch lieber eine Coke Zero.

Auf dem Bett liegend surft er im Netz, sucht nach Aztekenkrieger Nummer drei, Immo Patel. Der Name klingt indisch, doch sein Besitzer sieht ziemlich kaukasisch aus. Anscheinend handelt es sich um einen Künstlernamen. Das Immo steht wohl für immortal, unsterblich. Das würde passen. Patel betreibt eine Firma namens Future Guard, die Menschen nach ihrem Hinschied einfriert. Genauer gesagt – das entnimmt Dante der Website des Unternehmens – friert sie die Toten nicht nur ein, sondern ersetzt deren Körperflüssigkeiten auch durch eine Art Frostschutzmittel.

»Diese Technologie«, so die Seite, »hemmt den Prozess des Absterbens von Körperzellen. Dadurch werden Gehirnschäden unterbunden und ein Informationsverlust vermieden, damit der Patient in der Zukunft mithilfe dann verfügbarer Technologien wiederbelebt werden kann.«

Wer solchen Mist glaubt, bei dem ist der Gehirnschaden schon vor dem Tod eingetreten. Auch in hundert Jahren wird man niemand wiederauferstehen lassen können. Und selbst wenn: Die Menschheit wird dann bestimmt Besseres zu tun haben, als tattrige Exmillionäre zu reanimieren, deren Haltbarkeitsdatum längst abgelaufen ist.

Vermutlich gibt es reichlich reiche Schwachköpfe, bei denen Patels Masche dennoch verfängt. Der Website zufolge hat Future Guard schon über zweihundert Eisprinzen und -prinzessinnen eingelagert. Die Konservierung vermittels sogenannter Kryonik kostet coole neunzigtausend Dollar. Wem das zu teuer ist, der kann auch für Neurokryo-Preservation optieren, was offenbar nichts anderes heißt, als dass Doktor Patelstein und seine Schergen einem den Kopf absägen und einfrieren. Das spart natürlich Platz, weswegen es auch nur fünfzig Riesen kostet – ein Schnäppchen, zumindest wenn man in Bitcoins, Tesla-Aktien, was auch immer, schwimmt.

Lustlos nippt Dante an der Cola, denkt nach. Gregory Hollister war noch schrulliger als gedacht. Nicht nur hing der Kerl als junger Mann radikalkapitalistischen Ideen an, er war zudem religiös, wenn auch nicht im herkömmlichen Sinne. Statt an Jesus oder Hubbard glaubte Hollister an das ewige Leben durch fortgeschrittene Technik. Martel zufolge hatte er bei dem Future-Guards-Gründer, mit dem er befreundet war, eine Lebensversicherung abgeschlossen. Oder traf Todesversicherung es eher?

Geholfen hat ihm seine Wette auf die Zukunft nichts. Laut den Presseartikeln zu Hollisters Absturz hat man lediglich »DNA-Spuren« gefunden – eine Umschreibung für »abgetrenntes Ohr und ein bisschen Hirnmasse« oder etwas in der Art. Das genügt, um Hollister zu identifizieren, reicht aber vermutlich nicht, um im Jahr 2525 Sir Holly Zwonull zu klonen.

Dante wählt die Nummer auf der Website, landet in einem Callcenter. Er erklärt der Dame am anderen Ende, dass er weder seinen Kopf noch seinen Allerwertesten einfrieren lassen möchte, fragt stattdessen nach Patels Vorzimmer. Es dauert etwas, bis man ihn durchstellt. Dante landet bei einer Sekretärin, die ihm erklärt, der Chef sei derzeit auf Reisen. Sie verspricht jedoch, ihm Dantes Anliegen und Handynummer zu übermitteln.

Als Nächstes schaut er sich das Hollister-Video zum achten oder neunten Mal an. Auf YouTube hat es inzwischen mehrere zehntausend Abrufe und Hunderte Kommentare. Dante liest eigentlich nie Kommentare im Internet. Das verursacht nämlich jene Art von Gehirnschäden, die sie nicht einmal in fünfhundert Jahren werden rückgängig machen können.

Heute macht er eine Ausnahme. Dante wechselt zu Reddit, einer kleineren Social-Media-Plattform, die für Porno-GIFs und hitzige Debatten bekannt ist. Dante findet einen Diskussionsstrang mit Abertausenden Kommentaren. Das meiste ist natürlich Müll. Viele Diskutanten ventilieren keine Theorie zum Inhalt des Videos, sondern merken lediglich an, dass Hollister ein Riesenarschloch gewesen sei und es verdient habe, in Hunderte kleine Fetzen gerissen worden zu sein.

Der Vorteil bei Reddit ist, dass die nach Lesermeinung besten Kommentare oben stehen. Dante scrollt durch die Top zwanzig. Die Schwarmintelligenz hat bereits einige Dinge herausgefunden, zum Beispiel, dass das Video von einem Reddit-Benutzer namens Darth_Chomsky gepostet wurde, also von jemandem, der den gleichen Namen verwendet wie Hollisters ehemaliger Account in diesem Entwicklerforum Fiat Lucre. Einige Nutzer haben das Video zudem auf seine Echtheit überprüft. Es bestehen kaum Zweifel, dass es authentisch ist.

Die Spekulationen, was das soll, werden in einem separaten Thread verhandelt, der ebenfalls aus Hunderten Kommentaren besteht. Die Hypothese mit dem Juno-Marketing-Gag kommt zur Sprache, ebenso die einer revolutionären neuen Kryptowährung, die Hollister angeblich entwickelte. Die meisten User vermuten jedoch, der Juno-Gründer habe ein geheimes Bitcoin-Vermögen besessen. Diesen Schatz wolle er nun verteilen, das Video sei der Auftakt zu einer Art Schnitzeljagd.

Dafür spräche, dass Hollister in dem Video gewisse Hinweise am Leib trage. Die – leider unleserliche – Zahlenkombination auf seiner Basecap sei zweifelsohne ein Passwort. Was den brennenden Dollarschein auf seinem Shirt angeht, sind sich die Reddit-Experten hingegen noch nicht sicher.

Dante will sein iPad gerade weglegen, da sieht er einen eingerückten Kommentar zu der Schatzsuchehypothese, der ziemlich viele Upvotes hat:

»Also quasi der Graf von Montecrypto.«

Es klopft. Dante geht zur Tür, öffnet sie einen Spalt. Mondego steht im Gang, mustert ihn. Dante trägt noch immer Bademantel und Hotelschlappen. Sie grinst. Vermutlich kann sie seine Brandyfahne riechen.

»Schon voll angekommen in Vegas, was?«

»Ich gebe mir Mühe. Wie war es mit Price?«

»Ganz interessant. Ich kann dir gerne davon erzählen.«

Sie schaut an ihm vorbei ins Zimmer. Dante ist etwas unsicher. Wenn er sie im Bademantel reinbittet, kommt er sich vor wie Harvey Weinstein. Gewollt oder ungewollt sendet so etwas ein Signal aus, das er lieber nicht aussenden möchte. Seine Lenden finden zwar, dass solch ein Signal allmählich fällig wäre. Aber so besser nicht. Er könnte ihr vorschlagen, in einigen Minuten angezogen zu ihr ins Zimmer zu kommen. Aber er hat einmal irgendwo gelesen, dass man in Hotels keine Typen in sein Zimmer bitten soll, weil man dann im Ernstfall nirgendwohin fliehen und keine Tür hinter sich abschließen kann.

Dante ist bewusst, dass all dies ziemlich verworrene Überlegungen sind. Also bittet er sie doch ins Zimmer, verschwindet aber umgehend mit seinen Einkaufstüten im Bad. Kurz darauf kehrt er in schwarzer Jeans und weißem T-Shirt zurück. Mondego hat es sich bereits in seiner Sitzecke bequem gemacht und offensichtlich auch schon gesehen, was er zuletzt auf dem iPad aufgerufen hat.

»Geht ziemlich ab da, oder? Aber nicht nur da«, sagt sie.

»Du meinst, das Fernsehen springt auch drauf an?«

»Noch nicht so richtig. Außer dem Bericht auf Bloomberg habe ich nichts gesehen. Aber erinnerst du dich an die Turtles?«

»Was war das noch gleich? Eine Kryptowährung?«

Sie nickt. »Hollisters Shitcoin.«

Nun erinnert Dante sich. Turtlecoin war Hollisters misslungener Versuch eines besseren Bitcoin.

»Ich dachte, das wäre schon lange her, über acht Jahre.«

»Stimmt. Aber wenn so ein Coin erst mal in Umlauf ist, dann verschwindet er ja nicht einfach wieder. Gestern Abend notierten Turtles bei etwa 0,0001 Dollar, also einem hundertstel Cent. Seitdem haben sie vierhundert Prozent zugelegt.«

»Dann sind sie jetzt fünf hundertstel Cent wert, oder was?«

»Genau. Immer noch mickrig, klar. Aber der Punkt ist: Das Video heizt die Spekulationen an. Leute steigen bei Turtlecoin ein. Falls es jemanden gibt, der größere Mengen davon hat, lacht er sich wahrscheinlich ins Fäustchen.«

»Okay. Aber was ist mit Price?«

»Ich habe ihn zu neuen Entwicklungen im Kryptomarkt interviewt. Er gilt als Visionär. Deshalb finden die Leute immer interessant, was seiner Meinung nach als Nächstes kommt, das nächste große Ding.

Ich habe ihn auch nach Hollister gefragt und nach dem Video. Price hat aber nur gesagt, dass er keinen Schimmer hat, ob es etwas bedeutet, und wenn ja, was. Und dass er mit Hollister selten einer

Meinung gewesen sei, speziell was die Weiterentwicklung von Kryptowährungen angeht. Dass er aber tief betroffen ist, weil er ihn seit Langem gekannt hat, er ein Pionier gewesen war et cetera.«

»Hast du ihn nach der Bataille-Stiftung gefragt?«

»Nein. Hätte ich sollen?«

Ihre Augen verengen sich.

»Glaubst du, Price hat etwas mit der Stiftung zu tun?«

»Ich weiß es nicht«, antwortet Dante.

Das ist nicht die ganze Wahrheit, aber auch keine Lüge. Nach dem Gespräch mit dem Anwalt hat Dante lediglich die Vermutung, Price und Hollister könnten zusammen eine Stiftung gegründet haben. Sicher ist er nicht.

Mondego sagt, Price habe sich bereit erklärt, mit Dante zu sprechen. Er werde ab einundzwanzig Uhr mit ein paar Freunden im Casino des »Fabulous Flamingo« sein, an den Roulettetischen. Dante solle einfach dort vorbeikommen.

Er bedankt sich artig für die Vermittlung. Und weil er das Gefühl hat, Mondego im Gegenzug auch etwas geben zu müssen, erwähnt er Doktor Patelsteins futuristische Kühlkammer sowie den Umstand, dass Hollister dort einen Kryovertrag abgeschlossen hatte. Die Info hat einen gewissen journalistischen Wert, steht aber nicht direkt mit dem Schatz in Verbindung – zumindest hofft er das.

»Interessant«, erwidert sie. »Wundert mich aber gar nicht. Ich wette, auf dem Kongress hier sind etliche Leute, die das auch machen wollen. Es gibt unter Kryptofans viele Extropianer.«

»Was soll das bitte sein?«

»Extropie ist das Gegenteil von Entropie. Entropie bedeutet unaufhaltsamer Verfall, alles geht allmählich in die Binsen. Extropianer hingegen glauben, dass alles immer besser wird. Künstliche Intelligenz, Mind Uploading, Unsterblichkeit, Roboter.«

»Eine güldene Zukunft«, erwidert Dante. »Selbstfahrende Lambos und Sexdroiden für alle.«

Sie lacht. Es ist lange her, dass er eine Frau zum Lachen gebracht hat.

»Kommst du«, hört er sich sagen, »nachher denn mit ins Flamingo? Oder bist du schon verplant?«

»Nein. Ich meine, ja, also, nein, also, ich bin noch nicht verplant.«

»Prima. Soll ich dich gegen halb neun abholen?«

»Okay«, erwidert Mondego. Sie erhebt sich.

»Noch eine Frage, bevor du gehst.«

Sie sinkt in den Sessel zurück.

»Was?«

»Hollisters Laptop, dieses Skript. Hast du dazu inzwischen was?«

»Bisher nur diese Fondation Bataille, sonst nichts. Der Laptop hat wie gesagt irgendwelche IP-Adressen kontaktiert. Was für Computer sich dahinter verbergen, lässt sich schwer sagen.«

»Lässt sich denn sagen, wo sie sind?«

»Das schon. Moment, ich habe eine Liste.«

Sie holt ein Notizbuch hervor.

»Die fraglichen IP-Adressen sind in New York, London, Hongkong, Mexiko-Stadt und Tokio.«

Dante will etwas sagen, aber Mondego würgt ihn ab.

»Mit Schlussfolgerungen wäre ich vorsichtig.«

»Inwiefern?«

»Die fraglichen Computer geben vor, in Tokio, Hongkong oder sonst wo zu stehen. Muss aber nicht stimmen. So was lässt sich leicht faken. Und wenn man eine Software benutzt, die den eigenen Standort verschleiert, wird stattdessen in der Regel irgendeine Großstadt angegeben. Und genau so sieht das hier für mich aus.«

Sie erhebt sich wieder.

»Um halb?«

»Ich hole dich ab«, erwidert er.

»Okay. Zimmer 34500.«

Sie lächelt ihm zu, geht zur Tür. Sobald sie weg ist, gähnt Dante herzhaft. In der vergangenen Nacht hat er höchstens drei, vier Stunden geschlafen. Heute wird er auch nicht allzu früh ins Bett kommen. Ihm bleiben noch zweieinhalb Stunden, bis er Mercy Mondego abholen muss. Angezogen legt er sich aufs Bett.

Sicherheitshalber stellt Dante den Wecker seines Handys, obwohl er eigentlich weiß, dass er nicht wird schlafen können. Nachdem er den Alarm eingerichtet hat, scrollt er durch seine Mitteilungen. Die meisten stammen von der Juno-App, die seinen Ortswechsel zum Anlass nimmt, ihm allerlei Sonderangebote vorzuschlagen. Eine Mitteilung lautet: »Essenzielle Rabatte für deinen Vegas-Trip.«

Dante legt das Handy auf den Nachttisch, schließt die Augen. Vor seinem geistigen Auge sieht er die essenziellen Vegas-Rabatte: zehn Fünfhunderter-Jetons für den Preis von acht; zwei Long Island Ice Teas zum Preis von einem; zwanzig Prozent auf Blowjobs südamerikanischer Escortgirls. Es gibt bestimmt noch mehr interessante Rabatte. Doch bevor Dante darüber nachdenken kann, ist er weg.

BLOCKJACK

Der Telefonalarm weckt Dante. Als er ins Bad taumelt, erschrickt er ein wenig, angesichts der Gestalt, die ihm aus dem Spiegel entgegenblickt. Wenigstens sind seine Haare nach dem Schlafen nicht durcheinander. Dante hält seinen kahlen Schädel unter den Hahn, lässt kaltes Wasser darüber laufen, bis die Kopfhaut schmerzt.

Als Nächstes zieht er die Jeans aus, will sich wieder in seinen Anzug werfen. Dann jedoch erinnert er sich, dass er nicht in Monte Carlo oder Baden-Baden ist. Es gibt in den hiesigen Casinos keinen Dresscode, er könnte auch in Flauschbademantel und Flipflops gehen. Solange seine Taschen voller Jetons sind, wird keiner etwas sagen.

Er zieht die Jeans wieder an, dazu ein paar Nikes, die er ebenfalls in der Mall gekauft hat, T-Shirt und Jackett. Nun sieht er aus wie einer der Start-up-Typen aus dem Kongresspublikum – oder vielleicht eher wie ein Start-up-Typ, dessen letzte drei Firmen pleite gegangen sind und der nun die Steuerfahndung am Arsch hat.

Er geht zu Mondegos Zimmer, das auf demselben Gang wie seines liegt, klopft. Sie öffnet. Mercy Mondego sieht besser aus als er. Das ist per se keine Neuigkeit, aber sie sieht auch wacher aus und ist besser angezogen. Mondego trägt ein schlichtes schwarzes Kleid und Stiefel, blaue Doc Martens. Vermutlich wäre nun ein guter Moment, ihr ein Kompliment zu machen.

»Hi. Bereit?«

Das war nichts. Vielleicht bekommt er es ja später noch hin. Sie fahren mit dem Lift nach unten und nehmen ein Taxi zum Fabulous Flamingo.

Als sie das Casino des Hotels betreten, ist es bereits viertel nach neun. Beim Flamingo handelt es sich, je nachdem wen man fragt, entweder um ein erhaltenswertes Kulthotel aus den Sechzigern oder um einen gammeligen alten Bunker, der endlich gesprengt gehört. Das viele Pink und die psychedelischen Muster der Teppiche lassen Dantes Augen schmerzen. Aber wenn es danach ginge, müsste man die halbe Stadt einäschern.

Es ist nicht sehr voll. Ob es an der Uhrzeit oder an der Location liegt, vermag er nicht zu sagen. Sie passieren mehrere Tische, an denen Craps gespielt wird, nehmen eine Treppe ins Untergeschoss. Hinter den Blackjack-Tischen befindet sich das Roulette-Areal, wo sich Halverton Price angeblich aufhält.

Es ist nicht schwer, ihn auszumachen – niemand sonst trägt einen Poncho und Zöpfe. Price ist Teil einer Gruppe von vielleicht fünfundzwanzig jungen Leuten, die um einen der Roulettetische gruppiert sind. Drei oder vier Frauen sind dabei, bei dem Rest handelt es sich um weiße Männer. Die meisten tragen Shorts und T-Shirts. Dante sieht Dreadlocks, Kopfsocken, Hikingsandalen. Er hätte sich um sein Outfit wirklich keine Sorgen machen müssen. Viele der Anwesenden halten Jetons in den Händen – Fünfhunderter, Tausender, Fünftausender.

Price und eine sehr gut aussehende, braun gebrannte Brünette sitzen direkt neben dem Croupier. Der Kryptounternehmer setzt gerade einen beachtlichen Betrag auf die zweite Sechserlinie. Mondego und Dante verfolgen, wie sich die Kugel dreht, fällt. Price gewinnt, bekommt unter dem Gejohle und Geklatsche seiner Entourage einen Haufen Tausender und Fünftausender zugeschoben. Er trägt es mit Fassung, lächelt dünn.

Price ist laut Wikipedia Ende dreißig, könnte mit seinem faltenlosen Jungengesicht aber auch als Mitte zwanzig durchgehen. Ein d'Artagnan-Bart ziert sein Gesicht, an den Fingern stecken ein gutes Dutzend Silberringe, verziert mit Türkisen und Achaten. Price sitzt zu nah am Tisch, als dass man seine Füße sehen könnte. Aber wenn Dante wetten müsste, würde er darauf setzen, dass der Kerl Cowboystiefel trägt.

Sie nähern sich dem Tisch. Mondego sagt etwas, das im Lärm untergeht, aber wohl ein Ausdruck des Erstaunens ist.

»Was ist?«, fragt Dante.

»Gut, dass ich mitgekommen bin. Fette Beute.«

»Die Kryptoheinis?«

»Die Heinis, wie du sie nennst, sind zusammen mehrere Milliarden Dollar schwer. Der links hinter Price?«

»Der Dürre mit der Akne?«

Sie nickt. »Ivo Antanasijevic, Chefprogrammierer von Sesame, der drittgrößten Kryptowährung. Der mit dem pinkfarbenen Einhorn-Shirt ist Werner Bauer, er betreibt einen Wagniskapitalfonds, der ausschließlich in Krypto-Start-ups investiert. Bauer war ein früher Bitcoin-Investor.«

Sie nennt weitere Namen, die ihm durchweg nichts sagen. Offensichtlich hat Price an diesem Abend die Crème de la Crème der Szene um sich versammelt, um sinnlos Geld auszugeben und ein wenig für die Konferenz vorzuglühen. Das zumindest ist Mondegos Hypothese. Dante dürfte deshalb wohl nicht allzu viel von seiner reizenden Abendbegleitung haben. Sie wird sich an diese Twen-Millionäre ranschmeißen und um Interviews betteln. Das ist einerseits bedauerlich. Andererseits kann er dann ungestört seinen Job machen.

Sie stellen sich an den Tisch, schauen Price und der Brünetten, bei der es sich anscheinend um die Freundin des Kryptohäuptlings handelt, beim Spielen zu. Als der Unternehmer in ihre Richtung schaut, winkt Mondego ihm zu, zeigt auf Dante. Price blickt ihn über den Tisch hinweg an, man könnte auch sagen, er starrt. Seine Augen sind hellblau, haben etwas Mesmerisierendes.

Price flüstert seiner Begleiterin etwas zu und schiebt ihr einen Jetonstapel hinüber, mit dem man mehrere Kleinwagen kaufen könnte. Er erhebt sich, rückt seinen Poncho zurecht, so als handle es sich um einen Smoking. Dann kommt er zu ihnen, einen rundlichen Mann mit Chicago-Bulls-Blouson im Schlepptau. Price begrüßt zunächst Mondego.

»Guten Abend, Mercy. Da sind Sie ja schon wieder.«

»Abend, Hal. Wie schon angedroht, wollte ich Ihnen Ed zuführen.«

Price nickt, reicht Dante die Hand. Nun, da er den Mann aus nächster Nähe begutachten kann, fallen ihm drei Dinge auf, die ihm zuvor entgangen sind. Erstens: Price' Schlangenbeschwörerblick rührt vermutlich daher, dass sich der Kerl etwas eingepfiffen hat. Zweitens kann Dante nun sehen, dass der Mann keine Cowboystiefel trägt, sondern diese seltsamen Vibram-Barfußschuhe, bei denen jeder einzelne Zeh zu sehen ist. Drittens riecht Price nach Patchouli.

»Ed, willkommen bei unseren Merry Men. Wir sind eine lustige kleine Truppe, machen heute Abend ein wenig Vegas unsicher. Aber kommen Sie, erst mal besprechen wir ... die Sache. Mercy, darf ich Ihnen den Herrn kurz entführen? Billy«, Price wendet sich dem jungen Mann zu, der sich bisher im Hintergrund gehalten hat, »mach Mercy doch bitte mal mit den anderen bekannt. Wir treffen uns dann nachher in der Lounge.«

Price bedeutet Dante, ihm zu folgen. Sie fahren mit einem Lift nach oben. Kurz darauf sind sie auf der Terrasse des Flamingo, weit über der Stadt. Man scheint Price hier zu kennen. Ein Kellner nimmt sich ihrer umgehend an und führt sie in ein Separee, von dem aus man einen guten Blick auf den Strip hat. Price bestellt Ananassaft, Dante ebenfalls, nur dass in seinen zusätzlich Wodka, Pfirsichlikör und Preiselbeernektar hineinsollen.

»Scheint Ihr Stammhotel zu sein«, bemerkt Dante.

»Stimmt. Das Cosmo ist auch okay, aber ich mag diesen alten Schuppen irgendwie. Ich miete immer die Präsidentensuite, wenn sie frei ist. Wussten Sie«, Price holt etwas hervor, das wie ein Schnupftabakdöschen aussieht, »dass Monty Baumgartner, der Gründer des Flamingo, dort einen Geheimgang hat einbauen lassen?«

Dante gesteht, dass er es nicht wusste.

»Über eine Leiter konnte man runterklettern ins Parkhaus, wo ein Wagen wartete.«

Price entnimmt der Dose eine Prise bräunlich-grünen Pulvers, schiebt sie sich in die Nasenlöcher, schnieft vernehmlich. Er bemerkt Dantes fragenden Blick.

»Rapé. Eine Mischung aus Tabak und Regenwaldkräutern, schärft die Sinne. Ich lasse sie mir eigens mischen, von einem Kaxinawa-Häuptling in Brasilien. Möchten Sie?«

»Nein, vielen Dank. Ich warte lieber auf den Sex on the Beach.«

»Okay. Dann mal zu Greg. Sie sind Privatdetektiv. Für wen arbeiten Sie?«

»Seine Familie.«

»Und die glauben, Greg sei ermordet worden?«

Dante runzelt die Stirn.

»Wie kommen Sie darauf, Mister Price?«

»Hal. Hal, bitte. Na ja, laut dem, was in der Zeitung steht, geht die Polizei von einem Unfall aus. Aber oft wollen es Angehörige ja ganz genau wissen, alle Umstände des Todes. Oder sie können das Unvermeidliche nicht akzeptieren. Das reime ich mir jetzt«, Price blickt ihn aus leicht glasigen Augen an, »einfach mal so zusammen.«

Die Drinks kommen. Sie prosten einander zu. In dem Sex on the Beach ist zu viel Pfirsich.

»Die Familie«, sagt Dante, »zweifelt keineswegs daran, dass es ein Unfall war. Sie fragt sich aber, wie es mit Gregory Hollisters Vermögen aussah.«

Price lächelt versonnen.

»Montecrypto, hm? Das wird ein Spaß.«

»Montecrypto, haben Sie das auf Reddit gelesen, Hal?«

»Auf Reddit? Nein, woanders. Twitter vielleicht? Auf jeden Fall reden seit diesem Video alle in der Szene davon, dass Greg irgendwo Geld versteckt hat, viel Geld. Ich weiß nicht, wer sich dafür den Begriff Montecrypto hat einfallen lassen, aber passt ganz gut, oder? Ein unermesslicher Schatz, der seinem Besitzer Wohlstand und Macht verleiht und nur aus Kryptogeld besteht«, Price lacht leise, »filmreif.«

»Sie glauben also, dass es den Schatz gibt?«

»Ed, wenn Sie mich letzte Woche gefragt hätten, ob Greg irgendwo Krypto gebunkert hat, hätte ich Ja gesagt. Das machen alle. Diese ganze Szene ist ... sehr freiheitsliebend.«

»Sie meinen, libertär gesinnt.«

»Richtig. Die absolute Freiheit des Individuums, keine Bevormundung durch den Staat oder«, Price winkt dem Kellner, weil sein Saft alle ist, »gar die Finanzbehörden, Gott behüte. Sie sind Engländer, oder?«

Dante nickt.

»Dann halten Sie uns vermutlich alle für komplett bescheuert. Aber das ist einfach ganz tief drin in uns, wissen Sie. Der Staat will einem alles wegnehmen, das Geld, die Waffen, die Mündigkeit. In der Kryptoszene sind diese Ideen sehr verbreitet. Die haben alle Waldo Emersons ›Vertraue dir selbst!‹ gelesen, Thoreaus ›Leben in den Wäldern‹ ...«

» ... Rands ›Atlas wirft die Welt ab‹.«

»Korrekt. Jetzt muss man natürlich sagen, dass der gute Greg vom wahren Glauben abgefallen ist, schon vor langer Zeit. Aber wie gesagt, dieses Unabhängigkeitsding ist tief drin. Und deshalb würde ich fünfzig Bitcoins wetten, dass er irgendwo was versteckt hat, ja klar doch. Danke, Travis.«

Der zweite Ananassaft ist gelandet. Price nimmt einen großen Schluck.

»Was ich hingegen für Mumpitz gehalten habe, ist, dass Greg diesen Schatz irgendwie unters Volk bringen will, als eine Art Vermächtnis. Dafür kam er mir zu egoistisch und geizig vor. Aber seit dem Video ... na ja, sieht schon so aus, oder?«

»Irgendwie schon. Hal, Sie haben eben gesagt, Hollister hätte sich nicht mehr mit den Idealen der Kryptobewegung identifiziert. In der Szene war er ja wohl ziemlich verhasst. Wie sehen Sie das?«

Price verzieht den Mund.

»Greg hat unsere Ideen genommen, sie pervertiert und damit einen Haufen Kohle gemacht. Viele Leute regen sich drüber auf, klar doch. Aber ich nicht. So etwas passiert öfter. Denken Sie an Einstein und die Atombombe.«

Dante hält den Vergleich für etwas gewagt, nickt aber.

»Wissen Sie, warum er sich von Juno getrennt hat?«

»Ich glaube, er war unzufrieden mit der Art und Weise, wie die Dinge sich entwickelt haben. Als er noch Vorstandschef war, hat Juno vor allem mit Heimüberweisungen Geld verdient. Später kam dann dieser ganze Überwachungskram.«

»Sie meinen diese Rabattcoupons.«

»Juno kennt jede finanzielle Transaktion seiner Nutzer – was, wann, wo. Vielleicht stieß das Greg sauer auf, aber auch hier mutmaße ich nur. Er hat mir sein Herz nicht ausgeschüttet. So dick waren wir nicht.«

»Sie fahren zusammen ins selbe Burning-Man-Camp. Das klingt recht innig.«

»Ja, Mann, aber ... Sie sind kein Burner, oder?«

Dante verneint es.

»Da passieren abgefahrene Sachen, klar doch. Es sind natürlich auch Drogen im Spiel, ein irrer Trip. In Black Rock City bleibt die Welt draußen. Das ist ja der Sinn der ganzen Sache – Eskapismus. In einer gottverlassenen Salzwüste, randvoll mit Mescalin und als Azteke verkleidet, da unterhalte ich mich nicht über Businesspläne, klar?

Also wie gesagt, ich weiß es nicht. Sicher hingegen ist, dass Greg das gemacht hat, was ich den Steve-Jobs-Fehler nennen würde.«

Dante hat eine Ahnung, worauf Häuptling Krypto hinauswill, sagt aber nichts. Das Rapé spricht aus Price, sein Gesprächspartner wirkt gleichzeitig agitiert und entrückt.

»Steve Jobs *war* Apple, ja? Aber obwohl er der Gründer, der Mastermind und der größte Anteilseigner war, haben sie ihn Mitte der Achtziger rausgeschmissen, aus seiner eigenen Firma. Bei Greg war es auch so, dass er zwar viele Juno-Aktien besaß, aber irgendwann hatten andere das Sagen. Und dann haben sie ihn ausgetauscht.«

»Gegen Yang?«
»Genau. Irgendwann wurde der Laden sehr groß. Für so eine Riesenmaschine brauchst du dann eine andere Art Chef, einen kühl kalkulierenden Finanzer, der der Wall Street die Eier lutscht. Alice Yang war perfekt dafür, Greg nicht. Danach ist er dann ganz raus.«
»Mir ist zu Ohren gekommen, dass Greg Hollister in der Schweiz eine Stiftung gründen wollte.«
Dante weiß natürlich bereits, dass Hollister und Price über die Stiftung gesprochen haben. Er will aber sehen, wie sein Gegenüber reagiert. Price scheint einen Moment nachzudenken, dreht die Dose mit dem schamanistischen Schmalzler hin und her.
»Er hatte was vor, denke ich.«
»Wie meinen Sie das?«
»Wenn Sie sich mit Greg beschäftigt haben, wird Ihnen aufgefallen sein, dass er sich längere Zeit hat treiben lassen. Das gute Leben. Partys, Helikopter-Snowboarden, Festivals, die eine oder andere Kryptokonferenz. Aber zuletzt hatte er was vor.«
Price greift nach der Blechbox, präpariert eine weitere Dosis.
»Lassen Sie mich nachdenken«, er hält sich Daumen und Zeigefinger unter die Nase, inhaliert das Rapé, »wie das war. Auf einer Konferenz hat er mir gesagt, er habe da so eine Idee, klar doch, er würde sie mir gerne erklären. Dann war er bei mir, März oder April letzten Jahres, denke ich.«
»In San Francisco?«
»Nein, in Wenatchee. Da sitzt meine Firma. Washington State, ziemlich genau in der Mitte. Auf jeden Fall war da tatsächlich was mit einer Stiftung. In Südamerika sollte die sitzen, glaube ich.«
»Und sollte was tun?«
»Ich glaube, das wusste er damals selbst noch nicht so genau. Greg hat mich gefragt, was die größten Probleme bei der Weiterentwicklung von Kryptowährungen sind, meiner Meinung nach. So wie ich es verstanden habe, sollte diese Stiftung Grundlagenforschung fördern und vielleicht eine neue Kryptowährung erschaffen, einen besseren Bitcoin.«

Dante lächelt. »Aller guten Dinge sind drei, was?«

»Wie meinen Sie das?«

»Turtlecoin, Hollisters erster Versuch, eine eigene Kryptowährung zu starten. Dann Moneta. Jetzt eine weitere.«

»Ach so. Sie haben sich verzählt, Ed. Moneta ist keine Kryptowährung.«

»Nicht?«

»Nicht nach meiner Definition, nein. Keine Dezentralität, keine Unabhängigkeit, keine Anonymität, keine offene Blockchain. Sie kennen sich halbwegs aus mit der Blockchain, ja?«

»So, wie ich mich halbwegs mit Quantenmechanik auskenne. Ehrlich gesagt keine Ahnung, Hal. Aber ich hatte bisher den Eindruck, dass die Unterschiede zwischen Moneta und anderen digitalen Währungen ... also, dass die vor allem philosophischer Natur sind.«

»Oh nein, mein Freund, oh nein. Kommen Sie. Ich zeige Ihnen, wie die Blockchain funktioniert.«

Price greift sich seinen Saft, steht auf, geht in Richtung der Bar am anderen Ende der Terrasse. Zunächst vermutet Dante, Price wolle eventuell neue Getränke ordern. Etwa auf der Hälfte des Weges bleibt der Krypto-Unternehmer jedoch abrupt stehen, Dante läuft beinahe in ihn hinein. Price deutet auf den Boden.

Dante sieht nun, dass sie auf einer Plexiglasplatte stehen, durch die man in einen Saal hinabschauen kann. Sechs, sieben Meter unten ihnen gruppieren sich, wie könnte es anders sein, Menschen um mit grünem Filz bezogene Tische. Gespielt wird Blackjack. Dante sieht, wie ein Croupier direkt unter seinen Füßen gerade neue Karten an die Spieler ausgibt.

»Ed, erinnern Sie sich noch, als diese Musiktauschbörsen aufkamen und die Plattenindustrie Zeter und Mordio schrie?«

Dante nickt. Er muss damals einen ganzen Plattenladen heruntergeladen haben, schwarz und umsonst.

»Anfangs konnten die Musikfirmen noch gegen die Piraterie vorgehen. Sie mussten lediglich rausfinden, wem der Server gehörte, von dem alle die Britney-Spears-Alben runterluden. Aber dann kam eine neue Tauschbörse. Sie hieß Napster.«

Dante hat sich bestimmt nichts von Britney Spears heruntergeladen. Aber an Napster kann er sich erinnern. Unter ihm haut ein Spieler mit der flachen Hand auf den Tisch, schüttelt den Kopf. Vor dem Mann liegen neunzehn Punkte. Das ist nicht übel, aber vor dem Croupier liegen einundzwanzig. Die Bank gewinnt.

»Bei Napster«, sagt Price, »lag ›Hit Me Baby One More Time‹ nicht mehr auf einem einzelnen Computer. Sondern auf allen, die an der Tauschbörse dranhingen. Die Daten waren dezentral gespeichert, P2P nennt man das. Die Plattenindustrie konnte dagegen nichts ausrichten. Das System war kopflos und damit unangreifbar. Genau dieses Prinzip verwenden Kryptowährungen ebenfalls, klar doch. Aber es gibt ein Problem.«

Price deutet nach unten. Die beiden Spieler links am Tisch haben jeder gerade ein Ass zugeteilt bekommen.

»Bei Musik, da sind Kopien erwünscht. Ich habe ›Smells Like Teen Spirit‹. Sie ziehen es sich, und dann haben wir den Song beide. Kein Problem. Aber bei Geld geht das nicht. Da sind Kopien unerwünscht. Wenn ich Ihnen einen Bitcoin gebe, muss sichergestellt sein, dass ich ihn danach nicht mehr habe.«

»Doppelbuchungen«, sagt Dante.

»So in der Art, ja. Die Lösung des Problems ist ein Kassenbuch, in dem alle Transaktionen protokolliert werden.«

Unter ihnen geht eine weitere Blackjack-Runde zu Ende. Der Spieler ganz rechts war am nächsten an den einundzwanzig Punkten, der Croupier schiebt ihm einige Jetons hinüber.

»Und dieses Kassenbuch, das ist die Blockchain. Alle paar Sekunden wird eine neue Seite angelegt, ein neuer Block, in dem alle Transaktionen verzeichnet sind. Und dieser Block ist mit den vorherigen Blöcken verknüpft.«

»Sie meinen, damit niemand, sozusagen, eine einzelne Seite aus dem Kassenbuch raustrennen, fälschen und wieder einfügen kann?«

»Exakt, Ed. Aber natürlich gibt es da ein großes Problem.«
Price zeigt auf die etwa fünfzehn Leute, die um den Blackjack-Tisch direkt unter ihnen stehen.

»Nehmen wir an, die Blackjack-Endsummen der einzelnen Spieler – und welche Karten sie haben – entsprechen den Transaktionen, die wir in unser Blockchain-Kassenbuch eintragen müssen. Glauben Sie, irgendeiner der Zuschauer da unten käme auf die Idee, darüber Buch zu führen, über alle Blackjack-Spiele des Abends? Freiwillig?«

»Nein. Warum auch?«

»Ja, warum? Den Schriftführer machen ist immer ein Scheißjob, das dankt einem niemand. Normalerweise obliegt diese Aufgabe demjenigen, der das System überwacht.«

Price schaut Dante an.

»Aber das System hat keine zentrale Instanz. Niemand sitzt am Steuer, niemand überwacht es. Aber nehmen wir an«, er deutet auf den Blackjack-Tisch, »ich würde jetzt da runtergehen und folgende Ansage machen: Jeder, der das Spiel sauber protokolliert, nimmt an einer Lotterie teil.«

»Die wie funktioniert?«

»Alle machen sich Notizen. Nach jeder abgeschlossenen Runde werden die Notizen verglichen. Vielleicht haben sich bei einigen unserer Protokollanten Zahlendreher eingeschlichen, und wir wollen ja ein korrektes Kassenbuch. Also schauen wir, ob eine Mehrheit der Protokolle deckungsgleich ist. Das Mehrheitsergebnis kommt ins Kassenbuch. Und unter jenen Protokollanten, die richtig lagen«, Price setzt einen triumphierenden Blick auf, »wird der Lotteriegewinn verlost, sagen wir: ein Tausend-Dollar-Jeton.«

Dante überlegt einen Moment.

»Ein ökonomischer Anreiz«, sagt er langsam, »der dazu führt, dass die Nutzer von Bitcoin den Job der Bank erledigen. Und dafür kriegen sie neue Bitcoins?«

»Ja. Nicht viele, allerdings. Mining nennt man das.«

»Das ist es, was Sie machen, Hal?«

»Cerro Nuevo, meine Firma, die ist auf Mining spezialisiert.«

»Lotteriespiel als Geschäftsmodell?«

Price verzieht das Gesicht.

»Sorry, aber Sie haben den Begriff selbst verwendet.«

»In Wahrheit ist die Sache natürlich komplizierter als Blackjack«, erwidert Price. »Um die einzelnen Blöcke, die Seiten des Kassenbuchs, fälschungssicher zu machen, müssen die beteiligten Computer jedes Mal ein schwieriges mathematisches Problem lösen. Nehmen wir an«, er zeigt auf den Glasboden, »jede Blackjack-Runde wäre komplizierter als die vorherige. Sagen wir, in Runde zwei müssen nicht mehr einundzwanzig Punkte erreicht werden, sondern zweiundvierzig. Runde drei: vierundachtzig, Runde vier: hundertachtundsechzig, und so weiter. Für unsere Protokollanten ist das schlecht. Die Partien dauern immer länger, die Spieler erhalten jetzt Dutzende von Karten. Das alles aufzuschreiben ist mühsam. Bald werden die ersten Protokollanten ihren Spiralblock in die Ecke pfeffern und das Protokoll stattdessen lieber in eine Excel-Datei eintragen. Ein paar werden ganz aufgeben.

So ist das auch bei Kryptowährungen. Früher hat jeder an der Lotterie teilgenommen. Inzwischen hat man nur noch eine Chance, wenn man spezialisierte Hochleistungsrechner besitzt, die die komplizierten mathematischen Aufgaben lösen können.«

»Und das macht Ihre Firma in, wie hieß das, Wenatchee?«

»Genau. Wir besitzen riesige Serverparks, die nichts anderes machen, als die Blockchains verschiedener Kryptowährungen zu validieren und dafür Coins zu kassieren. Wir sind die Bank für Internationalen Zahlungsausgleich der Kryptoszene, wenn Sie so wollen.«

»Ich habe mal irgendwo gelesen, dass Bitcoins wahnsinnig viel Energie verschlingen.«

»Wegen dieser Mathe-Lotterie, wegen des Stroms für die Rechner. Aber zu meiner Ehrenrettung kann ich sagen, dass wir aus gutem Grund in Washington sitzen. Bei uns fließt der Columbia River vorbei. Wir haben haufenweise grünen Strom aus Wasserkraft und sind komplett CO2-neutral. Sonst würde ich das gar nicht machen, wissen Sie. Ich glaube an die Symbiose von Mensch und Natur.«

Dante schwirrt der Kopf. Er möchte einen weiteren Drink.

»Wenn ganz am Anfang noch jeder mit seinem Heimcomputer bei der Lotterie mitspielen konnte, dann hat Hollister das bestimmt auch getan, oder?«

»Hm? Ja, klar doch. Greg hatte eine Zeit lang zwei Dutzend Gaming-PCs von Dell in seiner Garage stehen, die Bitcoins geschürft haben. Also, ganz am Anfang. Vielleicht war das der Grundstock für Montecrypto, ziemlich sicher sogar.«

»Hal, Sie haben vorhin gesagt, Moneta sei keine richtige Kryptowährung. Wenn ich Sie richtig verstehe, liegt es daran, dass deren Blockchain, deren Kassenbuch, nicht dezentral von Tausenden Nutzern gepflegt wird, sondern nur von Juno?«

»Ja. Also das genaue Gegenteil dessen, was Kryptowährungen sein sollten.«

»Und Sie meinen, das alles hatte Greg Hollister sich anfangs anders vorgestellt?«

»Keine Ahnung. Ich glaube aber, dass er inzwischen der Meinung war, dass so eine von einem profitorientierten Privatunternehmen gemanagte Digitalwährung nicht optimal ist. Da hätte man schon eher drauf kommen können – aber späte Einsicht ist ja besser als keine. Greg hat mich ein paar Sachen gefragt, meine Meinung eingeholt. Und gefragt, ob ich mich am Stiftungskapital beteiligen würde.«

»Interessant. Um wie viel ging es da?«

»Zwei Mio.«

Während er dies sagt, vollführt Price eine Handbewegung, als handle es sich um Auslagen fürs Porto.

»Und?«

»Ich habe gesagt, vielleicht, er solle sich melden, sobald das ganze konkreter ist, wenn man sich was durchlesen kann, Satzung oder so.«

»Und dann?«

»Hat er sich nicht wieder gemeldet.«

»Wissen Sie, wen er wegen der Stiftung noch angesprochen hat?«

»Nein. Nix gehört in der Szene. Vielleicht hat er den Plan ja auch wieder begraben. Oder ...«

Price hebt den Zeigefinger so, als komme ihm gerade eine Idee.

»Oder er hat's doch weiterverfolgt, im Geheimen. Und diese ganze Nummer mit den Videos ist eine Art Marketingaktion, um seinen neuen Coin bekannt zu machen.«

»Aber Hollister ist tot«, sagt Dante.

»Dann ist es halt sein Vermächtnis. Bescheuerte Theorie, ich geb's ja zu, aber ...«

Price bricht mitten im Satz ab, schaut einem Objekt hinterher, das in nicht allzu großer Entfernung vorbeifliegt, vermutlich ein Helikopter. Die Art und Weise, wie der Mann dem Flugobjekt nachgafft, macht Dante erneut klar, dass sein Gesprächspartner randvoll mit irgendetwas ist. Er glaubt nicht, dass das Rapé ausreicht, um diese Wirkung zu erzielen. Wenn Dante raten müsste, würde er auf Magic Mushrooms tippen.

»Ed, lassen Sie uns runtergehen. Ich muss mich ein bisschen um die Gäste kümmern.«

»Okay. Vielen Dank für das Gespräch. Und falls Ihnen noch was einfallen sollte, ich meine, zu Ihren letzten Gesprächen mit Hollister ...«

» ... melde ich mich bei Ihnen, klar doch, Ehrensache. Karte?«

Dante reicht Price seine Visitenkarte, erhält im Gegenzug ebenfalls eine. Sie gehen zum Lift. Der eben noch sehr redselige Price ist nun verstummt. Mehrfach schaut er etwas auf seinem Handy nach. Dantes Anwesenheit scheint er vergessen zu haben. Als Price sein Telefon zum dritten Mal entsperrt, schaut Dante ihm über die Schulter, merkt sich den Code. Der Krypto-Oberindianer bekommt es nicht mit. Keine Pilze, denkt Dante – eher LSD.

Sie fahren schweigend nach unten. Erst als sie aussteigen,

scheint Price sich daran zu erinnern, dass er jemanden im Schlepptau hat.

»Ed, da sind Sie ja wieder. Die anderen warten schon in der privaten Lounge, die ich gemietet habe. Sie kommen noch mit, oder?«

»Ich will Ihnen nicht zur Last fallen«, sagt Dante. Die Wahrheit ist eher, dass ihn die Aussicht, den Abend mit einem Haufen aufgekratzter Jungmillionäre zu verbringen, mit namenlosem Schrecken erfüllt.

»Ach Unsinn. Kommen Sie, kommen Sie.«

Dante fügt sich in das Unvermeidliche. Sie gehen einen mit pinkfarbenen Holzpaneelen ausgekleideten Gang entlang, finden sich schließlich im Randbereich einer Casinoetage wieder. Hinter einer Tür aus dunklem Glas liegt eine Lounge – Plüschsofas, eine Bar sowie ein Spieltisch mit eigenem Croupier. Die Rouletteentourage von vorhin ist vollständig versammelt. Die meisten unterhalten sich, nippen an Cocktails. Ein paar sitzen um einen Tisch herum, in ein Spiel vertieft. Dante hält es zunächst für Poker. Als er genauer hinschaut, sieht er, dass es sich um die Siedler von Catan handelt.

»Und?«, sagt eine Frauenstimme.

Dante wendet sich um, blickt in Mondegos leicht erhitztes Gesicht. Er vermutet, dass der Margarita in ihrer Hand nicht ihr erster ist. Dante vergewissert sich, dass Halverton Price ihn nicht hören kann, bevor er antwortet.

»Was für ein Vogel.«

»Ja, aber wusste er was über Hollister, über seine Pläne?«

»Er hat nur Vermutungen. Aber keine Fakten.«

Dante will nicht mehr preisgeben, wechselt das Thema. Er zeigt auf die Brettspieler.

»Was soll das?«

Sie blinzelt. »Das ist Siedler.«

»Ich weiß, was es ist. Aber warum spielen die das?«

»Kryptobros stehen tierisch auf Catan, überhaupt auf europäische Brettspiele. Aber frag mich nicht, warum.«

»Und das da?«

Dante zeigt auf ein Transparent, das an einer der Wände hängt. Es ist schwarz, mit einer weißen Aufschrift, die aus lediglich vier Buchstaben besteht: HODL.

»Eine Abkürzung für irgendwas?«

Mondego schüttelt lächelnd den Kopf. »Es ist eher ein Schlachtruf.«

»Der was bedeutet?«, fragt Dante.

»Wer in Krypto investiert, braucht starke Nerven. Hohe Volatilität, die Kurse gehen oft rauf und runter. Und als es mal wieder runterging, hat irgendwer in einem Forum gepostet, man solle seine Bitcoins nicht verkaufen, sondern halten. Weil es bald wieder nach oben geht. Aber der Typ war aufgeregt, hat sich vertippt, HODL statt HOLD. Und das ist ein Schlachtruf geworden, ein Mantra der Szene. Nie verkaufen, immer halten – weil Krypto am Ende doch immer weiter nach oben geht.«

»Irgendwie hat das alles eine verquere Logik«, murmelt Dante leise.

Mondego sieht ihm offenbar an, wie ausgedörrt er ist, bedeutet Dante, ihr zur Bar zu folgen. Er lässt es sich nicht zweimal sagen. Den Barkeeper fragt Dante, ob er wohl einen Negroni Sbagliato bekommen kann. Er ist ebenso erfreut wie erstaunt, als der Mann beiläufig nickt und sich an die Arbeit macht.

»Ich weiß, was ein Negroni ist«, sagt Mondego, »Martini, Campari, Wodka. Aber Spali ... Spalito?«

»Sbagliato. Italienisch. Heißt in etwa versemmelt, vermasselt.«

»Ein danebengegangener Negroni?«

»Bedeutet, dass man den dritten Schritt, den Wodka, auslässt und stattdessen mit Champagner oder Crémant auffüllt. Perlt besser und zieht einem nicht so die Beine weg.«

Mondegos Beine sind auch nicht mehr fest mit dem Boden verbunden. Er sieht es an ihren Bewegungen und daran, dass sie einen Virgin Margarita ordert. Sie setzt sich auf einen Barhocker, mustert ihn. Dante läuft ein kleiner Schauer über den Rücken.

»Was meintest du eben mit ›Das hat alles seine verquere Logik‹?«
Dante überlegt einen Moment. Was hat er damit gemeint? Kann er es in Worte fassen?

»Die ... die Gottwerdung der Nerds«, sagt er. »Erst war der Nerd eine Witzfigur, mit seinen Star-Wars-Figürchen und Fantasy-Spielen und Heimcomputern. Dann kamen Typen wie Bill Gates und plötzlich kapierten alle, dass die Nerds scheißmächtig waren. Dann kamen noch mehr Silicon-Valley-Firmen, Google, Facebook und so weiter. Nerds waren jetzt nicht nur reich. Es war sogar uncool, keiner zu sein. Wenn man schon nicht programmieren konnte, kaufte man sich wenigstens eine Nerdbrille.«

Der Barkeeper stellt ihm den Negroni Sbagliato hin. Dante bedankt sich, will nach amerikanischer Manier einen Dollarschein als Trinkgeld auf der Theke platzieren. Im letzten Moment bemerkt er, dass die anderen Gäste keine Einer hingelegt haben, sondern Zehner und Zwanziger. Er entscheidet sich für einen Fünfer.

Hinter ihnen an der Wand erscheint eine Projektion. Jemand hat den Beamer angeschaltet, ein Nintendo-Logo ist zu sehen. Kurz darauf erscheinen bunte Cartoonfiguren. Einige der Gäste spielen Mario Kart.

»Die Nerds waren schon ziemlich obenauf, und dann kam auch noch Bitcoin. Damit wurden sogar jene Nerds stinkreich, die keine Geschäftsidee hatten, kein Mathediplom, keine Programmierkenntnisse. Ich glaube, das meinte ich mit ›verquere Logik‹. Vielleicht ist es auch einfach die Endstufe des Turbokapitalismus, keine Ahnung.«

Mondego scheint sein kleiner Vortrag gefallen zu haben, zumindest lächelt sie. Sie erhebt das Glas, prostet ihm zu.

»Worauf trinken wir? Auf die Nerds?«

»Meinetwegen«, brummt Dante, etwas griesgrämiger als beabsichtigt. Ihre Gläser berühren sich. Er nippt an seinem Negroni.

»Gut?«

»Der Drink ist nahezu perfekt. Das Vollkommenste, was mir an diesem Abend begegnet ist, abgesehen von dir.«

Etwas in der Art könnte Dante sagen. Aber dafür ist er zu nüchtern, zu englisch und vor allem zu feige. Also nickt er lediglich.

Sie sitzen eine Weile an der Bar, trinken ihre Cocktails und unterhalten sich über Unverfängliches, oder besser gesagt scheinbar Unverfängliches: Musik. Mercy Mondego mag die Pixies, Black Flag und She Wants Revenge, woran prinzipiell nichts auszusetzen ist. Dante ist eher auf Clash, Stiff Little Fingers und Radiohead abonniert. Als sie auf die Misfits zu sprechen kommen, merkt Mondego an, die Band habe nach dem Weggang von Sänger Glenn Danzig auch noch gutes Zeug gemacht. Dem widerspricht er. Dante findet, dass es sich mit neuen Misfits-Alben so verhält wie mit neuen Star-Wars-Filmen. Man leugnet ihre Existenz am besten rundheraus oder verliert zumindest kein Wort darüber.

Er ist inzwischen beim dritten Negroni und muss sich anstrengen, keinen Misfits-Monolog zu halten. Dante besitzt, was Frauen angeht, nur das übliche Halbwissen. Dass sie es jedoch hassen, wenn Männer ihnen ungefragt Fachvorträge halten, ist ihm bewusst, weshalb er seine musikwissenschaftlichen Anmerkungen lieber mit dem Rest des Negroni hinunterspült.

Mondego erzählt gerade etwas von einem Bad-Religion-Konzert im Hollywood Palladium, als sich in der Lounge Unruhe breitmacht. Hat die Catan-Partie womöglich eine unerwartete Wendung genommen?

Dante sieht Halverton Price mit einem Mikro eine kleine Empore vor der Beamer-Leinwand erklimmen. Das Licht des Projektors lässt sein Gesicht fahl erscheinen, verleiht ihm einen grünlichen Schimmer. Einer der Kryptoboys ist unterdessen dabei, einen Laptop mit dem Beamer zu verbinden. Bitte kein Karaoke jetzt, denkt Dante.

»Wenn ich kurz um eure Aufmerksamkeit bitten dürfte. Schön, dass Ihr alle hier seid und mit uns abhängt. Das könnten wir den ganzen Abend tun« – zustimmende Rufe aus dem Publikum – »aber vielleicht«, Price zwinkert vergnügt, »hat der eine oder andere ja Lust auf eine kleine Schatzsuche.«

$36.803.075.114.959.980

Price wirkt noch entrückter als zuvor.

»Meine Idee war's nicht«, sagt er, »sondern Andys, der hat mir gerade davon erzählt. Ich habe natürlich gefragt, ob er es nicht lieber für sich behalten will.«

Dante ist schleierhaft, was Price da faselt. Möglicherweise waren das Indianerpulver und die Cocktails keine gute Mischung. Auch die anderen Gäste schauen etwas ratlos.

»Aber Andy Cox meint, er wolle es teilen, wenn wir was finden, klar doch. Also, was ich meine, ist ... Andy, erklär du es ihnen besser.«

Ein rundlicher Mittzwanziger tritt zu Price auf die Bühne, nimmt ihm das Mikro ab. Dante hat ihn schon einmal gesehen, in der Lobby des Cosmo Star. Es handelt sich um den Kerl in den Lakers-Shorts. Nun trägt er einen Jogginganzug aus grünem Nickistoff. In der Hand hält Cox eine jener kleinen Fernbedienungen, die man für Präsentationen verwendet.

Und Dante hatte geglaubt, ihm drohe lediglich Karaoke. Dabei steht offensichtlich PowerPoint auf dem Programm.

»Hey, Leute. Danke für die Einladung, Hal«, er zeigt auf die Lounge, »danke, Mann. Und danke, dass ich kurz sprechen darf. Also, hat vielleicht jemand Bock auf eine Nachtwanderung?«

Die Reaktion der Gäste ist verhalten. Wer kann es ihnen verdenken? Die Drinks sind eisgekühlt, die Fauteuils butterweich, der gemeine Vegas-Pöbel fern. Wer will da schon weg?

Cox grinst. Er hat diese Reaktion augenscheinlich erwartet.

»Gleich werdet Ihr Feuer und Flamme sein«, sagt er. Cox tritt zur Seite, damit man die Leinwand besser sehen kann. Ein Foto erscheint. Es zeigt Greg Hollister. Ein Raunen geht durch die Menge. Bei dem Foto handelt es sich um ein Standbild aus dem Video.

»Hollisters Clip, den inzwischen alle als ›das Montecrypto-Video‹ bezeichnen, habt Ihr vermutlich gesehen. Er kündigt darin irgendwas an, Enthüllungen, einen Schatz vielleicht. Es gibt dazu ja massig Theorien.«

Einige der Anwesenden nicken wissend. Einer filmt den Vortrag mit seinem Handy.

»Ich habe mir das Teil bestimmt zehn-, zwanzigmal angeschaut. Und mich dann gefragt, ob es darin außer dem, was Greg labert, noch weitere Infos gibt. Zum Beispiel auf der Mauer hinter ihm. Da ist ein Graffiti zu sehen. Es zeigt ein gefiedertes Auge, außerdem Wasser, das die Treppe runterläuft.«

Auf dem Bildschirm erscheint ein Bild des Drehorts. Es stammt augenscheinlich nicht aus dem Video, Hollister fehlt. Stattdessen sieht man auch jene Teile des Wandgemäldes, die in dem Clip nicht zu erkennen waren. Aus der Mauer hinter der Treppe entspringt eine Quelle, ein Strom von Wasser läuft die Treppenstufen hinab. Über dem geflügelten Auge weiter oben an der Wand schwebt eine Skyline mit Wolkenkratzern.

»Trippiges Bild«, sagt Cox. »Hat das mit dem Wasser etwas zu bedeuten? Ein Strom von Wasser – eine Analogie, ein Strom von Daten vielleicht. Keine Ahnung. Aber wenn es den Schatz von Montecrypto gibt, muss man jeden Stein umdrehen.«

Die Gäste schauen konsterniert. Die meisten würden wohl gerne weiterfeiern. Aber Cox ist noch nicht fertig. Ein weiteres Bild erscheint. Es zeigt einen Videoausschnitt – Hollisters blaue Baseballkappe.

»Auf der Kappe erkennt man ein Dollarsymbol, gefolgt von einer sehr langen Zahl, sechsunddreißig Billiarden und ein paar Zerquetschte. Auf Reddit gibt es einen Thread dazu. Einige meinen, es sei die Summe, die Sir Holly versteckt hat – eher unwahrscheinlich! Das Problem ist außerdem, dass man die Ziffern nicht alle lesen kann.«

Dante ist aufgefallen, dass irgendwelche Lettern auf der Mütze waren. Aber sie sind, wie Cox richtig anmerkt, kaum lesbar. Das liegt daran, dass sie erstens sehr klein und zweitens mit blauem Garn auf die ebenfalls blaue Kappe gestickt sind. Man müsste die Mütze direkt vor Augen haben, um alles lesen zu können.

Das nächste Bild erscheint. Nur die stark vergrößerten Zahlen sind zu sehen. Das Bild wirkt grobkörnig, aber die Ziffern wurden rot nachgezogen und sind gut zu lesen: $36.803.075.114.959.980.

»Bilderkennung mithilfe eines neuronalen Netzwerks«, bemerkt Cox, »damit habe ich sie identifiziert. Aber was ist das? Ein Wallet-Code? Die Nummer von Hollisters hotter Halbschwester, Ada Swordfire?«

Infantiles Gekicher aus dem Publikum.

»Nichts dergleichen. Koordinaten bei Google Maps haben achtzehn Ziffern.«

Die Anwesenden reden wild durcheinander. Price hebt die Hände, greift sich das Mikro.

»Gewagte Theorie, was? Klar doch, aber Andy hat einen Beleg dafür, dass sie stimmt. Ruhig, Leute. Hört euch das an.«

Price übergibt das Mikro wieder an Cox. An der Wand erscheint eine Karte Nevadas. Unten sieht man Vegas, etwas weiter im Norden ist ein Punkt markiert.

»Wenn das Koordinaten sind, dann wäre es genau dort, wo das Kreuz ist, unweit von Coyote Springs, mitten in der Wüste. Und jetzt überlegt mal: Kurz vor Beginn des größten Kryptokongresses der Welt wird ein Video veröffentlicht, in dem Hollister etwas von einem Schatz erzählt. Mit Koordinaten, die nur ein paar Kilometer von dem Ort entfernt sind, wo sich die gesamte Krypto-Community aufhält.«

In der Lounge ist es sehr still geworden. Menschen starren mit offenem Mund auf die Karte, tippen fieberhaft auf ihren Handys herum. Auch Mondego hat bereits Google Maps aufgerufen, lässt sich die Route nach Coyote Springs berechnen.

»Also, wenn das Zufall ist, fresse ich meinen HyperVault«, ruft

Cox. »Ich sage, wir fahren da jetzt hin und schauen nach. Wer kommt mit?«

»Es ist stockfinstere Nacht«, ruft jemand.

»Stimmt. Aber es gibt ja Autoscheinwerfer und Navis. Und wenn wir bis morgen warten ...«

Cox vollendet den Satz nicht, aber es ist klar, was er meint. Die Sache mit den Ziffern ist zu offensichtlich, als dass sie nicht auch anderen auffallen wird – und zwar eher früher als später. Just in diesem Moment analysieren Kryptogeeks von New York bis Tokio Hollisters Video. Jeden Moment könnte einer von ihnen die Koordinaten im Netz posten.

Einen Moment verharren die Partygäste. Dann streben alle dem Ausgang zu. Dante hat seine Zweifel, dass Hollister es ihnen derart einfach machen wird. Irgendetwas passt nicht. Aber er muss dem Hinweis nachgehen, dafür bezahlt ihn Martel schließlich.

Einige Minuten später stehen sie vor dem Fabulous Flamingo. Einige rufen per Handy Uber-Limousinen, andere weisen die Parkwächter an, ihre Autos zu holen.

»Du fährst mit, oder?«, fragt er Mondego.

»Worauf du wetten kannst.«

Price und seine Begleiterin gesellen sich zu ihnen.

»Ich hätte noch Platz«, sagt der Kryptomillionär.

Ein paar Minuten später rollen sie in einer Stretch-Limousine den Strip entlang, Richtung Norden. Die meisten anderen sind in Cadillacs oder BMWs unterwegs, aber auch ein Bugatti Veyron und zwei Neunelfer gehören zu ihrer Fahrzeugkolonne.

Dante fragt sich, wie die tiefergelegten Sportwagen die Staubpisten in der Mojave-Wüste bewältigen wollen. Andy Cox hat dieses Problem nicht. Er fährt einen Ford Pick-up, ein Ungetüm mit hohem Radstand, wie es in England höchstens die Mechanisierte Infanterie besitzt.

Sie sitzen zu viert im Fond der Limo, aus den Boxen wummern »The Prodigy«. Dante beobachtet Halverton Price. Seine Begleiterin, die ihnen inzwischen als seine Frau Iris vorgestellt wurde, redet auf

ihren Gatten ein, erzählt ihm etwas über einen Delfinyogakurs, den sie vergangene Woche besucht hat. Price blickt derweil schweigend aus dem Fenster. Als Iris ihre Yogastory beendet hat, fragt Dante: »Hal, glauben Sie wirklich, dass wir was finden?«
Price schaut auf, lächelt.
»Vorhin habe ich Ihnen ja gesagt, dass ich mir wegen dieser Montecrypto-Hypothese nicht sicher bin. Aber da wusste ich noch nichts von Andys Recherche. Jetzt ...«
Price bricht mitten im Satz ab, weil ihr Wagen auf den Parkplatz eines Einkaufszentrums rollt. Er beugt sich vor und konferiert mit dem Fahrer. Dieser weiß nicht, warum hier ein Zwischenstopp eingelegt wird. Da er aber die Order hatte, Cox' Pick-up zu folgen, ist er hinterhergefahren, als dieser abbog.

Die Kolonne hält vor einem Lowe's-Baumarkt. Sie steigen aus. Price geht auf einen Sportwagen zu. Es handelt sich um einen in neonfarbenem Camouflagemuster lackierten Aston Martin Valkyrie. Auf dem Nummernschild steht ›MO COINZ‹.

Price spricht mit dem Fahrer, bei dem es sich, wie Mondego ihm souffliert, um Per Vossberg handelt, den Erben eines schwedischen Mobilfunkimperiums. Dieser habe sein Vermögen bereits vor dem großen Bitcoin-Boom fast vollständig in Krypto angelegt und sei nun geschätzte vier Milliarden Dollar schwer. Dante hasst Vossberg augenblicklich, nicht wegen seines unverschämten Glücks, sondern wegen dem, was der Mann dem armen Aston Martin angetan hat.

Immerhin scheint sich Vossberg bereits nützlich gemacht zu haben. Seine Leute, erklärt er Price, seien gerade dabei, einzukaufen. Kurz darauf tauchen am Eingang des Baumarkts zwei kräftige junge Männer auf. Jeder von ihnen schiebt einen riesigen Einkaufswagen, vollgeladen mit Schaufeln, Spitzhacken, Taschenlampen.

Vossberg steigt aus, klopft Price auf die Schulter, gibt dem ebenfalls ausgestiegenen Cox High Five. Dann schauen sie zu, wie Vossbergs Gehilfen die Einkäufe auf der Ladefläche des Ford-Pick-ups verstauen.

»Irgendwie glaube ich, sie werden vergeblich buddeln«, murmelt Dante, an Mondego gewandt.

»Warum glaubst du das?«

»Weil ich das mit den Koordinaten zu banal finde. Würde jemand wie Hollister, wenn er so eine Schnitzeljagd plant, nicht etwas raffinierter vorgehen?«

Sie schauen hinüber zu den Sportwagen und Limousinen, zu den jungen Kappenträgern, die einander in Siegerposen ablichten, Arme angewinkelt, Finger vor der Brust gespreizt. Dante fühlt sich wie in einem Vanilla-Ice-Video.

»Du fändest es seltsam«, sagt Mondego leise, »wenn es keine helleren Typen als die da brauchte, um das Rätsel zu knacken?«

Dante denkt an die seltsamen Dias, an die Stiftung in Zug. Inzwischen ist er ebenfalls überzeugt davon, dass es ein Rätsel gibt, vielleicht sogar einen Schatz. Ebenso sicher ist er, dass dieser verdammt gut versteckt ist.

»So in etwa, Mercy.«

»Vermutlich ist Cox gar nicht selbst darauf gekommen. Er könnte jemanden engagiert haben«, Mondego schaut ihn an, »einen Profirechercheur. Einen Privatdetektiv.«

Dante ist inzwischen wieder vollkommen nüchtern, was seine Stimmung erheblich dämpft. Doch was Mondego da sagt, verdirbt ihm erst recht die Laune. Natürlich hat sie einen Punkt. Diese Typen haben alle mehr Geld als Verstand. Es ist folglich sehr wahrscheinlich, dass viele von ihnen jemanden engagieren werden, jemanden wie ihn. Er bekommt möglicherweise eine Menge Konkurrenz.

Inzwischen ist die Schatzgräberausrüstung verladen. Cox steigt ein, lässt seinen V8-Motor aufröhren. Die anderen begeben sich ebenfalls zu ihren Fahrzeugen. Sie fahren weiter nach Norden, wechseln von der Interstate auf eine kleinere Straße. Hier draußen ist rein gar nichts, nur flaches, von verdorrten Büschen bewachsenes Land. Am Horizont kann man im Mondlicht die Berge ausmachen. Während der Fahrt schaut Dante immer wieder auf sein

Handy, verfolgt auf Google Maps, wie sie sich den Koordinaten nähern. Diese befinden sich etwas abseits der US-93, geschätzte drei- oder vierhundert Meter vom Highway entfernt.

Dante sieht Bremslichter aufleuchten. Alle Fahrzeuge halten am Straßenrand, außer dem von Cox. Der fährt seinen Freizeitpanzer ein paar Meter ins Gelände hinein. Auf der Fahrerkabine des Ford montierte Scheinwerfer flammen auf, lassen einen Streifen Wüste aufleuchten. Irgendein Tier ergreift erschrocken die Flucht.

Sie steigen aus. Jemand hat seine Anlage voll aufgedreht, Housebeats hallen durch die Nacht. Gemeinsam mit den anderen überquert Dante die Straße. Sie laufen nun links und rechts des Pickups, der langsam vorwärtsrollt, weiter in die Wüste hinein.

Dante fragt sich, ob es hier draußen Klapperschlangen gibt. Vermutlich schon, aber das grelle Licht und die schlechte Musik vertreiben wahrscheinlich alles Getier. Langsam gehen sie weiter. Mercy Mondego hat mit einer Hand seinen Arm umfasst. Unter anderen Umständen könnte er sich darauf etwas einbilden, aber in diesem Fall ist ihre Motivation wohl schlichtweg, sich nicht die Haxen zu brechen. Der Boden ist uneben, voller Erdlöcher und Wurzeln. Dante wundert sich, wie viel Müll hier draußen herumliegt. Auf seinem Weg muss er zerbrochenen Flaschen, Konservendosen, sogar Autobatterien ausweichen.

Als sie vielleicht noch dreißig Meter von der Stelle entfernt sind, die auf Dantes Karten-App markiert ist, stoppt der Pick-up. Vor ihnen befindet sich eine Bodensenke, die sogar einem Ford F-650 Schwierigkeiten bereiten könnte. Also greifen sie sich Taschenlampen und Schaufeln von der Ladefläche, lassen den Wagen stehen. Cox geht voran. Nach einer Minute hält er an. Es ist nicht völlig dunkel, die Scheinwerfer des Wagens tauchen die Mojave in ein diffuses Licht. Dante tritt zu Cox, begutachtet den Boden. Außer Sand und Steinen ist nichts zu sehen. Probeweise stößt Dante seine Schaufel in den trockenen Boden. Sie dringt höchstens eine Handbreit ein. Hier ein Loch auszuheben, wäre Knochenarbeit. Also überlässt Dante es lieber den anderen. Einige der jungen

Männer zeigen erstaunlichen Enthusiasmus. Sie buddeln ein Loch nach dem anderen. Einen Schatz finden sie jedoch nicht.

Dante und ein paar andere marschieren währenddessen in konzentrischen Kreisen um die Grabungsstelle herum, leuchten mit ihren Lampen den Boden ab.

Leise flucht Dante vor sich hin. Er kommt immer mehr zu dem Schluss, dass dies alles Schwachsinn ist. Inzwischen befindet er sich außerhalb des Ford-Lichtkegels, kann in vielleicht zwanzig Metern Entfernung einige der anderen graben sehen. Mondego steht derweil auf der Ladefläche des Pick-ups und filmt. Price und seine Frau befinden sich abseits, scheinen den Sternenhimmel zu bewundern.

Dante beschließt, dass er genug hat. Er wird zurück zur Limousine gehen und sich etwas zu trinken besorgen. Im Eisfach des Fonds waren verschiedene Spirituosen. Er macht einige Schritte in Richtung Straße.

Ohne Vorwarnung gibt der Boden unter seinen Füßen nach.

Dante fällt, aber nicht sehr tief. Vermutlich geht es kaum mehr als sechzig, siebzig Zentimeter abwärts, trotzdem macht er sich fast in die Hose. Offenbar hat er zudem laut aufgeschrien. In der Dunkelheit tanzen Lichtpunkte auf und ab, Menschen kommen in seine Richtung gelaufen.

Dantes Lampe ist weg, weswegen es um ihn herum zappenduster ist. Er scheint in einer Art Röhre zu stecken, so viel kann er ertasten. Kurz darauf ist jemand bei ihm. Es handelt sich um Cox sowie einen weiteren Mann. Sie packen Dante an den Armen, ziehen ihn aus der Röhre.

Bei Licht entpuppt sich die Röhre als ein großes Plastikfass, das jemand in der Wüste verbuddelt hat. Der Deckel fehlt, stattdessen war eine Plastikplane über die Öffnung gespannt. Die Plane war stark genug, um dem Gewicht des darüber verteilten Sands standzuhalten. Dantes achtzig Kilo hingegen waren zu viel.

Cox leuchtet in das Fass hinein. Dante beugt sich hinab, greift nach der in den Bottich hineingedrückten Plane, zieht sie heraus.

Am Boden des Fasses befindet sich etwas, das im Schein der Taschenlampen metallisch glitzert. Dante steigt wieder hinab. Inzwischen ist es taghell, um das Loch stehen knapp zwanzig Leute, leuchten mit Taschenlampen und Handys hinein.

Auf dem Boden des Fasses liegen Münzen. Keine Dollars oder Euros, sie sehen eher aus wie Gedenkmünzen, frisch poliert, golden. Es müssen Dutzende sein. Dante bückt sich, was gar nicht so einfach ist, wenn man in einem Scheißfass steht, hebt eine Münze auf. Ihre Vorderseite ist von Lorbeer umkränzt, in der Mitte ist eine Schildkröte abgebildet. Darunter steht: »InDubioProNummis.com«. Die Rückseite ist mit einer schillernden Folie abgeklebt. Dante hält sie ins Licht, bewegt sie hin und her.

»Ein Sicherheitshologramm«, murmelt er. Dante reicht die Münze an Cox weiter.

»Casascius-Coin«, sagt dieser erstaunt.

»Ein was?«

»Oder etwas Ähnliches. Weil man Kryptocoins logischerweise nicht anfassen kann, ist vor Jahren jemand auf die Idee gekommen, sogenannte Casascius-Coins zu produzieren. Unter der Folie befindet sich ein Code. Man kann ihn einlösen und kriegt dafür Bitcoins. Aber dieser hier«, Cox betrachtet die Münze und schüttelt den Kopf, »ist vermutlich nicht viel wert.«

Dante greift sich noch einige Münzen, lässt eine davon in seiner Hosentasche verschwinden. Um ihn herum blitzt es mehrfach auf – Handykameras, vermutlich.

Zwei Männer ziehen Dante aus dem Loch. Als er wieder festen Wüstenboden unter den Füßen hat, verteilt er die Münzen an die anderen. Er mustert erneut die Seite mit der Schildkröte. Dante erinnert sich an Hollisters gescheiterten Versuch, eine eigene Kryptowährung zu erschaffen.

»Sind das etwa Turtlecoins?«, fragt er.

»Sieht ganz so aus«, erwidert Cox. Er klingt nicht besonders begeistert. »Wenn dem so ist, kriegt man für jeden Code unter der Folie einen dieser Shitcoins.«

Nach einigen Versuchen gelingt es ihnen mithilfe eines Seils, das Plastikfass aus dem Loch zu hieven. Es enthält an die zweihundert der komischen Coins, sie bedecken den gesamten Boden des Bottichs. Zwei Männer kippen das Fass, schütten die Münzen in eine mitgebrachte Plastikkiste. Mit einem rasselnden Geräusch ergießen sich die Turtlecoins in die Box. Am Ende purzelt noch etwas hinterher. Es ist ein Briefumschlag.

»Ich will verdammt sein«, ruft Cox. Er greift nach dem Umschlag und reißt ihn auf. Darin befindet sich ein Zettel. Darauf steht:

GUT! ABER NICHT GUT GENUG 😂

»Holly, du dreckiger Hurensohn!«, brüllt Cox.

Dante fängt an laut zu lachen.

ZIMMER 40000

Dante tatscht auf dem Nachttisch herum, noch halb im Koma, versucht das schädelspaltende Fiepen des Handyweckers abzustellen. Nachdem er den Alarm deaktiviert hat, berühren seine Fingerspitzen etwas Metallenes. Er greift danach. Es ist eine der Münzen. Dante dreht sich auf die Seite. Einen Augenblick kämpft er mit dem Schlaf, zwingt sich, die Augen zu öffnen. Er richtet seinen Blick auf die Münze. Kühl liegt sie in seiner Hand. Gestern Nacht hat er den Turtlecoin mitgenommen, so als handle es sich um einen jener Schokotaler, die man früher beim Piratenkindergeburtstag bekam, nachdem man die Schatztruhe gefunden hatte. Dante dreht sich auf den Rücken, hält den Coin vors Gesicht. Eine sinnbefreite Aktion war das. Mehr als diese wertlose Münze ist dabei nicht herausgesprungen.

Aber ist sie wirklich wertlos? Dante legt den Coin fort, greift nach dem Handy. Ihm fällt auf, dass er ziemlich viele neue Nachrichten hat. Er ignoriert sie, ruft eine Seite namens CoinVault auf. Dort schaut er sich die Kursgrafik von Hollisters Shitcoin an. Die Linie war über Monate so flach wie die Mojavewüste. Erst vorgestern hat sie sich leicht nach oben bewegt. Vor einigen Stunden ist der Chart dann durch die Decke gegangen.

Dante zoomt hinein. Der rasante Kursanstieg begann gegen zwei Uhr morgens – kurz nachdem ein gewisser Exbanker in ein Loch gefallen war.

Er schleppt sich ins Bad. Seltsam ist das alles. Solange sie im Wüstenboden schlummerten, waren diese Schildkröten-Złotys nichts wert. Aber ausgebuddelt sind sie auf einmal ein großes Ding.

Dante steigt in die Duschkabine, dreht den Hahn auf. In dubio pro nummis, steht auf den Coins, im Zweifel für die Münze. Die zugehörige Internetadresse InDubioProNummis.com haben sie gestern Nacht bereits auf ihren Handys aufgerufen. Aber die Seite war schwarz und leer, abgesehen von zehn Eingabefeldern. Diese waren allerdings gesperrt, man konnte nichts eingeben. Wozu ist die Seite da? Und wer steckt dahinter?

Das heiße Wasser weckt ihn langsam auf. Der Schatz war eine selbsterfüllende Prophezeiung, nur so lange wertlos, bis er gefunden wurde. Dante beschleicht das Gefühl, dass dies etwas bedeutet, dass sein Verstand gerade eine profunde Wahrheit streift. Vielleicht ist es aber auch nur der Restalkohol.

Eventuell rührt das Gefühl daher, dass ihm diese Scheiße nur allzu bekannt vorkommt. Diese Kryptofreaks nehmen für sich in Anspruch, den Kapitalismus neu zu erfinden. Aber die Mechanismen sind letztlich dieselben wie an der Wall Street. Aktien, Anleihen, Währungen – alles ist genauso viel wert, wie die Leute glauben, dass es wert ist. Geld ist kondensierte Hoffnung, ist Glaube – Glaube daran, dass ein Asset weiter steigt; Glaube daran, dass man nicht zu teuer gekauft hat; Glaube daran, dass ein noch größerer Depp um die Ecke kommen und einem Ölfässer, Schweinehälften oder hässliche Münzen mit Schildkrötenlogo für das Doppelte abnehmen wird; Glaube daran, dass die eigene Gier gerechtfertigt ist.

Er geht davon aus, dass einige der kleinen Kryptobarone aus dem Konvoi bereits auf der Rückfahrt fett eingestiegen sind, für ein paar hunderttausend Dollar Turtles gekauft haben. Dante überlegt, wie reich er an diesem verkaterten Morgen wohl wäre, wenn er gestern Nacht sein Erspartes ebenfalls in Turtles investiert hätte.

Die frustrierende Antwort lautet: nicht sehr reich. Dante ist so gut wie pleite, mehr als einen Tausender hätte er gar nicht lockermachen können.

Er zieht sich an, klopft seine Turnschuhe aus, die noch voller Wüstenstaub sind. Als er seine Zimmertür öffnen und zum Frühstück gehen will, fällt ihm ein Zettel auf, den jemand unter der Tür durchgeschoben hat.

> Wir müssen noch mal reden.
> Zimmer 40000, 12:00, nach der Keynote.
> H. P.

Bereits gestern vermutete Dante, dass Halverton Price ihm nicht alles gesagt hat. Das an sich wäre nicht ungewöhnlich. Die Leute erzählen niemandem alles, Privatschnüfflern mit schnöseligem englischen Akzent schon gar nicht. Aber Dante hat den Mann während der Rückfahrt nach Vegas beobachtet. Während Mercy Mondego und Iris Price sich aufgeregt über die Implikationen des Schatzfunds austauschten, sagte der Kryptoindianer kein Wort. Er schien zu grübeln. Auf Dante wirkte es, als habe Price etwas realisiert, das ihm zuvor nicht klar gewesen war.

Er steckt den Zettel ein, verlässt das Zimmer. Im Frühstücksraum ist es leer. Die ersten Konferenzvorträge haben schon vor einer Stunde begonnen. Vermutlich wird er zu spät zu Price' Keynote kommen und hinten stehen müssen. Es ist ihm egal. Dante kann sich schon vorstellen, was Price sagen wird: Das ist erst der Anfang. Es geht weiter aufwärts. Wir sind die Zukunft. Das ist das Ende der Banken, der Wall Street, der Fed und des Staates obendrein. Leviathan wird fallen, dank der segensreichen Wunder der Kryptografie. Halleluja.

Was für ein Brei, denkt Dante, während er sich Porridge nimmt und dann so lange Zimt und Zucker darüberstreut, bis der Haferschleim nicht mehr zu sehen ist.

Es ist eine weitverbreitete Unsitte, sich keine Zeit mehr fürs Frühstück zu nehmen, sondern währenddessen bereits E-Mails, Retweets, was auch immer, zu sichten.

Normalerweise tut Dante so etwas nicht, aber an diesem Morgen hat er wirklich verdammt viele Nachrichten. Linkshändig schaufelt er sich zuckrigen Brei in den Mund, rechtshändig scrollt er.

Da sind sehr viele E-Mails von Leuten, die er nicht kennt. Sie wollen mit ihm über Montecrypto sprechen. Die Nachrichten sind zu zahlreich, um sie alle zu lesen. Auch seine Büro-Voicebox scheint randvoll zu sein.

Dante schaut einige Nachrichtenseiten durch. Mondego hat auf ihrem Blog etwas zur Schatzsuche in der Wüste veröffentlicht. Auf einem der dazugehörigen Fotos erkennt Dante sich selbst, bis zur Hüfte in der Tonne stehend. Sein Gesicht ist nicht zu erkennen, worüber er nicht unglücklich ist.

Er findet noch ein paar Erwähnungen in anderen Blogs und auf Twitter. Die Leitmedien hingegen berichten noch nicht, das gilt zumindest für jene, die Dante liest – Guardian, New York Times, Wall Street Journal. Es mag daran liegen, dass es Wichtigeres gibt. Der neue US-Präsident, den Dante bisher für viel besser als den vorherigen hielt, erwägt offenbar ernsthaft, Truppen nach Venezuela zu entsenden. Unbestätigten Berichten zufolge sind verdeckt operierende Kommandoeinheiten bereits vor Ort. Entsprechend geht der Ölpreis steil nach oben, der Dow schmiert ab.

In Dantes Heimatland sind die Dinge unverändert. Ausländische Firmen fliehen in Scharen, die Arbeitslosigkeit geht durch die Decke, das britische Pfund versucht, der türkischen Lira Konkurrenz zu machen – Situation normal, alles im Arsch.

In Europa sieht es auch nicht gerade goldig aus, dito in China. Kurzum, die Weltwirtschaft hat Magen-Darm, weswegen sich niemand für Kryptospinner und Schildkrötenzaster interessiert.

Ihm kommt eine Idee. Er schreibt eine Mail an eine ehemalige Gerard-Kollegin, Nefeli Pangalopoulous. Anders als manch anderer Alumni der Pleitebank hat die Griechin das große Los gezogen, sie arbeitet inzwischen bei der Europäischen Zentralbank in Frankfurt. Dante hat länger nicht mit Nefeli gesprochen, aber früher kamen sie gut miteinander aus. Sie kennen sich bereits seit dem Studium, haben beide die Warwick Business School absolviert.

Er fragt sie, ob sie in den kommenden Tagen Zeit für ein Telefonat hat. Gerne erführe er mehr über Juno, speziell darüber, welche Rolle dieses Dickschiff unter den Bezahlapps im Finanzsystem spielt. Er wird das Gefühl nicht los, dass es zwischen Hollisters Schatz und Hollisters Exfirma vielleicht doch einen Zusammenhang geben könnte. Dafür existiert bisher zwar keinerlei Anhaltspunkt, aber das Gefühl ist trotzdem da.

Dante steht auf und geht in den Konferenzbereich. Er ist gut gefüllt. Menschen begutachten die verschiedenen Stände. Viele lassen sich ablichten – mit Dante unbekannten Krypto-Celebritys, mit den Supersportwagen, die überall herumstehen. An einigen Ständen gibt es sogar Hostessen in kurzen Röcken, so als wäre dies eine Automesse anno 1999.

Er lässt sich treiben, hält Ausschau nach Hinweistafeln, die ihm verraten, wo sich die Ventura Hall befindet. Dort hält Price seinen Vortrag. Er spricht bereits, das kann Dante auf einem riesigen Plasmabildschirm sehen, der von der Decke hängt.

Auf seinem Weg zur anderen Seite des Saals fällt ihm ein Stand auf, der für den HyperVault wirbt, jenen besonders gesicherten Speicherstick, auf dem man seine Coins verwahren kann. Dante tritt näher, starrt in eine Vitrine. Darin liegen ein HyperVault und eine Magnum Desert Eagle, Kaliber .50. Dahinter befindet sich ein Pappaufsteller mit der Aufschrift: »Die beiden Dinge, die dein Krypto sicher machen!«

»Verfickte amerikanische Muppets«, knurrt Dante.

Eine junge Frau kommt auf ihn zu, offensichtlich eine Hyper-Vault-Angestellte.

»Kann ich Ihnen helfen, Sir?«

Dante ist fassungslos über die Riesenknarre in der Vitrine. Es ist weniger die Waffe selbst, die ihn konsterniert, dafür ist er schon zu lange in den USA. Aber die Kombination, Krypto und Knarre – Dante muss an den Avatar von Hollisters Forumskonto denken, an die Flagge mit der geringelten Klapperschlange und dem Ausspruch »Tritt nicht auf mich«. Dicker Geldbeutel, dicke Eier, dicke Knarre – er befürchtet, dass diese Typen das alles vollkommen ernst meinen.

Er wendet sich der Frau zu. Sie ist kaum älter als zwanzig, trägt ein Poloshirt mit Firmenlogo und Wangenpiercings.

»Hi. Eine Frage. Ich hab einen Ihrer Sticks. Habe ich geschenkt bekommen. War schon eingerichtet, mit Passwort und allem.«

»Sie sollten«, sagt die Frau, »das Passwort ändern. Damit nur Sie es kennen. Und es irgendwo sichern.«

Dante lächelt. »Ich hab's auf ein Post-it geschrieben und hinter den Monitor gepappt.«

Er meint das natürlich im Scherz, aber wie viele Amerikaner ist die Frau ironieresistent.

»Nein, tun Sie das bloß nicht. Legen Sie eine Seed Phrase an. Und schließen Sie die weg, als wäre es teurer Schmuck oder so.«

»Eine ... was für eine Phrase?«

»Seed Phrase. Das ist eine Abfolge von Wörtern, mit der sich eine Coin-Börse wiederherstellen lässt, falls Sie den Speicher verlieren, der Computer crasht oder ...«

»Moment, langsam bitte. Wie genau funktioniert das?«

»Der Computer generiert eine Abfolge von Wörtern. Zwölf Stück. Die schreiben Sie auf, nicht digital, sondern auf Papier. Und schließen den Zettel weg. Mithilfe der Phrase können Sie Ihre Wallet dann im Notfall wiederherstellen.«

»Aus den Wörtern?«

»Nein. Ja. Also, das sind natürlich ... der Computer hat eine Liste, 2048 Wörter. Jedem davon ist ein numerischer Wert zugeordnet. Es gibt also 2048 hoch zwölf Kombinationen oder zwei hoch hundertzweiunddreißig. Das entspricht ...«

»... sehr vielen Kombinationen, verstehe. Vielen Dank.«

Piercingpolo schaut ein bisschen enttäuscht. Vermutlich hätte sie ihm noch viel mehr über Verschlüsselungen erzählen können, doch Dante hat genug gehört. Er muss an die Dias denken, die er in Hollisters Strandvilla entwendet hat. Auf einmal möchte er schnellstmöglich zurück nach Los Angeles. Die Wörter auf den Dias sind der Schlüssel zu etwas, zu einer Onlinegeldbörse. Vermutlich nicht zu irgendeiner, sondern zu *der* Geldbörse.

Dante schaut auf die Uhr, während er weitergeht. Er ist sich ziemlich sicher, dass sein Versteck für die Dias gut ist, geradezu originell. Dennoch macht es ihn nervös, dass er die Dinger nicht bei sich hat. Er erreicht einen Durchgang, der zu den Vortragsräumen führt. Jener, in dem Price spricht, ist brechend voll. Dante stellt sich auf ein kleines Podest nahe der Rückwand.

»... ist das natürlich alles erst der Anfang. Hört nicht auf das, was sie euch erzählen. In Wahrheit sind hier größere Kräfte am Werk, die der Öffentlichkeit verborgen bleiben.«

Price ist von hier hinten nicht auszumachen, aber Dante sieht ihn auf einem Monitor neben der Bühne. Der Chef von Cerro Nuevo sieht bleich und übermüdet aus, was aber nach der gestrigen Nacht kein Wunder ist. Während Price redet, werden PowerPoint-Folien eingeblendet. Dämliche Stock-Photos und Charts in zu geringer Auflösung wechseln einander ab. Gerade ist eine Kurve zu sehen, die den Aufstieg von Bitcoin zeigt. Es ist jene Art von Chart, die man an der Wall Street als Hockeyschlägerkurve bezeichnet. Lange verläuft die Linie parallel zur X-Achse, dann geht sie auf einmal steil nach oben.

»Weiß jemand von euch, wer Somerville Associates sind. Keiner? Das wundert mich nicht. Das ist eine Firma in Massachusetts, eine Art Vermögensberater für Pensionsfonds. Die sind extrem einflussreich – sie empfehlen Tausenden kleineren Fonds, Stiftungen, Pensionskassen und so weiter, wie die Portfoliomischung sein sollte. Somerville hat seinen Klienten kürzlich erstmals geraten, auch in Krypto anzulegen – fünfundzwanzig Basispunkte, null Komma zwei fünf Prozent.«

Dante reckt den Hals, schaut, ob er Mondego irgendwo sieht. Nach ihrer Rückkehr aus der Wüste hatten sie sich beim Aussteigen aus dem Lift getrennt. Vielleicht hätte etwas passieren können. Vielleicht bildet er sich das auch nur ein.

Er vermutet, dass Mercy hier ist, kann sie jedoch nirgends entdecken. Während er mit einem Ohr den Price'schen Ausführungen lauscht, schreibt er ihr eine Nachricht. Aber sie antwortet nicht.

»Ein Viertelprozent klingt mickrig, aber die von Somerville Associates beratenen Fonds verwalten mehr als dreihundert Milliarden Dollar. Es ist deshalb davon auszugehen, dass in den kommenden Monaten eine massive Nachfrage institutioneller Investoren nach Krypto einsetzen wird und wir ...«

Dante unterdrückt ein Gähnen. Diese Art von Vortrag kennt er zur Genüge. Price erinnert ihn ein wenig an Guy Entwistle, den Chief Market Strategist bei Gerard Brothers. Dessen Vorträge waren stets gleich strukturiert: Ja, der Markt ist schon ordentlich gelaufen. Aber das ist noch gar nichts. Ihr ärgert euch schwarz, dass ihr vor zwei Jahren nicht eingestiegen seid? Ihr werdet euch bald noch schwärzer ärgern. Jetzt kaufen! Oder nachkaufen! Die Party ist noch lange nicht zu Ende.

Dante glaubt, dass er den Rest nicht hören muss. Schließlich hat er gleich noch einen privaten Termin mit Price. Er begibt sich wieder aufs Zimmer, packt seine dürftige Habe zusammen. An der Rezeption checkt er aus. Mondego schreibt er eine weitere Nachricht, die besagt, dass er gegen Mittag zurück nach L. A. muss und sie gerne wieder mitnehmen kann.

Weil ihm bis zu seinem Gespräch mit Price noch etwas Zeit bleibt, bestellt er an einer der Bars in der Lobby eine Cola. Ein paar Meter entfernt schießen mehrere Konferenzteilnehmer Selfies mit einem jungen Mann. Dante erkennt ihn als einen der Schatzsucher von gestern Nacht wieder. Er trägt ein T-Shirt, auf dem in leuchtenden Lettern »Vires in Numeris« steht. Während er sich ablichten lässt, hält er mit ausgestreckter Hand etwas in die Kamera. Es ist einer der goldenen Coins aus der Schatztonne. Ob der Hashtag #montecrypto bereits in den Top Ten ist?

»Ich habe mich gefragt«, sagt eine Stimme, »warum eigentlich eine Schildkröte?«

Dante dreht sich um. Auf dem Barhocker neben ihm sitzt ein asiatisch aussehender Mann. Er sieht aus wie ein in Würde gealterter K-Pop-Star. Sein amerikanisches Englisch hat einen kaum wahrnehmbaren Akzent. Er trägt Golfklamotten.

»Auf der Münze, meinen Sie?«, fragt Dante.
»Ja. Ist das irgendein Internet-Meme, das ich nicht verstehe?«
Dante zuckt mit den Achseln.
»Entweder das oder ein Verweis auf antike Währungen vielleicht.«
Der Mann hebt fragend eine Augenbraue.
»Die ersten Metallmünzen kamen in Griechenland auf, circa fünfhundert vor Christus«, sagt Dante. »Und da war meines Wissens eine Meeresschildkröte drauf.«
»Auf griechischen Drachmen?«
»Drachmen, Obolusse, irgend so was, ja.«
»Und die Schildkröte war ein Symbol wofür genau?«
Dante macht eine hilflose Handbewegung.
»Ich hatte zwei Seminare Wirtschaftsgeschichte, da wurde das mal erwähnt. Aber was die Schildkröte genau bedeutet – keine Ahnung.«
Der Mann nickt.
»Ich verstehe. Na ja, ist sehr lange her. Respekt, dass Sie das überhaupt wissen. Die meisten ahnen ja nicht mal, was die Symbole auf unseren Scheinen bedeuten.«
Nun ist es an Dante, fragend zu schauen. Er kann fühlen, wie seine Nackenhaare sich aufstellen. Irgendetwas an dem Mann gefällt ihm nicht, wobei er nicht sagen könnte, was. Vermutlich ist es nur die Müdigkeit. Der Kerl will einfach plaudern, während er auf das Shuttle wartet, das ihn zum Golfplatz bringt. So sind diese Amerikaner. Sie wollen immer nur reden.
Als Reaktion auf Dantes fragenden Blick holt der Mann einen Ein-Dollar-Schein hervor und legt ihn zwischen ihnen auf die Bar.

SONS OF HAYEK

Der Mann tippt mit seinem fleischigen Zeigefinger auf den Geldschein.

»Hier zum Beispiel, oben rechts. B4. Das ist die Position auf dem Druckbogen. Der Code da unten zeigt an, welche Druckplatte verwendet wurde. Und die etwas größere Zahl, die in allen vier Ecken des Scheins steht ...«

»Druckort?«

»Richtig. In diesem Fall war es die Federal Reserve Bank of Minneapolis, dafür steht die ›9‹. Und dann ist da natürlich auf der Rückseite«, er wendet den Schein, »das Große Siegel, das die Verschwörungstheoretiker seit jeher in den Wahnsinn treibt.«

Dante muss nicht hinsehen. Das Siegel zeigt eine Pyramide, über der ein allsehendes Auge schwebt. Darunter steht: Novus Ordo Seclorum. Er befürchtet, dass der Typ gleich anfangen wird, ihm etwas von den geheimen freimaurerischen Botschaften zu erzählen, die auf dem Dollarschein verborgen sind. Doch glücklicherweise steckt sein Gegenüber den Schein wortlos weg, lächelt Dante an.

»Haben Sie Ihre noch?«, fragt er.

»Meine ... was?«

»Ihre Schildkrötenmünze.«

»Wieso glauben Sie, dass ich eine habe?«

»Oh, ich weiß es. Ich habe Sie auf YouTube gesehen, draußen in der Wüste.«

»Ich bin auf YouTube?«

»Ja. Sagen Sie, würden Sie die Münze verkaufen?«

»Leider nein, mein Freund. Ich brauche sie noch. Aber ich wette,

Sie finden hier einige Leute, die verkaufsbereit sind. In der Tonne waren an die zweihundert Stück.«

Konferenzteilnehmer strömen in die Lobby. Price' Rede scheint zu Ende zu sein. Dante legt Geld für die Cola auf den Tresen, erhebt sich.

»Mister Dante, bitte, noch einige Sekunden Ihrer kostbaren Zeit.«

Er versucht den Umstand zu ignorieren, dass der Kerl seinen Namen kennt. Vermutlich weiß er den ebenfalls aus einem YouTube-Video, Reddit-Thread, was auch immer. Kein Wunder, dass ihm inzwischen die halbe Welt die Inbox vollmüllt.

»Was wollen Sie von mir?«, fragt Dante.

»Ich möchte Ihnen ein Angebot machen.«

»Wie gesagt, Sportsfreund, die Münze ist nicht ...«

Der Mann schüttelt den Kopf.

»Nicht deswegen. Wegen des Schatzes.«

»Hollisters Schatz, Montecrypto? Den haben wir gestern Abend gehoben.«

Der Mann schaut tadelnd. »Wir wissen beide, dass das nicht stimmt. Sie wurden von Jacqueline Martel beauftragt, den wahren Schatz zu finden.«

»Mit wem habe ich eigentlich das Vergnügen?«

»Tommy Tang.«

»Und Sie arbeiten für ...?«

»Ich bin wie Sie Privatermittler. Die Herrschaften, die ich vertrete, interessieren sich ebenfalls für Montecrypto.«

»Willkommen im Club, Mister Tang. Seit gestern tun das Tausende von Leuten.«

»Ja, aber die meisten von denen stochern im Nebel. Sie hingegen sind allen anderen voraus.«

Dante ist sich nicht sicher, ob das stimmt. Aber falls ja, wird er es ganz sicher nicht zugeben.

»Ich arbeite allein, Mister Tang. Immer.«

Sein Gegenüber nickt.

»Das verstehe ich vollkommen. Aber – und dann werde ich Ihnen keine weitere Zeit stehlen, eine Information noch und ein Ratschlag.«

»Ich bin ganz Ohr.«

»Wir sind keineswegs Konkurrenten. Meine Klienten interessieren sich nicht für den Schatz per se, also nicht für das Geld. Sie interessieren sich vielmehr für die Auswirkungen.«

»Sie meinen, was man mit dem Schatz anstellen könnte?«

»Oder was der Schatz mit der Welt anstellt. Falls es sich um eine große Summe handelt, wofür es gewisse Anhaltspunkte gibt, stellt Montecrypto ein erhebliches Machtmittel dar.«

»Ich weiß nicht, ob ich Ihnen folgen kann.«

»Deutlicher darf ich nicht werden. Noch nicht.«

Tang legt eine Visitenkarte auf den Tisch. Auf dieser steht sein Name und eine Festnetznummer mit New Yorker Vorwahl, sonst nichts.

»Denken Sie darüber nach, Mister Dante.«

»Mache ich. Aber jetzt muss ich los, ich habe einen Termin.«

»Danke für Ihre Zeit. Ach ja, und mein Ratschlag ist dieser: Viele Menschen schauen Ihnen zu.«

»Auf YouTube?«

»Immer und überall.«

Tang nickt ihm freundlich zu, erhebt sich. Dante steckt die Visitenkarte ein und macht, dass er in den vierzigsten Stock kommt. Price wartet vermutlich schon. Auf dem Weg nach oben sieht er, dass Mondego ihm geantwortet hat. Insgesamt sind es sechs Nachrichten. In der ersten steht, dass er allein zurückfahren soll, sie wolle noch auf dem Kongress bleiben. Die anderen fünf enthalten Links, unter anderem zu einem YouTube-Video aus der Wüste, zu Mondegos neuestem Blogpost und zu einem Foto, das einen verstaubten Dante zeigt, in den Händen mehrere Turtlecoins. Darunter steht: »Edward W. Dante, Profi-Schatzsucher, entdeckte die Coins als Erster.«

Der Lift erreicht den vierzigsten Stock. Dante steigt aus, geht in

Richtung Zimmer 4000, als sein Telefon klingelt. Es ist seine Auftraggeberin.

»Guten Tag, Mrs Martel.«

»Guten Tag. Diskret geht ja anders, oder?«

Dantes erster Impuls ist, eine Ausrede zu formulieren, seiner Klientin zu erklären, dass er da reingerutscht ist. Aber er ist auf YouTube und Gott weiß, wo sonst noch. Vermutlich ist es nur eine Frage der Zeit, bis ihn sogar seine Mutter anruft. Deshalb sagt er lediglich:

»Stimmt wohl.«

»Ließ sich das nicht verhindern?«

»Seit dem Video überschlagen sich die Ereignisse ein wenig, Jackie.«

»Wenn Sie den Schatz heben, hätten Sie das doch vielleicht ohne Zeugen erledigen können.«

Dante setzt ihr auseinander, dass die Koordinaten von Hollisters kleiner Piratenschatzkarte auf dessen verfickter Basecap standen und dass er nur versuchen konnte, vorne mit dabei zu sein, mehr nicht. Martel scheint das nachvollziehen zu können, wirklich glücklich darüber ist sie allerdings nicht. Da sind sie schon zwei.

»Außerdem«, fügt er hinzu, während er einer Frau vom Zimmerservice ausweicht, die mit ihrem Wagen den Gang herunterkommt, »war das nicht der Schatz, meiner Meinung nach.«

»Sondern?«

»Ein Appetithäppchen, um die Leute anzufixen, um für ... für PR zu sorgen.«

»Für PR? Aber warum ... warum hat er das getan? Das muss ja alles von langer Hand vorbereitet gewesen sein. Wieso hat Greg mir davon nichts gesagt?«

Weil dein Bruder ein Riesenarschloch war oder komplett verrückt im Kopf oder beides, denkt Dante.

»Keine Ahnung, Jackie. Aber ich bin mir sicher, dass das noch nicht alles war. Ich werde als Nächstes ...«

In Wahrheit hat Dante keinen Plan, was er als Nächstes tun wird. Zurück nach L. A., die Dias sichern, das Video analysieren, mit seinem Kontakt bei der EZB sprechen, vielleicht erneut mit Juno. Ihm ist bewusst, dass Dutzende andere Schatzsucher in den kommenden Stunden und Tagen ähnliche Spuren verfolgen werden. Tang hat gesagt, Dante sei den anderen voraus. Aber sein Vorsprung ist marginal. Er müsste einen großen Satz nach vorne machen, einen mutigen Schachzug tun, einen Ave-Maria-Pass werfen, was auch immer.

»... werde ich als Nächstes nach Europa reisen, um gewissen Spuren nachzugehen.«

»Was für Spuren?«

»Das ist ... vielleicht sollten wir das lieber persönlich besprechen. Sind Sie derzeit in L. A.?«

»Nein, Miami, auf einer Veranstaltung. Tun Sie einfach, was Sie für richtig halten, Ed.«

»Danke für Ihr Vertrauen, Jackie. Ich informiere Sie, sobald es etwas Neues gibt.«

Sie verabschieden sich. Dante läuft weiter den Gang entlang. Auf dieser Etage liegen die Türen weiter auseinander als auf seiner, vermutlich sind es durchweg Luxussuiten. Price hatte gesagt, er wohne im »Flamingo« – warum also dieses Zimmer? Vielleicht dient ihm Zimmer 40000 lediglich als Rückzugsraum während der Konferenz. Das wäre eine ziemliche Verschwendung, aber Price kann es sich schließlich leisten. Dante erinnert sich an Tony Widmark, seinen Boss bei Gerard. Der war dafür berüchtigt, dass er bei Reisen nach Tokio oder London stets mehrere Executive Suites buchte – angeblich für den Fall, dass ihm eine nicht gefiel. Dante vermutet eher, dass Widmark die Extrazimmer für Escorts benötigte, aber letztlich war es egal. Wer für die Bank Milliardendeals einfuhr, war über alle Zweifel erhaben.

Die 40000 liegt am Ende des Gangs. Links vor der Tür steht ein Wagen des Zimmerservice. Dante sieht die zugehörige Reinigungsfrau, die gerade an die Tür klopft. Er ist noch sechs, sieben

Meter entfernt, erwartet, dass sich die Tür öffnet. Aber die Frau klopft bereits zum dritten Mal, ruft: »Zimmerservice.« Nichts tut sich. Sie hält ihre Karte gegen die Tür, tritt ein. Dante bleibt vor der Schwelle stehen, schaut unschlüssig in den Raum hinein. Der Schrei geht ihm durchs Mark. Schon ist er durch die Tür. Dante findet sich in einem luxuriös ausgestatteten Wohnbereich wieder, von dem zwei Türen abgehen. Eine davon steht offen. Er kann das Zimmermädchen sehen, die Hände vors Gesicht geschlagen. Dante tritt näher. Bei dem zweiten Zimmer handelt es sich um den Schlafbereich. Es ist leer, aber durch die Fenster erkennt er eine Außenterrasse. Dort liegt Halverton Price in einem Liegestuhl.

Der lebendige Price schien stets etwas schläfrig. Aufgrund seiner weit aufgerissenen Augen wirkt der tote Price viel wacher. Auf dem Boden neben dem Liegestuhl liegt ein Handy, das ihm anscheinend aus der Hand geglitten ist. Auf Price' Bauch ruht sein silbernes Rapé-Döschen. Dessen braungrüner Inhalt hat sich über sein weißes T-Shirt verteilt.

Das Zimmermädchen bemerkt Dante, wendet sich ihm erschrocken zu.

»Keine Sorge, Miss.«

Sie sagt etwas auf Spanisch. Dante versteht fast nichts. Vermutlich beteuert sie ihre Unschuld, behauptet, ihre Papiere seien in Ordnung, was auch immer. Rasch zieht er sein Portemonnaie hervor, was der Frau einen weiteren Schrecken einjagt. Er hält ihr eine lindgrüne Karte unter die Nase, auf der das kalifornische Staatssiegel zu sehen ist, außerdem der Schriftzug ›Private Investigator‹.

Der Ausweis ist Mumpitz. Die echte Registrierungskarte der kalifornischen Verbraucherschutzbehörde für Privatdetektive ist derart unscheinbar, dass man sie für einen Lunchcoupon halten könnte. Wie viele Kollegen hat er deshalb einen aufgemotzten Fake-Ausweis dabei. Er steckt ihn wieder weg, wendet sich an die Frau.

»Gehen Sie.«

»Pero ...«

»Rufen Sie das Management. Die sollen das LVMPD verständigen. El ejecutivo. La policía. Sí?«

»Sí, Señor.«

Sie ist augenscheinlich froh darüber, das Zimmer verlassen zu können. Rasch sieht Dante sich um. Im Wohnzimmer auf dem Sofa meint er eine Tasche gesehen zu haben. Aber wenn er die durchgeht, könnte die Dame ihn vom Gang aus sehen. Dante hört, wie sie einige Meter entfernt aufgeregt in ein Telefon spricht. Er geht zur Balkontür. Sie ist lediglich angelehnt. Mit dem Fuß öffnet er sie und tritt hinaus.

Price liegt im Schatten, lediglich auf seine Beine fällt ein Streifen Sonnenlicht. Vorsichtig berührt Dante die Wange des Toten. Er ist noch warm, aber das wusste er eigentlich schon. Price kann kaum länger als eine halbe Stunde hier gewesen ein. Dante vergewissert sich, dass das Zimmermädchen nicht zurückgekehrt ist und greift nach Price' auf dem Boden liegenden iPhone. Der Bildschirm flammt auf. Es handelt sich um eines der neueren Modelle, die sich statt mit einem Fingerabdruck per Gesichtserkennung öffnen lassen. Gestern im Lift hat Dante jedoch mitbekommen, dass Price diese Funktion deaktiviert hat und einen der guten alten Zahlencodes benutzt – 7809, um genau zu sein.

In einiger Entfernung hört er jemanden rufen. Dante gibt den Code ein, den er gestern Abend bei Price abgeschaut hat. Der Home-Bildschirm erscheint. Wenn es etwas gibt, das ihm weiterhilft, befindet es sich vermutlich in einer der Kommunikationsapps. Price verwendet E-Mail und WhatsApp, außerdem ein Programm namens Signal. Dante weiß, dass diese Nachrichtenapp als besonders sicher gilt. Sämtliche Drogendealer in L. A. benutzen angeblich Signal. Es wundert ihn nicht, dass Price die Geheimniskrämer-App ebenfalls verwendet. Das Signal-Symbol zeigt ungelesene Nachrichten an. Dante tippt darauf. Die letzten Dialoge werden angezeigt. Price chattete demnach mit seiner Frau Iris, einem gewissen Won Don sowie einer Chatgruppe namens »Sons of

Hayek«. Die letzte Kommunikation erfolgte jedoch mit einem gewissen MONEYRAKER. Dante klickt auf den Chat.

> SPIRIT_LLAMA: Ich glaube, er hat es losgetreten.
> MONEYRAKER: Wer?
> SPIRIT_LLAMA: HM, natürlich.
> MONEYRAKER: Er hat es aktiviert? Aber wie und wann? Vor seinem Tod?
> SPIRIT_LLAMA: Keine Ahnung.
> MONEYRAKER: Können wir es abschalten?
> SPIRIT_LLAMA: Via Multisig 3/5.
> MONEYRAKER: Also wir beide. Und AFTERLIFE. Müssen uns bald treffen, den ganzen Kram wieder runterfahren.
> SPIRIT_LLAMA: Ich würde es lieber ohne ihn machen. Du weißt, wie er ist.

Draußen vor der Tür diskutiert das Zimmermädchen mit einem Mann. Rasch liest Dante weiter.

> MONEYRAKER: Verstehe.
> SPIRIT_LLAMA: Morgen in Zürich treffen?
> MONEYRAKER: Warum nicht hier?
> SPIRIT_LLAMA: Weil wir ohne AFTERLIFE den Scheißnotar brauchen. Außerdem ist da der Zugangspunkt, besser als remote.
> MONEYRAKER: Meinetwegen. Wo genau?
> SPIRIT_LLAMA: Schelling.
> MONEYRAKER: Paranoider Irrer!
> SPIRIT_LLAMA: Bis dahin keine Komm., zu riskant.
> MONEYRAKER: Okay.

Danach kommt nichts mehr. Dante verlässt den Chat, klickt in die Gruppe mit dem seltsamen Namen »Sons of Hayek«. Sie umfasst vier Personen, MONEYRAKER, SPIRIT_LLAMA, AFTERLIFE und jemand namens HODL_MEISTER.
Schritte nähern sich.
Dante sperrt das Handy, wischt es mit einem Taschentuch ab.

Jemand betritt das vordere Zimmer. Ihm bleibt gerade genug Zeit, das Handy abzulegen und zwei Schritte zurückzutreten, bevor ein junger Mann in einem schlecht sitzenden Anzug ins Schlafzimmer stürmt und wie angewurzelt vor der offenen Terrassentür stehen bleibt. Das Schild an seinem Revers verrät Dante, dass es sich um den Hotelmanager handelt.

»Heilige Maria! Was zum ... wer sind Sie?«

»Ed Dante, Privatdetektiv. Ich hätte jetzt eine Unterredung mit diesem Herrn haben sollen. Aber Ihre Angestellte hat ihn so gefunden. Ich habe natürlich nichts angerührt.«

»Wer ...?«

»Halverton Price«, sagt er. Der Name scheint dem Manager nichts zu sagen, weswegen Dante hinzufügt: »Einer der Ehrengäste der CryptoWorld. Steinreich.«

»Sind das ... auf seinem Hemd. Sind das Drogen?«

»Schnupftabak, glaube ich. Haben Sie schon die Polizei verständigt, Mister ...?«

»Buhlbacher. James Buhlbacher«, erwidert der Manager tonlos, macht aber ansonsten keine Anstalten, etwas Sinnvolles zu tun. Dante kommt vom Balkon zurück ins Zimmer, legt dem Mann die Hand auf die Schulter.

»James. Hören Sie mir zu.«

»Ja?«

»Sie müssen jetzt sofort das LVMPD rufen.«

»Sie meinen, er ist ...«

Der Kerl fängt an, ihm auf den Zeiger zu gehen. Andererseits ist ein überforderter Hotelmanager besser als irgendein Möchtegernsheriff, der zu viele Fragen stellt – zum Beispiel, warum Dante den Balkon betreten hat, bevor die Blaumeisen eingeflogen sind. »... er ist nicht sanft entschlafen, so viel ist mal sicher, James. Fremdeinwirkung, Überdosis, keine Ahnung. Definitiv ein Fall für Gil Grissom.«

Buhlbacher schaut verwirrt. Offenbar guckt er kein CSI. Dann scheint er allmählich aus seiner Trance zu erwachen. Er greift sich das Telefon auf dem Nachttisch, ruft allen Ernstes die Rezeption an und bittet diese, die Cops anzurufen. Dante geht derweil ins Wohnzimmer. Das Zimmermädchen ist dankenswerterweise verschwunden, was ihm die Möglichkeit verschafft, einen Blick in die Tasche zu werfen. Es handelt sich um einen abgewetzten Ledertornister. Mit einem Stift hebt Dante den Deckel an und schaut hinein. In der Tasche befinden sich ein iPad, eine Ausgabe von »Wired« sowie ein Stapel Ausdrucke. Es handelt sich um Geschäftsunterlagen. Am Boden des Ranzens macht er zudem eine zerdrückte Tablettenschachtel aus. Das Packungsdesign ist ihm bekannt. Es handelt sich um ein synthetisches Opiat, deutlich stärker als das Zeug, das er selbst manchmal nimmt. Dante verflucht sich dafür, dass er keine Gummihandschuhe dabeihat. Er zieht stattdessen ein Papiertaschentuch hervor. Mithilfe von Kleenex und Kugelschreiber blättert er, so gut es geht, durch die Papiere.

Wer lange in Revision und Compliance gearbeitet hat, besitzt ein Gespür dafür, wann Zahlenkolonnen einfach nur Zahlenkolonnen sind und wann etwas im Busch ist. Bei den Papieren in der Tasche handelt es sich nicht um betriebswirtschaftliche Unterlagen zum operativen Geschäft, sondern um Vermögensaufstellungen. Soweit Dante das erkennen kann, ist es größtenteils Cash. Dazu kommen kurz laufende Anleihen wie T-Bills und deutsche Finanzierungsschätze. Das sind Papiere, die man jederzeit zu Geld machen kann.

Aber wem gehört das Zeug? Price? In der Kopfzeile der Ausdrucke steht keine Firma, nur ein Dateiname: IBT_INVEST.XLS. Hinter den Tabellen mit den Zahlenkolonnen befindet sich ein mehrseitiger Brief. Dante vernimmt Buhlbachers Schritte, weswegen er zurücktreten muss. Das Einzige, was er von dem Schreiben zu sehen bekommt, ist der Briefkopf: »Weishaupt Partners, 38 Market Street, Cama ...«.

Buhlbacher betritt das Zimmer. Dante hat sich inzwischen zwei Meter von Price' Ranzen entfernt und die Hände hinter dem Rücken verschränkt. Er schaut den Hotelmanager erwartungsvoll an.

»Die Polizei ist auf dem Weg. Ich muss das Stockwerk sperren. Würden Sie bitte runterfahren und an der Rezeption warten, bis die Beamten eintreffen?«

Dante verspricht es. Auf dem Handy herumtippend geht er zum Lift. Sein Kopf ist voller Fragen, aber zumindest in einer Sache sieht er nun klarer: Nicht nur Hollister hatte Geld versteckt. Auch Price hatte Dinge am Laufen, mit denen er den Fiskus lieber nicht behelligen wollte. Was genau es mit den Papieren in seiner Tasche auf sich hatte, weiß Dante nicht, aber der Briefkopf war aufschlussreich. Eine kurze Google-Suche bestätigt seinen Verdacht: Cama sind die ersten Buchstaben eines Ortsnamens: Camana Bay, ein Einkaufs- und Büroviertel auf Grand Cayman. Viele Vermögensmanager haben dort ihren Sitz.

ENCYCLOPÆDIA CALIFORNICA

Dante ist bereits an Barstow vorbei, noch fünfzig Meilen Staub und Hitze, bevor die Stadt ihn wiederhat. Eigentlich wollte er seit Stunden zu Hause sein, aber die Polizei hat ihn länger aufgehalten als erwartet. Das meiste davon ging für die Aufnahme der Personalien und anderen Papierkram drauf. An seiner eigentlichen Aussage war das LVMPD nicht mehr sonderlich interessiert, sobald klar wurde, dass Dante den Toten erstens gar nicht gefunden und zweitens erst gestern Nacht kennengelernt hatte. Die Ermittlerin, die ihn interviewte, wusste glücklicherweise noch nicht, dass er eine frischgebackene YouTube-Berühmtheit ist. Sonst hätte es möglicherweise noch länger gedauert. Die Sache mit Price' Chats hat Dante lieber für sich behalten. Aber er wurde auch nicht danach gefragt.

Die Kommissarin sagte ihm, das FBI werde ihn möglicherweise demnächst kontaktieren. Weswegen, wollte sie ihm nicht sagen. Aber wenn die Bundespolizei involviert ist, geht es möglicherweise um Steuerbetrug oder Geldwäsche.

Dante fragt sich, ob er Martel informieren sollte. Falls das FBI Price' Finanzen unter die Lupe nimmt, sind Hollisters eventuell als Nächstes dran. Zwei tote Kryptomillionäre, die sich kannten – selbst ein Dorfsheriff würde das schnallen.

Dante denkt über die seltsamen Tarnnamen in dem Signal-Chat nach: MONEYRAKER und SPIRIT LLAMA. Letzteres klingt irgendwie nach Price, findet er. Ferner wurde jemand namens HM erwähnt. Er tippt darauf, dass dies für den in einem weiteren Chat erwähnten HODL_MEISTER steht. Ferner war von jemand namens AFTERLIFE die Rede.

Und was soll der Name der Chatgruppe bedeuten, Sons of Hayek? Er kennt die Sons of Anarchy, eine TV-Serie über eine Rockerbande. Und qua Wirtschaftsstudium hat er auch schon von Friedrich August Hayek gehört, einem Ökonomen. An Details kann Dante sich nicht mehr erinnern. Er weiß nur, dass der Österreicher ein Säulenheiliger des Laissez-faire-Kapitalismus ist. Hayek vertrat die Ansicht, staatliche Eingriffe in die Wirtschaft führten letztlich zu Autokratie. Ohne wirtschaftliche gebe es keine individuelle Freiheit, etwas in der Art.

Es ist nicht unplausibel, dass Price oder andere Kryptobros den Kerl gut fanden. Dante bezweifelt, dass sie viel von Hayeks Werken gelesen haben. Aber man kann schließlich auch glühender Sozialist sein, ohne mehr als zehn Zeilen Marx gelesen zu haben. Bei marktradikalen Spinnern ist das sicher ähnlich.

Auf einmal beschleicht ihn eine Ahnung. Rasch fährt er rechts ran, auf den Seitenstreifen. Noch weniger als an Hayeks Theorien erinnert Dante sich an dessen Aussehen. Er zückt sein Handy, googelt den Ökonomen. Er findet einige Schwarz-weiß-Fotos. Der vielleicht dreißigjährige Mann auf dem ersten Bild trägt einen schwarzen Anzug und Vatermörder. Er sieht aus wie ein Studienrat, dessen wichtigstes pädagogisches Werkzeug der Rohrstock ist.

Nun weiß er, wo er dieses Gesicht bereits einmal gesehen hat. Er wischt durch seine Fotos, bis zu den Aufnahmen aus Hollisters Strandvilla. Dort stand eine Büste im Regal. Als er sich diese nochmals anschaut, besteht kein Zweifel mehr: Der Gipskopf ist niemand anders als Friedrich August Hayek. Aber was soll das bedeuten? Söhne des Hayek – ist das eine Art politisch-religiöses Statement? Die Erben, die Verweser seiner ökonomischen Ideen? Nicht zum ersten Mal wünscht sich Dante, er hätte es mit einem stinknormalen Fall von Veruntreuung oder Erbschleicherei zu tun, statt mit Cypherpunks, Extropianern, Kryptokapitalisten.

Er fädelt sich wieder in den Verkehr ein. Was genau haben Price und die anderen in der Gruppe gesprochen? Möglicherweise hätte er besser den Hayek-Gruppenchat lesen sollen als das Einzelgespräch zwischen SPIRIT LLAMA und MONEYRAKER.

Dante hat Martel erzählt, er werde nach Europa reisen. Genauer gesagt will er in die Schweiz wegen der mysteriösen Stiftung in Zug. Nun ist ein weiterer Grund hinzugekommen – das geplante Treffen zwischen SPIRIT LLAMA und MONEYRAKER in Zürich. Es soll am Montag stattfinden, in nicht einmal vierundzwanzig Stunden. Dante hat bereits einen Flug gebucht, über Frankfurt. Er vermutet, wie gesagt, dass es sich bei Spirit Llama um Price handelt. Der wird seinen Termin in Zürich allerdings kaum wahrnehmen können. Dante plant, ihn würdig zu vertreten.

Vorher wird er mit seiner Bekannten bei der EZB sprechen, die er bereits darüber informiert hat, dass er nach Frankfurt kommt. Nefeli hat sofort zugesagt, wenigstens eine Sache, die problemlos klappt.

Als Dante zu Hause ankommt, wird es bereits dunkel. Sobald er aussteigt, verstärkt sich der Barbecue-Geruch, der zuvor bereits durch die Klimaanlage hereinzog. Er scheint schlimmer geworden zu sein. Im Radio haben sie gesagt, die Feuer breiteten sich weiter aus, vor allem in Ventura und San Fernando. Angeblich kann man die Rauchschwaden inzwischen vom Santa Monica Pier aus sehen.

Dante holt seine Sachen aus dem Kofferraum. Vor der Haustür stellt er sie ab, kramt seinen Schlüssel hervor. Sam Spade brächte jetzt die Achtunddreißiger Detective Special in Anschlag und pirschte sich durchs Haus, auf der Suche nach Fieslingen. Die Montecrypto-Sache hat bereits zu einem Einbruch sowie einem Mord geführt, falls Price nicht gerade an einer Überdosis Indianerkoks krepiert ist. Vorsicht und Wehrhaftigkeit sind also durchaus geboten. Doch Dante besitzt keine Detective Special und auch nicht den Schneid, so eine Waffe einzusetzen.

Also betritt er sein Domizil auf gänzlich undramatische Weise, bleibt auf der Schwelle stehen. Er prüft, ob ihm etwas ungewöhnlich erscheint. Doch es sieht alles genauso unerfreulich aus wie immer. Durch den Türschlitz haben mehrere Menschen Zettel und Briefe geworfen – unfrankiert, aber dafür mit Vermerken wie »DRINGEND« oder »Mr E. W. Dante PERSÖNLICH« versehen.

Er legt sie ungelesen auf die Anrichte. Seine Tasche wirft Dante aufs Sofa, geht zum Regal. Dieses enthält ziemlich viele ungelesene Bücher, die bereits in seiner alten Wohnung in New York der Lektüre harrten. Es mag daran liegen, dass viele nicht sein Fall sind – konfektionierte Spannungsliteratur, wie sie an Flughäfen ausliegt. Die Bücher gehörten Rachel. Aus irgendeinem Grund hat Dante sie nicht wie alles andere von ihr entsorgt. Fast genauso ungelesen ist seine Encyclopædia Britannica. Sie hat es irgendwie geschafft, in Dantes Schlepptau von London via Manhattan bis nach Kalifornien zu reisen. Oft schon wollte er sie wegschmeißen, um Platz für seine geliebten Bildbände zu schaffen. Aber irgendwie hat er es nicht übers Herz gebracht.

Die insgesamt dreißig Rücken der Britannica-Bände haben verschiedene Farben. Schwarze gehören zur Macropædia, die längere Artikel enthält, die roten zur Micropædia mit den Kurztexten. Zusätzlich gibt es noch die Propædia, eine Art Register, in dem sämtliche Wissensgebiete aufgelistet sind.

Zwischen diesen Buchdeckeln steckt eine Welt, in der Ronald Reagan lautstark den Mauerfall fordert und sich Menschen mit der Beverly-Hills-Diät quälen. Dante erinnert sich an den Eintrag zu Computern. Darin heißt es, es gebe »experimentelle Versuche, Buchkataloge mithilfe eines Computers zu organisieren, anstelle von Karteikarten. Bisher ist dies aber nicht gelungen.«

Die Britannica ist nutzlos, aber nicht völlig. Dante zieht den ersten Band aus dem Regal, schlägt ihn auf. Zwischen den Seiten steckt eines von Hollisters Dias, das erste der Reihe. Was er bereits geahnt hatte, wurde ihm in Las Vegas von der Dame am Hyper-Vault-Stand bestätigt: Die Reihenfolge spielt eine Rolle. Dante hat jedes der zwölf Dias in einen anderen Band gesteckt: eines in Band eins, das nächste in Band zwei und so weiter. Nun holt er sie alle hervor und platziert sie auf dem Sofatisch, darauf achtend, nichts durcheinanderzubringen. Als er damit fertig ist, geht er zur Salatbar und mixt sich einen Horse's Neck mit viel Zitronenschale.

Während er seinen Drink schlürft, hält Dante die Dias gegen die Deckenlampe, eines nach dem anderen. Die Wörter notiert er auf einem Blatt Papier.

Feuer. Skorpion. Wasser. Unter. Berg. Mit. Walnuss. Shrimp. Luxus. Haar. Marmor. Erbe.

Er grübelt darüber nach, wie er die Wortfolge am sichersten versteckt, wenn er unterwegs ist. Der Mann in den Golfklamotten hat angedeutet, Dante werde observiert, worauf er allerdings auch ohne Mister Tangs Hilfe gekommen wäre. Es ist einfach zu viel Geld im Spiel. So etwas zieht Leute an, Leute ohne Skrupel. Dante ist beinahe verwundert, dass während seiner Abwesenheit niemand das Haus auf den Kopf gestellt hat.

Am besten wäre es, die Wortfolge auswendig zu lernen. Aber Dante traut seinem Gehirn nicht, zumindest nicht bei so etwas. Er steht auf und geht zur Salatbar. Bevor er zum Flughafen muss, um den Nachtflug nach Frankfurt zu nehmen, bleibt ihm Zeit für einen weiteren Drink.

GRÖßTER DES PLANETEN

Müde und mit leichtem Bloody-Mary-Schädel wartet Dante darauf, dass sie in Frankfurt landen. Es ist sechs Uhr dreißig Ortszeit. Gleich wird er sich mit seiner Exkollegin von Gerard treffen, um danach mit dem Mietwagen weiter nach Zürich zu fahren, zu dem mysteriösen Treffen mit MONEYRAKER.

Eine Stewardess serviert ihm ein Frühstück, das essbar aussieht, ihn aber nicht sonderlich reizt. Dante trinkt den Tee und zerbröselt das Croissant. Das Treffen in der Schweiz beschäftigt ihn. Zwei Unsicherheitsfaktoren gibt es, die Dante Sorgen bereiten. Da ist zunächst Price' Hinschied. Als er gestern gegen kurz vor elf das letzte Mal die Nachrichtenlage checkte, war dessen Tod noch nirgendwo vermeldet worden. Die Kommissarin hatte angedeutet, man werde die Sache zunächst nicht an die große Glocke hängen, aus ermittlungstaktischen Gründen. Hätte Price bereits vor seiner Keynote das Zeitliche gesegnet, wäre das nicht möglich gewesen. Aber auch so kann Dante sich kaum vorstellen, dass die Sache lange geheim bleibt. Der Mann hatte Angestellte, Assistenten, Familie. Im Laufe des Tages dürfte sich die Nachricht verbreiten. Und wenn MONEYRAKER davon Wind bekommt, wird er gar nicht erst auftauchen.

Ein weiteres Problem: Dante weiß zwar, dass die beiden sich in Zürich treffen wollen, aber er weiß nicht, wann und wo. Price hat den Treffpunkt im Chat genannt: Schelling. Es gibt in der Zürcher Innenstadt jedoch kein Café oder Restaurant dieses Namens. Auch entsprechende Straßen, Gebäude, Statuen oder Kirchen existieren nicht, er hat ganz Google Maps nach dem Begriff abgesucht. Dante hofft, das Problem nach seiner Ankunft in Zürich lösen zu können, mithilfe eines versierten Taxifahrers vielleicht.

Er ist tief in Gedanken, hat gar nicht bemerkt, dass sie gelandet sind. Während er aufs Aussteigen wartet, schaltet Dante sein Telefon ein. Er hat eine Menge neue Anrufe von unbekannten Nummern, auch die Mailflut ebbt nicht ab. Er ignoriert die Mitteilungen, sucht stattdessen bei Google News nach Price. Es gibt immer noch keine Meldung zu dessen Tod.

Auf der einen Seite kommt das Dante entgegen, auf der anderen erscheint es ihm irgendwie seltsam. Doch nun, da er darüber nachdenkt, fällt ihm etwas auf. Als die Polizei ins Hotel kam, fuhr sie nicht mit jaulenden Sirenen vor. Die Beamten waren alle in Zivil. Dante ging bisher davon aus, dies sei schlichtweg der Modus Operandi des LVMPD, getreu dem inoffiziellen Stadtmotto »Was in Vegas passiert, bleibt in Vegas«. Drogenexzesse, verprügelte Prostituierte, tote Hotelgäste – solch unschöne Vorfälle werden diskret abgewickelt. Ansonsten verlören andere Besucher womöglich die Lust, ihr Geld auf den Kopf zu hauen.

Was aber, wenn es für das umsichtige Vorgehen der Cops noch einen anderen Grund gab? Vielleicht hatte das FBI Price bereits im Visier. Gibt es größere Ermittlungen, und die Feds wollen kein Aufsehen? Versucht jemand, etwas zu vertuschen?

Dante schreibt eine Nachricht an Nefeli Panagopoulos. Ein paar Sekunden später schickt sie ihm den Namen des Cafés, zu dem er kommen soll.

Mondego hat sich ebenfalls gemeldet. Wie üblich ist es eine ganze Salve an Chat-Nachrichten, sieben oder acht Stück, kaum Text, viele Links. Eine enthält ein Bild des Turtlecoin-Charts. Der Wert des Shitcoin hat sich seit Bergung des Schatzes mehr als vertausendfacht. Mondego schreibt, insgesamt seien an die hundert Millionen Turtlecoins in Umlauf, aber niemand wisse, wer sie besitze. Man vermute, dass ein Großteil Gregory Hollister gehört habe.

»Der Schatz wächst«, murmelt Dante.

Eine halbe Stunde später sitzt er in einem Mietwagen und lässt sich vom Navi ins Frankfurter Ostend dirigieren. Schon aus einiger

Entfernung kann er den EZB-Turm ausmachen. Er erinnert an einen Holzscheit, den jemand zu spalten versucht hat, wobei jedoch im letzten Moment die Axt ausgerutscht ist.

Er erreicht das Gebäude, stellt den Wagen in einem nahegelegenen Parkhaus ab. Das Café, das Nefeli ausgesucht hat, liegt unweit der Zentralbank und offeriert einem Schild zufolge »Frankfurter Mittagstisch«. Dante fragt sich, ob das eine Drohung ist. Die Vorurteile seiner Banker-Vergangenheit wirken nach. Jene Städte, in denen man arbeiten wollte, hießen New York und London, mit einem gewissen Abstand gefolgt von Tokio oder Hongkong. Frankfurt hingegen galt als das Sibirien der Finanzbranche, ein Kuhkaff ohne Charme und Savoir-vivre. Daran änderten auch die paar Hochhäuser in der Stadtmitte nichts.

Vor dem Café sieht er Nefeli Panagopoulos, die ihm zuwinkt. Sie muss inzwischen jenseits der fünfzig sein, sieht aber immer noch blendend aus. Ihre dichten schwarzen Haare weisen vereinzelte weiße Strähnen auf, ansonsten wirkt sie wie der Frühling.

»Edward! Lass dich drücken.«

Die meisten Menschen kürzen Dantes Vornamen ab, was ihm ganz recht ist. Aber Nefeli hat ihn schon immer Edward genannt. Sie spricht es »Edwöööd« aus, mit einem makellosen englischen Akzent. Nefeli ist eine dieser Oberschichtgriechinnen. Sie entstammt einer mordsreichen Familie und hat ihre gesamte schulische und universitäre Bildung an britischen Einrichtungen absolviert. Folglich hat sie nicht den Hauch eines Akzents, sie klingt so posh wie die Herzogin von Kent. Davon abgesehen ist sie ein verdammt feiner Kerl und außerdem eine der wenigen, die ihn nach dem Gerard-Skandal nicht wie einen Leprakranken behandelt hat.

»Schön, dich zu sehen«, erwidert er.

Sie umarmen sich, gehen hinein und suchen sich einen Tisch. Der Keller nimmt ihre Bestellung auf. Nefeli mustert ihn, sieht, dass ihn ein wenig fröstelt.

»Bist ein bisschen verweichlicht, was? Ist nicht Kalifornien hier.«

»Wahrlich nicht. Aber dir gefällt's?«

»Früher war dieses Frankfurt ein Provinznest. Seit die EZB hier ist, ist es etwas besser geworden. Wann warst du das letzte Mal hier, Edward?«

»Das muss so um 2005 gewesen sein, irgendeine Roadshow, zusammen mit Jameson.«

»Dem Finanzvorstand? Dem vor Mercer?«

Bei dem Namen kräuseln sich Dantes Nackenhaare. Mercer ist der Typ, der Gerard Brothers ruiniert hat, auch wenn es ihm keiner nachweisen konnte. Er nickt.

»Damals sind die Notenbanker noch in einem anderen Turm gesessen«, sagt Dante.

»Ja, der Eurotower an der Taunus-Anlage. Ist zu klein geworden.«

»Wer sitzt jetzt drin? Investmentbank?«

»Nein, der SSM. Das ist die neue EU-Bankenaufsicht.«

Dante muss sich ein Grinsen verkneifen. Das alte Gebäude wurde zu klein, um die sich immer weiter aufblähende EZB zu beherbergen. Gleichzeitig benötigte man den Platz im alten Gebäude für eine neue Behörde, die verhindern soll, dass die europäischen Banken wieder zusammenkrachen. Dante fragt sich, ob dieser Gebäudetausch etwas über das Finanzsystem aussagt und wenn ja, was.

»Und was machst du hier?«, fragt sie. »Was machst du überhaupt?«

»Ich habe eine kleine Agentur. Forensische Finanzprüfung.«

»Buchprüfer für Firmen?«

»Eher so eine Art Privatermittler in heiklen Finanzfragen.«

Sie lächelt. Dante ahnt, was sie denkt. Die Leute von Revision und Compliance rangieren in Bankerkreisen beliebtheitsmäßig noch hinter Börsenaufsicht und Kinderschändern. Dante und seine Kollegen galten als Spielverderber, weil sie lästige Fragen zu Interessenkonflikten und Risiken stellten. Hinter seinem Rücken gaben die Kollegen ihm deshalb alle mögliche Namen – Hurensohn und Wichser, aber auch Excel-Sherlock oder Mathe-Marlowe.

Als er Privatermittler gesagt hat, ist ihr das vermutlich wieder eingefallen.

»Und jetzt hast du mit Kryptowährungen zu tun? In Frankfurt?«

Er schüttelt den Kopf. »Ich bin auf der Durchreise, habe nur ein halbes Stündchen. Fahre dann weiter nach Zürich.«

Sie nickt so, als ergebe das Sinn. Der Kellner bringt ihre Getränke.

»Und du? Offenmarktgeschäfte, wenn ich das richtig gesehen habe.«

»Ja. Wir sorgen dafür, dass die Entscheidungen des EZB-Rats umgesetzt werden – dass Geschäftsbanken durch Wertpapierkäufe am Markt Zentralbankgeld erhalten, solche Sachen. Ist gar nicht viel anders als das, was ich als Investmentbankerin am Geldmarkt gemacht habe. Von Kryptowährungen habe ich allerdings nicht viel Ahnung. Vermutlich weißt du mehr darüber als ich.«

»Ich interessiere mich vor allem für eine.«

»Bitcoin?«

»Nein, Moneta.«

Panagopoulos' Stirn legt sich einen Augenblick lang in Falten. Da sie jedoch nichts sagt, fährt Dante fort.

»Meine Ermittlungen haben unter anderem mit Juno zu tun.«

»Ein Monster«, sagt Panagopoulos.

»Was weißt du über sie, Nefeli?«

»Ich weiß, dass viele Notenbanken wegen Juno beunruhigt sind.«

»Inwiefern? Angst vor Konkurrenz?«

»Haha, nein, das trifft es nicht ganz. Na ja, du hast recht, es gibt einen gewissen Argwohn, denn Junos Moneta wird inzwischen von über neunhundert Millionen Menschen benutzt – es ist eine Parallelwährung ohne Staat, ohne Zentralbank dahinter. Das aber ist gar nicht so schlimm. Viel beunruhigender ist, dass man sich fragen muss, wer diesen Laden letztlich im Griff hat.«

»Wer soll ihn denn im Griff haben? Die US-Börsenaufsicht?«

»Wenn ich mich recht entsinne«, sagt sie, »lief es folgendermaßen: Als Juno noch recht klein war und im Wesentlichen die Heimüberweisungen von Migranten abwickelte, hat man sie einfach machen lassen. Aber dann wurde die Firma immer größer und Moneta logischerweise auch. Du weißt, was ein Stablecoin ist?«

»Eine digitale Währung, die von einem anderen Wert gedeckt ist«, erwidert Dante.

»Genau. Jeder Moneta-Coin ist mit einem US-Dollar hinterlegt. Das ist nicht gerade der gute alte Goldstandard, aber natürlich viel stabiler als diese ganzen anderen Coins, die nur was wert sind, weil die Leute dran glauben. Als das mit Moneta ins Rollen kam, haben die von Juno mal überlegt, ihren Coin nicht nur an den Dollar zu koppeln, sondern an einen ganzen Währungskorb – Dollar, Yuan, Pfund und ein paar andere, in verschiedenen Anteilen. Ich erinnere mich dran, weil gut zwanzig Prozent des Korbs aus Euro bestehen sollten. Wenn also jemand Geld in Moneta umgetauscht hätte, wären für jeden Coin zwanzig Eurocent in den Topf gewandert, außerdem fünfzig US-Cents und so weiter.«

»Aber so kam es nicht?«

»Nein«, erwidert sie.

»Warum nicht?«

»Dieser Währungskorb hätte natürlich vor allem aus den Dickschiffen Dollar, Euro und Yuan bestanden. Das mit den chinesischen Yuan gefiel aber dem US-Finanzministerium nicht. Die waren gerade mitten in einem Handelsstreit mit der Volksrepublik und fanden, so etwas sei das falsche Signal. Und wir haben Nein gesagt.«

»Wie, Nein gesagt? Die EZB wollte nicht, dass Euros in den Moneta-Korb wandern? Aber ihr könnt Juno doch kaum verbieten, an den Finanzmärkten mit Euros zu handeln?«

»Nein, das natürlich nicht. Aber mehrere europäische Regierungschefs sowie unser Präsident haben Juno seinerzeit klargemacht, dass sie das besser nicht tun sollten.«

»Sonst?«

»Sonst hätten EZB, Finanzaufsicht und EU-Kommission diesen Laden sehr genau unter die Lupe genommen, um sicherzustellen, dass im Moneta-Netzwerk keine Drogengelder gewaschen oder Steuern hinterzogen werden. Die Behörden hätten das Projekt vielleicht sogar ganz blockiert.«

»Und dann?«

»Haben die sich sofort auf den Rücken gelegt. Vermutlich hat Juno eingesehen, dass die Sache mit dem Währungskorb auch noch andere Probleme aufwirft, vor allem in Bezug auf kleinere Währungen, die nicht so liquide sind. Außerdem versteht das ja keiner. Die meisten Konsumenten halten Währungskörbe vermutlich für eine Art von Handtasche. Solch komplizierter Kram flößt niemandem Vertrauen ein. ›Ein Moneta ist so gut wie ein Dollar‹, das hingegen kapiert jeder.

Deshalb haben sie Moneta dann einfach zu hundert Prozent an den Dollar gekoppelt. Damit sind wir zwar formal raus, aber einige Leute betrachten das alles dennoch mit großer Sorge.«

»Weil Juno groß ist?«

»Sehr groß sogar. Fast eine Milliarde Nutzer, über dreihundertfünfzig Milliarden Transaktionen pro Jahr. Und dann vor allem das ganze Geld. Für jeden Moneta muss schließlich ein Dollar ins Töpfchen.«

»Was genau meinst du mit Töpfchen? Banken verleihen Geld doch normalerweise weiter oder legen es an.«

»Klar, aber Juno ist keine Bank. Die Amis haben der Firma für ihr Bezahl- und Währungssystem damals zwar grünes Licht gegeben, aber mit strengen Auflagen. Juno darf die Dollar-Einlagen seiner Kunden nicht weiterverleihen oder in Aktien investieren, so wie es eine Bank tun würde. Dadurch soll sichergestellt werden, dass die Kunden ihr Geld jederzeit zurücktauschen können.«

»Moment. Du meinst, irgendwo liegt ein gigantischer Dollarberg herum?«, fragt Dante.

»An die vier Billionen Dollar, Edward. Der größte Geldmarktfonds des Planeten.«

Geldmarktfonds werden verwendet, um nicht angelegtes Geld zwischenzuparken, bevor es in Aktien oder andere Wertpapiere investiert wird. Die Verzinsung ist in der Regel mickrig. Aber das Geld ist dafür kurzfristig verfügbar.

»Weißt du, in was für Werte dieser Juno-Fonds investiert? Kurz laufende Staatsanleihen? Dann müssten die ja so ziemlich alles aufkaufen, was verfügbar ist, bei dem Volumen.«

Nefeli schüttelt den Kopf.

»Nur ein Bruchteil ist angelegt, zehn Prozent oder so, in extrem kurzfristigen Papieren. Den Rest hält der Fonds tatsächlich in Cash.«

Dante lässt die immense Summe auf sich wirken. Er denkt an die Staatsfonds von Ölproduzenten wie Norwegen oder Abu Dhabi, die als die größten der Welt gelten. Beide sind rund eine Billion schwer. Zusammen sind sie nicht einmal halb so groß wie Junos Moneta-Fonds. Die Summe, die Hollisters Exfirma gebunkert hat, entspricht der jährlichen Wirtschaftsleistung von Japan oder Deutschland.

»Systemrelevant«, sagt Dante, »too big to fail.«

»Auf jeden Fall. Es gab deshalb meines Wissens mehrfach Bestrebungen, den Laden stärker zu regulieren.«

»Aber? Nein, lass mich raten. Juno hat sich in Washington einen Haufen Lobbyisten gekauft, die wiederum einen Haufen Kongressabgeordnete gekauft haben.«

»So in etwa, ja. Dass der Gründer von Juno neulich verstorben ist, hast du mitgekriegt, oder? Ich habe gestern in der FT was drüber gelesen.«

»Mmh, hab davon gehört. Und was stand in der FT?«

»Es ging um ein Video und um einen angeblichen Schatz, den dieser Hollister hinterlassen haben soll. Sie nennen ihn Montecrypto. Es wurde wohl schon was gefunden, aber es soll noch mehr ...«

In dem Moment kapiert sie es.

»Moment mal. Du suchst diesen Schatz? Den Schatz von diesem Ami?«

»Ja. Wenn es ihn denn gibt.«

»In der FT stand, dass es sich bei dem Geld um Hollisters Privatvermögen handelt, Gewinne aus Bitcoin-Spekulation. Aber du glaubst, dass die Sache mit seiner alten Firma zusammenhängt?«

»Das weiß ich noch nicht. Auf den ersten Blick sieht es nicht so aus. Aber vieles an der Geschichte ist mysteriös.«

»Zum Beispiel?«, fragt sie.

»Na, wenn Hollister einfach nur Bitcoins verstecken wollte, wozu dann das Video?«

»Ich hatte das so verstanden, dass es sich um eine Art Schatzsuche handelt.«

»Ja, schon. Aber wozu? Was bezweckte er damit? Ach, ich weiß auch nicht, Nefeli. Eigentlich soll ich ja nur das Geld finden. Der Rest kann mir egal sein.«

»Wer hat dich beauftragt?«

»Seine kleine Schwester. Die glaubt, dass ihr der Erblasser einen dicken Batzen vorenthalten will.«

»Und du glaubst, das Geld ist in der Schweiz?«

Dante hat Nefeli schon mehr erzählt als irgendjemand sonst – weil sie vertrauenswürdig ist, weil sie so schöne Augen hat, aber vor allem, weil er es einfach irgendwem erzählen muss. Dass er letztlich aufgrund eines Hinweises hier ist, den er dem Handy eines Toten entrissen hat, behält er dann aber doch lieber für sich.

»Keine Ahnung, wo das Geld ist. Wenn es Bitcoins sind, könnten sie überall sein. Es gibt in der Schweiz gewisse Briefkastenfirmen, die ich überprüfen will. Ich weiß allerdings nicht, ob dabei was herauskommt.«

»Weil bei Briefkastenfirmen nie etwas herauskommt?«

»Genau. Und stell dir vor, von der einen habe ich nicht mal eine Adresse.«

Sie lacht. »Du hast keine Adresse, fliegst aber mal eben über den Atlantik?«

»Bescheuert, ja. Ich weiß auch nicht. Kennst du dich eigentlich in Zürich aus, Nefeli?«

»Nicht besonders. Ich war vielleicht sechs-, siebenmal da, um mich mit Kollegen von der Schweizer Notenbank zu treffen. Wieso?«

»Es muss dort einen Ort namens Schelling geben, aber ich weiß nicht, wo er ist.«

»Ein Café? Restaurant?«

»Es ist nichts verzeichnet. Ich habe einen ... einen Mailverkehr gelesen, der teilweise codiert war. Und demnach gibt es einen Treffpunkt dieses Namens. Er sagte nur Schelling in Zürich, nichts weiter.«

Erneut lacht sie.

»Tss, tss. Edward.«

»Was?«

»Ich weiß noch, dass du während des Studiums zwar immer sehr gewissenhaft gelernt hast, aber nur für Fächer, die dich interessierten – Finanzrecht und Controlling. In den VWL-Seminaren hingegen warst du meist im Koma.«

»Stimmt. Und?«

»Wenn du da besser aufgepasst hättest, wüsstest du nämlich, dass es nicht nur in Zürich einen Treffpunkt namens Schelling gibt. Sondern überall.«

Dante kann Nefeli nicht folgen. Man sieht es ihm wohl an.

»Fällt der Groschen immer noch nicht? Thomas Schelling? ›The Strategy of Conflict‹?«

Dante atmet hörbar aus. »Meine Güte, das ist ein Vierteljahrhundert her. Irgendwas mit Konflikten, offensichtlich. Entscheidungstheorie?«

»Spieltheorie, ja. Schelling sagt, dass es Punkte gibt, die von Menschen instinktiv angesteuert oder ausgewählt werden, wenn sie zu wenig Informationen haben und nicht kommunizieren können. Nehmen wir an, ich sage dir, dass wir uns in sieben Tagen in New York treffen, sonst nichts. Wo würdest du auf mich warten?«

Dante muss nicht einmal nachdenken. Die Antwort liegt auf der Hand.

»Grand Central Station. Unter der Uhr.«
»Und wann?«
»Zwölf Uhr mittags?«
»Genau. In London würde man sich am Piccadilly treffen. In L. A.?«

Dante zuckt mit den Schultern. Normale Städte mögen solch einen fokalen Punkt haben, einen Schelling-Ort, an dem alles konvergiert. In dem amorphen Blob namens Los Angeles gibt es solch einen Punkt nicht.

»Pershing Square? Santa Monica Pier? Walk of Stars? Schwer zu sagen, Nefeli.«

»Auf jeden Fall hast du nun verstanden, was das Prinzip des Schelling-Punkts ist. In Frankfurt würde ich mich vermutlich vor die Alte Oper stellen. In Zürich ... keine Ahnung. Da kenne ich mich wie gesagt nicht aus.«

»Ich auch nicht. Aber nun, wo ich weiß, was ich suche, finde ich es raus.«

Sie unterhalten sich noch ein wenig, nicht über Kryptowährungen, sondern über die guten alten Zeiten, die zumindest nach Dantes Dafürhalten nicht besonders gut waren. Nach einer halben Stunde verabschieden sie sich voneinander. Dante lädt Nefeli ein, sie einmal in Los Angeles zu besuchen. Sie erzählt ihm im Gegenzug von einer Villa auf Kreta, die ihrer Familie gehöre und wo er im Sommer jederzeit willkommen sei. Dante ist sich sicher, dass keiner von ihnen je auf das Angebot des anderen zurückkommen wird. Etwas bedrückt geht er zurück zu seinem Auto, schaut auf die Uhr. Er wird verdammt schnell fahren müssen.

LÜCKENBÜSSER

Normalerweise setzt Dante nie eine Baseballmütze auf. Nun aber lungert er mit Kappe und Sonnenbrille am Rande des Sechseläutenplatzes herum und versucht, sich unsichtbar zu machen. Der Platz ist recht groß und liegt nahe dem Opernhaus. Er ist leer, bis auf ein paar Zürcher Teenager, die miteinander und mit ihren Handys reden.

Dante hat einen Herrn an der Touristeninformation gefragt, wo man sich in Zürich treffe, wenn man gemeinsam weggehen oder shoppen wolle. Am Sächsilüüte, lautete die Antwort. Dante geht folglich davon aus, dass dieser Platz der Schellingpunkt ist, von dem die Rede war. Wenn nicht, wird er MONEYRAKER nie finden.

Dante lässt den Blick schweifen. Er ist versucht, nochmals nachzuschauen, ob Price' Tod inzwischen vermeldet wurde. Doch es scheint wichtiger, die Gegend im Auge zu behalten. Sonst verpasst er MONEYRAKER womöglich. Das könnte ohnehin passieren, egal, wie wachsam er ist. Dantes gesamter Plan basiert letztlich darauf, dass er Price' Chatpartner schon einmal gesehen hat und ihn folglich erkennt, wenn er an diesem kalten Novembermittag den Sechseläutenplatz betritt.

Er hört eine Turmuhr schlagen. Es ist Punkt zwölf. Um wen es sich bei Price' Kontaktmann handeln könnte, weiß er nicht. Sicherheitshalber hat Dante sich haufenweise Fotos des verstorbenen Kryptounternehmers angeschaut. Im Netz gibt es davon Unmengen, was unter anderem daran liegt, dass Price offenbar kaum einen Kongress zum Thema Kryptowährungen ausließ und auch sonst ein ziemliches Blitzlichtluder war. Die meisten Bilder zeigen ihn gemeinsam mit irgendwelchen anderen Kryptobros. Dante hat die vage Hoffnung, dass einer davon MONEYRAKER ist. Zusätzlich ist er die Forbes-Liste »Die hundert reichsten Kryptoinvestoren« durchgegangen. Insgesamt dürfte er sich mehr als zweihundert Visagen angeschaut haben. Es handelte sich durchgehend um Männer, über neunzig Prozent davon weiß. Dass es sich bei MONEYRAKER um einen Mann handelt, steht außer Frage. Geldscheffler, das klingt großkotzig. Es ist definitiv ein Typ.

Als sie in vielleicht zwanzig Metern Entfernung vorbeiläuft, erkennt Dante sie augenblicklich. Wie er selbst hat sie sich vermummt, dicke Wollmütze, Schal, Sonnenbrille. Aber er ist sich dennoch sicher. Sie steuert ein Café an, das sich in einem Pavillon auf der anderen Seite des Platzes befindet.

Dante folgt ihr. Sie betritt das Café und setzt sich an einen der Tische. Bevor Dante ebenfalls hineingeht, beobachtet er sie einen Augenblick lang durch die Scheibe und macht ein Foto mit seinem Handy. Erst dann tritt er ein und steuert ihren Tisch an.

»Guten Tag«, sagt er.

Alice Yang blickt auf. Ihre Augen weiten sich. Kurz spannt sich ihr Körper so, als wolle sie aufspringen und wegrennen. Sekundenbruchteile später hat sie den Fluchtreflex bereits niedergekämpft. Sie lächelt, tut überrascht.

»Ach, Mister Dante. So ein Zufall, was machen Sie denn hier?«

Ohne zu fragen, setzt er sich ihr gegenüber.

»Dasselbe wie Sie, denke ich.«

»Dasselbe wie ... ich habe ein paar Termine hier, Juno besitzt in Zürich ein Entwicklungszentrum.«

»Mag sein, aber deswegen sind Sie nicht hier. Sie sind MONEYRAKER. Aus der Chatgruppe, Sons of Hayek.«

»Aha. Na, wenn Sie meinen. Und Sie?«

Dante verschränkt die Arme vor der Brust, blickt Yang in die Augen.

»Ich bin Spirit Llama. Oder genauer gesagt Halverton Price.«

Der saß. Alle Farbe weicht aus Yangs Gesicht.

»Sie ... Sie ... Aber wo ist ...?«

»Price ist tot.«

Yang schaut sich gehetzt um. Ihre Schlussfolgerung ist falsch, aber naheliegend. Dante macht eine beschwichtigende Geste.

»Keine Sorge, damit habe ich nichts zu tun. Jemand anders hat ihn auf dem Gewissen.«

Sie schluckt.

»Und wer?«

Dante zuckt mit den Achseln. Der Kellner erscheint. Yang bittet um Wasser, Dante nimmt einen Assam.

»Keine Ahnung, wer ihn getötet hat. Ich hatte gehofft, Sie hätten vielleicht eine Idee.«

»Ich? Nein. Woher sollte ich ...«

»Mrs Yang. Sie, Price, Hollister und noch jemand, ich tippe auf Patel, haben gemeinsam einen größeren Betrug ausgeheckt. Das weiß ich aus den Chatprotokollen.«

»Wie konnten Sie ...«

»Berufsgeheimnis. Der Punkt ist: Ich müsste das eigentlich umgehend der Polizei melden. Was in den Chats stand, wer Price' mutmaßliche Komplizen sind und so weiter. Aber Price ist mir egal. Sie sind mir egal. Das Einzige, was mich interessiert, ist Hollisters Schatz. Wenn Sie mir helfen, den zu bekommen, haben Sie von mir nichts zu befürchten.«

»Sie drohen mir?«

»So nennt man das wohl.«

»Ich habe keine ...«, sie verstummt, da der Kellner mit den Getränken erscheint. Als er fort ist, sagt sie:

»Zeigen Sie mir Ihr Handy.«

Dante holt sein iPhone hervor.

»Was ist damit?«

»Schalten Sie es aus. Und hängen Sie Ihren Mantel und Ihr Jackett dahinten an den Haken. Ich habe keine Lust, auf einem Tape zu landen.«

Dante fährt das Telefon herunter, hängt seine Jacke auf. Das Handy steckt er ostentativ in die Manteltasche. Er streicht sich übers Hemd, damit Yang sehen kann, dass sich keine Kabel darunter verbergen.

»Dieser Irre«, murmelt sie.

»Price oder Hollister?«

»Ich meine Hollister. Dieses verdammte Video hat mir einen Riesenschrecken eingejagt. Price ging es vermutlich genauso. Hören Sie ... wenn irgendwas hiervon rauskommt.«

Dante legt einen Finger an die Lippen.

»Das meiste könnten Sie eh nicht beweisen, aber ... okay, ich fange von vorne an. Als Juno noch nicht so groß war wie jetzt, ich war damals die Chefin des Controlling ...«

»Wann war das?«

»Vor fünf Jahren. Hollister war damals noch CEO und CTO, also Technikchef. Finanzchef war Ernest Schneider.«

Dante meint den Namen schon einmal gehört zu haben. Nur wo?

»Mir fiel damals etwas Seltsames auf. Es gab kleinere Abweichungen bei unserem Geldmarktfonds. Wie Sie wissen, ist Moneta ein Stablecoin. Jeder Moneta-Coin ist mit einem Dollar abgesichert.«

Dante nickt.

»Und mit Abweichungen meinen Sie ...«

»Einen Moneta bekommt man nur, wenn man einen Dollar einzahlt. Folglich muss es stets genauso viele Moneta wie Dollar geben – in der Bilanz, meine ich. Das war aber nicht der Fall. Stattdessen gab es mehr Moneta als Dollar.«

Yang trinkt einen Schluck Wasser. Dante fällt auf, dass die Aufregung von ihr abgefallen zu sein scheint. Er glaubt zu wissen, warum. Alice Yang hat sich vorbereitet für den Fall, dass ihr dieser Betrug um die Ohren fliegt. Sie hat damit gerechnet – vermutlich nicht mit einem wie Dante, eher mit der Börsenaufsicht oder dem »Wall Street Journal«. Deshalb hat Yang sich eine Geschichte zurechtgelegt, vermutlich eine, in der sie das Opfer ist. Dante möchte sie dennoch hören.

»Ich ging der Sache nach. Es gab eine Deckungslücke von hundert Millionen Dollar, die jemand allerdings sehr gut verschleiert hatte. Die Zahlen in der Buchhaltungssoftware waren korrekt. Aber wenn man ein paar Dinge überprüfte und alles gründlich durchrechnete, auf die gute alte Art, mit Papier und Bleistift, dann haute es nicht hin.«

»Und warum? Hatte jemand Moneta aus dem Nichts erschaffen?«

Yang lächelt gepresst.

»Exakt. Dazu waren erhebliche Eingriffe ins Juno-System erforderlich. Man musste sich gut mit der Software auskennen. Und man musste über die notwendigen Zugriffsberechtigungen verfügen. Aus meiner Sicht konnte diese enormen Luftbuchungen nur Hollister selbst veranlasst haben, der ja auch unser Chefprogrammierer war.«

»Ist das der Grund, warum er das Unternehmen verlassen und all seine Anteile verkauft hat?«

»Es ist ein bisschen komplizierter. Wie ich schon sagte, auch die Buchhaltungssoftware war betroffen. Die zu manipulieren, das hätte Hollister kaum ohne jemand aus dem Finanzressort machen können. Schon wegen des notwendigen Fachwissens.«

»Dieser Schneider also.«

Nun weiß Dante auch wieder, woher er den Namen kennt.

»Ernest Schneider«, sagt Yang, »ist ein ehemaliger Kommilitone von Price und auch ein langjähriger Bekannter von Hollister. Er hing mit drin.«

»Und was haben Sie dann gemacht?«, fragt Dante.

»Ich habe lange darüber nachgedacht. Mir blieben eigentlich nur zwei Optionen. Entweder konnte ich den Whistleblower spielen oder direkt zu Hollister gehen.«

»Nicht zu Schneider? Als Controllingchefin war der Ihr Vorgesetzter.«

»Ich wusste ja, dass er versucht hätte, die Sache zu vertuschen.«

»Hollister nicht?«

Yang schaut aus dem Fenster, während sie weiterspricht.

»Nach Junos Gründung, aber vor meiner Zeit, da sollte die Firma schon einmal an die Börse gehen. Aber dann kam die Gerard-Krise, der ganze Markt schmierte ab. Der Börsengang musste verschoben werden.«

»Und?«

»Junos Topleute waren außer sich vor Wut. Ich weiß das nur aus Erzählungen, unter anderem von Greg. Die dachten, sie würden stinkreich, wegen ihrer Aktienoptionen. Und dann: nichts. Hollister musste seinem Team etwas anderes geben, ihm Halteprämien in Millionenhöhe zahlen. Aber dafür fehlte Juno das Geld.«

»Also machte er welches.«

»Richtig. Per Knopfdruck erschuf Greg hundert Millionen Moneta und verteilte sie nach Gutdünken an seine Angestellten.«

»Aber es war ja kein richtiges Geld.«

»Doch, weil die Besitzer es ja jederzeit in Dollar umwandeln konnten. Und solange nicht alle User auf einmal ihre Moneta umtauschen wollen, fällt die Lücke nicht weiter auf.«

Dante überlegt, welche US-Straftatbestände Hollisters Luftnummer erfüllt. Ihm fallen mehrere ein. Juno hätte die hundert Millionen in seiner Bilanz verbuchen müssen. Außerdem wäre die Firma verpflichtet gewesen, die Sache im Prospekt zum Börsengang zu erwähnen, ferner gegenüber ihren Kunden und der SEC, der Aufsichtsbehörde. Für denjenigen, der das alles eingefädelt hat, kommen etliche Jahre Gefängnis zusammen.

»Man muss zu Gregs Ehrenrettung sagen, dass er nichts von dem Geld für sich behalten hat«, sagt Yang.

Dante lächelt.

»Und zu Ihrer Ehrenrettung?«

»Wie meinen Sie das?«

»Ich kenne die Details ja nicht. Aber wenn es stimmt, was ich mir über Juno angelesen habe, hat Schneider das Unternehmen vor drei Jahren ziemlich abrupt verlassen, nach einer Gewinnwarnung.«

»Das ist korrekt«, erwidert Yang.

»Sie haben also einen Deal mit Hollister gemacht, richtig? Sie bekamen Schneiders Job und verpflichteten sich, im Gegenzug die Klappe zu halten. Ist übrigens kein Vorwurf.«

Yang runzelt die Stirn.

»Sie sagen, ich hätte Hollister erpresst und finden, das sei kein Vorwurf?«

Dante spreizt die Finger.

»Ich bin da Realist, Mrs Yang. Ich habe lange genug bei großen Unternehmen gearbeitet, um zu wissen, dass man mit Talent und Fleiß nach oben kommt. Aber nicht nach ganz oben.«

»Sie meinen wohl, wenn man dann auch noch eine nicht weiße Frau ist, muss man wirklich jeden miesen Trick anwenden.«

»Na, das haben Sie jetzt gesagt.«

»Schneider war ein Idiot, er hatte noch andere Dinger laufen, die ihn früher oder später zu Fall gebracht hätten. Er musste weg, da waren Greg und ich uns einig.«

»Hatten Sie keine Angst, dass Schneider redet?«

»Nein. Greg hat ihm einen anderen schönen Job besorgt.«

»Jetzt bin ich gespannt.«

»Ihre Recherche ist nicht besonders genau. Ernest Schneider ist Aufsichtsratschef von Cerro Nuevo.«

»Die Mining-Firma von Price? Ich habe mich schon gefragt, was der mit alldem zu tun hat.«

»Price hatte seinerzeit Probleme mit dem FBI, der SEC und den Geldwäscheexperten des Finanzministeriums. Seine verschiedenen Kryptofirmen – er machte nicht nur Mining, sondern betrieb auch einen Onlinebroker und einen Wallet-Anbieter – verstießen gegen alle möglichen Gesetze.

Price brauchte jemanden, der ein bisschen Ordnung reinbringt, gleichzeitig aber keine allzu großen Skrupel hat, der nicht, sagen wir, überkorrekt ist. Schneider war der ideale Mann.«

»Und was hat Price sonst noch bekommen?«

»Er stand damals nicht nur mit einem Bein im Knast, sondern

war außerdem fast pleite. Hollister hat auch ihm einige Millionen Moneta überwiesen.«

Dante brennt darauf, Yang zu fragen, was genau Hollister losgetreten hat – davon war schließlich in dem Chat die Rede. Aber wenn jemand freiwillig plappert, sollte man als Ermittler immer schön die Klappe halten.

»Zwei Jahre später«, so Yang, »hat Hollister mir dann gesagt, dass er rauswill. Ich war nicht wirklich verwundert. Dem Namen nach war er der Chef, aber alles Operative und die Finanzen habe bereits ich gemacht. Nur für die Technik hat er sich interessiert; der Rest ging ihm am Allerwertesten vorbei.

Und bevor Sie fragen: Nein, ich habe ihn nicht rausgedrängt oder erpresst. Natürlich wollte ich seinen Job, aber er ist mir quasi zugefallen. Der Aufsichtsrat wusste ja auch, wer die ganze Arbeit macht. Greg war letztlich ein Nerd, der am liebsten Codezeilen in den Computer drosch. Er hat den CEO-Job gemacht, weil er musste, nicht, weil er Spaß dran hatte. Ähnlich wie Sergey und Larry von Google.«

Yang nippt erneut an ihrem Wasser. Dante rührt in seinem Tee, der allmählich kalt wird. Er fragt sich, ob Yang ihn bewusst anlügt. Oft sind Leute ja von dem Unsinn überzeugt, den sie erzählen. Aber dass Yang für den Chefjob bei Juno nicht an allen Strippen gezogen hat, dass sie ihr Wissen um das hundert Millionen große Deckungsloch nicht voll ausgespielt hat, das erscheint ihm ziemlich unglaubwürdig.

»Okay«, sagt er, »Sie wurden CEO, Hollister trat ab, verkaufte seine Anteile. Aber das Moneta-Loch war noch immer da?«

»Klar war es noch da. Und um es zu stopfen, hätte man hundert Millionen Dollar gebraucht.«

»Angesichts der Moneta-Gesamtsumme von vier Billionen, die in Umlauf ist, kaum mehr als ein Rundungsfehler«, wendet Dante ein.

»Stimmt. Darum hat es ja bislang auch keiner gemerkt. Aber hundert Millionen sind auch nicht gerade Peanuts. Wo soll man die herbekommen? Wie will man die ins Juno-System schleusen?«

»Sie hatten tatsächlich vor, das Loch zu stopfen?«

Er kann an ihrem triumphierenden Gesichtsausdruck erkennen, dass sie auf diese Frage gewartet hat. Dante lag also richtig. Yang war auf ein Gespräch dieser Art bestens vorbereitet, und nun kommt der Höhepunkt ihrer Verteidigungsrede.

»Natürlich. Der Chat, den Sie gelesen haben, den Sie als ›größeren Betrug‹ bezeichnet haben, ist in Wirklichkeit das genaue Gegenteil. Es ist die Rückabwicklung eines Betrugs.«

»Und warum wollten Sie den Betrug ungeschehen machen?«

»Mister Dante, ich habe ein bisschen über Sie recherchiert. Sie waren Chef der Compliance bei Gerard Brothers.«

»Lange her, aber stimmt. Und sagen Sie es ruhig.«

»Was?«

»Dass ich mich, angesichts der zahllosen Rechtsverstöße und Durchstechereien bei Gerard, als Chief Compliance Officer nicht gerade mit Ruhm bekleckert habe.«

»Ach, das meine ich nicht. Wir machen alle Fehler. Aber aus Erfahrung wissen Sie, dass heutzutage alles rauskommt, irgendwann. Man muss sämtliche Geschäftsunterlagen archivieren, jahrzehntelang. In diesem Fall haben alle Begünstigten – es müssen an die zehn Personen sein – ein Interesse daran, die Klappe zu halten, aber ...«

» ... irgendwann kommt es trotzdem raus, verstehe schon. Ist das eigentlich auch der Grund, warum Sie neulich Blakeley vor die Tür gesetzt haben, Schneiders Nachfolger im Finanzressort bei Juno? Hatte der auch was gemerkt?«

»Dazu sage ich nichts, Mister Dante. Aber allgemein gesprochen: Ein aufmerksamer Insider ist nur *eine* Gefahr. Eine andere kann von außen kommen. Wenn uns beispielsweise jemand übernehmen würde, käme es möglicherweise bei der Buchprüfung raus. Und die Folgen wären unangenehm.«

»Vor allem für Sie.«

»Auch für Schneider und bis vor Kurzem auch für Price und vor allem für Hollister. Aber noch schlimmer wären die Auswirkungen auf Juno, auf Moneta. Der Erfolg unseres Produkts basiert ja gerade darauf, dass jeder Coin mit einem Dollar hinterlegt ist. Für die meisten Menschen ist das so gut wie Gold.«

»Eine Illusion.«

»Vielleicht. Aber die Leute glauben dran. Wenn jedoch ruchbar wird, dass ein Teil der Moneta nicht gedeckt ist – selbst, wenn es sich nur um einen Bruchteil der Gesamtsumme handelt –, werden die Leute Fragen stellen.«

»Okay, ich verstehe. Sie wollten diese schwärende Wunde in Junos ansonsten makelloser Bilanz also heilen.«

»Ihr Zynismus ist unangebracht, Mister Dante.«

Zynismus ist nach Dantes Erfahrung in fast jeder Lebenslage angebracht, dennoch vollführt er eine Geste der Entschuldigung.

»Auf jeden Fall haben Sie sich dafür mit Hollister, Price und diesem Patel abgestimmt. Wieso?«

»Ich brauchte jemand, der das Juno-System so gut kennt, dass er die notwendigen Umprogrammierungen vornehmen kann, ohne dass es auffällt.«

»Sie meinen, Sie haben Hollister Zugang zu Ihren Servern verschafft? Obwohl er gar nicht mehr für Juno arbeitet?«

Yang geht nicht auf seine Frage ein, sondern fügt hinzu: »Außerdem benötigten wir jemanden, der uns hilft, die hundert Millionen zu beschaffen. Hollister sagte, Price und Patel könnten das Geld beisteuern.«

»Moment mal. Ich verstehe, dass Hollister mitgemacht hat. Er hing in diesem Moneta-Betrug mit drin und die Sache war noch nicht verjährt. Aber Price? Klar, er hat was von dem Luftikus-Geld genommen. Aber da hätte ein guter Anwalt ihn rausgehauen.«

»Sein Babyface und diese ganze Cyberindianer-Nummer sollten Sie nicht darüber hinwegtäuschen, was für ein gerissener Kerl Price war. Die fünfzig Millionen von ihm und von Patel, das war Schwarzgeld.«

»Auf einem Schweizer Konto?«

»Schön wär's. Beide waren fast pleite. Cerro Nuevo macht mächtig auf Öko-Miner, aber das rechnet sich nicht. Patel wurde neulich mal fast der Strom abgestellt.«

»Dann wären seine ganzen alten weißen Männer aufgetaut«, sagt Dante.

»So ist es. Beide brauchten also respektables Geld, um ihre Firmen zu päppeln. Sie hatten aber nur stille Reserven in Bitcoin, privat, schwarz, unversteuert. Hollisters Plan sah vor, dass sie für ihr Krypto harte Dollars erhalten, von einem seiner Geschäftspartner. Und im Gegenzug für diese, sagen wir, Wechselstubendienstleistung hätten sie Geld für die Deckung der Lücke bereitgestellt.«

»Und wer war dieser mysteriöse Geschäftspartner von Hollister?«

Yang seufzt.

»Was?«

»Ich glaube, dass ich Ihnen bereits genug erzählt habe. Genug, um zu verstehen, wie Price, Hollister und ich in dieser Sache zusammenhängen.«

»Ich hätte noch Fragen«, erwidert Dante. »Aber Sie haben auch welche, hm?«

»Einige. Wie sind Sie an die Chats gekommen? Die sind verschlüsselt. Wer hat die noch?«

»Ich habe Price gefunden, in einer Hotelsuite in Vegas.«

»Wie passend.«

»Inwiefern?«

»Der passende Ort, um zu sterben, für einen Großkotz wie den. Aber fahren Sie fort.«

»Er war bereits tot. Am Vorabend war ich mit ihm unterwegs, hatte ihn beobachtet, wie er mit seinem Telefon hantierte. Deshalb kannte ich den Code seines Handys. Das ist eigentlich auch schon alles.«

»Und dann sind Sie hergeflogen? Von L. A.? Auf gut Glück?«

»Ich bin ein verzweifelter Mann, Mrs Yang.«

»Oh, bitte.«

»Ich wusste aus dem Chat, dass Price und Sie – Ihre Identität kannte ich natürlich noch nicht – von dem Video beunruhigt waren. Ich suche, wie gesagt, Hollisters verschwundene Millionen oder vielleicht auch Milliarden. Das, was manche inzwischen als Montecrypto bezeichnen.«

»Montec ... oh Gott, diese Internetheinis. Und wer ist dann Hollister, bitte? Der Graf von und zu?«

»Ich glaube, so weit reicht die Analogie nicht. Der Punkt ist: Es gibt vielleicht einen Kryptoschatz. Deswegen bin ich hier. Ihre Moneta-Löcher interessieren mich nicht. Aber in dem Chat stand, Hollister habe irgendwas gestartet, etwas losgetreten, bevor er starb. Was soll das sein? Meinen Sie das Video?«

Yang schüttelt den Kopf, will antworten. Dann überlegt sie es sich anders.

»Sie haben meine zweite Frage noch nicht beantwortet, Mister Dante.«

»Und die wäre?«

»Wer hat die Chats noch?«

»Ich habe eine Kopie, als Ausdruck in meinem Safe«, lügt Dante, »aber die habe ich niemandem gezeigt.«

»Was haben Sie mit Price' Handy gemacht?«

»Liegen gelassen. Die Polizei war bereits im Anmarsch.«

»Und denen haben Sie das Passwort nicht gegeben?«, fragt Yang.

»Wider besseres Wissen, nein«, erwidert er.

»Aber Sie als Privatdetektiv wissen doch bestimmt, wie wahrscheinlich es ist, dass die Polizei an die Chats rankommt.«

»Es kommt drauf an«, sagt Dante.

»Worauf?«

»Darauf, wie sehr sie es wollen. Price hatte sein Handy vermutlich so eingestellt, dass es sich nach einigen falschen Eingabeversuchen automatisch löscht. Es ist also nicht so einfach, reinzukommen, aber möglich vielleicht schon. Dazu müsste das Handy für die Ermittler allerdings sehr interessant sein. FBI oder gar ein

Geheimdienst, die können so was. Die Frage ist also, weswegen ermittelt wird.«

»Vielleicht wegen Mord, Mister Dante? Mord ist nicht so uninteressant.«

Er lächelt. »Ich mag Ihren Humor, Mrs Yang. Aber Mord ist nicht halb so interessant, wie Sie vielleicht denken. Es sei denn, er hängt mit etwas anderem zusammen. Falls gegen Price bereits Ermittlungen liefen, zum Beispiel wegen Geldwäsche, organisierter Kriminalität, Wertpapierbetrug ...«

Dante rattert eine ganze Liste von Tatbeständen herunter, um zu sehen, bei welchem Yang zuckt. Da hat er sie allerdings unterschätzt.

»Bei Price«, erwidert sie, »halte ich alles für denkbar. Dieses Krypto-Mining-Geschäft ist schmutzig.«

»Sie meinen es vermutlich nicht in dem Sinne, dass Coinschürfer Unmengen CO_2 in die Atmosphäre blasen.«

»Nein.«

»Sondern?«

»Bitcoins zu berechnen, ist ein Wettrüsten. Sie wissen, wie das läuft?«

»Price hat es mir erklärt. Die Berechnungen werden immer komplexer, man braucht immer größere Computer, um eine Chance auf den Lotteriegewinn zu haben.«

»So in etwa. Deshalb gibt es weltweit nur eine Handvoll Firmen, die das machen. Die meisten davon sitzen in Nordchina und Russland. Sie lassen ihre Anlagen mit billigem Kohlestrom laufen. Kühlung gibt es gratis. Sechs oder sieben große Mining Rigs, mehr nicht. Verstehen Sie das Problem?«

Dante nickt. Er fühlt sich an seine Wall-Street-Zeit erinnert. Dort kontrollierte eine Handvoll Investmentbanken den Handel mit bestimmten Wertpapieren und das Geschäft mit Börsengängen.

»Kollusion«, sagt Dante.

»Unerlaubte Absprachen zwischen diesen wenigen Firmen, mit dem Ziel, die Preise für Bitcoin oder andere Kryptowährungen zu manipulieren, ja. Man weiß nicht, ob und wie diese Miner miteinander verflochten sind. Außerdem gibt es immer wieder Gerüchte, das organisierte Verbrechen hänge mit drin und wasche mithilfe des Minings Geld. Anders als bei Juno sind die Transaktionen da ja weitgehend anonym.

Cerro Nuevo ist angeblich das Vorzeigeunternehmen der Branche, nachhaltig, grün und so weiter. Ein Haufen Scheiße. Price ist schon wieder fast pleite, seine Bio-Bitcoins rentieren sich, wie gesagt, nicht. Ich vermute, dass er stille Teilhaber hatte, irgendwelche Halbweltgestalten, die seinen Laden finanzieren.«

»Und wer soll das sein?«

Yang zuckt mit den Achseln. »Wahrscheinlich chinesische Miner. Ich weiß es nicht genau.«

»Also, wie gesagt: Falls FBI oder CIA Price bereits im Visier hatten, kommen die irgendwann auch an die Chats heran, oder sie haben sie sogar schon. Aber zurück zu Hollister. Was hat er losgetreten?«

»Price und Patel hatten die Bitcoins besorgt, Hollister das mit dem Umtausch in Dollar organisiert. Als Nächstes haben wir die Dollars bei Juno eingeschleust. Nicht alles auf einmal, stets kleinere Summen, über Hunderte von Accounts.«

»Das dürfte bei hundert Millionen eine Weile gedauert haben«, sagt Dante.

»Ein paar Monate. Allerdings sind es ziemlich viele Accounts. Weitgehend automatisiert.«

»Scheinkonten also«, erwidert er, »Bots, sozusagen. Und die haben im Gegenzug für die Dollars dann keine Moneta bekommen?«

»Doch, haben sie. Aber demnächst hätten wir all diese Scheinkonten gelöscht, peu à peu. Sie wären aus dem System verschwunden und mit ihnen die Moneta, die dort verbucht waren. Hundert Millionen Moneta hätten sich in Luft aufgelöst. So hätte sich die Lücke geschlossen.«

»Verstehe, damit wollten Sie alles in Ordnung bringen«, sagt Dante, »aber dann starb Hollister.«

»Ja. Er sollte die Kontolöschungen Anfang Januar starten. Vorher sollten alle noch mal grünes Licht geben. Das war für Dezember geplant. Wegen Gregs Tod lag die Sache dann natürlich auf Eis. Zumindest dachten wir das. Aber dann kam dieses verdammte Video.«

»Sie meinen, das Video hat etwas mit Ihrer Moneta-Sache zu tun?«

»Das kann ich mir eigentlich nicht vorstellen, aber ... kurz bevor es veröffentlicht wurde, hat es angefangen. Ich hätte es fast nicht gemerkt.«

»Was hat angefangen?«

»Einige der Bot-Accounts sind aufgewacht. Sie nehmen Transaktionen vor, allerdings nur vereinzelt. Ein paar wurden gelöscht. Das Loch ist ganz leicht geschrumpft. Es beträgt aktuell nur noch 99,5 Millionen.«

Eigentlich müsste dieser Umstand Yang glücklich machen. Stattdessen liegt ein Anflug von Panik in ihrer Stimme.

»Warum passt es Ihnen nicht, dass das Programm läuft? Das war doch die Intention.«

»Die Intention war, das alles still und heimlich zu tun. Aber nun ist der Gründer von Juno tot. Mysteriöses Zeug wird gepostet. Die halbe Welt interessiert sich dafür, die Medien, bald bestimmt auch Finanzministerium und Börsenaufsicht. Die Gefahr, dass jemand was merkt, ist zu groß. Ich habe deshalb Price kontaktiert. Aber der wusste angeblich von nichts.«

»Er schrieb etwas von einem Toter-Mann-Knopf.«

»Ein Computersystem, wo man in regelmäßigen Intervallen etwas eingeben muss, damit ein Programm im Tiefschlaf bleibt. Möglich. Aber vielleicht hat sich auch jemand des Servers bemächtigt, der die Bots steuert.«

»Wo steht der?«

»In der Schweiz. Darum bin ich ja hier. Wir wollten ihn abschalten.«

»Das geht?«

»Wie Sie sich vorstellen können, traue ich den anderen nicht besonders, und sie mir vermutlich auch nicht. Deshalb wurde eine Art Versicherung eingebaut. Um auf das System zugreifen zu können, benötigt man mehrere Codes. Insgesamt gibt es fünf.«

»Und wer hat die?«

»Price, Hollister, Patel, ich, außerdem ein Notar hier in Zürich. Es handelt sich um ein sogenanntes Multisignatursystem. Drei der fünf Codes erlauben Zugriff auf das Bot-Netzwerk, egal welche. Aber jetzt«, sie beißt sich auf die Lippe, »ist es sowieso egal.«

»Weil Sie nur zwei Codes besitzen. Ihren und den des Notars.«

»So ist es.«

»Handelt es sich bei den Codes um eine Abfolge von zusammenhangslosen Wörtern?«

»Woher wissen Sie das?«

»Möglicherweise«, sagt Dante, »sollten Sie mich zu diesem Bot-Server mitnehmen.«

BATAILLE

Fachwerkhäuschen schmiegen sich an den Hang. Dazwischen recken sich spätgotische Kirchtürme in den Himmel. Es ist kurz nach halb fünf, die Sonne ist gerade dabei, hinter den Gipfeln zu verschwinden. Ihre letzten Strahlen lassen den Zugersee glitzern. Man hat von hier oben einen sensationellen Blick. Sensationeller ist nur der örtliche Steuersatz. Wer sein Unternehmen in Zug anmeldet, zahlt Gemeinde-, Kantons- und Kirchensteuer von zusammen nicht einmal zehn Prozent. Etliche Großkonzerne sind in dem kleinen Kanton ansässig, außerdem, wie Dante inzwischen weiß, etliche Firmen aus der Bitcoinbranche.

Auf der knapp einstündigen Fahrt von Zürich nach Zug haben Yang und er kaum geredet. Nun befinden sie sich etwas oberhalb der Zuger Altstadt, laufen durch ein Büroviertel – kein Fachwerk, stattdessen funktionale Glaskästen. Ihr Ziel ist ein Haus hinter der nächsten Querstraße.

In Zürich waren sie beim Notar, genauer gesagt war Yang dort. Dante musste draußen warten. Nach einer halben Stunde Herumgestehe glaubte er schon, die Juno-Chefin habe sich aus dem Staub gemacht. Aber sie kam zurück.

Sie braucht ihn. Schließlich hat er den dritten Code. Nein, denkt Dante. Er hat nicht *den* Code. Er hat *einen* Code, von dem er hofft, dass es *der* Code ist. Vielleicht handelt es sich aber auch um das Passwort für Hollisters Pornosammlung. In dem Fall stünde er ziemlich blöd da, Yang allerdings auch. Sie besitzt nur zwei der drei Seed-Phrasen, die notwendig sind, um auf den Server zuzugreifen. Falls Dantes nicht korrekt wäre, dann ...

Sein Handy vermeldet eine neue Nachricht von Mondego, die

anscheinend früh aufgestanden ist. Sie bittet ihn um Rückruf, sagt, sie habe etwas zu der Stiftung. Er ist versucht, sie sofort anzurufen, weiß aber nicht, wie Yang das aufnähme. Möglicherweise ist es besser, wenn die beiden Damen nichts voneinander wissen. Mondego hat einen Link angehängt. Der eine führt zu einer Nachrichtenseite namens Slashdot. Dort gibt es einen Artikel mit der Überschrift »Der rätselhafte Tod des Cerro-Nuevo-Chefs«. Der zweite ist ein Reddit-Post mit der Überschrift »Ring-Rätsel«.

Yang mustert Dante, sagt aber nichts. Er steckt das Handy weg, versucht, sich auf die anstehende Aufgabe zu konzentrieren. Sie erreichen ihr Ziel, die Bullingerstraße 47. Als Yang ihm die Adresse nannte, musste Dante feststellen, dass ihm diese bereits bekannt war. In der Nummer siebenundvierzig residiert die Fondation Bataille. Dass sich die Stiftung im selben Gebäude befindet wie der Server, über den Hollisters Moneta-Betrug abgewickelt werden soll, wundert ihn nicht mehr sonderlich.

Die Siebenundvierzig ist ein Bürogebäude aus den Achtzigern, Beton und Stahl anstelle von Glas und Aluminium. Am Eingang sind die Namen mehrerer Firmen angeschlagen. Die meisten deuten auf Technologieunternehmen hin.

Yang holt eine Keycard hervor, und schon sind sie drin. Es gibt keinen Empfang, nur eine abgewetzte Sitzgruppe sowie zwei Kübel mit mumifiziertem Bogenhanf. Während die Juno-Chefin den Fahrstuhl ruft, dreht Dante sich um, blickt hinaus auf die Straße. Er sieht zwei Personen, die sich auf der anderen Seite in einen Hauseingang drücken, einen Mann und eine Frau. Vielleicht verabschieden die beiden sich gerade voneinander. Dann wäre es allerdings eine längere Angelegenheit. Dante hat die beiden schon vor dem Betreten des Gebäudes dort stehen sehen.

Für ihn sieht es eher so aus, als observierten sie die Siebenundvierzig – auf eher amateurhafte Weise. Die Frau, sie ist maximal fünfundzwanzig, hantiert mit einem Telefon. Dante wendet sich ab, bevor sie ein Foto von ihm machen kann.

Der Fahrstuhl ist da. Kurz darauf stehen sie im obersten Stockwerk vor einer Bürotür, für die Yang ebenfalls einen Schlüssel besitzt. Es gibt kein Logo neben der Tür, lediglich ein kleines Schild mit den Initialen »F. B.«.

»Wie oft waren Sie schon hier?«, fragt Dante.

»Nur ein einziges Mal, mit Hollister, Price und Patel, um zu überprüfen, wie das alles funktioniert.«

Die Büroräume umfassen etwa hundert Quadratmeter. Die Einrichtung lässt Dante vermuten, dass dies früher eine Arztpraxis war. Er bildet sich ein, die kranken Menschen und das Sterilium immer noch riechen zu können, was vermutlich Einbildung ist. Sicher scheint, dass seit geraumer Zeit niemand hier war. Die Räume sind muffig und überheizt.

»Kommen Sie? Wir haben nicht den ganzen Tag Zeit«, sagt Yang.

Dante folgt ihr. Yang steuert eine Tür an, die jenseits des Empfangstresens liegt. Wieder muss sie eine Keycard durchziehen, dann sind sie drin. Im ersten Moment glaubt Dante, er betrete einen Telekom-Laden – überall sind Handys, alle nagelneu und aufrecht in Regalen stehend. Der Raum ist nur spärlich beleuchtet. Bei genauerem Hinsehen erkennt er jedoch, dass die Regale gar keine sind. Eher erinnern sie an Spaliere. Sie reichen vom Boden bis zur Decke. Insgesamt müssen es an die zehn Stück sein, eines neben dem anderen, gerade mit genug Platz dazwischen, dass er und Yang sich seitwärts hindurchzwängen können. Von den Spalieren hängen Hunderte Smartphones herab, ihre Netzkabel ranken sich wie Schlingpflanzen gen Decke, wo sie in Kabelschächten verschwinden. Die meisten Handys sind von Apple und Samsung, aber er sieht auch andere Fabrikate.

Dante tritt näher heran. Das Gros der Displays ist inaktiv, nur wenige leuchten. Auf diesen öffnen und schließen sich Apps und Browserfenster in rascher Folge. Es ist, als wische eine unsichtbare Hand über die Bildschirme.

»Was zur Hölle ist das?«, fragt Dante.

»Eine Klickfarm. Der Löwenanteil des Internetverkehrs kommt heutzutage über Mobilgeräte. Wenn Sie Zugriffe in großer Zahl simulieren wollen, müssen Sie das über echte Smartphones tun, sonst fällt es auf.«

Im hinteren Teil des Raums befinden sich Computerserver sowie ein Monitor nebst Tastatur. Dante kann einen Lüfter röcheln hören. Yang geht zu dem Rechner. Sie legt einen Schalter um, woraufhin der Bildschirm aufflammt. Sobald sie ihm den Rücken zudreht, greift sich Dante eines der Spalierhandys, löst das Ladekabel, lässt es in seiner Tasche verschwinden.

Dante wendet sich wieder Yang zu. Der Bildschirm vor ihr ist vollständig weiß, abgesehen von einer schwarzen Textzeile.

ENTER VALID CODE (3 ATTEMPTS LEFT): _

»Wieso drei Versuche?«, fragt Dante.

»Vermutlich ein Formulierungsfehler«, antwortet sie. »Es sind ja drei Codes nötig.«

Yang setzt sich, holt ein Notizbuch hervor. Dante hat erwartet, dass sie ihre Wortfolge auf einer Seite notiert hat, aber stattdessen scheint sich das jeweilige Schlüsselwort jeweils am Ende eines mit anderem Text vollgeschriebenen Blattes zu befinden. Sie tippt, blättert um, tippt, blättert um. Dante ist offensichtlich nicht der Einzige, der paranoid ist.

Yang gibt alle zwölf Wörter ein, drückt die Eingabetaste.

ENTER VALID CODE (2 ATTEMPTS LEFT)

Dante runzelt die Stirn. »Hat er den jetzt genommen oder nicht?«

Yang antwortet nicht, holt einen Zettel hervor. Die zweite Seed-Phrase, jene aus dem Panzerschrank des Notars, wurde ebenfalls handschriftlich niedergelegt, allerdings auf cremefarbenem Büttenpapier. Vermutlich hat der Notar die Wörter höchstselbst niedergeschrieben, mit einem vergoldeten Montblanc-Füllfederhalter, und dreitausend Schweizer Franken dafür berechnet.

Yang tippt, drückt die Eingabetaste.

ENTER VALID CODE (1 ATTEMPT LEFT)

Dante fragt sich, ob hier alles mit rechten Dingen zugeht. Müsste das Programm nicht eine Bestätigung auswerfen, dass die beiden ersten Codefolgen akzeptiert wurden? Bevor er jedoch etwas in der

Art anmerken kann, macht ihm Yang Platz, deutet auf den Rechner. Er setzt sich, holt aus seiner Manteltasche eine zerlesene Ausgabe des »Bartender's Little Black Book« hervor und beginnt, darin zu blättern. Irgendwie hatte Dante erwartet, Yang werde sich erkundigen, wie genau er seine zwölf Wörter in den Cocktailrezepten versteckt hat. Aber sie fragt nicht, schade eigentlich.

Dante tippt, blättert, tippt. Als er fertig ist, wartet er einen Augenblick. Erst dann hämmert er auf die Eingabetaste.

CODE ACCEPTED.

Er kann hören, wie Yang hörbar ausatmet, nur um ein paar Sekundenbruchteile später aufzustöhnen, als eine weitere Zeile erscheint.

ACEPHALE INITIATED.

»Nein, nein, das kann nicht ...«, ächzt sie.

»Was bitte soll das heißen?«, sagt Dante.

»Keine Ahnung, was es bedeutet. Irgendwas mit einem Ass? Und Fail? Da stand, dass es gestartet wurde. Wieso wurde irgendwas gestartet, verdammt?«

Yang läuft hin und her, wirft einen bangen Blick auf die Displays der Telefone.

»Es sollte doch ... da hätte so ein Control Panel erscheinen sollen, mit dem man die Klickfarm steuern kann.«

»Kann es vielleicht sein«, sagt Dante, während er Yang mustert, »dass Hollister Sie alle episch verarscht hat?«

»Ich war hier, wir haben alle zusammen das System überprüft«, erwidert sie. Aber an ihrem Gesichtsausdruck kann Dante erkennen, dass sie zum selben Schluss gelangt ist. Was auch immer Hollister ihr damals vorgeführt hat, waren nur ein paar Screenshots eines angeblichen Control Panels, ein Potemkin'sches Programm, mehr nicht. In Wahrheit wusste nur Sir Holly, was sein Botnetz tut, wie man es steuert. Und dieses Wissen hat er mit ins Grab genommen.

»Er hat uns gelinkt«, sagt Yang leise.

»Sieht so aus. Lassen Sie uns von hier verschwinden.«

Yang nickt, strebt dem Ausgang zu. Sie sind bereits durch die Tür, als ein Geräusch ertönt, ein Summen, das nicht sehr laut ist. Die Juno-Chefin scheint es nicht gehört zu haben, geht weiter. Dante hingegen bleibt stehen. Es ist auf einmal so hell. Als er sich umdreht, sieht er, dass das Licht aus dem Computerraum kommt, dessen Tür noch immer halb offen steht. Er geht zurück, schaut hindurch.

Aberhunderte von Handys sind zum Leben erwacht. Ihre Displays leuchten, sie pulsieren in einem Rhythmus, den ihnen ein unsichtbarer Dirigent vorgibt. Dante weiß, dass ihm die Telefone nichts anhaben können. Dennoch fühlt er kalte Furcht in sich aufsteigen. So schnell er kann, verlässt er die Büroräume der Fondation.

SÚKROMNÝ DETEKTÍV

Unten bittet er Yang, einen Moment im hinteren Teil des Foyers auf ihn zu warten. Dante selbst tritt vors Haus und sieht sich um. Die zwei Gestalten im Hauseingang sind immer noch da. Ohne zu zögern, überquert Dante die dunkle, verlassene Straße, läuft direkt auf die beiden zu. Anscheinend haben sie das nicht kommen sehen, er erkennt es an ihrer Körpersprache. Der Mann, ein Mittzwanziger in Skinnyjeans und Oversized-Pulli, stellt sich vor das Mädchen. Seine Beschützerpose wirkt angesichts seiner Statur ziemlich lächerlich. Der Junge ist schmal und schlaksig, selbst Dante könnte ihn durchbrechen wie einen Besenstil.

Das Mädchen, zwei Köpfe kleiner und nicht ganz so dünn, ist genauso gekleidet wie ihr Romeo. Sie hält ein frühstückstellergroßes Handy vor sich, als wäre es eine Waffe. Vermutlich ist es das auch, in gewisser Weise. Sollte Dante dem Jungen eine verpassen, kann er sich das vermutlich später in Endlosschleife auf Tiktok oder Instagram anschauen.

»Guten Abend«, sagt Dante auf Deutsch, fügt auf Englisch an: »Was wird das denn hier?«

Das Mädchen flüstert dem Jungen etwas ins Ohr. Weil sie sehr aufgeregt ist, spricht sie laut genug, dass Dante es dennoch hören kann.

»Je to naozaj tak. Súkromný detektív, Quatermain. Eddy Dante.«
»Hey«, blafft Dante sie an, »niemand nennt mich Eddy, klar?«
Die beiden starren einander an.
»Was«, fragt er erneut, »wird das hier?«
Der junge Mann hat sich inzwischen etwas gefasst. Dante revidiert seine erste Einschätzung. Der Kerl ist keine fünfundzwanzig,

eher zwanzig. Er hat Holzplugs in den Ohrläppchen und Mangafiguren auf den Armen.

»Wir sind wegen des Schatzes hier«, antwortet er und fügt hinzu: »Genau wie Sie, Mann.«

Das Englisch des Jungen weist einen osteuropäischen Akzent auf. Er starrt Dante herausfordernd an. Dieser lächelt.

»Bevor wir weiterreden, macht ihr erst mal das Handy aus.«

Das Mädchen schaut den Jungen fragend an. Dieser nickt. Sie senkt das Gerät.

»Und wo meint ihr, dass sich dieser Schatz befindet?«

»Bullingerstraße 47. Das Haus, wo Sie gerade drin waren. Wo ist eigentlich die Frau. Ist das auch eine?«

»Eine was?«

»Quatermain«, erwidert er. Schon wieder dieses Wort. Beim ersten Mal hat Dante geglaubt, er verstehe nicht richtig. Mit Jugendsprache kennt er sich nicht aus. Aber nun ahnt er etwas.

»Quatermain? So wie Allan Quatermain von Henry Rider Haggard?«

Der Junge schaut ihn verwirrt an.

»Quatermain wie Schatzsucher, meine ich, Mann, äh, Sir.«

Dante überlegt kurz. »Quatermain sucht aber nach König Salomos Schatzkammer und nicht nach dem Schatz von Monte Cristo. Falscher Roman.«

Das Mädchen zuckt mit den Schultern.

»Ist so Internetding«, sagt sie. »Nachdem das mit Montecrypto die Runde macht, viele Leute haben gesagt, dass sie auch sich auf die Suche machen, nach Schatz. Fleekaholic hat so Leute auf seinem YouTube-Channel als Quatermains bezeichnet, und dann ist das ...«

» ... so eine Art Meme geworden? So ein Internetding?«, fragt Dante.

»Ja. Wer Montecrypto sucht, ist Quatermain. Und Sie«, ihre Stimme klingt nun ein wenig ehrfürchtig, »sind First Quatermain.«

»First ...?«

»Weil Sie gefunden haben ersten Schatz, in Wüste.«

Sie hebt die Hand mit dem Telefon, vermutlich, um diesen denkwürdigen Moment festzuhalten. Als sie Dantes Blick sieht, lässt sie ihr Gerät wieder sinken.

»Okay. Ihr seid also hier, weil ihr glaubt, dass der Schatz«, er zeigt hinter sich, »da drin ist. Wie kommt ihr drauf? Stand's auf Reddit?«

Dass er trotz seines biblischen Alters Reddit kennt, scheint die beiden zu erstaunen. Der Junge findet als Erster seine Sprache wieder.

»Ich habe da etwas rausgefunden, also diese Website. Wegen der Turtlecoins.«

Dante macht eine ermunternde Geste.

»Ja, also, nach dem Fund in der Wüste, da haben ein paar Leute die Casascius-Coins, die aus dem Loch, untersucht. Auf geheime Botschaften und so. Aber ich habe mir gedacht, vielleicht finde ich was in der Blockchain.«

Dante ruft sich ins Gedächtnis, was der Junge mit »in der Blockchain« meint. Er bezieht sich auf das digitale Kassenbuch, in dem alle Turtlecoin-Transaktionen verzeichnet sind, für jeden Interessierten einsehbar. Dante verspürt einen gewissen Respekt für den Jungen. Offenbar hat sich dieser als Hobby-Wirtschaftsprüfer betätigt und durch einen Wust von Daten gequält.

»Dabei ist mir aufgefallen, dass eine Adresse immer wieder auftaucht«, sagt der Junge.

»Adresse im Sinne von ...«

»Eine Turtlecoin-Adresse, quasi eine Kontonummer. Und das fand ich seltsam.«

»Weil?«

»Weil man eigentlich für jede Überweisung eine neue verwendet. Denn ansonsten könnte man den Nutzer ja identifizieren, möglicherweise.«

»Okay. Jemand hat also immer wieder die gleiche Adresse benutzt, um Shitcoins hin und her zu schieben.«

»Ja. Und ich glaube, dass das Sir Holly selbst war. Er wollte einen Hinweis hinterlassen. Aber vermutlich wissen Sie das doch eh schon alles.«

»Warum sollte ich?«

»Na, weil Sie hier sind. Die Adresse lautet, Moment ...« Er holt sein Handy hervor, schaut etwas nach, hält Dante das Gerät hin:

22dceFyHXfWKYoZu5yrCmeBfoMrPLMXEov

»Und«, fügt der Junge hinzu, »es gibt auch eine Internetseite, eine Domain, die so heißt. Mit .com hinten dran.«

Dante nickt. »Ja. Und die ist auf eine Stiftung registriert«, sagt er, »namens Fondation Bataille, Bullingerstraße 47, Zug.«

Der Junge mustert ihn, seine Augen verengen sich.

»Ich verstehe. Sie sind nicht über die Turtle-Blockchain zu der Adresse gekommen. Darf ich fragen, wie ...«

»Das kann ich euch nicht sagen. Was ich jedoch sagen kann, ist, dass ich da drin keinen Schatz gefunden habe.«

Die beiden schauen enttäuscht.

»Wo kommt ihr eigentlich her?«, fragt Dante

»Aus Trnava.«

Als er Dantes fragenden Blick sieht, fügt er hinzu: »In der Slowakei. Und wir sind anscheinend die Ersten. Also, außer Ihnen.«

»Ist das mit der Fondation Bataille denn sonst noch jemandem bekannt?«

»Ich weiß nicht. Im Netz stand noch nichts. Als wir es rausgefunden hatten, sind wir sofort losgefahren. Aber ich wette, dass bald viele Leute herkommen. War ja jetzt nicht so schwer rauszufinden.«

Dante versucht, seine Gesichtszüge unter Kontrolle zu behalten. Bis er halbwegs durchblickte, hat es Tage gedauert. Außerdem musste er dafür mehrere fragwürdige Dinge tun – einem Toten das Handy entreißen, eine Managerin erpressen. Dieser milchgesichtige slowakische Hacker war genauso schnell wie er. Wie soll

Dante den verdammten Schatz bloß finden, ohne dass ihm solch ein Nerd zuvorkommt, ohne dass ihm Dutzende zuvorkommen?

»Habt ihr mich fotografiert, als ich hergekommen bin? Und die Frau?«

»Nur Sie, Sir«, erwidert das Mädchen. Inzwischen scheint ihr das etwas peinlich zu sein.

»Okay«, erwidert er, »nein, nicht okay. Ihr könnt mich doch nicht einfach knipsen.«

»Aber in der Wüste wurden Sie auch gefilmt«, sagt der Junge.

»Und auch da hat mich keiner gefragt. Hört zu. Meine ... Kollegin und ich, wir machen jetzt gleich einen Abflug. Ihr filmt uns dabei nicht. Ihr beobachtet uns auch nicht. Klar?«

Beide nicken, schauen betreten zu Boden.

»Also, dann. Was ihr macht, wenn wir weg sind, ist euer Ding. Aber ich weise euch darauf hin, dass man für dieses Bürohaus eine Keycard braucht, sonst kommt man nicht rein. Alles andere wäre Einbruch, und der wäre strafbar.

Und noch was. Ihr macht das aus Spaß, oder? Die Schatzsuche, meine ich. Weil's Bock macht.«

Erneut nicken beide.

»Wenn es den Schatz gibt«, fährt Dante fort, »dann könnte er ziemlich groß sein, ein paar Millionen ...« Der Junge runzelt die Stirn.

»Was?«, fragt Dante.

»Allein Hollisters Turtlecoins müssen inzwischen über hundert Millionen wert sein.«

»Dann meinetwegen Hunderte von Millionen. Der Punkt ist, das Internet ist voll von Psychos. Die würden schon bei einer Million austicken, aber bei diesen Summen? Was ich sagen will, ist: Bei dieser Sache sind komische Leute unterwegs, passt also auf.«

»Hal Price«, sagt das Mädchen leise.

Dante nickt grimmig.

»Genau. Also passt auf euch auf.«

Er schaut die beiden an.

»Wie heißt ihr eigentlich?«
»Agnesa.«
»Zdenko.«
Er greift in die Tasche, holt seinen Turtlecoin hervor. Zdenkos Augen weiten sich. Dante hält ihm die Münze hin. Er weiß nicht, wie viel sie inzwischen wert ist, aber es ist ihm auch egal. Vielleicht wird sich die Investition irgendwann auszahlen.

Der Junge nimmt die Münze. Dante gibt ihm außerdem seine Visitenkarte. Die ist deutlich weniger wert, aber Zdenko scheint erneut sehr beeindruckt.

»Wenn was ist, ruft mich an, okay? Jetzt muss ich los. Und ihr auch. Wenn ich gleich mit der Kollegin rauskomme, seid ihr weg, klar?«

Sie versprechen es ihm, bedanken sich für die Münze. Vermutlich werden sie Fotos davon machen und einen ellenlangen Blogeintrag darüber verfassen. Dante will es gar nicht so genau wissen.

Die beiden ziehen ab. Nach ein paar Metern bleibt das Mädchen stehen, dreht sich nochmals um.

»Woher Sie haben eigentlich Keycard für Büros von Stiftung?«

»Die Wege des First Quatermain sind unergründlich«, erwidert er.

Sie wendet sich ab. Sobald beide hinter der nächsten Ecke verschwunden sind, geht Dante zurück zur Nummer siebenundvierzig, klopft gegen die Scheibe. Es dauert eine Weile, bis Yang auftaucht. Sie spricht aufgeregt in ihr Handy. Das Gesicht der Managerin verrät Anspannung. Sie steckt das Telefon weg, öffnet die Tür. Dante vergewissert sich nochmals, dass die slowakischen Kryptogroupies nicht mehr zu sehen sind.

»Die Luft ist rein. Kommen Sie.«

»War da jemand?«

»Nur ein paar Teenies. Ich habe sie weggeschickt.«

Yang fragt nicht nach, um was für Teenies es sich handelt. Sie laufen zu Dantes Wagen. Ein paar Minuten später sind sie auf der Autobahn Richtung Zürich. Da Yang offenbar nicht zu einem Gespräch aufgelegt ist, schaltet Dante das Radio an. Er wählt einen französischen Sender, weil er dessen Moderator zumindest halbwegs verstehen kann. Es laufen Nachrichten. Der neue US-Präsident hat inzwischen zwei Flugzeugträger in die Karibik entsandt, da die Lage in Venezuela immer mehr außer Kontrolle gerät. Die Regierung in Caracas will der galoppierenden Inflation Einhalt gebieten, indem sie die erst kürzlich eingeführte neue Währung Bolivar Pujante direkt an den Dollar koppelt. Dante fragt sich, ob die Venezolaner schon einmal darüber nachgedacht haben, Junos Moneta einzuführen. Er könnte Yang danach fragen. Regungslos sitzt sie auf dem Beifahrersitz, starrt hinaus in die Nacht. Dante lässt es lieber, hört weiter Radio.

Der Ölpreis hat wegen der Krise inzwischen die Marke von hundertfünfzig Dollar durchschlagen. Die Märkte fordern Zinssenkungen, aber soweit Dante weiß, gibt es da nichts mehr zu senken. Der nächste Schritt wäre, die Nationalgarde mit Konfettikanonen auszustatten und Dollarscheine in die Menge zu feuern.

Danach wird über den viel zu starken Schweizer Franken berichtet und über Gewinnwarnungen mehrerer großer Firmen. Dante fragt sich, ob er sich im Wirtschaftssegment befindet oder ob die Lage tatsächlich schon wieder derart beschissen ist, dass normale Nachrichtensendungen mit Zinsen, Wechselkursen und ähnlichem Quotengift aufmachen.

Dann sagt der Sprecher das magische Wort.
» ... Montecrypto. Das Internetphänomen zieht immer mehr Menschen in seinen Bann. Nun ist ein weiteres Video veröffentlicht worden, in dem ...«

Dante wendet den Blick von der Straße ab, schaut zu Yang hinüber. Sie zeigt auf das Radio.
»Was sagt er?«
» ... Hollister kritisch zu seiner früheren Firma äußert. Der Juno-Kurs gab in New York nach und ...«
»Hollister hat wieder eins rausgehauen«, erwidert Dante.
»Ein Video?«

»Sieht so aus.«

Ein Schild zeigt an, dass sie den Kanton Zürich erreichen. Dante fragt Yang, wo sie abgesetzt werden möchte. Sie bittet ihn, sie zum Sechseläutenplatz zu fahren. Dann steckt sie sich AirPods in die Ohren und wendet sich ihrem Handy zu.

Kurz darauf hält Dante am Rand des Platzes. Yang murmelt Dankesworte.

»Ich weiß nicht, ob Sie mir danken sollten.«

»Immerhin haben Sie mir den Code zur Verfügung gestellt, Mister Dante.«

»Wäre vielleicht besser gewesen, wenn nicht.«

»Möglich.«

»Was ist mit dem zweiten Video? Haben Sie es sich schon angesehen?«, fragt Dante.

»Ja. Es ist kryptisch. Beunruhigend.«

Yang scheint einen Augenblick mit sich zu ringen.

»Ich würde Sie gerne engagieren, Mister Dante.«

»In welcher Angelegenheit?«

»Ich will, dass Sie rausfinden, was Hollister im Schilde führt.«

»Der führt gar nichts mehr im Schilde. Er ist so tot wie die venezolanische Währungsreform.«

»Führte, meine ich. Der Mann hat vor seinem Tod einen ausgefeilten Plan entworfen, das ist offensichtlich. Ebenfalls offensichtlich ist, dass es nicht der Plan ist, den Price und ich mit ihm ausgeheckt hatten.«

Dante nickt langsam.

»Ich würde am liebsten eines unserer IT-Teams in die Bullingerstraße schicken, damit die dort alles auseinandernehmen. Aber …«

»Aber dann fliegt auf, dass Sie einen Haufen Fake-Konten und einen noch größeren Haufen Fake-Moneta im Juno-System haben.«

»Für einen Engländer sind Sie sehr direkt.«

»Amerika macht selbst aus einem zuvorkommenden Menschen wie mir einen Rüpel.«

»Wie dem auch sei, Mister Dante. Ich brauche jemanden, der

mehr über die Sache in Erfahrung bringt. Und Sie sind ja ohnehin hinter Hollisters Vermächtnis her, wenn man das so sagen kann.«

Dante glaubt nicht, dass er ihr in der Sache maßgeblich wird helfen können. Dafür ist das alles zu technisch, zu viel Computercode, zu wenig gute alte Gewinn- und Verlustrechnung. Allerdings vermutet er, dass sie seine Hilfe in Wahrheit auch gar nicht will. Yang möchte ihm den Mund versiegeln, mit Geld. Sobald sie seine Klientin ist, unterliegt er der Schweigepflicht – nicht im juristischen Sinne, nur Anwälte genießen dieses Privileg, aber zumindest im moralischen.

Damit hätte er kein Problem, das wäre leicht verdientes Geld. Doch es gibt eine andere Schwierigkeit.

»Wenn ich Sie vertrete, beißt sich das möglicherweise mit einem anderen Mandat.«

»Dem von Jackie Martel.«

»Genau. Die will den Schatz, alles andere ist ihr egal. Aber es könnte natürlich sein, dass Hollisters geheime Erbschaft und ihre ›Operation Stopfsocke‹ miteinander zusammenhängen.«

»Vermutlich.«

»Woraus schließen Sie das?«

»Überschneidungen. Zum Beispiel diese Stiftung. Die Fondation Bataille wurde ja offenbar auch im Zusammenhang mit Montecrypto erwähnt.«

»Woher wissen Sie das jetzt schon wieder?«

»Internet.«

Dante muss an die beiden slowakischen Möchtegernschatzsucher denken. Falls sie noch in Zug sind, werden sie bald Besuch bekommen.

»Wie dem auch sei, Mister Dante. Gregs Geld interessiert mich nicht. Was mich interessiert, ist, dass nichts an die Öffentlichkeit gelangt, was mich kompromittiert. Das sollte sich doch eigentlich nicht mit Mrs Martels Geldgeilheit überschneiden.«

»Vermutlich nicht.«

»Gut. Dann sind wir uns einig?«

»Mein Tagessatz ...«

Yang holt eine voluminöse Louis-Vuitton-Brieftasche hervor, entnimmt ihr mehrere lilafarbene Scheine. Es handelt sich um Banknoten zu jeweils eintausend Franken, insgesamt fünf Stück.

»Sagen Sie Bescheid, wenn Sie mehr brauchen. Und nehmen Sie auch noch das hier.«

Sie händigt ihm das Geld sowie zwei Kärtchen aus. Auf dem einen ist handschriftlich ein achtstelliger alphanumerischer Code vermerkt. Das andere sieht wie eine Theaterkarte aus.

»Das ist meine Threema-ID«, sagt Yang, »ein anonymes Chatprogramm. Darüber können Sie mich kontaktieren. Das Codewort lautet«, sie denkt nach, »Empyrion. Dann weiß ich, dass Sie es sind.«

»Ganz schnöde anrufen scheidet aus?«

»Nur im absoluten Notfall, bitte. Eine zu große Zahl von Telefonaten zwischen uns könnte erklärungsbedürftig sein.«

Dante nickt. Er schaut sich die zweite Karte an. Es handelt sich um ein Ticket für die Zürcher Oper.

»›Der Messias‹ von Händel? Was zum Teufel soll ich damit?«

»Mögen Sie keine klassische Musik?«

Dante weiß ehrlich gesagt nicht, ob er klassische Musik mag. Er hat sich nie darauf eingelassen. An Interesse fehlt es ihm eigentlich nicht, eher an Geduld. Vielleicht hat es etwas mit den von ihm favorisierten Punksongs zu tun. Einszweidreivier, schrammelrammel Fuckfuckfuck, und nach zwei dreißig ist alles vorbei. Im Vergleich dazu dauert eine Oper so lange wie der Dreißigjährige Krieg. Und diesen ›Messias‹ kennt er gar nicht.

»Ich versuche«, sagt Yang, »in jeder größeren Stadt, die ich besuche, in die Oper zu gehen. Das hier ist eine sehr moderne Interpretation, aber mir ist die Lust vergangen. Wäre allerdings schade drum.«

Mit diesen Worten steigt sie aus.

Dante sieht ihr einige Sekunden nach, bevor er Gas gibt und ins Parkhaus fährt. Es ist kurz vor acht. Wenn er sich beeilt, erreicht er die auf der anderen Seite des Sechseläutenplatzes gelegene Oper noch, bevor die Türen geschlossen werden. Aber er rennt nicht gerne. Und eigentlich will er keine sakralen Choräle hören. Stattdessen geht er wieder in das Café, in dem er zuvor schon mit Yang war, bestellt sich ein Bier und ein Sandwich. Während Dante isst, schaut er sich das neue Hollister-Video an. Dessen Abrufzahl ist bereits sechsstellig.

Hollister sitzt diesmal nicht auf der Graffiti-Treppe, sondern in einem kleinen Park. Im Hintergrund befinden sich ein Beet voller roter Tulpen sowie ein Brunnen mit Fontäne. Dante meint den Park schon einmal gesehen zu haben. Wo? Er kommt nicht drauf.

Hollister trägt eine schwarze Baseballmütze sowie ein schwarzes T-Shirt, auf dem fünf neongelbe Ringe aufgedruckt sind. Dante fragt sich, ob sie etwas bedeuten. Bevor er sie jedoch genauer in Augenschein nehmen kann, zoomt die Kamera weiter heran. Hollister beginnt zu sprechen.

»Hallo, Leute. Grüße aus dem Epizentrum. Inzwischen seid ihr vermutlich den Hinweisen vom letzten Mal gefolgt, wart vor Ort. Und manche von euch fragen sich bestimmt, ob es das schon war.«

Hollister hält einen der goldenen Turtlecoins in die Kamera.

»Nun, sagen wir mal: Das war *ein* Schatz, aber nicht *der* Schatz. Das war nur ein Vorgeschmack, ein Appetithäppchen. Der wahre Schatz ist digital. Und ich habe ihn«, Hollister lächelt, »natürlich noch besser versteckt.«

Dante verschüttet etwas von seinem Bier. Rasch greift er nach dem auf dem Tisch liegenden Handy, damit dessen Schaltkreise nicht in Heineken gebadet werden. Was ihn hat zusammenzucken lassen, waren nicht Hollisters Worte, sondern eine Erkenntnis. Er weiß nun, wo das Video aufgenommen wurde: Bowling Green. Dante drückt auf die Stopptaste, schaut genau hin. Kein Zweifel – als er an der Wall Street arbeitete, saß er mehr als einmal in dem Park und verzehrte dort einsam sein Mittagessen. Bowling Green liegt am südlichen Ende des Broadways und ist lächerlich klein, ein Brunnen mit ein paar Bänken drumherum, eine homöopathisch bemessene Rasenfläche.

Hollister hat diesen Ort nicht zufällig ausgewählt. Oder vielleicht doch? Wird er bereits zum Verschwörungstheoretiker, sieht geheime Botschaften, wo gar keine sind? Möglicherweise hat er zu viele Montecrypto-Kommentare auf Reddit gelesen. Aber nein – das hier kann kein Zufall sein. Der kleine Park liegt mitten im Finanzdistrikt. Gegenüber seinem Eingang steht die berühmte Bronzestatue des Charging Bull. Hollister, dieser Hund, hat gewusst, dass ihm nach dem ersten Video und der Nummer mit den verbuddelten Coins die Aufmerksamkeit des halben Internets sicher sein würde. Was also will er andeuten? Dante atmet hörbar aus, drückt auf Play.

»Ihr habt euch bestimmt schon gefragt, wie groß mein Schatz ist. Tja, so genau kann ich das gar nicht sagen. Der Wert schwankt, natürlich. Aber als ich zuletzt nachgeschaut habe«, Hollister lächelt breit in die Kamera, »war er ziemlich groß. Wer ihn besitzt, kann damit die Welt verändern. Vorausgesetzt, er packt den Stier bei den Hörnern.«

Da ist er, der Hinweis auf den Stier. Jeder, der das Video sieht, wird es kapieren. Dante weiß, dass der Charging Bull täglich von Touristen heimgesucht wird, die Fotos machen und dem Tier die Eier schaukeln – die riesigen Hoden der Statue anzufassen, bringt angeblich Glück. In diesem Moment strömen die Möchtegern-Schatzsucher vermutlich bereits in Scharen zum Broadway, tanzen um das Goldene Kalb der Wall Street.

»Also, gute Jagd. Haltet die Augen offen. Wenn Ihr mich jetzt entschuldigen würdet, ich muss los. Ich habe gleich ein Date mit meinem neuen Kumpel Alex.«

Dann endet das Video abrupt.

KING OF KINGS

Dante starrt auf den Bildschirm seines Handys.
»Du bist tot, du Vollidiot«, entfährt es ihm, »wie zum Teufel willst du ...«
Als Dante bemerkt, dass ihn mehrere Cafégäste beäugen, verstummt er. Vermutlich halten sie ihn für einen entlaufenen Irren. Man kann es ihnen kaum verdenken. Er ist gejetlagt und unrasiert, hat Bierflecken auf der Hose.
Dante schaut sich das Video nochmals an. Diesmal macht er sich Notizen:

Bowling Green
Charging Bull (bei den Hörnern packen)
Ringe auf dem Shirt?
Alex. Wer zur Hölle ist Alex?

Dante hat keinen Schimmer, was all das bedeutet, weiß aber, dass er sich die Sache anschauen muss. Er ruft bei American Airlines an, um seinen Flug umzubuchen. Während er der Warteschleifenmusik (»Learn to fly« von den Foo Fighters) lauscht, schreibt er eine weitgehend inhaltsleere Wasserstandsmail an Martel – gehe Hinweisen nach, prüfe Unterlagen, hoffe, Ihnen bald Näheres, yada, yada, yada.
Dave Grohl singt derweil bereits zum dritten Mal: »I'm lookin' to the sky to save me, lookin' for a sign of life.« Dann geht bei American endlich jemand an die Strippe. An diesem Abend kommt Dante nicht mehr nach New York, weder von Zürich noch von Frankfurt. Also bucht er für den kommenden Morgen einen

Flug nach John F. Kennedy, mit Anschluss nach Los Angeles sechs Stunden später.

Bereits in dem Moment, als der Servicemitarbeiter seine Buchung bestätigt, zweifelt Dante daran, dass er das Richtige tut. Die slowakischen Teenager mögen glauben, er sei Montecrypto-Avantgarde. Aber in Wahrheit läuft er hinterher statt vorneweg. In Zug besaß er kurz einen Vorsprung. Wenn er aber am Broadway aus dem Taxi springt, werden bereits Dutzende, ja Hunderte Schatzsucher den Ort inspiziert haben. Wahrscheinlich kann er bereits vor dem Abflug nach New York nachlesen, wie der zweite Schatz gefunden wurde.

Einen Moment lang schaut Dante in sein Bierglas. Dann wählt er Mondegos Nummer. Sie nimmt sofort ab.

»Hi, Ed.«

»Hallo.«

An den Hintergrundgeräuschen hört er, dass sie sich an einem Flughafen befindet.

»Noch LAX oder schon JFK?«

»Dann hast du das Video also auch schon gesehen. Kannst du dir einen Reim drauf machen?«

»Noch nicht wirklich. Irgendwas mit dem Börsenbullen.«

»Das ist offensichtlich. Aber da kann er ihn kaum versteckt haben.«

Dante murmelt etwas Zustimmendes. Jene Stelle am Broadway, wo der Bulle steht, ist dermaßen exponiert, dass man dort nichts verbuddeln oder anbringen kann. Ein Haufen Sicherheitsleute bekäme es mit. Hollister muss sichere Verstecke für seine Schätze ausgewählt haben, damit diese nicht schon vor der Veröffentlichung seiner Videos zufällig entdeckt werden. Da den Stier tagtäglich Aberhunderte Menschen befingern, scheidet er aus.

»Wo bist du, Ed?«

»In Zürich.«

Es dauert einen Moment, bis sie antwortet.

»Die Stiftung. Du hast dir diese Fondation Bataille angeschaut.«

Dante antwortet ihr nicht.

»Ed, bist du noch dran?«

»Ja.«

»Hab ich recht?«

»Können wir das persönlich besprechen? Ich komme auch nach New York. Wobei ich ehrlich gesagt nicht viel Hoffnung habe, noch was zu finden.«

»Klar. Die Ersten sind bereits vor Ort, posten Bilder. Ziemlich viele checken die Karte.«

»Was für eine Karte?«

»Der Link, den ich dir geschickt habe, mit dem Ring-Rätsel. Oder du googelst einfach: ›Hollister Schatzkarte Manhattan‹, dann siehst du's. Ich bleib so lang dran, aber mach schnell. Boarding läuft schon.«

Dante nimmt sein Telefon vom Ohr, gibt den Suchbegriff ein. Erster Treffer ist ein Eintrag in einer Reddit-Gruppe namens »MC_Quatermains«. Dort sieht man eine Karte Manhattans.

Dante entfährt ein Lacher. Wieder schauen ihn die anderen Gäste merkwürdig an, aber diesmal ignoriert er sie. Auf der Reddit-Karte sind insgesamt fünf Punkte eingezeichnet – einer in der Mitte, vier drumherum. Die Anordnung erinnert ihn an die kleinen Ringe auf Hollisters T-Shirt in dem neuen Video. In der Mitte der Karte befindet sich der Charging Bull. Die Punkte sind so darüber gelegt, dass der mittlere auf der Statue zentriert ist. Hollister hatte gesagt, er befinde sich »im Epizentrum«. Von Dante ist dies als Hinweis auf das Zentrum des globalen Finanzsystems interpretiert worden. Der Reddit-User, der diese Karte entworfen hat, schlussfolgert etwas anderes. Er sieht den Bullen ganz im wörtlichen Sinne als Zentrum der fünf Punkte. Die anderen vier sind demnach die New York Stock Exchange, die U-Bahn-Station Rector Street, das East Coast Memorial im Battery Park sowie eine Chase-Filiale in der Water Street.

»Meine Fresse«, murmelt Dante, »was für eine beschissene Kaffeesatzleserei.«

»Was sagst du, Ed?«

»Diese Karte. Keine komplett dämliche Idee. Aber der Maßstab ist ein Problem, oder?«

»Ja, stimmt. Das kritisieren auch die Leute im Forum. Je nachdem, welchen Maßstab man wählt, könnten die Punkte in Manhattan liegen, über alle Boroughs verteilt sein oder in einem Kartoffelfeld in Idaho. Folglich gibt es bereits ein Dutzend dieser Karten.«

»Und noch mehr Leute, die mit den Dingern gerade durch New York tapern. Was versprichst du dir davon, hinzufahren?«, fragt Dante.

»Ich bin Reporterin, Ed. Ich muss nichts finden, ich kann einfach drüber berichten. Das macht meinen Job in diesem Fall einfacher als deinen.«

»Wahre Worte.«

»Verrätst du mir jetzt, was deine Arbeitshypothese ist, First Quatermain?«

»Mercy, bitte.«

»Deiner rasant zunehmenden Berühmtheit bist du dir aber schon bewusst?«

»Schmerzlich. Hör zu, Mercy. Ich habe mehrere Hypothesen, aber das besprechen wir alles morgen, von Angesicht zu Angesicht, okay?«

Sie vereinbaren, sich am frühen Nachmittag vor dem Eingang zum Battery Park zu treffen. Dann kappt Dante die Verbindung. Eigentlich hätte er Mercy Mondego gerne schon jetzt einige Dinge gefragt, hat sich aber zurückgehalten. Wer weiß, ob jemand zuhört. Dante hat inzwischen eine erste vage Idee, worum es bei der Schatzsuche tatsächlich gehen könnte. Und seit die in seinem Kopf herumspukt, ist er paranoider als je zuvor.

Dante leert sein schon etwas schales Bier, scrollt währenddessen durch seine Inbox. Über die Adresse info@dante-investigations.com wird sein Postfach komplett geflutet. Menschen offerieren Dante Hilfe bei seiner Schatzsuche. Andere drohen ihm einen äußerst qualvollen Tod an, sollte er ihnen keinen Tipp geben, wo die Kohle zu finden ist. Siechend Kranke bitten um Spenden. Reporter betteln um Exklusivinterviews und versichern, man könne auch erst einmal streng vertraulich reden.

Dante signalisiert dem Kellner, dass er zahlen möchte. Als er das Café verlässt, will er zunächst das Parkhaus ansteuern. Er hat sich vorhin ein Hotel nahe dem Zürcher Flughafen gebucht, wo er nun hinfahren müsste. Vor der Oper sieht er jedoch Menschen in Abendgarderobe. Rauchend und schwatzend stehen sie vor dem Eingang. Anscheinend ist gerade Pause.

Ohne lange zu überlegen, nimmt Dante Kurs auf das Opernhaus, steigt die Treppe hinauf, zeigt seine Karte. Yang hat sich nicht lumpen lassen: Parkett links, drei Reihen hinter dem Orchestergraben. Er nimmt Platz, wartet auf die Glocke. Währenddessen schaut er hinauf zur aufwendig bemalten Decke, betrachtet Goldstuck, Cherubim, Kristallleuchter und was sonst noch im Angebot ist.

Der zweite Aufzug beginnt. Dante hat keine Ahnung von sakraler Musik. Aber immerhin weiß er, dass Stücke wie dieser »Messias« normalerweise von einem großen Chor gesungen werden, der an einem festen Platz auf der Bühne steht. Bei dieser Inszenierung scheint es sich, wie von Yang angedeutet, jedoch um eine moderne Interpretation zu handeln. Balletttänzer in jüdisch-orthodox anmutender Kleidung hüpfen über die Bühne. Ein Mann in einem schicken Businessanzug wird herumgeschubst. Er könnte problemlos als Investmentbanker durchgehen, ist aber offensichtlich der Messias.

Einige Tänzer piksen den sich inzwischen auf dem Boden windenden Erlöser mit Lanzen und Bajonetten. Ein Solist, gekleidet wie ein früher amerikanischer Missionar, singt mit hoher, eunuchenhafter Stimme: »He was despised and rejected.«

Dante hat keine Ahnung, ob der Missionary Man gut singt oder ob das Orchester etwas taugt. Also schaut er einfach zu. Jesus, der Aktienhändler, kriegt es nun richtig dicke und liefert eine ziemliche Performance ab. Der Verachtete und Verstoßene kriecht über die Bühne, windet sich, verliert Stück für Stück seinen Anzug, bis ihm am Ende nur noch das Notwendigste geblieben ist, Unterhose und Krawatte.

Irgendwann kommt jene Stelle, die sogar Dante schon einmal gehört hat, das Halleluja. Der bisher über die ganze Bühne verstreute Chor formiert sich erstmals im Halbkreis, derweil Jesus, der Anlageberater, bewusstlos vor dem Orchestergraben liegt.

Hallelujah! Hallelujah! Hallelujah! Hallelujah!
For the Lord God omnipotent reigneth.

Was Dante noch gleichgültiger ist als klassische Musik, sind Religion und Frömmigkeit. Aber selbst einem überzeugten Heiden wie ihm läuft beim Halleluja ein kleiner Schauer über den Rücken – hinterhältiger Händel, der Mann kannte alle miesen musikalischen Tricks. Der nackte Jesus beginnt sich wieder zu regen, und siehe da, die Schleusen des Himmels öffnen sich. Genauer gesagt öffnen sich Klappen oberhalb der Bühne. Konfetti regnet herab.

King of Kings forever and ever! Hallelujah! Hallelujah!

Jesus der Rainmaker erhebt sich. Er schaut sich verwirrt um. Sucht er vielleicht seinen Blackberry? Die anderen Tänzer huschen über die Bühne, die Hände nach den Papierschnipseln ausgestreckt, die, wie Dante nun erkennt, gar keine Schnipsel sind. Aus dem Bühnenhimmel regnen Geldscheine herab, Tausende hellgrüne Papierfetzen. Auf ihrem Weg zur Erde drehen sie sich um ihre Längsachsen, viele driften Richtung Orchestergraben.

Lord of Lords
And He shall reign forever and ever

Einer davon landet auf dem Schoß der Dame neben ihm. Sie greift danach. Es handelt sich um einen Dollarschein, keinen echten, natürlich, sondern um eine billige Kopie. Nur eine Seite ist bedruckt.

Dante gehen ein Haufen Dinge durch den Kopf. Er denkt über Fiat-Geld nach, über das Video, über Hollisters Klickfarm, in der Hunderte Handys irgendwelche Aktionen ausführen. Das Halleluja bekommt er kaum mit, obwohl der Chor es aus voller Brust schmettert und der auferstandene Messias tänzerisch zur Hochform aufläuft.

Dante muss den Geldschein in der Hand der Frau neben ihm angestarrt haben, denn sie hält ihn ihm hin. Dante lächelt, nimmt den Fake-Dollar. Es handelt sich um einen Zehner. Zu sehen sind Hamiltons Konterfei, die Fackel der Freiheitsstatue sowie »We the People«, die ersten Worte der amerikanischen Verfassung. Die Rückseite ist wie gesagt unbedruckt, und Dante kann sich nicht erinnern, was dort normalerweise zu sehen wäre.

Ist das nicht seltsam? Wie oft hat er solch einen Schein bereits in der Hand gehalten? Wie oft hat er darauf vertraut, dass ihm dieser objektiv wertlose Fetzen einen Footlong BLT Sandwich oder eine Kinokarte kauft? Fünfhundertmal? Tausendmal?

Trotzdem weiß er nicht, was auf der Rückseite eines Zehners zu sehen ist. Dante schaut sich den Fake-Dollar eine Weile an. Irgendetwas daran beunruhigt ihn. Er wird das Gefühl nicht los, dass er gerade etwas Wichtiges übersieht. Aber da ist nur Hamilton mit seiner Föhnfrisur und seinem leicht indignierten Gesichtsausdruck. Einen Dank murmelnd, gibt er der Dame den Schein zurück.

Als Dollarregen und Lobpreisungen zu Ende sind, brandet Applaus auf. Dante klatscht minimaleffizient mit. Nach einer Weile öffnen sich die Saaltüren. Draußen bleibt Dante auf den Stufen vor der Oper stehen, holt sein Portemonnaie hervor. Darin stecken ein paar Dollarscheine, außerdem Euros und Franken. Er setzt sich auf die Stufen, blättert durch die Banknoten. Der Greenback ist am schmalsten, der Franken am breitesten. Letzterer ist deutlich farbenfroher als die anderen, als der Dollar ohnehin, aber auch als der Euro. Wieder und wieder geht Dante durch das schmale Bündel, so als handle es sich um Patiencekarten.

Opernbesucher huschen an ihm vorbei, er spürt ihre Blicke. Und irgendwann dämmert es ihm. Die Scheine sind so unterschiedlich. Aber gleichzeitig ... Halleluja.

Schweigend erhebt er sich, dankt im Stillen Yang für die Opernkarte und Jesus, dem Börsenspekulanten, für die Erleuchtung.

DREI BUCHSTABEN

Es ist lange her, dass ihn jemand am Flughafen abgeholt hat. Früher gabelte seine Frau ihn manchmal auf, wenn er von längeren Reisen heimkehrte. An ausländischen Airports erwartete ihn oft ein Fahrer mit Schild: Mr Dante, Gerard Brothers. Eigentlich braucht er so etwas nicht. Den Ausgang findet er selbst und U-Bahn fahren kann er auch. Dennoch fand Dante es immer nett, wenn jemand auf ihn wartete.

Auf das Empfangskomittee am New Yorker Flughafen hätte er allerdings verzichten können. Sie sind zu zweit, Männer in Anzug und Krawatte. Beide mustern die Ankommenden, ihr Blick bleibt an Dante hängen. Noch bevor die Männer sich in Bewegung setzen können, nickt er ihnen zu. Sie nicken zurück. Dante bleibt einen Meter vor ihnen stehen.

»Morgen, Officers.«

»Mister Edward W. Dante?«

»Ja?«

Einer der Männer hält ihm seine FBI-Marke hin.

»Special Agent Wilkins. Das ist mein Kollege, Agent Halberstam.«

»Guten Tag«, sagt Halberstam.

»Was kann ich für Sie tun, Gentlemen?«

»Wir würden uns gerne kurz mit Ihnen unterhalten.«

Bereits während er dies sagt, läuft Wilkins los. Dante beeilt sich, ihm zu folgen. Der Special Agent hat jenen Stechschritt, den man nie mehr loswird, selbst wenn man Drillich und Springerstiefel gegen Anzug und Pennyloafers tauscht. Dante tippt auf die Marines. Wilkins ist Mitte vierzig, Halberstam etwas älter. Anders als sein an einen Besenstiel gebundener Kollege geht Halberstam leicht vornübergebeugt, so als ob Jahrzehnte behördlicher Abläufe schwer auf ihm lasteten.

»Worum geht es denn?«, fragt Dante, obwohl er natürlich weiß, dass es um Hollister geht. Er hofft, die Sache zügig hinter sich bringen zu können. Vor seinem geistigen Auge sieht er Mondego, die genervt auf die Uhr schaut und einen Schmollmund macht. Letzterer ist wirklich niedlich.

» ... Kollegen auch anwesend sein«, sagt Halberstam. Dante schilt sich dafür, dass er nicht aufgepasst hat. Er ist müde, überdreht und vermutlich hormonell unausgeglichen – alles Dinge, die bei einer Vernehmung durch das FBI eher hinderlich sind. In zivilisierten Ländern darf man die Bullen nach Strich und Faden belügen, nur vor Gericht und unter Eid sind Falschaussagen strafbar. Im barbarischen Amerika hingegen kann man schon dafür im Knast landen, dass man das FBI anflunkert. Er muss also aufpassen, was er sagt.

»Kollegen welcher Behörden?«, fragt Dante.

»TFI, unter anderem«, erwidert Halberstam.

Terrorism & Financial Intelligence, kurz TFI, ist eine Einheit des US-Finanzministeriums, die sich um Geldwäsche und ähnliche Schweinereien kümmert. Wer mit »unter anderem« gemeint ist, weiß Dante nicht. Er hat aber eine Ahnung.

Die FBI-Agenten führen ihn in einen Bereich des Flughafens, der anscheinend Büros des Zolls beherbergt. An einer Sicherheitsschleuse zeigen beide ihre Ausweise vor. Ein paar Minuten später sitzt Dante in einem Meetingraum, der aus einer frühen Folge von »Hill Street Blues« stammen könnte – in Brauntönen gehaltene Möbel und Teppiche, abgehängte Decken. Sogar der Kaffee schmeckt nach den Achtzigern. Ihm gegenüber sitzen drei Männer und eine Frau. Die resolut dreinblickende Dame heißt Livetti, ist vom TFI und geht bald in Rente, vermutlich wider Willen. Der dritte Mann neben Wilkins und Halberstam ist der Benjamin im Raum. Älter als fünfunddreißig ist er nicht. Er sieht asiatisch aus und hat sich als Mister Park vorgestellt. Angeblich arbeitet er für den Internal Revenue Service, die US-Steuerbehörde. Dante bezweifelt das. Er kennt eine Menge IRS-Leute, und Park passt nicht ins Raster. Dante vermutet, dass es sich um eine Tarnidentität handelt und der Kerl in Wahrheit vom Geheimdienst ist – CIA, NSA, was auch immer.

»Wir möchten mit Ihnen über Gregory Hollister sprechen«, sagt Wilkins.

»Gerne doch«, erwidert Dante.

»Sie wollen diesen Schatz, den der Mann verbuddelt hat«, fügt die Dame vom TFI hinzu.

Dante will ihr entgegenhalten, dass Montecrypto mit an Sicherheit grenzender Wahrscheinlichkeit digital ist. Dann erinnert er sich an die Nummer in der Mojave und verkneift es sich.

»Nicht ich selbst, Mrs Livetti. Hollisters Halbschwester, Jacqueline Martel, hat mich beauftragt, das Geld zu lokalisieren.«

»Warum?«, fragt Halberstam zwischen zwei Schlucken Kaffee. Mit Genugtuung registriert Dante, dass dem FBI-Mann die Brühe auch nicht zu schmecken scheint.

»Mrs Martel vermutet, dass ihr Bruder über die ihr bekannten Vermögenswerte hinaus weitere Assets besaß, keine Dollars oder Aktien, sondern Kryptowährungen. Deshalb hat sie mich beauftragt, dieses Geld zu finden.«

»Sie sagten gerade«, hakt Wilkins nach, »dass dieses Geld nicht in den Büchern auftaucht. Sie meinen also, dass es sich um Schwarzgeld handelt?«

»Special Agent, ich habe lediglich gesagt, was Jacqueline Martel vermutet – nämlich, dass da noch Geld ist. Ob er das hinterzogen oder angemeldet hat, weiß Herr Park vom IRS«, Dante versucht, nicht zu grinsen, »vermutlich besser als ich. Die Sachen von Hollisters Steuerberater, die ich einsehen konnte ... also, wenn er tatsächlich eine Milliarde abgezweigt und in Bitcoins angelegt hat – in den Unterlagen waren keine größeren Abflüsse zu sehen. Ich habe aber gehört, dass Greg Hollister ein Kryptoinvestor der ersten Stunde war, vielleicht hat er die, wie sagt man, Coins schon sehr lange.«

Livetti runzelt die Stirn.

»Sie sollen also Schwarzgeld zurückholen, vermutlich aus einer Steuerhinterziehung. Das ist nach USC ...«

»Moment, Moment. Ich habe meine Mandantin natürlich darüber aufgeklärt, dass sie einen Fund dieses Umfangs unverzüglich den US-Steuerbehörden melden müsste. Und dass sie das Geld, falls es sich im Ausland befindet, nicht einfach in die Vereinigten Staaten bringen darf.«

Livetti, offensichtlich sauer, dass Dante sie unterbrochen hat, erwidert: »Muss sie ja nicht. Das sollen Sie doch für sie tun.«

»Eine Unterstellung – ich habe Martel klargemacht, dass ich das Geld, so es denn überhaupt existiert, für sie aufspüren kann, sie sich um den Rest aber bitteschön selbst kümmern muss, weil ich bestimmt keine USB-Sticks voller Bitcoins über die Grenze schmuggeln werde. Und ich habe ihr dringend angeraten, einen Rechtsbeistand hinzuzuziehen, damit alle gesetzlichen Vorschriften eingehalten werden.«

»Ganz vorbildlich«, ätzt Livetti.

Wilkins beugt sich vor, lächelt.

»Wusste Martel von den Videos?«

»Als sie mich angeheuert hat, war noch keins raus.«

»Das war nicht meine Frage. Ich meine, ob sie Ihrer Ansicht nach schon davon wusste.«

»Dass ihr Bruder nach seinem Ableben Videos ausspielen wollte? Ich denke, nicht, nein. Sie hat zumindest nichts davon erwähnt.«

»Sie gehen aber schon davon aus«, sagt Halberstam, »dass Hollister wirklich tot ist, oder?«

»Ja, natürlich. Sie nicht? Ich meine, wie kommen Sie drauf?«, fragt Dante.

»Seit diese Montecrypto-Geschichte durchs Internet geht, gibt es einige Leute, die Gregory Hollisters Tod anzweifeln«, erwidert Halberstam.

»Ja, im Internet. Aber sorry, Agent, wenn das die Basis Ihrer Vermutungen ist, dann müssen Sie auch den Tod des Mannes anzweifeln, nach dem dieser Flughafen benannt ist.«

»Mister Dante, seien Sie doch nicht so stutenbissig. Wir wollen lediglich wissen, was Sie glauben«, sagt Wilkins.

»Klar ist er tot. In der Zeitung stand, dass man sterbliche Überreste gefunden hat. Stimmt das eigentlich?«

Wilkins müsste jetzt ernst dreinschauen und etwas in der Art von ›Wir stellen hier die Fragen‹ erwidern. Stattdessen nickt er.

»Die mexikanische Polizei hat was gefunden, viel war es allerdings nicht. Im Cockpit waren Haare und Blut, das in der Kabine verteilt war. Außerdem fand man ein verkohltes Stück Finger. Stammte alles definitiv von Hollister, die DNA-Tests sind eindeutig. Vermutlich wird er bereits in wenigen Tagen offiziell für tot erklärt.«

Der Herr von CIA oder NSA, der bisher noch nichts gesagt hat, fragt:

»Was halten Sie eigentlich von den Videos?«

Dante rätselt, ob sich die drei Drei-Buchstaben-Behörden eine wahnsinnig clevere Verhörstrategie zurechtgelegt haben oder ob ihre Vertreter alle wild durcheinander fragen. Er tippt auf Letzteres. Stehen sie in Konkurrenz zueinander? Sicher ist, dass die Vibes im Verhörraum mies sind, die Körpersprache der vier verrät es ihm. Dante wittert Nervosität, Unruhe.

»Die Videos? Na ja, seltsam auf jeden Fall. Hat was von Schnitzeljagd. Die Leute sind auf jeden Fall ganz wild drauf.«

»Haben Sie eine Erklärung, warum Hollister das getan hat?«, fragt Park.

Dante blickt hinauf zu der hellbraunen Decke, so als müsse er über diese Frage nachdenken.

»Erlösung vielleicht.«

Park blinzelt. Darauf war er nicht gefasst.

»Können Sie das«, sagt er, »bitte etwas ausführen?«

»Nach dem, was ich bisher über Hollister gelesen habe, war er früher einmal ein Libertärer – Ayn Rand, Patrick Henry, ›Gib mir die Freiheit oder gib mir den Tod‹, diese ganze Soße. Für Cypherpunks und Krypto-Anhänger war er quasi der Messias. Also das heißt, bevor er Juno gründete. Ich glaube, er hat nie ganz verwunden, dass die Szene ihn verstoßen hat, für einen Verräter hielt.«

»Wieso für einen Verräter?«, fragt Livetti. Dante ist sich sicher, dass sie die Antwort kennt. Aber offenbar will sie es von ihm hören.

»Juno. Moneta. In den Augen der Kryptobros eine durch böses Fiat-Geld gestützte Digitalwährung, außerdem der feuchte Traum des Staats und der Geheimdienste, weil sich alle Transaktionen nachvollziehen lassen. Posthum möchte Hollister die Sache vielleicht ausbügeln, indem er einen Haufen Kohle verteilt, sich dadurch wieder zum Krypto-Robin-Hood hochstilisiert, irgendwas in der Art.«

»Kommen wir zu etwas anderem«, sagt Wilkins, »Halverton Price. Was hat er Ihnen über Hollisters Pläne erzählt?«

Die Cops wissen natürlich, dass er zugegen war, als Price' Leiche gefunden wurde. Dante fragt sich, ob die Behörden dessen Handy inzwischen geknackt haben. Er schaut kurz zu dem angeblichen IRS-Mann. Bestimmt ist es den Geheimdiensten gelungen. Ob sie FBI und TFI davon erzählt haben, steht auf einem anderen Blatt.

»Price hat nicht viel erzählen können – oder wollen. Ihm zufolge wollte Hollister etwas Neues aufziehen, hat sich aber sehr bedeckt gehalten, was genau. Unter anderem wollte er eine Stiftung gründen.«

Dante ist nicht sonderlich erpicht darauf, FBI und Konsorten von der Fondation Bataille zu erzählen. Es lässt sich jedoch kaum vermeiden. Dank seiner Umbuchung ist ersichtlich, dass er von Zürich zurückgeflogen ist. Seine Bewegungsdaten verraten zudem, dass er in Zug war.

»Was für eine Stiftung?«, fragt Livetti.

»Eine, die Grundlagen von Kryptowährungen erforscht. Ich besitze Hinweise darauf, dass es sich um die Fondation Bataille handelt, eine in Zug ansässige Stiftung.«

Bei dem Wort ›Zug‹ zieht Livetti die Mundwinkel nach unten, so als handle es sich um ein Schimpfwort.

»Und Sie«, hakt Park nach, »waren dort?«

»Korrekt. Es gibt in Zug tatsächlich eine Stiftung dieses Namens. Ihre Büros sind allerdings ziemlich verlassen.«

Halberstam schaut Wilkins an. Sein Blick sagt: Dieser Schlapphut-Erbsenzähler ist dort eingebrochen. Wilkins vollführt, wie Dante mit einer gewissen Genugtuung registriert, eine abwiegelnde Handbewegung. Darauf hat er gehofft. Einbruchsdelikte in alpinen Steueroasen sind der US-Bundespolizei ziemlich schnuppe.

Dante hebt den Zeigefinger, fügt an: »Noch.«

Kims Gesichtsausdruck verrät Zustimmung, der von Livetti Verwirrung.

»Noch ... was?«, fragt sie.

»Noch ist sie verlassen. Hollisters Anwalt hatte mir von einer Schweizer Stiftung erzählt. Auf Hollisters Laptop befand sich ein Hinweis auf die Fondation Bataille. So bin ich draufgestoßen. Aber inzwischen ist die Katze aus dem Sack.«

Dante erzählt den Beamten von den slowakischen Schatzsuchern, von den digitalen Hinweisen in der Turtlecoin-Blockchain.

»Sie meinen, da tauchen demnächst ein Haufen Freaks auf und nehmen alles auseinander?«, fragt Livetti.

»Würde ich von ausgehen.«

»Okay. Kommen wir noch mal zu Price«, sagt Wilkins. »Wer hat ihn umgebracht?«

»Ich habe keine Ahnung. Woran ist er überhaupt gestorben?«

»Jemand«, antwortet Halberstam, »hat reines Oxycodon in sein Rapé gemischt, ein sehr starkes Opioid. Die letale Dosis liegt bei nicht einmal hundert Milligramm. Price hat mehr als das Zwanzigfache davon gesnifft.«

Dante sieht den toten Price vor sich, das auf seinem Shirt verteilte Rapé, das Handy auf dem Balkonboden.

»Sie haben nicht mal eine Theorie, wer ihn auf dem Gewissen hat? Das ist ein bisschen dürftig, Mister Dante«, sagt Wilkins.

»Ich habe den Mann am Vortag zum ersten Mal gesehen, war dann bis spät nachts mit ihm unterwegs. Das ist ja«, er gestattet sich einen Seufzer, »auf YouTube gut dokumentiert. Am Folgetag hat er mir morgens eine Nachricht zukommen lassen. Wir müssten noch mal reden.«

»Worüber wollte er reden?«

»Hat er nicht gesagt. Aber die Vermutung liegt nahe, dass Hollisters Video und der Fund in der Mojave Price dazu bewogen haben, mir doch etwas anvertrauen zu wollen. Etwas, das er bei unserem ersten Gespräch zurückgehalten hat.«

»Okay. Ich warte aber immer noch auf Ihre Theorie«, sagt Wilkins.

»Meine Mord-Theorie? Wenn Sie sich meine Akte angeschaut haben ...«, hebt Dante an.

»Haben wir«, erwidert Livetti. »Wir wissen, dass Sie während des größten Bilanzskandals der letzten Jahrzehnte der Chief Compliance Officer jenes Unternehmens waren, das beinahe das gesamte Finanzsystem ruiniert hat. Und dass Sie nur durch einen Vergleich mit der SEC unter Auflagen und dank hoher Strafzahlung an einer Gefängnisstrafe vorbeigeschlittert sind.«

»Prima. Dann wissen Sie bestimmt auch, dass ich nur Wirtschafts- und Finanzsachen übernehme – keine Morde, Entführungen, nicht mal Scheidungen, wenn sich's vermeiden lässt. Das ist das erste Mal, dass ich über eine Leiche gestolpert bin. Aber meinetwegen.

Zwei Theorien, aus dem Bauch heraus. Erstens: Price' Firma, Cerro Nuevo, macht ökologisch korrektes Bitcoin-Mining. Von dem, was man hört, ist das nicht sehr rentabel. Möglicherweise hatte Price deshalb irgendwelche zwielichtigen Investoren mit im Boot. Die meisten dieser Miner sitzen in Russland oder China, wegen des billigen Kohlestroms dort. Einige haben Verbindungen zur organisierten Kriminalität.«

»Woraus schließen Sie das?«, fragt Halberstam.

»Mrs Livetti und Mister Park mögen mich korrigieren, falls ich Vorurteile habe. Aber ich würde denken, jeder, der in Russland Millionen umsetzt, muss sich mit der Mafia arrangieren. In China vielleicht auch, keine Ahnung.«

Park tut Dante einen unerwarteten Gefallen und nickt.

»Also russische Mafia oder Triaden«, sagt Wilkins und runzelt die Stirn. »Das ist Ihre Theorie?«

»Ich hab Ihnen ja gesagt, Sie sollten lieber wen anders fragen, Special Agent. Theorie zwei: Price' Tod und der von Hollister hängen direkter zusammen als bislang angenommen.«

»Weil?«, fragt Wilkins.

»Weil zwei tote Kryptoboys, das ist ja fast schon ein Trend. Sorry, mehr fällt mir dazu nicht ein.«

Dante schiebt seinen Kaffee in die Mitte des Tisches. Dort kann die Suppe seinetwegen stehen, bis sie verdunstet ist. Er schaut in die Runde, sagt betont gleichgültig:

»Geben Price' Handy und Rechner nicht Auskunft darüber, mit wem er im Austausch war?«

Keiner der Anwesenden springt auf die Frage an. Lediglich Park zeigt eine Reaktion. Er schaut irgendwie übellaunig, woraus Dante schließt, dass es den Geheimdiensten vielleicht doch noch nicht gelungen ist, Price' Geräte zu knacken.

»Ich hätte eine Frage zu etwas, das Sie vorhin erwähnt haben«, sagt Park. »Sie sagten, Sie seien auf diese Stiftung gestoßen, weil Sie Infos auf Hollisters Laptop gefunden haben.«

»Das ist korrekt.«

»Wo haben Sie den Rechner gefunden? Und woher hatten Sie das Passwort?«

»Der Rechner lag in seiner Strandvilla, nahe Malibu. Hollisters Schwester hat mir die Schlüssel gegeben.«

»Und das Passwort?«, fragt Park misstrauisch.

»Nein. Das stand auf einem Zettel, der unter dem Bett klebte.«

»Und wo ist dieser Laptop jetzt? Den würden wir uns nämlich gerne mal anschauen«, sagt Wilkins.

»Dito«, sekundiert Livetti.

»Er wurde mir gestohlen«, erwidert Dante. Park gibt ein ärgerliches Brummen von sich. Wilkins mustert Dante. Auch er sieht nicht sehr glücklich aus.

»Von wem?«

»Weiß ich nicht. Jemand ist eingebrochen und hat ihn mitgenommen.«

Dante weiß, dass sie ihm nicht glauben. Eigentlich will er Mondego nicht in die Geschichte hineinziehen. Da er aber auch nicht wegen Unterschlagung von Beweismaterial, Behinderung der Justiz, was auch immer, ins Kittchen wandern möchte, bleibt ihm keine Wahl.

»Für den Diebstahl gibt es eine Zeugin, Mercy Mondego, eine Journalistin. Sie hat gesehen, wie der Typ mit dem Laptop aus meinem Haus getürmt ist.«

»Wieso haben Sie das nicht der Polizei gemeldet?«

Dante zuckt mit den Schultern. »Muss man?«

»Wenn es sich um ein mögliches Beweisstück in einem Mordfall handelt«, sagt Halberstam, »dann ...«

»Mord an Hollister?«, fragt Dante.

»Nein. An Price«, erwidert Wilkins.

»Der war damals erstens quicklebendig und mir zweitens noch unbekannt. Kommen Sie, Mrs Livetti, Gentlemen. Es geht um einen Schatz, der eine Milliarde Dollar wert sein soll, vielleicht mehr. Ich war nicht allzu verwundert, dass da noch andere hinterher sind. Auf dem Rechner war außerdem fast nichts drauf. Alles, was mir interessant erschien, habe ich natürlich gesichert.«

Und diese Sicherungskopie«, fragt Park, »haben Sie sich die auch klauen lassen?«

»Nein. Also, falls die während meiner Europareise nicht auch jemand entwendet hat, befindet sie sich in meinem Haus.«

»Okay«, sagt Wilkins, »Mister Dante, wir würden Sie bitten, uns diese Daten für unsere Ermittlungen zur Verfügung zu stellen.«

»Im Prinzip möglich.«

»Ein uneingeschränktes Ja ist, was ich eigentlich hören wollte«, sagt Wilkins.

»Wünschen wir uns das nicht alle? Im Ernst, Special Agent, von mir aus können Sie die Daten liebend gerne haben. Aber sie gehörten Hollister, der, wenn ich die juristischen Feinheiten richtig verstehe, offiziell immer noch nicht ganz tot ist. Entsprechend müsste man meine Klientin fragen, ob ...«

»Wir können Ihnen auch eine Vorladung zukommen lassen. Dann kriegen wir die Daten auf jeden Fall.«

»Weiß ich, Agent. Aber wenn Sie an meiner Stelle wären, würden Sie auch zuerst Ihre Mandantin informieren.«

Wilkins schmeckt das nicht. Die anderen sehen auch nicht gerade überglücklich aus. Aber Beamte amerikanischer Bundesbehörden glücklich zu machen, ist erstens nicht Dantes Job und zweitens ohnehin unmöglich.

»Ich fliege heute Abend zurück nach L. A. Bis dahin würde ich auf die Rückmeldung von Mrs Martel warten. Wenn sie nicht Nein sagt, maile ich Ihnen die Dateien direkt nach meiner Ankunft, wie wäre das? Falls sie es mir verbietet, können Sie ihr ja eine Vorladung schicken.«

Dante ist sich der Tatsache bewusst, dass er vielleicht geschmeidiger und hilfsbereiter sein sollte. Aber es reicht ihm allmählich. Er hat diesen Typen bereits mehr geholfen, als sie erwarten dürfen. Die Ermittler wissen nun von der Stiftung und den Dateien. Das ist doch etwas. Warum, fragt er sich, ziehen dennoch alle so ein Gesicht?

»Was haben Sie als Nächstes vor?«, fragt Halberstam.

»Mir einen Tee besorgen.«

»Sie wollen in die Stadt, oder? Zum Bowling Green«, sagt Wilkins.

»Ich werde mir das mal anschauen, klar. Habe aber nicht viel Hoffnung.«

»Hoffnung, dass Sie erneut den Schatz finden?«, fragt Wilkins.

»Das Video«, erwidert Dante, »steht seit gestern im Netz. Am Charging Bull gab es bestimmt einen Menschenauflauf, oder?«

Wilkins nickt. »Ich habe es in den Lokalnachrichten gesehen.«

»Wenn dort irgendwas versteckt gewesen wäre – eine Botschaft oder so –, dann ist sie schon weg. Die Heuschrecken haben alles abgegrast.«

»Aber Sie fahren dennoch hin.«

»Entgegen aller Vernunft und bar jeder Hoffnung. Sagen Sie«, Dante deutet in die Runde, »darf ich vielleicht auch eine Frage stellen?«

Wilkins liegt wohl wieder ein ›Die Fragen stellen wir‹ auf der Zunge. Aber er schluckt es erneut herunter und sagt: »Aber bitte.«

»Warum interessiert Sie diese Montecrypto-Sache so sehr? Ich meine, ich verstehe, dass«, er zeigt auf Park, »der Fiskus ein Interesse daran hat, sein Pfündchen Fleisch zu bekommen. Aber was ist sonst dran? Geldwäsche? Bilanzbetrug in großem Stil?«

»Sagen wir«, erwidert Park, »wir möchten nicht, dass dieses ganze Geld in falsche Hände gerät.«

»Sie gehen also davon aus, dass der Schatz existiert? Von wie viel reden wir denn?«

Park legt den Kopf schief. »Dazu kann ich nichts sagen. Es gibt allerdings eine Menge Kriminelle oder Terroristen da draußen, die an einer derart großen Summe Kryptogeld brennend interessiert sind. Es wäre völlig anonym und nicht nachverfolgbar, man könnte damit einen ganzen Dschihad finanzieren, einen Staatsstreich anzetteln. Aufgrund von Hollisters«, er verzieht die Mundwinkel, »Informationspolitik weiß nun die ganze Welt davon. Deshalb muss man ein Auge darauf haben.«

Kims Geschwurbel erklärt, warum die Nachrichtendienste die Sachen unter die Lupe nehmen – aber nicht unbedingt, warum das FBI den Fall untersucht. Hollisters posthume Videos mögen seltsam sein. Strafbar sind sie sicher nicht.

»Noch eine Sache«, sagt Halberstam, »was wissen Sie über Hollisters Reisen in den vergangenen zwölf bis achtzehn Monaten?«

»Ich habe ein paar Spesenbelege gesehen«, erwidert Dante. »Er fuhr öfter zu irgendwelchen Technologiekonferenzen, auf der ganzen Welt.«

»Können Sie sich an die Destinationen erinnern?«

Dante kratzt sich am Kopf, sagt: »Es waren ziemlich viele, also nicht an alle. London und Paris, definitiv Zürich, Orlando ... Dubai meine ich auch gesehen zu haben. Und irgendwas in China.«

»Peking, Shanghai?«, fragt Halberstam.

»Nein. Warten Sie. Dalian? Gibt es das?«

Sowohl Wilkins als auch Halberstam runzeln die Stirn.

»Sind Sie sicher, Mister Dante?«, fragt Wilkins.

Dante erwidert, dass er nicht völlig sicher sei, holt sein Handy heraus, öffnet eine Notizapp.

»Tokio, Seoul. Und Dalian, ja. Vor vierzehn Monaten, eine Kryptokonferenz. Ist das wichtig?«

»Vielleicht. Nun, Mister Dante«, sagt Wilkins, »wenn es vonseiten der Kollegen keine weiteren Fragen gibt, sind Sie hiermit entlassen. Es kann allerdings sein, dass wir noch mal auf Sie zurückkommen.«

»Natürlich. Und die Datei, wo darf ich die hinmailen?«

Wie so oft kommt das Interessanteste erst am Schluss. Halberstam zückt eine Visitenkarte, will sie Dante geben. Bevor er das jedoch tun kann, tippt ihm Park an den Arm und schüttelt den Kopf. Wilkins wendet sich Dante zu und sagt:

»Keine Mails, bitte. Rufen Sie die Nummer auf der Karte an, sobald Sie Zugang zu den Dateien haben. Wir schicken dann umgehend einen Kollegen vorbei, der sie abholt.«

Dante nimmt die Karte, verspricht es. Sie erheben sich, schütteln einander die Hand. Dante ist mit seinen Gedanken jedoch bereits woanders. Er soll die Dateien nicht ans FBI schicken. Warum nicht? E-Mail ist eine unsichere Angelegenheit. Aber glaubt der Mann vom Geheimdienst wirklich, jemand werde versuchen, Dantes Mails abzufangen? Wird seine Kommunikation überwacht? Und wenn ja, von wem?

Einer der Herren vom FBI geleitet Dante zum Ausgang. Kurz darauf steht er wieder in der Ankunftshalle. Es ist an der Zeit, sich ein Taxi nach Manhattan zu besorgen.

BULLENKLÖTEN

Mondego steht neben einem Imbiss-Wägelchen am Eingang zum Battery Park. Mit beiden Händen hält sie einen Hotdog und beißt gerade ab, als Dantes Taxi am Straßenrand hält. Er will bereits einige Zwanziger durch die dafür vorgesehene Öffnung in der Plexiglasscheibe zwischen Fond und Fahrerbereich stecken, als ihm ein Kartenlesegerät mit Juno-Logo auffällt. Er hält sein Handy dagegen.

Mondego winkt ihm kauend. Er steigt aus, wuchtet sein Gepäck aus dem Kofferraum. Sie kommt auf ihn zu.

»Hallo, Mercy. Freut mich, dich wiederzusehen.«

Sie schaut ihn an, als komme dieses Eingeständnis gänzlich unerwartet.

»Wie war der Flug?«, fragt sie kauend.

»Besser als die Ankunft.«

Dante erzählt ihr von den FBI-Agenten. Geheimdienst und TFI lässt er weg. Während sie zuhört, bedeutet Mondego dem Mann an dem Stand, einen weiteren Hotdog zuzubereiten.

»Und die Cops interessieren sich für Price? Oder eher für Montecrypto und Hollister?«, fragt sie.

»Mein Eindruck war«, sagt er, »dass der Mord an Price und der Tod Hollisters die Polizei nicht so interessieren wie der Schatz.«

»Wieso hast du mir das mit Price eigentlich nicht früher gesagt?«

»Die Cops in Vegas haben mir davon abgeraten, es weiterzuerzählen. Ich habe mich lieber dran gehalten.«

»Verstehe. Wie möchtest du's?«

Er braucht einen Augenblick, um zu verstehen, dass sie den Hotdog meint.

»Wenig Zwiebeln, viel Senf.«

»Keinen Ketchup?«

Dante verneint es energisch. Wenige Sekunden später kauen sie einträchtig.

»Und wie ist es dir ergangen?«, fragt er.

»Viel Arbeit wegen der Montecrypto-Geschichte, ich könnte Dutzende Artikel dazu schreiben. Turtlecoins, Videos, Price' Tod. Und das war definitiv Mord?«

»Hast du nicht von mir. Aber wenn er seinen Schnupftabak nicht selbst mit einer Überdosis Oxycodon versetzt hat, wohl schon.«

Dante beichtet Mondego, dass er sie bei den Bullen als Zeugin benannt hat, im Zusammenhang mit dem Diebstahl von Hollisters Laptop. Sie nimmt es erstaunlich gelassen auf.

Er ist immer noch nicht bereit, sämtliche Informationen mit Mondego zu teilen. Da sie bei den wesentlichen Punkten bisher jedoch dichtgehalten hat, riskiert er es, ihr von der Klickfarm in Zug zu erzählen, von den Bot-Handys. Yangs Anwesenheit lässt er aus.

Als er fertig ist, schaut Mondego ihn entgeistert an.

»Noch mal, nur dass ich das jetzt richtig verstanden habe, Ed. Jemand, vermutlich Hollister, hat in dieser Stiftung einen Server aufgestellt und betreibt von dort aus ein Bot-Netzwerk – in Form von Handys, die auf irgendwelche Websites zugreifen. Und du hast den Mist aus Versehen aktiviert?«

»Vielleicht. An war das vermutlich schon, im Sinne von einsatzbereit. Aber möglicherweise habe ich irgendwas ausgelöst, ich weiß es nicht genau.«

»Woher hattest du den Zugangscode? Und die Schlüssel zu den Büros?«

»Darf ich nicht sagen, Mercy.«

Vorwurfsvoll schauen ihn große schwarze Augen an.

»Du traust mir also immer noch nicht.«

Dante wird ein bisschen weich, aber nicht so weich, dass er auf diese Mädchenmasche hereinfiele. Dazu ist er viel zu nüchtern.

»Ich traue dir mehr als vielen anderen. Aber ich würde damit einen Kontakt kompromittieren, dem ich absolute Verschwiegenheit zugesichert habe. Du als Journalistin müsstest das verstehen.«

»Diese Klickfarm würde ich mir ja gerne mal anschauen.«

»Davon würde ich abraten. Jetzt, wo der Standort der Stiftung öffentlich ist, werden bald eine Menge Leute vor Ort sein.«

»Alte News«, erwidert sie. Sie holt ihr Handy hervor, wischt herum, hält ihm den Bildschirm hin. Dante sieht ein Foto der Bullingerstraße. Auf dem Bürgersteig steht ein Häuflein Menschen, durchweg junge Leute. Viele von ihnen tragen Hüte.

»Was sollen die ... oh Scheiße«, sagt Dante. Er greift sich ans Haupt, streicht mit dem Finger über die Krempe seines Trilbys.

»Das«, Mondego zeigt auf seine Kopfbedeckung, »gilt in gewissen Kreisen übrigens als Schatzsucherhut. War eigentlich unausweichlich, dass die Leute das Outfit des Oberschatzsuchers kopieren.«

Sie grinst breit, als sie das sagt. Dante seufzt leise.

»Wer stellt die eigentlich her? Stetson? Vermutlich könntest du dich von denen sponsern lassen, Ed.«

»Witzig, Mercy. Sollen wir jetzt vielleicht mal«, Dante zeigt gen Downtown, »zu dem Bullen?«

Sie ist einverstanden. Gemeinsam laufen sie in Richtung Bowling Green. Dante ist ganz froh, Mondego dabeizuhaben. Nicht nur wegen der Montecrypto-Sache, sondern auch wegen der Stadt. New York bereitet ihm Bauchschmerzen. Zunächst dachte er, es liege an dem Hotdog, aber das ist es nicht.

Dantes Blick fällt auf einen zusammengeknüllten blau-weißen Kaffeebecher im Rinnstein. Er weiß, dass darauf in pseudogriechischen Lettern die Worte »We are happy to serve you« stehen. In Manhattan gibt es so viele Dinge, die Dante wiedererkennt. Wolkenkratzer und Straßenzüge natürlich, aber vor allem Details: die Art und Weise, wie sich Leute an der roten Ampel vordrängeln, um als Erste über die Straße hetzen zu können; das ganz spezielle Stahlgrau des Novemberhimmels; die Form der Mülltonnen. Jedes dieser Details ist mit einer Erinnerung verknüpft. Und jede dieser Erinnerungen tut weh.

Während sie zum Broadway laufen, sieht er einen Mann im Maßanzug, zweifelsohne ein Investmentbanker, der mit gehobenem Arm an einer Kreuzung wartet – genau an jener Ecke, wo zwei Einbahnstraßen aufeinander zulaufen. So maximiert man die Wahrscheinlichkeit, ein Taxi zu bekommen.

Dieser Typ da, denkt Dante, das war ich.

»Was sagst Du, Ed?«

»Nichts. Nur laut gedacht. Erinnerungen.«

»Du hast hier gelebt.«

»Acht Jahre lang.«

»Warst du glücklich hier?«

»Bis ich unglücklich wurde, schon.«

Sie hat den Takt, nicht weiter nachzufragen. Stattdessen wechselt sie das Thema.

»Warum hast du vorhin gesagt, ich soll mir die Stiftung lieber nicht anschauen? Weil ich dann so berühmt werde wie du?«

»Nein. Was ich meinte, war, dass außer diesen Kryptokiddies möglicherweise auch gefährlichere Leute da rumhängen. Mafiosi. Nachrichtendienste.«

»Ist das jetzt Paranoia oder hast du Belege?«

»Belege. Ich kann nicht ins Detail gehen. Es scheint aber, dass Price Geschäftspartner hatte, die nicht ganz koscher waren.«

»So weit nichts Neues.«

»Du weißt davon?«

»Wissen ist zu viel gesagt. Aber ... schon mal von Kutschurhan gehört?«

»Nein.«

»Das liegt in Transnistrien. Auch davon haben viele noch nie gehört. Ist eine von niemandem anerkannte abtrünnige Republik. Da gibt es nichts außer einem riesigen Kraftwerk aus Sowjetzeiten. Und Kryptominern, die sich dort angesiedelt haben, weil die Kilowattstunde nur ein paar Cent kostet.

Der Ökostrom, mit dem Cerro Nuevo arbeitet, kostet locker das zwanzigfache. So etwas kann nicht rentabel sein.«

»Also ist Price' Laden eine Geldwaschanlage?«

»Für ausländische Kriminelle, ja, das zumindest ist die Vermutung. Russen oder Nordkoreaner – beweisen kann das natürlich keiner.«

»Russen – okay. Aber wieso Nordkoreaner?«

»Wenn es um digitalen Bankraub und Hacking geht, sind die Nordkoreaner ganz vorne mit dabei. Der glorreiche Führer, wie heißt er gleich ...«

»Kim Jong-un.«

»Genau. Das ist dessen Devisenbeschaffungsprogramm. Die Nordkoreaner hängen in vielen organisierten Hacks mit drin. Wie dem auch sei, ich verstehe, was du meinst: Vielleicht ist Price von der russischen Mafia oder so ermordet worden, und in deren Visier will ich bestimmt nicht geraten. Aber ich möchte da ja auch nicht hinfahren, nach Zug, meine ich.«

»Sondern dich von hier reinhacken?«

»Eine Menge Leute wissen inzwischen, dass es diese Fondation Bataille gibt. Aber wenn ich das richtig sehe, weiß zurzeit noch kaum jemand, dass dort eine Klickfarm steht.«

Dante muss an sein Gespräch mit den Behörden denken, insbesondere an das mit Mister Park, dem angeblichen IRS-Beamten.

»Die Info geht auf jeden Fall noch nicht durchs Internet. Aber brauchst du dafür nicht eine Internetadresse, eine IP, so was?«

»Idealerweise schon. Eventuell gibt es andere Angriffsvektoren.«

Dante zögert einen Augenblick, beschließt dann jedoch, dass Mondego in Computerfragen die beste Hilfe ist, die er auf die Schnelle bekommen wird. Er bittet sie, stehen zu bleiben. Sie befinden sich auf Höhe des Museums für amerindische Kultur, das am südlichen Ende des Bowling Green liegt. Dante fällt auf, dass ziemlich viele Menschen unterwegs sind. Das ist per se nichts Ungewöhnliches. Doch viele der Leute, die er sieht, sind keine typischen Touristen auf dem Weg zu Freiheitsstatue oder Ground Zero. Das Publikum wirkt jünger, hipper. Einige tragen Trilbys.

Dante zieht Mondego in einen Hauseingang. Er vergewissert sich, dass niemand in der Nähe ist. Leise sagt er:
»In dieser Klickfarm hingen Hunderte Handys, vielleicht Tausende. Nehmen wir mal an, jemand hätte eines davon.«
»Du hast eins mitgenommen?«
Mondego tritt noch näher an ihn heran. Ihre Nasenspitze streift seine Wange.
Dante lächelt – wegen der zufälligen Berührung, die ihm einen Schauer den Rücken hinunterjagt, aber auch wegen des Bot-Handys.
»Die Frage ist, ob man es aufkriegt. Ich habe kein Passwort dafür.«
»Warum«, fragt Mondego, »jetzt eigentlich diese kuschelige Ecke hier?«
»Ich bin mir ziemlich sicher, dass ich observiert werde«, erwidert er leise, »beobachtet, abgehört, vermutlich das volle Programm.«.
»Wo ist es?«, fragt Mondego beiläufig, während sie den Blick auf ein Schaufenster gegenüber richtet.
»In meiner Jackett-Innentasche«, erwidert Dante.
Bevor er weiß, wie ihm geschieht, hat Mondego ihre Hände auf sein Gesicht gelegt und zieht ihn zu sich. Er spürt ihre Lippen auf seinen. Sie presst sich an ihn, schiebt einen Oberschenkel zwischen seine Beine.
Dante begreift natürlich, warum sie das tut. Falls jemand sie von der Straße aus beobachtet, wird es für ihn so aussehen, als ob sie schwer verliebt seien und ihnen Geknutsche eigentlich zu wenig sei. Dante fingert, den Rücken zur Straße, das Bot-Handy aus der Innentasche. Er schiebt eine Hand unter Mondegos T-Shirt, so als wolle er sich zu einer ihrer Brüste hocharbeiten. Stattdessen steckt Dante ihr lediglich das Bot-Handy in den Hosenbund.
Mondego lässt ihn los, allerdings etwas widerwillig. Zumindest bildet Dante sich das ein.
»Danke dafür«, sagt sie, »gehen wir dann weiter?«

Mondego nimmt seine Hand, zieht ihn zurück auf den Bürgersteig. Sie sind nun auf dem Broadway, gehen an dem kleinen Park vorbei, in dem Hollister sein Video aufgenommen hat. Nach ein paar Sekunden lässt sie seine Hand wieder los, zeigt in Richtung Charging Bull. Die Statue steht auf einer Verkehrsinsel in der Mitte des Broadway. Mehr als ihr bronzener Buckel und die Hörner sind allerdings nicht auszumachen, wegen der vielen Leute.

Sie gehen weiter. Dante erinnert sich daran, dass Hollister in seinem Video davon sprach, den »Stier bei den Hörnern zu packen«. Das kam ihm seltsam vor, zumindest bezogen auf den Charging Bull. Das Ding hat eine Schulterhöhe von zweieinhalb Metern, ist so groß wie ein Lieferwagen. Entsprechend lang und ausladend sind die Hörner. Nicht einmal Shaquille O'Neal könnte beide gleichzeitig umfassen.

Dante beobachtet die Schaulustigen. Ein junger Mann in einem Shirt mit Bitcoin-Logo ist dabei, die Statue mit einem Maßband zu vermessen. Ein anderer liegt wie ein Automechaniker darunter. Dante sieht Menschen mit Stativen und Kameras. Sie sehen nicht aus wie Reporter großer TV-Sender, eher wie Typen, die eine Webshow aufnehmen. Mondego erklärt ihm, für wen die Leute arbeiten. Von einer der Publikationen, sie heißt Gothamist, hat er schon einmal gehört. Die anderen sind ihm völlig unbekannt.

»Moment mal, Mercy«, sagt er.

»Was denn?«

Dante deutet auf einen Souvenirladen. Er geht hinein und erscheint kurz darauf wieder, trägt nun eine gefälschte Oakley-Sonnenbrille sowie eine ›I love NY‹-Basecap. Den Trilby hat er weggesteckt. Mondego mustert ihn kritisch.

»Angst, dass dich jemand erkennt?«

»Ein wenig. Ich habe keine Lust, von irgendwelchen dämlichen Bloggern interviewt zu werden. Anwesende natürlich ausgenommen.«

»Jaja, verstehe schon. Aber«, sie weist mit dem Kopf in Richtung des Bullen, »wie geht es nun weiter? Verrätst du mir jetzt endlich deine Theorie?«

»Weiß nicht, ob ich überhaupt eine habe. Ziemlich sicher bin ich mir allerdings, dass Hollister nichts in der Nähe des Charging Bull verbuddelt hat. Die Zeiten sind vorbei.«

»Welche Zeiten?«

»Als du hier nachts noch unbemerkt was abladen konntest, wie Arturo Di Modica damals den Bullen.«

Di Modica ist der Künstler, der den Charging Bull geschaffen hat. Die meisten Menschen glauben, das sei im Auftrag der Stadt oder der Börse geschehen, aber das stimmt nicht. Di Modica war von niemandem beauftragt worden. Er fertigte den Bullen aus eigenem Antrieb an und kundschaftete dann aus, in welcher Frequenz die Polizeistreifen an der New York Stock Exchange vorbeiliefen. Dann stellte er das Monster in einer Nacht-und-Nebel-Aktion eigenmächtig auf.

Das war 1989, vor 9/11, Occupy Wall Street und dem ganzen anderen Mist. Heute könnte man vor der Börse nicht einmal einen Gartenzwerg aufstellen, ohne von schwer bewaffneten Sondereinsatzkommandos niedergerungen zu werden.

»Dass Hollister hier was hinterlassen hat, in Form eines Graffitis, einer Gravur, was weiß ich, ist ebenfalls unwahrscheinlich.«

»Und wenn doch, stünde es bereits auf Reddit und Twitter«, erwidert Mondego.

»Denke ich auch. Bleibt noch diese Theorie mit der Karte und den fünf Orten.«

»Was ist mit der?«

»Die ist Bullshit«, sagt Dante.

»Ist sie? Du scheinst dir da sehr sicher zu sein.«

»Ich weiß es.«

Dante bedeutet Mondego, ihm zu folgen. Sie laufen den Broadway hoch. Den bronzenen Bullen würdigt er keines weiteren Blicks.

»Hollisters Shirt, das mit diesen Punkten drauf. Genauer gesagt sind es kleine Kreise. Ich hatte die schon mal irgendwo gesehen, kam aber erst nicht drauf.«

»Und?«

»Es handelt sich um die Eurion-Konstellation«, sagt Dante.

»Die Orion-Konstellation? Das Sternbild? Interessant. Heißt das, man kann daraus irgendwie wieder Koordinaten ableiten oder ein bestimmtes Datum oder ...«

»Nicht Orion. Eurion.«

Vor einem Subway-Restaurant bleibt Dante stehen, deutet auf den Eingang.

»Schon wieder essen? Wir haben doch gerade erst einen Hotdog gehabt.«

Er schaut ihr in die Augen. Sie begreift, dass er nichts essen möchte, sondern einen anderen Grund hat, den Sandwichladen aufzusuchen. Sie gehen hinein. Der Laden ist völlig verwaist. Dante holt zwei Flaschen Poland Spring aus dem Kühlschrank, gibt sie Mercy, zusammen mit einem Zehn-Dollar-Schein.

»Das wollte ich nicht vor aller Augen tun. Geh zahlen«, sagt er, »aber schau dir vorher den Schein an. Such nach Punkten.«

Sie runzelt die Stirn, geht zur Kasse. Die Kassiererin zieht die Flaschen über den Scanner, wartet darauf, dass Mondego ihr das Geld aushändigt. Doch die steht regungslos da, gafft die Banknote an.

»Fuck«, entfährt es ihr. Dann kommt sie zu sich, bezahlt. Kurz darauf sind sie wieder auf dem Broadway, laufen weiter Richtung Norden.

»Auf dem Schein sind genau diese Kringel, die von dem Shirt. Ist das ein Sicherheitsmerkmal oder was?«, fragt sie.

»Exakt. Dieses Muster aus fünf Punkten ist auf vielen Geldscheinen, in der Regel gut versteckt. Auf Zehn-Dollar-Noten sind um die Fackel der Freiheitsstatue herum ganz viele kleine gelbe Zehnen verstreut, die man auf den ersten Blick kaum sieht. Und die Nullen dieser Zehnen bilden die Konstellation.«

»Ich habe die vorher noch nie gesehen«, sagt Mondego. »Die Nullen sehen komisch aus – nicht oval, sondern kreisrund. Genau wie die Dinger auf Hollisters Shirt.«

»Die Eurion-Konstellation ist nicht nur auf dem Dollar versteckt, sondern auch auf Euro, Franken, armenischem Dram und so weiter. Fast immer werden die Kringel in das jeweilige Design eingepasst, sodass man sie nicht wahrnimmt. Beim Zehn-Euro-Schein verbergen sie sich zum Beispiel im Sternenhimmel.«

»Und wofür genau ist diese Konstellation gut?«

»Kopierschutz. Farbkopierer und Scanner haben eine entsprechende Software eingebaut. Sobald sie die fünf Punkte erfasst, streikt das Gerät. Man kann die Scheine dann nicht kopieren.«

Sie haben die Börse hinter sich gelassen. Dante sieht immer noch Leute, die er für Schatzsucher hält, für Quatermains. Allmählich gewöhnt er sich an den dämlichen Begriff. Sie kommen an zwei jungen Frauen vorbei, die eine Karte studieren. Es handelt sich um eine Kopie des Plans mit den fünf Locations, den Dante im Internet gesehen hat.

»Okay, Du weißt also, wo die Pünktchen herkommen«, sagt Mondego, »aber wo führen sie hin?«

Dante bleibt stehen. Hunderte Male, vielleicht Tausende, ist er diese Straße entlanggelaufen, auf dem Weg zur Arbeit oder zu einem Lunchtermin. Doch obwohl er sich bereits während des Flugs den Kopf darüber zerbrochen hat, weiß er immer noch nicht, zu welchem Ort Hollister die Schatzsucher führen will. Dass er sie irgendwohin führen will, zu einem physischen Ort in der Nähe, davon ist Dante überzeugt. Er erzählt Mondego von seinen Überlegungen.

»Du meinst also, der Bulle ist nur der Ausgangspunkt und man muss von dort irgendwohin?«

»Ja. Und meine Vermutung wäre, dass die Konstellation irgendwie den Weg vorgibt.«

»Den Weg wohin?«

»Die offensichtlichste Assoziation mit Eurion ist Geld, genauer gesagt Geldscheine. Und wo kommen die Geldscheine her? Von der Notenbank.«

»Der Fed also? Bis nach Washington möchte ich aber nicht laufen«, erwidert sie.

»Es heißt ja nicht umsonst Federal Reserve System. Die US-Notenbank ist ein föderales Gebilde mit verschiedenen Filialen. Die New Yorker Fed ist gleich hier um die Ecke, Liberty Street. Das ist rechts hinter dem Park da vorne.«

Sie setzen sich wieder in Bewegung. Links vor ihnen erhebt sich die Trinity Church, ein gotisches Gemäuer, das auch in Oxford oder Gloucester stehen könnte. Es dürfte das älteste Gebäude auf dem Broadway sein. Der Rest wird regelmäßig abgerissen und neu aufgebaut, zumindest fühlt es sich für Dante so an. Er hat den Eindruck, seit seinem letzten New-York-Besuch sei die Hälfte der Gebäude ausgetauscht worden.

»Okay, wir spazieren also zur Fed. Und was glaubst du dort zu finden?«

Dante verzieht das Gesicht.

»Weiß nicht, auch da kann man eigentlich nur schwer was verstecken. Aber ich dachte, mir würde auf dem Weg vielleicht was ins Auge springen.«

Dante schaut umher, spürt Verzweiflung in sich aufsteigen. Mondego sieht es ihm an. Sie dirigiert Dante zu einer Parkbank. Inzwischen befinden sie sich auf Höhe des Zucotti Parks. Es handelt sich nicht wirklich um einen Park, kaum zwanzig erbärmlich dürre Bäumchen ragen aus einer Betonplatte, kein Quadratzentimeter Rasen ist zu sehen. Aber New Yorker sind in dieser Hinsicht eben genügsam.

Sie setzen sich. Mondego holt ein iPad und einen Notizblock hervor. Gemeinsam schauen sie sich nochmals das zweite Video an, obwohl Dante es wohl schon fünfzehnmal gesehen hat. Am Ende des Clips grinst Hollister in die Kamera, hebt eine Hand zum Gruß.

»Also, gute Jagd. Haltet die Augen offen. Wenn Ihr mich jetzt entschuldigen würdet – ich muss los. Ich habe gleich ein Date mit meinem neuen Kumpel Alex.«

»Wer zum Teufel ist Alex?«, fragt Mondego.

»Habe ich mich auch schon gefragt. Aber vielleicht ist das gar nicht die Frage«, sagt Dante.

»Wer Alex ist?«, erwidert sie. »Es gibt dazu natürlich schon einen langen Thread auf Reddit. Viele sind der Ansicht, dass Hollister hier auf die Hauptfigur aus ›Uhrwerk Orange‹ anspielt. Oder auf Alex van Dijsselberg, einen holländischen Kryptounternehmer, der ...«

»Was ich meine, ist: Wie will Hollister sich mit jemand treffen, wenn er tot ist? Im Himmel?«

Mondego schaut nachdenklich.

»Na ja, als er das Video aufnahm, war er noch nicht ... Du meinst, der Hinweis bezieht sich auf jemanden, der bereits unter der Erde liegt.«

»Scheiße, das könnte ...«

Dante springt auf. Mondego erhebt sich ebenfalls.

»Warte. Wo läufst du hin, Ed? Da sind wir doch gerade hergekommen. Zur Fed geht es da lang. Oder wollen wir wieder zu dem Bullen?«

»Nein«, flüstert er ihr ins Ohr, »zum Friedhof.«

ALEX

»Wo soll denn hier bitte ein Friedhof sein?«, fragt Mondego.
»Wir sind dran vorbeigekommen«, erwidert Dante. »Hör zu, falls uns jemand beobachtet – wir trennen uns jetzt und treffen uns später wieder.«

Dante tritt ganz nah an Mondego heran, flüstert ihr einige Instruktionen ins Ohr. Sie nickt, löst sich von ihm. Dante sieht Mondego nach, wie sie durch den Pseudopark Richtung Westen verschwindet. Er hat ihr aufgetragen, zum 9/11-Memorial zu gehen und dort an zufällig ausgewählten Punkten Fotos und Notizen zu machen. Sollte jemand Mondego beobachten, wird er annehmen, sie suche nahe dem Ground Zero nach dem Schatz. Danach wird sie zur Metrostation Cortlandt Street laufen und eine Station fahren, bis Rector Street.

Dante hingegen spaziert nach Osten, Richtung Fed. Er kennt in dieser Gegend jeden Quadratmeter. Trotzdem ist er vorhin glatt an dem Friedhof vorbeigestiefelt.

Wenn man einen Ort gut kennt, fallen einem manche Dinge eben irgendwann nicht mehr auf. In gewisser Weise ist seine Betriebsblindheit ein Glücksfall. Falls sie jemand observiert, wovon er schwer ausgeht, hätten sie den Beobachter direkt zum Ziel geführt. Da sie jedoch vorbeimarschiert sind, bietet sich nun die Möglichkeit, etwaige Verfolger abzuschütteln.

Dante erreicht das Fed-Gebäude, das einen ganzen Block einnimmt. Es sieht aus wie ein italienischer Renaissancepalazzo, den man zu einem Geldspeicher umgebaut hat: Hohe, wehrhaft anmutende Wände, auf dem Dach kleine Türme. Die mehrere Meter hohen Fenster sind allesamt vergittert. Viele Menschen glauben, der Grund für diese Festungsarchitektur sei, dass die New Yorker Fed immense Summen Bargeld horte. Diese Annahme offenbart ein grundlegendes Missverständnis in Bezug auf Notenbanken, ja Banken überhaupt.

An der Ecke Liberty und Nassau bleibt Dante stehen, reckt den Hals, um das gesamte Gebäude betrachten zu können. Erstaunlich viele Menschen hängen noch immer der Vorstellung an, Banken passten auf das ihnen anvertraute Geld auf, verwahrten all die Dollar und Euro in einem großen Safe oder auf einer gut gesicherten Festplatte.

Sie tun nichts dergleichen. Gibt ein Kunde seiner Bank tausend Euro, landet nicht ein Cent davon im Tresor. Die Bank verleiht den Tausender weiter, noch bevor der Kunde durch die Drehtür ist. Das Geld bekommt ein anderer Kunde oder eine andere Bank, die das Geld erneut verleiht, und die nächste wieder, und immer so weiter.

Viele glauben, die Keller der Fed seien voller Gold, mit dem der Dollar abgesichert werde. Aber wie all die Coiner nicht müde werden zu betonen, ist ein Dollar letztlich ein ungedeckter Scheck. Hinter dem Greenback stehen keine Werte. Er ist, um diesen neumodischen Ausdruck zu verwenden, kein Stablecoin.

Vermutlich sind die Medien schuld. In den Nachrichten heißt es stets, die Zentralbank »werfe die Notenpresse an« oder »flute den Markt mit frischem Geld«. Also ist es vielleicht nachvollziehbar, dass die Leute an Goldbarren und nagelneue Scheinchen denken, die sich in irgendwelchen Tresoren stapeln. Aber wenn die Fed mehr Geld ins System pumpen will, sagt sie den Banken einfach, sie sollen mehr Kredite vergeben, an jeden Hinz und Kunz. Die Fed pumpt nicht. Sie lässt pumpen.

Über Geld grübelnd quert Dante die Straße. In einem Starbucks an der Ecke besorgt er sich einen Tee. Ohne groß darüber nachzudenken, zahlt er mit der Juno-App. Tee schlürfend läuft er einmal um das Fed-Gebäude herum, Nassau, Maiden, William und Liberty, immer an der Wand entlang. Seine Hoffnung, ihm werde dabei etwas auffallen, ist nicht sehr groß. Was sollte das auch sein? Das Gebäude ist schmucklos, frei von Graffiti oder Plakaten.

Dantes Handy summt. Mondego hat ihm ein Bild geschickt. Es zeigt eine Infotafel nahe dem Memorial. Das Foto hat keinerlei Bedeutung, es ist Teil ihrer kleinen Scharade. Aber es sagt ihm, dass Mondego noch gut zwanzig Minuten brauchen wird, bis sie ihren Treffpunkt erreicht.

Dante dreht eine weitere Runde. Diesmal geht er gegen den Uhrzeigersinn um die Fed herum. Er würdigt den Geldtempel diesmal keines Blickes, schaut stattdessen zur anderen Straßenseite. Das Einzige, was ihm auffällt, ist, dass sich an zwei der vier Kreuzungen, die den Fed-Block umschließen, ein Starbucks befindet. Dante fragt sich, wann die verbleibenden Lücken geschlossen werden. Wenn sich an jeder Ecke Manhattans ein Starbucks befindet, ist der Kapitalismus vermutlich zur wahren Vollendung gelangt.

Erst als er beinahe um den Block herum ist, bemerkt er etwas. Vor dem Eingang zu einem der Wolkenkratzer an der Maiden Lane erblickt er ein ihm nur allzu bekanntes Logo. Es ist im Boden eingelassen und zeigt einen Frauenkopf, der, wie er inzwischen weiß, jene antike Göttin darstellt, die in Griechenland Hera hieß und in Rom Juno. Sie ist die Ehefrau von Jupiter, dem CEO von Olympus Inc., macht aber ihr eigenes Ding.

Er läuft auf das Gebäude zu. Es handelt sich um einen ziemlichen Klotz, der das Fed-Gebäude weit überragt.

Die antike Juno galt als Schutzherrin der Römischen Republik. Für die Juno des 21. Jahrhunderts gilt das nicht. Sie ist auf eigene Rechnung unterwegs und hat mit dem Staat vermutlich nicht allzu viel am Hut.

Dante steht vor dem Eingang. Er sucht nach einem Schild. Es gibt keines. Auch in der Lobby, die durch die getönten Scheiben erkennbar ist, sieht er keinen Juno-Schriftzug. Das in den Marmorplatten eingelassene Logo scheint der einzige Hinweis zu sein. Dante geht auf einen Wachmann zu, der neben der Drehtür steht, fragt ihn.

»Hier befinden sich die New Yorker Büros von Juno, Sir«, erklärt der Mann.

»Der Bezahldienstleister?«

Der Wachmann bestätigt es. Dante fragt, ob Juno das gesamte Gebäude okkupiere, woraufhin ihm der Mann erklärt, einige der unteren Etagen seien seines Wissens an einen Hedgefonds untervermietet. Aber, ja, der Rest gehöre Juno.

Dante bedankt sich, geht weiter. Am Ende der Maiden Lane blickt er zurück. Wollte Hollister potenzielle Schatzsucher vielleicht gar nicht zur Fed führen, sondern zur Juno-Dependance? Ist auch das ein Hinweis? Er kann es sich eigentlich nicht vorstellen.

Er muss an sein Gespräch mit Yang denken, die inzwischen vermutlich auf dem Rückweg nach San Francisco ist oder sich in diesem Moment vielleicht gar in dem Wolkenkratzer da drüben aufhält und von ihrem Chefbüro auf die Fed herabschaut. Er fragt sich, was die feinen Herren Notenbanker wohl darüber denken, dass ihnen Juno derart auf die Pelle rückt. Und er fragt sich, was die Bot-Handys in Zug gerade tun. Schaufeln sie Dollars ins Juno-System? Schließen sie das Deckungsloch? Oder hat die Klickfarm am Ende gar nichts mit Juno zu tun?

Als ein Yellowcab auftaucht, schießt Dantes Arm wie ferngesteuert empor. Er steigt ein. Eigentlich will er zur Trinity Church auf dem Broadway, bittet den Fahrer jedoch, ihn nach Tribeca zu fahren, in die entgegengesetzte Richtung. Während der Fahrt schaltet er sein Handy ab. Mondego, die inzwischen zur U-Bahn unterwegs ist, wird dasselbe tun. Nachdem er den Fahrer in bar bezahlt hat, steigt Dante nahe der Canal Street aus und fährt mit der Linie N bis zur Rector Street. Mondego wartet bereits auf der Zwischenebene.

»Irgendwas bemerkt?«, fragt sie.

»Eigentlich nicht. Nur, dass Junos New Yorker Büros direkt neben dem Fed-Gebäude liegen.«

»Echt? Wusste ich nicht. Und was hat das zu bedeuten?«

»Vermutlich nur, dass Juno scheißreich und scheißgroß ist.«

»Und jetzt der Friedhof?«, fragt sie.

Dante nickt. Sie nehmen die Treppe nach oben, kommen in einer Parallelstraße des Broadway heraus. Direkt vor ihnen erhebt sich die Trinity Church. Die Kirche hat einen Friedhof, vermutlich der einzige in Lower Manhattan. Dante glaubt nicht, dass dort heutzutage noch Leute verscharrt werden. Wer hier liegt, liegt hier schon länger.

Das Kirchengelände wird von einer Mauer umgrenzt. Durch einen Torbogen gelangen sie ins Innere. Wie erwartet, sehen die Grabsteine stark verwittert aus. Dante wirft einen Blick auf eine der Inschriften.

»In liebendem Gedenken an Thomas Garner Dalton, verstorben am 20. Oktober 1862.«

Manche Gräber sind noch älter, stammen aus dem achtzehnten Jahrhundert. Mondego zieht ein Gesicht. Dante versteht, warum. Der Friedhof ist nicht groß, schon gar nicht verglichen mit dem monströsen Calvary Cemetery in Queens oder dem weitläufigen Evergreen in Los Angeles. Dennoch gibt es ein paar hundert Gräber. Und die müssen sie alle abklappern.

Sie machen sich an die Arbeit. Mondego übernimmt den westlichen Teil, Dante den östlichen. Er liest die Inschriften. Robert Fulton, John Alsop, Horatio Gates. War Letzterer nicht General im Bürgerkrieg? Vom Datum her könnte es hinkommen. Dante sucht weiter. Zwischendurch schaut er umher, vergewissert sich, dass sie niemand beobachtet. Mondego und Dante sind nicht allein auf dem Friedhof. Ein paar Touristen streunen zwischen den Gräbern umher. Immerhin sieht er niemanden mit Quatermain-Hut.

Nach gut einer halben Stunde sind sie sämtliche Gräber abgelaufen, treffen sich vor der Kirche. Keiner von Dantes Toten hieß Alex oder Alexander. Bei Mondego verhielt es sich genauso.

»Es war einen Versuch wert«, sagt sie.

Dante antwortet nicht. Stattdessen geht er in Richtung des metallenen Zauns, der das Kirchengelände auf dieser Seite umgrenzt und hinter dem der Broadway liegt. Mondego folgt ihm. Sie passieren das Hauptportal, gehen durch ein Tor im Zaun.

Mondego packt ihn an der Schulter.

»Da sind ja noch mehr«, sagt sie.

Dante dreht sich um. Tatsächlich gibt es auf der anderen Seite der Kirche eine Handvoll weiterer Gräber, zwischen Kirchenschiff und Rector Street. Durch ein kleines Tor gelangt man in diesen Teil der Anlage.

Bevor er auch nur eine einzige Inschrift gelesen hat, weiß Dante, um welches Grab es sich handelt. Die meisten Ruhestätten besitzen schlichte Steine aus Granit. Wie kariöse Schneidezähne stehen sie in Reih und Glied. Doch weiter hinten ragt ein ungewöhnlich opulentes Grabmal auf. Es besteht aus weißem Stein, Marmor vielleicht. Aus dem wuchtigen Sockel ragt ein Obelisk empor. Am Fuße des Grabmals liegt ein Kranz mit rot-weiß-blauem Band.

Dante hält auf das Grab zu. Als er die Inschrift liest, murmelt er: »Bingo.«

RUMBUDDEL

Dante betrachtet das Grabmal und die Inschrift.

ALEXANDER HAMILTON

Der PATRIOT unkorrumpierbarer INTEGRITÄT
Der SOLDAT anerkannten MUTES
Der STAATSMANN voller WEISHEIT
Dessen TALENTEN und TUGENDEN Bewunderung gebührt
Lange nachdem dieser MARMOR zu Staub zerfallen

Er starb am 12. Juli 1804 im Alter von 47.

Mondego tritt neben ihn.
»Alexander Hamilton? Ich wusste nicht, dass der hier begraben liegt.«

Dante wusste es auch nicht. Er ist an diesem Gründervater der amerikanischen Republik, Mitverfasser der Federalist Papers, Zierde des Zehn-Dollar-Scheins, zahllose Male vorbeigelaufen. Hollister hingegen wusste, dass Hamilton hier begraben ist. Doch warum hat er ihn ausgewählt?

Amerikanische Revolutionsgeschichte ist nicht gerade Dantes Spezialität. In der Schule hat er sich ausführlich mit der Magna Charta, Heinrichs Frauen und der normannischen Invasion beschäftigt, mit Hamilton, Madison oder Washington jedoch höchstens am Rande.

»Ist der Mann eine libertäre Ikone, Mercy? Ich meine, steht die Krypto-Community auf ihn?«

Sie schüttelt langsam den Kopf.

»Nein, um Gottes willen, nein. Im Gegenteil. Hamilton war unter George Washington Finanzminister. Er hat den Coinage Act durchs Parlament gebracht, der die Einrichtung einer staatlichen Münzprägeanstalt vorsah. Man kann sagen, dass er nicht nur einer der Gründerväter der USA ist, sondern auch der Gründervater des Dollars, des Federal Reserve Systems und so weiter. Die meisten Kryptoleute können ihn nicht leiden. Es gibt auf YouTube sogar einen Rap Battle, wo Alexander Hamilton und Satoshi Nakamoto gegeneinander antreten.«

Dante schaut sich um. Sie sind so allein, wie man es in Manhattan sein kann. Außer ihnen befindet sich niemand auf diesem Teil des Friedhofs, auf der anderen Seite des Zauns laufen aber Passanten entlang. Er hofft, dass sie etwaige Verfolger abgeschüttelt haben.

»Telefon ist aus?«, fragt er.

»Wie besprochen.«

»Okay.«

Gemeinsam nehmen sie das Grabmal unter die Lupe. Weitere Inschriften gibt es nicht. Sie fahren mit den Fingern über den Stein, betasten Vorsprünge und Vertiefungen. Doch niemand scheint an Hamiltons Ruhestätte etwas versteckt zu haben, keine Zettelchen, USB-Sticks, Casascius-Coins. Sie inspizieren die Blumenrabatte, ziehen die amerikanischen Fähnchen heraus, die irgendein Hamilton-Bewunderer in den Boden gesteckt hat.

Dante lässt sich auf den Stufen des Sockels nieder, lehnt sich an den kalten Stein. Mondego steht einfach nur da, starrt den Obelisken an. Ihre Lippen formen lautlos Worte. Dante mustert sie. Er sollte sich den Kopf darüber zerbrechen, wie er in dieser Sache weiterkommt. Aber ehrlich gesagt würde ihn viel mehr interessieren, wie er bei ihr weiterkommt. Mondego wendet sich ihm zu.

Dante lächelt sie an. Mondego lächelt nicht zurück. Sie scheint durch ihn hindurchzuschauen. Eine Falte bildet sich auf ihrer Stirn.

Mit der Rechten vollführt sie eine schnelle Handbewegung, so als wolle sie eine Fliege verscheuchen. Es dauert etwas, bis Dante begreift, dass die Wedelei ihm gilt. Rasch erhebt er sich.

Mondego holt ihren Block hervor, geht auf die Knie.

»Soldat anerkannten Mutes ... Staatsmann voller Weisheit ... Starb ... im Alter von siebenundvierzig«, murmelt sie.

»Nicht sehr alt geworden, der Gute«, wirft Dante ein. »Schwindsucht? Cholera?«

Mondego schaut ihn irritiert an.

»Was?«, fragt er.

»Das weißt du nicht? Hamilton hat sich duelliert. Mit dem Vizepräsidenten.«

Dante versucht sich vorzustellen, wie Mike Pence und Steve Mnuchin sich frühmorgens auf dem South Lawn treffen, um mithilfe ihrer Smith & Wessons ein für alle Mal zu klären, wer die schickeren Krawatten trägt – andere Zeiten damals.

»Wusste ich nicht. Dafür kann ich dir alles über Heinrich V. erzählen.«

Sie ignoriert ihn und schreibt etwas in ihren Block, streicht Wörter durch, ersetzt sie durch Zahlen. Dann erhebt sie sich.

»Lass uns gehen«, sagt sie.

»Wohin?«

»In mein Hotel.«

Als sie seinen verwirrten Blick sieht, fügt sie hinzu: »Da ist mein Laptop. Den werden wir brauchen. Übers Handy mach ich das nicht.«

Sie läuft los, Dante folgt ihr.

»Erzähl mal«, sagt er.

Sie bleibt stehen, schenkt Dante einen Blick, der ihm ganz und gar nicht gefällt.

»Du willst es für dich behalten, Mercy? Echt jetzt? Ohne mich wärst du nicht ...«

»Nein, will ich nicht. Aber vielleicht ist es an der Zeit, mal etwas grundsätzlich zu klären.«

»Und zwar?«

»Unser Verhältnis, unser Arbeitsverhältnis. Du verschweigst mir viele Sachen.«

»Möglich. Hör zu, wir hatten das doch schon mal. Quellenschutz, Vertraulichkeit von Klienten, das ...«

»Ich weiß. Aber diese Sache, die wird riesig. In den Medien und überhaupt.«

»Sieht ganz so aus, ja.«

»Lass es uns gemeinsam durchziehen, Ed. Alle Infos zusammenschmeißen. Ich veröffentliche erst, wenn wir Montecrypto gehoben haben. Und nein, ich will nichts von dem Schatz, den kann deine komische Cosplay-Tussi für sich allein haben. Aber die Geschichte, Ed. Die will ich. Das wird die Story des Jahrzehnts.«

»Pulitzerverdächtig«, erwidert Dante. Er wollte es sarkastisch klingen lassen. Aber während er es ausspricht, wird ihm klar, dass es stimmt.

»Inzwischen müsstest du wissen, ob du mir trauen kannst oder nicht. Zeit, sich zu entscheiden, Quatermain.«

Dante möchte sich ungern so grundsätzlich festlegen. Das weiß Mondego natürlich, es ist der Grund, weswegen sie ihm derart auf die Zehen steigt. Die Bloggerin treibt die Sorge um, dass Dante sie noch ein paar Festplatten knacken, aber dann fallen lässt, sobald er hat, was er will – wham, bam, thank you, Ma'am. Dabei würde Dante so etwas nie tun. Außer wenn es absolut nötig ist.

»Meinetwegen, Partner«, hört er sich sagen. Er hält ihr seine Hand hin. Sie nimmt sie, drückt ihm außerdem einen Kuss auf die Wange.

Kurz darauf sind sie im Taxi unterwegs zu Mondegos Hotel.

»Verrätst du es mir jetzt?«, fragt Dante.

»Zehn Stellen. Der Code. Erinnerst du dich?«

»Scheiße, ja. Die Eingabemaske auf dieser Website.«

Sie hält ihm ihr Notizbuch hin. Er liest den letzten Eintrag:

~~Er starb am~~ 12. ~~Juli~~ 1804 ~~im Alter von~~ 47.

(handwritten above "Juli": 07)

12 07 18 04 47

»Meine Fresse. Das habe ich nicht ...«

»Ich zunächst auch nicht. Aber jetzt ...«

Mondego holt ihr Telefon hervor, schaltet es ein. Dante schaut unterdessen aus dem Fenster. Sie sind auf der 3rd Avenue und fahren Richtung Midtown, kommen halbwegs gut voran. Mondego scrollt durch ihr Handy.

»Was schaust du nach?«

»Ich will wissen, ob die anderen Quatermains schon was Neues haben.«

Sie verwendet eine App, die er nicht kennt. Es scheint sich um eine Art Suchfilter zu handeln, der Social-Media-Kommentare, Nachrichten und Blogs nach Schlüsselwörtern durchsucht.

»Haha, ein paar Typen haben versucht, in diese Stiftung einzudringen. Aber die Schweizer Polizei hat sie gestoppt«, sagt Mondego, ohne den Blick vom Bildschirm abzuwenden.

»Der Gouverneur von Kalifornien fordert, Hollisters Todesumstände nochmals zu untersuchen. Und dann ist da noch dieser Spinner von Infobattle.«

»Du meinst diesen rechten Verschwörungstheoretiker? Jared Hines? Der erzählt, 9/11 wäre von der Europäischen Union geplant worden und die Obamas würden einen satanischen Kinderschänderring in einem Waffle House betreiben?«

»Genau der. Hines behauptet, es gebe Beweise dafür, dass Halverton Price von einem geheimen Killerkommando der US-Notenbank getötet worden sei.«

»Grundgütiger.«

Das Taxi ist inzwischen auf die East 47th abgebogen, kommt kaum noch voran. Crosstown Traffic nennen New Yorker das. Er blickt aus dem Fenster, sieht die Fußgänger an ihnen vorbeiziehen.

»Fuck!«, ruft Mondego.

Sie hält ihm ihr Handy hin. Zu sehen ist ein Reddit-Eintrag, der mit »Gregs mysteriöse Punkte« überschrieben ist. Darunter ist ein Fünf-Dollar-Schein zu sehen. Links neben Abraham Lincolns Konterfei befindet sich die Eurion-Konstellation. Die Punkte sind rot umrandet.

»Wenn sie das mit der Konstellation haben ...«, sagt Dante.

»Da hat auch schon wer geschrieben, dass das auf die Fed hindeutet. Und dass man den Weg mal ablaufen müsste.«

Sie schauen einander an. Beide springen aus dem Taxi. Der Fahrer flucht. Während Dante an dem Wagen vorbeieilt, klemmt er einen viel zu großen Schein unter den Scheibenwischer. Er wechselt von der Straße auf den Bürgersteig, Mondego ist direkt hinter ihm. Und dann rennen sie.

Es können höchstens sechs oder sieben Blocks sein, aber es sind viele Menschen unterwegs. Mehrfach prallt Dante mit Geschäftsleuten und Touristen zusammen. Doch er hält nicht an, rennt immer weiter.

Nach drei Blocks geht ihm allmählich die Puste aus. Mondego zieht an ihm vorbei. Federnden Schrittes läuft sie weiter, so wie jemand, der regelmäßig joggt. Dante spürt ein Ziehen in der Brust. Ist es das Herz oder der Stolz? So gut er kann, hechelt er ihr hinterher. Als er das Hotel erreicht, taumelt Dante zum Empfang, hält sich keuchend am Tresen fest. Mondego ist nirgendwo zu sehen, vermutlich ist sie bereits auf dem Zimmer. Er holt sein Handy hervor, schreibt ihr.

»Zimmer?«

»17345.«

Er setzt sich wieder in Bewegung. Mit dem Lift fährt er in die Siebzehnte, trabt den Gang entlang. Mondegos Tür steht einen Spalt offen. Er tritt ein. Sie hat bereits ihren Computer hochgefahren, klickt herum. Ein Browserfenster öffnet sich. Mondego tippt:

indubiopronummis.com

Natürlich. Dante hatte die Webadresse fast schon vergessen. Sie stand auf den goldenen Turtlecoins.

Die Seite ist noch immer leer und schwarz, mit Ausnahme der zehn weißen Eingabefelder. Zuvor waren diese gesperrt, nun anscheinend nicht mehr. Mondego tippt die Zahlen ein, drückt Return. Der Code verschwindet. Ein pixeliges animiertes Bild erscheint. Es zeigt diesen Piratenkapitän aus den Disneyfilmen, Jack Sparrow. Der Freibeuter hat den Kopf in den Nacken gelegt, will sich einen Schluck aus seiner Rumbuddel genehmigen. Die ist jedoch augenscheinlich leer. Sparrow blickt in die Kamera, macht eine entschuldigende Geste.

»Scheiße!«, brüllt Mondego, »so eine Riesenscheiße!«

Dantes Handy klingelt. Im Display erscheint eine unbekannte Nummer mit ausländischer Vorwahl, +421. Ihn beschleicht eine Ahnung.

»Ja?«

»Ich hab's geschafft, Mister Dante«, sagt eine aufgeregt klingende Stimme. »Ich hab's tatsächlich geschafft!«

»Wer spricht denn da, bitte?«

»Oh, Entschuldigung. Hier ist Zdenko.«

Dante fühlt sich auf einmal unglaublich müde.

»Zdenko, hi. Ich nehme an, du redest vom zweiten Schatz? Der zehnstellige Code?«

»Genau«, erwidert Zdenko. Dante bildet sich ein, Ehrfurcht in der Stimme des jungen Slowaken zu hören.

»Das heißt, dass Sie den Code auch schon haben, Mister Dante?«

Dante schaut zu Mondego. Sie hat ihren Rechner zugeklappt und starrt ihn entgeistert an. Dante stellt auf Lautsprecher und bedeutet ihr, still zu sein.

»Das stimmt, Zdenko. Ich bin in New York und habe den Code.«

»Haben Sie ihn schon eingegeben?«

»Ja. Aber du warst schneller. Es geht anscheinend nur einmal. Oder vielleicht ist es auch eine begrenzte Anzahl, auf jeden Fall war ich zu langsam. Meinen Glückwunsch euch beiden.«

»Danke, Mister Dante, Sir.«

»Darf ich dich was fragen, Zdenko?«

»Hm?«

»Nachdem du den Code eingegeben hast – was ist da passiert?«

»Da kam eine Seite, wo man seinen Juno-Schlüssel eingeben sollte.«

»Juno? Die Bezahlapp?«

»Ja. Also den öffentlichen Schlüssel, über den einem andere Menschen Geld überweisen können.«

»Verstehe. Und weiter?«

»Ich habe es gemacht. Nicht mal eine Minute später, fing ich an, Überweisungen zu bekommen – in Moneta. Jeweils so hundert, zweihundert. Krumme Beträge, außerdem. Manchmal mit ein paar Hollys dabei, siebte, achte Nachkommastelle.«

»Wie viel bisher?«

Dante kann hören, wie Zdenko etwas in einer fremden Sprache sagt, vermutlich Slowakisch. Eine Frau antwortet ihm – Agnesa.

»Bislang«, sagt Zdenko, »sind es rund neuntausend Moneta. Aber da kommt immer mehr. Und das ist auch der Grund, warum ich Sie anrufe.«

»Ah, ja?«

»Ich weiß nicht, was ich tun soll, Mister Dante.«

»Deinen Erfolg genießen, das solltest du tun«, erwidert Dante. Aber er weiß natürlich, was der Junge meint. Für Zdenko und Agnesa ging es bei Montecrypto nicht so sehr ums Geld, es ging um das Spiel, um die Jagd. Natürlich hatten die beiden sich gewünscht, zu gewinnen. Doch nun, da genau dies geschehen ist, denken sie vermutlich an das alte Sprichwort: Gib acht, was du dir wünschst.

»Hast du außer mir schon jemandem davon erzählt, von deinem Jackpot, meine ich?«

»Nein, habe ich nicht. Aber ... als die Seite meinen Juno-Code wollte, habe ich natürlich kurz gezögert. Weil der ja mit meiner Identität verknüpft ist. Aber das war so aufregend, und ... ich musste einfach wissen, was ...«

Für jemanden, auf den die Moneta gerade herniederregnen wie Konfetti auf einen Primary-Kandidaten, klingt Zdenko sehr unglücklich.

»Ich versteh schon«, sagt Dante. »Jetzt bist du in Sorge, weil die Moneta ja irgendwoher kommen und jede Juno-Transaktion protokolliert wird.«

»Ja. Ich meine, ist das jetzt irgendwie illegal?«

»Du hast nur einen Code eingegeben. Und dass jemand deinen öffentlichen Schlüssel benutzt ... wenn ein Krimineller dir ohne Vorwarnung Geld auf dein Girokonto überweisen würde, wärst du auch unschuldig. Vorausgesetzt, du meldest die Sache.«

»Bei der Polizei?«

Dante vermutet, dass die slowakische Polizei mit der Sache völlig überfordert wäre. Was der Junge zunächst braucht, ist ein Anwalt. Dante kennt eine Menge Wirtschaftsanwälte, mehr, als ihm lieb ist. Dennoch muss er einen Moment nachdenken, bis ihm jemand Passendes einfällt.

»Pass auf. Ich schicke dir gleich die Adresse von einer ziemlich guten Anwältin, Heather Sutherby. Spezialisiert auf internationale Geldgeschäfte. Sitzt in der City. London.«

»Ich habe nicht viel Geld«, erwidert Zdenko. Sein Tonfall legt nahe, dass er sich der Absurdität dieser Aussage durchaus bewusst ist.

»Da mach dir mal keine Sorgen. Sie ist eine alte Bekannte von mir. Ich rufe sie gleich an und kläre das. Du wirst nichts dafür zahlen müssen.«

Irgendwer wird definitiv dafür zahlen müssen. Den City-Anwalt, der umsonst arbeitet, hat der liebe Gott noch nicht erfunden. Heather Sutherby würde nicht einmal die Toilette eines Klienten aufsuchen, ohne ihm ihr Geschäft in Rechnung zu stellen. Dante plant, ihren Stundensatz von achthundertfünfzig Pfund mithilfe des Martel'schen Spesenkontos zu bezahlen. Das ist eine gute Investition, denn danach steht Zdenko in seiner Schuld, und vielleicht wird er ihn noch brauchen.

Zdenko ist zweifelsohne hochintelligent und clever dazu – deutlich cleverer als gewisse Privatdetektive, die Hollisters geheimen Zahlencode erst finden, nachdem sie stundenlang durch Manhattan gestolpert sind. Zdenko hingegen hat es von der Couch aus hinbekommen.

»Vielen Dank, Mister Dante.«

»Nenn mich Ed. Ich würde dir außerdem raten, niemandem von deinem Fund zu erzählen und weiterhin vorsichtig zu sein. In Sachen Montecrypto sind inzwischen ziemlich viele Leute unterwegs, auch zwielichtige.«

»Das sagten Sie bereits in Zug.«

»Man kann es nicht oft genug sagen. Noch was anderes: Als du deine Juno-Schlüssel eingegeben hast, auf der Website, kam dann noch was? Irgendeine Nachricht oder ein weiterer Hinweis?«

»Danach kam ein animiertes GIF.«

»Ein Pirat?«

»Nein, wieso ein Pirat? Da kamen Geldscheine. Insgesamt drei, die immer wieder nacheinander erschienen. Drachme, Mark, Simbabwe-Dollar.«

Dante ahnt etwas.

»Das waren alte Scheine, richtig?«, fragt er.

»Ich denke schon. Alt und mit hohen Werten. Der aus Zimbabwe lautete auf hundert Billionen Dollar, die Mark auf Milliarden, glaube ich. Hab erst gedacht, das wär ein Fake. Photoshop oder so.«

»Nein, solche Scheine hat es wirklich gegeben«, erwidert Dante.

»Ja, ich weiß, hab's gegoogelt.«

Mondego schaut ihn seit geraumer Zeit fragend an. Dante hat das bisher ignoriert. Nun jedoch sieht er, dass sie auf ihren Laptop zeigt. Zu sehen ist ein YouTube-Video. Im ersten Moment glaubt er,

Hollisters Geist habe schon wieder zugeschlagen. Dann jedoch erkennt Dante, dass es sich um etwas anderes handelt. Jemand hält eine Videokamera auf einen Laptop. Die Aufnahmequalität ist bescheiden, doch auf dem Monitor des Computers ist eindeutig indubiopronummis.com zu sehen.

Hände erscheinen, tippen den zehnstelligen Code ein. Eine neue Seite wird geladen. Alles läuft genauso ab, wie Zdenko es beschrieben hat. Ein Juno-Schlüssel wird eingegeben, der im Video allerdings verpixelt ist. Es folgt das GIF mit den Scheinen – Deutsche Reichsmark aus der Weimarer Republik, Griechische Drachmen aus den Vierzigern, der Schein aus Zimbabwe.

»Heilige Scheiße«, entfährt es Dante.

»Mister ... Ed? Was ist?«

»Wir haben uns doch vorhin gefragt, ob du der Erste warst oder ob man den Code mehrmals eingeben kann.«

»Ja?«

»Hast du die Sache gefilmt und hochgeladen, Zdenko?«

»Was? Nein, ich ...«

»Dann konnte man den Code wohl mehrmals eingeben. Jemand hat's auf YouTube hochgeladen. Ich habe es gerade gesehen.«

Dante sieht, dass das Video mit der Überschrift »EPISCHER GELDREGEN!!!! MONTECRYPTO-GEWINNER SCHATZSUCHE« bisher nur ein paar Aufrufe hat. Das dürfte sich bald ändern. Die Sache wird völlig außer Kontrolle geraten.

»Hör zu, Zdenko. Ich muss jetzt Schluss machen. Danke, dass du mich angerufen hast. Ich schicke dir die Daten der Anwältin und via Juno einen kleinen Vorschuss.«

»Vorschuss wofür?«

»Für die Anwältin. Anwälte wollen immer einen Vorschuss«, sagt Dante.

»Okay, ich ... ich schicke Ihnen meine Juno-Kennung.«

»Mach das, Zdenko. Und wenn irgendetwas ist, ruf mich an, Tag und Nacht.«

»Danke, Sir.«

»Passt auf euch auf. Am besten ihr bleibt ein paar Tage zu Hause, schaut Netflix. Oder fahrt zu Freunden.«

»Okay.«

Sie verabschieden sich. Dante legt auf.

»Wer war das denn bitte?«, sagt Mondego.

»Zdenko, der Typ, der uns zuvorgekommen ist.«

»Und den kennst du woher?«

Während sie dies sagt, geht Mondego zur Minibar, holt sich etwas zu trinken. Sie schaut ihn fragend an.

»Definitiv. Gin Tonic, bitte, falls der Kühlschrank es hergibt.«

Und dann schaltet er erneut sein Telefon aus und erzählt von Zdenko und Agnesa und von der Spur, die sie in der Blockchain des Turtlecoin entdeckt haben. Weil der Gin seine Zunge lockert und vielleicht auch weil es an der Zeit ist, sein Versprechen einzulösen, erzählt er Mondego auch jene Dinge, die er bisher ausgelassen hat – nicht alle Details, aber die wichtigsten. Vor allem berichtet er ihr von seinem Zusammentreffen mit Yang.

»Das ist doch völlig unglaublich. Wenn das rauskommt ...«

»Da kannst du nichts drüber schreiben. Es gibt keine Beweise und nur einen Zeugen – und den kannst du nicht zitieren.«

»Ja, Ed, ich hab's dir doch versprochen.«

»Das hast du, Mercy.«

»Und ich werde mich dran halten. Aber dass Hollister diesmal statt seiner dämlichen Schildkröten-Złotys harte Moneta verschenkt und außerdem wertloses Fiat-Geld zeigt, das wird für eine Menge Aufsehen sorgen.«

»Das glaube ich auch. FBI und TFI werden jetzt erst recht Witterung aufnehmen. Sie werden wissen wollen, von welchem Juno-Konto die Zahlungen an Zdenko und die anderen geflossen sind. Die Konten sind ja nicht anonym. Als ich mich da registriert habe, musste ich ein Ausweisdokument einscannen«, sagt Dante.

»Sag mal, Ed, die Behörde, die du gerade erwähnt hast, TFI. Wer soll das sein?«

»Geldwäscheeinheit des US-Finanzministeriums. Diese Livetti ...«

»Wer ist das jetzt schon wieder?«

»Eine Beamtin, die bei der Befragung am Flughafen dabei war.«

Mondego mustert Dante. Anscheinend spürt sie, dass er wieder einmal einige Details zurückhält.

»Da war noch wer dabei, oder? Bei dem Verhör.«

»Ja«, erwidert er leise.

»Wer?«

»Jemand vom Geheimdienst. Ich tippe auf die NSA.«

»Fuck. Deshalb andauernd die Nummer mit dem Telefon«, sagt sie.

Mondego setzt sich neben ihn aufs Bett.

»Du glaubst doch nicht etwa, dass die uns abhören, weil sie den Schatz selber haben wollen?«

»Nein. Ich glaube, dass sie uns abhören, weil sie wissen wollen, wer wegen Montecrypto alles unter irgendwelchen Steinen hervorkriecht. Terroristen, russische Cyberkriminelle, ausländische Geheimdienste, was weiß ich.«

Sie nickt stumm.

»Wie geht es jetzt weiter?«

Dante schaut auf seine Uhr.

»Ich muss los. Mein Rückflug geht bald. Deiner?«

»Erst morgen. Ich habe heute noch ein paar Termine. Wobei ...«

»Ja?«

»Wobei sich gerade niemand für irgendein neues Krypto-Start-up oder die Kursentwicklung von Brightcoin interessiert. Es gibt nur noch ein Thema.«

»Montecrypto.«

»Genau.«

»Dann flieg früher zurück. Oder bleib im Hotel und kümmere dich um Hollister, den Schatz, das Rätsel.«

Mondego verspricht Dante, ihn zu informieren, falls sie etwas Neues herausfindet. Er erhebt sich.

»Sobald du wieder in L. A. bist, gehen wir was trinken, wie wäre das?«
»Klingt gut, Ed.«
»Pass auf dich auf«, sagt er. Er lächelt ihr noch einmal zu und macht dann, dass er zum Flughafen kommt.

KOPFLOS

Dantes Rückflug geht über Newark. Genauer gesagt geht er zunächst gar nicht, die Maschine hängt in der Warteschleife. Seit über einer Stunde sitzt Dante deshalb in einer Lounge, keiner von American, sondern einer von Scandinavian. Sie sieht aus wie ein verdammter IKEA-Laden.

Die Verspätung gibt ein Bildschirm an der Wand mit zwei Stunden an. Dante hätte sich folglich nicht beeilen müssen, hätte noch ein wenig neben Mercy Mondego auf der Matratze sitzen bleiben können. Zumindest in seiner Fantasie hatte diese Situation Potenzial.

Stattdessen sitzt er nun zusammen mit anderen Geschäftsreisenden in einer Reihe knallbunter Sessel. Er trinkt einen Cocktail, der sich Skottlossning nennt und auch so schmeckt. Währenddessen löscht er E-Mails, hört seine Mailbox ab. Von Morddrohungen über flehende Bitten bis hin zu sexuellen Angeboten ist alles dabei. Ferner hat er Interviewanfragen von Bloomberg, dem Wall Street Journal, der Los Angeles Times sowie mehreren ausländischen Medien.

Dante erhebt sich aus Sandbacken, Söderham, was auch immer. Er geht zu einer anderen Sesselreihe, vor der ein Kleeblatt aus Bildschirmen an der Wand montiert ist. Es laufen Fox News, CNN, Bloomberg und CNBC. Dante setzt sich, greift nach einem der bereitliegenden Kopfhörer und wählt den Tonkanal von Fox. Normalerweise ließe er sich lieber rostige Nadeln unter die Fingernägel treiben, als sich diesen Murdoch-Dreck anzutun. Aber die perfekt geföhnte Moderatorin spricht, wie er an dem eingeblendeten Logo erkennen kann, über Juno.

» ... war die Website von Juno heute Morgen für zehn Minuten offline. Grund dafür scheint eine DDoS-Attacke zu sein. Bei dieser Art von Angriff rufen Hacker über Zigtausende Computer gleichzeitig dieselbe Website auf, bis deren Server zusammenbrechen. Das Juno-Bezahlsystem war von dem Angriff nach Unternehmensangaben nicht betroffen.

Auch im Fall der von Juno-Gründer Greg Hollister losgetretenen Schatzsuche gibt es neue Entwicklungen. Mehrere der auch Quatermains genannten Schatzsucher berichten, ihnen seien von einem gewissen Georges Bataille erhebliche Moneta-Beträge auf ihre Juno-Konten überwiesen worden. Was bedeutet das? Lassen Sie uns die Experten dazuholen.«

Drei Köpfe erscheinen. Laut der Moderatorin handelt es sich um Herbert East, Professor Emeritus für Finanzen, einen Wall-Street-Analysten namens Joe Ramirez sowie um Beth Mosbrucker, Journalistin bei USA Today.

Während er mit einem Ohr hinhört, schaut Dante sich auf dem Handy Junos Kurs an. Die Aktie hat in den vergangenen Tagen an Wert verloren – nicht viel, aber immerhin fünf Prozent, während der Gesamtmarkt gleichzeitig nach oben gegangen ist.

»... wird Juno einige Fragen beantworten müssen«, sagt der Professor, ein glatzköpfiger Endsiebziger, der dem Hintergrund nach zu urteilen aus seinem Wohnzimmer zugeschaltet ist.

»Ist dieser Bataille eine real existierende Person?«, fragt die Moderatorin.

»Muss wohl«, wirft der Bankanalyst ein, »bei Juno gibt es keine anonymen Konten.«

»Aber vielleicht hat jemand seinen Account gehackt«, sagt die Journalistin, »auch das würde natürlich Fragen aufwerfen.«

Die Moderatorin sagt: »Juno hat vor einer halben Stunde ein Statement veröffentlicht, laut dem, ich zitiere, ›der Sachverhalt zurzeit intern geprüft wird‹.

Professor East, wäre es möglich, dass derjenige, der sich diesen Montecrypto-Scherz ausgedacht hat, der Besitzer des Bataille-Kontos ist?«

East schüttelt energisch den Kopf.

»Wenn dem so wäre, würde er damit ja auffliegen. Ich denke eher, der Name ist ein Hinweis.«

»Ein Hinweis worauf?«, fragt die Moderatorin.

Der Professor macht ein Gesicht, als halte er sie für ziemlich begriffsstutzig.

»Georges Bataille? Das war ein französischer Philosoph und Surrealist. Genauso gut hätte der Kontoinhaber sich Jean-Paul Sartre nennen können. Das ist definitiv ein Fake-Name.«

Der Professor lehnt sich zufrieden zurück. Die Journalistin sagt: »Es gibt eine Schweizer Stiftung gleichen Namens, die mit Hollister in Verbindung gebracht wird. Das spricht für Herbs Hypothese.«

»Die Börsenaufsicht wird sich dafür interessieren«, sagt der Bankanalyst. »Einer der Gründe, dass man Juno damals genehmigt hat, war ja gerade, dass sämtliche Konten verifiziert sind, sämtliche Transaktionen protokolliert. Falls das nicht der Fall sein sollte ...«

Dante dreht den Ton herunter. Während die Experten durcheinanderreden, ruft er Wikipedia auf.

Georges Bataille, 1897 bis 1962, Schriftsteller, Philosoph – und Surrealist, wie der Rentnerprof richtig gesagt hat. Bataille veröffentlichte Poesie, Prosa, Studien zu aktuellen Themen und theoretische Arbeiten – vor allem zu Ökonomie, aber auch zu Soziologie, Anthropologie, Sexualität und Atheologie. Das letzte Wort ist Dante noch nie untergekommen. Vermutlich hat es etwas mit Atheismus zu tun.

Die Bildsuche fördert einen Mann zutage, der wie ein Archetyp des französischen Intellektuellen der Sechziger wirkt – schwarzes Jackett, schwarze Krawatte, schwarze Gedanken. Es gibt auch ein paar ungewöhnliche Fotos. Auf einem trägt Bataille zwar Anzug, auf seinem Kopf jedoch sitzt eine Dornenkrone. Dante scrollt weiter und entdeckt ein Bild, das er bereits kennt: Es zeigt den kopflosen Mann, der in Hollisters Strandhaus hing.

Der kopflose Mann. Was hat er mit diesem Bataille zu tun, nach dem Sir Holly, das wird nun offensichtlich, die Zuger Stiftung benannt hat? Dante klickt auf das Bild des kopflosen Mannes, landet auf einer obskuren Website, die sich offenbar mit antiquarischen Zeitschriften beschäftigt. Demnach ist die Figur ohne Haupt eine Art Logo, das Georges Bataille für eine von ihm herausgegebene Zeitschrift verwendete. Ihr Name lautet: Acéphale.

Dante sieht den Bildschirm in den Zuger Stiftungsbüros vor sich. ACEPHALE INITIATED.

Der Begriff, das versteht er nun, hat nichts mit Assen zu tun, sondern mit Köpfen. Es gibt dazu sogar einen Eintrag bei Wikipedia.

»Acéphale (von griechisch ἀκέφαλος, aképhalos, ›ohne Haupt‹)«, so liest er, »ist der Name einer von Georges Bataille 1936 ins Leben gerufenen Geheimgesellschaft. Sie hielt ihre Treffen streng geheim und verstand sich als weltliche und antireligiöse Organisation, in der – unter anderem bei nächtlichen Treffen in Wäldern – mythische und orgiastische Riten abgehalten wurden. Bataille forderte einmal sogar bei einem dieser nächtlichen und mit Schwefeldampf inszenierten Rituale seine eigene Opferung zum Tode; dieses Anliegen wurde ihm von den übrigen Mitgliedern jedoch verwehrt.«

»Diese Scheiße«, entfährt es Dante, »wird immer abgefuckter.«

Ein Geschäftsmann neben ihm bezieht die Aussage anscheinend auf die Nachrichten zur Venezuela-Krise, nickt zustimmend. Dante lässt sich tiefer in den Schwedensessel sinken. Muss er vielleicht noch einmal ganz von vorne anfangen?

Hollister kommt bei einem Flugzeugabsturz ums Leben. Das löst Montecrypto aus, einen minutiös vorbereiteten Plan, der das Kryptovermögen des Verstorbenen in Form einer Schnitzeljagd unters Volk bringen soll. Hollisters digitales Vermächtnis versetzt Kryptofans wie Normalos weltweit in Aufruhr. Gleichzeitig bringt es seine ehemalige Firma Juno in die Bredouille. Erstens, weil sie, vermutlich wider Willen, Teil des Montecrypto-Hypes wird. Zweitens, weil Hollister der Vorstandschefin Alice Yang zugesagt hatte, eine höchst peinliche Deckungslücke bei Junos Kunstwährung Moneta zu schließen, unter anderem mithilfe seines Freundes Hal Price.

Nun sind Hollister und Price tot. Die Klickfarm, über die das Moneta-Problem gelöst werden sollte, ist außer Kontrolle und tut Gott weiß was. Die Öffentlichkeit stellt derweil unangenehme Fragen, zum Beispiel, wer hinter dem Konto eines gewissen Georges Bataille steckt. Es wird nicht mehr lange dauern, bis jemand den Verdacht äußert, Junos Systeme seien manipuliert worden.

Was ebenfalls herauskommen wird, ist die Sache mit Acéphale, so sie nicht bereits irgendwo auf Reddit oder Facebook steht. Zwar hat außer Dante mutmaßlich niemand das Bild des kopflosen Mannes gesehen. Aber Bataille-Experten, von denen es in den Romanistik-Fakultäten altehrwürdiger Universitäten bestimmt einige gibt, werden die Acéphale-Connection auch so finden. Und von da ist es nur noch ein kleiner Schritt zu einer griffigen Hypothese: dass Hollister eine Geheimgesellschaft gegründet hat, genau wie sein Vorbild, der französische Surrealist. Bataille wollte sich offenbar in einem elaborierten Ritual für »die Sache« opfern. Bald werden Leute behaupten, Montecrypto sei ebenfalls eine Art Ritual, eine posthume Inszenierung Hollisters, der sich ebenfalls geopfert habe.

Aber wofür eigentlich? Dante glaubt eher, dass es bei der ganzen Sache um Kohle geht und nicht um surrealistische Kabale. Aber was weiß er schon? Die Verschwörungstheoretiker werden auf jeden Fall durchdrehen.

Dantes Flug wird aufgerufen. Er erhebt sich aus Ekolsund oder vielleicht auch aus Järvsta. Wie in Trance verlässt er die Lounge, geht Richtung Gate. Eben noch hielt er es für eine vernünftige Idee, die Hollister-Sache erneut durchzugehen. Nun ist er sich nicht mehr so sicher. Denn das Ergebnis, so es denn überhaupt eines gibt, ist ganz und gar nicht nach seinem Geschmack.

Am Gate ist er der Letzte. Die Servicedame wundert sich, wie gemächlich Dante den Gang hinabschlendert. Man habe ihn bereits ausrufen lassen, sagt sie. Dante hat es nicht mitbekommen.

Als er durch den Mittelgang des voll besetzten Fliegers seinem Platz zustrebt, starren die Leute ihn an. Vielleicht liegt es daran, dass er der Letzte ist. Oder sie kennen ihn aus dem Internet. Dante will es gar nicht so genau wissen. Schnell setzt er sich, senkt den Kopf.

Er will gerade sein Handy ausschalten, als es klingelt. Die Vorwahl deutet auf Kalifornien hin.

»Ja, hallo?«

»Guten Morgen, Mister Dante«, sagt eine Baritonstimme, die nach Anlageberater klingt, »hier spricht Immo Patel.«

»Doktor. Wie nett, dass Sie zurückrufen.«

»Kein Problem. Es geht um Greg, richtig? Schreckliche Sache.«

»Absolut schrecklich. Ich wurde von seiner Schwester beauftragt. Sie kennen sie, glaube ich, Jackie Martel.«

»Ja. Ja, natürlich. Und Sie untersuchen, die ... seltsamen Umstände seines Todes?«

Dante findet Hollisters Todesumstände eigentlich nicht besonders seltsam. Triebwerk brennt, Maschine stürzt ab, Pilot stirbt – alles ganz normal. Seltsam erscheint ihm eher, was danach passiert ist.

Trotzdem sagt er: »Könnte man so ausdrücken, Doktor.«

Dante schaut auf, sieht eine Stewardess durch den Gang auf sich zukommen, den strengen Blick auf sein Telefon geheftet.

»Ich befinde mich gerade auf dem Rückflug nach Kalifornien. Wäre es möglich, dass wir persönlich über die Sache sprechen, Doktor Patel? An Ihrer Nummer sehe ich, dass Sie irgendwo im Großraum Los Angeles sind, richtig?«

»Unsere Einrichtung befindet sich in Burbank. Allerdings bin ich zurzeit nicht sehr oft dort, ich halte viele Vorträge. Aber morgen Nachmittag würde es gehen, wenn auch nur eine halbe Stunde.«

»Das passt hervorragend«, antwortet Dante.

»Gut«, erwidert Patel, »dann um vierzehn Uhr bei Future Guard.«

REPO MAN

Als Dante am LAX das Terminal verlässt, empfängt ihn der Brandgeruch, den er überhaupt nicht vermisst hat. Er holt sein Auto und fährt nach East Hollywood. Rund eine Stunde später hockt er vor seinem Haus, isst einen Double-Double-Burger und tippt währenddessen auf seinem Laptop herum. Normalerweise hält Dante feste Deadlines für vage Meinungsäußerungen. Wenn man jedoch dem FBI verspricht, Beweismaterial schnellstmöglich weiterzugeben, hält man sich besser daran. Er kopiert die Hollister-Daten von dem USB-Stick auf einen anderen. Danach ruft er die Nummer des Los Angeles Field Office an, die Agent Wilkins ihm gegeben hat. Der Herr am anderen Ende verspricht, schnellstmöglich jemanden zu schicken.

Dante schlingt den Rest seines Burgers herunter. Die Fritten lässt er liegen. Halbwegs satt ist er zwar, gleichzeitig aber irgendwie unbefriedigt. Vielleicht kann ein Drink die Leere füllen. Dante geht ins Haus, zur Salatbar. Er nimmt verschiedene Flaschen in die Hand, stellt sie zurück. Kurz denkt er über Whiskey Sour nach, stets eine erfrischende Angelegenheit. Aber eigentlich will er nichts, das ihn hochbringt, sondern eher etwas, das ihn ausknipst. Long Island Ice Tea böte sich an, ist ihm aber irgendwie zu holzhammermäßig. Nach einigem Hin und Her entscheidet er sich für den guten alten B&B, einen klassischen After-Dinner-Drink; komplexer Geschmack, aber dennoch gradlinig. Statt wie in den meisten Cocktailbüchern vorgegeben, Brandy und Bénédictine zu gleichen Teilen zu mischen, nimmt Dante vier Siebtel Weinbrand und drei Siebtel Kräuterlikör. Er ist eben ein Connaisseur oder vielleicht einfach ein Erbsenzähler.

Gerade, als Dante sich mit seinem fein austarierten B&B auf dem Sofa niederlassen will, fällt sein Blick auf die Bar und ihm etwas auf. Vorhin, als er seine Spirituosensammlung inspizierte, hat er nichts bemerkt. Nun aber registriert er, dass einige Flaschen nicht so stehen, wie sie sollen. Die Cocktailbar eines Exbuchhalters hat natürlich eine gewisse Systematik. Nach dem Alphabet hat er die Flaschen nicht sortiert, ein derart analer Charakter ist Dante dann doch nicht. Aber seine Spirituosen sind kategorisiert, Gruppe A, B und C, nach der Häufigkeit, in der sie benötigt werden, mit den Etiketten schön sauber nach vorne gedreht.

Einige stehen schief. Jemand war hier.

Vermutlich sollte ihm das einen gehörigen Schrecken einjagen. Aber dafür ist er zu müde. Außerdem hat Dante eigentlich nichts anderes erwartet. Ob sein Haus von Kriminellen gefilzt wurde, von der Polizei oder einem Geheimdienst, weiß er nicht. Während er an seinem – übrigens außerordentlich wohlgeratenen – B&B nippend die Wohnung inspiziert, beginnt er jedoch zu vermuten, dass die Besucher weder Mafiosi noch irgendwelche Quatermains waren. Wer auch immer die Bude auf den Kopf gestellt hat, ist sehr diskret vorgegangen. Außer den Flaschen scheint nichts durcheinander zu sein. Die Aktenordner, der Schreibtisch, alles ist exakt so, wie er es hinterlassen hatte.

Dante nimmt den letzten Schluck. Wenn die Besucher nichts mitgenommen haben, haben sie vermutlich etwas zurückgelassen – Mikrofone oder Kameras. Während er darüber nachdenkt, mixt er sich einen weiteren Drink. Da er mit dem B&B begonnen hat, kann er den eingeschlagenen Pfad schlecht verlassen. Nun beispielsweise fruchtig oder spritzig zu werden, wäre sehr beliebig, und Dante ist schließlich ein anspruchsvoller Alkoholiker. Deshalb mixt er sich einen Old Fashioned – Rye Whiskey, Angostura, Mineralwasser, etwas Zucker.

Dante bleibt neben der Salatbar stehen, lässt den Blick durchs Wohnzimmer schweifen. An einem Regal bleibt er hängen. In einem der oberen Fächer steht die Kiste mit den Dias. Zwischen uralten Urlaubsbildern, die einen recht pummeligen elfjährigen Eddy am Strand von Eastbourne zeigen, stecken seit Kurzem Hollisters Seed-Phrase-Bilder. Haben die Besucher sie gefunden? Es ist vermutlich egal. Er hat die Phrase ja bereits verwendet, in Zug. Aller Wahrscheinlichkeit nach ist der Code inzwischen folglich wertlos.

Dante schnappt sich sein Notebook, setzt sich damit aufs Sofa. Bei Google News tippt er »Fondation Bataille Zug« ein. So wie es aussieht, ist das hässliche kleine Bürogebäude in der Bullingerstraße inzwischen zu einer Pilgerstätte der Krypto-Community geworden. Graffiti-Künstler haben die Fassade mit Bitcoin-₿s verziert. Rechts des Eingangs, das ist auf mehreren Reuters-Fotos zu sehen, befindet sich eine Art Schrein. Grablichter, Blumenkränze und handgeschriebene Zettel stehen um eine Straßenlaterne herum, an der ein großes Poster befestigt ist. Das Bild zeigt Greg Hollister. Er trägt einen weißen Kaftan, über seinem Kopf schwebt ein regenbogenfarbener Heiligenschein. Zwischen den wie zum Segen erhobenen Händen seiner Hollyness befindet sich eine goldene Schildkröte, die der des Turtlecoin ziemlich ähnlich sieht.

»Heilige Scheiße«, murmelt Dante. In einem Zug leert er den Old Fashioned. Vermutlich wird er noch einen brauchen.

Vor dem Gebäude wacht inzwischen anscheinend eine Polizeistreife. Der Eigentümer der Immobilie hat Presseberichten zufolge zudem einen privaten Sicherheitsdienst beauftragt, da er befürchtet, irgendwelche Quatermains würden ansonsten versuchen, einzubrechen.

Von der Stiftung selbst gibt es keinerlei Statement, was nicht weiter verwunderlich ist. Laut Stiftungsregister, das hat Dante recherchiert, ist ihr Vorsitzender Armand Wenger jener Schweizer Notar, den Royce ihm genannt hatte. Der sagt sicher nichts, schon gar nicht, ohne zuvor Rücksprache mit Hollister gehalten zu haben, was sich schwierig gestalten dürfte.

Es gibt Stimmen aus der Politik, die fordern, man müsse den

Vorgängen in der Stiftung auf den Grund gehen. Die Behörden sollten sich Zugang zu den Räumlichkeiten verschaffen.

Das Kanton Zug, dessen Geschäftsgrundlage darin besteht, die Briefkastenfirmen von Waffenhändlern und Steuerflüchtlingen in Ruhe zu lassen, geht bisher nicht auf diese Forderungen ein. Ein paar Leitartikler regen sich darüber mächtig auf. Kühlere Köpfe hingegen weisen darauf hin, dass die Stiftung ordnungsgemäß angemeldet sei. Da es bisher keinerlei konkrete Hinweise darauf gebe, dass in den fraglichen Räumlichkeiten etwas Illegales passiere, ja dass dort überhaupt etwas passiere, gebe es für die Polizei auch keine Handhabe, die Tür einzutreten.

Von dem Bot-Netzwerk in den Bataille-Büros wissen offenbar tatsächlich nur Dante, Yang und vielleicht ein paar Geheimdienstler. Er fragt sich, ob Letztere wirklich mehr wissen als er. Auch für die Schlapphüte von CIA, FSB, wem auch immer, dürfte es momentan schwierig sein, ungesehen ins Gebäude zu gelangen. Das Haus besitzt seines Wissens keine Tiefgarage, rein geht es nur durch die Vordertür. Und diese wird derzeit tagein, tagaus belagert, von Quatermains, Reportern, Polizisten. Es ist eine Pattsituation, zumindest hofft Dante das. Es würde ihm etwas Zeit kaufen.

Er steht auf, begibt sich vor die Tür. Auf dem Handy öffnet er die Chat-App, die Yang ihm genannt und die er inzwischen heruntergeladen hat. Er liest ihren QR-Code ein, tippt eine Nachricht.

»Empyrion. Hallo.«

Zunächst kommt keine Antwort. Dante schreibt weiter, tippt sich ein paar Dinge von der Seele.

»Update: FBI & Co sind dran. Klickfarm scheinen sie noch nicht zu kennen. Aber nur Frage der Zeit.

Moneta in Schatz #2 Problem, oder? Falls Sie Hinweise zu Identität Account (Georges Bataille) haben, bitte Nachricht.«

Dante lässt das Handy sinken, schaut in den Himmel. Irgendwo da oben, jenseits von Licht- und Luftverschmutzung, funkeln ein Haufen Sterne. Er überlegt, ob er Mondego anrufen soll. Dass er es gerne täte, hat jedoch wenig mit dem Fall zu tun. Also lässt er es. Stattdessen sucht er Martels Nummer heraus. Bevor er dazu kommt, sie anzurufen, meldet sich Yang:

»Juno-Account sendete mit falscher Absenderkennung an MC-Schatzsucher.«

»Die lässt sich ändern?«, fragt er.

»Eigentlich nicht«, schreibt sie.

»Also Hack von Hollister?«

»Möglich. Finanzaufsicht will Infos.«

»Wem gehört Konto wirklich?«, fragt Dante.

»Einem gewissen Juan Reyes, Kontoeröffnung vor sechs Jahren.«

»Was sagt er dazu?«

»Nicht erreichbar. Adresse und Telefonnummer offenbar alt.«

»Aber es gibt ihn?«

»Wissen wir noch nicht«, schreibt Yang.

Dante lässt sich die Adresse dieses Reyes geben. Der möglicherweise fiktive Wohnsitz des möglicherweise fiktiven Mister Reyes befindet sich in Carlsbad. Das liegt in San Diego County, etwa zwei Stunden von hier.

»Haben Sie rausgefunden, was die Bot-Handys tun?«, fragt Dante.

»Ihr Job.«

»Blöde Klemmzicke«, entfährt es ihm.

»Schon klar«, tippt er, »Missverständnis. Meinte, ob Auswirkungen auf Juno erkennbar.«

»Keine.«

Dante bedankt und verabschiedet sich. Als Nächstes probiert er es bei Martel, bekommt jedoch nur ihren Anrufbeantworter zu fassen. Und dem hat er nichts zu sagen. Stattdessen ruft er trotz der späten Stunde noch einen Kontakt an: Dirk Rasch. Er weiß, dass Dirk nicht schläft. Wahrscheinlich arbeitet er sogar noch.

»Ja, Rasch?«

Dirk ist zwar seit über zehn Jahren Amerikaner, kam aber erst als Teenager aus München nach Kalifornien. Folglich klingt er ein wenig wie Arnold Schwarzenegger. Sicherlich könnte Dirk seinen teutonischen Akzent stärker zurücknehmen, aber er tut es nicht. Vielleicht meint er, seine zackige Aussprache flöße seiner Kundschaft Respekt ein.

»Hier ist Ed, Dirk. Wie läuft's?«

»Warte einen Moment. Ich bin gerade dabei, etwas abzuholen.« Dante kann hören, wie ein Truck gestartet wird. Eine Tür klappt, dann ertönt wieder Dirks schneidige Stimme.

»So, jetzt. Ich habe so ein Gefühl, dass der Typ hier gleich auftaucht, einer der Nachbarn hat mich beobachtet und telefoniert. Und da will ich lieber weg sein.«

»Verstehe«, erwidert Dante, »was war's denn?«

»Porsche 911 Carrera 4S. Die extrafette Version. Keramikbremsen, Lederausstattung, das volle Programm.«

Dante hört Dirk beschleunigen. Er kann ihn förmlich vor sich sehen in seinem Abschleppfahrzeug, auf der Ladefläche den funkelnagelneuen Porsche. Dirk ist das, was man einen Repo-Agenten nennt. Für seine Auftraggeber sammelt er Dinge ein, deren Raten nicht bezahlt worden sind. In einem Land, wo alle alles auf Pump kaufen, ist das ein einträgliches Geschäft. Dirk pfändet Autos, aber auch Plasmafernseher, Einbauküchen, sogar Sturmgewehre. Als Dirk ihm Letzteres erzählte, dachte Dante, der Kerl nehme ihn auf den Arm. Aber im Gelobten Land gibt es alles auf Kredit, inklusive schwerer Artillerie – shoot now, pay later.

»Ich wundere mich, dass du den Elfer selbst holst, Dirk. Normalerweise hast du für so etwas doch deine Jungs.«

»Ja, aber wir sind gerade dünn besetzt. Außerdem habe ich dem Geschäftsführer der Porsche-Niederlassung in Beverly Hills in die Hand versprochen, mich persönlich darum zu kümmern. Und selbst so?«

»Och, das Übliche«, erwidert Dante, »vergrabenes Geld finden, Durchstechereien aufdecken.«

»Und was kann ich da für dich tun?«

»Ich suche jemanden.«

Dass Leute wie Dirk Rasch überhaupt existieren können, liegt unter anderem daran, dass Amerikaner keine Meldepflicht kennen. Menschen verschwinden deshalb des Öfteren von der Bildfläche – vor allem dann, wenn sie die Rate für ihr Zweihundert-Quadratmeter-Haus, ihre Yacht und ihren Sportwagen nicht mehr bezahlen können. Dirk muss oft jene finden, die nicht gefunden werden wollen. Er besitzt ein Netzwerk persönlicher Kontakte, hat Zugriff auf legale und vermutlich auch illegale Datenbanken, in denen verzeichnet ist, wer was gekauft, wer wen geschwängert, wer wo diniert hat.

»Und wen suchst du, Ed?«

»Einen Señor Juan Reyes aus Carlsbad. Kann aber sein, dass es sich um eine Tarnidentität handelt.«

»Mehr hast du nicht? Weißt du, wie viele Menschen dieses Namens es in Kalifornien gibt? Wahrscheinlich mehr als Johanssons in Minnesota. Und wieso Tarnidentität?«

Er erzählt Dirk von Reyes' Juno-Konto. Den Montecrypto-Kontext lässt er weg.

»Okay, ein Fake-Juno-Konto, so weit nix Neues.«

»Wie meinst du das? Kommt das öfter vor? Ich dachte, da gibt es eine Identitätsprüfung«, sagt Dante.

Statt einer Antwort schallt ihm eine Kanonade wüster Beschimpfungen entgegen – auf Deutsch. Nun klingt Dirk tatsächlich wie ein Sturmbannführer.

»Sorry, Ed. Galt nicht dir. Dieses Arschloch hat mich voll geschnitten. Warum kann in diesem Scheißland eigentlich keiner Auto fahren?«

»Ich weiß. Und auf der falschen Seite fahren sie auch.«

»Haha. Also, das mit den Konten, mit der Prüfung und so, das ist alles Bullshit. Bei Juno und den meisten anderen von diesen digitalen Finanzdiensten musst du deinen Ausweis vor die Laptopkamera halten und dann außerdem ein Foto von dir machen. Was ja erst mal nur beweist, dass der Typ vor der Webcam der gleiche ist wie der auf dem Ausweis, sonst nix. Ich kann dir binnen einer

Stunde ein Dutzend Vögel auftreiben, die das für fünfzig Dollar übernehmen. Oder du fälschst die Papiere. Glaubst du, der Depp in Junos philippinischem Callcenter, der diese ID-Checks überprüft, kann einen kolumbianischen Führerschein von einem mexikanischen Perso unterscheiden?«

»Okay, verstehe. Ich habe von diesem Reyes aber auch eine Adresse.«

»Schon vorbeigeschaut?«

»Noch nicht.«

»Kann sein, dass da nur ein Extrabriefkasten hängt. Aber ich lasse den Kerl gerne mal durchs System laufen. Vielleicht finde ich ja was.«

Dante bedankt sich bei Dirk, legt auf. Er geht zurück ins Haus, um sich den dritten Cocktail des Abends zu mixen. Es wird der letzte sein, großes Indianerehrenwort. Da er schon etwas entscheidungsschwach ist, nimmt er der Einfachheit halber einen weiteren Old Fashioned und setzt sich damit auf die Veranda. Eigentlich will Dante ins Bett, aber der Mann vom FBI war noch nicht da. Er trinkt in kleinen Schlucken, versucht, an nichts zu denken.

Bald ist der zweite Old Fashioned Geschichte. Das Indianerehrenwort wankt. Dante lehnt sich zurück, schließt für einen kurzen Moment die Augen.

CABALLUM TUUM

Als Dante erwacht, tut sein Rücken weh, und er friert. Es liegt wohl daran, dass er ohne Decke auf einer harten Pritsche liegt. Für einen Moment erfasst Panik sein Herz. Weder weiß er, wie er hierhergelangt ist, noch, wie er je wieder hier herauskommen soll. Dante rollt sich auf die Seite, seine Schulter quittiert es mit einem Stechen. Die unverputzte Wand ist nur zwei Armlängen entfernt. Insgesamt misst seine Zelle wohl zwei mal vier Meter und ist spärlich möbliert: Pritsche und Tisch, ein Stuhl, für die Notdurft ein Eimer. Das einzige Fenster ist winzig und befindet sich zu weit oben, als dass man hindurchschauen könnte. Dante kommt hoch, steht auf, steigt auf den Stuhl. Nun kann er die Gitterstäbe des Fensters umfassen und sich so weit hochziehen, dass er hinausblicken kann.

Um ihn herum erhebt sich eine Festungsanlage. Sie sieht ziemlich alt aus. Es ist kurz vor Sonnenaufgang, das Dunkelgrau des Himmels macht bereits hoffnungsvolleren Farbtönen Platz. Dante muss konstatieren, dass er sich im Paradies befindet, genauer gesagt befände er sich dort, wäre er auf der anderen Seite der Mauer. Die Festung liegt am Meer, in der Ferne ist schneeweißer Sandstrand zu erkennen. Wenn er raten müsste, würde Dante auf den Golf von Mexiko tippen oder vielleicht auf die Karibik. Die Luft ist warm, am Strand wiegen Palmen im Wind.

Dante ahnt, dass er träumt. Doch das ändert seltsamerweise wenig an dem Gefühl der Panik. Wer hat ihn hier eingesperrt? Ist er der einzige Häftling? Irgendwo in den Tiefen von Dantes brandygetränktem Gehirn analysiert ein Teil seines Verstands den Traum, während er ihn träumt. Zumindest bildet er sich das ein. Seine Vermutung ist, dass der Traum etwas mit Montecrypto zu tun hat.

Vielleicht beschwört sein Gehirn Versatzstücke aus einer alten Dumas-Verfilmung herauf und er ist nun Richard Chamberlain, lebenslang eingekerkert aufgrund einer Intrige gepuderter und livrierter Arschlöcher. Dante fährt sich übers Kinn, und tatsächlich, er hat einen Zottelbart. Außerdem hat er lange Haare. Dass ihm auf seiner Platte noch mal etwas sprießt, ist nun wirklich megaunrealistisch – ein Traum, keine Frage.

Unschlüssig läuft er in der Zelle auf und ab. Er kann sich an die Geschichte kaum noch erinnern, meint aber, dass der Protagonist bei Dumas nicht allein einsaß. Während er darüber nachgrübelt, vernimmt Dante aus einer Ecke der Zelle ein Geräusch. Als er hinschaut, sieht er, dass sich ein Ziegelstein in Bodennähe bewegt.

Auf der anderen Seite ist jemand. Dante schaut zu, wie Stein um Stein in seine Zelle geschoben wird. Eine Hand erscheint. Dante geht zu der Mauer und hilft dem Unbekannten, weitere Ziegel zu entfernen. Bald ist das Loch groß genug, um einander in die Augen zu sehen. Dante legt sich flach auf den Boden. Er sieht die dreckigen Unterarme des anderen Sträflings, sieht das Ende seines Zottelbarts. Der Fremde senkt das Haupt und streckt gleichzeitig eine Hand durch das Loch, legt sie Dante auf die Schulter.

Nun kann er das Gesicht ausmachen. Herrgott, es ist ...

... ein glatt rasierter Typ im Anzug.

»Mister Dante?«

Schlaftrunken blinzelt er den Mann an. Dessen Gesicht ist mondförmig und platt, es wirkt beinahe eingedrückt. Der Kerl ist ein Pfannkuchen auf Beinen. Dante blinzelt erneut, aber die Visage verschwindet nicht. Er ist tatsächlich zurück auf seiner Veranda in East Hollywood. Für einen Moment hatte er geglaubt, diese seltsame Erscheinung sei ein Überbleibsel seines Traums.

Der Pfannkuchen hält ihm eine FBI-Marke hin.

»Hm?«, brummt Dante. Mehr bringt er nicht heraus.

»Jake Veriato. Ich komme im Auftrag von Agent Wilkins aus dem New York Field Office.«

Dante setzt sich auf, nickt.

»Wegen der Daten.«

»Ja.«

Er erhebt sich, holt den USB-Stick aus der Hosentasche. Er legt ihn auf den Verandatisch, macht eine einladende Geste. Der Pfannkuchenmann macht keine Anstalten, den Stick zu nehmen, sondern holt stattdessen ein iPad hervor, ruft ein Formular auf.

»Wenn Sie«, er hält Dante einen Stift hin, »hier unterschreiben würden, Sir.«

Vielleicht handelt es sich um eine schnöde Quittung. Wahrscheinlicher ist, dass Dante mit seiner Unterschrift bestätigt, dass dieser USB-Stick sowie alle Daten darauf nunmehr Eigentum des Federal Bureau of Investigation sind und er, Edward Wilmore Dante, niemand sonst Kopien derselben aushändigen wird und ferner für sämtliche Scheiße verantwortlich ist, die Dritte, Vierte oder auch Fünfte mit diesen Daten anstellen, und hiermit ferner einräumt, diese Vereinbarungen vollumfänglich zu akzeptieren ohne zeitliche oder räumliche Beschränkung und unter besonderer Berücksichtigung der anerkannten Rechtsgrundsätze stercus accidit sowie futueo te et caballum tuum.

Er unterschreibt den Wisch trotzdem, damit der Pfannkuchen sich verkrümelt. Was er dann auch tut.

Dante geht ins Haus, schafft es ohne einen weiteren Boxenstopp an der Salatbar ins Schlafzimmer. Er zieht sich aus und lässt sich aufs Bett fallen. Ein paar Sekunden später ist er bereits eingeschlafen.

BEKANNT VERZOGEN

Am nächsten Morgen wecken ihn die Klagelaute seines Handys. Er hatte das Gerät bis sieben Uhr stummgeschaltet, also ist es vermutlich kurz nach. Dante quält sich aus dem Bett und greift nach der Hose, die er gestern Nacht auf den Boden gepfeffert hat. Er nimmt das Handy aus deren hinterer Tasche, scrollt durch seine Nachrichten. Das Gefiepe wurde durch eine Nachrichtenkaskade von Mercy Mondego verursacht. Sie informiert ihn, dass sie Neuigkeiten habe und gegen siebzehn Uhr lande. Dante bietet an, sie abzuholen. Seine schlafverkrusteten Augen registrieren außerdem, dass er weitere siebenundzwanzig neue Chatnachrichten hat, vierzehn Anrufe auf der Mailbox und, er schaut zweimal hin, weil er es nicht glaubt, zweitausendeinhundertsechzig neue E-Mails.

Dante macht sich einen Tee – nicht nur einen, um genau zu sein. Er besitzt eine Brown Betty, eine jener traditionellen Kannen, in die genug English Breakfast für eine Großfamilie passt. Mit Kanne, Tasse und Zimt-Toasties setzt er sich aufs Sofa. Während er den Tee schlürft, schaut Dante Squawkbox auf CNBC, liest FT.com, Bloomberg, MarketWatch, Twitter, seine Mails, alles mehr oder minder gleichzeitig. Martel hat anscheinend versucht, ihn zu erreichen. Er wird sie zurückrufen, aber zunächst liest er einen Artikel über die Situation an der Börse, die gelinde gesagt unerfreulich ist. Gewinnwarnungen, invertierte Renditekurve, drohende Zinserhöhung, durch die Decke gehende Volatilität. Alle haben Muffensausen, inklusive der Moderatorinnen bei Squawkbox, zwei gertenschlanke Mittvierzigerinnen, die nur aus Make-up und Frisur zu bestehen scheinen.

»... das ist sicherlich auch ein Grund, warum Krypto heute Morgen nach oben geht. Bitcoin plus elf Prozent, Turtlecoin zwanzig, FlashLite neunzehn.«

»Warum diese Rallye, Becky?«

»Analysten sagen, die starke Nachfrage sei auf die schwache Performance von Aktien und Bonds zurückzuführen, Joan. Die Venezuela-Krise beunruhigt die Märkte, alle suchen nach sicheren Häfen.«

Becky, eine Asiatin in Glencheck-Kostüm, macht ein ungläubiges Gesicht. Dante kann es ihr nicht verdenken.

»Krypto als sicherer Hafen?«

»Ja, das wäre vor einigen Jahren noch undenkbar gewesen. Aber schauen wir uns diesen Chart an.«

Die Moderatorinnen verwandeln sich in kleine Talking Heads, wiewohl in sehr gut frisierte. Eine Kursgrafik nimmt den Großteil des Bildschirms ein. Sie zeigt den S&P-500-Aktienindex, den Preis von Gold sowie den von Bitcoin. Während der S&P abschmiert, bewegen sich die anderen beiden Kurven nach oben.

»Gold ist der traditionelle sichere Hafen für Investoren. Aber Bitcoin läuft fast parallel, so als wären beide miteinander gekoppelt. Was sie zwar nicht sind, aber ...«

Dante wendet sich dem Tablet auf seinem Schoß zu. Der Wert von Bitcoin ist nicht an den von Gold gekoppelt und der des Dollars auch nicht. Dafür ist Moneta an den Greenback gekoppelt, und zwar eins zu eins. Das ist keine neue Erkenntnis, Dante wusste es bereits. Dennoch scheint es ihm, dieser Umstand bedeute etwas, bedeute mehr, als er bisher angenommen hat. Nur was? Er weiß es nicht, es ist nur ein Gefühl. Rasch gießt Dante sich Tee nach und trinkt einige Schlucke, in der Hoffnung, das belebende Gebräu werde seine Assoziationsfähigkeit beflügeln, ihm zu einem Heureka verhelfen. Aber er verbrennt sich lediglich die Zunge.

Er scrollt weiter durch die Nachrichten, stöbert nach Neuigkeiten zu Montecrypto. Während seiner Nachtruhe haben mehrere maskierte Typen versucht, das Stiftungsbüro in Zug zu stürmen, allerdings vergeblich. Es gibt sogar ein Video davon. Die Angreifer tragen Hundemasken – japanische Shibas, wenn er sich nicht täuscht. Ein gutes Dutzend Maskierter versucht, ins Gebäude zu gelangen, wird aber von der Polizei und Sicherheitsleuten daran gehindert. Nein, nicht von Sicherheitsleuten – vermutlich sind es eher Gegendemonstranten. Ihre Overalls erinnern Dante an die der Ghostbusters. Er weiß nicht, was das alles bedeutet und welchen Fraktionen die Streithähne angehören. Entscheidend ist auch eher, dass es anscheinend immer noch niemandem gelungen ist, in die Büros der Fondation Bataille einzudringen.

Auch zu Juno gibt es Neuigkeiten. Einem Bericht des »Wall Street Journal« zufolge hat sich der Vorsitzende des Finanzausschusses im US-Kongress zu der Sache geäußert. »Falls es tatsächlich Scheinkonten bei Juno gibt, muss das restlos aufgeklärt werden«, wird der Abgeordnete zitiert. Wenn Dante Dirk Rasch richtig verstanden hat, ist die Frage aber ja gar nicht, ob es Fake-Accounts gibt, sondern wie viele es sind und wer sie kontrolliert. Einige gehen augenscheinlich auf Hollister zurück. Schließlich wollte der über solche fiktiven Konten Junos höchst reale Dollarlücke schließen.

Während Dante über diese Dinge nachdenkt, zieht er sich frische Sachen an. Er ist immer noch hundemüde, sein Trip nach Europa steckt ihm in den Knochen. Auch was das Wetter angeht, ist er noch ein bisschen verwirrt. Er streift zunächst einen Pullover über. Aber den braucht man in Los Angeles nicht einmal im November. Deshalb wählt er sein semioffizielles Outfit – schwarzer Anzug, T-Shirt, Trilby, Turnschuhe. Kurz darauf sitzt er in seinem Wagen und fährt Richtung Westen. Bevor Mondego ankommt, muss er noch ein paar Dinge erledigen.

Anders als Sam Spade hat Dante Wäsche, die er abholen muss. Chips und Klopapier sind auch alle. Er fährt zum Albertson's an der Ecke. Während er wahllos Knabberzeug in einen SUV-großen Einkaufswagen schaufelt, klingelt sein Telefon. Es ist Dirk Rasch.

»Dirk. Das ging schnell. Hast du was?«

»Hi, pass auf. Dieser Reyes, nennen wir ihn einfach mal so, der wohnt nicht unter der angegebenen Adresse. Da lebt eine Frau mit polnisch klingendem Nachnamen. Ich kenne wen bei Pacific Gas & Electric. Der konnte mir sagen, dass ein J. Reyes seinen Vertrag mit PG&E unter dieser Adresse gekündigt hat, vor über einem Jahr.«

Dante lässt die Doritos in den Wagen fallen. Reyes ist verzogen. Und wenn er sich bereits vor so langer Zeit aus dem Staub gemacht hat, ist die Chance, ihn noch zu finden, verdammt klein.

»Ed, bist du noch dran?«

»Was? Ja, klar.«

»Reyes scheint keine Sozialversicherungsnummer zu haben und auch keinen Pass. Ich habe deshalb ein paar andere Sachen versucht.«

»Und zwar?«

»Seine Bezahlapps.«

»Du meinst Juno?«

»Nicht Juno. Habe ich auch versucht, aber es scheint, dass Juan es kaum benutzt. Stattdessen verwendet er Freshpay, das ist ein kleinerer Konkurrenzanbieter.«

»Und woher hast du ...«

»Willst du das wirklich wissen?«

Dante spürt, dass Dirk es ihm gerne erzählen möchte.

»Wenn du mich danach nicht töten musst.«

Ein lahmer Witz, aber Dirk findet ihn offenbar komisch, lacht meckernd.

»Juno, Fresh und wie sie alle heißen – die verkaufen Nutzerdaten an Marketingfirmen. Anonymisiert, natürlich.«

»Natürlich«, sagt Dante.

»Aber Fresh ist relativ klein, und ich hatte noch einen zweiten Datenpunkt. Zwei Tage, nachdem Juan Reyes in Carlsbad seinen Strom abgemeldet hat, hat ein anderer Mann gleichen Namens in Escondido einen Anschluss angemeldet. Sagt mein Freund von PG&E.«

Dante rollt inzwischen durch den Gang mit den Hygieneartikeln, kippt zwei Zwölferpacks Charmin Ultra Gentle in den Wagen.

»Es muss derselbe Typ sein.«

»Muss nicht, kann aber. Dann hat ein anderer Kumpel von mir, der arbeitet bei einer Marketingfirma, überprüft, wer in fünfhundert Metern Umkreis von der Adresse in Escondido mit Freshpay bezahlt hat.«

»Das müssen aber doch ziemlich viele Transaktionen sein.«

»Nicht so viele. Vor allem, wenn man die Leute rausnimmt, die nicht regelmäßig in der Gegend was kaufen.«

Dante hat inzwischen alles, steuert auf die Kassen zu.

»Sodass nur Anwohner übrig bleiben.«

»Korrekt.«

»Aber wenn dein Marketingfreund die Namen der Nutzer von Juno oder Fresh nicht kennt, kann man nicht so richtig sicher sein, oder?«

»Er hat keine Namen. Aber was er hat, sind sogenannte Identifier. Er weiß, dass derjenige, der zu einem bestimmten Zeitpunkt ein bestimmtes Produkt an einem bestimmten Ort gekauft hat, Mister X ist. Er kann sich dessen Shoppinghistorie anschauen, ohne seinen Namen zu kennen.«

»Bewegungsmuster«, sagt Dante.

»Zum Beispiel«, erwidert Dirk. »Unser Mister X kauft in Escondido Zeug ein, in der Nähe der Adresse von Juan Reyes. Vor einem bestimmten Datum hat er das aber nie getan. Da hat er in Carlsbad eingekauft, in der Nähe der Adresse, wo Reyes früher wohnte. Dieser Mister X ist also mit an Sicherheit grenzender Wahrscheinlichkeit dein J. R., Juan Reyes.«

Dante hat inzwischen die Waren aufs Band gelegt, der Gesamtpreis wird bereits angezeigt. Sein erster Instinkt ist, eine Karte durch das Gerät zu ziehen oder sein Handy dagegenzuhalten. Dann überlegt er es sich anders und zahlt mit zwei nagelneuen Zwanzigern. Währenddessen redet er weiter mit Rasch.

»Ziemlich beeindruckend, Dirk.«

»Natürlich ist es das. Oder vielleicht auch nicht. Diese Daten fliegen überall rum, ist fast zu einfach.«

»Verrätst du mir Reyes' aktuelle Adresse?«
»Logo.«
Dante steht inzwischen auf einem Parkplatz. Er tippt die Adresse in sein Handy und läuft dann seinem Einkaufswagen hinterher, der sich auf dem leicht abschüssigen Asphalt davonzumachen droht.
»Wie kann ich mich revanchieren?«
»Wir finden schon was. Wird vermutlich mit Excel zu tun haben.«
»Jederzeit, Dirk. Vielen Dank.«
»Keine Ursache. Wir alten Europäer müssen schließlich zusammenhalten, stimmt's?«
Dantes paneuropäische Gefühle sind nicht sehr ausgeprägt, aber er widerspricht nicht. Stattdessen bedankt er sich nochmals. Er will gerade auflegen, als Dirk sagt:
»Eins noch, Sportsfreund?«
»Hm?«
»Die Adresse hast du ja. Aber eine Sache war noch auffällig. Der Ort, an dem der Typ am häufigsten einkauft, ist«, Dirk kichert, »es scheint sich um einen Sexshop zu handeln. Ganz in der Nähe. Porn-O-Rama, heißt der. Mehrfach die Woche ist er da, stets abends gegen halb acht.«
Dante wusste gar nicht, dass es derlei Läden noch gibt. Den einzigen Sexshop, den er in den vergangenen fünfzehn Jahren aufgesucht hat, heißt Internet. Er bedankt sich für die Bonusinformation und legt auf.
Als er im Auto sitzt, ruft er Martel an. Wieder einmal erreicht Dante nur ihre Box.
»Mrs Martel, ich bin aus Europa zurück. Wir sollten uns treffen. Es gibt einiges, das ich Ihnen erzählen muss, nicht nur über die ... die Schatzsuche. Bitte rufen Sie mich zurück.«
Dante legt auf, fädelt sich in den Verkehr ein. Es ist inzwischen halb elf, zu früh, um zu Mittag zu essen, aber nicht zu früh, um bereits daran zu denken. Er könnte zu seinem provisorischen Haupt-

quartier, dem Ararat, fahren, dort den Rest des Vormittags totschlagen und dann nahtlos zum Mittagessen übergehen.

Bevor er weiter über diese Möglichkeit nachdenken kann, ist er an der nächsten Kreuzung abgebogen, nicht Richtung Little Armenia, sondern gen Bel-Air. Was er dort will? Martel in Hollisters Villa einen Überraschungsbesuch abstatten? Das muss es wohl sein. Dante hat seine Klientin bereits mehrfach zu erreichen versucht, jedoch bisher nie einen Rückruf erhalten. Und irgendwie beschleicht ihn inzwischen eine Ahnung, dass es dafür einen Grund geben könnte, vermutlich einen unerfreulichen.

BARBIE-KLINIK

Als Dante in Martels Straße einbiegt, ahnt er schon, was los ist. Er parkt ein Stück entfernt und geht die letzten hundert Meter zu Fuß. Am Straßenrand stehen insgesamt drei Laster örtlicher TV-Sender. Ein Streifenwagen fährt betont langsam vorbei, die Polizisten darin mustern die zahlreichen Gaffer. Bei Dantes letztem Besuch war die Straße menschenleer, was in diesem Teil von Bel-Air dem Normalzustand entspricht. Wenn die Anwohner ihre Villen verlassen, dann in der Regel auf vier Rädern. Nun aber lungern viele Leute auf dem Bürgersteig herum. Dante kennt das Klientel bereits: junge Nerds mit bunten Shirts oder Caps, deren Aufdrucke von der Begeisterung für Kryptowährungen und Internetmemes künden. Einige tragen Trilbys. Dante hat gelesen, dass diese in der Szene inzwischen »Quatermain-Deckel« genannt werden. Ihn macht das wütend. Nicht nur, dass er sich mit seiner präferierten Kopfbedeckung nirgendwo mehr blicken lassen kann. Es ist zudem Schwachsinn, den Trilby mit Allan Quatermain zu assoziieren. Der trug einen breitkrempigen Fedora, zumindest in der Hollywood-Verfilmung mit Richard Chamberlain. Dante fällt auf, dass dieser Schauspieler ebenfalls den Grafen von Monte Cristo gespielt hat. Reiner Zufall, aber bestimmt gibt es auch dazu eine Verschwörungstheorie.

Vor dem Tor hat jemand Blumen niedergelegt und Fotos aufgestellt, genau wie in Zug. Wenn das so weitergeht, kann es bis zu Hollisters Seligsprechung nicht mehr lange dauern.

Dante hält auf das Tor zu. Mehrere Kryptogroupies haben bereits ihre Handys auf ihn gerichtet.

»Das ist er«, ruft ein Mädchen, »der First Quatermain!«

Dantes erster Instinkt ist, wegzulaufen. Das sähe auf YouTube aber vermutlich sehr dämlich aus. Also geht er ruhigen Schrittes weiter und versucht, die instastreamenden und livetwitternden Rotzgören zu ignorieren. Dante hofft inständig, dass Martel zu Hause ist. Wenn er unverrichteter Dinge wieder abziehen muss, wäre auch dies etwas, das er nicht unbedingt auf Video festgehalten sehen möchte.

Einer der TV-Kameramänner bringt sich in Stellung. Aus einem der Sendewagen steigt eine Moderatorin aus, die Dante schon einmal gesehen hat, vermutlich als Reporterin bei einer der ortsüblichen Naturkatastrophen – Waldbrände, Freewaystaus, Gangschießereien.

Dante klingelt, lächelt kurz in die Fischaugenkamera. Dann wendet er sich der Menschenmenge zu.

»Ich weiß nicht, warum Sie alle hier sind. Aber einen Schatz gibt es hier ganz bestimmt nicht«, sagt er.

»Gibt es denn überhaupt noch einen weiteren?«, fragt ein akneversehrter Teenager, der eine GoPro-Kamera an seiner Stirn befestigt hat.

Dante schaut durch seine schwarze Wayfarer in die Kamera des Jungen.

»Keine Ahnung. Wie kommst du drauf, dass ich mehr weiß als du?«

»Na ja, Sie sind ... Sie sind der First Quatermain.«

Dante hat sich diesen bescheuerten Titel verdient, indem er in der Mojave zufällig in ein Loch gefallen ist. Er war der Erste, der einen von Hollisters Schätzen entdeckte, woraus die Leute folgern, er sei kompetent. Irgendwie erinnert ihn das an seine Zeit an der Wall Street. Gelang es dort einem Fondsmanager, einmal eine gute Rendite zu erwirtschaften, glaubten alle, im nächsten Jahr werde ihm das erneut gelingen. Aber wie es in den Verkaufsprospekten so schön heißt: Vergangene Erfolge sind kein Garant für zukünftige. Bei Kryptoschätzen verhält es sich ähnlich. Ob diese Fanboys wohl wissen, dass er bei Schatz Nummer zwei keinen Stich gesehen hat?

Statt seine Fehlbarkeit einzuräumen, nickt Dante ernst. Inzwischen ist auch die TV-Tante bereit, drängelt sich durch den Pulk, Mikro im Anschlag.

»Mister Dante, Madchen Flores, KNBC. Sind Sie hier, um mit Ihrer Klientin Jacqueline Martel über das weitere Vorgehen im Fall Montecrypto zu beraten?«

»Alle Ermittlungen, die ich durchführe, sind vertraulich. Das Gleiche gilt für etwaige Klienten.«

»Aber Martel ist schon Ihre Klientin? Können Sie das bestätigen?«

Dante ignoriert die TV-Frau, drückt erneut auf die Klingel, diesmal länger. Er sieht, wie die Umstehenden einander verwundert anschauen. Sie fragen sich vermutlich, warum ihn niemand einlässt. Schließlich ist er doch der Privatschnüffler von Hollisters fantabulöser Schwester, Schatzsucher par excellence, First Quatermain und überhaupt. Dante fragt sich in etwa dasselbe.

Gerade will er sich wieder der interessierten Weltöffentlichkeit zuwenden, als er jemanden die Auffahrt herunterkommen sieht. Es ist der laufende Kleiderschrank, der ihn bereits bei seinem letzten Besuch empfangen hat. Statt eines Anzugs trägt Marcus diesmal Fitnessklamotten und Gewichtheberschuhe. Offenbar hat Dante ihn beim Eisenbeißen gestört. Der Butler, Bodyguard, was auch immer, geht zur Pforte rechts neben dem Tor. Er öffnet sie einen Spalt, sodass Dante hindurchschlüpfen kann. Keiner der Umherstehenden versucht, ihm zu folgen. Würde Dante an ihrer Stelle auch nicht tun. Martels Bediensteter sieht aus wie einer, der unbefugte Personen, ohne zu zögern, zwischen den Stäben des gusseisernen Tors zerquetschen würde.

Sie laufen zum Haus.

»Danke. Belagern die Sie schon lange?«, fragt Dante.

»Seit vorgestern.«

»Wegen des Videos?«

»Keine Ahnung. Irgendwer hat uns gedoxxt«, sagt Marcus.

»Ge-was?«

»Miss Jackies Koordinaten im Netz gepostet.«

Der Kleiderschrank öffnet die Haustür.

»Sorry, dass ich hier einfach so ohne Termin aufkreuze, Mister ...«

»Nennen Sie mich einfach Marcus.«

»Ed. Ist Mrs Martel da?«

Marcus lässt die Schultern hängen. Er sieht immer noch wahnsinnig breit aus, aber weniger aggressiv.

»Nein. Ich erklär's Ihnen gleich. Aber kommen Sie erst mal rein.«

Marcus geleitet ihn in das Dante bereits bekannte Wohnzimmer. Seit seinem letzten Besuch hat sich nicht allzu viel verändert. Rückstände von Vanillearoma hängen in der Luft, vermutlich von Martels E-Zigaretten. Sie nehmen Platz.

»Ed, ich wollte Sie bereits anrufen, aber ich hatte einiges um die Ohren. Jackie geht es nicht gut. Sie hatte einen Nervenzusammenbruch.«

»Hollisters Tod nimmt sie mit?«, fragt Dante, obwohl er dies keine Sekunde glaubt. Wenn er Martel korrekt einschätzt, nimmt sie eher die Tatsache mit, dass ihr toter Bruder sein Geld unter den Kryptofreaks der Welt zu verteilen gedenkt, statt es ihr zu hinterlassen.

»Das auch«, erwidert Marcus und faltet seine Schaufelbaggerhände. »Aber ich glaube, es ist vor allem die mediale Aufmerksamkeit, die dieses ... dieses Montecrypto verursacht.«

Dante lehnt sich zurück, schaut seinen Gesprächspartner fragend an.

»Jackie, Mrs Martel, ist Blitzlicht natürlich gewohnt, gehört ja zu ihrem Job. Aber seit dem ersten Video ist es von Tag zu Tag schlimmer geworden. Sie konnte sich nirgendwo mehr verstecken.«

»Wie meinen Sie das?«

»Allen ist klar, dass sie Hollisters Schwester war. Alle glauben folglich, dass sie etwas weiß. Sie hat täglich Auftritte, auf Messen, Conventions. Sie interagiert auf ihren Kanälen mit den Fans –

Facebook, Instagram und so weiter. Aber nun fragt keiner mehr nach ihrer … ihrer Kunst.«

»Sondern nur noch nach dem Schatz. Erwartbar.«

»Vielleicht. Aber es hat sie sehr mitgenommen. Sie fühlte sich bedrängt, als eigenständige Person negiert, ausgelöscht. Egal wo sie hinkommt, es geht nur noch um ihren toten Bruder und sein Vermächtnis.«

Marcus besitzt augenscheinlich viel Mitgefühl und Empathie. Hätte Dante ihm gar nicht zugetraut, er sieht eher nach Möbelschieber als nach Frauenversteher aus.

»Verzeihen Sie die Frage, Marcus. Aber sind Sie Mrs Martels Bodyguard?«

»Sekretär. Personal Trainer. Bodyguard auch, wenn nötig. Ich bin immer für sie da.«

»Und Sie«, Dante deutet auf Marcus' schwitzige Sportsachen, »wohnen auch hier?«

»Manchmal, je nach Terminlage. Jetzt bin ich hiergeblieben, als Housesitter quasi, um die Sicherheit des Gebäudes zu gewährleisten. Mrs Martel war in Sorge, einer dieser Möchtegernschatzsucher könnte hier einbrechen.«

»Diese Sorge ist durchaus berechtigt. Aber wo ist sie denn nun?«

»Mrs Martel hat sich in Behandlung begeben.«

»Ins Krankenhaus?«

Marcus zögert einen Moment, sagt dann: »Healing Echoes.«

Healing Echoes ist eine Barbie-Klinik, ein Refugium für gestresste oder ausgebrannte Millionärsgattinnen, deren zerknittertes Nervenkostüm einmal gründlich dampfgebügelt werden muss. Der Laden befindet sich im Norden, nahe Santa Barbara.

»Kann man sie dort erreichen?«

»Nein. Das ist ja der Sinn der Sache. Sie hat sich digital detox verordnet, keine Computer oder Handys.«

»Das zumindest erklärt, warum sie mich nicht zurückgerufen hat. Ich versuche es schon seit längerer Zeit vergeblich.«

»Jackie hat ihre SIM-Karte deaktiviert, nachdem jemand ihre Mobilnummer gepostet hat. Sie bekam täglich Hunderte Anrufe, tonnenweise SMS. Kann man sich kaum vorstellen, was für eine Lawine das ist.«

Dante kann es sich sehr gut vorstellen. Vielleicht sollte er auch ein paar Tage in eine Barbie-Klinik, oder vielleicht besser in eine Ken-Klinik. Aber vermutlich kriegt man dort nichts zu trinken.

»Okay. Falls Sie Mrs Martel sehen, dann sagen Sie ihr doch, dass Ed Dante ihr gute Besserung wünscht und weitersucht.«

»Mache ich.«

»Und wenn sie wieder auf den Beinen ist, würde ich sie gerne briefen. Und ihr ein paar Fragen stellen.«

»Mit mir können Sie das nicht ausmachen?«

»Würde ich gerne, Marcus. Aber da meine Klientin mich bisher nicht angewiesen hat, Sie ins Vertrauen zu ziehen – nehmen Sie's nicht krumm, aber ...«

Der Hüne macht eine beschwichtigende Handbewegung.

»Ist schon okay, verstehe ich. Kann ich sonst noch was für Sie tun?«

»Erst mal nicht. Aber vielleicht geben Sie mir Ihre Handynummer, nur für den Fall.«

Sie tauschen Visitenkarten aus. Die Schrankwand, deren voller Name Marcus Thelonious Green lautet, bietet Dante an, ihn mit dem Auto bis an die nächste Ecke zu fahren, damit er kein weiteres Bad in der nerdigen Menge nehmen muss. Dante findet die Idee großartig. Kurz darauf rollen sie in einem schwarzen Cadillac mit getönten Scheiben an der Menschenansammlung vor dem Tor vorbei. Dante sagt Marcus, wo er geparkt hat. Martels Faktotum fährt einmal um den Block.

»Glauben Sie«, sagt er zu Dante, »dass das noch lange so weitergeht?«

»Mit diesen Videos?«

»Ja.«

»Ich habe keine Ahnung, Marcus.«

»Denn inzwischen frage ich mich, ob diese Sache auf einen Höhepunkt zusteuert.«

Der zweite Schatz scheint, das weiß er inzwischen aufgrund von Berichten im Netz, mehr wert gewesen zu sein als der erste. Hollisters Videos deuten zudem auf eine größere Enthüllung hin. Erfolgt diese im dritten Video? Im vierten? Überhaupt? Oder kommt am Ende vielleicht doch nur Werbung für irgendeinen beschissenen Onlinebroker, so wie es der Typ in Vegas damals vermutet hat?

»Hoffen wir mal«, erwidert Dante, »dass es bis zu dem Höhepunkt nicht mehr allzu lange dauert.«

Dante schaut auf die Uhr. Die Sache hat länger gedauert als erwartet. Er wird sich sputen müssen, um es rechtzeitig zu seinem Termin bei Future Guard zu schaffen.

Sie haben den Block inzwischen umrundet. Dante deutet auf seinen schäbigen Acura. Marcus hält auf dessen Höhe. Er bedankt sich, steigt aus und sieht zu, dass er in seinen Wagen kommt. Die Menschen vor der Villa haben inzwischen begriffen, was für ein Manöver sie da vollzogen haben – zu spät. Dante lässt den Motor an. Er sieht weitaus weniger, als ihm lieb ist. Es liegt daran, dass irgendwelche Idioten während seiner Abwesenheit haufenweise Post-it-Zettel und Notizen an seine Windschutzscheibe geklebt sowie unter die Scheibenwischer gesteckt haben. Auf den meisten scheinen Handynummern zu stehen.

Kurz erwägt er, wieder auszusteigen und die Scheibe frei zu machen. Aber der Pulk kommt bereits näher. Als Dante Gas gibt, fliegen die Zettelchen davon wie Schneeflocken.

SAFTLADEN

Dante hat im Stau gestanden, auf jenem fünfspurigen Fuck-up namens Ventura Highway, und so ist es bereits nach zwei, als er vor Future Guards Eingang parkt. Der Sitz der Kryofirma liegt an einer Ausfallstraße nördlich des Hollywood Burbank Airport und sieht aus wie ein gigantischer vom Himmel gefallener Schuhkarton. Das Gebäude ist Teil eines ganzen Ensembles solcher Schachteln, vermutlich die ehemaligen Studios vom Internet ermordeter Filmfirmen.

Dante steigt aus. Sein Blick fällt auf das Firmenlogo neben dem Eingang. Es zeigt eine stilisierte Version des vitruvianischen Mannes. Statt von einem Kreis wird er von einem pulsierenden Energiefeld umgeben. Das Ganze wirkt futuristisch und retro zugleich, wie die Schachtelillustration eines alten Atari-Spiels.

Er betritt das Gebäude, meldet sich am Empfang. Man bittet ihm, in einer Sitzecke zu warten. Die Future-Guard-Lobby wirkt wie der Eingangsbereich einer in die Jahre gekommenen Privatklinik – leicht abgewetzte Lederfauteuils, Tische aus Chrom und Glas. Neben den Sitzgelegenheiten liegen Infobroschüren, die mit »Sichern Sie sich Ihren Platz in der Zukunft« oder »Wiedergeburt im Jahr X« überschrieben sind.

Von seinem Platz aus sieht Dante einen an der gegenüberliegenden Wand montierten Fernseher, auf dem ein Future-Guard-Promovideo läuft. Zu dramatischer Synthesizermusik eilen Menschen in OP-Kleidung durch ein Labor, schließen eine leblose Gestalt an diverse Apparaturen an. Ein Schnitt, nun ist eine längliche Kiste aus unlackiertem Stahl zu sehen, die ihn an die Karosserie eines DeLorean erinnert. Offenbar handelt es sich um einen Designersarg. Die Kamera zoomt auf mehrere Anzeigen, die in die coole Kiste eingelassen sind.

Dante vernimmt Schritte. Als er sich umdreht, steht Immo Patel bereits vor ihm. Der Gründer von Future Guard ist nach Dantes Informationen sechsundfünfzig, wirkt aber alterslos, auf jene spezielle Weise des reichen Kaliforniers, der sämtliche Register zieht. Gefärbte Haare, überkronte Zähne, unterspritzte Wangen – Doktor Patelstein hat derart viel machen lassen, dass sich kaum sagen lässt, wo eigentlich noch Originalteile verbaut sind.

Dante erhebt sich, schüttelt Patels feuchte Hand. Seine Verabredung trägt Chinos und Buttondown, dazu cremefarbene Turnschuhe von New Balance.

»Morgen, Mister Dante.«

»Guten Morgen, Doktor.«

Er hat beschlossen, Patel so anzusprechen, weil er ihn für jene Art Mann hält, der auf Titel Wert legt. Auch wenn es sich bei diesem, wie Dante inzwischen weiß, nicht um einen medizinischen Grad handelt, sondern lediglich um einen Dr. phil. des Alamosa Saint Cajetan Baptist College.

Patel macht eine entschuldigende Geste.

»Mein Büro wird gerade renoviert, aber wir können in der Nähe etwas trinken gehen. Ich kenne da einen Laden, nur ein paar Meter weiter.«

Dante ist einverstanden. Neben der Schuhschachtel aus der Zukunft befindet sich eine kleine Mall, die außer der Dreifaltigkeit aus 7-Eleven, Rite Aid und McDonald's ein paar kleinere Läden enthält. Zu Dantes Überraschung steuert Patel keinen Coffeeshop an, sondern einen Laden, über dem »Romero Organic Juicery« steht.

Sie treten ein. Patel bestellt einen Meerrettich-Grünkohl-Rote-Beete-Saft. Dante nimmt einen Bio-Darjeeling, von dem er bereits weiß, dass er scheiße schmecken wird. Sie setzen sich draußen an einen Tisch.

»Also, was kann ich für Sie tun, Ed?«

»Es geht um Greg Hollisters Tod und sein, wie soll man sagen, seltsames Vermächtnis.«

Patel nickt. »Ich habe natürlich davon gehört. Habe allerdings noch keins der Videos gesehen. Derzeit gibt es bei uns sehr viel zu tun.«

Dante glaubt das keine Sekunde, geht jedoch nicht darauf ein. »Nach meinen Infos kannten Sie und Hollister sich ganz gut, vom Burning Man. Ist das korrekt?«

»Ja, wir waren beide Azztec Warriors.«

»Und sie interessierten sich beide für Krypto.«

»Hm, nun ja, Greg wohl mehr als ich. Ich habe halt immer mitgekriegt, wie er und die anderen sich darüber unterhielten. Gesagt haben, dass es das nächste große Ding wird. Das war Anfang des Jahrzehnts.«

Patel schaut versonnen. »Irre, wie die Zeit vergeht.«

»Ja, irre. Und da sind Sie dann damals ebenfalls eingestiegen, in Krypto?«

»Ed, verzeihen Sie, aber wenn Sie mir sagen würden, worauf Sie hinauswollen, könnte ich besser helfen.«

Dante nippt an seinem Tee. Es ist erstaunlich, so viel Bio, so wenig Geschmack.

»Ich wurde von Jackie Martel engagiert, um etwas Licht in die undurchsichtigen Vermögensverhältnisse von Mister Hollister zu bringen.«

»Undurchsichtig inwiefern?«

»Er hatte«, Dante beobachtet Patel genau, während er spricht, »natürlich ganz offizielle, seriöse Finanzen. Und gleichzeitig ein erhebliches Kryptovermögen, das er versteckte – vor dem Fiskus, vor seiner Schwester, vor wem auch immer.«

»Und das ist dieser Schatz? Montecrypto?«

»Vielleicht, genau weiß das niemand. Von den Videos war ich anfangs genauso überrascht wie alle anderen. Aber ich dachte, Sie könnten mir diesbezüglich vielleicht weiterhelfen.«

»Ich? Wie denn das?«

»Mrs Martel sagte mir, sie und ihr Bruder seien Kunden bei Future Guard. Oder Kunden in spe, keine Ahnung, wie das bei Ihnen läuft.«

»Wenn sich jemand für Kryopräservation entscheidet, sind die ersten Schritte nicht technischer, sondern juristischer Natur, Ed. Vollmachten sind notwendig, damit wir im Todesfall so schnell als möglich Zugriff auf den Leichnam erhalten. Die Zeit ist knapp, je später wir beginnen, desto größer die Gefahr, dass Hirnzellen absterben.«

»Aha. Also, worauf ich hinauswill, Doktor, ist Folgendes: Wenn sich jemand für Ihre ... Dienstleistung entscheidet, bedeutet das, dass er über seinen Tod nachgedacht hat, oder über das Leben nach dem Tod.«

Patel nickt.

»Hollister hat offenbar sehr genau über seinen Tod und die Zeit danach nachgedacht. Nicht nur hat er bei Ihnen diese, ich nenne es jetzt mal Wette auf die Zukunft, abgeschlossen. Sondern er hat auch Vorkehrungen getroffen, was sein Vermögen angeht, hat vorab diese Videos aufgenommen, Schätze versteckt. Ich frage mich deshalb, ob er mit Ihnen über seinen Tod gesprochen hat, über seine Pläne.«

Dantes Gesprächspartner schaut in seinen Acht-Dollar-Saft, der laut der Infotafel der Romero Organic Juicery nicht nur entgiftend wirkt, sondern auch verdauungsfördernd. Letzteres könnte Patel auf jeden Fall gebrauchen, so randvoll mit Scheiße, wie er ist.

»Unsere Verträge – Greg und Jackie besaßen beide das Platinpaket – schließen die meisten Leute erst ab, wenn sie jenseits der sechzig sind, wenn man sich mit so etwas beschäftigt. Greg war da in der Tat vorausschauender als andere. Vielleicht, weil er Pessimist war.«

»Sie meinen, er glaubte, ihm werde was zustoßen?«, fragt Dante.

»Nicht unbedingt ihm. Eher der Welt.«

»Wie ist das zu verstehen, Doc?«

»Greg war der Meinung, dass unser Wirtschafts- und Sozialsystem in naher Zukunft zusammenbrechen wird. Das hat er des Öfteren erwähnt. Aber ein philosophisches Gespräch über den Tod? Nein, daran kann ich mich nicht erinnern.«

»Verstehe. Und über seinen Schatz? Hat er davon was erzählt?«

»Nein, nicht, dass ich wüsste. Wir haben aber auch schon einige Monate keinen Kontakt mehr gehabt. Zuletzt habe ich ihn beim Man gesehen, glaube ich.«

»Der wann war?«

»Spätsommer letzten Jahres.«

»Und danach kein Kontakt mehr?«

»Nein.«

Dante findet, dass es an der Zeit ist, die Haubitze herauszuholen.

»Aber wenn Sie keinen Kontakt hatten, wie haben Sie dann die Sache mit dem Bitcointausch koordiniert, Doktor?«

Patel macht ein Gesicht, als beginne der Supersaft zu wirken.

»Was? Was haben Sie gesagt?«

»Die vielen Millionen, die Hollister für Sie und Price in Dollars umtauschen sollte und, soweit ich weiß, auch umgetauscht hat. Dazu haben Sie doch in regem Kontakt gestanden.«

»Ich habe keine Ahnung, wovon Sie reden.«

»Doc, das ist doch sinnlos jetzt. Ich habe die Chats gelesen. Sons of Hayek. Sie sind AFTERLIFE, oder?«

Dante erwartet, dass Patel entweder wütend wird oder weiter auf ahnungslos macht. Stattdessen fängt er an zu zittern. Seine Lippen beben, und dann beginnt er allen Ernstes zu weinen. Entweder ist Patel ein verdammt guter Schauspieler oder sein Nervenkostüm ist nicht das Beste. Dante muss an die Diskussion zwischen Yang und Price denken, die er auf dem Handy gelesen hat. Price wollte lieber ohne Patel nach Zug, hatte Vorbehalte gegen ihn: »Ich würde es lieber ohne ihn machen. Du weißt ja, wie er ist.«

Nun weiß Dante es auch.

»Ich wusste das alles nicht«, schluchzt Patel.

Dante holt eine Packung Taschentücher hervor, legt sie auf den Tisch. Er bemerkt, dass einige der anderen Gäste herüberschauen.

Vermutlich wirken Patel und er auf den Rest der Welt wie ein alterndes schwules Paar, das gerade seine tränenreiche Trennung vollzieht.

»Was genau wussten Sie nicht, Doc?«

»Greg wusste, dass ich Bitcoins besitze. Und dass ...«

»Ihre Tiefkühlklinik nicht besonders läuft.«

»Es ist keine ... Greg sagte, er könne mir helfen, meine Bitcoins nicht nur in Dollar umzutauschen, sondern diese auch sauber und zugänglich zu machen.«

»Und wie genau?«

»Die Details kenne ich nicht. Ich bin in finanziellen Dingen ...«

... ein Volltrottel, denkt Dante. Und vermutlich nicht nur in finanziellen.

»Aber die Grundzüge, die kennen Sie?«, fragt Dante.

»Woher haben Sie eigentlich all diese Informationen, Ed? Ich ging davon aus, dass alles streng vertraulich ...«

»War es auch. Bis Hollister Dinge getan hat, die anscheinend nicht abgesprochen waren.«

»Sie meinen diese Videos?«

»Unter anderem. Aber noch mal zurück zu dem Geld.«

»Fünftausend Bitcoins. Ich habe sie an Hollister weitergeleitet.«

»Genau wie Price.«

»Ja. Hollister hat sie getauscht, mithilfe von Geschäftspartnern aus Asien.«

»Wo in Asien?«

»Das weiß ich nicht. Das Geld ist dann zunächst bei einer Stiftung in Zug gelandet. Von da ging es auf die Caymans, glaube ich.«

»Und wie wollten Sie es von dort in Ihre Firma einspeisen?«

»Über eine Stiftung.«

»Welche soll das sein?«

»Das Institute for a Better Tomorrow ist eine Stiftung mit Sitz in Boulder, Colorado. Offiziell fördert sie Extropianismus und Zukunftstechnologien. Über das Institut sollte das Geld an Tochterfirmen von Future Guard und Cerro Nuevo fließen, in Form von

Forschungsbeihilfen. Die Details habe ich Hal und Greg überlassen. Ich war nur ... so eine Art stiller Teilhaber.«

Fast ist Dante geneigt, Patel zu glauben. Sein Gegenüber sitzt mit verkrampften Fingern da, mit der Situation völlig überfordert.

»Und diese Better-Tomorrow-Stiftung, haben Sie die gegründet?«

»Nein, aber ich sitze dort seit einigen Jahren im Beirat. Ich hatte damals gehofft, über die Stiftung Mittel für meine Projekte zu bekommen. Aber das hat nie richtig funktioniert. Zu wenig Leute haben der Stiftung Geld gespendet.«

»Lassen Sie mich raten«, erwidert Dante, »seit Kurzem hat sich das geändert, nun sprudeln die Spenden.«

Patel nickt. Er putzt sich mit einem von Dantes Taschentüchern die Nase.

»Sie werden mich anzeigen«, murmelt er. Dann wird er von einem weiteren Weinkrampf geschüttelt.

»Ich werde nichts dergleichen tun, Doc. Diese Geldnummer von Ihnen und Price, die interessiert mich nicht. Ich suche nur Hollisters Schatz.«

Patel nickt stumm, nippt an seinem Flitzeritis-Saft.

»Und deshalb«, fährt Dante fort, »ist es wichtig, dass Sie mir alles sagen, was Sie über Montecrypto wissen.«

»Von den Videos hat mir Greg vorab nichts erzählt, den anderen wohl auch nicht. Dass er eine Menge Krypto besitzt, viel mehr als Hal oder ich, ist wahrscheinlich. Er war einer der Pioniere auf diesem Gebiet. Was sagt eigentlich Price zu alldem? Haben Sie schon mit ihm gesprochen?«

»Price ist tot.«

Patels Botox-Visage fällt nun vollends in sich zusammen.

»Greg und Hal? Ist ... ist jemand hinter uns her?«

»Das weiß ich ehrlich gesagt nicht, Doktor. Bei Hollister geht die Polizei von einem Unfall aus, bei Price nicht.«

»Oh Gott. Was soll ich bloß tun?«

»An Ihrer Stelle würde ich mit möglichst wenig Menschen reden. Außer vielleicht mit einem Anwalt.«

»Fliegt das jetzt alles auf?«

»Wenn Sie Ihre kleine Bitcoin-Waschanlage meinen – schwer zu sagen. Price' Tod wirbelt einigen Staub auf, von Hollisters Videos ganz zu schweigen. Aber wenn das Geld nicht mehr in Zug ist, wie Sie sagen, und die anderen Stiftungen und Firmen sauber verschachtelt sind ... vielleicht merkt es keiner.«

Dante greift in die Jackentasche, holt einen Flachmann hervor. Er hält ihn Patel hin.

»Was ist das?«, fragt der.

»Kein Rote-Beete-Saft.«

Patel greift nach dem Flachmann, in dem sich passabler Scotch befindet, nimmt einen großen Schluck.

»Was passiert als Nächstes?«, fragt Patel.

»Sie gehen zurück in Ihr Arbeitszimmer. Überlegen Sie, mit wem Sie reden. Vielleicht machen Sie ein bisschen Urlaub. Und falls Ihnen noch was einfällt, bezüglich Montecrypto, dann rufen Sie mich an.«

Patel nickt abwesend.

»Meine Auftraggeberin hat übrigens einen hohen Finderlohn ausgelobt«, hört er sich sagen. Manchmal fragt Dante sich, warum er sich diese Dinge aus den Fingern saugt. Vielleicht weil er glaubt, auf diese Weise noch etwas aus Patel herausholen zu können.

»Finderlohn?«

»Zwei Prozent der Gesamtsumme, das wäre immer noch ein Millionenbetrag.«

Patel nickt, sagt aber nichts. Dante bedankt sich für das Gespräch, steckt den Flachmann wieder ein, erhebt sich. Doktor Patelstein bleibt sitzen. Da es nicht so aussieht, als werde sich daran in naher Zukunft etwas ändern, läuft Dante los. Nachdem er ein paar Schritte getan hat, ruft Patel ihm hinterher:

»Unser seliger Roxy.«

Dante wendet sich um.

»Was haben Sie gesagt?«

»Das ist etwas, das Greg mal erwähnt hat, im Zusammenhang mit dieser Stiftungsgeschichte. Es war beim Burning Man, abends, als wir schwer zugedröhnt vor unserem Zelt saßen. Da hat er gesagt: »Unser seliger Roxy kann helfen.«

»Und wer soll das sein?«

»Keine Ahnung.«

»Haben Sie nicht nachgefragt?«

»In dem Moment kamen ein paar Gaukler vorbei, führten eine Performance auf. Das Gespräch brach ab. Später hatte ich es vergessen. Aber es ging um einen Roxy, im Zusammenhang mit Stiftungen. Da bin ich mir sicher.«

»Gut, Doc, danke. Das hilft mir weiter.«

Dante verlässt die Mall, läuft zu seinem Auto. Roxy? Wie Roxy Music? Das hilft ihm überhaupt nicht weiter.

TITTY TWISTER

Am Terminal wartet Dante auf Mercy Mondego, in der Rechten einen großen Becher Tee. Während er die automatischen Schiebetüren anstarrt, denkt er über den Umstand nach, dass seine Klientin in der Klapse sitzt – nicht richtig in der Klapse, aber in einer Art geschlossenen Einrichtung. Dante fragt sich, was das für sein Mandat bedeutet. Martel hat ihm weder gekündigt noch sonst etwas gesagt. Bezahlt hat sie allerdings, wie er vorhin überprüft hat, bisher auch nicht.

Dante nimmt einen großen Schluck nicht besonders guten English Breakfast. Er hat ihn bei Starbucks gekauft, und die können keinen Tee. Manche behaupten, Kaffee könnten sie auch nicht.

Aber zurück zu Martel: Vermutlich macht Dante sich zu viele Gedanken, ist einfach nicht abgefeimt genug. Seine Mandantin hat ihm schließlich einen USB-Stick voller Kryptocoins hinterlassen. Eigentlich sind die für Spesen vorgesehen, doch wenn die Dame ihre Rechnungen nicht bezahlt, wird er das Geld eben dort abzwacken, und das so lange, bis Martel entweder ›Stopp‹ ruft oder die Kohle alle ist, was freilich noch eine Weile dauern wird. Fünfzigtausend Dollar – das ist eine Titte, an der man eine Weile nuckeln kann.

Mondego tritt durch die Schiebetüren. Sie sieht müde aus. Dante tut es ein bisschen leid, dass er sie nicht wie versprochen nach Hause fahren und in ihr Bett kriechen lassen kann. Sie sieht ihn und lächelt.

»Hi, Mercy.«

»Gut, dich zu sehen, Ed.«

Dante nimmt ihr den Rucksack ab. Dem Gewicht nach zu urteilen enthält er Brennstäbe aus angereichertem Uran. Sie gehen Richtung Ausgang.

»Wie war dein Flug?«

»Ich saß zwischen einem österreichischen Professor und einer texanischen Politaktivistin. Beide waren beleibt und redselig.«

»Jesus.«

»Ich hatte veganes Essen bestellt, habe aber Hühnchen bekommen. Zumindest glaube ich, dass es Hühnchen war ...«

»Sollen wir dir vielleicht zuerst was zu essen besorgen?«

»Keine schlechte Idee. Da können wir auch in Ruhe reden. Danach will ich eigentlich nur noch in die Wanne.«

Dante versteht das. Er würde Mondego sogar einen Black Russian mixen und ihr bei Bedarf den Rücken schrubben. Stattdessen wird er sie bitten, mit ihm einem Phantom namens Juan Reyes nachzujagen. Aber ihr das zu sagen, bringt er gerade nicht übers Herz.

Eine Viertelstunde darauf halten sie an einer Quiznos-Filiale und besorgen Mondego ein großes Sandwich. Dante nimmt nur Wasser. Mit ihrem Essen setzen sie sich an einen der Tische.

Während Mondego ihr Veggie Guacamole vertilgt, erzählt sie ihm von den Ereignissen, die Hollisters zweites Video nach sich gezogen hat. Nachdem sich die Sache mit Alexander Hamilton in den Webforen herumgesprochen hatte, brach auf dem Trinity Church Cemetery die Hölle los. Die New Yorker Polizei sperrte alles ab, weil ein paar Spinner versucht hatten, Hamiltons sterbliche Überreste auszugraben.

Mondegos Termine mit zwei bekannten New Yorker Kryptoinvestoren haben nichts zutage gefördert, außer der Erkenntnis, dass beide extrem guter Laune sind. Nachdem Turtlecoins durch den ersten Schatz enorm an Wert gewonnen haben, hoffen viele Investoren, Hollister werde wie eine Art untoter König Midas demnächst weitere Shitcoins in Gold verwandeln. Infolge dessen ist eine rege Spekulation in Gang gekommen. Der gesamte Markt für Kryptowährungen befindet sich deshalb im Aufwind.

Auch Moneta werden nach Einschätzung der Leute, mit denen Mondego gesprochen hat, langfristig profitieren. Zwar interessiert sich die Finanzaufsicht für das Fake-Konto von George Bataille, und die Juno-Aktie ist unter Druck. Wichtiger scheint jedoch der Umstand, dass Hollisters Videos letztlich eine Riesenwerbenummer sind.

»Jeder, der Juno noch nicht kannte, weiß jetzt, wer die sind«, sagt Mondego kauend, »wirklich jeder.«

Dante glaubt, dass Yang auf diese Gratis-PR lieber verzichtet hätte. Er sagt jedoch nichts, sondern fragt stattdessen nach dem Handy aus der Zuger Klickfarm, das er Mondego gegeben hat.

»Ich bin reingekommen, das Ding hatte nämlich kein Passwort. Allerdings waren fast keine Daten drauf, dafür eine spezielle Software, über die das Bot-Handy mit dem Server kommuniziert, der es steuert. Vermutlich wäre es besser gewesen, wenn du mich gleich mitgenommen hättest.«

»In die Schweiz?«

»Ja.«

»Aber du hast doch das Handy. Ist es nicht egal, wo es sich befindet?«

Sie schüttelt den Kopf.

»Wenn man einem Rechner, den man knacken möchte, auch physisch nahe ist, hat man ganz andere Möglichkeiten, spezielle Angriffsvektoren.«

Sie sieht seinen verständnislosen Gesichtsausdruck.

»Ich hätte das Handy dort abklemmen, präparieren und wieder an die Klickfarm dranhängen können – dann hätte ich quasi einen Spion gehabt. Inzwischen ist bestimmt jemand anders drin.«

»In deren Rechnern in der Klickfarm?«

»Die Sache war überall in den Nachrichten. Kann sein, dass weder die Quatermains noch die Cops physisch rankommen, randürfen. Aber Geheimdiensten ist das schnuppe. Ich würde wetten, dass irgendwer von denen die Klickfarm bereits geknackt hat und weiß, was sie tut.«

»NSA?«

»Oder SSF, also die Chinesen oder die Russen. Vielleicht sogar die Schweizer selbst, ist ja deren Hinterhof.«

Sie spült den letzten Bissen ihres Sandwiches mit einem großen Schluck Dr. Pepper hinunter.

»Besser?«, fragt Dante.

»Ja, das habe ich jetzt gebraucht. Und jetzt heim.«

Dante schaut sie an. Er hat einen Anschlag auf sie vor.

»Was würdest du sagen, wenn ich wüsste, wer hinter dem Konto steckt, über das Hollister die Moneta verteilt hat?«

»Wie bitte? Woher ...«

»Von Yang weiß ich, dass Hollister einen Juno-Account manipuliert hat, genauer gesagt dessen Absenderkennung. Wie er das gemacht hat, ist unklar. Unklar ist auch, wie er dafür gesorgt hat, dass über das Konto Geld an jene ausgeschüttet wird, die den Hamilton-Code eingegeben haben.«

»Dass Georges Bataille ein Codename ist, habe ich mir schon gedacht. Das war ja dieser Philosoph, der zur Rebellion aufgerufen hat.«

»Hat er?«, fragt Dante.

»Es gibt ein Zitat von ihm, Moment ...« Sie wischt durch ihr Handy. »›Nichts in uns ist notwendiger oder stärker als der Drang zur Rebellion.‹«

»Kannte ich noch nicht. Yang untersucht derzeit, was es mit dem Bataille-Account auf sich hat. Anscheinend wurde er von jemandem angelegt, der Juan Reyes heißt.«

Sie runzelt die Stirn. »Ein hispanoamerikanischer Joe Smith. Garantiert ausgedacht.«

»Der Name ja, der Typ nicht unbedingt. Die Adresse, die er bei der Registrierung angegeben hat, ist nicht mehr aktuell, er ist inzwischen umgezogen.«

Dante gestattet sich ein etwas arrogantes Grinsen.

»Du hast seine neue Adresse?«, fragt Mondego.

»Yep.«

»Wie?«

Dante erzählt ihr von Rasch, dem Repo-Germanen.

»Und wer, glaubst du, ist dieser Reyes?«

»Keine Ahnung. Aber ich finde, man sollte ihm einen Besuch abstatten. Und zwar so schnell wie möglich.«

Mondego atmet hörbar aus. Er kann sehen, wie sie sich gedanklich von Schaumbad, Nickerchen und kaltem Bier verabschiedet.

»Und wo wohnt der Typ? Hoffentlich nicht an der Ostküste.«

»Nein, so schlimm ist es nicht. Escondido«, sagt Dante.

»San Diego County? Und da willst du jetzt hin?«

»Ich wäre längst weg, wenn ich nicht auf dich hätte warten müssen.«

»Ich wäre auch allein vom Flughafen weggekommen.«

»Klar. Aber wenn der Typ mit Montecrypto zusammenhängt, stehen da vielleicht Computer. Oder eine weitere Klickfarm. Außerdem wollten wir zusammenarbeiten. Also, Mercy?«

Sie seufzt. »Ziehen wir es durch, Quatermain.«

Sie gehen zum Auto. Eine halbe Stunde später sind sie auf der Interstate 405, Richtung Süden.

»Ist es«, sagt Mondego, »nicht ein bisschen seltsam, dass der Typ so nahe bei uns wohnt? Komischer Zufall.«

»Ich glaube nicht, dass es Zufall ist.«

»Sondern?«

»Ich gehe davon aus, dass Hollister den Kerl engagiert und ihm genaue Instruktionen hinterlassen hat. Folglich wäre es logisch, dass er jemanden beauftragt hat, der nicht allzu weit weg wohnte.«

Sie brauchen zweieinhalb Stunden bis Escondido. Der Ort besteht größtenteils aus properen Einfamilienhäusern. Dante befürchtet, dies könne ein Problem darstellen. Er hat sich die Adresse vorab nicht auf Google Streetview angeschaut, ist aber dennoch fest davon ausgegangen, dass es sich um ein gammeliges Gebäude handelt, fernab anderer Behausungen und in einer üblen Gegend. Aber die Straßen, durch die sie fahren, sind voller gepflegter Vorgärten und großer Autos. Die Bürgersteige wirken, als würden sie wöchentlich gekärchert.

Sie erreichen die Straße, die Dirk Rasch ihm genannt hat. Statt Einfamilienhäusern stehen hier farbenfrohe Wohnblocks in einer Art Pseudo-Pueblostil. Sie sehen recht neu aus, stammen vermutlich aus dem letzten Immobilienboom. Dante parkt. Sie steigen aus, er schultert Mondegos Rucksack. Vielleicht werden sie die Laptops darin brauchen.

Sie gehen zu dem fraglichen Gebäude. Es ist vierstöckig, insgesamt beherbergt es sechzehn Parteien. Mondego sucht nach Reyes.

»Da ist er. Oberstes Stockwerk. Eine WG.«

Dante schaut sich das Klingelschild an.

»Reyes / Heineman / Mendez / Wells«, steht da. Die sechs Schilder der unteren Etagen weisen jeweils nur einen Namen auf. Lediglich das Reyes-Apartment hat vier, außerdem das andere im vierten Stock. Dort wohnen Lee, Kotler, Miller und Sanders.

»Ich glaube nicht, dass es diese Leute gibt«, sagt Dante.

»Vermutlich nicht. Und nun?«

»Schauen wir bei Reyes' Lieblingsort vorbei.«

Mondego blinzelt ihn verständnislos an.

»Mein Freund Dirk hat es geschafft, den Typ über seine Bezahldaten zu finden. Und abends, so gegen halb acht, da schaut er meist in einem Laden namens Porn-O-Rama vorbei, ein Stück die Straße runter.«

»Komm, Bambino, wir gehen ins Pornokino?«

»Scheint so. Oder ein Sexshop.«

Dante zeigt die Straße hinab.

»Komm, wir haben nicht mehr viel Zeit.«

Sie gehen an einigen Fast-Food-Läden vorbei, einem CVS, einem Schlüsselservice. Der Rodeo Drive ist die Straße nicht, ein Ort für schmierige Shops, die Hardcore-DVDs und Penispumpen verkaufen, allerdings auch nicht. Dante hält nach Gebäuden mit folierten Fenstern und einer vergitterten Tür Ausschau, etwas in der Art, aber Fehlanzeige.

»Das muss es sein«, sagt Mondego. Sie klingt amüsiert, zeigt zur anderen Straßenseite.

Das Porn-O-Rama ist weder ein Sexshop noch ein Pornokino. Vielmehr handelt es sich um ein Café. Über dem Eingang hängt ein Schild, auf dem die Silhouetten mehrerer Menschen zu sehen sind, die nach Siebzigern aussehen – Fönfrisuren, Spiegelbrillen, fette Schnauzer.

Sie überqueren die Straße, um sich die Sache genauer anzuschauen. So wie es aussieht, ist das Porn-O-Rama tatsächlich eine ganz normale Gaststätte, deren Besitzer es aus unerfindlichen Gründen für originell hielt, Vintage Pornos als Dekothema zu wählen. An den Wänden hängen Fotos von John Holmes, Ron Jeremy oder Brigitte Lahaie, allerdings züchtige. Nicht einmal eine Brustwarze ist zu sehen.

Der Laden scheint nur mittelmäßig zu laufen. Lediglich zwei Tische im zur Straße hin offenen Innenbereich sind belegt.

»Und jetzt?«

»Legen wir uns auf die Lauer, also einer von uns. Der andere observiert Reyes' Apartment.«

Mondego scheint der Plan nicht zu gefallen. Dante fragt sie danach.

»Wir wissen nur, dass der Typ in gut zwanzig Minuten vielleicht hier auftaucht. Wir wissen nicht, wie er aussieht. Wie soll das gehen? Könnte ein totaler Reinfall werden.«

»Tja, weiß man vorher nie. Willkommen in meinem aufregenden Job.«

»Ja, mal im Ernst, Ed.«

»Das ist mein Ernst. Setz dich und bestell dir einen Cocktail.«

»Die heißen bestimmt ›Orgasmus‹ und ›Titty Twister‹.«

»Dann nimm vielleicht besser eine Sprite. Wenn er auftaucht, beobachtest du ihn unauffällig. Ich weiß, dass du ihn nicht erkennen kannst. Aber wir wissen, dass er mit Freshpay bezahlen wird, weil er das immer tut. Und so leer, wie die Bude ist, könntest du sogar Glück haben und es mitkriegen. Halt mich telefonisch auf dem Laufenden.«

»Und du?«

»Ich behalte das Haus im Auge. Wenn jemand gegen halb acht hier was trinkt und dann in unser Haus geht, kann es nur Reyes sein.«

»Und weiter?«

»Weiß ich noch nicht. Dann überprüfen wir, ob er wirklich dort wohnt oder vielleicht nur die Briefkästen leert.«

»Und wenn er nicht kommt?«

»Bestellst du noch was zu essen, während ich mir die Wohnung anschaue.«

»Du willst da einbrechen?«

Dante ist noch nie irgendwo eingebrochen. Klar, er besitzt ein paar Werkzeuge für so etwas, Dirk Rasch hat sie ihm besorgt. Aber sie liegen seit zwei Jahren unbenutzt in seinem Kofferraum. Nun jedoch zuckt er mit den Schultern und setzt ein Gesicht auf, als mache er so etwas jeden Tag.

»Ich glaube nicht, dass Reyes die Polizei einschalten wird«, sagt er.

»Da komm ich dann aber mit.«

»Ich möchte dich da nicht mit reinziehen.«

Sie rollt mit den Augen.

»Ed, du bist nicht mein ...«

Ein Mann kommt die Straße heruntergeschlendert, steuert auf das Porn-O-Rama zu. Dante findet, dass er exakt der Typ ist – Mitte dreißig, Bartschatten, Trikot der San Antonio Spurs. Er sieht aus wie ein Taugenichts, wirkt ein bisschen verschlagen. Und als Juan könnte er auch durchgehen.

Mondego und er sehen den Mann gleichzeitig. Sie lässt ihn stehen und verschwindet im Lokal. Dante geht scheinbar ohne Eile in die andere Richtung. Als er an seinem Auto ankommt, holt er ein paar Sachen aus dem Kofferraum – Dirks Diebesbesteck, ein Paar khakifarbene Chinos und ein dunkelblaues Hemd, auf dessen Brust das Logo von AT&T eingestickt ist. Er nimmt alles mit in den Wagen, zieht sich auf dem Beifahrersitz um.

POSTLAGERND

Dante sitzt auf der Beifahrerseite, behält den Chat auf seinem Handy im Auge.
»Er bestellt sich was. Bier und Nachos. Ich glaube, er will sich das Spiel angucken. Spurs gegen Golden State.«
Dante seufzt. Das hätte er sich auch gerne angeschaut.
»Es ist wie befürchtet. Cocktailkarte pornoisiert, Menü auch. Es gibt einen Dirk-Diggler-Burger. Mit Banane.
Scheiße. Sein Kumpel ist gekommen. Die gucken echt das Spiel.
Jetzt kommt noch wer. Anzug. Typ Versicherungsvertreter. Asiate. Er bestellt einen Drink.
Und noch eine Frau, sehr hübsch. Sitzt allein an der Bar. Die Typen gaffen alle.«
Dante sitzt immer noch in seinem Wagen, schräg gegenüber von Reyes' Domizil, behält den Eingang im Auge. Doch niemand kommt, niemand geht. Zwanzig Minuten verstreichen.
»Der Asiate zahlt. Mit dem Handy.
Er geht raus. In deine Richtung.«
Dantes Körper spannt sich. Er schaut in den Rückspiegel. In einiger Entfernung kann er den Asiaten bereits ausmachen. Er trägt einen hellbraunen Anzug von der Stange, Loafers, Sonnenbrille. In der Hand hält er einen Aktenkoffer. Der Mann kommt näher, wechselt die Straßenseite. Nach kurzer Zeit erreicht er das Reyes-Haus. Und geht vorbei.
»Fehlanzeige«, tippt er.
»Fuck.«
»Weitere Kandidaten?«

»Sind noch drei aufgetaucht, aber zusammen. Gucken ebenfalls Basketball.«

»Keine Einzelpersonen?«

»Nur die Frau, aber nicht mehr lange. Der Typ in dem Spurs-Shirt gräbt sie gerade an. Scheint zu funktionieren.«

Dante flucht leise. Sie werden wohl doch einbrechen müssen. Seine Hände zittern bei der Vorstellung. Sam Spade würde sich totlachen.

»Was soll ich machen?«, fragt Mondego.

»Ich geh jetzt rein.«

»Ich komme.«

Kurz darauf steigt Mondego auf der Fahrerseite ein. Sie mustert ihn.

»Du siehst aus wie ein Servicetechniker von AT&T. Ist das deine Masche?«

»Irgendwie schon. Warte hier.«

»Nichts da.«

»Mercy, ich habe nur eine Uniform. Und Kabeltechniker kommen meistens allein. Sobald ich mir Zugang zum Haus verschafft habe, lass ich dich rein, okay?«

Widerwillig stimmt sie zu und wartet im Auto, während Dante zum Haus geht und aufs Geratewohl eine der Klingeln im Erdgeschoss betätigt.

»Wer ist da?«, fragt eine Frau durch die Gegensprechanlage. Dante schaut in die darüber angebrachte Fischaugenkamera. Man kann nur hoffen, dass der Mist nirgendwo gespeichert wird.

»Wartungstechniker, Ma'am.«

»Von wem kommen Sie?«

»AT&T, Ma'am.«

Dante hält den Ausweis, den er zu Hause am Laptop gestaltet hat, in die Kamera.

»Ich habe kein Telefon von Ihnen. Nur Handy, von Sprint.«

»Es geht um die Glasfaserleitung im Keller, Ma'am. Mister Mendez aus der vierten Etage hat uns angerufen. Aber er ist nicht da, anders als vereinbart.«

Es dauert ein paar Sekunden, dann geht der Türsummer. Dante tritt ein. Die Tür oberhalb des ersten Treppenabsatzes öffnet sich einen Spalt weit. Die Frau hinter der Tür, laut der Klingel Mrs Estevez, hat die Kette vorgelegt und mustert ihn durch den schmalen Spalt. Dante setzt ein Lächeln auf, nickt ihr zu.

»Vielen Dank, Mrs Estevez. Verzeihen Sie bitte die Störung.«

Estevez ist Mitte siebzig und schaut misstrauisch. Als sie das allseits bekannte, kugelförmige Logo auf seinem Hemd sieht, entspannt sie sich ein wenig.

»Bei mir müssen Sie aber nicht rein, oder?«

»Nein, Ma'am, nur in den Keller. Dort ist der Anschluss.«

»Schlüssel haben Sie?«

Dante hat keinen. Dennoch klopft er sich auf die Hosentasche und nickt.

Estevez murmelt etwas und schließt die Tür. Dante geht hinunter in den Keller, für den Fall, dass die Alte ihn durch den Türspion beobachtet. Dies verschafft ihm zudem Gelegenheit, den Rüttler auszuprobieren. Dante holt das Gerät aus dem dazugehörigen Plastikkoffer. Der Rüttler erinnert an ein Lichtschwert aus einem frühen Krieg-der-Sterne-Film. Statt einer Laserklinge ragt aus dem Heft ein fingerlanger Dorn heraus, so dick wie eine Wollnadel. Steckt man diesen in ein Sicherheitsschloss, rüttelt der elektrische Dietrich hin und her. Über vierzigtausend Vibrationen pro Sekunde lassen die Gehäusestifte und Schließbärte im Zylinder Cha-Cha tanzen.

Dante führt einen L-förmigen Dietrich in das Schloss ein, drückt ihn nach rechts. Den Dorn des Rüttlers steckt er ebenfalls hinein, aktiviert das Gerät. Ein hohes, sirrendes Geräusch ertönt. Der Dietrich dreht sich wie ein Schlüssel im Schloss, es klackt vernehmlich.

Dante schreibt eine Nachricht an Mondego, in der er sie bittet, die Augen offen zu halten und sich ansonsten in Geduld zu üben. Nach ein paar Minuten verlässt er den Keller und geht hoch in den vierten Stock. Bevor er sich an Reyes' Haustür zu schaffen macht, klingelt er zweimal. Niemand öffnet. Dante macht sich an die Arbeit. Auch dieses Schloss leistet kaum Widerstand, nach nicht einmal zehn Sekunden ist er drin.

Sein erster Impuls ist, die Wohnung zunächst allein in Augenschein zu nehmen. Aber er hat Mondego versprochen, sie mitzunehmen, und ist ehrlich gesagt auch gar nicht unglücklich darüber. Anders als Sam Spade hat er nämlich mächtig Muffe.

Er gibt Mondego Bescheid. Zwischen den Wasserwaagen und Inbusschlüsseln kramt er nach zwei Skimasken. Sobald er eine davon übergezogen hat, lugt Dante in den Flur. Seine Vermutung hat ihn nicht getäuscht: Am Ende des Ganges klebt über dem Durchgang zum Wohnzimmer eine kleine Kamera. Er drückt auf den Türöffner. Eine Minute später kommt Mondego die Treppe hoch. Dante hält ihr eine Sturmhaube hin. Sie schaut zweifelnd, streift die Maske jedoch wortlos über. Sie treten ein und ziehen die Tür hinter sich zu.

Der Flur wirkt unscheinbar – Kommode, Schlüsselbrett, Schuhe, gerahmtes Foto der Golden Gate Bridge. Als sie die anderen Räume inspizieren, wird allerdings schnell klar, dass in diesem Apartment niemand wohnt. Im Wohnzimmer gibt es statt Möbeln nur Server in billigen Metallregalen. Dicke Stränge gebündelter Netzwerkkabel schlängeln sich über den Boden. Das Schlafzimmer erinnert Dante an die Schweizer Klickfarm. Hunderte von Handys sind an spalierartigen Gittern befestigt. Die meisten scheinen inaktiv zu sein.

Mondego holt ihre Laptops sowie weitere Utensilien hervor. Dante verzichtet darauf, sie zu fragen, was genau das wird. Er verstünde es ohnehin nicht.

Stattdessen schaut er sich weiter um, in der Hoffnung, etwas Handfestes zu finden, etwas Analoges. Schließlich kommt Reyes vermutlich mehrmals die Woche her. Dante überprüft Schubladen, Küchenschränke, herumstehende Pappkartons. Danach vermag er sich Folgendes zusammenzupuzzeln: Reyes ist offenbar eine Art Wartungstechniker. Dante hat ein Clipboard mit einer Checkliste gefunden. Darauf steht, was turnusmäßig überprüft werden muss. Dazu gehören beispielsweise die Luftfilter der Kühlaggregate zwischen den Servern. In einem kleineren Zimmer stehen Kisten mit den Logos von Dell, Samsung oder Huawei. Darin befinden sich Ersatzserver, Festplatten sowie haufenweise Mobiltelefone. Wenn etwas kaputtgeht, tauscht Reyes es anscheinend aus. Dante findet ferner Aktenorder, auf denen die Namen der fiktiven Bewohner stehen: Heineman, Mendez und so weiter. Für alle wurden Verträge abgeschlossen für Strom, Wasser und Miete, Handy und Bankkonto, Letztere nicht nur einmal: Heineman etwa besitzt bei jedem der großen Mobilfunkanbieter mehrere Handys, unterhält Konten bei Chase, Capital One, Bank of America und anderen Instituten.

»Ed! Schau dir das an.«

Dante geht in das Klickfarmzimmer. Mondego hockt auf dem Boden, inmitten von Laptops und iPads.

»Hast du dich«, Dante zeigt auf die Handys, »da reingehackt?«

»Indirekt. Ich habe das Handy aus Zug«, sie zeigt auf ein Telefon, das an einem der Kabel hängt, »angeschlossen. Ich kann sehen, was es macht, und habe darüber einen der Server anzapfen können.«

Dante geht in die Hocke, was seine Knie knacken lässt.

»Und?«

»Die Server steuern die Klickfarm, so viel ist klar. Sie geben den Handys Anweisungen, auf welchen Seiten sie surfen, welche Transaktionen sie erledigen sollen.«

»Was meinst du mit Transaktionen?«

»Vor allem Banküberweisungen oder Zahlungen mit Moneta, manchmal auch mit Bitcoin. Und Einkäufe.«

»Klamotten von Nordstrom, Bücher von Amazon?«, fragt Dante.

»Vor allem digitale Produkte. E-Books, Netflix-Abos, solche Sachen.«

Bevor seine Kniescheiben bleibenden Schaden nehmen, richtet Dante sich lieber wieder auf, lehnt sich gegen den Türrahmen.

»Aber wieso? Was für einen Sinn sollte es machen, Hunderte Handys irgendwelches Zeug kaufen zu lassen?«

»Hunderte? Ed, diese Server steuern vermutlich mehrere Zehntausend Smartphones.«

Dante betrachtet die Spaliere.

»Das sind aber höchstens tausend«, sagt er.

»In etwa, ja. Wie viele waren es in Zug?«

»Auch in etwa so viele, schätze ich. Du meinst, es gibt noch mehr solche Klickfarmen?«

»Anscheinend«, erwidert Mondego.

»Okay, so weit, so beunruhigend. Und wer steuert die Server? Und vor allem: wozu?«

»Wer die Server kontrolliert, weiß ich nicht. Ich mache noch ein paar Tests, doch wer auch immer dieses Setup gebaut hat, wusste, was er tut. Der Bot-Master kann von irgendwo auf der Welt Befehle geben, ohne dass sich das zu ihm zurückverfolgen lässt. Aber mir scheint, dass hier die Kommandozentrale ist. Es gibt sicher noch anderswo diese«, sie zeigt auf die über ihnen baumelnden Telefone, »Handy-Plantagen, aber die werden vermutlich alle von diesen Servern hier gesteuert, zumindest sieht's so aus.«

Sie erhebt sich, einen ihrer Laptops in den Händen. Gemeinsam betrachten sie das Display. Codezeilen huschen vorbei. Das meiste könnte genauso gut Kantonesisch sein, Dante versteht nichts davon. Nur ab und an kann er einzelne Wörter entziffern: Walmart, iTunes, Juno, Wells Fargo, CVS, Home Depot, Zenni Optical.

»Sind das Transaktionen, die gerade passieren?«

»Transaktionen und Seitenaufrufe«, erwidert Mondego.

»Also noch mal: Wer baut so was und lässt die Bots dann einkaufen? Es ergibt keinen Sinn, wenn man nicht gerade vorhat, die Verkaufscharts von Amazon zu beeinflussen oder die«, eine weitere Buchung von Zenni Optical erscheint, »für Brillengestelle.«

Mondego nickt.

»Es ist in der Tat sinnlos. Außer ...«

»Ja?«

Sie setzt sich wieder. Dante tritt derweil ungeduldig von einem Fuß auf den anderen. Nicht, dass er noch Termine hätte. Aber mit jeder Minute steigt die Wahrscheinlichkeit, dass Reyes doch noch auftaucht. Und Dante ist sich nicht sicher, ob er der Liste der Straftaten, die er bereits begangen hat, auch noch Körperverletzung oder Kidnapping hinzufügen möchte.

Er will sich den Schweiß von der Stirn wischen, erkennt, dass er eine Maske trägt, lässt die Hand wieder sinken. Es ist verdammt heiß hier drin, die Server erzeugen eine Menge Abwärme. Dante geht zum Kühlschrank, der, wie er vorhin gesehen hat, voller Wasser und Limo ist. Er entnimmt diesem zwei Coladosen, geht damit zurück zu Mondego, hält ihr eine hin.

»Danke. Ich habe da eine Theorie.«

»Und zwar?«

»Was weißt du über KI-basierte Antivirus-Software?«

»KI, künstliche Intelligenz?«, erwidert Dante. »So gut wie nichts.«

»Herkömmliche Antivirus-Software«, sagt Mondego, »sucht nach bekannten Angreifern – Computerviren, die bereits in einer Liste gespeichert sind. Aber vor allem große Firmen setzen inzwischen Software ein, die mit künstlicher Intelligenz arbeitet. Die sucht auch nach anderen Sachen.

Was für Sachen? Vereinfacht gesagt nach Mustern, Strukturen, Vorkommnissen, die nicht dem Normalzustand entsprechen, Sachen, die seltsam sind. Stell es dir vor wie ein Immunsystem. Deine Körperwerte sollten sich innerhalb bestimmter Parameter bewegen. Wenn das nicht der Fall ist, schrillen die Alarmglocken, die Zytokin-Kavallerie reitet aus. So ähnlich funktioniert diese intelligente Antivirensoftware.

Solche Software kann auch Bot-Accounts aufspüren. Die KI vergleicht deren Klick- und Kaufverhalten mit dem von Millionen echter Nutzer. Und schaut, ob es Seltsamkeiten gibt.«

»Wie zum Beispiel?«

»Bots bestellen selten Pizza.«

»Und das weiß die Antivirus-Software?«

»Ist ja nur ein Beispiel. Aber hier auf dem Server habe ich ein Programm gefunden, das diese ganzen Handys dazu bringt, eine Vielzahl von Dingen zu tun, die wohl als normal gelten können. Vermutlich wird das von einem Algorithmus gesteuert, der auf irgendwelchen Marktforschungsdaten basiert.«

Dante muss an Rasch denken und an dessen Aussage, dass es sehr einfach sei, an derlei Daten zu kommen.

»Diese Bots«, fährt Mondego fort, »schlafen also nicht. Sie sind ständig aktiv und tun, was alle tun – Pornoseiten aufrufen, YouTube gucken, Buzzfeed-Listicles lesen, das neue Rihanna-Album streamen. Und dadurch sinkt die Wahrscheinlichkeit, dass die von KI gesteuerte Antivirus-Software auf sie aufmerksam wird. Das zumindest ist meine Theorie.«

Dante nimmt einen großen Schluck Cola, denkt einen Moment nach.

»Okay, das ganze Rumgeklicke der Handys, das Verhalten der Bots – das ist Tarnung, Mimikry quasi. Und die ist dazu da, dass es gerade nicht wie automatisiertes Verhalten aussieht, wie Bots. Ja?«

»Genau.«

»Das ergibt ein wenig mehr Sinn. Aber es hilft uns auch nicht weiter.«

»Warum, Ed?«

»Sich zu tarnen kann ja nur Mittel zum Zweck sein. Aber was ist der Zweck? Wofür ist die Klickfarm?«

Mondego zuckt mit den Schultern, fängt an, zusammenzupacken. Während sie die ganze Elektronik in ihrem Rucksack verstaut, sagt sie:

»Vielleicht wartet er auf irgendwas.«

»Wer?«

»Der Bot-Master, der Betreiber dieser Anlage.«

»Aber worauf?«, fragt Dante.

»Das ist die Hunderttausend-Bitcoin-Frage. Was mich stutzig macht, ist Folgendes: Hier stehen viel mehr Server, als für den

Betrieb dieses Netzwerks notwendig sind, zumindest bei dem, was die Handys jetzt tun. Was immer er oder sie vorhat, es dürfte was Größeres sein.«

Dante will darauf etwas erwidern, als sein Telefon summt. Die Nummer ist unterdrückt. Er geht trotzdem ran.

»Ja?«

»Hallo, Ed.«

»Wer spricht denn da, bitte?«

»Ich wollte Sie nur vorwarnen, dass Sie gleich Besuch bekommen. Reyes ist fast an der Tür.«

Die Stimme gehört einem Mann, Amerikaner zweifelsohne. Allerdings ist da ein Hauch eines Akzents. Irgendwo hat Dante die Stimme schon einmal gehört. Bevor er weiter darüber nachdenken kann, hat der Mann bereits aufgelegt.

»Jemand kommt«, sagt Dante.

»Sagt wer?«

Dante zuckt mit den Achseln, läuft zur Tür, bedeutet Mondego, ihm zu folgen. Sein Blick fällt auf das Schlüsselbrett neben dem Eingang. Daran hängt ein einsamer Sicherheitsschlüssel. Dante greift danach. Er öffnet die Vordertür, tritt in den Flur, geht zur gegenüberliegenden Haustür.

Sein Bauchgefühl hat ihn nicht getäuscht. Der Schlüssel passt. Er scheucht Mondego über die Schwelle. Den Schlüssel hängt er wieder ans Brett, schließt von außen die Tür zu Reyes' Apartment, bevor er Mondego folgt.

Das zweite Apartment hat den gleichen, wenn auch spiegelverkehrten Grundriss des ersten. Server gibt es keine, dafür erheblich mehr Bot-Handys. Obwohl keinerlei Licht brennt und die Fenster abgeklebt sind, wird das Apartment vom Pulsieren Tausender Displays erleuchtet.

Gemeinsam harren sie hinter der geschlossenen Vordertür aus. Dante schaut durch den Spion. Er sieht eine Frau die Treppe hinaufkommen. Sie ist Ende zwanzig und ausgesprochen hübsch. Während sie läuft, schaut sie einen dicken Stapel Briefe durch, vermutlich die Ausbeute aus den acht Briefkästen von Reyes und den sieben anderen Phantommietern. Dante bedeutet Mondego, durch den Spion zu schauen.

»Die aus dem Café«, flüstert sie. »Sie hat einen Schlüssel.« Mondego wendet sich Dante zu.

»Was machen wir jetzt?«

»Abhauen, solange sie dadrin zugange ist. Bevor sie vielleicht rüberkommt.«

»Ja. Allerdings könnte es ...«

Dante legt ihr die Hand auf den Mund. Kurz regt sich Protest, dann wird Mondego wieder ruhig. Sie hat es inzwischen auch gehört. Auf der anderen Seite der Haustür tut sich etwas.

Dante schaut erneut durch den Spion. Er sieht die Frau, die gerade gegenüber abschließt. Sie kommt auf ihre Tür zu. Dante gibt Mondego ein Zeichen, zeigt auf eines der hinteren Zimmer. Sie läuft los, er hinterher. Mondego hat den Flur bereits verlassen, aber Dante, der den sperrigen Werkzeugkoffer dabeihat, ist nicht schnell genug. Er hört das Schloss klacken, wirft einen Blick zurück. Die Tür öffnet sich nach innen.

Dante bliebe wohl genug Zeit, sich aus der Schusslinie zu bringen, doch er ist wie erstarrt. Er kann den Atem der Frau hören. Warum tritt sie nicht ein? Was hat sie gesehen?

Er hört einen Schrei, gefolgt von Fußgetrappel. Dante weicht zurück. Die Haustür öffnet sich, die Frau stürzt herein. Ohne nach links oder rechts zu schauen, rennt sie in die direkt gegenüber dem Eingang liegende Küche. Dante hört, wie sie etwas öffnet, wieder schließt. Er ist völlig baff, dass sie ihn nicht gesehen hat. Rasch zieht er sich zurück. Dante vernimmt Fußgetrappel. Die Vordertür wird geschlossen.

Draußen im Flur hört Dante jemanden »Polizei« rufen.

»Komm doch endlich, Ed«, zischt Mondego.

»Moment. Ich muss erst ...«

»Da ist eine Feuerleiter. Vielleicht kommen wir hinten raus.«

Dante hört, wie sie eines der Fenster öffnet. Er eilt in die Küche.

Rasch öffnet er Schublade um Schublade. Seltsam, wie ruhig er auf einmal ist. Sam Spade wäre ausnahmsweise stolz auf ihn. Zumal vor der Tür Leute durcheinanderbrüllen. Eine Männerstimme donnert: »Öffnen Sie die verdammte Tür!«

Eine Frau erwidert: »Ich habe keinen Schlüssel, ich wohne hier gar nicht.«

Mondego erscheint im Türrahmen. Fassungslos mustert sie Dante, der gerade den Kühlschrank inspiziert.

»Was zur Hölle ...?«

»Sie hat hier etwas versteckt. Eben gerade.«

Mondego hilft ihm suchen, aber die Schränke und Schubladen sind leer, ebenso wie der Kühlschrank und das Eisfach. Dante versucht zu überlegen, wo man noch etwas verstecken könnte. Ist nicht ganz einfach, da Mondego an seinem Ärmel zerrt.

»Scheiße, Ed ...«

Er will bereits nachgeben, als ihm eine Fettschliere auf einer der Arbeitsflächen auffällt. Es sieht aus, als habe jemand Altöl verschmiert, die Substanz ist von karamellener Farbe. Sein Blick fällt auf die Haustür. Dort befindet sich eine weitere Schliere.

Dante zieht den Dunstabzug über dem Herd heraus, löst die Abdeckung. Darunter befindet sich ein Stück Schaumstoff, das dringend ausgewechselt gehört, ein Schwamm voller kondensiertem Fett. Als er ihn anhebt, kommt ein großformatiger, einstmals weißer Umschlag zum Vorschein. Er ist dermaßen fettverschmiert, dass es einiges an Zeit kosten würde, die Adresse auf der Vorderseite zu entziffern. Mondego zerrt weiter an seinem Ärmel. Er stopft sich den Umschlag in den Hosenbund, lässt sich mitreißen.

ZERKNITTERT

Das Knistern von Papier weckt ihn. Dante braucht ein paar Sekunden, bis er weiß, wo er sich befindet: Nicht in seinem Bett, auch nicht in Mondegos, aber immerhin auf ihrer Couch. Um ihn herum liegen Ausdrucke, und dem Knistern nach zu urteilen auch unter ihm. Dante stemmt sich hoch, was allerdings mühsam ist. Das fußballgroße Senkblei, das früher einmal sein Schädel war, zieht ihn erbarmungslos nach unten. Dante sieht die leeren Cocktailtumbler auf dem Couchtisch. Langsam kehrt die Erinnerung zurück.

Die Feuerleiter hinab, eine Gasse entlang, zurück nach Los Angeles, niemand hielt sie auf. Dante fragt sich inzwischen, ob die Kerle, die Reyes konfrontierten, wirklich Polizisten waren oder vielleicht eher etwas anderes. Ächzend setzt er sich auf, fährt sich über das Gesicht. Eine Rasur wäre gut, heißer Tee noch besser. Dante geht in die Küche und begibt sich auf die Suche.

Sie waren gestern direkt zu Mondego gefahren. Über das trojanische Handy, das sie in der Klickfarm angeschlossen hatte, wollte Mondego eine nicht zurückverfolgbare Verbindung zu den Servern in Escondido aufbauen und aus der Ferne beobachten, was das Handy-Botnetz als Nächstes tat oder wer darauf zugriff. Danach hatte sie Dante eingeladen, es sich auf der Couch bequem zu machen, und war ins Obergeschoss entschwunden.

In einem der Küchenschränke findet er Sencha, Sleepy Time und Schwarztee. Bei Letzterem handelt es sich um Dantes Nemesis, jenen bergamottegetränkten Bösewicht namens Earl Grey. Da tränke er lieber Eigenurin.

Aus lauter Verzweiflung gießt sich Dante Grüntee auf. Der

schmeckt nach nichts, wirkt aber immerhin entgiftend. Das kann er gebrauchen. Bis halb drei war er wach, zu aufgekratzt, zu viele Fragen. Während der schlaflosen Nacht hat Dante sich an Mondegos gut gefüllter Cocktailbar vergriffen und im Internet recherchiert. Den vielen Zetteln nach zu urteilen, hat er sogar etwas herausbekommen. Aber was?

Dante nippt an seinem Sencha. Er schmeckt wie Abwaschwasser, in dem man eine Fischgräte hat ziehen lassen. Rasch kippt er die Brühe weg. Kurz erwägt er, Mondegos Keurig-Kaffeemaschine zu benutzen, aber so weit ist es dann doch noch nicht. Aus dem Kühlschrank nimmt er sich stattdessen zwei Dosen Coke, leert beide. Cola zum Frühstück, das ist ein erschreckendes Ausmaß an Amerikanisierung. Aber mit irgendetwas muss er sein Gehirn anwerfen.

Dante sammelt die im Wohnzimmer verstreuten Zettel ein. Auf dem Esstisch findet er ein großformatiges Kuvert – den Umschlag aus dem Dunstabzug. Und dann fällt es ihm wieder ein.

Der Umschlag enthielt zwei ungeöffnete Briefe. Einer ist an Peter Heineman gerichtet und enthält den Aktivierungscode für ein Konto bei der Hongkong & Shanghai Banking Corporation, kurz HSBC. Der zweite Brief stammt von einem Vermögensverwalter in Macao. Ein gewisser Alexander Lee hat dort mehrere Millionen Euro hinterlegt, in deutschen Staatsanleihen.

Reyes hatte den Umschlag mit den beiden Briefen darin einwerfen wollen. Er war bereits frankiert. Dass sie ihn versteckte, um nicht damit erwischt zu werden, deutete für Dante auf einen brisanten Inhalt der beiden Briefe hin. Wer sind die Männer, die darin genannt werden? Vermutlich weitere Fake-Personen, online ließ sich rein gar nichts über sie finden.

Erst nach dem dritten Cocktail, einem Gin Fizz mit etwas zu viel Fizz, kam Dante auf die Idee, sich das Kuvert selbst vorzunehmen. Der Umschlag liegt vor ihm, notdürftig gesäubert. Man kann die Adresse wieder lesen. Sie lautet: »Instituto Futuro, Apartado Postal # 191. 39300 Acapulco, Mexico«.

Dante kann kein Spanisch, aber aufgrund seines früheren Jobs bei einer halbseidenen Bank kennt er in so ziemlich jeder Sprache das Wort für Postfach. Und in Mexiko heißen die Dinger apartado postal.

Auch wenn es sich um ein Postfach handelt, verrät die Adresse einiges. Zunächst erinnert der Name Instituto Futuro ihn ein wenig an das Institute For A Better Tomorrow, jene Stiftung in Colorado, über die Price und Patel ihr Geld waschen wollten. Das Instituto Futuro besitzt keine Website, ist aber im mexikanischen Stiftungsregister eingetragen, er hat dort online nachgeschaut. Der Stiftungszweck ist Technikfolgenabschätzung, also das Erforschen sozialer, politischer oder ökonomischer Auswirkungen neuer Technologien. Früher hieß das Institut anders, nämlich Instituto para la Investigación de Singularidades Disruptivas.

Eine Suche nach dem früheren, weniger griffigen Namen förderte zutage, dass die Stiftung vor gut sieben Jahren von einem Mann gegründet wurde, dessen Foto Dante während seiner Gin-und-Google-Recherchorgie bereits ausgedruckt hat. Nun zieht er es aus dem Blätterstapel hervor. Ein Mittdreißiger blickt ihm entgegen. Dreadlocks umrahmen ein schmales Gesicht, der Blick ist trotzig, ja kämpferisch.

Dante vernimmt Schritte. Er dreht sich um und sieht Mercy Mondego ins Wohnzimmer tapsen, schlaftrunken und nur mit einem Oversized-T-Shirt bekleidet.

»Schon wach?«, sagt Dante.

»Na ja, halbwegs.«

Sie stellt sich neben ihn und beugt sich hinab, um den Mann auf dem Bild zu betrachten.

»Wer ist das?«

»Das ist Roxy Waters, ein amerikanischer Anarchist, der mithilfe von Technologie eine freiere Gesellschaft aufbauen wollte. Er scheint so eine Art Politguru gewesen zu sein.«

»Wie bist du auf den gestoßen?«

Dante erzählt ihr von der Adresse auf dem Umschlag und der umfirmierten Stiftung.

»Dieser Waters«, sagt er, »hatte ein paar Dutzend Anhänger. Die sind ihm gefolgt, als er die bösen, repressiven Vereinigten Staaten verließ und nach Acapulco umsiedelte, um dort eine Art Techno-Anarcho-Kommune zu gründen, finanziert mit den Gewinnen aus seiner Bitcoin-Spekulation.«

»War irgendwie klar.«

»Das mit den Bitcoins?«

»Das mit Acapulco. War früher eine Touristenhochburg, aber die Narcos haben alle vertrieben. Mexikos Mordkapitale und so. Ich habe schon öfter gehört, dass die Stadt bei libertär gesinnten Amerikanern beliebt ist. Failed State mit Palmen, mit dem notwendigen Kleingeld genießt du da absolute Narrenfreiheit.«

Mondego deutet auf die Keurig-Maschine, geht in die Küche.

»Das erklärt«, sagt Dante, »warum sich Waters die Gegend ausgesucht hat. Er wollte dort ein Utopia errichten.«

»Und, hat er?«

»Er hat es versucht. Es trug den Namen ›The Republic of the Golden Age‹ und besaß sogar eine eigene Flagge. Als Regierungssitz fungierte ein heruntergekommenes Nobelhotel. Und jetzt rate mal, was die offizielle Währung der Republik war.«

»Bitcoin?«

Dante schüttelt den Kopf.

»Turtlecoin. Hollisters Shitcoin.«

Eine Pause entsteht, weil das rhythmische Keuchen der Kapselmaschine jede Unterhaltung unmöglich macht. Mondego hält ihm fragend den Becher hin.

»Danke, nein. Hast du noch anderen Tee als den im Schrank?«

Sie nickt, kramt in dem Behälter mit den Kaffeekapseln. Kurz darauf hält sie Dante ein rotes Döschen mit dem Logo von Twinings hin. Der Widerstand des Puristen regt sich in ihm. Andererseits ist verkapselter English Breakfast vermutlich besser als verbeutelter Earl Grey. Kurz darauf sitzen sie mit ihren Bechern am Esstisch.

»Und das über Waters steht alles im Netz?«, fragt Mondego.
»Das meiste habe ich aus einem alten ›Wired‹-Artikel.«
»Und was wurde aus Utopia?«
»Das Goldene Zeitalter von Waters' Republik währte nicht lang. Dem Großen Vorsitzenden Roxy wurde bei einem Drogendeal von mexikanischen Gangstern das Gesicht weggeblasen. Einige seiner Getreuen harrten noch eine Weile aus, bis ihnen die Coins und Psilocybin-Pilze ausgingen, vermutlich. Bin ich zu zynisch?«
»Dem Sujet angemessen, würde ich sagen. Aber warum interessiert dich der Kerl? Ein paar durchgeknallte Kalifornier mit zu viel Geld, die im Ausland die Revoluzzer spielen ...«
»Nichts Besonderes, klar. Aber von diesem Immo Patel weiß ich, dass Hollister mal jemanden erwähnt hat, den er ›den seligen Roxy‹ nannte. Als ich die Stiftungseinträge durchgesehen habe, bin ich dann über einen Roxy Waters gestolpert. Und ich habe mich gefragt: Warum gibt es Waters' Stiftung eigentlich immer noch, wenn auch mit neuem Namen?«
»Wer führt sie denn jetzt?«
»Das ist es ja gerade. Waters ist immer noch als Stiftungspräsident verzeichnet, was ja nicht sein kann. Aber möglicherweise arbeitet die mexikanische Verwaltung ein bisschen langsam. Oder jemand hat sie geschmiert, damit der alte Eintrag erhalten bleibt.«

Mondego trinkt ihren Kaffee aus, greift nach einem iPad auf dem Tisch.

»Da war was.«
»Was meinst du?«, fragt Dante
»Dieser Waters. Ich dachte, ich hätte noch nie von ihm gehört. Aber vielleicht ...«

Sie tippt auf dem Tablet herum. Liest etwas. Lacht.

»Was?«
»Ah, das Los aller Blogger. Als ich angefangen habe, wurde ich quasi im Akkord bezahlt. Ein Pixiecoin pro Blogartikel.«
»Ich erinnere mich. Damit hast du das Haus gekauft.«

»Genau. An manchen Tagen habe ich zwanzig, dreißig Posts geschrieben. Ich wusste abends oft nicht mehr, was ich morgens veröffentlicht hatte. Nachts habe ich geträumt, dass ich Texte umschreibe. Wie auch immer, das hier«, sie hält ihm das iPad hin, »hatte ich vergessen.«
Dante nimmt das Tablet, liest den Artikel.

Finanziert Sir Holly die Revolution?

Gregory Hollister, der in Kryptokreisen als »Sir Holly« bekannte Bitcoin-Pionier, hat sich erstmals zum Golden-Republic-Projekt geäußert. Dabei handelt es sich um den Plan einer Gruppe von US-Anarchisten, eine Art exterritoriale Enklave zu errichten, als Vorstufe zu einem eigenen Staat, der auf »libertär-mutualistischen Prinzipien« basieren soll, wie es auf der Website des Projekts heißt.
Bisher hat die Republik nur eine Handvoll Bürger sowie eine Flagge. Eine eigene Währung gibt es nicht, aber die Anarchokapitalisten favorisieren nach eigenen Angaben nun Hollisters bislang nur mäßig erfolgreichen Turtlecoin. In der Szene war zuletzt die Frage aufgekommen, wie Hollister, der unlängst eine neue Paymentfirma namens Juno gegründet hat, dazu steht. Gestern sagte er während eines Panels auf der Austin Crypto Conference, jeder dürfe Turtlecoin verwenden: »Wenn Waters und seine Leute auf unseren Coin setzen – schön für sie.«
Offenbar blieb es nicht bei warmen Worten. Ebenfalls am Dienstag postete ein User namens @propertyistheft auf Twitter einen Screenshot seines Krypto-Kontos. Dort war eine Einzahlung in Höhe von fünfhunderttausend Turtlecoins zu sehen, mit dem Hinweis: »Ein Geschenk von @the_holly DANKE!!! #RevolutionNow #Crypto #Turtle4Eva.«
Bei @propertyistheft handelt es sich nach Informationen dieses Blogs um Jules Duroc, den inoffiziellen Schatzmeister

der Golden Republic. Sein Post wurde allerdings nach wenigen Minuten wieder gelöscht. Weder Duroc noch Hollister reagierten bis zur Veröffentlichung dieses Artikels auf eine Bitte um Stellungnahme.

Dante lässt das iPad sinken.
»Das ist sie. Die Verbindung zwischen Waters und Hollister. Sie kannten sich irgendwoher.«
»Aber woher?«, fragt Mondego.
Dante zuckt mit den Achseln. »Krypto. Nerdkram. Burning Man. Ist vermutlich egal. Klar scheint, dass sich ihre Wege trennten. Waters bleibt ein durchgeknallter Anarchorevoluzzer. Hollister hingegen wird respektabel. Aber er schiebt seinem alten Kumpel noch eine Anschubfinanzierung zu, er wird quasi zum Wagniskapitalgeber dieser Splittergruppe. Wieso? Und waren diese Coins damals was wert?«
Mondego überlegt einen Moment.
»Nicht viel, aber bei der Summe ... an die fünfzigtausend Dollar müssen es schon gewesen sein. Für Hollister natürlich Spielgeld, er hat die Turtlecoins ja quasi gratis gekriegt.«
»Ja, aber trotzdem: Wieso? Selbst Millionäre verschenken nicht einfach mal so fünfzigtausend – gerade Millionäre nicht. Vielleicht hatte Waters was gegen ihn in der Hand.«
»Diese Moneta-Lücke?«
»Haut zeitlich nicht hin. Der geplatzte Juno-Börsengang, der Hollister dazu veranlasste, ungedeckte Moneta zu erschaffen, war erst ein, zwei Jahre später.«
Mondego gähnt, hält sich die Hand vor den Mund.
»Vielleicht«, sagt er, »sollten wir erst mal frühstücken.«
»Ein Power Breakfast? Mit Strategiesitzung?«
Dante überlegt kurz.
»Ich kenne da was Nettes. Müssen wir aber ein Stückchen fahren.«
»Wo?«
»Draußen Richtung Malibu, direkt am Pazifik.«

Mondego ist einverstanden. Sie geht duschen. Als sie zurückkommt, reicht sie Dante ein Handtuch, außerdem ein paar frische Boxershorts sowie ein Bandshirt der »Alderaan Warmongers«. Die Sachen, erklärt sie, gehörten ihrem Exfreund, der in etwa die »gleiche Kragenweite« gehabt habe wie Dante. Er fragt lieber nicht nach, wie das gemeint ist, trollt sich ins Bad.

Die heiße Dusche lockert Dantes von der Nacht auf dem Sofa verspannte Rückenmuskeln. Das Ding war nicht sehr bequem. Dante versteht Mondego da nicht. Wenn er mit waghalsigen Währungsspekulationen Millionen gemacht hätte, käme ihm kein beschissenes Ikea-Sofa ins Wohnzimmer.

In seinem Hinterkopf vernimmt er eine Stimme. Zunächst glaubt er, es handle sich um seine Exfrau, aber es ist seine Mutter, auch nicht viel besser.

»Wieso ›wenn‹, Eddy?«, schilt ihn die Stimme. »Bei, wie heißen sie gleich, Gerard Brothers, da hast du einen Haufen Geld verdient, mit Börsenspekulation.«

»So viel war's jetzt auch nicht«, murmelt Dante.

»Mehr als dein Bruder und deine beiden Cousins zusammen verdienten. Und die hatten alle gute Handwerkerjobs. Dein Gehalt hätte locker für ein italienisches Designersofa gereicht, und für ein zweites für deine alte Mutter. Und dann diese Wohnung in der Upper North Side.«

»West. Upper West Side, Mama.«

»Egal welche Seite, ich habe nur die Fotos gesehen. Riesig, größer als unsere.«

Dante senkt den Kopf, damit das heiße Wasser besser über seinen Nacken laufen kann. Er dreht den Hahn weiter auf, in der Hoffnung, das Brausen der Dusche werde Mamas Stimme übertönen. Aber Pustekuchen.

»Und dann das ganze Geld aus den Aktiengeschäften, Eddie.«

Es waren keine Aktien. Mit etwas derart Langweiligem hielt sich Dante am Schluss nicht mehr auf. Er bevorzugte Rasanteres – Power Puts, Währungswetten.

»Das hättest du lieber auf ein Sparbuch legen sollen. Das hat Onkel Rick auch immer gesagt, der war bei NatWest in Croydon, zwanzig Jahre, der muss es ja wohl wissen. Aber du! Du hast noch mehr Aktien gekauft, Eddie. Und am Ende, was hattest du da in der Tasche?«

»Die Shitcoins der Wall Street«, murmelt er.

»Ganz recht. Und dieses Mädchen da draußen, ihre Tattoos gefallen mir ja nicht, aber das war schlauer als du. Also mach dich nicht über ihr Sofa lustig. Wenigstens ist es abbezahlt.«

Jemand klopft an die Badezimmertür. Dante schreckt auf. Den dichten Dampfschwaden nach zu urteilen, hat er das halbe Silver Lake Reservoir weggeduscht.

»Sorry, Mercy. Ich hab's gleich.«

»Lass dir Zeit«, ruft Mondego von jenseits der Tür. »Ich wollte nur sagen, dein Handy klingelt wie irre.«

»Ja. Okay.«

Dante steigt aus der Kabine. Sobald dieser Mist vorbei ist, muss er sich eine neue SIM-Karte kaufen. Gestern hatte er insgesamt siebenundvierzig Anrufe, die meisten von unbekannten Nummern. Die Mails zählt er schon nicht mehr.

Kurz darauf sitzt er pieksauber auf dem Beifahrersitz von Mondegos Prius und scrollt durch sein Handy. Die meisten Anrufe stammen wieder einmal von unbekannten Nummern, viele haben Nachrichten hinterlassen. Dante ist inzwischen dazu übergegangen, alles, was nicht von Personen in seinem Telefonbuch kommt, unabgehört zu löschen, mit der Ausnahme von Washingtoner Nummern. Letzteres könnten FBI oder Finanzbehörden sein.

Mondego fährt, Dante löscht, scrollt, löscht, bis er zu einem Anruf von Royce Thurstow gelangt, Hollisters Anwalt. Dieser bittet um Rückruf. Dante kommt der Bitte prompt nach.

»Royce, Morgen. Ed Dante. Ich sollte Sie zurückrufen.«

»Ja, danke, Ed. Es geht um die ... äh ... die Hollisters.«

»Wie kann ich Ihnen helfen?«

»Mrs Martel ... darf ich fragen, hatten Sie kürzlich Kontakt zu ihr?«

»Nun ja. Ich habe sie regelmäßig über den Fortgang der Ermittlungen informiert, aber ... haben Sie bereits mit Marcus gesprochen, ihrem ... Assistenten?«

Es dauert einen Moment, bis Thurstow antwortet, was Dante zu dem Schluss kommen lässt, dass der Anwalt bezüglich des Verhältnisses zwischen Martel und ihrem muskulösen Butler auch schon Spekulationen angestellt hat.

»Habe ich. Sie war in Behandlung.«

»Ja, das sagte er mir auch. Die Nerven, der Medienansturm.«

Dante fällt etwas auf.

»Sagten Sie gerade ›war‹, Royce?«

»Ganz richtig. Mrs Martel hat die Healing Echoes Clinic offenbar gestern am späten Nachmittag verlassen, in Begleitung eines Herrn.«

»Aber nicht Marcus? Und darf man da eigentlich einfach so raus?«

»Ed, das ist ja keine Klapse. Es ist eher ...« Thurstow lässt den Satz verenden. Dante sekundiert ihm.

» ... ein Fünf-Sterne-Retreat mit angeschlossener Therapieeinrichtung für überspannte Trophy Wives und Trustafarians.«

»Wenn Sie das so nennen wollen. Martel hat gestern ausgecheckt, so wie es aussieht.«

»Details rücken die nicht raus?«, fragt Dante.

»Nein, ich habe schon das Übliche versucht.«

Da Thurstow Anwalt ist, bedeutet dies vermutlich, dass er der Klinik Mails oder Faxe mit einem viel zu großen Briefkopf sowie der Betreffzeile LETZTMALIGE AUFFORDERUNG !!!! geschickt hat.

»Weiß man was über ihren Begleiter?«

»Wenig. Dieser Marcus war persönlich da. Dem haben sie zumindest gesagt, dass eine Mietlimousine vorgefahren sei und dass der Fahrer asiatisch ausgesehen habe. Und dass er Martels Taschen getragen habe. Die am Empfang hielten ihn für einen Uber-Chauffeur.«

»Vielleicht war er einer.«

»Vielleicht. Aber der Umstand, dass Mrs Martel möglicherweise die Erbin von fünfzehn Milliarden Dollar ist, könnte andere Schlussfolgerungen nahele ...«

»Stopp, stopp, stopp – Royce, Royce, Moment. Fünfzehn? Fünfzehn Milliarden? Was ist denn das für eine irre Zahl.«

»Na, das ist Montecrypto, Ed. Die letzte Schätzung, wie groß Hollisters Schatz ist.«

»Scheint mir ein bisschen überzogen. Nein, eigentlich megaüberzogen.«

»Es ist auf jeden Fall die Zahl, mit der Bud Vukovic hausieren geht.«

Dante kennt Bud, höchstpersönlich sogar. Der Mann ist ein Überbleibsel der Dotcom-Ära, mehr Cheerleader als Finanzanalyst, mit unklaren Geschäftsbeziehungen und noch unklarerer Vermögenssituation. Soweit Dante weiß, lebt der Typ in einem Ein-Zimmer-Apartment auf der Lower East Side und kann sich nicht einmal vernünftige Schuhe leisten. Aber die braucht man im Fernsehen schließlich nicht. Vukovic hat es irgendwie geschafft, zum Darling des Finanz-TVs zu werden. Mit seinen Hosenträgern, den hochgekrempelten Hemdsärmeln und den zurückgekämmten tiefschwarz gefärbten Haaren sieht er genauso aus, wie sich Lieschen Müller einen Wall-Street-Trader vorstellt. Dabei hat »The Vuk« nie auf der Street gearbeitet, sondern nur bei einer drittklassigen Klitsche in Jersey. Seine einzige Qualifikation ist sein großes Maul.

»Und Bud hat das mit den fünfzehn Milliarden auf Bloomberg erzählt?«

»Ja. Und auch auf CNBC, Fox, CNN.«

Dante fragt gar nicht erst, ob Vukovic irgendwelche Belege für die Zahl geliefert hat. Stattdessen erwidert er: »Okay. Danke für die Info. Ich hole ein paar Erkundigungen ein und melde mich wieder bei Ihnen.«

»Danke, Ed. Und noch was.«

»Ja?«

»Greg Hollister ist seit Mitternacht offiziell tot. Sie wissen schon, beschleunigte Feststellung des Todes.«

Dante will bereits auflegen, da fällt ihm noch etwas ein. Er wühlt in der Mappe auf seinem Schoß. Darin befinden sich die Ausdrucke und Notizen der vergangenen Nacht. Er fischt den Zettel heraus, auf dem die Namensänderung von Waters' Stiftung vermerkt ist.

»Royce, eins noch. Sagt Ihnen der Name Roxy Waters etwas?«

»Nicht, dass ich wüsste. Ein Bekannter von Hollister?«

»Es scheint so. Erinnern Sie sich an diese Stiftung, die Greg Hollister damals eröffnen wollte?«

»Die in der Schweiz? Die ist doch inzwischen bekannt. Ed, haben Sie das etwa nicht verfolgt?«

»Herrgott, ich war sogar da«, erwidert er säuerlich. Dabei gibt es keinen Grund, sich aufzuregen. Eigentlich ist es ein gutes Zeichen, dass Thurstow nicht weiß, dass Dante die Fondation Bataille besichtigt hat. Es bedeutet nämlich, dass die Mainstreammedien noch nicht darüber berichtet haben, dass Zdenko und Agnesa die Klappe gehalten haben.

»Ah, entschuldigen Sie bitte mein Gepampe, Royce, harte Woche. Was ich meinte, ist: Sie haben mir damals diesen Notar in Zürich genannt und so weiter. Aber wissen Sie vielleicht noch, wann Hollister wegen der Stiftungsgeschichte erstmalig an Sie herangetreten ist? Über den exakten Zeitpunkt hatten wir nicht gesprochen, glaube ich.«

Dante möchte herausfinden, ob das anwaltliche Gespräch zum Thema Stiftungen zeitlich mit der Umfirmierung des Instituts in Acapulco zusammenhängt.

»Hm. Lassen Sie mich nachschauen. Bei vielen unserer Treffen war kein Thema vermerkt, das war immer mehr so Jour fixe. Aber ich denke, es müsste wohl im Mai gewesen sein, also Anfang Mai letzten Jahres. Moment ... neunter Mai, ja. Ich habe auch ein Kürzel, IF.«

»Ein Kürzel? Wieso haben Sie das beim letzten Mal nicht erwähnt?«

»Weil es nicht im Betreff des Kalendereintrags steht. Aber jetzt sehe ich, dass meine Assistentin offenbar noch etwas in die Notizzeile darunter geschrieben hat. Da steht: ›Einrichtung einer Stiftung namens IF (???)‹. Das IF in Großbuchstaben, mit Fragezeichen versehen. Vielleicht hat sie den Namen nicht richtig verstanden. Ich nehme an, dass es so gemeint ist, dass es um die Zukunft geht. ›What if‹, ›was wäre, wenn?‹ oder so. Würde irgendwie passen, die Zukunft war ja Gregs Ding.«

Dante hört nicht mehr richtig hin. Stattdessen starrt er auf den Zettel vor sich, auf dem der neue Name von Waters' Stiftung steht: Instituto Futuro. IF.

DIGITALWAL

Während sie den Freeway entlangfahren, erzählt Dante Mondego von dem Telefonat mit Thurstow. Als er fertig ist, sagt sie:
»Das Gespräch wegen der Stiftung war vor über anderthalb Jahren. Hollister hat also alles von langer Hand geplant? Ist aber nicht überraschend, wenn man die Videos bedenkt und so.«
»Das meine ich nicht – du musst da lang, nimm die Ausfahrt Kanan Road, dann weiter in Richtung N9. Dass er es geplant hat, ist ja klar. Aber dass er schon vor derart langer Zeit vorhatte, eine Stiftung namens Instituto Futuro zu gründen, mit seinem toten Anarcho-Kumpel als Strohmann, das beweist für mich, dass Hollister das alles viel genauer vorbereitet hat, als ich bisher dachte. Mehrere Stiftungen, diese Klickfarmen – und das beweist noch was.«
»Und zwar?«
»Dass es ihm nicht nur um sein Erbe ging, sein Vermächtnis, den großen Abgang.«
»Sondern?«
Dante schaut aus dem Fenster, sagt nichts. Statt erneut nachzufragen, steckt Mondego ein USB-Kabel in ihr Telefon, scrollt einhändig durch Spotify. Bei so einer Aktion hat Dante sein letztes Auto zerstört.
»Soll ich vielleicht lieber?«, fragt er.
Mondego reicht ihm das Handy, wendet ihre Aufmerksamkeit wieder der Straße zu. Er scrollt durch ihre Playlists und Alben: Breeders, Pixies, Sonic Youth, Ramones. Nicht übel, vorausgesetzt man hat schon gefrühstückt. Hungrig und verkatert kann er den Punk inzwischen manchmal nicht mehr ertragen, geschweige denn genießen. Dafür ist er einfach zu alt. Dante ist versucht, nach

seinen Lieblingsbands zu suchen, eigene musikalische Akzente zu setzen, fühlt sich aber an seine Jugend erinnert. Damals nahmen Jungs den Mädchen immer Mixtapes auf – um zu zeigen, dass sie bereit waren, sich die Mühe zu machen, nur für die Herzensdame. Gleichzeitig wollte der Boy so dokumentieren, dass er über immenses diskografisches Fachwissen verfügte und willens, ja fest entschlossen war, dem Girl beizubiegen, warum Megadeaths »Rust In Peace« ein Meisterwerk war, ob sie dies nun interessierte oder nicht. Mixtapes waren immer auch musikalisches Mansplaining, und Dante glaubt, Mondego könnte da empfindlich sein. Deshalb entscheidet er sich für eine redaktionelle Playlist namens »Easy Morning«, wohl wissend, dass er das möglicherweise bereuen wird.

Es ist weniger schlimm als befürchtet. Lana Del Reys Stimme erfüllt das Fahrzeuginnere.

Out on the West Coast
They got a saying
If you're not drinking
Then you're not playing

Dante plagen noch immer arge Kopfschmerzen. Der Vorsatz, heute nichts zu trinken, ist so ehern, wie er das zu früher Stunde immer ist. Am Abend wird er es dann möglicherweise doch wieder mit Lana Del Rey halten.

»Hab ich dir eigentlich von dem Wal erzählt?«, sagt Mondego unvermittelt.

»Von dem ... im Pazifik?«

»Nein, ein Kryptowal.«

»Sagt mir nichts.«

Sie erklärt es ihm. Ein Wal ist eine besonders große Transaktion, bei der sehr viele Bitcoins, Litecoins, was auch immer, den Besitzer wechseln. Dante kennt das von der Wall Street. Dort bezeichnet man derlei große Käufe oder Verkäufe als Blocktrades. An der Börse werden alle Transaktionen in einem für jeden einsehbaren Orderbuch gespeichert. Bei Kryptowährungen landen sie in der Blockchain. Dante weiß, dass sehr große Verkäufe an der Börse meist gestückelt werden. Will jemand eine halbe Million Microsoft verkaufen, tut er dies per Eisbergorder. Dabei werden immer zehn- oder fünfzehntausend Stück angeboten, bis alles verkauft ist. Bei Kryptogeld scheint derlei unüblich zu sein. Man verkauft en bloque, völlig anonym. Spezialisierte Software überwacht die Blockchains der wichtigsten Coins und meldet Wal-Deals automatisch.

»Habe ich in einem Quatermain-Forum gelesen«, sagt Mondego. »So ein Typ aus Japan hat die Turtle-Blockchain komplett auseinandergenommen, alles analysiert. Und dabei hat er drei extrem große Wale gefunden. Jeder in einem Volumen von einer Million Coins.«

»Das ist wie viel von der gesamten Geld ... ich meine Coinmenge?«

»Gut dreißig Prozent.«

»Und wann wurden die überwiesen?«, fragt Dante.

»Februar und März letzten Jahres, glaube ich.«

»Also etwa drei Monate, bevor Hollister sich mit seinem Anwalt wegen der Stiftung getroffen hat. Und kurz vor seinem Treffen mit Price, glaube ich.«

»Welchem Treffen?«

»Dem, wo Hollister ihn gefragt hat, was seiner Ansicht nach die drängendsten zu lösenden Probleme der Krypto-Community sind.«

»Verstehe. Da vorne links?«

»Rechts. Und dann noch am Malibu-Pier vorbei.«

»Natürlich weiß man nicht, wer da wem Geld überwiesen hat«, sagt Mondego, »nur, dass fast sechs Millionen Turtlecoins von einer Wallet in eine andere transferiert wurden. Aber die Theorie im Netz ist jetzt halt, dass das Transaktionen von Hollister waren. Dass er seine Turtles in eine spezielle Montecrypto-Wallet gelegt hat.«

»Wie viel wären die jetzt wert?«

»Bevor die Wal-Story veröffentlicht wurde, etwa anderthalb Milliarden. Danach sind die Turtles noch mal durch die Decke. Jetzt wären es an die drei.«

Sie befinden sich inzwischen auf dem Pacific Coast Highway. Links von ihnen glitzert der Pazifik. Kurz hinter Malibu geht eine schmale Straße ab, führt hinunter zum Wasser. Der Paradise Cove ist eine kleine, von Hügeln gesäumte Bucht. Ein Geheimtipp ist das Paradies nicht mehr. Es gibt einen ziemlich großen Parkplatz und ein Strandcafé. Dante ist ein bisschen verwundert, dass sie noch nie hier war, fragt sie danach.

»Man braucht ein halbes Leben, um in dieser Stadt alles zu sehen«, erwidert Mondego.

Es ist noch etwas frisch und ziemlich windig, weswegen sie sich drinnen an einen Fenstertisch setzen. Dante bestellt Huevos Rancheros, verhandelt mit dem Kellner darüber, ob es möglich ist, eine ganze Kanne Tee zu bekommen. Mondego ordert Pfannkuchen und Obstschale.

Sie gehen noch einmal alles durch, die Videos, Wale, Klickfarmen, Stiftungen und Fake-Konten. Dante erstellt eine Liste aller relevanten Personen, angefangen mit Hollister und Martel über Price, Waters, Yang bis hin zu diversen Leuten, die man vielleicht als Komparsen bezeichnen könnte: die slowakischen Teeniehacker; die Typen vom FBI und von anderen US-Behörden; Reyes, die Klickfarmerin; Hollisters Anwalt und einige mehr. Dante würde gerne sagen, dass sich die Teilchen allmählich zu einem Gesamtbild zusammenfügen. Aber es wirkt für ihn eher, als habe jemand mehrere unterschiedliche Puzzles vermischt und die Teilchen vor ihm ausgekippt.

»Motiv«, murmelt Dante. »Wir brauchen ein Motiv. Sonst wird das alles nichts.«

»Die Welt mit Kryptogeld beschenken?«

»Glaube ich keine Sekunde, Mercy.«

Dante stochert in seinen Refrito-Bohnen herum, fragt sich, warum er dieses Zeug eigentlich bestellt hat. Ein paar anständige Frühstückswürstchen wären ihm lieber.

»Ich frage mich, ob Hollisters Plan funktioniert. Was auch immer er ist«, sagt Mondego.

»Zumindest im Sinne der Aufmerksamkeitsökonomie funktioniert er hervorragend. Der Typ macht inzwischen die ganze Welt verrückt.«

»Mag sein, Ed. Aber Videoaufnahmen und eine Kiste mit Münzen verstecken – das ist einfach. Das mit der Webseite und den Moneta war schon schwieriger. Aber zumindest ließ es sich vorbereiten, niemand bekam was davon mit, bis es passiert war. Doch nun steuert die Sache ja aufs Finale zu, oder?«

»Vermutlich«, sagt Dante.

»Inzwischen sind Tausende Quatermains hinter Montecrypto her. Außerdem Cops, Geheimdienste, Gott weiß, wer noch – Verbrechersyndikate, vielleicht. Alles kommt raus, von den vorbereitenden Wal-Transaktionen bis zu den Klickfarmen. Das kann er unmöglich alles vorausgesehen haben. Hollister, meine ich.«

»Er war doch angeblich ein Genie«, erwidert Dante.

»Meinetwegen war er das, IQ wie Elon Musk, in der Lage, vierdimensionales Schach zu spielen. Aber die Zahl der beweglichen Teile, das schiere Chaos, das Montecrypto verursacht – das kann er nicht alles vorausgesehen haben. Weil sich Chaos eben nicht vorausberechnen lässt.«

»Mit Chaos meinst du das Internet.«

»Ja, aber nicht nur. Die Gesamtheit von ... allem. Klingt irgendwie dämlich.«

Dante findet nicht, dass es dämlich klingt. Außerdem könnte er ihr stundenlang zuhören, zumal, wenn er währenddessen Assam trinken und dem Meeresrauschen lauschen darf.

»Wenn der Typ so schlau war«, wirft Dante ein, »muss er auch das vorausgesehen haben.«

»Was?«

»Die Unplanbarkeit, Unvorhersehbarkeit. Und damit eigentlich auch die Undurchführbarkeit seines Vorhabens.«

»Kommt drauf an, was sein Vorhaben genau ist, Ed.«

»Womit wir wieder bei meinem Punkt wären. Motiv. Intention. Wenn Hollister einfach seriell Schätze vergraben hätte, schön und gut. Aber diese Klickfarmen und Server? Den in Carlsbad hat die Polizei ausgehoben – oder jemand, der sich dafür ausgibt. Und den in Zug – wissen wir nicht.«

Sie holt ihr Handy hervor, schaut etwas nach.

»Mein Mäuschen im Netzwerk von Escondido sagt, dass weiterhin alles läuft.«

»Das Zuger Bot-Handy?«

»Genauer gesagt eine Software, die darauf läuft und via Mobilfunknetz Daten an mich sendet. Wenn die Typen vom FBI oder wem auch immer dort alles runterfahren, würde ich es mitkriegen. Dito, wenn die Bot-Handys einen Gang hochschalten. Doch bisher scheint alles normal weiterzulaufen.

Aber ich verstehe, was du meinst. Wenn Hollisters Plan auf diesen Klickfarmen basierte, funktioniert der letzte Teil vielleicht nicht mehr – weil jemand die Dinger abklemmt oder umprogrammiert. Also falls er nicht noch viel mehr von den Dingern hat und die Systeme redundant sind.«

»Redundant in dem Sinne, dass es Reservecomputer gibt?«

»Ja, sodass wenn ein Teil ausfällt, die anderen übernehmen. Ein dezentrales Netzwerk, das man nicht so einfach lahmlegen kann. Aber ehrlich gesagt glaube ich gar nicht, dass die Klickfarmen was mit Montecrypto zu tun haben, nicht unbedingt.«

»Wieso nicht?«

»Du hast erzählt, dass Hollister mithilfe von Yang und Price diese Lücke schließen wollte, die fehlende Deckung von hundert Millionen Dollar bei Junos Moneta-Coins. Dafür waren doch die Klickfarmen da, um das unauffällig zu tun, oder? Vielleicht sind sie inzwischen wie Zombies, die einfach weiterlaufen, obwohl Hollister tot ist.«

Sie zahlen und lassen sich jeder noch einen To-go-Becher mit ihrem präferierten Heißgetränk geben, bevor sie das Café verlassen und hinunter zum Strand gehen. Der Sand ist feucht, in der Nacht hat es tatsächlich ein bisschen geregnet. Die Feuer rund um

Los Angeles scheint das nicht beeindruckt zu haben. Der Rauchgestank ist immer noch da.

Sie schauen hinaus auf den Pazifik. Da es ein Wochentag ist, haben sie den Paradise Cove fast für sich allein. Außer ihnen ist lediglich eine asiatisch aussehende Familie mit zwei kleinen Kindern da. Letztere tollen zusammen mit einem Cockerspaniel im Sand herum. Eines der Kinder rennt an ihnen vorbei. Sand spritzt durch die Luft, Dante muss sein Gesicht wegdrehen, um nichts abzubekommen. Während er sich das Jackett abklopft, ermahnt der Vater seine kleine Tochter.

»Entschuldigen Sie, Sir. Ich hoffe, Sie haben nicht zu viel abgekriegt«, sagt er. Der Mann ist untersetzt und in Freizeitgarderobe von Ralph Lauren eingekleidet – entsetzliche Chinos mit aufgestickten Poloreitern, Button-down-Hemd, pseudoenglisches Tweedjackett. Dante hätte ihn für einen Touristen gehalten, aber sein Akzent deutet darauf hin, dass er von hier ist.

»Alles okay«, erwidert Dante, »Kinder, Strand, so ist das.«

Der Mann nickt ihn dankbar an, so als sei Verständnis für spielende Kinder etwas, das die meisten nicht aufbrächten.

»Darf ich fragen, sind Sie Engländer?«, sagt er.

Dante bejaht es.

»Ich war ein paar Jahre in London, für einen Autohersteller. Hat mir gut gefallen. Jetzt aber wieder zu Hause.«

»Hier in L. A.?«, fragt Mondego.

»Drüben in Torrance«, erwidert der Mann.

Sie lächelt. »Toyota oder Honda?«

»Gut geraten, Miss. Honda.«

Der Mann deutet auf seine Kinder, die sich gerade anschicken, auf den abgesperrten Hochsitz des Strandwärters zu klettern.

»Einen schönen Tag noch«, ruft er, während er durch den Sand zu den Kindern stapft.

»Ebenso«, sagt Mondego.

Dante sagt nichts. Er starrt dem Mann nach. Mondego mustert ihn.

»Irgendwas nicht okay mit dem Typ?«
»Der Anruf. Die Warnung.«
»Ich kann dir gerade nicht folgen, Ed.«
»In Escondido hat mich wer angerufen, kurz bevor die Cops auftauchten, weißt du noch?«
»Ja. Ich dachte, du wüsstest nicht, wer es war«, erwidert Mondego.
»Ich wusste, dass ich es nicht mehr wusste. Aber ich hatte die Stimme schon mal gehört.«
Fassungslos blickt sie ihn an, schaut dann zu dem Mann hinüber, der seinen Vier- oder Fünfjährigen von dem Ausguck herunterzuholen versucht. Genauso gut könnte er versuchen, einen Makaken von einem Baum zu holen.
»Der? Das ist der Typ, der dich ...«
»Nein, nein. Aber er ist Asiate, Japaner vermutlich, wenn er bei Honda arbeitet. Aber hier aufgewachsen, keinerlei Akzent. Ich habe vor einiger Zeit einen anderen Asian American getroffen, der aber Chinese oder Koreaner war, also herkunftsmäßig, und ...«
»Und der war der Anrufer? Wie heißt er?«
Dante schlägt Mondego vor, zum Parkplatz zurückzugehen. Er muss sich etwas anschauen gehen, jetzt gleich.
»Dieser Kerl hatte mich damals angequatscht, an der Bar des Cosmo, mir irgendwas über Geld erzählt. Ich habe ihn für einen Spinner gehalten. Sein Name war Tang, Tommy Tang.«
»Klingt nach einem ausgedachten Namen.«
»Vermutlich. Ich habe damals geglaubt, er sei Privatdetektiv – ein Kollege, der bei einem Kollegen recherchieren will. Ich hasse solche Pfeifen. Und da er später nie wieder aufgetaucht ist ...«
» ... hast du dich in dieser Einschätzung bestätigt gefühlt.«
Sie steigen in den Wagen.
»Vermutlich. Aber jetzt bin ich sicher, dass er das war, Escondido. Also hat er wohl mehr drauf als gedacht.«
»Oder er hat einfach bessere Ressourcen.«
»Wie meinst du das, Mercy?«

»Triaden. Oder MSS.«

»Ministerium für Staatssicherheit, also chinesischer Geheimdienst?«

»Ist doch denkbar, oder? Denk an Price' Firma. Ich hab dir doch erzählt, dass manche vermuten, sein Bitcoin-Miner liege mit den Chinesen im Bett, wasche Geld oder so was.«

Mondego fährt die schmale Straße zum Pacific Highway hinauf. Oben will sie rechts abbiegen, Richtung Stadt.

Dante schüttelt den Kopf.

»Links.«

Obwohl er nichts weiter sagt, begreift sie sofort, wo er hinwill.

»Hollisters Strandhaus. Ist das eine gute Idee?«

»Ich habe immer noch den Schlüssel.«

»Ja, aber seit dem letzten Mal ist eine Menge passiert. Oder warst du zwischendurch noch mal da?«

»Nein.«

»Nach was suchst du?«

»Nach irgendwas, das ich beim ersten Mal übersehen habe.«

»Keine Ahnung also«, erwidert Mondego.

»Durchschaut, ja.«

Sie sind auf Höhe von Zuma Beach und biegen vom Highway ab. Kurz darauf schlängelt Mondegos Prius sich die Serpentine zum Point Dume hinauf.

ULLAAH

Mondego hält in einiger Entfernung des Strandhauses, sicherlich eine gute Idee. Möglicherweise wimmelt es auch dort von Möchtegern-Quatermains. Dante schaut sie an.
»Was?«
»Wieder die Frage, ob du wirklich mit rein willst.«
Mondego setzt einen Ausdruck gespielten Entsetzens auf.
»Könnte es etwa gefährlich werden? Ist es nur was für harte Jungs?«
»Dann sollten wir besser beide hierbleiben. So meine ich es nicht, Mercy.«
»Wie dann?«
»Es ist vielleicht illegal, Hausfriedensbruch. Erregt eventuell Aufmerksamkeit. Die Cops, irgendwelche anderen Behörden.«
»Beeindruckt mich nicht.«
»Wie du willst.«
Dante ist manchmal ein ziemlicher Heuchler. Seinen mahnenden Worten zum Trotz hat er insgeheim von Anfang an gehofft, dass er da nicht allein hineinmuss. Er holt sein Telefon hervor, legt es ins Handschuhfach.
»Besser, wir lassen die hier.«
»Immer noch Überwachungsparanoia?«
»Nur weil ich klinisch paranoid bin, bedeutet dies nicht, dass sie nicht hinter mir her sind.«
Mondego seufzt, platziert ihr Handy neben seinem. Sie steigen aus. Dante schärft ihr ein, während des Aufenthalts in der Mancave leise zu reden. Er geht davon aus, dass der Laden inzwischen verwanzt wurde, von FBI, CIA, wem auch immer. Sie gehen bis zur

Außenpforte. Glücklicherweise gibt es keinen Menschenauflauf wie vor der Villa in Bel Air. Niemand hat Blumensträuße niedergelegt oder Bilder des heiligen Holly an die Pforte gepinnt. Nur an der Mauer steht mit pinker Sprühfarbe geschrieben: »Wo ist das Geld, Hollister?«

Dante kramt die Schlüssel hervor. Während sich das Tor leicht öffnen lässt, geht die Haustür etwas schwer. Das lässt ihn vermuten, jemand könnte sich bereits am Schloss zu schaffen gemacht haben. Sie gehen zunächst ins Wohnzimmer. Dante tritt an den alten Plattenspieler heran. Er schaltet den Verstärker ein, legt die Nadel auf die LP auf dem Teller. Eine Männerstimme erfüllt den Raum.

»In den letzten Jahren des neunzehnten Jahrhunderts hätte niemand geglaubt, dass die Menschheit aus den zeitlosen Weiten des Weltraums beobachtet wurde ...«

Dante inspiziert den Diaprojektor. Einige der Rahmen wurden aus der Kassette genommen, liegen auf dem Wohnzimmertisch verstreut.

»Wir wurden genau beobachtet«, sagt die sonore Männerstimme, »so, wie jemand mit einem Mikroskop Geschöpfe inspiziert.«

Dante dreht den Verstärker weiter auf, bis die Stimme unangenehm laut klingt.

»Was zur Hölle ist das?«, schreit Mondego.

»Krieg der Welten. Die Musical-Version von Jeff Wayne.«

E-Gitarre und bombastische Keyboards setzen ein, die späten Siebziger erfüllen den Raum. Mondego zuckt zusammen.

Dante geht zu den Münzvitrinen. Mondego folgt ihm. Ihre Hand tastet nach ihrem Handy, greift ins Leere. Ihr Gesicht verzieht sich – Phantomschmerz oder Verärgerung? Vermutlich Letzteres, Hollisters Cryptocave wäre bestimmt eine gute Story. Und nun kann Mondego keine Fotos oder Videos schießen.

Dante betrachtet Hollisters numismatische Sammlung. Nun, da er die Geldobsession des Verstorbenen besser versteht, sieht er sie mit anderen Augen. In gewisser Weise lässt sich mithilfe der Vitrine die Genese des Geldes nachvollziehen. Erst gab es Münzen aus Wertmetall, Drachmen und Sesterzen, die einen inhärenten Wert besaßen. Darauf folgte Geld aus wertlosem Metall oder Papier, Pfund, Dollar oder Mark, jedoch durch Gold gedeckt. Später hob man den Goldstandard auf. Nur der Glaube, das Geld besitze einen Wert, verlieh ihm diesen nun. Fiat lucre. Et facta est lucre.

Mondego tritt ganz nahe an ihn heran, damit er sie trotz des Wayne'schen Bombast-Rocks hören kann.

»Was soll das alles, Ed?«

»Hollisters Obsession. Ich glaube inzwischen, der Wichtigste ist der hier.«

Dante zeigt nicht auf die Münze, auf der »Republic of Minerva« steht, für den Fall, dass sie nicht nur belauscht, sondern auch beobachtet werden. Sie versteht trotzdem, welche er meint.

Dante hat inzwischen eine Ahnung. Sie ist derart vage, dass er sie noch nicht aussprechen möchte, nicht einmal Mondego gegenüber. Er befürchtet, sich lächerlich zu machen.

Vielleicht ist das aber gar nicht der Grund. Vielleicht befürchtet Dante, dass es wahr wird, wenn er es ausspricht.

Er bittet Mondego, ihm hinaus auf die Terrasse zu folgen. Während schmetternde Trompeten die Ankunft der marsianischen Invasoren verkünden, stehen sie draußen an der Balustrade. Von der Terrasse kann man über die Dünen auf den Pazifik hinabschauen

»Was hat es mit dieser Münze auf sich?«, fragt sie.

»Minerva, römische Göttin des Handels. Hollister hatte es mit diesen alten Göttern. Deshalb auch Juno. Womit er es ebenfalls hatte, war die Idee, eine vom Staat unabhängige Währung zu schaffen. Eine Kryptowährung, die ihren Wert behält, obwohl kein Staat und keine Zentralbank dahintersteht.«

Mondego schüttelt den Kopf.

»Das war einmal. Das war der alte Hollister. Moneta ...«

»Ist mit Dollars gedeckt, ich weiß. Aber neulich ist mir diese Münze in der Vitrine dort wieder eingefallen.«

»Was soll das eigentlich sein, die Republik der Minerva?«

»In den frühen Siebzigern«, erwidert Dante, »hat ein US-Millionär namens Michael Oliver versucht, seine erzlibertären Ideen in die Tat umzusetzen. Er wollte einen eigenen Staat gründen, eine anarchokapitalistische Republik.«

»In der Südsee? Auf der Münze steht Südsee.«

»Genau. Oliver und ein paar seiner steinreichen Kumpels hatten sich zwei Atolle südlich von Fiji und Tonga ausgeguckt. Beides kaum mehr als Untiefen, sie lagen unterhalb des Meeresspiegels. Kein Land hatte zuvor Anspruch darauf erhoben. Also ließ Oliver einen Stahlturm auf einem der Atolle errichten, pflanzte eine Flagge drauf. Im Januar 1972 rief Minerva seine Unabhängigkeit aus. Um diesen Tag zu feiern, wurden die Münzen geprägt.«

»Eine Unterwasser-Republik? Klingt ziemlich bescheuert.«

»Dieser Oliver war ziemlich bescheuert. Aber es ging ja nicht darum, dort zu wohnen, zumindest erst mal nicht, sondern um Exterritorialität, Unabhängigkeit vom Staat. Eigene Flagge plus eigene Währung gleich Legitimation.«

»Hat aber nicht geklappt, oder?«

»Nein. Niemand hat Minerva anerkannt. Heute gehören die Atolle zu Tonga.«

Dante schaut hinaus aufs Meer.

»Die Münze in der Vitrine ist recht selten. Es dürfte nicht mehr viele davon geben, ein echtes Sammlerstück. Als ich das von Waters und seiner Techno-Anarcho-Kommune in Acapulco de Juárez hörte, fiel mir die Minerva-Geschichte wieder ein. Ich hatte kurz dazu recherchiert, die Sache dann aber beiseitegelegt. Sie erschien mir nicht relevant. Inzwischen aber weiß ich, dass Hollisters Kumpel Waters ja etwas Ähnliches versucht hat wie dieser Oliver, nur ein halbes Jahrhundert später.«

»Und du glaubst, Hollister war da stärker involviert als bisher angenommen? Dass auch er so eine Republik gründen wollte?«

»Vielleicht. Vielleicht wollte er die Währung aber auch ganz ohne Staat«, sagt Dante.

»Es gibt seit zehn Jahren digitale Währungen. Manche haben prophezeit, die würden die Nationalstaaten überflüssig machen. Sieht aber bisher nicht danach aus.«

Dante nickt.

»Lass uns wieder reingehen, Mercy. Ich will mir noch was anschauen.«

Als sie das Wohnzimmer betreten, schallt ihnen das metallische Kriegsgebrüll der Wayne'schen Marsmenschen entgegen: »Ullaah! Ullaah!«

Dantes Ohren klingeln. Gerne würde er den Mist ausmachen. Dann aber könnten jene Typen, die Hollisters Cryptocave mutmaßlich abhören, sein und Mondegos Geflüster vernehmen. Oder ist die Technik inzwischen bereits derart fortgeschritten, dass der Computer ihre Stimmen ohnehin aus dem Klangbrei herausfiltert? Dante dreht die Anlage noch weiter auf. Mondego verzieht das Gesicht, flieht in den Flur.

Sie steigen die Treppe ins Obergeschoss hinauf. Dante zeigt Mondego die Stelle, wo er den Laptop gefunden hat, sowie jene, wo der Zettel mit dem Passwort versteckt war.

»Ordentliches Versteck«, sagt sie, »trotzdem fast ein Anfängerfehler.«

»Zum Glück macht jeder Fehler. Sonst käme ich ja nie voran.«

Mondego verschränkt die Arme, mustert ihn.

»Und was, wenn nicht, Ed?«

»Wenn nicht was?«

»Hollister muss gewusst haben, dass jemand die Bude filzen wird.«

Sie flüstern einander ins Ohr. Obwohl die Boxen sich im Erdgeschoss befinden, ist Jeff Wayne im gesamten Haus zu hören, und Dante muss sich konzentrieren, um alles mitzubekommen.

»Vermutlich«, erwidert er. »Die Passphrase für die Server in der Schweiz, die war auch echt gut versteckt, in den Dias«, erwidert Dante. Seine Stimme hat einen etwas selbstgefälligen Ton, als er dies sagt. Er findet allerdings, dass er nicht ganz zu Unrecht stolz darauf ist, diesen gut verborgenen Code gefunden zu haben.

»Dieser Dia-Code – vielleicht«, flüstert Mondego, »der vom Laptop – nein. Wie gesagt, er wusste, irgendwann kommt jemand her. Und dieser Jemand findet den Laptop. Wobei ›findet‹ das falsche Wort ist. Das Ding lag da ja wie auf dem Präsentierteller.«

»Worauf willst du hinaus?«

»Der Laptop wollte, sollte gefunden werden. Die Frage ist, ob das auch für das dazugehörige Passwort gilt.«

Dante nickt abwesend, schaut sich ein Bild an der Wand im Obergeschoss an. Es handelt sich um einen Siebdruck, der zwei gegeneinander verschobene Dollarzeichen zeigt, in Orange und Gold, vor einem türkisfarbenen Hintergrund. Der Stil erinnert ihn an Andy Warhol. Dante tritt etwas näher heran. Ist der Druck möglicherweise echt?

»Ed?«

»Was?«

»Du solltest den Tatsachen ins Auge sehen.«

Er wendet sich von dem Bild ab, von dessen Echtheit er inzwischen beinahe überzeugt ist. Er möchte gar nicht wissen, was Hollister auf dem Klo hängen hat.

»Welcher Tatsache, Mercy?«

»Der Tatsache, dass du benutzt wurdest.«

»Wie meinst du das?«

»Wir vermuten doch, dass dieses Skript auf dem inzwischen verschwundenen Hollister-Laptop alles losgetreten hat – irgendein Server wurde durch die Pings instruiert, die vorgefertigten Videos ins Netz zu stellen, die Website freizuschalten, wo man die Moneta bekommen konnte.«

»Und ich habe diese ganze Maschine angeworfen? Ich war der nützliche Idiot?«

»Die Möglichkeit besteht«, flüstert sie. Dante tritt einen Schritt zurück, damit er ihre Augen sehen kann. Sie sagen nicht, dass die Möglichkeit bestehe, dass er in eine Falle getappt ist. Sie sagen, dass die Wahrscheinlichkeit dafür bei hundert Prozent liegt.

Vielleicht hat Mondego recht. Aber ändert das irgendetwas?

Hätte Dante die Sache nicht in Gang gesetzt, wäre diese Aufgabe jemand anders zugefallen: Martel, dem LAPD, der Putzfrau. Wichtiger ist, dass sie sich inzwischen fast sicher sein können, dass es neben der mit maximaler Öffentlichkeitswirksamkeit lancierten Montecrypto-Geschichte ein weiteres, verborgenes Element gibt, das mit den Klickfarmen zu tun hat, mit Junos millionenschwerem Finanzloch.

Dante will bereits nach unten gehen, aber Mondego zeigt auf eine weitere Tür. Sie steht halb offen. Es handelt sich um Hollisters Zinnfiguren-Spielraum.

»Was ist dadrin?«, fragt sie.

»Sein Spielzimmer.«

Sie hebt eine Augenbraue, drückt langsam die Tür auf. Vermutlich erwartet sie eine Sadomaso-Spielweise – Sling, Andreaskreuz, Ketten, was auch immer.

Sie schnaubt. »Was, bitte schön ...«

»Warhammer.«

»Dieses Spiel mit den kleinen Männchen?«

»Die korrekte Bezeichnung lautet Zinnfiguren, Mercy.«

Mondego steht vor der großen Platte in der Mitte des Zimmers. Sie erinnert an ein Modelleisenbahn-Diorama, minus Gleise. Es gibt Gras, Hügel, einen Fluss. Auf beiden Seiten sind Armeen aufgestellt, links Trolle und Orks, rechts Elfen und Engel.

Hinter der Schlacht-Platte steht ein Arbeitstisch mit Modellbauerausrüstung – Farben, Pinsel, Pinzetten – sowie mehrere Regale. Letztere sind mit Büchern und Spielen vollgestopft.

Dante schaut Mondego ungeduldig zu.

»Da ist nichts. Oder glaubst du, die Art und Weise, wie die Kobolde und Zwerge aufgestellt sind, offenbart ein geheimes Muster?«

Sie schüttelt den Kopf, kniet vor den Regalen nieder, zieht einen großen Karton hervor. Sie schaut hinein, wirft ihm einen fragenden Blick zu. Dante tritt näher. Die Kiste enthält Mauern, Brücken, Wachtürme – alles en miniature und in liebevoller Handarbeit bemalt.

»Terrainteile«, murmelt er. »Ich glaube, die kannst du verwenden, um das Diorama umzubauen, also die Platte.«

»Immer Fantasy?«

Er kniet sich neben sie, damit sie leiser sprechen können.

»Was meinst du, Mercy?«

»Dieses Spiel mit den Männchen. Ist das immer Fantasy, Herr der Ringe, Game of Thrones, so was?«

»Ich bin da kein Experte. Vermutlich kannst du auch Weltraumkämpfe nachspielen oder die Schlacht von Gettysburg. Aber warum ...«

Mondego hat die Terrainelemente achtlos auf den Boden geworfen. Sie holt etwas hervor, das sich offenbar darunter befand. Es handelt sich um ein Gebäude, eine Art Kastell oder Schloss.

»Passt nicht, oder?«

Dante versteht den Einwand zunächst nicht. Dass sich ein Schlösschen unter den Modellen befindet, erscheint nicht ungewöhnlich. Dann versteht er, worauf sie hinauswill. Es handelt sich nicht um ein mittelalterliches Gemäuer, sondern um ein modernes Gebäude. Zwar besitzt es Mauern und einen Turm, sieht ansonsten aber aus, als stamme es aus dem zwanzigsten Jahrhundert.

Dante fühlt sich an kalifornische Retrobauten erinnert, an falsche Zugbrücken und Pseudozinnen oder vielleicht an die Burg in einem Medieval-Times-Vergnügungspark. Mondego steht auf, schaut sich das Kastell aus der Nähe an. Sie späht durch seine winzigen Fenster.

»Was machst du?«, flüstert Dante.

Anstatt ihm zu antworten, platziert sie das Modell auf dem Arbeitstisch. Es besteht aus einem großen Gebäude, einem vierstöckigen Haus, mit einem Turm an einer der Ecken. Es besitzt zinnenbewehrte Balkone auf allen Etagen. Das Burgtor ist überhaupt keines. Es besteht aus Glas und hat eine Drehtür. Auf der kleinen Platte, auf die das Modell geklebt wurde, erkennt Dante zudem Parkplätze und einen Pool.

Mondego hat derweil das Dach abgenommen. Sie schauen in

das oberste Stockwerk hinein. Wie bei einem Puppenhaus sind die einzelnen Räume bemalt und mit allerlei Details ausgestattet. Es gibt winzige Stühle, Sofas, Tische. Das, was man erkennen kann, sieht nach Sechzigerjahren aus. Dante ist sich relativ sicher, dass es sich um ein Hotel handelt. In der obersten Etage befinden sich insgesamt zehn Suiten, alle mit identischen Grundrissen und einem Gang in der Mitte.

Mondego atmet hörbar aus. »Okay, der Typ war also Modellbaufreak. Aber das hier ...«

Sie hebt das Modell hoch, klopft gegen die Bodenplatte, so als suche sie nach einem verborgenen Hohlraum.

Und dann kapiert Dante es. Bevor er jedoch etwas sagen kann, bricht das aus dem Erdgeschoss heraufschallende Ullaaa-Geträller der Marsianer abrupt ab.

»Dach drauf!«, zischt er Mondego an. Sie schaut etwas befremdet, tut aber, was er sagt. Dante schnappt sich das Modell, bewegt sich zur Tür. Kurz darauf steht er nahe dem Kopfende der Treppe, an die Wand gepresst, damit man ihn von unten nicht sehen kann. Wenn da jemand sein sollte, hat er möglicherweise eine Waffe im Anschlag. Dante ist lediglich mit einem staubigen Modellhäuschen bewaffnet. Von irgendwo meint er Sam Spade lachen zu hören.

Dante überlegt noch, was sein Plan sein könnte, da ruft Mondego auf einmal:

»Wer ist da? Sie befinden sich auf Privatbesitz. Ich habe bereits die Polizei verständigt.«

Dante wäre es lieber, sie hielte ihre hübsche Schnute. Doch Mondego hat nicht nur eine große Klappe, sondern augenscheinlich auch eine Menge Mumm. Schon ist sie an ihm vorbei, rennt die Treppe hinab. Dante sieht etwas in ihrer rechten Hand. Es glänzt metallisch. Eine Schusswaffe? Dante flucht, beeilt sich, Mondego zu folgen.

Er hört, wie jemand die Terrassentür aufstößt. Als er den Treppenabsatz erreicht, bietet sich ihm folgendes Bild: Ein schwarz gekleideter Kerl steht auf der Terrasse. Einen Fuß hat er bereits über das Geländer geschwungen. Mondego befindet sich im Wohnzimmer, vielleicht drei Meter von dem Einbrecher entfernt, und hat auf ihn angelegt. Dante kann nun erkennen, dass sie keine Schusswaffe in der Hand hält, sondern eine silberne Sprühdose mit der Aufschrift »Pepper Gun«.

Er rennt in den Raum hinein, ruft ihr etwas zu, doch es ist bereits zu spät. Mondego hat den Sprühknopf gedrückt, rötlich-braunes Aerosol schießt aus dem Ventil. Es hüllt den Mann ein. Gellend schreit er auf, bevor er über das Geländer nach hinten kippt.

Was Mondego in der Aufregung nicht bedacht hat, ist, dass es heute ziemlich windig ist. Ein gehöriger Teil des Pfeffersprays kommt folglich zu ihr zurück. Dante kriegt auch etwas davon ab, allerdings nur eine homöopathische Dosis. Mondego hingegen erwischt es voll.

Er hält die Luft an, greift nach ihrer Hand. Der Einbrecher scheint zwar fort zu sein, aber vielleicht kommt er mit Verstärkung zurück, und das will Dante lieber nicht abwarten. Sie rennen den Flur entlang, raus aus dem Haus, die Straße hoch. Mondego heult wie ein verwundetes Tier, stolpert blindlings neben Dante her. Ihm läuft ebenfalls Rotz aus der Nase, aber er sieht zumindest noch einigermaßen.

Sie erreichen den Wagen. Dante bugsiert Mondego auf den Beifahrersitz. Wenige Sekunden später gibt er Gas, das Modellschlösschen auf dem Schoß.

»Scheiße, scheiße, fuck, fuck, fuck. Scheiße, tut das weh!«

»Was hast du dir dabei gedacht?«, ruft er.

»Ich wollte ihn erwischen.«

»Erst wolltest du ihn verschrecken, das hatte doch funktioniert. Warum ...?«

Sie sind inzwischen auf dem Pacific Highway. Mondego heult und flucht. Dante sieht selbst nur so mittelgut, ist aber halbwegs sicher, dass ihnen niemand folgt. Rechter Hand erstreckt sich der Strand. An einem Parkplatz fährt er raus, hält neben dem Strandkiosk. Rasch kauft er ein paar Flaschen Wasser, außerdem Milch. Er hat einmal irgendwo gelesen, die sei gut gegen Pfefferspray in den Augen.

Etwas später befinden sie sich im Picknick-Areal am Rande des Parkplatzes. Mondego liegt auf einer der Bänke und lässt sich von Dante wechselweise California Sunshine Milk und Polish Spring Water übers Gesicht träufeln. Nach einiger Zeit setzt sie sich halb auf, lehnt sich an ihn.

»Was für 'ne Scheiße.«

»Wird's langsam besser?«

»Sehr langsam. Fuck. Wer war der Typ?«

»Keine Ahnung. Nicht LAPD oder FBI, so viel ist sicher.«

»Und was war jetzt mit dem Modell? Hast du es mitgenommen? Ist was ... Scheiße ... was drin versteckt?«

»Nein, sieht nicht so aus. Aber ich habe sowieso eine andere Theorie.«

Sie erheben sich. Dante geleitet Mondego zum Wagen. Kurz darauf sind sie wieder in Bewegung.

»Ich müsste jetzt zu Hennessey & Ingalls«, sagt er.

»Was soll das sein?«

»Eine Kunstbuchhandlung im Art District.«

»Echt jetzt? Ich würde eigentlich lieber nach Hause«, erwidert sie schniefend.

»Ich fahre dich heim. Geh duschen. Schmeiß die Klamotten weg.«

»Das ist eins meiner Lieblingsshirts.«

»War. Das Zeug geht nie wieder raus. Habe ich zumindest gehört. Ruh dich aus. Und dann pack ein paar Sachen zusammen.«

Sie schaut ihn fragend an. Ihre Augen sehen aus wie die eines Laborkaninchens.

»Kann sein, dass wir verreisen müssen. Also, ich zumindest. Aber wenn sich meine Theorie bestätigt, willst du bestimmt mit.«

»Wohin?«

»Das weiß ich noch nicht.«

Er liefert Mondego zu Hause ab, wechselt in seinen Wagen. Das Modell nimmt er mit und macht sich auf den Weg zu Hennessey & Ingalls. Er hat dort schon des Öfteren eingekauft. Keiner, der je in Dantes schäbigem Domizil war, würde es glauben, aber er hat eine Schwäche für Architektur. Vielleicht ist das einer der Gründe, dass er es schon so lange in Los Angeles aushält. Dante schaut sich gerne Fotos alter Häuser und Interieurs an, Bilder von Bibliotheken, Bars, Bürokomplexen, was auch immer. Bei Hennessey gibt es meterweise Bücher zu diesem Sujet – »Toskanische Landhäuser«, »Kalifornische Condos«, »Serbischer Brutalismus«, die volle Bandbreite.

Eine Dreiviertelstunde später betritt Dante die Buchhandlung, die in einem modernen Gebäude gegenüber der Bahngleise liegt. Zunächst spricht er mit einem der Buchhändler, erklärt diesem, dass er nach Hotels im Retrostil suche. Er hält dem Mann eine große Wal-Mart-Tüte hin, in der er das Modell verstaut hat. Der Buchhändler kennt ihn, was natürlich von Vorteil ist. Er weiß, dass Dante keiner dieser Art-District-Penner ist, die stundenlang im Laden herumhängen, die komplette »New Erotic Photography« durchblättern und dann doch nichts kaufen. Deshalb sucht er Dante ein Dutzend passende Fotobände heraus, bringt ihm sogar ein Glas Wasser.

Dante setzt sich in eine Ecke des Ladens und beginnt zu blättern. Erstaunlich, was Menschen sich bauen lassen, wenn sie zu viel Geld haben: Pseudopaläste, römische Patriziervillen, süddeutsche Fachwerkhäuser. Auch viele absurde Hotels sind dabei, die meisten natürlich in L. A. und Vegas.

Zwei Stunden und acht Bildbände später ist Dante ermattet, aber nicht erleuchtet. Gerade will er dem Buchhändler die bereits durchgeackerten Bücher zurückbringen, als ihm dieser aufgeregt zuwinkt. Dante geht zum Tresen.

»Ich brauche nicht mehr lange«, sagt er.

»Lassen Sie sich Zeit, gar kein Problem. Ich wollte Sie lediglich darauf hinweisen«, der Buchhändler zeigt auf einen fast siebzigjährigen Japaner in blauem Denim-Anzug, »dass Mister Horimoto hier ist.«

Es klingt wie »Mister DiCaprio ist hier«. Der Tonfall des Verkäufers legt nahe, dass Dante diesen Horimoto kennt. Aber er hat noch nie von ihm gehört. Dante lächelt verlegen.
»Ich stehe wohl gerade auf dem Schlauch. Mister Horimoto ...«
»Ikki Horimoto, ein bekannter Architekturexperte. Er schreibt für GA, AD, hat mehrere Fotobände bei Taschen veröffentlicht. Der Band über Motels im amerikanischen Südwesten der Siebziger, den ich Ihnen gegeben hatte, der ist auch von ihm.«
»Oh, wirklich?«
»Ja. Er weiß bestimmt, wo sich das Gebäude befindet, wenn es denn je gebaut wurde. Soll ich ihn fragen?«
»Ich wäre Ihnen sehr verbunden.«
Der Buchhändler geht zu Horimoto, der gerade die Neuerscheinungen begutachtet, begrüßt ihn. Er zeigt auf Dante, sagt etwas. Horimoto nickt. Der Buchhändler winkt ihm zu.

Dante geht zu den beiden, stellt sich vor. Dabei ist er darauf gefasst, dass sein Gegenüber ihn erkennt, ihn First Quatermain nennt oder ihn um Schatzsuche-Tipps angeht. Horimoto jedoch mustert ihn mit bestenfalls mildem Interesse. Vielleicht ist der Japaner einer jener glücklichen Menschen, die nie ins Internet gehen.

»Sie wollen ein Gebäude identifizieren?«, fragt der Architekturexperte. Sein Englisch ist stark akzentuiert, aber ansonsten fehlerfrei.

Dante nickt, macht die Tüte auf. Horimoto zieht eine Designerbrille hervor, setzt sie auf.

»Ein Modell? Aber gebaut worden ist das schon?«
»Ich gehe stark davon aus, Sir. So würde heute ja niemand mehr bauen.«

Horimoto zieht die Mundwinkel leicht nach unten, so als sei Dantes Einlassung wenig kenntnisreich.

»Darf ich?«, fragt er und deutet auf die Tüte.

Dante nickt. Horimoto holt das Modell heraus, dreht es hin und her.

»Dieser Stil ... Charles Hellweg.«

Horimoto gibt ihm das Modell zurück. Dante lässt es wieder in der Tüte verschwinden.

»Sie glauben, der Architekt, der das gebaut hat, heißt Charles Hellweg?«

Wieder zucken Horimotos Mundwinkel.

»Mein Herr, ich bin mir sicher.«

»Natürlich. Ich danke Ihnen ganz herzlich, Mister Horimoto.«

»Ich bitte Sie. Außerordentlich gerne.«

Die Audienz scheint beendet, Horimoto wendet sich wieder dem Büchertisch zu. Der Verkäufer zieht Dante beiseite.

»Ich meine, es gibt nur einen Band über das Werk dieses Architekten. Ziemlich dick. Moment, ich schaue nach.«

Kurz darauf kommt der Buchhändler mit einem Folianten von absurdem Ausmaß zurück. Es ist so groß wie ein Grabstein und scheint auch in etwa so viel zu wiegen. Der Mann wuchtet das Ungetüm auf den Tresen.

»Von einem kleinen italienischen Verlag, Auflage fünfhundert Stück. Wir haben nur ein Exemplar.«

Sein Tonfall verrät Dante, dass die Buchhandlung dieses eine Exemplar bereits ziemlich lange besitzt. Sehr zur Freude des Buchhändlers kauft er es, trotz des astronomischen Preises von fünfhundert Dollar. Allerdings bringt er es nicht mehr über sich, das Buch hier und jetzt durchzublättern. Er wird das zu Hause erledigen, bei einer schönen Tasse Tee oder vielleicht besser bei einem gepflegten Nachmittagscocktail. Vielleicht spült der das Pfeffersprühkratzen in seiner Kehle endgültig fort.

NUMMER DREI

Dante sitzt schon wieder am Flughafen, trinkt schon wieder miesen Tee und wartet auf Mercy Mondego. Das Ziel der Reise hat Dante ihr ebenso wenig verraten wie seine Beweggründe. Mondego hat ihn deswegen einen Verschwörungstheoretiker geschimpft, aber trotzdem versprochen, rechtzeitig da zu sein, um acht Uhr vor dem Starbucks in der Abflughalle.

Nun ist es bereits zehn nach acht. Dante betrachtet die Tickets vor sich. Zwei Flüge nach Mexiko-Stadt, zwei nach Toronto, jeweils für Mondego und ihn. Dante hofft, dass die Doppeldestination etwaigen Beobachtern zu kauen gibt.

Dann sieht er sie. Mondego kommt die Rolltreppe hoch, eine große Tasche über der Schulter. Sie muss gerannt sein, ihr Atem geht schwer. Rasch erhebt er sich, winkt ihr zu. Sie kommt herbei, lässt sich auf den Stuhl gegenüber fallen.

»Puh. Sorry. Stau.«

Dante mustert Mondego. Ihre Augen sind immer noch gerötet.

»Müde?«

»Wenn es sich anfühlt, als würde dir jemand mit dem Sparschäler über die Augäpfel gehen, schläft es sich schlecht. Selbst?«

Dante macht eine So-lala-Handbewegung. Die Wahrheit ist, dass er bis halb eins damit beschäftigt war, alles vorzubereiten. Währenddessen musste er zwei Americano sowie einen Horse's Head trinken – als Nerventonikum. Folglich quält ihn ein mittelschwerer Kopfschmerz.

Mondegōs Blick fällt auf die Tickets. Sie sieht die Airport-Codes, LAX-MEX, LAX-YYZ, schaut ihn fragend an.

»Toronto?«

»Ja. Fliegen wir aber nicht hin.«

»Verstehe. Haben wir noch Zeit für einen Kaffee? Und vielleicht für eine Erklärung dazu?«

Dante fragt sie nach ihrem genauen Getränkewunsch. Er steht auf, um zu ordern, zeigt im Weggehen auf einen großen Umschlag unter den Flugtickets. Als er einige Minuten später mit einem Iced Hazelnut Cappuccino zurückkehrt, blättert Mondego durch die Fotos, die in dem Umschlag waren. Die meisten hat Dante gestern Abend aus dem Hellweg-Bildband herausgetrennt – schweren Herzens, aber das monströse Buch wäre nicht als Bordgepäck durchgegangen. Dazu kommen einige Computerausdrucke. Alle zeigen jenes Gebäude, das sie bereits als Modell kennen. Dante setzt sich, zeigt auf eines der Fotos.

»Nur Architekturexperten kennen das Gebäude – entworfen von Charles Hellweg, ein obskurer kalifornischer Architekt aus den Sechzigern. Er hat einige sehr abgefahrene Sachen gebaut – unter anderem ein Haus in den Hollywood Hills, das aussah wie eine normannische Burg.«

»Habe ich noch nie gesehen.«

»Längst abgerissen. Aber solche Retrosachen, die waren Hellwegs Spezialität. Das auf dem Bild ist ein Hotel namens Castillo del Mar. Wie du siehst, schaut es aus wie das Modell.«

»Und das ist in Mexiko?«, fragt sie.

»Gute halbe Stunde von Acapulco de Juárez. Es wurde 1964 eröffnet, ein Luxushotel in einer abgelegenen Bucht. In den Fünfzigern und Sechzigern war Acapulco die absolute In-Location. Frank Sinatra, Errol Flynn, Brigitte Bardot, die Kennedys, alle feierten dort. Weil die Stadt zunehmend übervoll wurde, baute ein Investor das Castillo, als exklusiven Rückzugsort der Reichen und Schönen.

In den Siebzigern ging Acapulco den Bach runter und das Castillo mit. Weil es ziemlich abgelegen ist, wollten nicht einmal mehr Pauschaltouristen hin. Anfang der Achtziger sollen mexikanische Drogenbosse das verfallene Hotel eine Zeit lang als Hauptquartier genutzt haben. Dann wurde es geschlossen. In den Nullerjahren kaufte ein Immobilienentwickler die Anlage und wollte sie instand setzen. Aber die Finanzkrise sorgte dafür, dass er pleiteging.«

»Das alles hast du gestern Nacht rausgefunden?«

»Sobald ich den Namen hatte, war das nicht schwer. Das Castillo del Mar ist wohl das, was man als Lost Place bezeichnet, ein gottverlassener Ort, der allmählich verfällt. Es gibt Leute, die sich für so etwas begeistern. Es gibt Websites dazu.«

Dante schaut auf die Uhr.

»Wir sollten los.«

»Nach Acapulco?«

»Erst Mexiko-Stadt. Von dort nehmen wir einen Charterflug. Hat den Vorteil, dass unser Endziel niemandem bekannt ist.«

»Es sei denn, jemand hat gestern Nacht deine Recherche überwacht. War es klug, das alles übers Internet zu machen?«, fragt Mondego.

»Ich hab's nicht zu Hause gemacht. Sondern von einem Rechner in einer Kinko's-Filiale.«

»Ah. Totale Paranoia inzwischen? Ist das auch der Grund, warum ich saubere Handys mitbringen sollte?«

Mondego greift in ihren Rucksack und holt zwei nagelneu aussehende Telefone sowie zwei Tabletcomputer nebst Tastaturen hervor.

»Wirklich sauber?«, fragt er.

»Inklusive neuer SIM-Karten. Ich habe außerdem ein VPN installiert – Software, die unsere Zugriffe anonymisiert. Aber warum genau glaubst du, dass es sich lohnt, da hinzufliegen? Meinst du, da stehen ebenfalls irgendwelche Server?«

»Die Spur von der Klickfarm in Escondido führt zu einer Stiftung in Acapulco, dem Instituto Futuro. Es hieß früher anders, wurde von diesem Anarcho namens Waters ...«

»Weiß ich doch alles, Ed.«

»Nicht alles. Du hast dir die Bilder nicht richtig angeschaut.«

Er blättert durch die Fotos, sucht zwei heraus. Das eine zeigt das

Castillo del Mar in seiner ganzen ehemaligen Pracht. Das andere muss einige Jahrzehnte später aufgenommen worden sein. Man sieht einen großen Raum, vielleicht den Speisesaal. Überall liegt von der Decke herabgestürzter Putz. Die Panoramascheiben sind grünlich verfärbt und halb erblindet.

»Die habe ich gesehen, Ed. Aber ...«

Dante holt nun einen Ausdruck des Artikels aus der »Wired« hervor, in dem es um Waters' kurzlebige Golden Republic geht.

»Und schau hier. Das Aufmacherbild.«

Es handelt sich um ein Porträt. Breitbeinig sitzt Waters auf einem verkehrt herum stehenden Stuhl, die Arme über der Rückenlehne verschränkt. Im Hintergrund erstreckt sich etwas, das wie eine Hotellobby aussieht.

»Moment. Du glaubst, das wurde im Castillo aufgenommen?«

»Schau dir den Stuhl da an. Und jetzt die hier, im Speisesaal. Designerstühle, vermutlich extra fürs Hotel entworfen. Beide sind identisch. Das ist kein Zufall. Zumal irgendwo in der Geschichte erwähnt wird ... Moment, hier ist es.«

»Das Hauptquartier«, liest Mondego leise, »von dem aus Waters seine quixotische Queste plant, befindet sich in einer opulenten, aber halb verfallenen Residenz außerhalb Mexiko-Stadts. ›Wired‹ musste zusichern, den genauen Ort in diesem Artikel nicht zu nennen, da es ›mit der Sicherheit in Acapulco und Umgebung nicht so gut bestellt‹ sei. Waters zufolge ›gibt es eine Menge Leute, die der Goldenen Republik schaden, die unser Utopia scheitern sehen wollen‹.«

Mondego schüttelt den Kopf.

»Was für ein aufgeblasener Idiot.«

»Ja, wobei er mit der Sicherheit letztlich recht hatte. Aber damit ist klar, dass Waters und seine Leute aus dem Castillo heraus operierten.«

Dante packt die Ausdrucke ein, erhebt sich.

»Wir müssen echt los.«

»Und du glaubst also, wer immer Waters' Stiftung übernommen hat, hat auch sein Hauptquartier übernommen?«

»Vielleicht. Meine Vermutung ist, dass Hollister den Laden gekauft hat, möglicherweise schon vor zwei, drei Jahren. Das Hotelmodell – ich vermute inzwischen, dass er es gar nicht selbst gebastelt hat, sondern dass es von einem Architekturbüro stammt. Vielleicht wollte er den Laden komplett renovieren lassen.«

»Warum?«

»Einfach, weil es zu ihm passen würde. Ein Hackerrefugium in einem Schloss, Cryptocastle am Meer – nerdiger geht es doch kaum. Ich habe keinen Hinweis darauf, dass die geplanten Renovierungen auch stattgefunden haben, dass Hollister je dort war. Aber ...«

Sie laufen in Richtung der Sicherheitskontrolle.

»Aber was?«

»Der Schatz. Montecrypto. Das große Finale. Wenn ihm das Castillo tatsächlich gehört – gäbe es dann eine bessere Location, um so einen Schatz zu verstecken?«

Mondego atmet hörbar aus.

»Ich hoffe, dass du recht hast.«

»Weil wenn nicht?«

»Video Nummer drei. Meiner Ansicht nach ist es überfällig. Das Ding könnte jeden Moment droppen. Und wenn das geschieht, möchte ich nicht am falschen Ende der Welt sein.«

TAMALES

Schilder, die ihnen den Weg zum Castillo del Mar weisen könnten, gibt es nicht. Google Maps wäre eine Option. Sie haben jedoch beschlossen, ihre neuen Mobiltelefone zunächst ausgeschaltet zu lassen. Und so bleibt Dante nichts anderes übrig, als in seinem japanischen Leihwagen die Küstenstraße entlangzufahren und nach einem Ort mit dem Namen La Estación Ausschau zu halten. Ein paar Meilen dahinter müsste das Hotel liegen.

Es ist früher Nachmittag. Die meisten Einheimischen verstecken sich vor der sengenden Sonne. Die Straße wird auf beiden Seiten von karstigem Land gesäumt, ab und an erhebt sich ein Haus im Nirgendwo. Meistens handelt es sich um bessere Schuppen. Davor stehen Schilder mit abblätternder Farbe, versprechen *cocina económica* und *habitaciones libres*.

Vor ihnen taucht etwas auf, das wie ein Kiosk oder Imbiss aussieht. Dante fährt rechts ran.

»Wir könnten fragen«, sagt er. Genauer gesagt möchte er, dass Mondego fragt. Obwohl er bereits seit einigen Jahren in Los Angeles wohnt, hat er bisher keine Veranlassung gesehen, sich zumindest ein bisschen Spanisch anzueignen. Er kann ja schon Englisch. Dantes Erfahrung nach muss man die Menschen nur beharrlich zutexten, dann lassen sie irgendwann von ihrem Chinesisch, Französisch, was auch immer, ab und sprechen Englisch mit einem. Aber er hat so eine Ahnung, dass diese Kommunikationsstrategie hier draußen an ihre Grenzen stoßen könnte.

Sie betreten den Laden, offenbar Bar, Kiosk und Imbiss in einem. Mondego grüßt die verhutzelte Verkäuferin, wünscht ihr einen guten Tag. Den Rest versteht Dante nicht. Etwas später verlassen sie den Laden wieder, mit kalten Getränken und etwas zu essen. Mondego stellt sich in den Hausschatten, hält Dante eine Art Maisfladen hin.

»Danke, ich mag keine Tortillas.«

»Das sind Tamales.«

»Auch nicht. Was hat sie gesagt?«

»Sie weiß von dem Castillo. Zwei Kilometer geradeaus, dann bei einer Seitenstraße rechts ab, hinter dem blauen Corona-Werbeschild am Wegesrand.«

Sie beißt ab. Anerkennend deutet sie auf den Tamal oder die Tamale, Dante weiß es nicht so genau, will es auch eigentlich gar nicht wissen.

»Die sind verdammt gut, Ed. Also, sie hat außerdem gesagt, das Hotel sei abgesperrt, mit Bauzäunen. Ist relativ neu. Es gibt das Gerücht, eine amerikanische Firma wolle das Castillo renovieren. Aber sie glaubt nicht dran.«

»Weil?«

»Das hätten schon mehrere versucht, sei aber nie was draus geworden. Weil das Castillo nämlich verflucht ist.«

»War klar.«

Mondego isst den Rest ihres gefüllten Maisfladens, nimmt einen Schluck Coke.

»Hast du«, sagt sie, »diesmal eigentlich einen Plan? Oder ziehst du wieder deine Kabeltechnikeruniform an und klingelst?«

Dante will protestieren. Der Plan mit der Uniform hat seines Erachtens gut funktioniert. Stattdessen erwidert er:

»Nein. Und nein. Außer, dass wir vorsichtig sein sollten.«

Sie schürzt die Lippen und nickt so, als sei sein Plan ganz schön beeindruckend. Dante fragt sich, ob er sie irgendwie verärgert hat oder ob sie mit dieser passiven Aggression nur ihre Aufregung zu kaschieren versucht.

»Sollen wir wieder?«, sagt er und geht zum Wagen. Sie steigen ein und fahren weiter. Mondego stellt das Radio an, wählt einen Sender mit mexikanischer Popmusik.

Schweigend fahren sie bis zu jener Stelle, welche die Verkäuferin erwähnt hat. Hinter einer Bierwerbung am Straßenrand geht es rechts ab, was Dante zunächst verwirrt, denn das Meer liegt links von ihnen. Die Straße entpuppt sich als Piste, nicht asphaltiert, sondern geschottert. Sie fahren ein Stück landeinwärts, kommen zu einer wenig vertrauenerweckend aussehenden Brücke. Auf deren anderen Seite mutiert die Schotter- zur Staubpiste. Dante will etwas sagen, aber Mondego bedeutet ihm, still zu sein. Im Radio laufen gerade Nachrichten. Er hört die Wörter ›Juno‹ sowie ›Moneta‹. Mondego holt ihr nagelneues Samsung hervor, gibt etwas ein, flucht leise.

»Deine Freundin Alice Yang bekommt mächtig Probleme.«

»Sie ist nicht meine ... was für Probleme?«

»Sie kriegt es jetzt von allen Seiten. Der Finanzausschuss des Kongresses hat beschlossen, sie vorzuladen. Und das Journal hat Zweifel an der Moneta-Deckung gestreut.«

»Das Wall Street Journal? Die haben Beweise für die Lücke?«

»Das nicht. Ich hab es grad überflogen. Die haben einen Artikel veröffentlicht, in dem noch mal genau erklärt wird, wie Juno seine Währungsbestände verwaltet und wie hoch die sind – drei Komma neun Billiarden Dollar.«

»Dass Juno systemrelevant ist, ist nichts Neues.«

»Nö. Aber sie haben es als Kursivgeschichte gemacht, auf der Eins, unter dem Bruch.«

»Für Nichtjournalisten?«

»Kursivtexte enthalten keine harten News. Das sind Erklärgeschichten, oft ein bisschen kommentierend. Davon haben die immer eine unten auf der Titelseite. Mag sein, dass nichts Neues drinsteht, zumindest nicht für Spezialisten wie dich und mich. Aber das sehen Millionen von Menschen. Und die Überschrift lautet: ›Auf Vertrauen gebaut‹.«

»Klingt ein bisschen wie ›auf Sand gebaut‹.«

»Genau. Außerdem«, Mondego wedelt mit dem Handy, »werden in der Geschichte nicht namentlich genannte europäische und

japanische Zentralbankkreise zitiert. Die sagen, die Amerikaner hätten Juno zu groß werden lassen, zu einer Neben-Fed quasi.«
Auch das ist nichts Neues. Dante muss an Junos Büros in Manhattan denken, von denen aus man der New Yorker Fed aufs Dach spucken kann.
»Also zu viel Rampenlicht«, sagt er.
»Ja. Die Aktie gibt auch nach. Anscheinend wird der Markt nervös.«
Dante hört nur mit einem Ohr hin. Er hat das Gefühl, dass er demnächst irgendwo abfahren müsste. Die Landschaft ist nun weniger karstig, die Vegetation üppiger, man kann nicht sehr weit sehen. Soweit er es auf den Fotos erkennen konnte, liegt das Hotel nicht direkt am Pazifik, sondern etwas zurückgesetzt.
»Da!«, ruft Mondego.
Dante stoppt den Wagen, setzt zurück. Nun sieht er es ebenfalls. Aus der Vegetation ragt eine Metalltafel hervor. Sie ist an vielen Stellen durchgerostet, kein Pigment der ursprünglichen Farbbeschichtung ist mehr übrig. Aber das Schild ist geformt wie ein Schloss, sein Umriss lässt Zinnen und einen Turm erkennen.
Dante fährt langsam weiter. Nach fünfhundert Metern geht linker Hand ein Weg ab. Das muss es sein. Er fährt den Hang hinunter, vorsichtig. Nun verflucht Dante sich dafür, dass er derart knauserig war und diesen japanischen Kleinwagen gemietet hat. Ein Geländepanzer wäre die bessere Wahl gewesen. Die Vegetation wird lichter. Sie können nun sehen, dass sich in vielleicht fünfhundert Metern Entfernung das Meer erstreckt. Dante kann ein Steilkliff erkennen. Auf halber Strecke zum Pazifik ragt ein Gebäude aus dem satten Grün hervor: das Castillo del Mar. Es sieht genauso aus wie auf den Fotos, nur weniger gut in Schuss. Die einstmals senfgelben Wände haben eine grünbräunliche Färbung angenommen. Viele Stellen sind von Schlingpflanzen überwuchert. Aber die Fenster scheinen größtenteils intakt, ebenso Mauerwerk und Dach.
Die Straße vollführt eine Biegung. Dahinter versperrt ihnen ein

Bauzaun den Weg. An ihm ist ein großes Schild angebracht, auf dem etwas auf Spanisch steht.

»Da steht ...«, beginnt Mondego.

»... verpisst euch?«

»Ja. Und dass das Gelände rund um die Uhr bewacht wird.«

Letzteres hält Dante für eine Lüge. Von hier oben kann man die Rückseite des Castillo sehen, den überwucherten Parkplatz, die Tenniscourts nahe dem Kliff und natürlich den Haupteingang. Nirgendwo regt sich etwas. Auf dem Parkplatz stehen keine Autos, abgesehen von einem verrotteten Cadillac Eldorado, der vermutlich seit Richard Nixons Amtsenthebungsverfahren nicht mehr bewegt wurde.

Sie steigen aus.

»Und jetzt?«, fragt Mondego.

»Lass uns zu Fuß weiter. Wenn da unten wer ist, hat er unser Auto mit etwas Glück noch nicht gehört.«

Dante geht zum Kofferraum, holt einen Rucksack heraus, in dem sich seine Expeditionsausrüstung befindet. Er wuchtet auch Mondegos Tasche hoch, die anscheinend wieder einen halben Computerladen enthält.

Sie steht immer noch am Zaun, die Hände vor der Brust verschränkt.

»Was ist los, Mercy?«

Sie mustert ihn wie jemanden, der sie nächtens auf dem Hollywood Boulevard angesprochen hat und von dem sie noch nicht weiß, welche Art von Spinner er ist.

»Was finden wir da unten, Ed?«

»Vielleicht den Schatz. Ganz sicher eine Menge Schlingpflanzen.«

»Was noch?«

Dante zuckt mit den Achseln.

»Glaub ich dir nicht.«

»Was?«

»Dass du keine Ahnung hast, was uns erwartet.«

Sie macht einen Schritt auf ihn zu. Ihre dunklen Augenbrauen ziehen sich zusammen.

»Du hast eine Vermutung, oder? Über den Schatz hinaus, meine ich.«

Dante seufzt, macht einen Schritt auf sie zu.

»Ja. Eine starke sogar.«

»Und warum teilst du die nicht mit mir? Wir wollten zusammenarbeiten.«

»Meine Ahnung ist zu verrückt.«

»Ja, und? Glaubst du, ich lache dich aus?«

»Nein. Nein, das ist es nicht.«

Ihre Hand drückt gegen seine Brust. Es ist keine zärtliche Geste. Sie stößt ihn weg. Dante macht einige Schritt zurück, fällt beinahe den Hang hinunter.

»Diese Scheiße jetzt wieder?«, sagt sie.

»Du verstehst das nicht. Es geht um zu viel ...«

»... um zu viel Geld, schon klar. Das brauchst du ziemlich dringend, hm?«

Dante weiß nicht, was er darauf antworten soll. Aber anscheinend ist er eh noch nicht an der Reihe.

»Edward Dante, Head of Compliance bei Gerard Brothers. Glaubst du, ich habe das nicht recherchiert? Eine der größten Bankenpleiten der Geschichte, ungedeckte Kredite in Milliardenhöhe. Die Sicherheiten der Bank gab es nur auf dem Papier. Und du warst dafür mitverantwortlich.«

»Es ist ein bisschen komplizierter.«

»Hättest du gerne dein altes Leben zurück? Wie viel hast du damals verdient im Jahr? Eine halbe Million?«

»Eher eine. Aber du siehst das völlig falsch.«

»Du warst also nicht mitschuldig am Untergang von Gerard?«

»Doch. Aber ich bin nicht scharf auf den Schatz.«

Mondego schüttelt ungläubig den Kopf, will etwas sagen. Aber nun ist Dante dran.

»Diesen riesigen Batzen Kryptogeld, den es angeblich geben

soll – es gibt gar keinen. Nein, das ist auch falsch. Es gibt einen Batzen, also einen Schatz, und er ist viel größer als angenommen. Bud Vukovic liegt komplett daneben, ich meine, er liegt drunter und ...«

»Wer ist Bud Vukovic?«

»Er ist ein ... es spielt keine Rolle, Mercy. Was ich sagen will, ist, dass niemand was davon kriegen wird. Denn Montecrypto ist ... es ist ...«

Dante ringt nach Worten. Währenddessen schaut er an Mondego vorbei Richtung Meer. Demnächst wird die Sonne untergehen. Schon wirft sie lange Schatten auf den Hang, taucht die Anlage in ein weiches Licht, das die Hotelanlage von Minute zu Minute weniger gammelig erscheinen lässt. Dante kann sich vorstellen, wie drüben am Pool Amerikanerinnen mit toupierten Haaren und Nylonbadeanzügen Life oder People lesen und die letzten Sonnenstrahlen aufsaugen, während ihre Männer vom Tennis zurückkommen, auf dem Weg zur Bar, um die ersten Wodka Martinis des noch jungen Abends zu trinken und einige Chesterfields zu rauchen. Im Hintergrund läuft Musik, die Beach Boys oder vielleicht die Monkeys.

»Montecrypto ist ... ein ...«

Dantes Stimme erstirbt. Einen Moment lang schaut Mondego ihn verwirrt an. Dann hört sie es auch. Da läuft tatsächlich Musik. Sie ist nicht sehr laut oder vielleicht zu weit weg, aber der Wind weht Fetzen davon herüber, eine E-Gitarre, einen Drumbeat. Der Sound klingt nicht nach den Sechzigern. Er klingt nach dem Hier und Jetzt.

»Was ist das?«, sagt Mondego.

»The Prodigy, würde ich sagen«, erwidert Dante. Schon ist er an dem Absperrgitter vorbei und läuft den Weg hinab.

CASTILLO_IF

Der abschüssige Weg ist erodiert und überwuchert, Dante kann nicht so schnell laufen, wie er gerne möchte. Während er sich dem Hotel nähert, achtet er auf die Musik. Zwischenzeitlich schien sie verstummt, nun ist sie wieder da. Zu den Elektrobeats und der Gitarre hat sich eine Männerstimme gesellt. Dante versteht den Text eigentlich nicht, er geht in der heranwabernden Klangsuppe unter. Doch er kennt den Song. Deswegen weiß er, was der Sänger sagt.

Light up the sky
Illuminate

»Here come the dance we instigate«, stimmt er ein.
Mondego hat ihn inzwischen eingeholt.
»Was hast du gesagt?«, fragt sie.
»Dass wir uns beeilen müssen. Ich glaube, uns bleibt nicht viel Zeit. Und, Mercy?«
»Ja?«
»Du kannst das alles haben. Alles. Die Geschichte, den Schatz. Ich will nichts davon. Außer ...«
»Ja?«
»Ich will, dass nicht wieder alles den Bach runtergeht.«
Mondego runzelt die Stirn, sagt aber nichts. Sie erreichen den Haupteingang des Hotels. Die Drehtür ist blockiert, das verglaste Portal daneben steht zwar einen Spalt offen, wurde jedoch mit rostigen Ketten und einem noch rostigeren Vorhängeschloss gesichert. Dante beschirmt die Augen, tritt an die Scheibe, um besser in die im Halbdunkel liegende Lobby schauen zu können. Innen

sind die Sechziger noch präsenter als außen. Der einstmals weiße Plastiktresen ist mit orangefarbenen Paneelen verkleidet. Linker Hand stehen Kugelsessel mit lilafarbenen Polstern. Alles wirkt bunt und trippig, so als wäre das Interieur von Verner Panton designt worden. Und warum eigentlich nicht? Acapulco war damals einer der heißesten Ferienorte der Welt, und vermutlich heuerte man zur Gestaltung solch eines Luxusbunkers Stardesigner wie ihn an.

Falls das Interieur tatsächlich von Panton ist, hätte man pfleglicher damit umgehen sollen. Die Farbenpracht wird von einem grünlich-gräulichen Schleier überzogen, Schimmel vermutlich. Teile der Deckenverkleidung sind heruntergekracht, an einigen Stellen sieht Dante Pfützen auf dem einstmals wohl türkisfarbenen Teppich. Mondego tritt neben ihn. Dante fällt auf, dass die Musik verstummt ist.

»Alles dicht«, sagt er. »Komm, wir versuchen es von der Seite.«

»Sollten wir nicht erst mal zu der Musik?«

Dante horcht. Aber es ist wieder still.

»Jetzt, wo sie wieder aus ist, dürfte es schwer festzustellen sein, wo genau sie herkam. Vielleicht von der Seeseite. Aber ich würde lieber durch das Gebäude zur Rückseite vordringen. Da hätten wir mehr Deckung.«

Sie pirschen sich an der Außenwand entlang. Über ihnen erheben sich insgesamt vier Stockwerke sowie der Turm, der noch einmal fünfzehn bis zwanzig Meter über das Gebäude hinausragt. Am Ende der Vorderfront lugt Dante vorsichtig um die Ecke. Es ist niemand zu sehen. Sie gehen weiter. Nach etwa zehn Metern kommen sie an eine Brandschutztür, auf der ein Elektrizitätssymbol klebt. Sie ist verschlossen.

Dante holt den Rüttler aus dem Rucksack, gibt Mondego bei der Gelegenheit eine der Taschenlampen und ein Leatherman-Allzweckwerkzeug. Dann bearbeitet er das Schloss. Es ist alt und macht keinerlei Ärger.

Sie finden sich in einem Technikraum wieder. An den Wänden

hängen Aberdutzende Sicherungen aus cremefarbener Keramik. Linker Hand steht ein riesiger Apparat, den Dante für einen ölbetriebenen Generator hält.

»Notaggregat?«, fragt Mondego, während sie die Taschenlampe auf das Ungetüm hält.

»Vermutlich. Braucht man hier draußen wohl. Aber an ist der nicht.«

Dante geht zu einem Lichtschalter an der Wand, betätigt ihn. Eine nackte Glühbirne an der Decke flammt auf.

Mondego schaut überrascht.

»Wieso gibt's hier trotzdem Strom?«

Dante unterlässt es, sie darauf hinzuweisen, dass Keith Flynt vorhin ohne Stromzufuhr kaum so laut hätte brüllen können. Sie hat schließlich einen Punkt. Auf den ersten und auch auf den zweiten Blick ist das Castillo del Mar nur noch Rott und Gammel. Und der Generator ist wie gesagt aus.

Seine Finger fahren über den Lichtschalter. Neu ist er nicht. Aber sechzig Jahre alt ist er auch nicht.

»Es gab zwischenzeitlich doch immer mal wieder Versuche, das Hotel wiederzueröffnen. Der Lobby sieht man das nicht an, aber vielleicht haben die zuerst Elektrik oder Wasserleitungen in Schuss gebracht. Das wäre eine Erklärung.«

Sie sehen sich weiter um. Außer einer Menge Dreck und Ölschmiere findet Dante nichts. Mondego macht sich unterdessen an einer Falltür im Boden zu schaffen, wuchtet sie keuchend auf. Sie rümpft die Nase, leuchtet mit ihrer Taschenlampe hinab.

»Ein Zugang zum Keller?«

»Ich glaube, da unten wurde das Öl gebunkert. Da sind ein Kessel und Fässer. Meine Fresse, stinkt das.«

Sie schließt die Luke wieder. Dante hat inzwischen einen weiteren Ausgang gefunden, der vermutlich ins Hotel führt. Diesmal benötigt er den Rüttler nicht, die Tür ist offen. Dahinter liegt ein schmuckloser Gang, kein Verner Panton, die Kegel ihrer Taschenlampen erfassen nur Linoleum und weiße Wände. Sie befinden sich irgendwo im Servicebereich. Langsam bewegen sie sich vorwärts. Dass ihnen jemand auflauert, schließt Dante inzwischen fast aus. Aber das Gebäude wirkt morsch, und er hat keine Lust, in ein Loch zu fallen oder über Schutt zu stolpern. Nach kurzer Zeit kommen sie zu einer Schwingtür, die in eine Großküche führt. Auch hier scheint seit langer Zeit niemand gewesen zu sein. Einmal meint Dante eine Bewegung zu erahnen, hört leises Getrappel – Ratten. Mondego greift nach seinem Arm.

Sie durchqueren die Küche, erreichen über einen weiteren Gang die Lobby. Auch dort rührt sich nichts. Mondego probiert, ob die Fahrstühle funktionieren. Sie sind so tot wie Theresa Mays Brexit-Plan. Er fragt Mondego, warum sie nach oben will. Die Musik spielt ja vermutlich auf der Poolseite, im wahrsten Sinne des Wortes.

»Wenn es hier weitere Server gibt, eine Klickfarm oder so was – dann ist die garantiert«, Mondego zeigt auf die Pfützen, »weiter oben. Außerdem hab ich an einem der Turmfenster was gesehen.«

»Und zwar?«

»Erst dachte ich, ich hätte mich geirrt. Aber jetzt, wo ich weiß, dass es Strom gibt ... es könnte eine Satellitenschüssel gewesen sein.«

»Jemand will kein Spiel seiner Lieblingsmannschaft verpassen?«

»Oder ins Internet gehen.«

Sie nehmen die Treppe. Die oberen Stockwerke sind ebenfalls kunterbunt, jedes hat einen eigenen Farbcode. Im zweiten sind die Türen froschgrün, Böden und Wände in hellblau gehalten. Die dritte Etage ist orange und rot. Dante folgt Mondego, die nun die Führung übernommen hat. Sie will in die vierte Etage. Warum, ist ihm unklar. Vielleicht gefallen ihr deren Farben.

Sie finden sich in einem lilafarbenen Gang wieder, von dem an die zwanzig dunkelrote Zimmertüren abgehen. An der Wand hängt ein Schild mit den Zimmernummern, ferner werden der Weg zur Eisbox, zur Bibliothek und zu etwas angezeigt, das ›La Aguilera‹ heißt. Dante zeigt fragend darauf.

»Adlerhorst«, antwortet Mondego.

Sie hat ihre Tasche geöffnet und etwas herausgeholt, das wie ein GPS-Gerät für Hikingtouren aussieht.

»Da lang«, sagt sie.

»Was suchen wir?«

»WLAN.«

»Ich glaube nicht, dass es hier ...«

Sie holt ihr Handy hervor, öffnet die WLAN-Einstellungen. Und tatsächlich wird Internet angezeigt – nicht nur ein Zugangspunkt, sondern mehrere. Sie heißen C1, C2, C3 und Castillo_IF.

»Was zur Hölle ist das alles?«

Mondego antwortet nicht, geht stattdessen den Gang entlang, Taschenlampe in der einen, Gadget in der anderen Hand. Dante fragt sich, ob man den Lichtschein ihrer Taschenlampen draußen sehen kann. Vermutlich ist die Sorge unbegründet. Lediglich am Ende des Ganges gibt es Fenster, und die werden von Vorhängen verdeckt. Erst wenn sie die Hotelzimmer betreten, müssen sie aufpassen.

Mondego stoppt vor einer Tür mit der Nummer 407, deutet darauf. Dante nickt, macht den Rüttler bereit.

»Was liegt hinter der Tür?«, fragt er.

»So wie ich es sehe, ist auf dem Turm eine Schüssel. Von da kommt das Internetsignal. Wenn da auch ein WLAN-Router ist, ist er natürlich zu weit weg von den Zimmern und dem Rest. Deshalb hat jemand Verstärker aufgestellt, also weitere Router. Mit dem Gerät hier kann ich die orten. Und dadrin ist einer.«

Dante knackt das Schloss. Sie löschen ihre Taschenlampen, öffnen die Tür. Die Vorsicht erweist sich als unnötig. Erstens ist niemand im Zimmer, zweitens sind die Fenster hinter dicken Vorhängen verborgen. Jemand hat das Bett und die beiden Schalensessel zur Seite geschoben und auf einem Campingtisch in der Mitte des Raumes einen kleinen Rechnerpark aufgebaut – einen Laptop, zwei PC-Türme, außerdem insgesamt vier Handys. Die von Mondegos Sniffer geortete WLAN-Kiste steht auf dem Boden, neben einer Steckdose.

»Das hier würde ich mir gerne genauer anschauen«, sagt sie.
Dante nickt, geht zu einem der Fenster, schiebt den Vorhang beiseite. Das Zimmer geht auf den Parkplatz.
»Ich würde gerne in den Turm«, sagt er.
»Wieso?«
»Weil man von dort vermutlich die ganze Gegend im Blick hat. Falls von irgendwo Ärger droht, sieht man es bestimmt.«
Dante schärft Mondego ein, die Tür von innen zu verriegeln. Dann verlässt er das Zimmer. Er vermutet, dass ›Adlerhorst‹ eine prosaische Beschreibung für die oberste Etage des Turms ist, und er scheint recht zu haben. Nachdem er den Hinweisschildern eine Weile gefolgt ist, gelangt er zu einer Wendeltreppe, neben der wieder »La Aguilera« steht.

Hundert Stufen später erreicht Dante die oberste Etage des Turms. Einst scheint es dort eine kleine Bar gegeben zu haben. In einer der Vitrinen blinkt etwas – ein weiterer WLAN-Router. Sitzgelegenheiten sind Fehlanzeige, aber an einer der Wände ist eine Stahltreppe angebracht, über die man noch weiter nach oben gelangt, zu einer Luke in der Decke. Dante steigt hinauf. Das alte Metall knirscht und ächzt.

Jenseits der Luke liegt die Burgspitze, eine von Zinnen bekränzte Plattform, vielleicht fünfundzwanzig Quadratmeter messend. Dort stehen mehrere Sofas, genauer gesagt Sofaskelette. Wind und Wetter haben die ehemaligen Designermöbel fast komplett zerfallen lassen. Von hier oben kann Dante nun auch die andere Seite des Hotels sehen.

Direkt unter ihm liegt eine terrassenförmige Anlage, die anscheinend direkt in den Fels der Steilküste gehauen wurde. Weiter hinten erstreckt sich das Meer. Dante kann einen Steg erkennen, an dem eine Yacht festgemacht ist, ein modernes, ziemlich flott aussehendes Boot. Es muss also einen Weg geben, der hinunter zum Wasser führt.

In diesem Moment setzt die Musik wieder ein. Dante blickt hinab. Auf der oberen Terrassenebene befindet sich eine Bar. Auf der nächsttiefergelegenen gibt es einen Pool. Von dort kommt die Musik

In dem ausgetrockneten nierenförmigen Poolbecken hüpft ein Kerl herum, tanzt zu der Musik. Es ist immer noch The Prodigy. Der Mann verrenkt sich wie ein Irrer, springt um eine Feuerschale herum. Dante muss an Rumpelstilzchen denken. Der Unbekannte trägt ein Acapulco-Shirt sowie einen Sombrero, weswegen Dante aus seiner Adlerperspektive relativ wenig von ihm sieht – nur einen Haufen Hutkrempe, schlackernde Arme, etwas Vollbart, einen Turnschuh, jedoch kein Gesicht.

I'm a firestarter
Twisted firestarter
You're a firestarter
Twisted firestarter.

Außer Rumpelstilzchen befindet sich noch eine Boombox im Pool, ferner ein Campingtisch, auf dem ein Laptop und mehrere Bierflaschen stehen. Es ist inzwischen fast dunkel, von hier oben sind die Details nur schwer auszumachen. Dennoch ist Dante sich ziemlich sicher, dass auf dem Laptop YouTube geöffnet ist. Ein Video ist zu sehen, es ist eingefroren.

So schnell er kann, hastet er die Wendeltreppe hinab zu Zimmer 407. Panik hat Besitz von ihm ergriffen. Obwohl er außer dem verrückten Tänzer bisher niemanden gesehen hat, sorgt er sich auf einmal um Mondego. Als Dante das Zimmer erreicht, schlägt sein Herz wie verrückt. Er klopft. Ihm wird bewusst, dass sie gar kein Klopfzeichen ausgemacht haben.

Niemand antwortet.

Dante klopft erneut, genauer gesagt hämmert er gegen die Tür. Er ist bereits einige Schritte zurückgewichen, will die Tür eintreten, als sie sich einen Spalt öffnet. Mondego hat von innen die Kette vorgelegt und mustert ihn.

»Geht's noch?«

Dante kommt sich dämlich vor. Erstens, weil seine Nerven ihn im Stich gelassen haben, zweitens, weil er allen Ernstes die Tür eintreten wollte. Sam Spade kann so etwas vermutlich, ohne sich das Sprunggelenk zu verstauchen, Dante nicht. Außerdem besitzt er ja den Rüttler. Was also hat er sich dabei gedacht?

»Sorry«, sagt Mondego, »ich hatte grad Kopfhörer auf.«

»Du hast dir das Video reingezogen.«

Sie schaut ihn verwundert an. Er erklärt ihr, was er am Pool gesehen hat. Sie will zum Fenster.

»Falsche Seite, Mercy. Da siehst du nur den Parkplatz. Sag mal, was ist der Inhalt des Videos?«

»Warte, ich zeige dir die entscheidende Stelle. So viel Zeit haben wir noch. Vorher labert er ein bisschen rum, sagt, dass er ein Geständnis machen müsse.«

Mondego hält ihm ihr Handy hin. Dante kann sehen, dass das Video bereits fünfzigtausend Abrufe aufweist.

»Wann ist das raus? Und wieso haben wir ›noch Zeit‹? Oder keine Zeit?«

»Ich habe mir die Rechner angeschaut. Da läuft ein Countdown.«

»Für was?«

»Weiß ich noch nicht. Vielleicht hat es mit den Klickfarmen zu tun, erweckt sie zum Leben. Halte ich zumindest für wahrscheinlich.«

»Wie lange?«

»Eine Dreiviertelstunde.«

Sie klickt auf die Zeitleiste des Videos. Hollister erscheint. Er sitzt auf den Stufen einer sehr breiten Treppe, irgendwo am Meer. Im Hintergrund ist eine imposante Kirche zu erkennen. Sie wirkt europäisch, vielleicht spanisch.

» … ist Moneta ja gar keine richtige Kryptowährung, sondern ein Instrument des Staates, des alten Geldes. Außerdem ist es nicht einmal ein Stablecoin. Das schmutzige Geheimnis ist nämlich, dass Junos Moneta gar nicht durch Dollars gedeckt sind.«

PHARAO

In dem Video macht Hollister eine Kunstpause, schaut hinaus aufs Meer.
»Weiß man, wo das aufgenommen wurde? Irgendwo hier?«, fragt Dante.
»Nein, auf Malta. Und achte auf seine Klamotten.« Diesmal trägt Hollister ein weißes Shirt mit einem blauen Kreis darauf sowie eine Baseballkappe mit der Aufschrift »Scubapro«. Er fährt fort.
»Zur Deckung von Moneta fehlen über zehn Milliarden Dollar. Das Kartenhaus namens Juno«, fährt Hollister fort, »wird folglich einstürzen.«
Mondego stoppt das Video.
»Und so weiter, blablabla.«
»Zehn Milliarden? Was redet der da? Das ist unmöglich.«
»Wieso?«
»Weil Alice Yang gesagt hat, die Lücke betrage hundert Millionen. Das war vor drei Tagen. Wenn sich die Lücke seitdem derart vergrößert hat, müsste sie was davon wissen.«
»Vielleicht weiß sie es, hat dir aber nichts gesagt.«
»Denkbar, aber unwahrscheinlich. Was ist mit dem Schatz?«, fragt Dante.
»Anscheinend recht einfach. Dass er Malta ausgewählt hat, ist bestimmt kein Zufall. Gilt als Crypto Island, es gibt dort ähnlich wie in Zug viele Start-ups aus der Branche. Der blaue Punkt auf Hollisters Shirt symbolisiert das Blue Hole auf Gozo, einer maltesischen Insel. Das zumindest glauben sie in den Quatermain-Foren. Es handelt sich um ein Loch im Meeresboden, fünfzehn Meter tief, beliebt bei Tauchern.«

»Die Mütze. Scubapro. Das ist auch ein Hinweis – aufs Tauchen.«

»Genau. Irgendwo unter Wasser in dem Loch liegt der Schatz. Das Video wurde vor zehn Minuten veröffentlicht, es sind also vermutlich bereits Quatermains auf dem Weg dorthin.«

Dante schüttelt langsam den Kopf. Seine Lieblingstheorie ergibt auf einmal weitaus weniger Sinn als erhofft.

»Pass auf. Der Typ da unten. Ich will näher ran«, hört er sich sagen.

»Sein Gesicht sehen?«

»Ja. Vielleicht mit ihm reden.«

»Okay. Ich komme mit«, sagt Mondego.

Er macht eine abwehrende Handbewegung, was ihm einen wütenden Blick einträgt.

»Klar kannst du mit. Aber«, er zeigt auf die Rechner auf dem Tisch, »kannst du das hier vorher abstellen? Was auch immer genau es ist.«

»Ich kann's versuchen. Aber warum? Das Video ist online, die Quatermains schwärmen aus. Junos Aktienkurs wird demnächst massiv einbrechen.«

»Ich vermute, dass das alles nur ein Vorspiel ist. Diese Klickfarmen müssen schließlich zu irgendwas gut sein.«

»Und wozu, Mister Finanzexperte?«

»Ich glaube, sie sollen Greg Hollisters Lebenstraum verwirklichen – einen Sieg der Kryptowährungen über das Fiat-Geld.«

»Was?«

»Glaub mir, Mercy. Hier geht's nicht um eine Schatzsuche, es ging von Anfang an nie darum. Das alles ist ein gigantisches Ablenkungsmanöver. Stell bitte das Ding ab. Ich gehe jetzt runter und beobachte den Typen.«

»Du wirst nicht ...«

»Mache ich nicht. Ich verspreche, in Deckung zu bleiben, bis du kommst. Ich tue nichts«, er lächelt, »ohne meinen Kompagnon.«

Mondego nickt, scheint ihm aber nicht zu glauben.

»Gib mir zehn Minuten. Ich hab's fast. Das hier ist nicht so gut abgesichert wie das andere Zeug. Die haben nicht mit Besuch gerechnet. Und, Ed?«

»Ja?«

»Mach keinen Scheiß.«

Er nickt, geht zur Tür. Über die Treppe gelangt er zurück in die Lobby. Dort findet er eine knallgelbe doppelflügelige Tür, neben der »Speisesaal« steht. Dante vermutet, dass man von diesem einen Blick aufs Meer hat – und hinunter zum Pool gelangt. Vorsichtig öffnet er einen Flügel.

Der Speisesaal ist ein weiterer verblasster Sixties-Traum. Quadratische und konkave Plastikelemente mit darin eingelassenen Lampen bedecken das Gros der Wände, organisch anmutende Möbel stehen auf grellbunten Teppichen. Im Speisesaal ist allerdings nicht nur die Deckenverkleidung heruntergekommen, sondern anscheinend auch ein Teil der Decke selbst. Dante erkennt ein großes Loch. Darunter liegen Ziegelsteine und Betonstücke. Am anderen Ende des Saals befinden sich hohe Glasscheiben, halb erblindet zwar, aber größtenteils intakt. Nur ein oder zwei fehlen. Soweit Dante es von dieser Seite ausmachen kann, befindet sich hinter den Panoramascheiben eine etwas niedriger liegende, überdachte Terrasse mit Bar. Hinter dieser liegt, wiederum eine Ebene tiefer, der Pool. Sehen kann er ihn von hier nicht. Aber die Musik ist noch immer zu hören.

Dante pirscht sich vorwärts. Rechts hat jemand die vergammelten Möbel beiseitegeräumt. Auf der frei gewordenen Fläche steht ein Igluzelt. Um das Zelt herum liegen verschiedene Utensilien auf dem Boden. Dante erkennt Konservendosen, einen Gaskocher, Wasserflaschen. Er geht auf alle viere, kriecht auf das Zelt zu. Die vordere Plane ist geschlossen. Dante glaubt nicht, dass jemand im Zelt ist, möchte aber trotzdem nachschauen. Wenn er den Speisesaal auf der anderen Seite verlässt, hat er ansonsten vielleicht jemanden im Rücken. Er atmet tief ein, zieht den Reißverschluss hoch.

Das Zelt ist leer. Auf dem Boden liegen ein verkrumpelter Schlafsack, ein zerlesen wirkendes Taschenbuch, eine kleine Plastiktüte. Dante steckt seinen Kopf ins Zelt, schaut sich um. Bei dem Buch handelt es sich um einen Science-Fiction-Roman, zumindest deutet das Cover darauf hin – Mann mit Elektroden am Kopf, futuristische Landschaft im Hintergrund. Das Buch trägt den Titel »True Names«. In einer Kiste befinden sich Socken, Unterhosen – und ein Holster mit einer Pistole. Dante nimmt die Waffe an sich. Er hat nicht vor, sie zu benutzen. Aber er möchte auch nicht, dass jemand anders es tut. Er clippt das Holster an seinen Gürtel, verlässt das Zelt.

Er geht weiter, Richtung Terrasse. Sobald er die Panoramascheiben erreicht hat, kriecht er auf allen vieren bis zu einem Rahmen, in dem das Glas fehlt. Er kann die Terrasse auf der anderen Seite nun gut sehen. Sie wird von einer steinernen, anderthalb Meter hohen Brüstung umgrenzt, in der von Schlingpflanzen und Unkraut überwucherte Blumenkästen eingelassen sind. Die Mauer wird ihm Deckung geben. Das Rumpelstilzchen im Pool wird ihn nicht sehen, vorausgesetzt der Kerl ist immer noch da. Die Musik ballert weiterhin. Inzwischen läuft »Sonic Reducer« von den Dead Boys, jener Song, über den Mondego und er bei ihrer ersten Begegnung sprachen. Einen Moment erstarrt er, so eigenartig kommt ihm das vor.

I'll be a pharaoh soon
Rule from some golden tomb

Er kriecht durch die Öffnung. Seine Hose bleibt an einer scharfen Kante hängen. Leise fluchend befreit er sein Bein, robbt über die Terrasse bis zum Rand der Brüstung.

Things will be different then
The sun will rise from here

Die Brüstung ist in der Mitte durchbrochen. Eine Treppe führt hinab zum Pool. Vorsichtig blickt Dante um die Ecke.

> Then I'll be ten feet tall
> And you'll be nothing at all

Er kann den Pool nun sehen, erhascht einen weiteren Blick auf Rumpelstilzchen, allerdings nur von hinten. Sein Handy fiept. Dante kann kaum glauben, dass er es nicht stumm gestellt hat. Schnell holt er das Telefon hervor. Vermutlich ist es eine Nachricht von Mondego, niemand sonst hat diese Nummer.
Die Nachricht ist von jemand anders.

> Wo sind Sie? Wir müssen reden. TT.

TT. Tommy Tang. Die Dead Boys verstummen abrupt. Dante lauscht, hört Schritte die Treppe heraufkommen. Gebückt läuft er los, in Richtung der Bar. Deren Theke besteht aus einem Betonsockel, beschichtet mit blauem Plastik. An vielen Stellen ist es bereits abgesplittert. Hinter der Theke befinden sich Kühlschränke, Schubladen und große Mengen zersplitterten Glases, das den gesamten Fußboden bedeckt. Dante geht hinter der Bar in die Hocke, in der Hoffnung, dass Rumpelstilzchen nur zu seinem Zelt will. Das Glas knirscht unter seinen Fußsohlen.

Die Schritte kommen näher. Dante sieht das Licht einer Taschenlampe über die Wände hüpfen. Ihm wird klar, dass sein Versteck suboptimal ist. Schnell hochzukommen, ohne sich dabei haufenweise Glassplitter in Beine und Hände zu rammen, dürfte schwierig werden. Dantes Rechte tastet nach dem Pistolenholster, während er sich mit der Linken am Griff eines Barschranks festhält.

Wie ihm erst jetzt auffällt, steht an einer der Wände ein kleiner Kühlschrank, von jenem Format, das Minibars in Hotels üblicherweise haben. Er gehört augenscheinlich nicht zum Rest der archaischen Einrichtung, sondern ist neu.

Rumpelstilzchen taucht auf. Sein Sombrero hängt an seinem Rücken wie das Ersatzrad eines Geländewagens. Er geht zu dem Mini-Kühlschrank, kniet sich hin. Dantes Hand umschließt die Waffe, zieht sie langsam aus dem Holster. Der Mann mit dem Sombrero hat offenbar immer noch die Dead Boys im Ohr, leise singt er: »I got my devil machine, got my electronic dream. Sonic reducer, ain't no loser.«

Noch immer kann Dante das Gesicht des Mannes nicht sehen. Aber er erkennt ihn an der Stimme. Es gibt keinen Zweifel. Während Rumpelstilzchen zwei Flaschen Tecate aus dem Kühlschrank holt, richtet sich Dante langsam auf. Das Glas unter seinen Füßen knirscht und knistert.

Rumpelstilzchen fährt herum. Dante ist sich nicht sicher, ob er den Mann auf der Straße erkannt hätte. Greg Hollister hat zehn Kilo zugenommen und sich außerdem einen Bart wachsen lassen, der dicht und schwarz ist und den Großteil seines Gesichts bedeckt. Sein Schädel ist kahlrasiert, was ihn in Kombination mit Bart und gebräunter Haut wie einen islamischen Terroristen aussehen lässt.

Ein Krypto-Taliban – das ist es, was du bist, denkt Dante. Hollister mustert ihn, sieht die Waffe, erkennt, dass es seine eigene ist. Sein Blick wandert nach links, vermutlich um zu schauen, ob da noch mehr Eindringlinge sind.

»Überrascht?«, sagt Dante.

»Ein wenig.«

Die Art und Weise, wie Hollister ihn anschaut, zeigt Dante, dass der Juno-Gründer genau weiß, wer er ist. Einen Moment lang stehen sie einander gegenüber. Keiner der beiden sagt etwas. Dante fällt auf, dass sich an Hollisters linker Hand ein Verband befindet. Der sieht seinen Blick, zuckt mit den Schultern.

»Tja, das war der Preis.«

»Dafür, Ihren Tod glaubhaft wirken zu lassen?«

»Irgendwas mussten die Bullen halt finden. Oder sagen wir mal, es war besser. Scheiße, ich hab die Finger in ein Fach im Cockpit gesteckt. Hat gar nicht so wehgetan, wie ich gedacht hätte. Aber ich hatte auch gut getankt. Apropos?«

Hollister hält die beiden Tecate-Flaschen hoch. Auf dem Glas hat sich ein verführerischer Tröpfchenfilm gebildet. Mit der Andeutung eines Nickens signalisiert Dante Zustimmung. Hollister öffnet beide Flaschen, schiebt eine davon ein Stück weit die Theke hoch.

»Salud, Señor Dante.«

Dante greift nach dem Bier. Während er trinkt, schaut er Hollister an.

»Sie hatten vermutlich einen Fallschirm«, sagt er. »Und Komplizen.«

Hollister blickt zu Boden, schüttelt den Kopf.

»Fallschirm ja, Komplizen keine, also fast keine. Aber ein Rettungsboot. Mit Autopilot.«

»So was gibt's?«

»Selbst gebaut. Sie wissen doch, was für ein Bastler ich bin. Ich hatte aufgrund des Boot-GPS eine ziemlich genaue Idee, wo ich abspringen muss. Und das Boot wiederum wusste, wo ich runterkomme. Der Scheißwind hat mich abgetrieben, aber das Boot fand mich rechtzeitig, zum Glück. Ist eine Riesenscheiße, im Golf von Mexiko zu treiben und zu hoffen, dass das Drohnenboot einen vor den Haien findet.«

Unruhig tritt Dante auf den Scherben hin und her. Natürlich möchte er die Geschichte hören, gleichzeitig ist Hollister ihm entschieden zu redselig. Es ist zwar denkbar, dass er sich die Sache schlichtweg von der Seele reden will. Dante hält es jedoch für wahrscheinlicher, dass der Kerl ihn einzulullen versucht.

»Ich möchte, dass Sie auf die andere Seite der Theke gehen, Mister Hollister.«

Sir Holly tut wie ihm geheißen. Dante deutet mit der Waffe Richtung Treppe.

»Jetzt runter zum Pool. Sie zuerst.«

»Wird gemacht, Mister Dante, Sir. Und meine Hände da, wo Sie sie sehen können, hm?«

»Sie lernen schnell.«

Sie gehen hinab zum Pool. Dante fällt siedend heiß ein, dass er Hollister nicht auf Waffen durchsucht hat. Er holt dies nun nach, findet jedoch nichts. Danach bedeutet er Sir Holly, ins Becken hinabzusteigen und sich auf den Klappstuhl in der Mitte des Pools zu setzen. Dante selbst lässt sich in einigen Metern Entfernung am Beckenrand nieder. Seine Beine baumeln über die Poolkante. Die Sonne ist inzwischen untergegangen, der Himmel ist tiefrot, durchzogen von schwarzen Schlieren. Weiter draußen tuckern ein paar Boote die Küste entlang.

»Wo war ich?«, fragt Hollister. »Ach ja. Ich bin dann erst mal nach Veracruz. Von da ...«

»Ihren wahnsinnig clever gefakten Tod überspringen wir«, unterbricht ihn Dante. »Wir machen gleich bei den Videos weiter.«

Hollister nippt an seinem Bier. »Wie fanden Sie die?«

»Im Nachhinein betrachtet ... also angesichts der Tatsache, dass das gesamte Internet mitsuchte, waren Ihre Rätsel doch ziemlich simpel.«

»Aber das mussten sie ja auch sein. Die Leute sollten die Schätze finden. Ich wollte eine Hysterie entfachen, einen Goldrausch. Damit hab ich allerdings nicht gerechnet.«

Dante schaut ihn fragend an.

»Das Geile am Internet ist: Wenn du weißt, wie es funktioniert, und wenn du einen Haufen Geld investierst, dann kannst du seine Mechanismen ausnutzen. Mechanismen der Informationsverbreitung, Mechanismen der Massenpsychologie.«

Hollister nimmt einen weiteren Schluck, rülpst leise. Er scheint sich prächtig zu amüsieren. Dantes Handy summt. Diesmal ist es tatsächlich Mondego. Sie schreibt: »Fünf Minuten.«

»Was du aber nie weißt«, fährt Hollister fort, »das ist, welche Gestalt es annimmt. Verstehen Sie? First Quatermain«, Hollister lacht meckernd, »da muss man erst mal drauf kommen, auf so einen Scheiß. Internetkultur, so geil.«

»Und Montecrypto erst«, erwidert Dante.

»Nee, Chef, der geht auf mich. Ich fand den Namen zwingend. Er war in gewisser Weise der Anfang der ganzen Geschichte, die Idee vom Kryptoschatz. Natürlich war ich die ganze Zeit mit von der Partie, in diesem Reddit-Schatzsucherforum und anderswo, um den Hype zu schüren, Hinweise zu geben.«

»Und Ihr letzter Schatz, der liegt wirklich auf Malta? In diesem Tauchloch?«

»Wenn die Bekloppten da rumschnorcheln, werden sie nichts finden. Ich hab da nie was deponiert. Zu weit weg, zu kompliziert. Aber wer wird das schon glauben? Niemand. Alle werden davon ausgehen, dass schon wer anders da war, irgendein Anonymus, der sich den Jackpot bereits geholt hat. Wer dieser Graf von Montecrypto ist, das wird Gegenstand von Verschwörungstheorien werden, TV-Dokus, Investigativrecherchen. Dabei ...«

»Dabei sind Sie's selbst, schon klar. Das ist ja offensichtlich.«

Hollister blinzelt, schaut Dante an.

»Ist es das?«

»Für mich schon, Hollister. Irgendwann nach dem zweiten Schatz habe ich begriffen, dass es Ihnen bei dieser ganzen Nummer nicht darum geht, sich selbst posthum – ich dachte damals noch, sie wären tot – zur größten Internetlegende aller Zeiten zu machen. Sondern um Rache.«

»Wie bei Dumas, hm? Der reiche Graf kehrt zurück, stürzt ehemalige Weggefährten ins Unglück. So haben Sie sich das zusammengereimt?«

»So in etwa.«

»Unsinn, Dante. Erstens versuche ich hier nicht, irgendeine alte Schmonzette nachzuspielen. Zweitens geht es keineswegs um Rache. Sondern um ausgleichende Gerechtigkeit.«

»Was passiert, wenn Ihre Klickfarmen zum Leben erwachen?«, fragt Dante.

»Sie haben die in Zug gefunden, oder?«

»Korrekt. Sie haben Ihre Spuren nicht gut genug verwischt. Der

Ping von dem Laptop in Ihrer Strandvilla. Ließ sich zurückverfolgen.«

Der Kryptounternehmer schürzt die Lippen.

»Was, Hollister?«

»Glauben Sie wirklich, Sie hätten die Stiftung in Zug gefunden, wenn ich es nicht gewollt hätte?«

Mondego hatte also recht. Hollister schaut ihn herausfordernd an.

»Es war kein Zufall, dass Ihre Schwester ausgerechnet mich engagiert hat«, sagt Dante.

»Zehn Punkte. Jackie wusste nicht viel von meinem Plan. Ich habe ihr nur gesagt, dass sie, falls sie von meinem Ableben erfährt, ganz cool bleiben soll. Und dass sie einen gewissen Ed Dante auf den Schatz ansetzen soll. Während Ihrer Recherchen sind Sie dann den Spuren gefolgt, die ich ausgelegt habe, zumindest einigen.«

Dante nickt abwesend. Er hatte stets vermutet, Martels Trauer sei gespielt. Das stimmte, aber bezüglich des Grunds lag er falsch: Sie war nicht herzlos; sie wusste schlichtweg, dass ihr Bruder noch lebte.

Er könnte Hollister fragen, warum dieser unter Hunderten Privatdetektiven in Los Angeles ausgerechnet ihn ausgesucht hat, doch er kennt die Antwort bereits. Wenn FBI, TSI, NSA, wer auch immer, diese ganze Geschichte später eingehend untersuchen, werden sie feststellen, dass überall Dantes Spuren auftauchen. Wer aktivierte den Laptop und startete die Skripte? Er. Wer war zugegen, als Price ermordet wurde? Er. Wer hatte bei der Zuger Klickfarm seine Finger im Spiel. Er, er, immer wieder er.

Das mögen nur Indizien sein. Doch sie alle deuten auf einen einstmals wegen diverser Finanzvergehen angeklagten Ausländer hin, der seinen Kopf seinerzeit nur mithilfe hoher Strafzahlungen und Auflagen aus der Schlinge ziehen konnte. Dante wird den perfekten Buhmann abgeben.

Andererseits ist er, anders als von Gregory Hollister geplant, nun hier, im Castillo del Mar. Er trinkt dem Arschloch sein Tecate weg und zielt mit dessen eigener Knarre auf ihn. Was darauf hindeutet, dass Hollister doch kein so brillanter Puppenspieler ist, wie er glaubt.

Dante wedelt mit der Waffe, einer Glock, sagt: »Wir kommen vom Thema ab, Greg. Jetzt mal zum Kern des Ganzen.«

»Okay, okay. Juno ist der Schlüssel. Oder genauer gesagt der Hebel. Sie wissen von der Lücke? Haben das dritte Video gesehen?«

»Ich weiß schon länger von der Lücke. Yang hat mir davon erzählt. Aber wie haben Sie die jetzt so viel größer gemacht, in derart kurzer Zeit?«

»Habe ich ja gar nicht.«

»Aber im dritten Video ...«

Hollister grinst. »Eine weitere Sache am Internet, die ich schon immer faszinierend fand, ich meine jetzt, philosophisch betrachtet: Es besteht nur aus Nullen und Einsen, aber trotzdem kann keiner sagen, was Null und was Eins ist, was wahr oder falsch.

Verstehen Sie? Wer will denn bitte überprüfen, wie groß die Lücke ist? Die Medien? Die Nerds? Die SEC? Juno selbst? Bis die damit fertig sind, kursieren da draußen schon so viele Gerüchte und Fake News, dass Juno längst pleite ist.«

»Ihre Internetphilosophie ist Unsinn. Mit dieser ungeheuerlichen Lüge kommen Sie nie durch.«

»Doch. Jede erfolgreiche Lüge enthält einen wahren Kern. Ist auch hier so. Es gibt ja tatsächlich eine Lücke. Was mir zudem in die Hände spielt: Die Leute halten uns Hacker inzwischen für mächtige Zauberer. Fast wie im Mittelalter.«

»Sie meinen, dass man Typen wie Ihnen alles zutraut?«

Hollister wirft seine Flasche weg. Klackernd rollt sie über den Poolboden.

»Hacker können spektakuläre Dinge tun, Geld von Bankkonten verschwinden lassen, unsichtbar durchs Netz streifen, in jede noch so gut befestigte Anlage eindringen. Das zumindest glauben die Leute. Wenn man ihnen dann erzählt, der Juno-Gründer habe vor seinem Tod diesen irren Plan ersonnen, mit automatisch ausgespielten Videos, mit Rätseln und Schätzen, dann glauben sie auch das. Dabei habe ich die dämlichen Videos alle von Hand hochgeladen und freigeschaltet. Der von Ihnen in Zuma ausgelöste Laptop-Ping aktivierte rein gar nichts. Und dass ich binnen weniger Wochen bei Juno unbemerkt mehrere Milliarden Dollar abzapfen kann, das glauben die Leute zwar. Dabei ist es Bullshit.«

»Sie meinen, es übersteigt selbst Ihre immensen Fähigkeiten.«

»Gegen Ihren britischen Sarkasmus bin ich unempfindlich, Ed. Aber im Prinzip liegen Sie richtig. Klar kenne ich die Sicherheitsarchitektur von dem Laden, klar habe ich noch ein paar Zugangscodes. Aber so einfach ein paar Milliarden klauen, ohne dass es einer merkt – nein, das geht nicht.«

»Sie behaupten trotzdem, es getan zu haben – um eine Panik auszulösen?«

»Vorhin lief es über Bloomberg. Ich habe das Video ja nicht ohne Grund gegen 17.30 Uhr hiesiger Ortszeit ausgespielt.«

»Nein?«

»Nein. Da ist es halb vier in New York, Wall Street macht gerade zu. Fünfundsechzig Prozent der Juno-Nutzer sitzen außerhalb der USA, vor allem in Asien und Afrika. In Tokio ist jetzt Morgen. Die User werden also einen ganzen Tag Zeit haben, darüber nachzudenken, ob ihre Moneta noch sicher sind. Viele werden reagieren.«

»Sie wollen einen Bank Run auslösen.«

»Ja. Aber keinen altmodischen, mit Schlangen vor Geldautomaten. Dieser hier wird in Lichtgeschwindigkeit ablaufen.«

Dante fragt sich, wo Mondego bleibt. Er schaut auf die Uhr. Der Countdown oben auf dem Computer läuft in ein paar Minuten ab, falls sie ihn nicht gestoppt hat. Nicht zum ersten Mal fragt er sich, ob Hollister ihn mit seiner wortreichen Beichte hinhalten will, bis die Zeitspanne verstrichen ist. Der lacht leise.

»Die blöde Alice Yang wird gar nicht wissen, wie ihr geschieht. Und dann werden ...«

»Auf wen warten wir, Hollister?«

»Hm?«

»Wir warten auf jemanden. Anders kann ich mir Ihr Verhalten nicht erklären. Sie schinden Zeit. Ich glaube Ihnen nämlich nicht, dass Sie das alles allein durchgezogen haben.«

»Das geht jetzt aber gegen meine Hackerehre, Edward. Die Videos, die Schätze, die Undercover-Postings in den Foren – alles mein Werk. Seit mehr als zehn Tagen sitze ich rum, lebe von Vorräten, die ich schon vor längerer Zeit hier deponiert habe, Dosenzeugs vor allem. Ich bin schon«, er schaut an sich herab, »ein wenig verwahrlost, glaube ich.«

»Sie lenken ab. Die Klickfarmen. Ich habe Hinweise darauf, dass es etliche davon gibt. Jemand muss die warten. Jemand musste sie überhaupt erst in Betrieb nehmen.«

»Okay. Okay, erwischt. Ich erzähle es Ihnen.«

»In kurzen, knappen Sätzen, wenn ich bitten darf.«

»In einem Wort: Nordkorea.«

0,000000001

Dante erinnert sich an jenes Foto, das Hollister beim Internationalen Filmfest in Pjöngjang zeigt. Der Juno-Gründer schaut suchend umher, so als hoffe er, irgendwo stehe noch eine Flasche kaltes Bier herum. Dann fährt er fort.

»Wenn es um kriminelle Hackeraktivitäten geht, sind die Nordkoreaner seit Jahren ganz vorne mit dabei. Wissen Sie, was Supernotes sind?«

Dante nickt. Als Supernotes bezeichnet man extrem aufwendig hergestellte Blüten, in der Regel Hundert-Dollar-Scheine.

»Dieses Falschgeld war made in North Korea, ein Exportschlager des lieben Führers. Irgendwann wurde Pjöngjang das mit den Supernotes aber zu mühsam. Der neue Chef, Kim Jong-un, hat komplett auf digitale Devisenbeschaffung umgestellt. Einige der spektakulärsten Cyberdiebstähle der letzten Jahre gehen auf das Konto von Büro 39, einer nordkoreanischen Hackereinheit. Die haben unter anderem die Zentralbank von Bangladesch ausgeraubt.«

»Und mit diesen Herzchen haben Sie sich ins Bett gelegt? Ihnen Zugang zu Juno versprochen, wenn sie ihre Infrastruktur zur Verfügung stellen? Wieso unterhalten Nordkoreaner überhaupt Klickfarmen in den USA?«

»Na, zur Geldwäsche, vor allem. Bis vor ein paar Jahren hat man dafür Mules benutzt, menschliche Helfer. Man koordiniert dabei Tausende Kleinkriminelle übers Internet. Jetzt geht das auch mithilfe Tausender Fake-Accounts. Sie sollten übrigens nicht den Fehler machen, diese Leute mit dem nordkoreanischen Regime gleichzusetzen. Die Erebus Group, so nennt sich die Gruppe, mit der ich zu tun hatte, arbeitet zwar vor allem für Pjöngjang. Ich habe den

Kontakt zu denen damals bei einem Kongress im chinesischen Dalian geknüpft. Das liegt nahe der Grenze zu Nordkorea, da bin ich kurz rüber, ganz diskret. Aber Erebus macht auch einiges auf eigene Rechnung, zusammen mit den Russen oder Chinesen – und natürlich den mexikanischen Kartellen. Ich habe denen ein Geschäft angeboten.«

»Die sollten die Bitcoins von Hal Price und Immo Patel in saubere Dollars verwandeln«, sagt Dante.

»Nicht schlecht, Ed. Ja, Hal und Immo brauchten Dollars. Erebus hatte welche, Bargeld aus Drogengeschäften und anderen Unternehmungen. Auf jeden Fall war es ein Geschäft, das sich lohnte.«

»Für Price ja eher nicht«, erwidert Dante.

»Hal war ein Idiot. Er hätte einfach die Klappe halten und sich aus der Montecrypto-Sache raushalten sollen.«

»Wusste er davon?«

»Von der Schatzsuche? Natürlich nicht. Aber selbstverständlich davon, dass ich Alice versprochen hatte, die Moneta-Lücke zu schließen. Da hing er wie gesagt mit drin, mehr als Patel. Der kannte nur grobe Details. Price hingegen war über den genauen Deal informiert.«

»Und wie sah der aus?«

»Patel und Price saßen, wie Sie schon wissen, auf einem Haufen Bitcoins, der nicht in den Büchern oder bei der Steuer auftauchte. Folglich war es Geld, mit dem die beiden vielleicht Koks im Netz bestellen oder eine Immobilie in Lagos kaufen konnten. Aber es war kein Geld, mit dem sie ihre Firmen retten konnten.«

»Ist es nicht egal, ob man pleitegeht, wenn man irgendwo noch fünfzig Millionen in Bitcoins liegen hat?«

»Existenziell betrachtet schon, aber fürs Ego nicht. Hal war gerne der erfolgreiche Kryptovisionär. Immo gefiel sich als Mann der Zukunft. Und hier kamen die Nordkoreaner ins Spiel. Sie zahlten für die Bitcoins von Price und Patel insgesamt zweihundert Millionen Dollar.«

»Ich dachte, die beiden hatten nur Bitcoins im Wert von hundert.«

»Das stimmt.«

»Dann ist das aber kein guter Wechselkurs, den Ihre nordkoreanischen Freunde bekommen haben. Zwei zu eins, das ...«

Mit einer Handgeste bedeutet Hollister ihm, nicht so ungeduldig zu sein.

»Die ersten hundert Millionen wurden zunächst an die Fondation Bataille in der Schweiz transferiert. Von da ging das Geld an eine Shell Company auf den Caymans. Von dort wiederum peu à peu via zwei Firmen in Delaware an diese Stiftung in Colorado, bei der Price und Patel als Bevollmächtigte eingetragen sind, Better Tomorrow. Das ist jetzt etwas vereinfacht, aber so in etwa.«

»Geht es noch etwas genauer?«

»Nein, denn den Teil hat Price organisiert. Wichtiger ist ohnehin, was mit den zweiten hundert Millionen Dollar passierte. Sie wurden mithilfe von Mules, also so einem Netzwerk von Kleinkriminellen, auf Bankkonten eingezahlt.«

»Mafia-Crowdsourcing, okay. Was für Bankkonten?«

»Bankkonten, die auf nicht existente Personen liefen, Fake-Accounts des nordkoreanischen Erebus-Netzwerks«, erwidert Hollister.

»Accounts, die von den Bot-Farmen gesteuert werden und Juno-Konten besitzen.«

»Genau. Damit landeten bei Juno eben jene hundert Millionen, die fehlten. Es hat Monate gedauert, aber nun ist das Geld auf die Bot-Konten eingezahlt worden.«

»Und liegt dort nun in Form von hundert Millionen Moneta. Und wenn die Fake-Konten geschlossen werden, verschwinden diese Moneta.«

»Ja. Der Plan war, sie peu à peu zu schließen. Am Ende wären alle glücklich gewesen. Price und Patel hätten ihre schmutzigen Bitcoins in blitzsauberes Fiat-Geld verwandelt. Die Nordkoreaner hätten ihre heißen Dollars in Bitcoins getauscht. Und Yang hätte ihr Loch gestopft bekommen. Ha! Das klang jetzt schmutziger, als es gemeint war.«

»Doch dann?«

»Ist Price nervös geworden. Als ich starb und in den Videos auftauchte, muss er den Kopf verloren haben. Kann ich ihm nicht verdenken. Er hat deshalb mit den Chinesen gesprochen.«

Dante schüttelt den Kopf.

»Allmählich verliere ich den Überblick, Greg.«

»Ist aber ziemlich simpel. Price hatte bei Cerro Nuevo einen großen chinesischen Investor drin. Geschäftsleute, keine Mafiosi, die Geld waschen wollen – glaube ich zumindest. Die Übergänge sind da ja oft fließend. Dieser Investor soll gute Kontakte zur chinesischen Staatssicherheit haben. Und Price hat bei denen wohl rumgejammert, vermutlich in dem Glauben, die Chinesen hätten irgendwelchen Einfluss auf die Nordkoreaner, könnten das Botnetz abwickeln helfen, bevor die Behörden Wind von der Sache bekämen.«

»Aber wer hat ihn jetzt ermordet?«, fragt Dante.

»Chinesen. Koreaner. Spielt es eine Rolle? Ich hatte auf jeden Fall nichts damit zu tun. Ich mochte ihn ja irgendwie.«

Dante schaut erneut auf seine Uhr. Er bedeutet Hollister, sich nicht zu rühren, ruft Mondego an. Sie nimmt nicht ab.

»Und auf wen warten Sie?«, fragt Hollister.

»Geht Sie nichts an. Weiter im Text.«

»Weiter gibt's nichts. Ich habe mit Montecrypto maximale Aufmerksamkeit erzeugt. Nun nutze ich diese Plattform, um Juno ins Taumeln zu bringen, beende diesen Irrweg einer falschen Kryptowährung. Danach übergebe ich Erebus meine Zero Days.«

»Ihre was?«

»Exploits, Sicherheitslücken im Juno-System, die nur ich kenne. Sie hatten nämlich recht. Erebus verlangte noch was extra. Der Wechselkurs war wirklich nicht besonders.«

Dante hört etwas, das wie ein gedämpfter Schrei klingt. Er erkennt die Stimme, kommt auf die Beine. Mercy Mondego steht am oberen Absatz der Treppe, die zum Pool führt. Hinter ihr steht ein Mann, er hat Mondego den Arm auf den Rücken gedreht. Es ist Tommy Tang, Dantes seltsame Begegnung aus dem Hotel in Las Vegas. In seiner freien Hand hält er etwas, das wie eine Maschinenpistole mit Schalldämpfer aussieht.

»Die Waffe weg, Dante«, sagt Tang.

Er tut wie ihm geheißen. Tang bedeutet Dante, sich zu Hollister in den Pool zu gesellen. Er klettert die Stiegen hinab. Tang stößt Mondego unsanft die Treppe hinunter, die Waffe im Anschlag.

»Sie verstehen nicht«, ruft sie, »ich muss wieder da hoch, den Countdown stoppen. Sonst ...«

Tangs Gesicht verzerrt sich. Vermutlich haben er und Mondego diese Diskussion bereits geführt. Genauer gesagt wollte Mondego sie führen, obwohl Tang ihr befahl, die Klappe zu halten. Dante merkt, wie sich trotz der Umstände ein Lächeln auf seine Lippen schleicht. Die Klappe halten, das kann sie nicht besonders gut.

»Genug!«, brüllt Tang. Er stößt Mondego von sich weg. Sie taumelt vorwärts, mehrere Stufen auf einmal nehmend, knickt um und fällt. Die Bloggerin schlittert über den Boden, auf den Pool zu. Dante rennt los, doch sie ist bereits über die Kante, schlägt hart auf den zwei Meter darunter liegenden Kacheln auf.

»Alles klar, Mercy?«

Sie nickt matt. Blut läuft aus ihrer Nase. Dante fühlt, wie ihn Wut durchströmt. Er ist bereits halb die Stiege hoch, auf dem Weg zu Tang, um den Wichser um seine Vorderzähne zu erleichtern, Sam-Spade-Style. Als er oben ankommt, hat Tang bereits einen Fuß in Position und tritt Dante mit voller Wucht in die Brust. Er fliegt rückwärts durch die Luft, landet auf dem Rücken. Einen Moment ist er blind vor Schmerz. Als sich der Schleier vor seinen Augen lüftet, kommt er langsam hoch, schaut sich um. Hollister steht ein paar Meter entfernt, den Blick auf Tang gerichtet. An seinem entgeisterten Gesichtsausdruck kann Dante erkennen, dass Tang nicht der ist, den Sir Holly erwartet hat.

Dante kommt langsam hoch, hebt seinen Trilby vom Boden

auf. Seine rechte Schulter tut weh, scheint aber noch ganz zu sein. Mondego ist ebenfalls aufgestanden, geht hinüber zu Hollister.

»Sie auch, Mister Dante«, sagt Tang und zeigt mit der Maschinenpistole auf die andere Seite des Pools. Dante tut, was von ihm verlangt wird, sinkt dann neben Mondego zu Boden. Sie legt ihre Hand in seine.

Tang mustert sie, nickt Dante zu.

»Sorry, Mister Dante.«

»Wenn Sie jetzt ein ›Ist schon okay‹ erwarten, haben Sie sich geschnitten, Tang.«

Tang zuckt mit den Achseln.

»War halt ein Scheißtag, bis jetzt. Aber ich bin Ihnen zu Dank verpflichtet.«

Mondego und Hollister schauen ihn fragend an.

»Du kennst den Typen?«, sagt Mondego.

»Das ist der aus Vegas.«

»Wieso Vegas?«, fragt Hollister.

»Wir überwachen Sie natürlich seit Längerem«, sagt Tang, »aber der Hut, die neuen Handys und das doppelte Ticket haben uns zwischenzeitlich Probleme bereitet. Nicht so doof gemacht.«

»Wieso der Hut? Was meinen Sie?«, sagt Mondego. Sie lispelt, weil ihre Unterlippe inzwischen stark angeschwollen ist. Dante fällt außerdem auf, dass sie stinkt. Nicht nach Schweiß oder Urin, sondern als habe sie in der Mülltonne übernachtet. Hollister rümpft ebenfalls die Nase.

Tang deutet auf Dantes Trilby. »Da ist ein Sender drin, seit Längerem. Aber Mister Dante hat den Hut zuletzt nicht mehr so oft getragen – verständlich, wenn einen das halbe Internet damit in Verbindung bringt. Aber zum Glück hat er ihn mit nach Acapulco genommen. Damit hatten wir Sie.«

Dante fährt mit dem Finger an seiner Hutkrempe entlang. Ihm fällt auf, dass Tangs Chinos bis zum Oberschenkel durchnässt sind. Ist er mit einem Boot angerückt? Das würfe die Frage auf, wo sich seine Crew befindet.

Tang zeigt auf Hollister, sagt zu Dante gewandt: »Sie wissen, dass er lügt, oder?«

»Ja. Es passt alles nicht so richtig zusammen.«

»Mister Hollister«, sagt Tang, »würden Sie uns die Wahrheit sagen, bitte.«

»Anscheinend kennen Sie die ja schon«, erwidert Hollister.

»Ich will sie aber noch mal von Ihnen hören.«

Hollister räuspert sich. »Wenn es Ihnen Freude macht: Ich zerstöre Juno. Ich brenne den beschissenen Laden bis auf die Grundmauern nieder.«

»Weil?«, fragt Tang.

»Weil Alice und diese ganzen anderen Wall-Street-Arschlöcher meine Idee ins Gegenteil verkehrt haben. Ich wollte ...«, Hollister gerät ins Stocken, so als müsse er kurz nachdenken, warum er diesen ganzen Wahnsinn eigentlich angezettelt hat. Dann fährt er fort.

» ... ich wollte eine echte Alternative zum Fiat-Geld. Bitcoin 2.0, eine Kryptowährung ohne die Kinderkrankheiten des Originals. Nicht diese Orwell-Coins, die ...«

Tang schaut ihn gelangweilt an.

»Tun Sie nicht so aufgeregt, Hollister. Darauf falle ich nicht rein. Und die beiden Möchtegern-Quatermains hier auch nicht. Das Wort hatte ich vorher übrigens noch nie gehört. Ist bei uns nicht sehr populär, dieser«, Tang verzieht das Gesicht, »imperialistische englische Kolonialheld.«

»Sie haben vorhin erzählt«, sagt Dante zu Hollister gewandt, »Sie hätten einen Deal mit dieser Erebus Group. Und Sie würden denen umfänglichen Zugang zu Juno verschaffen, mit diesen Zero-Day-Exploits. Aber was nutzt das denen, wenn Juno bis auf die Grundmauern niederbrennt, wie Sie sagen? Das ist ...«

» ... Bullshit«, pflichtet Tang ihm bei. Er greift in seine Jackentasche und zieht eine Packung Silk Cut heraus, steckt sich eine an. »Noch jemand? Nein? Ihr Westler seid so freudlos.«

»Sie klingen auch wie ein Westler, sind aber offenbar keiner«, sagt Hollister. »Für wen arbeiten Sie?«

Tang ignoriert Hollisters Frage, sagt stattdessen:
»Wir haben die Nordkoreaner auf dem Schirm. Deshalb weiß ich, was die Erebus Group für die Bereitstellung der Klickfarmen und den Bitcoin-Umtausch bekommt.«

»Geldwäsche und Juno-Exploits, nein?«, sagt Dante.

»Das ist nur Kleinkram. Erebus und mit ihnen verbundene Firmen haben bei Brokern in ganz Asien riesige Short-Positionen aufgebaut – Wetten auf fallende Kurse. Und wissen Sie auch, gegen was gewettet wird?«

»Gegen den Dollar«, erwidert Dante leise.

»Was?«, sagt Mondego.

»Klären Sie Mrs Mondego ruhig auf.«

»Ich habe«, sagt Dante, »eine Weile gebraucht, bis ich es kapiert habe. Dabei hätte ich es schon bei meinem ersten Besuch in der Strandvilla erkennen müssen. Hollister geht es nicht um Juno, nicht um sein Vermächtnis, nicht um die Deckungslücke. Es geht ihm auch nicht darum, irgendeiner Kryptowährung zum Durchbruch zu verhelfen. Zumindest nicht direkt.«

Er schaut Mondego an. Ihr Gesicht sieht aus wie das eines untalentierten Preisboxers, und sie stinkt wie eine Skid-Row-Pennerin. Er findet sie trotzdem hinreißend.

»Und was will er dann, Ed? Ed?«

»Was? Sorry, ich war kurz ... er will den Dollar zerstören.«

»Den ...? Und wie soll das bitte gehen?«, fragt sie.

»Das«, mischt sich Tang ein, »ist der Teil, zu dem mir noch Informationen fehlen. Aber Mister Hollister kann unsere Wissenslücken sicher schließen.«

Der Juno-Gründer macht eine beschwichtigende Geste. Dante kann sehen, dass er gleich zu einer seiner ausufernden Erklärungen ansetzen wird. Aber Hollister kommt nicht dazu. Tang hebt die Maschinenpistole, feuert eine Dreiersalve ab. Die Projektile schlagen direkt vor Hollisters Füßen ein. Kachelsplitter fliegen ihnen um die Ohren, Dante fühlt, wie etwas seine Wange streift. Es brennt fürchterlich.

»Fuck, Alter!«, brüllt Hollister, wirft die Hände über den Kopf.

»Ich habe wirklich keine Geduld mehr«, sagt Tang. »Raus damit.«

»Und keine Zeit«, mischt Mondego sich ein. »Wir ...«

»Klappe«, blafft Tang. »Das Problem ist keines mehr.«

Dante versteht nicht so recht, worüber sich die beiden streiten. Während Tang redet, wandert sein Blick zum Turm des Hotels. Dante schaut ebenfalls hinauf. Er bildet sich ein, zwischen den Zinnen eine Bewegung wahrzunehmen.

Tang hebt den Lauf etwas nach oben, zielt auf Hollisters Körpermitte.

»Ist ja schon gut, Mann. Dante hat recht. Es geht um den Dollar«, sagt Hollister.

»Und wie genau?«, fragt Tang.

»Die Klickfarm. Es gibt an die zwanzigtausend Juno-Fake-Accounts, die ich alle steuern kann. Mit ihrer Hilfe werde ich eine Sicherheitslücke ausnutzen.«

»So einen Zero-Day-Exploit?«, fragt Tang.

»Ja, nein.«

»Was denn jetzt?«

»Es ist keine Sicherheitslücke, über die man von außen reinkommt. Es ist ... es sind die ...«

Tangs Finger krümmt sich.

»Hollys! Es sind die Hollys, Mann!«

Tang runzelt die Stirn, lässt die Maschinenpistole sinken. Er scheint mit der Antwort wenig anfangen zu können. Dante geht es ähnlich. Hollys sind die kleinstmögliche Moneta-Einheit, null Komma null null null irgendwas. Was können die schon anrichten?

Mondego hingegen fängt an zu lachen, wobei es in Wahrheit eher wie Röcheln klingt, weil sie zwischendurch husten muss.

»Wow. Das ist brillant, Greg«, sagt sie.

»Danke«, erwidert Hollister.

»Und jetzt bitte noch mal für die Leute von der Landwirtschaft«, sagt Dante.

»Anders als Fiat-Währungen lassen sich Kryptowährungen im Prinzip beliebig weiter aufspalten«, sagt Mondego. »Einen Moneta beispielsweise kann man bis zur zehnten Dezimalstelle teilen, also in zehn Milliarden Stück. Diese winzigen Inkremente haben keinen offiziellen Namen, es sind einfach 0,0000000001 Moneta. Aber alle nennen sie Hollys.«

»Schon mal gehört. Braucht man aber ja wohl nicht sehr oft, diese winzig kleinen Bruchteile«, sagt Tang.

»Doch. Ständig«, erwidert Mondego. »Bei Juno sind diese winzigen Beträge nämlich das Sicherheitsfeature. Jedes Mal, wenn man bezahlt, wird ein Holly mitüberwiesen. Die Idee dahinter ist, dass Spammer oder Hacker nicht einfach ganz viele Transaktionen umsonst durchführen können, wie bei Spam-E-Mails, zum Beispiel.«

»Ja, und?«, sagt Dante.

»Und Greg hat einen Weg gefunden, dieses Sicherheitsfeature in ein Unsicherheitsfeature zu verwandeln.«

Mondego mustert Hollister. Der sagt zunächst nichts, lächelt nur. Als Tang den Lauf der Maschinenpistole wieder hebt, beginnt er zu sprechen.

»Sie hat recht. Ich kannte das mit den Hollys verbundene Problem natürlich, aber ich hielt es lange für rein theoretisch. Dann aber wurde mir klar, dass ich es nutzen kann. Mithilfe der Bots. Und Javascript.«

»Ohne Technikscheiß«, knurrt Tang. Er blickt sich um. Offenbar wartet auch er auf jemanden. Als Tang den Kopf dreht, erkennt Dante, dass der Mann etwas im linken Ohr hat, vermutlich einen kleinen Kopfhörer.

»Okay«, erwidert Hollister, »ich mach's einfach. Zwanzigtausend Bot-Kontos. Auf jedem liegen fünftausend Moneta, macht zusammen hundert Millionen. Das entspricht unserer altbekannten Deckunglücke, es ist der wahre Schatz von Montecrypto, wenn man so will. In Holly-Inkrementen macht das zehn hoch achtzehn – eine Trillion Hollys.«

»Eine Riesenzahl«, erwidert Tang, »aber eine lächerlich kleine

Summe, wenn man die Leitwährung des globalen Finanzsystems crashen will.«

»Stimmt«, erwidert Hollister. »Aber Juno-Konten können einander theoretisch einzelne Hollys überweisen – plus einen weiteren, als Transaktionsgebühr – mindestens zwei also. Das heißt, meine Bots können fünfhundert Billiarden Transaktionen durchführen. Und zwar alle auf einmal.«

»Gibt es kein vom System vorgegebenes Limit an Transaktionen?«, fragt Mondego.

»Doch. Aber das habe ich vor einer Stunde deaktiviert. Bis Junos EDV das merkt, haben die Bot-Accounts das gesamte System paralysiert, überweisen jedem der circa neunhundert Millionen Juno-Nutzer zwei Hollys und dann noch zwei und noch zwei und noch zwei und immer so weiter.«

»Das ist wie eine DDoS-Attacke, ein Ansturm auf ein Computersystem«, murmelt Mondego. »Aber von innen.«

Hollister nickt. »Genau. Und das, während Millionen von Kunden ohnehin versuchen, ihre Kohle aus dem System zu ziehen. Weil der Juno-Gründer öffentlich behauptet, Moneta seien nicht gedeckt.«

»Aber früher oder später werden Yangs Leute die Bots identifizieren und abklemmen. Dann funktioniert alles wieder«, sagt Mondego.

»Dann ist es zu spät«, erwidert Hollister. »Alle werden sich fragen, wann das Juno-System das nächste Mal in die Knie geht. Die kurzfristige Paralyse führt zur langfristigen. Alle werden ihre Moneta verkaufen. Das wird der größte Bank Run aller Zeiten.«

»Aber wie zerstört es den Dollar?«, fragt Mondego. An Tangs Blick erkennt Dante, dass dieser die Antwort bereits ahnt, genau wie er selbst. Den bevorstehenden Juno-Crash mit einem Bank Run zu vergleichen, ist nämlich nicht ganz korrekt. Eine Bank hat gerade *nicht* das gesamte Geld ihrer Kunden im Tresor. Deshalb rennen ja alle zum Schalter, weil sie wissen, dass den Letzten die Hunde beißen.

Juno hingegen ist von den Aufsichtsbehörden dazu verdonnert worden, zur Deckung seiner Moneta-Coins den kompletten Gegenwert in US-Dollar vorzuhalten, in einem Geldmarktfonds von gigantischem Ausmaß, rund vier Billionen schwer.

Jedes Mal, wenn ein panischer Kunde Moneta in Dollar zurücktauscht, muss Juno folglich Greenbacks aus dem Fonds herausrücken. Dadurch wird binnen kurzer Zeit eine immense Menge Geld ins Wirtschaftssystem gepumpt. Das Angebot an Dollars steigt rasant, der Wert der US-Währung fällt massiv.

In der Folge ist jede verbleibende Moneta weniger wert, was wiederum weitere Juno-Kunden veranlasst, ihre Kryptocoins zurückzutauschen.

»Eine Todesspirale«, sagt Dante. »Absolute Kernschmelze. Die hätten das Ding nie so groß werden lassen dürfen.«

»Die?«, fragt Mondego.

»Die Amerikaner«, sagt Tang. »Langsam verstehe ich, warum Sie Ihren Tod inszeniert haben, Hollister.«

Der lächelt. »Manche Dinge kann man eben nur tun, wenn man tot ist.«

»Noch leben Sie«, erwidert Tang. »Und falls Sie an einem Fortdauern dieses Zustands interessiert sind, verraten Sie mir jetzt, wie man die Scheiße stoppt.«

»Der Countdown«, Hollister deutet mit dem Kopf Richtung Hotel, »in Zimmer 407.«

»Ich bin mir nicht sicher, ob ...«, hebt Mondego an.

»Klappe!«, schreit Tang. Er neigt den Kopf, spricht in ein Mikro, das offenbar in seinem Kragen versteckt ist. Es klingt wie Chinesisch. Nach kurzer Zeit wendet er sich wieder Hollister zu.

»Ihr Rechner da oben ist über WLAN mit dem Netz verbunden, das von der Satellitenschüssel auf dem Turm kommt. Mein Kollege hat die Kabel durchtrennt. Ihr Countdown läuft ins Leere.«

Hollister schaut Tang mit einer Mischung aus Entsetzen und Unverständnis an.

»Wieso tun Sie das?« Tang hebt fragend die Augenbrauen.

»Sie arbeiten doch für die Chinesen, oder nicht? Ich will Krypto zum Durchbruch verhelfen. Sie mögen meine wirtschaftlichen und politischen Ideen nicht teilen, aber ich zerstöre gerade den Dollar, vielleicht die ganze USA. Die Dominanz der Amerikaner in der Weltwirtschaft wird dahin sein. Das muss doch in Ihrem Interesse liegen.«

Dante sieht, wie zwei Männer in Jeans und T-Shirt die Treppe zum Pool herunterkommen. Beide sind bewaffnet, sehen asiatisch aus. Tang bedeutet ihnen, etwas Abstand zu halten.

»Ich denke nicht, dass das, was Sie vorhaben, in unserem Interesse ist. Deshalb bin ich ja hier.«

»Aber ...«

»Die Chinesen«, unterbricht ihn Dante, »kaufen seit Jahren amerikanische Staatsanleihen. Deren Zentralbank hält US-Papiere im Wert von mehr als einer Billion Dollar. Und es werden jeden Tag mehr, weil ihnen jedes T-Shirt und jedes iPhone weitere Dollars einbringt. Wieso sollte die Volksrepublik also an einem Dollarcrash interessiert sein?«

Tang macht eine zustimmende Geste, sagt:

»Ich denke, damit wären wir hier fertig, zumindest fürs Erste.«

Tang gibt seinen Kompagnons ein Zeichen. Einer von ihnen öffnet eine Tasche, die er geschultert hat, holt Kabelbinder heraus, wie man sie zum Fesseln Gefangener benutzt.

»Was haben Sie vor?«, fragt Dante.

»Sie kommen mit uns. Wir bringen Sie zu einem Flugplatz in der Nähe. Dort wartet eine Diplomatenmaschine.«

»Nach China?«, sagt Hollister.

Dante sieht, dass Tang darauf eine patzige Antwort geben möchte – ›Nach L. A. bestimmt nicht‹ oder ›Wünschen der Herr vielleicht nach Davos geflogen zu werden?‹, etwas in der Art. Vielleicht wäre es eine originelle Riposte geworden. Dante wird es nie erfahren. Denn bevor Tang den Mund aufmachen kann, platzt sein Kopf.

Dante vernimmt das Rattern einer Maschinenpistole. Im Moment des Todes scheint Tang den Abzug betätigt zu haben. Während er kopflos und blutüberströmt vornüber in den Pool kippt, bellt die Waffe. Überall explodieren Kacheln. Dante wirft sich auf den Boden, auch Hollister und Mondego gehen in Deckung, wobei das vielleicht nicht der richtige Ausdruck ist. Sie befinden sich in einem leeren Betonbecken. Es gibt rein gar nichts, hinter dem man sich verstecken könnte.

Er hört ein schmatzendes Geräusch, als Tangs Körper aufschlägt. Dessen Waffe ist verstummt, aber die anderen beiden Chinesen haben angefangen, um sich zu ballern. Sie nehmen jemanden auf der gegenüberliegenden Seite des Pools unter Beschuss, Dante erkennt das am wechselseitigen Mündungsfeuer. Ansonsten ist es zappenduster. Bis auf etwas Mondlicht gibt es keinerlei Beleuchtung.

Er kommt auf die Ellenbogen hoch, schaut sich um. Eben noch glaubte Dante, der Pool sei eine Todesfalle. Nun aber ist es ihm ganz recht, dass er hier unten ist. Auf beiden Seiten des Beckens haben sich Schützen verschanzt, beharken sich mit automatischen Waffen. Da oben pfeifen Projektile durch die Luft, aber hier unten sind sie verhältnismäßig gut geschützt.

Mondego liegt zwei Meter entfernt auf dem Boden, ruft ihm etwas zu. Dante kann sie nicht hören, fragt sich, ob er je wieder etwas wird hören können. Das Geballer hat nicht nur die Stille der Nacht zerfetzt, sondern möglicherweise auch sein Trommelfell.

»Countdown ... cht ... ots ... be!«

Dante schüttelt den Kopf, zeigt auf sein Ohr. Etwas trifft ihn an der Stirn. Er zuckt zusammen, schaut auf das Ding, das vor ihm liegt. Es handelt sich um eine Patronenhülse.

Er hält Ausschau nach Hollister. Dieser sitzt in einigen Metern Entfernung neben der kopflosen Leiche Tangs und ist dabei, dem Toten die Maschinenpistole zu entwinden. Dante weiß nicht, was der Irre damit vorhat, aber vermutlich nichts Erfreuliches. Er kommt hoch, läuft in geduckter Haltung auf Hollister zu. Als er ihn erreicht, hat der Juno-Gründer die Waffe bereits im Anschlag. Hollister schaut ihn an, schüttelt den Kopf, sagt etwas. Dante macht eine beschwichtigende Handbewegung, geht wieder auf alle viere. Hollister robbt von ihm weg, zur Stiege am Rand des Pools.

Mondego kommt zu Dante gekrochen. Sie schreit ihm direkt ins Ohr. Nun versteht er sie.

»Wir müssen raus hier! Schnell!«

Dante nickt, zeigt auf eines der kurzen Enden des Pools. Dort befindet sich zwar keine Leiter, aber das Feuergefecht scheint sich, soweit man das von hier unten beurteilen kann, eher an den langen Seiten des Pools abzuspielen. Mit etwas Glück können sie sich in die angrenzenden Büsche schlagen, die den ehemaligen Tennisplatz überwuchert haben. Mit etwas Pech fangen sie sich vorher jeder ein halbes Dutzend Kugeln ein.

Hollister kommt ihnen zur Hilfe. Während sie durch den Pool robben, hält er die Maschinenpistole mit ausgestrecktem Arm über den Rand und beginnt die Chinesen unter Beschuss zu nehmen, die sich kaum drei Meter weiter hinter einem Stapel verrosteter Poolliegen verschanzt haben. Dante hört einen Schrei. Auf der anderen Seite des Pools kommt jemand aus der Deckung, rollt sich ab, springt ins Becken.

»Los jetzt«, schreit er. Dante stellt Mondego eine Feuerleiter. Sobald sie über den Beckenrand ist, zieht er sich ebenfalls hoch. Hinter sich hört er weitere Schreie. Das Dauerfeuer erstirbt. Dante dreht sich nicht um, sondern behält Mondego im Auge, die vor ihm zwischen zwei Büschen verschwindet.

Zweige peitschen ihm ins Gesicht. Seine Füße wirbeln roten Staub auf, Reste des Tennisplatzbelags. Erst, als sie die andere Seite des Courts erreichen, hält Mondego an. Dante bleibt ebenfalls stehen, orientiert sich. Der Pool ist nicht mehr zu sehen, aber hinter ihnen erhebt sich das von fahlem Mondlicht beschienene Castillo del Mar mit seiner terrassenartigen Anlage. Vor ihnen geht es abwärts. In vielleicht dreißig, vierzig Metern Entfernung endet die letzte Terrassenebene an einem Kliff, das zum Meer hin steil abfällt.

Keuchend lehnt Mondego sich an einen Baum.
»Verdammte Scheiße. Wer waren die anderen?«, fragt sie.
»Nordkoreaner.«
»Nord ...? Und was ist mit Hollister?«
»Der steckt mit denen unter einer Decke. Aber wenigstens«, Dante muss Luft holen, bevor er weiterreden kann, »hat Tang diesen Countdown noch gestoppt, bevor ...«
»Ed, das ist ja, was ich die ganze Zeit sagen will. Ich bin mir nicht hundertpro sicher, aber ich glaube, dass es außer dem Countdown noch einen ...«
»No te muevas. Manos arriba«, schreit jemand.
Dante sieht zunächst einen Gewehrlauf, dann bricht der Besitzer der Waffe durchs Unterholz. Er sieht aus wie ein Einheimischer, hat ein Sturmgewehr im Anschlag. Mondego hebt die Hände über den Kopf, Dante ebenfalls.
Der Mann bedeutet ihnen, sich auf den Boden zu legen. Sobald sie unten sind, holt er ein Walkie-Talkie hervor, spricht hinein. Dante versteht kaum etwas, aber offenbar sagt der Mann seinen Compañeros, Compadres, was auch immer, dass er die Flüchtigen habe, gibt seine Position durch.
Ein Handy klingelt. Es ist Mondegos. Der Ton klingt allerdings nicht wie der Standardklingelton, sondern wie ein Wecker. Dante schaut sie an.
»Countdown?«
Sie nickt.
»Aber die Satellitenschüssel ist kaputt.«
»Stimmt. Das verhindert möglicherweise, dass der Rechner die Juno-Bots aktiviert. Es verhindert aber nicht, dass er ein Signal über die im ganzen Hotel installierten WLAN-Repeater weitergibt.«
Dante will fragen, was genau sie meint. Aber in diesem Moment dringt wieder dieser wenig betörende, irgendwie faulige Geruch, den Mondego seit einiger Zeit verströmt, in seine Nase. Er hatte es für Müllgestank gehalten. Aber wo sollten hier größere Mengen davon sein? Der Müll des Hotels ist seit sechzig Jahren verrottet.

Ihm wird klar, dass der Gestank von Chemikalien herrühren muss. Er tippt auf Schwefel.

In der Ferne ist ein dumpfer Knall zu hören, dann noch einer. Der Mexikaner schreckt auf, brüllt etwas in sein Funkgerät. Von irgendwo vernimmt Dante ein seltsames Knistern, gefolgt von einem Rauschen. Wieder ist ein dumpfer Knall zu hören. Außerdem hat er den Eindruck, dass jemand das Licht angeschaltet hat. Es ist auf einmal so hell.

»Mercy, was zum ...«

»Treibstoff. Eine Menge davon.«

»Wo?«

»Ich habe auf dem Computer was gefunden, das nicht nach Skript für ein Botnetz aussah. Dann bin ich mit dem WLAN-Sniffer noch mal durchs Hotel. Unter der Luke, wo die alten Öltanks waren, da ist alles voller Fässer und ...«

Das Funkgerät ihres Bewachers quakt. Der Mann flucht, rennt los. Schon ist er im Gebüsch verschwunden. Mondego und Dante schauen einander ungläubig an. Sie stehen auf. Dichter, gelblich leuchtender Qualm steht über dem Castillo del Mar. Das Flackern eines Feuers erhellt die Wände. Wieder ist ein dumpfer Knall zu hören, noch einer, und noch einer, so als sei das Hotel ein gigantischer Topf voller Popcornmais, der allmählich in Wallung gerät.

»Er wollte alle Spuren verwischen«, sagt sie. Vermutlich meint sie Hollister. Dante bleibt keine Zeit, nachzufragen, denn in diesem Moment schwappt eine Welle lichterloh brennender Flüssigkeit über die Kante der obersten Terrassenebene, ergießt sich nach unten. Dante macht ein paar Schritte rückwärts. Schon hat das lodernde Öl, Napalm, was auch immer, die nächste Ebene erreicht. Es kommt auf sie zu, wird den ganzen Bereich unterhalb des Hotels binnen kürzester Zeit in ein Inferno verwandeln.

Dante packt Mondego am Arm, will sie Richtung Pool ziehen. Dort muss es eine Treppe hinab zum Meer geben, unten lag schließlich ein Boot. Die Büsche hinter ihnen gehen in Flammen auf. Dante erblickt die Treppe. Das flüssige Feuer hat bereits die oberen Stufen erreicht. Mondego ruft etwas, zeigt in Richtung der Klippen. Sie laufen los, bleiben an der Kante stehen.

»Wir können da nicht runter. Das sind mindestens sechzig Fuß, eher mehr«, schreit Dante.

»Acapulco-Springer machen so was dauernd«, brüllt sie. »Los jetzt. Du zuerst.«

Dante springt. Unter ihm rauscht das Meer, hinter ihm faucht das Feuer. Doch das Einzige, was er hört, ist sein eigener gellender Schrei.

DOLLARDRAMA

Dante hat diese Acapulco-Springer schon einmal im Fernsehen gesehen. Bisher dachte er, das saubere Eintauchen sei der schwierige Teil. Aber wie er nun lernt, ist Auftauchen das Problem, vor allem wenn es zappenduster ist. Der Aufprall hat ihm die verbleibende Luft aus den Lungen gedrückt, Flecken tanzen vor seinen Augen. Dante rudert mit den Armen, strampelt mit den Beinen. Aber die Wasseroberfläche scheint nicht näher zu kommen. Schwimmt er überhaupt in die richtige Richtung? Wo ist oben, wo unten?

Das Inferno rettet ihn. Über sich macht Dante ein Flackern aus. Ihm wird klar, dass es von der brennenden Flüssigkeit herrühren muss, die inzwischen die Klippen hinuntertropft und auf dem Wasser weiterbrennt. Nun weiß er endlich, wo oben ist. Ein paar Züge und Dante bricht durch die Oberfläche, saugt gierig Luft ein. Köstlich kühl würde sie sein, so hat sein unterversorgtes Gehirn es sich ausgemalt. Stattdessen muss Dante husten. Um ihn herum sieht er brennende Ölteppiche, schwarzer Qualm zieht über das Wasser. Weiter oben glüht der Berg, die Klippen stehen in Flammen. Rauchgeruch liegt in der Luft. Es ist fast wie zu Hause.

Nervös blickt er sich um, hält Ausschau nach Mondego. Die Wasseroberfläche ist hell erleuchtet, orangefarbene und gelbe Reflexionen tanzen über die Wellen. Dante holt Luft und taucht. Das Licht reicht zwei, drei Meter tief, darunter liegt nachtblaue See. Er will schon wieder hochkommen, als er vor sich eine Bewegung sieht. Hoffentlich ist es kein Hai.

Er schwimmt darauf zu. Es ist Mondego. Sie bewegt sich wie in Zeitlupe. Ihre Augen sind geschlossen. Dante packt sie von hinten, schwimmt aufwärts. Mondego wirkt schwerelos, aber er hat

Mühe sie mit sich zu ziehen. Als sie durch die Oberfläche brechen, schreit Dante sie an, schüttelt sie. Mondego beginnt zu husten, öffnet die Augen.

»Geht's dir gut?«

»Ich ... ich glaube schon. Nach dem Eintauchen war ich kurz weg.«

Sie halten einander fest, treten Wasser. In vielleicht hundert Metern Entfernung liegen zwei Bote am Pier. Eines davon wird gerade Opfer des brennenden Öls. Die beiden Taue, mit denen es am Pier festgemacht ist, scheinen sich damit vollgesogen zu haben, brennen wie eine gigantische Lunte. In Kürze werden die Flammen das Boot erreichen. Die zweite Yacht befindet sich auf der anderen Seite des Piers und sieht noch intakt aus. Mondego zeigt darauf.

»Die letzte Mitfahrgelegenheit.«

Dante nickt. Sie schwimmen auf das Boot zu, erreichen nach wenigen Minuten das Heck, von dem aus eine kleine Leiter auf das Hinterdeck führt. Mondego greift nach der Sprosse, aber Dante bedeutet ihr, ihm den Vortritt zu lassen.

So leise wie möglich klettert er die Leiter empor. In der Ferne ist ab und zu eine Detonation zu vernehmen, wenn wieder ein Ölfass hochgeht. Er fragt sich, wie viel Zeit ihnen bleibt, bevor die Bullen auftauchen. Draußen auf dem Meer sind Schiffe unterwegs, vermutlich wurde die Küstenwache bereits verständigt. Er späht über die Reling. Auf dem Hinterdeck ist es dunkel, die Beleuchtung abgeschaltet. Im Schein des Feuers kann er eine Vertiefung erkennen, in der sich ein Jetski befindet. Mithilfe einer Winsch kann man das Gefährt zu Wasser lassen. Außerdem gibt es eine Sitzecke mit darüber gespannter Plane. In einer Ecke liegt Taucherausrüstung herum. Zu sehen ist niemand, aber Dante meint einen schwachen Schein ausmachen zu können – dort, wo sich mutmaßlich ein Abgang ins Schiffsinnere befindet.

Dante klettert über die Reling. Die Tür zum Unterdeck ist geöffnet. Als er herantritt, sieht er, dass auf den Stufen der Treppe ein Mann sitzt. Es ist Greg Hollister. Der Lichtschein, den Dante gesehen hat, rührt von einem Handy her, das der Juno-Gründer in der Rechten hält. Dante schleicht sich heran. Hollister tippt etwas in sein Telefon, murmelt vor sich hin.

Das mit dem Schleichen hätte funktioniert, möglicherweise. Aber Mondego hat inzwischen beschlossen, ihm zu folgen. Bei dem Versuch, die Stiege hinaufzuklettern, veranstaltet sie leider einen mordsmäßigen Krach. Selbst in Dantes lädierten Ohren klingt es, als seien sie auf ein Riff gelaufen. Hollister hört es ebenfalls, kommt hoch, dreht den Kopf.

Er rennt los. Hollister ist bereits auf den Beinen, greift mit der freien Hand nach etwas. Dante ist nicht sonderlich erpicht darauf, herauszufinden, ob der Irre eine weitere Waffe aufgetrieben hat. Deshalb tritt er dem Mann aus vollem Lauf vor die Brust. Hollister fliegt rückwärts die Treppe hinunter, schlägt in der Dunkelheit mit einem dumpfen Geräusch auf. Fluchend folgt Dante ihm. Licht wäre hilfreich, doch er hat keine Ahnung, wo sich der Schalter befindet. Die einzige Lichtquelle in der Kabine ist folglich das Handy, das Hollister hat fallen lassen. Dante vernimmt ein Schnaufen, etwas Hartes trifft ihn an der Schulter. Instinktiv weicht er zurück. Es gibt einen Knall, im aufblitzenden Mündungsfeuer erkennt er für einen Sekundenbruchteil Hollisters Umrisse. Dieser steht nicht einmal einen Meter von ihm entfernt. Dante schnellt nach vorne, bekommt Hollister am Oberkörper zu fassen, wirft ihn gegen die Wandverkleidung, die mit einem hässlichen Krachen splittert.

Hollister sackt in sich zusammen. Dann sind sie auf dem Boden, ein Knäuel aus Beinen und Händen, die treten, zerren und nach der Waffe tasten. Mehrfach streichen Dantes Finger über das kalte Metall. Dann hat er sie. Hollister bekommt es mit, weicht zurück.

»Keinen Scheiß jetzt«, ruft Dante.

Sein Widersacher kriecht in eine Ecke des Raums. Immer noch kann Dante nur Schemen ausmachen. Es knallt. Hollister zuckt zusammen. Dabei war es nicht Dante, der geschossen hat, sondern jemand da draußen. Ein Nordkoreaner oder ein Chinese? Sind die Federales bereits eingetroffen? Dante weicht zurück Richtung Treppe, Waffe im Anschlag. Die Finger seiner Linken streichen über die Wandverkleidung, finden einen Schalter.

Es wird hell. Hollister sitzt in einer Ecke, das Handy in der Hand. Er schaut Dante an, dann die Mündung der Waffe. Besonders verängstigt sieht er nicht aus.

»Das Handy weg«, sagt Dante.

Hollister schüttelt den Kopf.

»Los jetzt. Ich«, Dante gestikuliert mit der Glock in seiner Hand, »bin der mit der Scheißwaffe.«

»Da wäre ich mir nicht so sicher, Eddy.«

Hollister hält das entsperrte Mobiltelefon in der offenen linken Hand. Langsam lässt er es von der Handfläche auf den Boden gleiten. Hollister kann sehen, dass eine Website geöffnet ist. Darauf steht ein bisschen Text, darunter sind zwei Schaltflächen, eine grün, eine rot.

»Und ich dachte, Sie hätten einen Countdown programmiert.«

»Habe ich auch. Aber glauben Sie, ich bin so dämlich und habe keinen Plan B? Ich kann den Mist auch übers Handy starten. Das Netz ist nicht doll hier draußen. Aber für die paar Bits reicht's.«

»Und der zweite Countdown? Das Feuer?«

»Das alte Treibstoffreservoir des Hotels. In den Sechzigern hatte man so was noch, da fiel hier dauernd der Strom aus. Deshalb auch das Notaggregat. Ich habe das Reservoir letztes Jahr auffüllen lassen, mit Fässern voller Öl. Die habe ich außerdem mit Schwefel und Phosphor versetzt. Ich will ja keine Spuren hinterlassen.«

»Ziemlich dramatisch.«

Hollister macht eine entschuldigende Geste.

»Ich bin jemand, der mitunter zur Dramatik neigt.«

»Wäre mir gar nicht aufgefallen.«

Das Boot beginnt zu vibrieren. Jemand hat den Motor angeworfen. Dante hofft, dass es Mondego war. Hollister zuckt mit den Achseln. Er sieht ziemlich mitgenommen aus. Seine Klamotten sind zerfetzt, sein Bart versengt, er blutet aus zahllosen Schnittwunden.

Dante hört einen weiteren Schuss. Der Motor des Boots heult auf, der Steuermann schlägt hart ein. Dante, der auf der vorletzten Stufe steht, verliert das Gleichgewicht, muss sich am Treppengeländer festhalten. Nach ein, zwei Sekunden hat er sich wieder unter Kontrolle.

Das ist alle Zeit, die Greg Hollister braucht.

»Nein!«, brüllt Dante. Doch es ist bereits zu spät. Hollister greift nach dem Handy, tippt darauf, gibt seiner Bot-Armee den Marschbefehl. Junos Server ächzen vermutlich bereits unter der gestiegenen Last, weil nach dem dritten Video alle ihr Geld abzuziehen versuchen. Nun feuern zusätzlich die Fake-Accounts aus allen Rohren. Sie überfluten das Juno-System mit Millionen und Abermillionen winziger Orders, bringen alles zum Stillstand, lösen totale Panik aus.

Hollister kommt auf die Beine, klopft sich die Hände an der Hose ab, so als hielte sein Gegenüber keine geladene Waffe in der Hand. Dantes schwitzige Finger krallen sich um den Griff der Glock. Noch nie hat er sich so wehrlos gefühlt.

»Was haben Sie getan, Greg?«

»Die Welt vom Tyrannen befreit.«

»Die Zentralbanken werden eingreifen«, hört Dante sich sagen.

»Schnarchnasen. Alte Männer in Anzügen. Wenn die morgen – ich vermute eher übermorgen – ihre erste Notsitzung einberufen, ist schon alles zu spät.«

»Ein einziger Geldmarktfonds kann nicht das gesamte System zerstören.«

Hollister lächelt.

»Wie groß war die Bilanzsumme bei der Gerard-Brothers-Insolvenz? Sie müssten das doch wissen.«

»Sechshundert Milliarden Dollar«, erwidert Dante leise.

Er hat schon oft über diese Zahl nachgedacht. Sie ist kaum zu greifen. Wie viele Häuser mit Hypothek sind das, in denen Familien wohnen? Wie viele Firmen mit wie vielen Mitarbeitern? Wie viele Rentner mit Pensionsdepots, Studenten mit Collegefonds?

»Und das war nur eine blöde Bank. Aber alle großen Volkswirtschaften schlitterten nach ihrer Pleite in die Rezession. Das Vertrauen war zerstört. Und nun«, Hollisters Augen leuchten, »stellen Sie sich vor, was passiert, wenn Juno liquidiert wird. Das Volumen ist x-mal größer.«

»Äpfel und Birnen, Hollister.«

»Und diesmal geht es außerdem an den Kern der Sache«, sagt Hollister, der ihn gar nicht zu hören scheint, »um das Geld an sich. Nach dieser Geschichte wird keiner mehr Fiat-Geld wollen. Alle werden verstehen, dass man sein Geld nicht in Dollar oder Euro anlegen sollte. Alle werden kapieren, dass nur Krypto ...«

Ohne groß darüber nachzudenken, macht Dante zwei Schritte auf Hollister zu und zieht ihm die Glock über den Schädel. Lautlos sackt der Juno-Gründer in sich zusammen. Dante betrachtet die Waffe in seiner Hand, wundert sich über sich selbst. Er wendet sich ab, steigt hoch aufs Deck. Sie sind bereits ein ordentliches Stück von der Küste entfernt. Hinter ihnen liegt das brennende Castillo. Dante läuft an der Steuerbordseite entlang, in die Richtung, wo er den Steuerstand vermutet. Dieser befindet sich in einem Aufbau auf dem Oberdeck. Durch eine getönte Scheibe sieht er Mondego. Sie winkt ihm zu. Als sie seinen Gesichtsausdruck bemerkt, hört sie auf zu winken. Dante klettert zu ihr hoch, betritt den Steuerstand.

»Was ist los?«

»Hollister hat seine Dollar-Doomsday-Maschine gestartet.«

Ihr Blick fällt auf die Glock. Ihre Augen weiten sich.

»Und du hast ihn ...?«

»Herrgott, nein. Er ist nur ohnmächtig.«

»Aber ich habe einen Schuss gehört. Mehrere sogar. Ich war mir nicht sicher, von wo der kam. Aber einer der Nordkoreaner kam den Pier runter, da habe ich mich erst mal darum gekümmert, dass wir wegkommen.«

»Das hast du gut gemacht. Aber Hollister habe ich nicht stoppen können.«

»Und jetzt?«
»Geht die Welt unter.«
Sie schüttelt den Kopf.
»Wir haben schon mehrere Finanzkrisen überstanden. Der Typ überschätzt sich.«
»Nein. Nein, das tut er nicht. Oder vielleicht doch. Auf jeden Fall wird es schrecklich. Schlimmer als damals bei Gerard. Rezession, Unruhen, vielleicht Krieg.«
»Wo ist er jetzt?«
»Unten. Schläft, wie gesagt. Was machen wir mit ihm?«
»Wir übergeben ihn den Bullen.«
Dante nickt. Er schaut auf den Monitor neben dem Steuerrad. Wenn er die Karte richtig interpretiert, fahren sie gen Westen – nicht Richtung Acapulco, sondern die Küste hinauf.
»Wohin fahren wir?«, fragt er.
»Ich wusste nicht, was du vorhast. Aber ich dachte mir, wenn die Federales auftauchen oder die Küstenwache, kommen sie bestimmt aus Richtung Stadt. Und ich war mir nicht sicher, ob wir die mexikanischen Bullen treffen wollen.«
»Uns bleibt wohl kaum was anderes übrig«, erwidert Dante. Natürlich wäre es ihm lieber, Hollister den US-Behörden zu übergeben. Er könnte Agent Wilkins anrufen und versuchen, ihm die Sache auseinanderzusetzen. Das FBI hat zumindest eine Ahnung, worum es geht. Aber wie bitte sollen sie den mexikanischen Behörden erklären, was passiert ist? Dass sie da unabsichtlich hineingeraten sind?
Das Boot wirkt recht seetüchtig. Damit in die USA zu schippern, ist dennoch keine Option. Bis San Diego dürften es an die dreitausend Seemeilen sein.
»Lass uns umdrehen und nach Acapulco fahren«, sagt Dante. Vielleicht kann ich vorab über das Funkgerät an Bord das FBI verständigen. Dann könnten ...«
Splitter fliegen ihnen um die Ohren. Dante hört Schüsse, sieht Mondego zu Boden gehen. Ob sie getroffen wurde oder sich nur

aus der Schusslinie zu bringen versucht, kann er nicht erkennen. Er wirft sich ebenfalls zu Boden. Als er aufschaut, sieht er Hollisters Gesicht hinter der halb geborstenen Scheibe. In den Händen hält Sir Holly etwas, das wie eine kleine Maschinenpistole aussieht, eine Uzi. Fluchend fingert er daran herum.

Dante ist sich der Tatsache bewusst, dass es dämlich von ihm war, Hollister am Leben zu lassen. Dessen Plan beruht schließlich darauf, dass ihn alle für mausetot halten. Folglich kann er keine Zeugen gebrauchen. Aber den wehrlosen Hollister kaltblütig erschießen, das konnte er nicht. Ihn zu fesseln wäre allerdings eine gute Idee gewesen. Kurz fragt Dante sich, wo Hollister die zweite Waffe herhat, aber eine Stimme in seinem Hinterkopf weist ihn darauf hin, dass diese Yacht den nordkoreanischen Hackern gehört und diese das Schiff vermutlich von ihren mexikanischen Narco-Kumpels geliehen haben. Weswegen es eher erstaunlich wäre, wenn auf dem Kahn keine Knarren herumlägen.

Dante weiß nicht viel über Waffen. Als er Hollister mit der Uzi hantieren sieht, fällt ihm jedoch ein, dass diese Dinger angeblich oft Ladehemmungen haben. Vermutlich versucht Hollister gerade, eine zu beseitigen. Dante reißt die Glock hoch und drückt ab. Der erste Schuss durchschlägt den Türrahmen. Hollisters Gesicht verschwindet. Dante schießt erneut, diesmal auf den unteren, unverglasten Teil des Aufbaus. Er hört einen Schrei. Es ist nicht Hollisters, sondern sein eigener. Dante hält die Waffe nicht richtig, der Rückstoß hat ihm das Handgelenk verdreht. Es tut höllisch weh.

Dante kommt hoch, tritt gegen die Tür. Nun ist es tatsächlich Hollister, der schreit. Er scheint die Tür voll abgekriegt zu haben. Hollister kommt hoch, steht nun vor dem Steuerhäuschen. Dante legt an, auch der Juno-Gründer reißt die Waffe hoch. Hollister ist schneller. Dante hört das Knattern der Waffe, sieht das Mündungsfeuer. Um ihn herum schlagen Kugeln ein. Dann erstirbt das Geräusch. Hollister hat das gesamte Magazin geleert. Aufgrund des Rückstoßes hat er währenddessen auf dem glitschigen Oberdeck einige unfreiwillige Schritte nach hinten getan, rudert mit den Armen. Dante ist offenbar nicht der Einzige, der mit Büroarbeit besser zurechtkommt als mit Ballermännern.

Hollister fällt, knallt gut zweieinhalb Meter weiter unten auf die Back, den Teil des Vorderdecks nahe dem Bug. Schon ist Dante hinterher, drischt mit bloßen Fäusten auf den am Boden Liegenden ein. Doch Hollister ist ein zäher Knochen, schüttelt ihn ab. Auf einmal liegt Dante auf dem Rücken, und der Juno-Gründer kniet über ihm. In der Hand hält Hollister etwas, das wie ein Rohrstück aussieht. Dante will hochkommen, doch alle Kraft hat ihn verlassen. Er sieht, wie sein Gegner das Rohr hebt.

Ein hohles, glockenartiges Geräusch ertönt, und auf einmal ist Hollister in der Luft. Dante kann Mondego erkennen, ihr Gesicht und ihr Hals sind blutverschmiert. Mit beiden Händen hält sie einen Feuerlöscher umklammert. Bevor Hollister weiß, wie ihm geschieht, drischt Mondego erneut mit dem Löscher auf ihn ein. Er verliert das Gleichgewicht, taumelt, geht über Bord.

Mondego lässt den Feuerlöscher fallen, bricht zusammen. Dante robbt auf sie zu. Sie sieht entsetzlich aus. Die Stellen ihres Körpers, die nicht zerkratzt oder versengt sind, sind mit öliger Schmiere bedeckt.

»Alles klar?«, fragt er.

»Keine Kugel abgekriegt. Glaube ich.«

Sie mustert ihn, streicht ihm mit der Hand über die Schläfe.

»Sehe ich auch so scheiße aus wie du?«, fragt sie.

»Ja. Aber zusätzlich stinkst du auch noch.«

Sie grinst. »Arsch.«

Jetzt wäre ein guter Zeitpunkt, sie zu küssen. Aber ausgerechnet in diesem Moment meldet sich Dantes Gewissen.

»Sollten wir nicht versuchen, ihn rauszufischen, bevor die Haie es tun?«

Sie robbt näher heran.

»Keine Lust.«

»Mercy, wir ...«

»Du hast ja recht. Scheiße, leider hast du recht.«

Sie helfen einander auf, klettern zurück aufs Oberdeck. Mondego wendet das Boot. Dante blickt hinaus aufs Meer. Sie haben das Castillo weit hinter sich gelassen, befinden sich schätzungsweise eine Seemeile von der Küste entfernt. Außer dem Mond gibt es keine Lichtquelle. Das Boot hat zwar einen schwenkbaren Scheinwerfer, aber obwohl sie ihn in alle Richtungen drehen, finden sie niemanden. Nach einiger Zeit geben sie auf.

Etwas später sitzen sie auf einem der plastiküberzogenen Sofas im Heckbereich, jeder einen Jack Daniels in der Hand. Normalerweise würde Dante diese Südstaatenpisse nicht einmal als Pinselreiniger benutzen. Doch heute wird es gehen.

Mondego schaut in ihr Glas. Sie sagt nichts, aber es macht ihr eindeutig zu schaffen, dass sie Hollister über Bord befördert hat.

»Er hat's nicht besser verdient. Und Notwehr war's auch.«

»Irgendwie ein passendes Ende«, murmelt Mondego.

»Inwiefern?«

»Vielleicht ist er tot. Vielleicht schafft er es aber auch bis zum Ufer. Oder vielleicht hatte er noch irgendein Gadget dabei und wird demnächst von seinem Drohnenboot rausgefischt.«

»Mysteriös bis zum Schluss«, pflichtet Dante ihr bei. Aber er tut es eher, um sie zu beruhigen. Er ist sich ziemlich sicher, bei Mondegos zweitem Feuerlöscher-Hieb Knochen knacken gehört zu haben. Vermutlich ist Sir Holly untergegangen wie ein Shitcoin.

Sie dümpeln dahin. Über ihnen funkeln die Sterne. Mondego lehnt sich an Dantes lädierte Schulter. Das tut weh, ist aber dennoch angenehm.

»Ich frage mich, wie Hongkong eröffnet hat«, sagt Dante.

Sie schaut ihn entgeistert an.

»Du bist zweifelsohne der unromantischste Mensch, den ich je getroffen hab.«

»Ich bin Engländer.«

»War mir gar nicht aufgefallen.«

Sie nimmt einen Schluck, steht auf.

»Und wenn wir hier Bloomberg empfangen könnten – was würde es uns helfen?«

»Nichts. Juno ist paralysiert, blutet aus. Der Dollarkurs rutscht vermutlich bereits, der von US-Staatsanleihen logischerweise auch, von Aktien ganz zu schweigen. Es ist unaufhaltsam.«

Dante erhebt sich ebenfalls, legt einen Arm um sie.

»Wir müssen einfach warten, was passiert. Ob es vielleicht eine konzertierte Aktion der Zentralbanken gibt, die den Leuten wieder Vertrauen einflößt«, sagt Dante.

Er prostet ihr zu.

»Immerhin hast du jetzt eine Mordsstory für dein Blog.«

Sie stehen ganz nah beieinander. Mondego schaut ihn an. Ihre Lippen öffnen sich. Jetzt oder nie, denkt er. Der Jack Daniels hat seine britische Zurückhaltung weitgehend weggespült. Dante beugt sich vor, schließt die Augen.

»Scheiße, das isses«, sagt Mondego.

Dante öffnet die Augen wieder.

»Hm, was?«

Mondego ist bereits dabei, die Treppe hinabzusteigen.

»Komm und hilf mir!«, ruft sie ihm über die Schulter hinweg zu.

»Wobei?«

»Schau in allen Schränken nach, ob es hier irgendwo einen Computer oder ein Handy gibt.«

LAST QUATERMAIN

Zdenko wendet seinen Blick von den Computern ab, schaut zur Zimmertür. Er meint, etwas gehört zu haben. Ist da jemand? So leise wie möglich steht er auf und geht zum Nachttisch, in dem er ein Messer sowie eine Dose Pfefferspray deponiert hat. Er zieht die Schublade vorsichtig auf. Seine Hand greift nach dem Messer, einem Hightech-Ding mit eloxierter schwarzer Klinge, schreckt zurück. Zdenko Molnár, in der Kryptoszene besser bekannt als Commander Z, hat Angst vor Waffen. Das war schon immer so. Auch der Umstand, dass er nun eine benötigt oder zumindest glaubt, eine zu benötigen, ändert daran nichts. Zdenko lässt das Messer, wo es ist, greift sich stattdessen das Pfefferspray. Er schleicht zur Tür. Wieder vernimmt er dieses Knirschen auf der anderen Seite.

Er linst durch den Spion. Es ist das Zimmermädchen. Zdenkos Muskeln entspannen sich etwas, aber sein Herz hämmert immer noch. Ein Gedanke geht ihm durch den Kopf. Vielleicht ist die Frau mit dem Rollwägelchen da draußen gar kein Zimmermädchen, sondern eine verkleidete russische Geheimagentin.

Zdenko seufzt leise, lässt das Spray sinken. Er ist intelligent und auch introspektiv genug, um den Gedanken als das zu erkennen, was er ist: eine Wahnvorstellung. In letzter Zeit ertappt er sich des Öfteren bei solchen Überlegungen. Manchmal gibt er dem First Quatermain die Schuld daran, Ed Dante. Der hat Zdenko die Paranoia quasi eingeimpft, als er sagte: »Passt auf euch auf. Am besten ihr bleibt ein paar Tage zu Hause, schaut Netflix. Oder fahrt zu Freunden.«

Andererseits hat Dante nur ausgesprochen, was auf der Hand liegt. Der Schatz von Montecrypto zieht Leute an – Irre aus dem

Internet, Journalisten, zwielichtige Sicherheitsleute, Geheimdienstler.

Zdenko geht wieder zu seinem improvisierten Arbeitsplatz. Auf dem Schreibtisch des Hotels stehen zwei Laptops und zwei iPads, deren Bildschirme voller Zahlen und Kurven sind, so als sei er ein Daytrader, ein Börsenspekulant. In gewisser Weise ist er das vielleicht auch.

Zdenko fröstelt. Er wünschte, Agnesa wäre hier. Gleichzeitig ist er ganz froh, dass sie fort ist. Sie streiten sich oft in letzter Zeit. Vorhin beim Frühstück gab es schon wieder Zoff. Mit einer dramatischen Geste ist Agnesa abgezogen, um woanders allein zu frühstücken. Vermutlich sitzt sie schmollend im Starbucks an der Sedlárska und wartet, dass es zehn Uhr wird, dass die Geschäfte in der Altstadt öffnen. Sollte Agnesa tatsächlich shoppen gehen, wird das erfahrungsgemäß eine ganze Weile dauern, nun, da Geld keine Rolle mehr spielt.

Zdenko nippt an seinem nur noch lauwarmen Cappuccino, erwägt den Zimmerservice wegen Nachschub anzurufen. Aber möglicherweise wird ihn das noch paranoider machen – das Getränk könnte vergiftet sein, die Untertasse verwanzt. Deshalb studiert er lieber die Zahlen vor sich.

Nachdem er den zweiten Schatz gefunden hatte, gingen tagelang mittelgroße Geldsummen auf seinem Juno-Konto ein. Am Ende waren es eineinhalb Millionen Moneta, eine unvorstellbare Summe. Inzwischen liegt auf seinem Juno-Konto nur noch die Hälfte davon. Den Rest hat er nicht verprasst und auch nicht in eine Eigentumswohnung in Wien investiert – Agnesas neueste Idee – sondern angelegt, in Bitcoins und Turtlecoins. Spekulation war das nicht, zumindest nicht in Zdenkos Augen. Er wollte einfach diversifizieren, nicht alle Eier in einem Körbchen aufbewahren, wie man so schön sagt.

Aber der Hype um den Schatz wurde in den darauffolgenden Tagen immer größer. Montecrypto war nichts mehr, das nur bei Reddit oder 4Chan verhandelt wurde. Das Thema entstieg den Untiefen des Internets und erreichte Guardian, New York Times und CNN. Sogar in der Nový Čas, der slowakischen Antwort auf The Sun, war die Schatzjagd auf der Titelseite.

In der Folge stieg das Interesse an Kryptowährungen und damit deren Kurse. Warum der Umstand, dass ein Irrer irgendwo digitales Geld versteckt, dazu führt, dass Bitcoins mehr wert sind, erschließt sich ihm nicht. Aber genauso läuft es. Mit dem Resultat, dass Zdenko Molnár inzwischen fast vier Millionen Euro schwer ist.

Zdenko ruft die neuesten Nachrichten auf. Noch immer hat niemand den Schatz in Malta gefunden, der viel größer sein muss als die vorherigen. Eigentlich sollte Zdenko dort sein, sich an der Suche beteiligen. Es ist schon seltsam. Vor nicht einmal einer Woche hat er sich per Anhalter von Trnava bis nach Zug durchgeschlagen. Nun könnte er am Airport von Bratislava einen Charterjet mieten und nach Malta düsen. Stattdessen sitzt er im Radisson Danube auf seinem Allerwertesten.

Nach dem Geldregen waren Agnesa und er zunächst bei Zdenkos Bruder Štefan untergekommen. Aber dort hielten sie es nur einen Tag aus. Štefan merkte natürlich, dass irgendwas im Busch war, stellte zu viele Fragen. Außerdem bildete Zdenko sich ein, dass sein Bruderherz ein bisschen zu viel mit Agnesa schäkerte und sie ihm auch nicht gerade die kalte Schulter zeigte. Also fuhren sie nach Bratislava, in die Metropole, um sich von deren Anonymität verschlucken zu lassen. Zwei Tage wohnten sie in einer Jugendherberge, bevor sie in diese Suite umzogen.

Routinemäßig kontrolliert Zdenko seine Konten – Juno, Coinbase, Gemini, Raiffeisen. Bitcoin, Turtlecoin, Firecoin sowie seine anderen Investitionen sind kaum verändert. Juno hingegen ist immer noch so gut wie down, erst beim vierten Versuch gelingt es ihm, sich einzuloggen. Zdenko fällt auf, dass seine letzte Überweisung – ein Umtausch von einhunderttausend Moneta in Dollar – nicht durchgegangen ist. Stattdessen hat er vierzehn Überweisungen erhalten, alle von ihm unbekannten Nutzern. Er scrollt durch die Informationen, runzelt die Stirn. Jede der Überweisungen lautet auf 0,0000000002 Moneta, also zwei Hollys. Was soll das? Anscheinend spinnt das System jetzt komplett.

Eine Menge Leute sind nervös, wegen der IT-Probleme bei Juno ebenso wie wegen der Deckungslücke, von der Hollister in seinem letzten Video gesprochen hat. Auf Reddit sagen sie, es könne kein Zufall sein, dass beide gleichzeitig aufträten. Und in der New York Times stand, dass der Rutsch des US-Dollar auf Notverkäufe des Juno-Geldmarktfonds zurückzuführen sei.

Er ruft den Kurs des Greenback auf. Gegenüber dem Euro hat er seit dem Auftauchen des dritten Montecrypto-Videos um 01.30 Uhr mitteleuropäischer Zeit sieben Prozent an Wert verloren. Zdenko hält das zunächst nicht für viel, aber im Aufmacher von Bloomberg steht, ein derartiges Minus sei ein »nie dagewesenes« Ereignis. Da Zdenko Journalisten von Mainstreammedien grundsätzlich für unglaubwürdig hält, recherchiert er bei ein paar anderen Quellen. Aber es stimmt wohl. Minus sieben Prozent sind kein kleiner Kurssturz, sondern ein katastrophaler Crash.

Zdenko trinkt den Rest des Cappuccino aus, schaltet den Fernseher ein. Auf CNBC ist ein Marktstratege aus Asien zugeschaltet, der erklärt, sieben Prozent Dollarminus bedeuteten, dass der US-Aktienmarkt auf einen Schlag zwei Billionen Dollar weniger wert sei. Unnötigerweise fügt er an, es stehe »eine sehr erhebliche Kurskorrektur« an.

Zdenko lehnt sich zurück, denkt nach. Da draußen scheißen sich vermutlich gerade eine Menge Menschen in die Hosen – Investmentbanker, Pensionäre, Zentralbanker, sogar Kryptofreaks. Zdenko hingegen registriert mit einer gewissen Genugtuung, wie ruhig er ist. Seit er derart viel Kohle besitzt, hat er ständig Schweißausbrüche, Albträume, Angstzustände. Doch nun, da vielleicht alles den Bach runtergeht, ist er auf einmal ganz locker. Er kann nicht genau sagen, warum. Ist es, weil er vorgesorgt und mehrere HyperVaults und Geldbündel (Franken, Euro, Dollar) in einem Schließfach deponiert hat? Oder wünscht er sich vielleicht insgeheim, wieder so bettelarm zu sein wie noch vor wenigen Tagen?

»Nicht albern werden jetzt«, murmelt er. Zdenko geht auf die Juno-Seite, versucht erneut, Moneta in Dollar umzutauschen. Beim zweiten Mal nimmt das System den Auftrag an. Allerdings steht da: »Order is pending. Thank you for your patience.«

Gerade will Zdenko nochmals den Dollarkurs checken, als sein Handy fiept. Es handelt sich um eine Chatnachricht von Jochen, einem Quatermain aus Leipzig, mit dem er des Öfteren Tipps austauscht.

»Unfassbar, falls echt«, steht da auf Englisch. Angehängt ist ein Link zu einem Blog mit dem reichlich bescheuerten Namen »Tales from the Crypto«. Zdenko klickt darauf. Die Überschrift lautet »EXKLUSIV: First Quatermain hebt Montecrypto-Schatz (schon wieder)«. Darunter ist ein Video eingebunden. Zdenko klickt es an.

Ed Dante erscheint. Er befindet sich auf einem Boot. Wo das Video aufgenommen wurde, ist schwer zu sagen. Dante sitzt auf Deck, an eine Wand gelehnt. Die Szene ist schlecht ausgeleuchtet, anscheinend herrscht Nacht. Der First Quatermain sieht ein bisschen fertig aus – sogar ziemlich fertig. Schrammen verunzieren sein Gesicht. Er hat verkrustetes Blut an der Schläfe. Und sein Trilby ist auch futsch.

Man kann erkennen, dass Dante einen Neoprenanzug trägt. Eine Taucherbrille liegt in seinem Schoß. Zdenkos Mund entfährt ein Schrei, noch bevor der Mann im Video überhaupt den Mund aufgemacht hat.

»Verdammt, ich wusste es!«, ruft er.

Dante nickt dem Publikum zu.

»Hallo, liebe Quatermains auf der ganzen Welt. Hier spricht Ed Dante.«

Während das Video läuft, tippt Zdenko auf Twitter »dante montecrypto video« ein. Er findet einen Tweet, den das Tales-Blog vor zehn Minuten abgesetzt hat. Er wurde bereits zweitausend Mal geteilt.

»Ich weiß, dass viele von euch nach Malta unterwegs sind, auf der Suche nach dem dritten Schatz.«

Dante beugt sich vor. In seinem Blick liegt Genugtuung, gepaart mit einer gehörigen Prise Selbstgefälligkeit.

»Ihr könnt dann mal aufhören zu suchen.«

»Alter!«, entfährt es Zdenko.

»Diesmal war ich schneller als ihr. Wie genau sich das Rätsel lösen ließ, möchte ich an dieser Stelle nicht verraten. Das wäre ein Spoiler, es wäre unfair gegenüber denen, die es gerne selbst knacken wollen.«

Zdenko ist der Ansicht, dass der Taucheranzug bereits alles sagt, was es zu der Sache zu sagen gibt. Das Blue Hole bei Gozo – Dante war als Erster da, ist runtergetaucht, hat den Schatz geborgen, Ende der Geschichte.

»Ich möchte euch jedoch erzählen, was sich in der Schatztruhe befand. Sie enthielt Kryptogeld im Wert von«, Dante hält kurz inne, blickt direkt in die Kamera, »zehn Milliarden Dollar.«

»Heilige Scheiße«, ächzt Zdenko.

Dante pausiert einige Sekundenbruchteile, um seinen Zuschauern Gelegenheit zu geben, die Summe zu verdauen. Dann hält er etwas in die Kamera, das wie ein gewöhnlicher USB-Stick aussieht. Befindet sich das ganze Geld wirklich da drauf?

»Einigen von euch ist bestimmt gerade aufgefallen, dass diese Summe deckungsgleich ist mit der Lücke bei Juno, von der Greg Hollister in seinem posthumen Video berichtet hat, den fehlenden Dollarreserven im Moneta-Sicherungsfonds. Das ist natürlich kein Zufall. Greg Hollister hat das Geld vor seinem Tod dort gestohlen und«, Dante schaut auf den Stick, »auf diesem Ding deponiert.

Außerdem hat er Junos Server gehackt. Das habe ich bei meinen Recherchen herausgefunden. Dass gerade niemand Moneta tauschen kann, liegt nicht daran, dass Juno, die Fed oder die Cops den Laden dichtgemacht haben, wie viele glauben. Sondern an einem Virus, den Dante bei Juno eingeschleust hat.«

Der First Quatermain schaut ernst in die Kamera.

»Er hat das getan, um eine Massenpanik auszulösen, die zu einem Crash des Dollar führt. Manche in der Kryptoszene halten das vielleicht für eine gute Idee. Aber in der Folge wird die ganze Weltwirtschaft abschmieren. Millionen Menschen verlieren ihre Existenzgrundlage, Unruhen und Kriege werden ausbrechen, weltweit. Und das zu einer Zeit, wo die Menschheit eigentlich genug Probleme hat. Ich sage nur: Klimawandel.«

Dante scheint mit den Worten zu ringen. Zdenko fällt auf, dass sein britischer Akzent nun, da der Quatermain aufgeregt ist, deutlich stärker hervortritt. Er klingt ein bisschen wie ein BBC-Nachrichtensprecher.

»Was ich eigentlich sagen will, ist: ruhig Blut, Leute. Die Attacke auf Juno wird in ein, zwei Tagen vorbei sein. Was die Deckungslücke angeht – ich habe mit der Geschäftsführung von Juno telefoniert und denen gesagt, dass ich natürlich die gesamte Summe zur Verfügung stelle. Ihr habt richtig gehört, den gesamten Schatz von Montecrypto, umgerechnet zehn Milliarden Dollar. Damit kann Juno die Lücke wieder schließen. Niemand muss folglich Angst haben, dass er seine Kohle nicht wiedersieht.

Alice Yang von Juno hat meinen Vorschlag bereits akzeptiert, und auch die Federal Reserve wird den Plan unterstützen. Damit ist der Drops gelutscht, wie man so schön sagt, und alles kommt wieder in Ordnung.«

Dante hält den Stick zwischen Daumen und Zeigefinger.

»Der Transfer an Juno ist bereits erfolgt. Den hier brauche ich deshalb nicht mehr.«

Der First Quatermain wirft den Stick über die Reling. Mit zwei Fingern seiner rechten Hand tippt er sich gegen die Stirn.

»Das war's Leute. Der Quatermain sagt: Cheerio.«

Das Video endet. Zdenko bemerkt, dass ihm jemand die Hand auf die Schulter legt. Es ist Agnesa. Er hat sie gar nicht kommen hören, wendet sich ihr zu. Sie trägt ein nagelneues Sweatshirt von Supreme, das ihr ausnehmend gut steht.

»Schick.«

Sie lächelt, zeigt auf den Bildschirm.
»Danke. War das Dante? Hat er den Schatz gefunden?«
»Ja, es sieht so aus.«
»Und nun ist er märchenhaft reich?«
Zdenko zieht Agnesa auf seinen Schoß und küsst sie sanft.
»Nicht so reich wie ich.«

EPILOG

Dante betrachtet Mondego, die neben ihm auf der Düne hockt, die Beine übereinandergeschlagen, den Blick auf den Pazifik gerichtet. Nicht allzu weit von hier befindet sich die Strandvilla, wo die Sache angefangen hat. Dante schaut zu, wie sie mit ihrem großen Zeh Linien in den Sand zeichnet. Ein Lächeln schleicht sich auf sein Gesicht. Wenn man es genau nimmt, haben hier draußen mehrere Sachen begonnen.

Sein Handy fiept. Dante checkt die Nachricht, runzelt die Stirn. Mondego wendet sich ihm zu, legt ihre Hand auf sein Knie.

»Was Wichtiges?«

Er zuckt mit den Achseln.

»Mein Anwalt.«

»Ich kann immer noch nicht glauben, dass du diesen Thurstow engagiert hast. Gibt es dafür einen bestimmten Grund?«

Dante muss an Thurstows Assistentin denken. Sie ist ganz sicher nicht der Grund. Die Wahrheit ist eher, dass der Kerl ziemlich gut zu sein scheint. Jemand von diesem Kaliber hätte Dante damals gebraucht, während des Gerard-Skandals.

»Die Sache könnte noch hakelig werden. Ohne Anwalt geht's leider nicht.«

»Inwiefern?«

»Während ich von Martel nie wieder etwas gehört habe, sind zwei andere Verwandte von Hollister auf den Plan getreten. Hast du doch bestimmt gelesen. Die wollen den Malteser Fund, die Milliarden aus dem Meer.«

»Aber die gibt es doch gar nicht. Wir haben sie uns ausgedacht.«

Dante legt einen Arm um ihre Schulter.

»Das wissen *wir*«, erwidert er.

»Der Rest der Welt wird es auch irgendwann rausfinden. Es war eine Notlüge, um die Leute zu beruhigen. Um zu verhindern, dass Juno alles mit in den Abgrund reißt.«

»Vielleicht kommt es raus, vielleicht auch nicht. Diese Verwandten von Hollister argumentieren, dass ich aus der Sache eine Menge Kapital geschlagen, dass ich das Vertrauen meines Auftraggebers missbraucht hätte. Vertragsverletzung, treuhänderische Pflichten, Unterschlagung, blablabla. Der Schriftsatz ist vierhundert Seiten lang. Ich habe ihn nicht gelesen.«

»Und wie zahlst du das? Ich denke, du bist pleite?«

Sie tippt gegen seinen Trilby. »Oder hast Du jetzt doch den Deal mit der Hutfirma gemacht?«

»Witzig, Mercy.«

»Jetzt sag mal. Weitere Bitcoins, von denen ich nichts weiß?«

Dante schüttelt den Kopf. »Nichts dergleichen. Wenn die Anwälte mit mir fertig sind, wird nicht mal ein Holly übrig bleiben.«

Sie beugt sich vor und küsst ihn. Als sie sich nach einer Weile voneinander lösen, kuschelt Mondego sich an Dantes Schulter.

Leise sagt sie: »Was ist mit den Typen vom FBI?«

»Ich habe mit Wilkins gesprochen. Er war zunächst etwas aufgebracht. Drohte mir, er werde mich wegen Falschaussage drankriegen. Aber ich konnte ihn umstimmen. Ich habe ihm alles erzählt, vor allem die Sache mit den Chinesen und Nordkoreanern. Die kann ich zwar nicht beweisen. Aber Wilkins schien zu wissen, wovon ich spreche. Ich habe zugestimmt, auch noch dem Kerl vom Internal Revenue Service Bericht zu erstatten, der bereits bei dem New Yorker Verhör dabei war. Der, von dem ich glaube, dass er in Wahrheit vom Geheimdienst ist.«

»Und das war's dann?«

»Nicht ganz. Weil ich in dem Video behauptet habe, ich hätte Juno Geld überwiesen und das mit Plazet der Fed, könnte man mir Marktmanipulation vorwerfen, sagen sie.«

»Nicht ganz aus der Luft gegriffen.«

»Ich habe ja keine einzige Juno-Aktie. Oder sonst irgendein Wertpapier. Klar war es eine dreiste Lüge. Aber andauernd dreist zu lügen fällt bei euch Amerikanern ja unter die Meinungsfreiheit.«

»Manchmal glaube ich, du nimmst deine Adoptivheimat nicht für voll.«

»Ist ja auch fast unmöglich. Auf jeden Fall glaube ich nicht, dass da was kommt. Und von Juno auch nicht.«

»Obwohl du sie da ebenfalls mit reingezogen hast, ohne vorher zu fragen.«

Dante mustert Mondego ungläubig.

»Habe ich da etwas falsch in Erinnerung? War dieses Quatermain-Exklusivvideo etwa meine Idee? Oder vielleicht eher die einer durchgeknallten Bloggerin?«

»Hast du falsch in Erinnerung. Vermutlich der Schock.«

»Soso. Yang und Juno könnten mich bestimmt auch wegen irgendetwas verklagen. Aber warum sollten sie? Dann kommt ja alles auf den Tisch. Die jahrelange Deckungslücke, die Durchstechereien von Price, Yang und Hollister.«

»Ob man von dem noch mal was hört?«

»Hollister ist entweder tot oder in Pjöngjang. Was vermutlich aufs Gleiche hinauskommt.«

Dantes Handy fiept erneut. Es ist keine Nachricht, den Ton kennt er. Irgendeine App will etwas. Dante ignoriert das Telefon, zieht Mondego zu sich heran, drückt sie sanft nach hinten, in den Sand. Während sie sich küssen, fiept immer wieder sein Handy.

»Ich schmeiß es gleich in den Pazifik«, knurrt er.

»Ausmachen würde fürs Erste vielleicht reichen.«

Sie nestelt an seinem Hemd. »Du hast hier was anderes zu erledigen, Quatermain ...«

Bimm. Bimm. Bimm. Bimm. Dante holt das Telefon hervor, will den Ausschaltknopf betätigen. Da sieht er, dass sein Homescreen voller Juno-Mitteilungen ist.

»Was zum ...«

Dante schaut nach. Er hat Geld erhalten. Insgesamt sind in den vergangenen zehn Minuten elf Kleinbeträge eingegangen, zwischen einem halben und zwei Moneta. Sie stammen von Peter Müller, Andrea Calini, Hideo Nakamura – Namen, die ihm rein gar nichts sagen. Während Dante durch sein Juno-Konto scrollt, trudelt weiteres Geld ein. Ein Moneta. Fünf. Zwanzig.

Er hält Mondego das Telefon hin.

»Wo kommt das her? Mir hat noch nie jemand Geld geschickt bei Juno. Woher haben die meine ...?«

Sie schauen einander an. Mondego holt ihr eigenes Telefon hervor. Sie scrollt durch einen ihrer speziellen Suchfilter, die wichtige Social-Media- und Nachrichtenseiten nach Neuigkeiten zu Montecrypto, Hollister und dem First Quatermain durchforsten. Bald hat sie es gefunden. Es ist ein Eintrag auf Twitter, kaum eine halbe Stunde alt. Er wurde verfasst von jemandem, der sich »Commander Z« nennt. Der Tweet besteht aus einem Link zu einem Artikel in der USA Today, in dem es um die Zivilklagen der Hollister-Erbengemeinschaft gegen Dante geht. Darüber steht:

> Dante hat uns allen den Arsch gerettet. Ohne ihn wäre die Weltwirtschaft jetzt Toast. Zeit für ein bisschen Dankbarkeit, Bitches! #xmas4dante

Darunter ist ein 2D-Barcode eingefügt. Der Tweet ist bereits mehrere hundertmal geteilt worden.

»Was ist das für ein Code?«, fragt Dante. Statt ihm zu antworten, öffnet Mondego ihre Juno-App, scannt den Barcode, tippt etwas. Sekunden später trudelt eine weitere Überweisung bei ihm ein.

22. 12. / 11 : 37 : 14 – Überweisung von Mondego, Mercedes: 5 M

Dante lässt sein Handy sinken, das inzwischen nonstop vibriert und fiept.

»Da ist ... es ist ...«

»Ein vorweihnachtlicher Spendenaufruf.«
Mondego verschränkt die Arme vor der Brust.
»Tja, sieht so aus, als sei die Pleite erst mal abgewendet. Welch Ironie.«
»Ironie?«
»Du hast vergeblich nach Montecrypto gesucht. Und nun kommt der Schatz ganz von selbst zu dir.«
Sie erhebt sich
»Komm, Ed. Wir gehen.«
Dante steht ebenfalls auf. Ihm ist ein wenig schwindelig. In seiner Hosentasche summt und brummt es nonstop.
»Äh, wohin?«, fragt Dante.
»Es ist fast Mittag. Wir hatten doch mal über diesen neuen Nobeljapaner in Malibu geredet.«
»Das Kyofu? Der, wo drei Gurken-Maki achtzehn Dollar kosten?«
»Das sind ganz seltene Kingyuri-Gurken.«
»Sagtest du nicht, der sei dir zu teuer?«
»Viel zu teuer«, erwidert Mondego grinsend.
Dante ist ganz schön langsam heute. Nach einigen Sekunden erwidert er:
»Aber das ist dir egal. Weil ich dich ja einlade.«
»Genau, Ed. Zumindest heute.«
»Nicht nur heute, so oft du willst. Zumindest, bis mir die Moneta ausgehen.«
Arm in Arm laufen sie den Strand hinauf.

ANMERKUNG & DANK

Die Idee einer digitalen Schatzsuche spukte mir im Kopf herum, seit ich von einem Erben des traditionsreichen Bankhauses Carnegie Mellon gehört hatte. Dessen fast vollständig in Kryptowährungen angelegtes Vermögen war nach seinem Tod unauffindbar. Das ist es bis heute und wird es wohl auch für immer bleiben, weil sein Besitzer die zur Entschlüsselung notwendigen Passwörter mit ins Grab genommen hat.

Bereits zu Beginn meiner Recherche wurde mir klar, dass für ein Buch über einen kryptografischen Schatz eigentlich nur ein Titel infrage kommt: Montecrypto. Kurz spielte ich mit der Idee, die Geschichte eng an Alexandre Dumas berühmten Abenteuerroman »Der Graf von Monte Cristo« anzulehnen. Aber dann erschien mir dies erstens vermessen und zweitens arg vorhersehbar.

Kennern des Dumas-Klassikers wird die eine oder andere Namensähnlichkeit, die eine oder andere Anspielung auffallen. Davon abgesehen hat Montecrypto mit »Monte Cristo« verhältnismäßig wenig gemein. Das Buch hat ebenfalls nichts mit dem Computerspiel »Montecrypto: The Bitcoin Enigma« zu tun, in dem Spieler vor einigen Jahren insgesamt 24 digitale Rätsel lösen sollten. Der Gewinner erhielt seinerzeit einen Bitcoin – deutlich weniger, als Gregory Hollister bei seiner Schatzsuche ausgelobt hat.

Montecrypto taucht tief ein in die Welt der Finanzen und der Geldpolitik. Um die wirtschaftlichen Vorgänge und Mechanismen halbwegs akkurat wiedergeben zu können, habe ich mir professionelle Hilfe geholt. Ich bedanke mich herzlich bei Prof. Dr. Marcel Thum, dem Leiter der Dresdner Niederlassung des ifo-Instituts und bei Dr. Markus Demary, Senior Economist beim Institut der deutschen Wirtschaft. Beide waren so freundlich, mit mir über die potenziellen Auswirkungen einer globalen Digitalwährung auf die Weltwirtschaft zu sprechen. Ich danke ferner dem IT-Sicherheitsexperten Frank Dröge, der mich in Sachen Hacks, Klickfarmen und Kryptografie beraten hat.

Alle sachlichen Fehler, die sich dennoch eingeschlichen haben sollten, sind meine eigenen.

Wenn künstliche Intelligenz die Probleme der Welt lösen kann – sind wir dazu bereit, die Kontrolle abzugeben?

Ungeheuer spannend: Bestsellerautor Tom Hillenbrand entwirft in seinem Thriller ein spektakuläres Bild unserer Gesellschaft am Ende des 21. Jahrhunderts.

Haben wir unsere Zukunft noch in der Hand?

Investigativjournalist Calvary Doyle wird auf offener Straße niedergeschossen. Zuvor hat der Reporter zum Thema Künstliche Intelligenz recherchiert. Die auf KI-Gefahrenabwehr spezialisierte UNO-Agentin Fran Bittner beginnt zu ermitteln und steht schnell vor einer brisanten Frage: Haben sich einige Künstliche Intelligenzen bereits selbstständig gemacht?

Der grandiose neue Thriller von SPIEGEL-Bestseller-Autor Tom Hillenbrand führt uns an die Grenzen unserer Welt – ein Feuerwerk der Ideen, aufregend und hochspannend!

Drohnen, die alles aufzeichnen. Ein allwissender Fahndungscomputer, der Verbrechen bemerkt, bevor sie begangen werden – im Europa der Zukunft haben Kriminelle kaum eine Chance. Doch dann geschieht ein Mord, der alles infrage stellt.

Leseproben und mehr unter www.kiwi-verlag.de

»Tom Hillenbrand regt genussvoll den Appetit der Krimileser an.« *Die Welt*

Leseproben und mehr unter www.kiwi-verlag.de